Ces choses qu'on cache

DE LA MÊME AUTRICE

Ces choses qu'on n'oublie pas, Michel Lafon, 2023 ;
J'ai lu, 2024.

LUCY SCORE

Ces choses qu'on cache

ROMAN

Traduit de l'anglais (États-Unis)
par Anath Riveline

J'AI LU

TITRE ORIGINAL
Things We Hide From the Light

Publié avec l'accord de Bookcase Literary Agency

En mémoire de Chris Waller,
le mari lecteur qui m'a demandé
d'inclure le mot « corset » dans un de mes livres
pour pouvoir gagner un pari avec sa femme.
Kate, j'espère que ça te fera sourire
quand tu le trouveras.

– 1 –

Minuscules braises

Nash

Les agents qui se tenaient dans mon bureau avaient de la chance pour deux raisons.

Premièrement, mon crochet gauche n'était plus ce qu'il était depuis ma blessure.

Deuxièmement, j'étais désormais incapable de ressentir quoi que ce soit et sûrement pas assez de colère pour agir de façon stupide.

— Le FBI sait que vous avez un intérêt personnel à retrouver Duncan Hugo, déclara l'agente spéciale Sonal Idler, assise droite comme un i en face de moi.

Ses yeux se posèrent sur la tache de café sur ma chemise.

Elle semblait adorer les procédures. L'homme à côté d'elle, le marshal Nolan Graham, avec son épaisse moustache, n'avait vraisemblablement aucune envie d'être ici, et il me le reprochait.

J'aurais voulu me mettre en colère. J'aurais voulu ressentir autre chose que le vide intersidéral qui m'envahissait. Mais rien.

— Mais je ne peux pas vous laisser, vous et vos amis, fourrer le nez dans mon enquête, continua Idler.

De l'autre côté de la vitre, le sergent Grave Hopper versait un kilo de sucre dans son café et décochait des regards noirs aux deux agents. Derrière lui, le reste de l'équipe s'affairait avec l'énergie habituelle d'un département de police d'une petite ville.

Les téléphones sonnaient, les claviers cliquetaient, les officiers faisaient leur boulot, et le café avait un goût de chaussette.

Tout le monde vivait et respirait. Tout le monde, sauf moi.

Je faisais semblant.

Je croisai les bras, ignorant le pincement de douleur dans mon épaule.

— J'apprécie votre visite mais je ne comprends pas ce qui me vaut cet honneur. Je ne suis certainement pas le premier flic à s'être pris une balle dans l'exercice de ses fonctions.

— Vous n'étiez pas non plus le seul nom dans la liste, intervint Graham pour la première fois.

Mes dents se serrèrent. C'est à cause de cette liste que le cauchemar avait commencé.

— Mais vous êtes le premier à avoir été visé, enchaîna Idler. Votre nom était sur la liste des officiers de police et des informateurs. Cette affaire dépasse un seul tir isolé. C'est la première fois qu'on a quelque chose qui pourrait enfin nous conduire jusqu'à Anthony Hugo.

Et moi c'était la première fois que j'entendais de l'émotion dans sa voix. L'agente spéciale Idler avait ses propres priorités, et attraper le patron du crime Anthony Hugo en faisait partie.

— Cette affaire est confidentielle. Et c'est pour cela que nous ne pouvons pas y mêler des gens du coin qui décideraient de se faire justice eux-mêmes. Même s'ils ont des badges. Je n'ai pas le choix.

Je me frottai la mâchoire et fus surpris d'y trouver une barbe plutôt drue. J'avais encore oublié de me raser.

Elle s'imaginait que j'avais enquêté, ça pouvait se comprendre. Mais elle ne connaissait pas mon secret. Personne ne le connaissait d'ailleurs. J'avais beau guérir en apparence, à l'intérieur, il ne restait plus rien. Même pas le désir de retrouver celui qui m'avait fait ça.

— Qu'est-ce que vous attendez de moi si Duncan Hugo revient en ville faire des trous dans mes concitoyens ? Que je détourne les yeux ?

Les agents fédéraux échangèrent un regard.

— On veut simplement que vous nous teniez au courant de tout ce qui a un lien avec notre affaire, répondit Idler. Nous avons plus de ressources que votre département. Et pour nous ça n'est pas personnel.

Je sentis un intrus dans mon vide intérieur. *De la honte.*

J'aurais dû le prendre personnellement. J'aurais dû déjà être sur les traces de celui qui avait failli me tuer, au moins pour Naomi et Waylay. Il avait fait du mal à la fiancée de mon frère et à sa nièce en les kidnappant pour récupérer la liste qui m'avait valu deux balles dans le corps.

Mais une partie de moi était morte dans ce fossé, la nuit de l'incident, et celle qui avait survécu ne voyait plus l'intérêt de se battre.

— Le marshal Graham va rester dans le coin un petit moment, au cas où, continua Idler.

Moustache ne parut pas plus heureux que moi de cette annonce.

— Pourquoi ?

— Toutes les personnes figurant sur la liste reçoivent une protection fédérale jusqu'à ce que nous jugions la menace écartée, expliqua Idler.

Bon sang. Tout le monde allait me tomber dessus si les habitants de la ville remarquaient la présence du FBI. Et je n'avais pas l'énergie de me battre.

— Je n'ai pas besoin de protection. Si Duncan Hugo a deux neurones connectés, il ne traînera plus dans le coin. Il est parti pour de bon.

Du moins, c'est ce que je me disais la nuit quand le sommeil me fuyait.

— Avec tout mon respect, chef, vous vous êtes déjà fait tirer dessus. Vous avez de la chance d'être encore en vie, répliqua Graham avec un air suffisant.

— Qu'en est-il de la fiancée de mon frère et de sa nièce ? Hugo les a kidnappées. Est-ce qu'elles reçoivent une protection ?

— Nous n'avons aucune raison de croire que Naomi et Waylay Witt sont en danger à l'heure actuelle, affirma Idler.

Le pincement dans mon épaule empira comme pour répondre à la douleur dans ma tête. Je manquais de sommeil et de patience, et si je n'arrivais pas à me débarrasser de ces deux crétins rapidement, je ne pourrais plus me retenir.

Rassemblant tout le charme du Sud dont j'étais doté, je me levai pour mettre fin à la discussion.

— Compris. Maintenant si vous voulez bien m'excuser, j'ai une ville à servir.

Les agents se levèrent à leur tour et on se serra la main.

— J'apprécierais que vous me teniez au courant. Étant donné mes « intérêts personnels » dans l'affaire, dis-je en les raccompagnant à la porte.

— Soyez rassuré, on vous informera dans la mesure du possible, assura Idler. Nous attendons également que vous nous appeliez dès que la mémoire vous reviendra

— Ce sera fait, promis-je entre mes dents.

Entre les douleurs, la perte de mémoire et le sentiment général de léthargie, je ne me sentais plus que l'ombre de l'homme que j'étais.

— À bientôt, lança Graham.

On aurait dit une menace.

J'attendis qu'ils aient quitté le commissariat pour enfiler ma veste. La plaie dans mon épaule protesta quand je passai mon bras dans la manche. Celle dans mon torse n'était pas en meilleure forme.

— Ça va, chef ? demanda Grave quand je sortis dans l'open space.

En temps normal, mon sergent m'aurait sauté dessus pour savoir ce qui s'était dit, mais depuis que je m'étais presque fait tuer, tout le monde me traitait avec des gants.

Je ne cachais peut-être pas mon état aussi bien que je le pensais.

— Oui, répondis-je, plus enthousiaste que nécessaire.

— Tu sors ?

— Ouais.

La nouvelle officière zélée bondit de son fauteuil comme si elle était montée sur ressorts.

— Si vous voulez à manger, je peux aller vous chercher quelque chose chez Dino, chef.

Née à Knockemout, Tashi Bannerjee avait grandi dans la ville et sortait tout juste de l'académie de police. À présent, elle portait des chaussures cirées et un chignon réglementaire, mais quatre ans plus tôt, elle se faisait coller au lycée pour avoir séché les cours, préférant monter à cheval. La plupart des officiers ici avaient déjà franchi les limites de la légalité dans leur jeunesse. Cela rendait leur engagement dans les forces de l'ordre encore plus significatif.

— Je peux aller me chercher mon déjeuner tout seul, répliquai-je.

Ses traits se déformèrent, mais elle se ressaisit rapidement et j'eus l'impression d'avoir mis un coup de pied à un chiot. *Merde*. Je me transformais en mon frère.

— Mais merci d'avoir proposé, ajoutai-je.

Super, maintenant il faudrait que je me montre gentil. Encore. Que je fasse un geste pour m'excuser de mon attitude de connard, alors que je n'avais vraiment pas l'énergie pour ça. Cette semaine, j'avais apporté du café, des donuts et – après m'être emporté de façon vraiment embarrassante contre le thermostat – des barres de chocolat.

— Je vais chez le kiné. Je reviens dans une heure.

Sur ce, je sortis d'un pas rapide pour éviter les tentatives de bavardages.

Je bloquai mes pensées et me concentrai sur l'instant présent.

La force de l'automne du nord de la Virginie me frappa de plein fouet quand je poussai les portes en verre du commissariat Knox Morgan. Le ciel brillait d'un bleu si intense que j'en eus mal aux yeux. Les arbres qui bordaient la rue se vêtaient d'un feuillage roux, jaune et orange. Les citrouilles et les bottes de foin décoraient les vitrines.

Le grondement d'une moto me fit lever la tête et je repérai Harvey Lithgow. Il avait des cornes de diable sur son casque et un squelette en plastique assis sur le siège derrière lui.

Il leva la main pour me saluer et fonça droit devant lui à au moins 25 km/h au-delà de la limite autorisée. Il me narguait.

L'automne avait toujours été ma saison préférée. Un nouveau début, les jolies filles en pulls légers, les matchs de football qui reprenaient, le retour des étudiants, les nuits froides réchauffées par du bourbon et des feux de joie.

Mais tout avait changé. Moi, surtout, j'avais changé.

Je n'avais aucune intention d'aller chez le kiné, mais je ne pouvais pas risquer qu'on me voie déjeuner en ville.

Une fois arrivé chez moi, je me ferais un sandwich que je n'aurais pas envie de manger, m'installerais tout seul à table et tenterais de trouver un moyen pour ne pas devenir un connard.

Il fallait que je me ressaisisse. Ce n'était pas si dur de remplir de la paperasse et de faire acte de présence comme l'inutile gratte-papier que j'étais devenu.

— Bonjour, chef, me salua Tallulah St John, notre mécanicienne et la copropriétaire du café Rev en passant devant moi.

Ses longues tresses noires tombaient sur les épaules de sa salopette. Elle avait un sac de provisions dans une main, et dans l'autre, un café, vraisemblablement préparé par son mari.

— Bonjour, Tallulah.

Le passe-temps favori des habitants de Knockemout était de contourner la loi. Alors que pour moi tout était blanc ou noir, il semblait que le reste des gens vivaient dans le gris. Fondée par des rebelles, ma ville n'avait que faire des règles et des règlements. Pendant ses vingt ans de service, l'ancien chef de la police n'avait vu aucun inconvénient à laisser les gens se débrouiller seuls pendant qu'il faisait reluire son badge et utilisait sa position pour empocher des pots-de-vin.

Ça faisait cinq ans que je l'avais remplacé. Cette ville, c'était chez moi, et ses habitants étaient ma famille. Clairement, j'avais échoué à leur enseigner le respect de la loi. Et bientôt ils s'apercevraient que je ne pouvais même plus les protéger.

Mon portable vibra dans ma poche. Je le cherchai avec ma main gauche, avant de me rappeler que je ne le portais plus de ce côté. Je le sortis de ma poche droite en jurant.

Knox : Dis aux fédéraux qu'ils peuvent aller se faire voir, et en beauté.

Bien sûr, mon frère était déjà au courant de la visite du F.B.I. Une alerte avait sonné chez lui à la minute où leur voiture s'était engagée sur Main Street. Mais je n'étais pas d'humeur à en discuter. Je n'étais d'humeur pour rien, en fait.

Le portable sonna dans ma main.

Naomi.

Il n'y a encore pas si longtemps, j'aurais été impatient de répondre à cet appel. J'avais flashé sur la serveuse fraîchement arrivée en ville et poursuivie par les pétrins. Mais elle était tombée amoureuse de mon grincheux de frère. À n'y rien comprendre. Je m'en étais remis – plus rapidement que je ne pensais – et j'avais bien profité de la tête de Knox chaque fois que sa fiancée s'approchait de moi.

Maintenant, ça me paraissait comme une responsabilité dont je me serais bien passé.

J'envoyai l'appel sur messagerie en contournant le pâté de maisons vers ma rue.

— Bonjour, chef, lança Neecey en sortant de sa pizzeria.

Dino ouvrait à onze heures pétantes, sept jours sur sept. Ce qui voulait dire que je n'avais passé que quatre heures au poste avant de déguerpir. Un nouveau record.

— Bonjour Neece, répondis-je sans enthousiasme.

Je voulais rentrer chez moi et fermer la porte. Oublier le monde et plonger dans l'obscurité. Je n'avais pas envie de m'arrêter tous les trois mètres pour avoir une conversation.

— J'ai entendu dire que l'agent fédéral moustachu allait rester dans le coin. Il va apprécier son séjour au motel, tu penses ? demanda-t-elle avec une lueur coquine dans les yeux.

C'était une commère à lunettes, toujours un chewing-gum à la bouche, qui discutait avec la moitié de la ville à chaque service. Mais elle avait raison, le motel de Knockemout était le rêve absolu pour n'importe quel inspecteur d'hygiène. Les violations se comptaient par centaine. Il fallait qu'on rachète ce taudis pour le retaper en entier.

— Désolé, Neece, je dois répondre, mentis-je en approchant le téléphone de mon oreille.

Dès qu'elle retourna dans le restaurant, je rangeai le portable et me pressai de rentrer chez moi.

Mon soulagement fut de courte durée. La porte de la cage d'escalier, tout en bois sculpté et verre épais, était maintenue ouverte par un carton sur lequel était écrit *Dossiers* au marqueur.

Tout en examinant la boîte, je fis un pas à l'intérieur.

— Putain !

La voix de femme que j'entendis au-dessus de moi n'était pas celle de ma voisine de palier.

Je levai les yeux et vis un sac à dos noir dégringoler vers moi. À mi-chemin sur les marches, une paire de longues jambes apparurent.

Elles étaient couvertes d'un legging vert mousse, et plus elle approchait, plus l'image était agréable à regarder. Son pull gris duveteux était fendu et offrait une jolie vue sur une peau bronzée et des courbes musclées. Mais le visage était ce qu'il y avait de plus frappant chez elle : pommettes saillantes, grands yeux sombres, lèvres pulpeuses pincées d'agacement.

Ses cheveux presque noirs et coupés courts étaient ébouriffés comme si on venait de passer les doigts dedans.

Angelina Solavita, mieux connue sous le nom de Lina. L'ex-petite amie de mon frère d'une période révolue était une femme canon. Et elle était dans ma cage d'escalier.

Pas une bonne nouvelle.

Je me baissai pour ramasser le sac.

— Désolée de te l'avoir balancé, s'excusa-t-elle en montant laborieusement une grosse valise sur les dernières marches.

La voir était plutôt réjouissant, mais je n'avais aucune envie de bavarder.

L'étage comptait mon appartement, celui de Mme Tweedy et un appartement vide.

J'avais déjà largement de quoi faire avec une vieille commère qui n'avait aucun respect pour la vie privée et l'espace vital. Pas la peine d'en ajouter, même avec quelqu'un d'aussi séduisant que Lina.

— Tu emménages ? demandai-je quand elle réapparut en haut de l'escalier.

Les mots semblaient forcés, ma voix tendue.

Elle me décocha un petit sourire sexy.

— Oui. Qu'est-ce que t'as préparé pour le dîner ?

Elle descendit au pas de course, magnifiquement gracieuse.

— Tu peux faire mieux que ce que j'aurais à t'offrir, répondis-je.

Je n'avais pas fait de courses depuis… Je ne me rappelai même plus quand j'avais mis les pieds au supermarché pour la dernière fois. Je me contentais de plats à emporter quand je me souvenais qu'il me fallait manger.

Lina s'arrêta sur la dernière marche, à hauteur d'yeux, et me contempla. Son sourire s'élargit.

— Ne te sous-estime pas, beau gosse.

C'est comme ça qu'elle m'avait appelé plusieurs semaines plus tôt quand elle avait soigné les points de suture que j'avais explosés en sauvant la vie de mon frère. À cette époque, je n'avais pas pensé à l'avalanche de paperasse que déclencheraient un enlèvement et une fusillade. J'avais juste été noyé sous le calme, l'efficacité et l'odeur de frais et de propre de Lina.

— Tu flirtes avec moi ? demandai-je, sans pouvoir me retenir.

Au moins, je ne lui avais pas dit que j'aimais l'odeur de sa lessive.

Elle leva un sourcil.

— Tu es mon séduisant nouveau voisin, le chef de la police et le frère de mon petit ami de la fac.

Elle s'avança de quelques centimètres et une chaleur m'embrasa le ventre. Je voulais m'y accrocher pour qu'elle réchauffe enfin mon sang glacé.

— *J'adore* les mauvaises idées. Pas toi ?

Son sourire était dangereux.

L'ancien moi n'aurait pas résisté à son charme. Il aurait apprécié un peu de drague, et cette attraction mutuelle. Mais je n'étais plus cet homme.

Je relevai son sac par l'anse. Ses doigts s'emmêlèrent dans les miens quand elle le reprit. Nos regards se croisèrent un long moment. L'étincelle dans mon ventre se multiplia en une douzaine de minuscules braises qui me rappelèrent presque ce que ça faisait de ressentir.

Presque.

Elle m'observait avec intensité. Ses yeux perçants me fixaient comme si j'étais un livre ouvert.

Je retirai la main.

— Tu fais quoi dans la vie, déjà ? demandai-je.

Elle l'avait mentionné en passant et précisé que c'était barbant et avait changé de sujet. Ses yeux ne laissaient rien passer et j'étais curieux de savoir quel métier pouvait la faire rester en Virginie, dans une ville perdue, pendant des semaines.

— Je travaille dans les assurances, dit-elle en passant une anse sur l'épaule.

Aucun de nous deux ne recula. Moi, parce que ces braises dans mon ventre étaient la seule bonne chose que j'avais ressentie depuis des semaines.

— Quel genre d'assurances ?

— Pourquoi ? Tu veux changer de compagnie ? me taquina-t-elle en se détournant.

Mais je voulais qu'elle reste tout près. J'avais besoin qu'elle souffle sur les braises pour voir si quelque chose pouvait encore brûler à l'intérieur.

— Tu veux que je le porte en haut ? demandai-je en désignant le carton qui maintenait la porte ouverte.

Son sourire s'effaça.

— Je m'en occupe, répondit-elle en tentant de me contourner.

Je lui coupai la route.

— Mme Tweedy me fera pendre si elle découvre que je t'ai laissé monter ce carton toute seule.

— Mme Tweedy ?

Je montrai le premier étage.

— 2C. Là, elle est à la salle de sport avec son groupe, mais tu la rencontreras très bientôt.

— Si elle n'est pas ici, elle ne saura pas que tu retardes la guérison de tes blessures en portant un carton. Comment ça se passe ?

— Bien, mentis-je.

— Vraiment ? demanda-t-elle, pas dupe.

Elle ne me croyait pas. Mais j'avais tellement envie de continuer à ressentir les petites braises que je m'en fichais.

— Complètement, insistai-je.

Une sonnerie retentit et je vis les traits de Lina se déformer d'agacement en prenant son portable. J'aperçus sur l'écran « Maman » avant qu'elle coupe l'appel. Apparemment, on évitait tous les deux la famille.

J'en profitai pour soulever le carton en lui montrant clairement que j'utilisais mon bras gauche. Mon épaule me lança et un filet de sueur froide descendit le long de mon dos. Mais dès que nos regards se croisèrent de nouveau, les étincelles revinrent.

J'ignorais de quoi il s'agissait. Je savais juste que j'en avais besoin.

— Donc l'entêtement des Morgan est aussi marqué chez toi que chez ton frère, commenta-t-elle en rangeant son téléphone dans sa poche.

Elle me jeta un dernier regard avant de monter l'escalier.

— À propos de Knox, lançai-je en tentant de garder une voix naturelle. J'imagine que t'es au 2B ?

Mon frère possédait tout l'immeuble, avec le salon de coiffure et le bar au rez-de-chaussée.

— Maintenant, oui. J'étais au motel jusqu'à présent.

Elle ne montait pas aussi vite qu'elle descendait et c'était tant mieux. J'en profitai.

— J'arrive pas à croire que t'as tenu aussi longtemps là-bas.

— Ce matin, j'ai vu un rat se battre avec un cafard de la taille d'un rat. Ça a été la goutte de trop.

— T'aurais pu rester chez Knox et Naomi, dis-je avant d'être trop hors d'haleine pour pouvoir parler.

Je n'étais plus autant en forme qu'avant, et ses courbes moulées dans son legging n'aidaient pas mon souffle.

— J'aime être chez moi.

On arriva en haut de l'escalier et je la suivis, trempé de sueur, jusqu'à la porte ouverte de son appartement. Il fallait vraiment que je reprenne le sport. Si j'avais l'intention de continuer à être un zombie pour le reste de mes jours, autant que j'en sois un qui peut monter un étage.

Lina posa son sac à dos à l'intérieur avant de se tourner pour me prendre le carton des mains.

De nouveau, nos doigts se frôlèrent. De nouveau, je ressentis quelque chose. Et ce n'était pas seulement la douleur dans mon épaule ou le vide dans mon torse.

— Merci pour ton aide, dit-elle en prenant le carton.

— Si tu as besoin de quoi que ce soit, je suis juste à côté.

Elle sourit.

— C'est bon à savoir. À bientôt, beau gosse.

Je restai figé sur place, même une fois qu'elle eut fermé la porte, attendant que les braises s'éteignent.

– 2 –
Tactiques d'évitement
Lina

Je fermai la porte de mon nouvel appartement sur le mètre quatre-vingt-cinq de Nash Morgan, le taciturne policier blessé.

— *N'y pense même pas,* me grondai-je.

En général, ça ne me dérangeait pas de prendre des risques, de jouer avec le feu. Et c'est exactement à ça que reviendrait un flirt avec Monsieur Rectitude, comme l'appelaient les femmes de Knockemout. Mais j'avais plus urgent à faire que de soulager la tristesse de Nash en m'amusant avec lui.

Blessé et taciturne, songeai-je en entrant dans la pièce avec mon carton.

Mon attirance ne m'étonnait pas. Même si mon type d'homme était celui dont je pouvais profiter un moment avant de dire *ciao,* j'adorais les défis. Et c'en serait un de taille de comprendre d'où venaient les ombres qui soulignaient les yeux de ce héros triste.

Mais Nash me semblait du genre à s'attacher et je détestais ça.

Dès qu'on montre un peu d'intérêt à quelqu'un, il se revendique le droit de nous dire quoi faire et comment le faire, ce à quoi je suis allergique. J'aimais passer du bon temps, j'aimais l'excitation de la chasse. J'adorais jouer avec les pièces du puzzle jusqu'à en avoir l'image entière, et ensuite passer au suivant. Et entre les deux, j'aimais m'installer chez moi, avec mes affaires, me commander ce que je voulais à manger et ne pas avoir à me disputer avec quelqu'un pour le programme télé.

Je posai le carton sur la table de la salle à manger et inspectai mon nouveau nid.

L'appartement avait du potentiel, je voyais pourquoi Knox avait investi dans l'immeuble. Il n'était pas du genre à rater la perle rare à cause des apparences. Hauteur sous plafond, plancher, grandes fenêtres qui donnaient sur la rue.

Le salon était meublé avec un canapé aux motifs floraux en face d'un mur en brique, une petite table ronde solide avec trois chaises, et des cagettes faisant office d'étagères sous les fenêtres.

La cuisine, une minuscule pièce, devait avoir plus de vingt ans. Ce qui n'était pas un problème, parce que je ne cuisinais pas. Les plans de travail étaient d'un jaune passé et avaient vu des jours meilleurs, ou pas. Mais il y avait un micro-ondes et un frigidaire assez grand pour ranger de la nourriture à emporter et des bières. Ça ferait l'affaire.

La chambre à coucher était vide, mais avait heureusement un placard d'une taille raisonnable, ce qui était essentiel pour ma tendance compulsive à l'achat. La salle de bains attenante était charmante avec sa baignoire sur pied, mais le lavabo était bien trop étroit pour tous mes produits de beauté et mon maquillage.

Je poussai un soupir. Si le canapé était assez confortable, je n'aurais peut-être pas besoin d'un lit. J'ignorais combien de temps j'allais rester, combien de temps il me faudrait pour découvrir ce que je cherchais.

Pourvu que ça soit rapide, songeai-je.

Je m'écroulai sur le canapé.

Pas confortable du tout.

— Pourquoi tu me punis ? demandai-je au plafond. Je ne suis pas une personne si horrible. Je m'arrête pour laisser passer les piétons, je donne de l'argent aux associations, je mange des légumes. Qu'est-ce que tu veux de plus ?

L'univers ne me répondit pas.

Je poussai un autre soupir en pensant à ma maison à Atlanta. J'avais l'habitude de camper pour le travail. Revenir d'un séjour dans un hôtel deux étoiles me faisait toujours apprécier mes draps soyeux, mon canapé de designer et ma garde-robe méticuleusement rangée.

Mais là, ça faisait tellement longtemps que je n'avais plus mis les pieds dans ma maison que ça en devenait ridicule.

Et plus je restais loin de chez moi, sans piste ni indice ni la moindre lumière au bout du tunnel, plus je devenais nerveuse. Je pouvais passer pour une nana impulsive. En réalité, je suivais le plan que je m'étais fixé depuis un moment. J'étais patiente et logique, et les risques que je prenais étaient presque toujours calculés.

Mais vivre des semaines d'affilée dans une toute petite ville à trente-huit minutes en voiture du Sephora le plus proche et sans la moindre piste commençait à me miner. D'où ma conversation avec le plafond.

Je m'ennuyais et j'étais frustrée, une combinaison dangereuse parce que je ne pouvais m'empêcher de me demander si j'aimais toujours autant ce travail. Le doute s'était insinué dans ma tête quand les choses avaient mal tourné lors de ma dernière mission. Et ça non plus, je ne voulais pas y penser.

— Bon, Univers, lançai-je en direction du plafond. J'ai besoin d'un petit coup de pouce, là. Un seul. Comme une nouvelle paire de chaussures ou un indice dans cette affaire avant que je perde la tête, OK ?

Cette fois, l'univers me répondit par une sonnerie de téléphone.

Quel salopard, l'univers.

— Salut maman, dis-je avec un mélange d'agacement et d'affection.

— Enfin ! Je m'inquiétais.

Bonnie Solavita n'était pas née angoissée, mais elle s'était lancée dans le rôle avec enthousiasme.

Incapable de rester en place pendant nos conversations, je me levai et me dirigeai vers la table.

— J'étais dans un escalier, avec des bagages.

— Tu ne te dépenses pas trop, dis-moi ?

— C'était une valise et un étage, dis-je en soulevant le couvercle de mon carton de dossiers. Tu fais quoi, toi ?

Rediriger la conversation était ce qui sauvait mes relations avec mes parents.

— Je suis en chemin vers une réunion marketing, et ton père est encore sous le capot de sa fichue voiture.

Ma mère avait pris un congé bien trop long de son poste de responsable du marketing afin de pouvoir m'étouffer jusqu'à ce que je parte à l'université dans un autre État. Depuis, elle avait retrouvé un travail et grimpé les échelons d'une organisation de santé publique.

Mon père, Hector, avait pris sa retraite de plombier depuis six mois. La « fichue voiture » était une Mustang 1968 en mal d'amour que je lui avais offerte deux ans plus tôt, quand j'avais reçu un gros bonus de mon travail. La même voiture qu'il avait pendant ses études dans l'Illinois, jusqu'à ce qu'il la revende pour un pick-up dans l'espoir d'impressionner la fille d'un fermier. Mon père avait épousé la fille du fermier – ma mère – et avait passé les années suivantes à se languir de sa Mustang.

— Il a réussi à la faire démarrer ?

— Pas encore. Il a failli me tuer d'ennui lors d'une conversation de vingt minutes sur les carburateurs au dîner, hier. Alors je me suis vengée en lui expliquant comment on changeait notre campagne publicitaire en nous basant sur l'étendue des zones périphériques de la côte est.

Je ris. Malgré leurs différences et leurs nombreuses années de mariage, mes parents alimentaient leur relation d'amour et d'agacement. Ils étaient les premiers à se soutenir et à s'exaspérer.

— Ça vous ressemble, commentai-je.

— La cohérence et la consistance, c'est la clé.

J'entendis quelqu'un lui adresser une série de questions à l'autre bout du fil.

— Prends la deuxième présentation. J'ai fait quelques modifications. Oh, et n'oublie pas de me rapporter une Pellegrino. Merci.

Elle s'éclaircit la voix.

— Désolée, mon cœur.

La différence entre sa voix pro et sa voix de maman était une source de divertissement inépuisable pour moi.

— Pas de problème. Tu es une femme d'affaires occupée.

Mais pas assez pour ne pas appeler sa fille en pleine journée de travail.

Je ne passais pas une journée sans parler à un de mes parents. Si je les évitais trop longtemps, ils risquaient de se matérialiser sur le pas de ma porte. C'était déjà arrivé.

— T'es toujours à DC, n'est-ce pas ?

Je grimaçai, consciente de ce qui m'attendait.

— Dans le coin, oui. C'est une petite ville dans la banlieue nord.

— Les petites villes, c'est là que les jeunes femmes actives se font séduire par des entrepreneurs de campagne. Oh ! Ou le shérif du coin. Tu as rencontré le shérif ?

Une collègue avait branché ma mère sur les romans à l'eau de rose, quelques années auparavant. Elles prenaient des vacances ensemble tous les ans pour aller à des séances de dédicaces de bouquins. Depuis, ma mère s'attendait à ce que ma vie se transforme en roman.

— Le chef de la police, la corrigeai-je. C'est mon voisin de palier.

— Je me sens tellement mieux de savoir que tu habites à côté des forces de l'ordre. Ils sont formés pour les premiers secours et les massages cardiaques, tu sais ?

— Et à d'autres petites choses aussi, dis-je sèchement, m'efforçant de ne pas m'agacer.

— Il est célibataire ? Mignon ? Des signes alarmants ?

— Je pense. Très. Et je ne le connais pas depuis assez longtemps pour en avoir remarqué. C'est le frère de Knox Morgan.

— Oh.

Maman savait en dire beaucoup avec une seule syllabe. Mes parents n'avaient jamais rencontré Knox. Ils savaient seulement qu'on était sorti ensemble – très brièvement – quand j'étais à la fac et qu'on était restés amis depuis. Maman lui reprochait, à tort, le célibat de sa fille de trente-sept ans.

Non pas qu'elle attendait avec impatience un mariage et des petits-enfants, mais mes parents ne souffleraient pas avant de me savoir casée avec quelqu'un qui s'occuperait de moi et me protégerait. Ils ne voyaient pas la femme indépendante que j'étais devenue. Pour eux, j'étais encore une gamine de quinze ans allongée sur un lit d'hôpital.

— Tu sais, ton père et moi, on parlait justement de prendre un peu l'air ce week-end. On pourrait venir te rendre visite.

La dernière chose dont j'avais besoin c'étaient mes parents dans les pattes pendant que j'essayais de travailler.

— Je ne sais pas combien de temps je vais rester ici, dis-je, le plus diplomatiquement possible. Je pourrais rentrer chez moi d'un jour à l'autre.

Peu probable, à moins que je trouve très vite quelque chose qui oriente mon affaire dans une nouvelle direction. Mais c'était tout de même un mensonge honnête.

— Je ne comprends toujours pas comment ça peut être aussi aléatoire de gérer des plans de formation, grommela maman.

Heureusement, avant que j'aie le temps de pondre une réponse crédible, j'entendis de nouveau parler de son côté du fil.

— Je dois te laisser, ma chérie, la réunion commence. Tu me diras quand tu retournes à Atlanta, on prendra un billet d'avion pour te rendre visite avant Thanksgiving. Si on se débrouille bien, on pourra t'accompagner à ton rendez-vous.

Oui, parce que je devais aller chez le médecin avec mes parents. Et puis quoi encore ?

— On en reparle plus tard.

— Je t'aime, mon cœur.

— Je t'aime aussi, maman.

Je raccrochai et laissai échapper un grognement. Même à des centaines de kilomètres, ma mère me donnait l'impression qu'elle me pressait un oreiller sur le visage.

On frappa à ma porte et je me dis que c'était elle qui me faisait une surprise.

Mais j'entendis un nouveau coup, comme un coup de pied, dans ma porte.

— Ouvre, Lina, c'est lourd, cette merde !

Je traversai la pièce et trouvai, derrière la porte, Knox Morgan, Naomi, sa jolie fiancée et Waylay, sa nièce de douze ans.

Naomi souriait, une plante en pot à la main. La mine tordue sous l'effort, Knox portait des kilos de linge de lit. Et Waylay semblait s'ennuyer à mourir avec deux oreillers dans les bras.

— Alors c'est ce qui se passe quand on quitte un motel infesté de cafards ? Les gens se pointent à tout bout de champ à votre porte ?

— Pousse-toi, lâcha Knox, invisible sous une couette, en me contournant.

— Désolée de débarquer sans prévenir, mais on voulait t'apporter tes cadeaux de bienvenue, expliqua Naomi.

C'était une grande brune dont la garde-robe était très girly. Tout chez elle était lisse : sa coupe au carré, sa robe aux manches longues sur ses formes généreuses, sa façon d'apprécier les fesses de son fiancé qui se dirigeait vers ma chambre.

Les Morgan étaient dotés de beaux petits culs. Selon Amanda, la mère de Naomi, le postérieur de Nash était un trésor local.

Waylay passa le seuil. Ses cheveux blonds étaient attachés en une queue-de-cheval qui laissait entrevoir des mèches bleues.

— Tiens, lança-t-elle en me donnant les oreillers.

— Merci, mais je n'emménage pas vraiment, dis-je en les jetant sur le canapé.

— Crois-moi, Knockemout a le don de te faire changer d'avis, assura Naomi en me tendant la plante.

Elle savait de quoi elle parlait. Elle était arrivée quelques mois plus tôt, pensant sortir sa sœur jumelle d'une embrouille, mais s'était retrouvée dans le pétrin elle-même. En quelques semaines à peine, elle s'était vue attribuer la garde de sa nièce, avait trouvé du travail, s'était fait enlever et avait transformé Knox de gars sans attache en amoureux éperdu.

Désormais, ils habitaient dans une grande maison en dehors de la ville, entourés de chiens et planifiaient leur mariage. Je me fis une note mentale de présenter Naomi à ma mère. Elle adorerait cette histoire d'amour digne des romans qu'elle lit.

Knox revint les mains vides de ma chambre.

— Le lit arrive cet après-midi.

— Tu m'as commandé un lit ?

— Tu vas t'en remettre, répondit-il en entourant les épaules de Naomi de son bras et en l'attirant à lui.

Naomi lui donna un petit coup de coude.

— Sois poli.

— Non, ronchonna-t-il.

Quel tableau ! Le grand bougon musclé et tatoué et la voluptueuse brunette.

— Ce que veut dire le Viking, c'est que nous sommes contents que tu t'installes en ville. On s'est dit qu'un lit serait plus confortable, traduisit Naomi.

Waylay s'installa sur les oreillers sur le canapé.

— Où est la télé ? demanda-t-elle.

— Je n'en ai pas encore. Mais dès que je m'en procure une, je t'appelle pour que tu me la branches, OK ?

— Quinze dollars, répondit l'ado en croisant les deux mains derrière la tête.

La gamine était un petit génie de la technologie et profitait de son talent pour gagner un peu d'argent de poche.

— Waylay ! la gronda Naomi.

— Quoi ? Je lui fais le prix famille.

Je me demandai si j'avais déjà reçu un tel tarif dans ma vie.

Knox adressa un clin d'œil à Waylay et serra Naomi contre lui.

— Je dois parler à Nash, annonça-t-il en montrant la porte avec son pouce. Si tu as besoin de quelque chose d'autre, Leens, fais-le-moi savoir.

— Eh, je suis déjà contente de ne plus avoir à me battre avec les cafards pour la douche. Merci d'avoir accepté de me loger

Il m'adressa un geste de la main en guise d'au revoir.

Naomi tressaillit.

— Ce motel, le summum de l'insalubre !

— Au moins, il y avait une télé, se plaignit Waylay depuis ma chambre vide.

— Waylay ! Qu'est-ce que tu fiches ? demanda sa tante.

— Je fouine, répondit la jeune fille en apparaissant sur le pas de la porte, les mains dans les poches. R.A.S.

Des coups retentirent dans le couloir.

— Ouvre, salopard ! grondait Knox.

Naomi leva les yeux au ciel.

— Je m'excuse pour ma famille. Apparemment, ils ont tous été élevés par des loups.

— Le manque de civilisation a son charme, remarquai-je.

Je me rendis compte que je tenais toujours la plante, alors je la posai sur une des cagettes vides sous la fenêtre. Elle avait des feuilles vertes brillantes.

— C'est du muguet. Il ne fleurira qu'au printemps, mais ça symbolise le bonheur, expliqua Naomi.

Évidemment. Naomi était la plus attentionnée des personnes que je connaissais.

— L'autre raison pour laquelle on débarque sans prévenir, c'est pour t'inviter à dîner dimanche soir, continua-t-elle.

— On va faire un barbecue, mais il y aura sûrement une centaine de légumes, avertit Waylay en se dirigeant vers la fenêtre pour regarder dans la rue.

Un dîner en moins à commander et l'opportunité de voir Knox domestiqué ? Je n'allais pas refuser l'invitation.

— Avec plaisir ! Qu'est-ce que j'apporte ?

— Toi, ça suffira. Honnêtement, entre mes parents, Stef et nous, il y aura déjà largement à manger.

— Et l'alcool ? proposai-je.

— On ne refuse jamais, concéda Naomi.

— Et une bouteille de Fanta, demanda Waylay.

Ce qui lui valut un regard noir de Naomi.

— S'il te plaît ! supplia la fillette.

— Si tu veux toute une bouteille de cette boisson qui tue les dents, tu as intérêt à manger la salade avec ta pizza ce midi *et* les brocolis ce soir, insista Naomi.

Waylay prit un air exaspéré.

— Tante Naomi est obsédée par les légumes, me souffla-t-elle.

— Crois-moi, il y a pire comme obsession, répliquai-je.

Elle posa les yeux sur mon carton et je regrettai de ne pas avoir refermé le couvercle quand ses doigts rapides tirèrent un dossier.

— Bien essayé, Madame l'enquêtrice, dis-je en le lui retirant des mains.

— Waylay ! s'indigna Naomi. Lina travaille dans les assurances. C'est probablement confidentiel.

Si elle savait.

Je replaçai le couvercle sur la boîte.

À côté, Knox tapait toujours sur la porte.

— Nash ? T'es là ?

Apparemment, je n'étais pas la seule à fuir la famille.

— Viens, Waylay, avant que Knox ne fasse s'effondrer tout l'immeuble.

Naomi tendit la main vers Waylay. La jeune fille glissa le bras dans celui de sa tante, acceptant son affection.

— Merci pour la plante… et le lit… et cet endroit.

— Je suis très heureuse que tu restes un peu plus longtemps, lâcha Naomi alors qu'on se dirigeait toutes vers la porte.

Elle était bien la seule.

Knox cherchait une clé sur son trousseau.

— Je crois pas qu'il soit chez lui, dis-je rapidement.

Je doutais que Nash voulait voir son frère débarquer dans son appartement.

— On m'a dit qu'il avait quitté le travail pour venir ici, dit Knox en levant la tête.

— Techniquement, on a entendu qu'il avait quitté le commissariat pour aller chez le kiné, mais Neecey de Dino l'a vu passer, précisa Naomi.

Dans les petites villes, les rumeurs voyageaient plus vite que la lumière.

— Il a dû faire un saut et repartir. J'ai fait un boucan pas possible en emménageant et je l'ai pas vu.

Knox rangea ses clés.

— Si tu le vois, dis-lui que je le cherche.

— Moi aussi, lança Naomi. J'ai essayé de l'appeler pour l'inviter dimanche, mais je suis tombée sur son répondeur.

— Dis-lui aussi que je le cherche, ajouta Waylay.

— Pourquoi tu le cherches, toi ? demanda Knox.

Elle haussa les épaules.

— Je sais pas. Pour pas faire comme tout le monde.

Knox lui ébouriffa les cheveux.

— Mais… C'est pour ça que j'utilise du gel ! se lamenta Waylay, mais je vis le sourire se dessiner sur ses lèvres quand Knox lui embrassa le front.

Naomi et Waylay avaient réalisé l'impossible et transformé mon ancien petit ami en cœur tendre. Et j'assistais au spectacle au premier rang.

— Le lit arrive à quinze heures, cet après-midi. Et le dîner est à dix-huit heures, dimanche, conclut Knox.

— Mais tu peux venir plus tôt. Surtout si tu apportes du vin, ajouta Naomi avec un clin d'œil.

— Et du Fanta.

— À dimanche.

Ils se dirigèrent vers l'escalier, Knox au milieu, ses bras autour des épaules des deux femmes.

— Merci encore de m'héberger !

Knox leva une main.

Je les regardai partir et fermai ma porte. La plante verte attira mon attention. Un détail solitaire dans un endroit impersonnel.

Je n'avais jamais eu de plante. Pas de plante, pas d'animaux domestiques, rien qui ne pût survivre des jours et des semaines sans moi.

J'espérais ne pas la tuer avant d'en avoir fini avec cette ville. En soupirant, je m'emparai du dossier que Waylay avait pris.

Le visage de Duncan Hugo apparut devant mes yeux.

— Tu ne pourras pas te cacher pour toujours, dis-je à la photo.

J'entendis Nash ouvrir sa porte et la refermer doucement.

– 3 –

Un mort dans un fossé

Nash

Le soleil s'élevait au-dessus de la cime des arbres, transformant les pointes gelées de l'herbe en diamants scintillants. Alors que je garais mon SUV sur le bord de la route, j'ignorai les battements irréguliers de mon cœur, la moiteur de mes paumes et l'étau sur ma poitrine.

La plupart des habitants de Knockemout étaient encore au lit. Dans l'ensemble, nous étions plus une ville de couche-tard alcoolisés que de lève-tôt. Ce qui voulait dire que j'avais peu de risque de croiser quelqu'un.

Je n'avais pas besoin que toute la ville raconte que non seulement je m'étais fait tirer dessus, mais qu'ensuite, j'avais perdu la tête à tenter de me rafraîchir la mémoire en retournant sur les lieux.

Knox et Lucian s'en mêleraient et colleraient leurs nez là où ils n'avaient pas leur place. Naomi m'enverrait des regards compatissants tandis que ses parents me gâteraient avec des bons petits plats et des lessives. Liza J ferait comme si de rien n'était, ce qui, en tant que Morgan, était la seule réaction qui ne m'embarrassait pas. Et au bout du compte, on me forcerait à prendre un congé maladie. Et qu'est-ce qu'il me resterait alors ?

Au moins, avec mon boulot, j'avais une raison de me bouger. Une raison de me lever de mon lit – ou de mon canapé – tous les matins. Pour me rendre utile.

Je coupai le moteur et pris la clé dans mon poing avant d'ouvrir la portière et de piétiner le gravier.

La matinée était claire et dégagée, contrairement à cette nuit noire chargée d'humidité. Ce détail, au moins, je m'en souvenais.

L'angoisse me tenaillait.

Je tentai de respirer pour me calmer. Inspire en quatre, retiens en sept, expire en huit.

J'étais inquiet. Et si je ne me rappelais jamais ? Et si je me rappelais ? Qu'est-ce qui serait pire ?

De l'autre côté de la rue poussaient les mauvaises herbes d'un terrain vague.

Je me concentrai sur le métal de ma clé qui s'enfonçait dans ma paume, sur le crissement du gravier sous mes bottes. J'avançai lentement vers la voiture qui n'était pas là. La voiture dont je ne me souvenais pas.

L'étau autour de ma poitrine se resserra douloureusement. Je me figeai. Peut-être que mon cerveau ne se souvenait pas, mais quelque chose en moi revivait la scène.

— Respire, crétin, me tançai-je.

Quatre. Sept. Huit.

Quatre. Sept. Huit.

Mes pieds finirent par obéir et je me remis en marche.

Je m'étais approché de la berline noire à quatre portes. J'étais incapable de m'en souvenir, mais j'avais regardé les images de la caméra surveillance un millier de fois, pour qu'elles réveillent ma mémoire. À chaque fois, c'était comme si je regardais quelqu'un d'autre avancer vers une mort assurée.

Neuf pas depuis ma portière jusqu'à l'aile arrière de la voiture.

J'avais touché avec mon pouce le feu arrière. Après huit ans de service, c'était un rituel incontournable, comme si mon empreinte allait identifier cette berline une fois qu'on la retrouverait.

De la sueur froide m'inondait le dos.

Pourquoi ne parvenais-je pas à me souvenir ?

Y arriverais-je un jour ?

Serais-je capable de reconnaître Hugo s'il venait finir le travail ?

Le verrais-je venir ?

Aurais-je l'énergie de l'arrêter ?

— Personne n'aime les pleurnichards pitoyables, grommelai-je.

La respiration tremblante, je fis trois pas de plus, et j'arrivai au niveau de la portière conducteur. Il y avait eu du sang ici. La première fois que j'étais venu, je n'avais pas réussi à sortir de ma voiture. J'étais resté derrière le volant à fixer des yeux le gravier taché de rouille.

Il était parti désormais, effacé par la nature. Mais je pouvais encore me le représenter.

Et dans mes oreilles, j'entendais encore l'écho des sons. Quelque chose entre un grésillement et un froissement. Ça hantait mes rêves, j'ignorais ce dont il s'agissait, mais ça me paraissait à la fois important et urgent.

— Putain, grommelai-je.

Je me frottai entre les sourcils.

J'avais sorti mon arme trop tard. Je ne me souvenais pas de la morsure des balles dans ma chair. Deux tirs rapides, la chute au sol. Ni que Duncan

Hugo était sorti de la voiture pour me dominer de toute sa hauteur. Je ne me souvenais pas de ce qu'il m'avait dit quand il avait posé le pied sur le poignet de ma main qui tenait mon pistolet. Je ne me souvenais pas qu'il avait visé ma tête pour tirer une dernière fois. Je ne me souvenais pas de ce qu'il avait dit.

Tout ce que je sais c'est que j'aurais dû mourir.

Si des phares n'étaient pas apparus sur la route.

De la chance. C'est tout ce qui s'était interposé entre moi et cette dernière balle.

Hugo avait déguerpi. Vingt secondes plus tard, une infirmière en retard pour son service aux urgences m'avait vu et s'était aussitôt mise au travail. Pas d'hésitation, pas de panique, un professionnalisme exemplaire. Six minutes avant qu'arrive l'ambulance. Des hommes et des femmes que j'avais connus toute ma vie, qui avaient suivi la procédure et effectué leur travail à la perfection. Ils n'avaient pas oublié leur formation. Ils n'avaient pas perdu leurs moyens ni réagi trop tard.

Et pendant tout ce temps, je gisais sur le bord de la route.

Je ne me souvenais pas de l'infirmière qui avait utilisé ma propre radio pour appeler des secours tout en gardant la pression sur mes blessures. Je ne me souvenais pas de Grave penché sur moi tandis qu'un ambulancier coupait ma chemise. Je ne me souvenais pas avoir été mis sur une civière et emmené à l'hôpital.

Une partie de moi était morte à cet endroit même.

Le reste aurait sans doute dû la suivre.

Je frappai dans un caillou que je ratai et frottai mon pied contre la chaussée.

— Aïe, putain ! ronchonnai-je.

Tout cet autoapitoiement commençait à me taper sur le système, mais je ne savais pas comment en sortir. Si même j'en étais capable.

Je n'avais rien fait pour me sauver la vie ce soir-là.

Je n'avais pas arrêté le méchant. Je ne l'avais même pas blessé.

Ce n'était que par un coup de chance que j'étais encore en vie. Un coup de chance que le neveu de l'infirmière, atteint d'autisme, ait eu un coup de mou avant d'aller au lit, alors qu'elle aurait déjà dû quitter la maison. Un coup de chance qu'elle ait aidé sa sœur à le calmer.

Je fermai les yeux et inspirai, luttant contre la tension qui montait. Un frisson me secoua alors que la brise du matin séchait la sueur froide dans mon dos.

— Ressaisis-toi, pense à autre chose. Tout ce qui pourrait t'aider à arrêter de te détester.

Lina.

Je n'arrivais pas à croire où m'avait entraîné mon esprit. Mais elle était bien là. Sur le palier, devant mon appartement, les yeux pétillants. Penchée sur moi dans l'entrepôt sale, ses lèvres dessinant un rictus amusé, entre séduction et assurance. Je fermai les yeux pour conserver l'image. Sa stature athlétique mise en avant par des habits moulants, cette peau bronzée et lisse, ces yeux marron qui ne rataient rien…

Je sentais l'odeur fraîche de sa lessive et me concentrais sur ses lèvres roses comme si rien d'autre ne pouvait m'ancrer dans ce monde.

De nouveau, je sentis les braises qu'elle avait allumées la veille dans mon ventre.

Un bruit sur ma droite me sortit de mon rêve étrange au bord de la route.

Ma main descendit sur la crosse de mon pistolet.

Un cri, ou peut-être un gémissement. Les nerfs et l'adrénaline me firent tendre l'oreille. Était-ce une hallucination ? Un souvenir ? Un écureuil enragé venu me mordre le visage ?

— Y a quelqu'un ? appelai-je.

Pas de réponse.

En face de la route, une pente menait jusqu'à un fossé d'écoulement. Derrière, il y avait des ronces, des mauvaises herbes, et enfin des sumacs qui formaient un bosquet. De l'autre côté, c'était la ferme d'Hessler, qui faisait tous les ans de bonnes affaires avec ses récoltes de maïs et son carré de citrouilles.

Je tendis encore l'oreille, m'efforçant de ralentir les battements de mon cœur et de calmer ma respiration.

Mes instincts étaient aiguisés, du moins je l'espérais. Enfant d'alcoolique toxicomane, j'avais appris à repérer le moindre signe de changement d'humeur, d'explosion imminente. Ma formation d'officier de police se basait sur cette capacité à lire les gens et les situations.

Mais c'était avant. À présent, mes sens étaient brouillés, mon instinct étouffé par la panique qui remontait à la surface. Par le froissement que j'entendais constamment en bruit de fond.

— Les écureuils enragés, vous feriez mieux de passer votre chemin, lançai-je vers la campagne vide.

Et soudain je l'entendis clairement. Le cliquetis à peine audible du métal contre le métal.

Ce n'était pas un écureuil.

Mon pistolet à la main, je descendis la pente. L'herbe gelée crissait sous mes pieds. Chacune de mes expirations s'imprimait dans l'air froid, mon cœur tambourinait dans mes oreilles.

— Police de Knockemout, annonçai-je, mon arme pointée en avant.

Un vent glacé agitait les feuilles, faisant siffler le bosquet. J'étais seul ici. Un fantôme.

Me sentant bête, je rangeai mon arme.

Je m'essuyai le front trempé de sueur.

— C'est ridicule.

Je voulais retourner à ma voiture et me sauver. Je voulais faire comme si cet endroit n'existait pas. Comme si *je* n'existais pas.

— OK, l'écureuil, t'as gagné, grommelai-je.

Mais je ne partis pas. Il n'y avait plus un bruit et pas de queue d'écureuil enragé dans mon champ de vision. Juste un stop invisible qui m'empêchait de bouger.

Je plaçai deux doigts dans ma bouche et sifflai.

Cette fois, je ne me trompais pas : la plainte retentit de nouveau, et ensuite le cliquetis métallique. Mes instincts n'étaient peut-être pas complètement morts et enterrés.

Je sifflai de nouveau et suivis le bruit jusqu'au tuyau d'écoulement. Je me tapis et trouvai à l'intérieur un chien crasseux et trempé couché sur un lit de feuilles et de débris. Il était plutôt petit et avait dû être blanc avant, mais désormais sa fourrure bouclée était recouverte de boue.

Une vague de soulagement me traversa. Je n'étais pas fou. Et ce n'était pas un écureuil enragé.

— Salut, bonhomme. Qu'est-ce que tu fais ici ?

Le chien pencha la tête et sa queue tapa contre le sol.

— Je vais allumer ma torche pour te voir mieux, OK ?

Avec des gestes lents et prudents, je sortis la lampe de ma ceinture et dirigeai le rayon vers l'animal.

Il frissonna.

— Tu t'es coincé là, on dirait.

Une chaîne rouillée s'enroulait autour d'une branche noueuse.

Le chien lâcha un autre gémissement et leva la patte avant.

— Je vais juste te prendre dans les bras très doucement, OK ? Tu peux ramper vers moi si tu veux. Je suis un gars sympa, promis.

Je m'allongeai sur le ventre et passai les épaules dans la bouche du tuyau. Ma position était particulièrement inconfortable et j'étais maintenant pratiquement dans le noir.

Le chien gémit et recula légèrement.

— Je comprends. Moi non plus, j'aime pas trop les lieux clos et exigus. Mais tu dois être courageux et venir par ici.

Je tapotai le métal boueux.

— Allez, viens ici, mon gars.

Il s'était levé sur ses quatre pattes, enfin trois, parce que sa patte avant était toujours en l'air.

— C'est un bon chien. Viens par ici et je te paie un hamburger.

Ses longues griffes claquèrent sur le métal alors qu'il bougeait sur place, mais n'avançait toujours pas.

— Et des nuggets de poulet ? Je t'en offre toute une boîte.

Sa tête se pencha de l'autre côté, cette fois.

— Écoute, mec, j'ai vraiment pas envie d'aller en ville chercher un crochet et te ficher la trouille de ta vie. Ce serait plus facile que tu avances jusqu'à moi.

Le boule de poils ébouriffée me regarda, perplexe, avant de faire un pas hésitant.

— Bon chien.

— Nash !

J'entendis mon nom une seconde à peine avant que quelque chose de chaud et solide touche mon torse. L'impact me fit sursauter et je me cognai la tête contre le tuyau.

— Oh ! Merde !

Terrorisé, le chien était retourné se blottir dans son nid de saleté.

Je sortis laborieusement du conduit. D'instinct, je saisis l'intrus et avec tout mon poids, le collai à terre.

La collai à terre.

Lina était chaude et douce sous moi. Elle écarquillait les yeux de surprise, ses mains agrippant fermement ma chemise. Elle était en nage.

— Qu'est-ce que tu fabriques ici ? demandai-je en lui retirant un des écouteurs qu'elle avait dans les oreilles.

— Moi ? C'est plutôt à moi de te demander ce que tu fais allongé au bord de la route, non ?

Elle se débattit sous moi, mais malgré les kilos que j'avais perdus, elle ne put se dégager.

Et à cet instant, je pris conscience de notre position. Nos poitrines se touchaient, nos ventres, pareil. Mon sexe était situé entre ses longues jambes. Je sentais la chaleur de son intimité comme un four.

Mon corps réagit aussitôt.

J'étais à la fois soulagé et horrifié. Horrifié pour des raisons évidentes et légales, mais le fait que tout fonctionnait encore chez moi était une bonne nouvelle, étant donné que je n'avais plus pratiqué depuis la fusillade. Tant de choses chez moi étaient cassées, j'aurais été désolé d'ajouter ça à la liste.

Lina haletait sous moi et je voyais son pouls affolé dans son cou gracieux. Mon érection s'intensifia. Je priai pour qu'elle ne la sente pas.

— Je te croyais mort sur le bord de la route.

— Ça m'arrive souvent, dis-je les dents serrés.

Elle me frappa le buste.

— Très drôle, abruti.

Ses hanches remuèrent légèrement. Mon sexe le remarqua aussitôt et malgré tout mon professionnalisme, je ne pus empêcher mon cerveau d'imaginer ce que j'aimerais faire avec elle.

Je voulais m'enfoncer en elle, utiliser son énergie pour retrouver le goût de vivre. Je voulais voir ses lèvres s'écarter, ses yeux se fermer alors que je la ferais vibrer. Je voulais la sentir se resserrer autour de mon sexe, l'entendre murmurer mon nom de sa voix rauque et sexy.

Je voulais être en elle, si profondément qu'une fois qu'elle se lâcherait, elle me prendrait avec elle et m'envelopperait dans sa chaleur.

C'était plus qu'une attraction passagère. Ce que je ressentais frôlait le besoin dévorant.

Les images qui me venaient risquaient de me mettre dans une situation encore plus embarrassante. Je repris le contrôle de moi-même.

— Putain, grommelai-je.

— Tu confonds.

Mes yeux s'ouvrirent et je me concentrai sur elle. Dans ses deux perles marrons, je lus de l'amusement et autre chose aussi, quelque chose de dangereux.

— Je plaisante, beau gosse, c'est tout.

Elle remua encore sous moi et ma mâchoire se serra. Mes poumons brûlaient, me rappelant de respirer. Maintenant, ma transpiration n'était plus glacée.

— Ton pistolet me fait mal.

— Ce n'est pas mon pistolet, dis-je, gêné.

— Je sais, dit-elle avec un petit sourire coquin.

— Alors arrête de bouger.

Je dus prendre encore trente secondes pour me dégager. Je parvins à me relever et lui tendis la main pour qu'elle en fasse autant. Je tirai plus fort que nécessaire et elle atterrit sur ma poitrine.

— Waouh, costaud !

— Désolé, dis-je en posant mes mains sur ses épaules avant de reculer.

— T'excuse pas. Ce serait nécessaire en revanche si tu n'avais rien ressenti, allongé sur moi.

Apparemment, elle était sortie faire un jogging. Elle portait un legging et un petit haut à manches longues, tous les deux ultra-moulants. Sa brassière de sport était turquoise et ses tennis orange vif. Elle avait son portable fixé sur un bras et un spray anti-agression à la ceinture.

La tête penchée, elle me reluqua à son tour. Son regard sur moi me fit l'effet d'une caresse. Bonne nouvelle pour le vide que j'avais à l'intérieur, mauvaise nouvelle pour l'érection que j'essayais de contrôler.

On resta comme ça, plus proches que nécessaire, pendant un long moment.

Les braises dans mon ventre étaient de retour, me réchauffant de l'intérieur. Je voulais la toucher encore. J'en avais besoin. Mais au moment où je levai la main, une sirène stridente retentit.

Lina fit un bond en arrière et posa une main sur son poignet.

— C'était quoi ? demandai-je.

— Rien, juste… une alarme, dit-elle en trafiquant sa montre.

Elle mentait, j'en étais sûr. Mais avant que je puisse l'interroger, un gémissement retentit depuis le tuyau.

— Et ça c'était quoi ? demanda Lina.

— Un chien. Enfin je crois.

— C'est ce que tu faisais ? me demanda-t-elle en regardant dans le tuyau.

— Non. Je me faufile dans des conduits deux trois fois par semaine. C'est pour le boulot.

— Très drôle, beau gosse, lança Lina par-dessus son épaule en se mettant à quatre pattes devant le conduit.

Je tentai de ne pas me concentrer sur sa position. Je n'avais vraiment pas besoin de ça.

— Tu vas te salir, l'avertis-je en levant la tête vers le ciel bleu pour ne pas la contempler.

— C'est à ça que servent les lessives et le shopping, dit-elle en enfonçant sa tête dans l'ouverture.

Je baissai les yeux vers la bosse sur mon pantalon.

— Hello mon cœur, et si tu sortais de là pour que je te console ?

C'est au chien qu'elle parlait, je le savais. Mais son ton et sa proposition me firent réagir de nouveau.

— Laisse-moi faire, proposai-je en direction de son derrière.

— Oh le bon toutou, cajola Lina avant de ressortir.

Elle avait des taches de boue sur les joues et les manches.

— T'as quelque chose à manger dans ta voiture, beau gosse ?

Pourquoi n'y avais-je pas pensé ?

— Oui, du bœuf séché dans la boîte à gants.

— Tu veux bien partager avec notre nouvel ami ? Je pourrais l'attirer avec quelque chose de tentant.

Avec moi, elle n'avait pas besoin d'artifice pour m'attirer. J'aurais rampé sur un sol gelé pour la voir de plus près.

Je retournai dans mon SUV, suppliant le sang de quitter mon sexe. Je trouvai le bœuf et sortis encore quelques accessoires de première nécessité, comme une laisse, une balle pour chien et une bouteille d'eau.

Quand je revins, Lina s'était enfoncée plus profondément dans le tuyau, allongée sur le ventre, visible seulement à partir de la taille. Je m'accroupis à côté d'elle et jetai un regard à l'intérieur. La petite boule de poils s'était rapprochée et était assez près pour lécher ou mordre sa sauveteuse.

— Attention, l'avertis-je.

L'image d'écureuils enragés traversa mon champ de vision.

— Ce gentil bébé ne va pas m'attaquer. Mon tee-shirt sera à mettre à la poubelle quand je l'aurais tiré de là, mais ça en vaudra la peine. N'est-ce pas mon beau toutou ?

Une boule d'angoisse se forma dans mon ventre. Tout, en ce moment, me déclenchait des crises d'anxiété.

— Lina, je suis sérieux, c'est le travail de la police. Je m'en occupe, dis-je sur un ton ferme.

— C'est un chien errant, quel est le rapport avec la police ? résonna sa voix dans le métal.

— Je ne veux pas que tu te blesses.

— Je ne vais pas me blesser, et si c'est le cas, ce sera mon choix. On prend tous ses responsabilités. Et tes épaules de superman ne peuvent pas passer dans ce conduit.

J'aurais dû appeler le comité de protection des animaux du comté, Deke se serait faufilé sans problème.

Je ne voyais pas clairement à l'intérieur, mais le chien me semblait s'être rapproché pour renifler la main tendue de Lina.

— Donne-moi le bœuf, Nash, demanda Lina en me présentant sa deuxième main.

J'avais vraiment du mal à ne pas voir comment son legging lui moulait si parfaitement les fesses et les jambes, mais je parvins tout de même à ouvrir le sachet.

Lina le prit et en donna au chien.

— Mais oui, bon chien.

La petite boule de poils sale s'avança.

Les petits chiens aussi mordent. Lina ne pourrait pas bloquer une attaque. Et ensuite, il faudrait se soucier d'une éventuelle infection ou d'une chirurgie faciale ? Tout ça à cause de moi.

Lina continuait à faire des bruits de bisous et le chien avança encore. Mon cœur battait à tout rompre.

— Regarde ça, un peu de bœuf séché. C'est tout pour toi.

Elle agita un morceau de viande devant le chien.

Les mains sur les hanches de Lina, je me tenais prêt à la sortir de là.

— Non, le gentil monsieur me fait juste un câlin par-derrière. Il n'essaie pas de t'effrayer avec sa nervosité.

— Je suis pas nerveux, me défendis-je.

— Nash, si tes doigts s'enfoncent plus profondément dans ma chair, je vais avoir des bleus.

J'avais en effet les phalanges blanches à force d'appuyer. Je relâchai un peu mon emprise.

— C'est un bon chienchien !

Je me penchai pour voir ce qui se passait, mais j'étais gêné par mon épaule blessée et ma vue était bloquée par la courbe de ses fesses.

— J'ai notre toutou dans les bras, seulement, il y a un problème.

— Quoi ?

— Je ne peux pas sortir et la garder dans les bras en même temps, tu vas devoir me tirer.

Je baissai de nouveau les yeux vers ses fesses. Il allait falloir que je note l'incident de façon très factuelle ou Grave allait se moquer de moi pendant des heures.

— Allons, chef, je ne mords pas. Sors-moi de cet endroit de malheur avant que je pense à la rage et à des puces.

J'avais deux options. Je pouvais soit reculer et la prendre par les pieds, soit la tirer par les hanches.

— Pour info, je choisis la solution qui te fera le moins mal au dos.

— Arrête de disserter et tire !

— D'accord. Mais tu m'arrêtes si ça devient désagréable ou que le chien s'énerve.

— Bon sang, Nash, je te donne mon consentement pour me sortir de ce conduit en me tirant par les fesses. Sors-moi de là, déjà !

Et dire qu'un simple exercice de mémoire m'avait amené ici ! Je l'attrapai par les hanches en la chevauchant et levai ses fesses vers mon entrejambe. Avec peine, je me retins de grogner et extirpai enfin son torse.

— Tout va bien ? demandai-je, les dents serrées.

— Parfait. C'est un petit bijou. Elle sent comme un sac d'engrais, mais elle est gentille.

Je la retenais toujours fermement par les hanches.

— Comment tu sais que c'est une femelle ?

— Elle a un collier rose sous toute cette saleté.

J'entendis un moteur… Pourvu que ce ne soit pas une voiture qui arrive.

— Si quelqu'un passe maintenant… grommelai-je.

— Allons, beau gosse, montre-moi ce que t'as dans les biceps, m'encouragea Lina.

La chienne aboya gaiement comme si elle était d'accord.

Je reculai sur les genoux et tirai encore une fois sur ses hanches. De nouveau ses courbes parfaites atterrirent exactement au bon endroit. Mais cette fois, sa tête, ses bras et la chienne émergèrent du conduit. Elle était sur les coudes et les genoux, ses fesses toujours contre mon sexe. Mon cœur tambourina encore plus vite et cette fois ce n'était plus l'angoisse, le sentiment qui dominait en moi.

Une Porsche SUV s'arrêta derrière ma voiture.

— Besoin d'aide, chef ? demanda Stef, le meilleur ami de Naomi, un grand sourire aux lèvres.

Je baissai les yeux vers Lina, qui me regardait par-dessus son épaule. De là où il était, on pouvait croire que je lui faisais une levrette sur le bord de la route.

— On a la situation bien en main, Stef, répondit-elle.

Il nous adressa un petit salut et un rictus coquin.

— Bon, moi, je m'en vais dire à tout le monde comment le chef Morgan commence son samedi matin.

— Je vais t'arrêter pour diffamation ! l'avertis-je.

— J'attends de voir ça, chef.

Il m'adressa un clin d'œil et partit en direction de la ville.

— Nash ?

— Quoi ?

— Tu penses que tu pourrais te lever maintenant ? Je commence à avoir des idées qui pourraient faire rougir notre amie ici présente.

En lâchant un juron, je la lâchai aussitôt et passai la laisse autour du cou maigrelet de la chienne. Elle portait en effet un collier rose sans étiquette. La chienne et son collier semblaient avoir fait une course de plusieurs kilomètres dans la boue.

Je ne savais pas si je devais relever la femme ou la chienne et conclus que c'était plus tranquille de prendre la chienne. Elle grelotta dans mes bras et sa queue frappa nerveusement contre mon ventre. Lina se leva toute seule.

— Félicitations au jeune papa, c'est une fille, lança Lina.

Elle sortit son portable de sa manche et me prit en photo.

— Arrête, ordonnai-je, ronchon.

— Ne t'en fais pas, je la coupe au niveau de la taille, comme ça personne ne verra comment t'es équipé, taquina-t-elle en venant à côté de moi pour prendre un selfie de nous trois.

Je grimaçai. Ça la fit rire.

La chienne monta plus haut dans mes bras, toujours aussi frigorifiée.

— Lina, je te jure…

Elle posa une main sur ma poitrine et le tumulte à l'intérieur se calma.

— Du calme Nash, détends-toi.

Sa voix était douce, comme si elle parlait encore à la pauvre chienne.

— Je te taquine. Tu vas bien, je vais bien, tout va bien.

— C'est indécent. J'ai été indécent, insistai-je.

— T'es décidé à te flageller, c'est ça ?

La chienne enfouit sa tête sous mon cou comme pour chercher à être protégée.

— Qu'est-ce que tu penses de ça ? demanda Lina en la caressant. J'arrête de te taquiner – pour l'instant. Si tu reconnais qu'il y a pire que de me faire me sentir attirante, même quand je suis en nage et couverte de boue. Ça marche ?

C'est le moment que choisit la chienne pour me lécher le visage de la mâchoire jusqu'à l'œil.

— J'ai l'impression qu'elle t'aime bien.

— Elle sent vraiment très mauvais, me plaignis-je. Mais les yeux de l'animal croisèrent mon regard et j'éprouvai de la sympathie. Pas comme les braises qui me dévoraient chaque fois que je touchais Lina, mais tout de même quelque chose de tendre et d'un peu triste.

— Quel est le plan, chef ? demanda Lina.

— Un plan ? répétai-je en plongeant mon regard dans les yeux reconnaissants de la petite bête.

– 4 –

Vraiment dégoûtant

Lina

Notre petit toutou nourri, abreuvé et enveloppé dans un tee-shirt propre, je montai sur le siège passager du chef de la police de Knockemout avec son sweat sur le dos. Pas vraiment comme ça que j'imaginais ma matinée. Je m'étais dit qu'un petit jogging me rafraîchirait les idées, pas que j'allais finir en position compromettante sur le bord de la route avec Nash Morgan.

L'homme au sang-froid impressionnant referma ma portière et fit le tour de sa voiture pour s'installer derrière le volant. Il se figea pendant un moment. Les yeux rivés à travers le pare-brise, il transpirait la fatigue et la tension.

— C'est ici que c'est arrivé ? demandai-je.

J'avais lu des articles de presse et des rapports sur le guet-apens.

— De quoi tu parles ? répliqua-t-il, l'air de rien.

— Oh, tu veux la jouer comme ça ? OK. Tu es venu à l'endroit où tu t'es fait tirer dessus et tu as utilisé ta vision à rayons X pour savoir qu'il y avait un chien dans un fossé d'évacuation.

— Non, dit-il en démarrant. C'était ma super ouïe, pas ma vision à rayons X.

Je me mordis la lèvre, mais ne lâchai pas l'affaire.

— C'est vrai que tu as tout oublié ?

Il grommela et s'engagea sur la route, opérant un demi-tour pour retourner en ville.

Très bien.

* * *

Nash se gara à côté de ma Charger rouge cerise, derrière notre immeuble. Le parking du Honky Tonk, le bar à motards bouseux, était vide, à l'exception de quelques véhicules laissés là par des conducteurs responsables.

On contempla la petite chienne recroquevillée dans mes bras et Nash leva les yeux vers moi. Ses yeux bleu jean étaient troublés et je ressentis le désir très féminin et exaspérant de les réconforter.

— Merci pour le coup de main, dit-il enfin.

— Quand tu veux. J'espère que tu n'étais pas choqué, taquinai-je.

Il détourna le regard et frotta son pouce entre ses sourcils. Un geste qui indiquait chez lui sa nervosité.

— Ne recommence pas à t'excuser, le mis-je en garde.

Un rictus se dessinait sur ses lèvres.

— Qu'est-ce que tu veux que je dise ?

— Et pourquoi pas, « allons donner un bain à cette petite boule de poils » ? suggérai-je avant d'ouvrir la portière.

Il sortit à son tour.

— Tu n'as pas à t'embarrasser avec ça, je peux me débrouiller.

— Je me suis investie. Et de toute façon, je suis déjà dans un état pas possible. Si je me rappelle bien mon enfance, quatre mains valent mieux que deux pour laver un chien.

Je me dirigeai vers la porte de l'escalier de service et souris en l'entendant jurer derrière moi.

Il me rattrapa, passant un peu trop près de moi, et m'ouvrit la porte pour que j'entre. La chienne avait sorti la tête du tee-shirt et sa queue remuait sur mon ventre.

Je montai les marches plus lentement qu'à l'ordinaire, à cause de mon petit paquet dans les bras et de l'homme à mes côtés.

— Ça te dérange si on la lave chez toi ? demandai-je.

Je ne voulais surtout pas que Nash mette les yeux sur mon carton de dossiers sur la table.

— Pas de problème, répondit-il après un moment.

On arriva sur le palier et son épaule frotta la mienne quand il chercha ses clés. J'éprouvai de nouveau ce courant électrique chaque fois qu'on se touchait. Je n'aurais pas dû sentir ça, je n'aimais pas ce genre de contact physique. Mais avec Nash… c'était différent.

Il ouvrit la porte et recula pour me laisser passer en premier.

Son appartement était le jumeau du mien avec notre chambre et notre salle de bains qui partageaient un mur. Mais alors que le mien était dans son état d'origine, celui de Nash avait été entièrement rénové. Et il était particulièrement encombré.

Rien en lui n'aurait pu me faire penser qu'il était bordélique, mais l'évidence me sautait aux yeux.

Les rideaux étaient tirés sur les fenêtres, ce qui bloquait la lumière et la vue de dehors. Sur la table basse s'empilaient un tas de linge partiellement plié, comme s'il avait renoncé à les ranger et se contentait de prendre les habits propres sortant directement de la machine. Le sol était jonché de vêtements sales, de bandes élastiques, sûrement pour ses séances de kiné, et de cartes de bon rétablissement. Sur le canapé s'étalait une couverture à côté d'un oreiller.

La cuisine refaite à neuf était ouverte sur le séjour, ce qui me donna une bonne vue sur la vaisselle qui s'accumulait dans l'évier, les vieilles boîtes de nourriture à emporter et au moins quatre bouquets de fleurs mortes. Sa table, comme la mienne, était recouverte de dossiers et de courrier pas encore ouvert.

L'endroit sentait le renfermé, comme s'il n'avait pas été aéré depuis un moment. Comme s'il n'y avait pas de vie à l'intérieur.

— Ce… n'est pas aussi… dans cet état, en général. J'ai été bien occupé récemment, se justifia-t-il, embarrassé.

Ses blessures ne s'arrêtaient pas à la surface, elles l'avaient atteint en profondeur, j'en étais désormais convaincue.

— Salle de bains ? lançai-je.

— Par ici, désigna-t-il, l'air penaud.

Ici, rien à voir avec le désastre du reste de l'appartement. On aurait dit une chambre d'hôtel vide. Les meubles – un lit, une commode et deux tables de chevet – étaient tous assortis. Au-dessus du lit parfaitement fait, une collection de couvertures d'albums country encadrées décorait le mur. Des flacons de médicaments étaient rangés sur l'un des chevets, tel un bataillon de petits soldats. Une fine couche de poussière les recouvrait.

Décidément, il dormait sur le canapé.

La salle de bains était typique d'un célibataire : quelques rares produits et absolument pas d'effort pour créer une ambiance. Le rideau de douche et les serviettes étaient marron, bon sang !

Ma baignoire sur pied était plus belle que la sienne, plus moderne. Une pile de linge sale s'accumulait sur le sol juste à côté du panier. S'il n'avait pas été en prise avec ses démons intérieurs, son niveau de sex-appeal en aurait pris un sacré coup.

— On peut fermer la porte ? demandai-je.

Il semblait encore un peu étourdi. Quelque chose chez cet homme blessé me taraudait. Et la tentation de voir ce qui se cachait en lui était presque irrésistible.

— Nash, dis-je en lui tapotant le bras.

Il sursauta et secoua légèrement la tête.

— Oui, désolé. Quoi ?

— On peut fermer la porte ? Comme ça notre nouvelle petite amie odorante ne se sauvera pas.

— Bien sûr.

Il s'exécuta et se frotta de nouveau entre les sourcils.

— Désolé pour le bazar.

Il avait l'air si perdu que je dus résister à l'envie de l'embrasser pour le faire se sentir mieux.

— Le seul bazar qui me préoccupe, c'est celle-là.

Je posai la chienne et retirai le tee-shirt. Elle se mit aussitôt à renifler le carrelage au sol. La brave petite prenait ses repères.

Nash se mit en action comme un pantin de bois devenu vrai petit garçon. Il se pencha et tourna le robinet. La ville ne se trompait pas sur son joli postérieur, décidai-je en ôtant son sweat-shirt.

Je lui tendis le tee-shirt crasseux dans lequel on avait enveloppé la chienne.

— Tu peux le brûler direct.

Il regardait la chienne qui laissait des petites empreintes de pattes boueuses.

Je retirai mon petit haut pour l'ajouter au tas de linge sale.

Nash reluqua ma brassière de sport et dans un geste bien trop brusque se tourna pour vérifier la température de l'eau et ajuster le rideau de douche.

Délicate attention digne d'un gentleman.

Pas mon type d'homme, à l'évidence. Mais j'avoue que ça me plaisait de le voir si nerveux.

Évitant toujours de me regarder directement, il prit plusieurs serviettes sur une étagère. Il en posa deux par terre et en étala une troisième sur le lavabo.

— Tu seras mieux torse nu, beau gosse, conseillai-je.

Il inspecta son uniforme taché de boue et d'herbe. Avec une grimace, il se déboutonna et jeta sa chemise dans le panier. Ensuite, il ramassa tout le linge sale pour le mettre hors de ma vue.

Il portait un maillot de corps blanc qui marquait ses pectoraux. Un sparadrap coloré du genre de ceux que les athlètes utilisent pour panser leurs blessures apparaissait sous la manche gauche.

— Est-ce que tu peux aller chercher une carafe ou quelque chose du genre dans la cuisine ? Je n'ai pas envie d'utiliser la douchette, ça pourrait l'effrayer, suggéra-t-il.

— D'accord.

Je les laissai dans la salle de bains et commençai mon investigation.

Je fouillai rapidement dans ses placards et compris que toute la vaisselle qu'il possédait était soit dans l'évier, soit dans le lave-vaisselle qui débordait, et n'avait plus servi depuis longtemps, à en croire l'odeur. Je lançai un cycle avec du détergent et lavai à la main un grand gobelet de chez Dino.

En passant à côté de la table, avec une petite pointe de scrupule, je jetai un regard à ses dossiers.

C'était sur mon chemin, je n'y pouvais rien. Je n'avais même pas fait de détour. J'avais un travail à accomplir et ce n'était pas ma faute s'il les avait laissés à la vue de tous, me dis-je.

En trente secondes à peine, je repérai trois dossiers.

HUGO, DUNCAN.

WITT, TINA.

217.

217 était un nom de code de la police pour agression avec tentative d'homicide. Ce devait sûrement être le dossier concernant la fusillade. J'écoutai ma curiosité, même si je n'avais pas beaucoup de temps devant moi. Il fallait que j'aille par ordre de priorité. Après avoir jeté un coup d'œil dans la direction de la salle de bains, je soulevai d'un doigt la couverture du dossier d'Hugo. Je remarquai alors que, comme la table de chevet, il était recouvert d'une fine couche de poussière.

J'eus à peine le temps de voir la première page, une photo peu flatteuse qui datait de quelques années, quand je l'entendis m'appeler.

— Tu as trouvé quelque chose ?

En sursautant, je refermai la chemise, prise la main dans le sac. Mais je me rappelai qu'il était bloqué avec la chienne.

Soulagée, je reculai.

— J'arrive.

Quand je retournai dans la salle de bains, mon cœur s'arrêta de battre. Il avait retiré son maillot de corps, qui gisait désormais, trempé, à côté de la baignoire. Et il avait un grand sourire sur les lèvres.

Entre son torse musclé et son visage rayonnant, je me figeai sur place, appréciant ce que je voyais.

— Si tu n'arrêtes pas d'envoyer de l'eau partout, tu vas inonder le salon de coiffure, avertit Nash en direction de la chienne, qui courait dans tous les sens dans la baignoire.

Il l'arrosait avec la main et elle glapissait, ravie.

Je ris. Les deux s'interrompirent pour me regarder.

— Je me suis dépêché de la mettre dans la baignoire pour qu'elle ne se transforme pas en gremlin, plaisanta Nash.

La poussière s'accumulait peut-être sur la vie de cet homme, mais son héroïsme était intact. Les remords m'envahirent et je remerciai le ciel qu'il ne m'ait pas surprise en train de fureter dans ses affaires.

Il y a une frontière entre les risques nécessaires et l'idiotie.

Je m'accroupis à côté de lui, les genoux sur une des serviettes pliées, et lui tendis le gobelet.

— On dirait que vous vous amusez bien, tous les deux, dis-je le plus naturellement possible, et pas comme quelqu'un qui venait d'envahir sa vie privée.

La petite bête plaça ses pattes sur le bord de la baignoire et nous contempla amoureusement. Sa queue abîmée s'agitait dans tous les sens, éclaboussant partout.

— Essaie de la maintenir en place pendant que je la rince, demanda Nash en remplissant le gobelet d'eau du robinet.

— Viens par ici, petite sirène.

On se mit au travail côte à côte, frottant, savonnant, rinçant et riant.

Chaque fois que le bras nu de Nash frôlait le mien, j'avais la chair de poule. Chaque fois que j'étais tentée de me rapprocher plutôt que de garder mes distances, je me demandais ce qui m'arrivait. J'étais assez proche de lui pour voir les grimaces qu'il faisait quand un mouvement lui faisait mal à l'épaule. Mais il ne se plaignit pas une seule fois.

On dut changer l'eau quatre fois et après une bonne demi-heure, elle était propre.

La fourrure de la chienne était principalement blanche avec quelques taches noires sur les pattes.

Elle avait une oreille avec des points et l'autre marron et noire.

— Comment tu vas l'appeler ? demandai-je à Nash alors qu'il la sortait de la baignoire.

Elle lui lécha le visage avec exubérance.

— Moi ?

Il recula la tête.

— Arrête de me lécher.

— Comment lui en vouloir ? Tu as un visage qu'on a envie de lécher.

Il m'adressa un regard de braise avant de la poser. Elle s'ébroua, envoyant de l'eau dans toutes les directions.

Je l'enveloppai dans la troisième serviette.

— C'est toi qui l'as trouvée, c'est toi qui lui donnes un nom.

— Elle avait un collier, elle doit déjà avoir un nom.

Elle s'agita sous mes mains alors que je la séchais.

— Elle mérite peut-être d'en avoir un nouveau. Pour un nouveau départ.

Il me dévisagea longuement et finit par me mettre mal à l'aise.

— T'as faim ? finit-il par demander.

* * *

— Scout ? Lucky ?

J'examinai la chienne désormais toute propre en programmant la machine à café.

Nash leva les yeux de la poêle où il battait des œufs.

— Scrappy ?

— Non, aucune réaction. Lula ?

Je m'agenouillai par terre et tapai dans les mains. Elle s'avança, contente d'accepter mon affection.

— Gizmo ? Splinter ?

— Splinter ? répétai-je, amusée.

— Une des tortues ninjas mutantes, expliqua Nash, un petit sourire sur le visage.

— Splinter était un rat d'égout.

— Un rat avec tout le matériel d'un ninja, corrigea-t-il.

— C'est un nom de jeune première qu'il lui faut. Comme Poppy ou Jennifer.

Pas de réaction de la chienne, mais l'homme dans la même pièce que moi esquissa un vrai sourire.

— Et pourquoi pas Buffy ?

— La tueuse de vampires ? demandai-je, amusée.

Il pointa sa spatule vers moi.

— Exactement.

— J'adore, moi, mais elle ne semble pas convaincue.

J'aurais pu aller me changer pendant que Nash s'occupait du petit déjeuner, mais j'avais préféré remettre son sweat et rester avec lui. Lui, malheureusement, avait enfilé un jean et un tee-shirt propres.

À présent, on se serait crus en pleine scène familiale. Le café qui chauffait, l'homme pieds nus qui préparait à manger et le chien fidèle.

Nash servit une portion d'œufs brouillés dans une des assiettes en carton qu'il avait sorties. La petite chienne quitta mes jambes pour aller poser ses pattes sur la sienne.

— Patiente un peu. Faut d'abord que ça refroidisse, lui conseilla-t-il.

Le petit aboiement aigu nous montra qu'elle n'avait aucune patience.

Je me levai et me lavai les mains. Nash me tendit le torchon qu'il avait jeté sur son épaule, et commença à râper du fromage sur les œufs. Pour l'aider, je nettoyai deux tasses dans l'évier.

Le grille-pain cracha deux tranches de toast au moment où je servais le café.

— On l'a trouvé dans un fossé alors pourquoi pas Fossette ? suggéra Nash soudain.

La chienne s'assit et pencha la tête.

— Ça lui plaît. N'est-ce pas, Fossette ?

Elle agita sa petite queue.

— Trouvé, on dirait, commenta Nash.

Je servis la deuxième tasse en le regardant poser l'assiette par terre.

— Viens manger, Fossette.

Elle bondit et ses deux pattes de devant atterrirent dans ses œufs.

— Elle va avoir besoin d'un autre bain, remarqua Nash en me tendant mon assiette.

Nash Morgan allait rendre une femme très heureuse, un jour.

On mangea, debout dans la cuisine, ce qui me sembla moins intime que de dégager un coin de table pour nous asseoir. Même si j'aurais bien jeté un autre coup d'œil à ces dossiers.

J'étais là pour accomplir une mission, pas pour me rapprocher d'un voisin incroyablement sexy.

Même s'il préparait très bien les œufs brouillés au fromage. Et qu'il était vraiment beau dans son tee-shirt propre avec ses yeux blessés. Chaque fois que nos regards se croisaient, je ressentais… quelque chose. Comme si l'espace entre nous se chargeait d'une énergie qui s'intensifiait constamment.

— Qu'est-ce qui te fait te sentir en vie ? demanda-t-il brusquement.

— Hein ?

C'était tout ce que j'avais trouvé à répondre, la bouche pleine du toast dans lequel je venais de mordre.

Sa tasse dans la main, il me dévisageait, la moitié de son petit déjeuner abandonné dans son assiette.

Il avait besoin de manger. Le corps a besoin de carburant pour guérir.

— Pour moi, avant, c'était d'entrer au commissariat. Tous les matins, sans savoir à quoi m'attendre, mais prêt, dit-il presque comme pour lui-même.

— Ce n'est plus pareil ? demandai-je.

Il haussa une seule épaule, mais sa façon de me regarder n'avait rien de détendu.

— Et toi ?

— Conduire vite. Écouter de la musique à tue-tête. Trouver la paire de chaussures parfaites en solde. Danser, courir, draguer, baiser.

Son regard se fit de braise et la température dans la pièce monta de plusieurs degrés.

Le besoin désespéré. C'est le seul mot qui me vint en tête pour décrire ce que je lus dans ses beaux yeux bleus. Et c'est encore trop peu pour le décrire.

Il s'avança vers moi et je ne pus plus respirer, entre adrénaline, anticipation et peur. *Waouh, waouh, waouh.*

Mon cœur allait exploser. Mais dans le bon sens.

Il fallait que je me ressaisisse. Est-ce que je devais essayer de dompter mes pulsions ?

Avant qu'on puisse dire ou faire quelque chose, mon portable se mit à sonner, me sortant de la tête les idées que j'étais en train d'y entrer.

— Euh... je dois le prendre, dis-je, mon téléphone à la main.

Il ne me lâcha pas des yeux, ce qui me retourna encore plus. Le désir bouillonnait en moi.

— Oui, dit-il enfin. Merci pour ton aide.

— Quand tu veux, beau gosse, dis-je faiblement en tentant de ne pas m'élancer vers la porte.

— Hello Daley, saluai-je en refermant derrière moi.

— Lina, dit ma cheffe en guise de bonjour.

Daley Matterhorn était une femme efficace qui n'utilisait pas deux mots quand un seul suffisait. À cinquante-deux ans, elle chapeautait une équipe d'une douzaine d'enquêteurs, était ceinture noire de karaté et participait à des triathlons pour le plaisir.

— Quoi de neuf ?

Notre travail ne respectait pas les heures de bureau habituelles, donc rien d'inquiétant à ce qu'elle appelle un samedi matin.

— Je sais que tu es en pleine enquête, mais je veux que tu la mettes sur pause. On a besoin de toi à Miami. Ronald a suivi la trace de tableau volé de Renaux jusqu'à la maison d'un pilier d'un réseau de trafic de drogue arrêté. On a besoin de quelqu'un demain soir à la tête d'une équipe pour récupérer le tableau avant qu'un policier décide que c'est une pièce à conviction. Il n'y a pas un important système de sécurité sur les lieux, ce sera simple comme bonjour pour toi.

J'éprouvai une bouffée d'excitation à l'idée d'un peu d'action facile.

Mais monter une opération en vingt-quatre heures n'était pas juste risqué, c'était carrément dangereux. Et Daley le savait.

Bon sang.

— Tu me demandes de mener une équipe après ce qui s'est passé dans notre dernier boulot ?

— Tu as fait le travail, le client était ravi. Et je t'ai pas entendue te plaindre quand t'as empoché ton bonus.

— Quelqu'un a été blessé, lui rappelai-je.

Par ma faute.

— Lewis connaissait les risques. On ne vend pas des assurances, ici, tu le sais. On ne fait pas de la paperasse. Ce boulot comporte des risques et celui ou celle qui n'est pas prêt à les prendre peut changer de boulot.

— Je ne peux pas.

J'ignore laquelle des deux fut la plus surprise quand je prononçai ces mots.

— Je progresse bien ici, ce n'est pas le bon moment.

— Tu fais des recherches pour l'instant. Je peux envoyer quelqu'un d'autre pour poser des questions et constituer des listes de propriétés. N'importe qui d'autre, vraiment.

— Je préfère m'en occuper moi-même.

— Tu sais qu'un poste s'ouvre auprès des clients fortunés, lança Daley, comme si elle me faisait miroiter une paire de Jimmy Choo.

— J'ai entendu dire, oui, répliquai-je, le cœur battant.

Cela signifiait plus de voyages, des missions plus longues, des filatures prolongées et de plus gros bonus. Mais aussi plus de missions en solo. C'était mon but ultime et il se profilait devant moi.

— Garde-le en tête. Je vais choisir quelqu'un qui a du cran, qui n'a pas peur des situations dangereuses, quelqu'un qui n'a pas peur d'être le meilleur.

— Je comprends.

— Parfait. Si tu changes d'avis pour demain, appelle-moi.

— D'accord.

Je raccrochai et glissai les mains dans la poche de devant du sweat à capuche de Nash.

Une partie de moi voulait accepter. Monter dans un avion, enquêter pour trouver un moyen d'entrer… Mais une autre partie, plus grande, savait que je n'étais pas prête à mener une équipe. Je l'avais prouvé d'une manière retentissante.

Et il y avait encore une autre partie, à peine audible, qui me soufflait que j'en avais assez des motels pourris et des heures de surveillance. Celle qui culpabilisait encore pour l'opération qui avait mal tourné. Celle qui commençait à perdre le feu sacré.

– 5 –
Ce qui s'est passé dans la douche reste dans la douche

Nash

— Arrête de manger le linge, Fossette, lançai-je d'une voix lasse.

Les pétales des fleurs qu'on m'avait envoyées pour me souhaiter un prompt rétablissement jonchaient le carrelage. Ça me rappelait vaguement les funérailles de ma mère.

La fichue chienne courait autour de l'îlot, une paire de chaussettes propres dans la gueule.

J'étais épuisé et exaspéré.

J'avais appelé le refuge de Lawlerville pour y déposer Fossette, mais ils ne prenaient plus aucun chien après l'ouragan qui avait ravagé le Texas et laissé des douzaines de bêtes sans abri. Ils m'invitaient à appeler un autre refuge à DC. Mais je ne reçus que des réponses négatives du style « on est complet », ou des avertissements que les chiens avec des problèmes médicaux ou ceux qui ne trouvaient personne pour les adopter seraient piqués.

Je me retrouvais donc, malgré moi, le maître d'un petit toutou angoissé, mais décomplexé.

J'arrivais déjà à peine à m'occuper de moi, comment allais-je pouvoir prendre soin d'une chienne ?

On avait fait une visite médicale pour un bilan et Fossette s'était cachée derrière moi, comme si la gentille vétérinaire était le diable. Ensuite, on s'était rendus au magasin d'accessoires pour animaux domestiques. Mais Gael, propriétaire de la boutique et vendeur avisé, m'avait repéré à des kilomètres. Il lui avait suffi de voir le bonheur de Fossette quand elle avait vu les peluches pour mettre sur la porte le signe « je reviens dans quinze minutes », afin de m'aider à tout charger dans ma voiture.

Pâté de qualité, petits biscuits, laisse avec collier assorti, jouets, un lit orthopédique plus confortable que mon matelas… il avait même réussi à me refourguer un petit pull pour que la princesse Fossette ne prenne pas froid.

Fossette sautilla et lâcha un aboiement étouffé entre la paire de chaussettes et la peluche de mouton qu'elle avait réussi à se fourrer dans la gueule.

— Quoi ? Je comprends pas ce que tu veux.

Elle cracha le mouton sur le tas de fleurs mortes.

Je me frottai le visage avec les deux mains. Je n'étais pas équipé pour ça. Il suffisait de voir mon appartement.

On aurait dit la chambre de Knox quand il était ado. Même odeur. Je m'en étais rendu compte lorsque j'avais laissé Lina, puis Gael, entrer chez moi.

Alors, au lieu d'aller remplir des formulaires au commissariat comme je l'avais prévu, j'avais mis un match à la télé, j'avais ouvert les volets, et je m'étais mis au ménage.

Le lave-vaisselle en était à son troisième et dernier cycle, j'avais une montagne de linge propre à plier et ranger – si j'arrivais à empêcher Fossette de piocher dedans. J'avais détaché les couches de poussière et les auréoles grasses dues à des semaines de cartons de nourriture à emporter et j'avais même réussi à demander une petite livraison de provisions.

Fossette me tenait compagnie tandis que je nettoyais, frottais, rangeais... L'aspirateur ne lui fit pas peur. Mais elle n'avait pas trop de quoi se plaindre après son séjour dans un fossé d'évacuation.

Elle pencha la tête et dansa sur place, ses griffes fraîchement coupées faisant moins de bruit désormais sur mon carrelage.

En jurant, je pris le mouton et le balançai vers le salon. Fossette partit à sa poursuite, ravie.

Mon épaule me faisait mal, ma tête aussi. Comme si j'avais la grippe, des courbatures me torturaient tout le corps. Il serait tellement plus facile de rester assis ici et de ne plus jamais bouger.

Le balai tomba au sol, provoquant un grand fracas et Fossette accourut vers moi, sans les chaussettes ni l'agneau, pour se blottir sur mes genoux.

— Tu penses vraiment que je peux te protéger de tout, alors que je ne peux pas me protéger moi-même ?

La petite chienne ne m'écouta pas et enfouit son museau plus profondément dans mon aisselle.

Je soupirai.

— D'accord, je te sauverai du grand méchant balai.

En la portant dans mes bras, je me levai, fourbu comme si j'avais cent ans. Je jetai les fleurs fanées à la poubelle, attrapai le dernier panier de linge et entrai dans ma chambre.

— Voilà. Heureuse ? demandai-je en posant Fossette et le panier sur le lit.

Elle trottina jusqu'à mon oreiller et se mit en boule en laissant échapper un ronflement.

— Ne t'y habitue pas. Je viens de dépenser quatre-vingt-six dollars dans un lit pour toi. Et dès que je te trouve une famille d'accueil, tu dégages.

Les yeux fermés, elle m'ignora.

— D'accord, garde le lit.

De toute façon, je ne dormais plus dedans, je campais sur le canapé du salon, bercé par la télé. Mes rêves me hantaient jusqu'à mon réveil sous la chape de plomb qui ne me quittait jamais.

Vraiment pas sympa.

La montagne de linge plié – pratiquement tous mes vêtements – s'empilait là, me défiant d'en faire quelque chose.

— Bon sang.

Mais combien j'avais de tee-shirts gris ? Et pourquoi le sèche-linge ne rendait jamais un nombre pair de chaussettes ? Encore un mystère de la vie qui ne serait jamais résolu. Comme à quoi ça sert tout ça et pourquoi les lapins attendaient qu'on avance vers eux pour se sauver ?

Les flacons de médicaments sur mon chevet attirèrent mon attention.

Je n'avais pas touché aux antidouleurs, mais ceux contre la dépression et l'angoisse m'avaient aidé au début. Jusqu'à ce que je décide d'accepter ce vide sombre et froid. De me plonger dedans. De voir combien de temps je survivrais dans ce marasme.

Je jetai les flacons dans le tiroir que je refermai.

La chienne ronfla bruyamment et je me rendis compte qu'il faisait noir dehors.

J'avais traversé une autre journée.

J'avais mangé.

Je m'étais lavé.

J'avais parlé aux gens avec des mots et pas juste des ronchonnements.

Et je n'avais laissé personne voir le vide dans mon âme.

Si je pouvais maintenant me doucher et me raser, ça irait.

Fossette s'étira et bâilla. Elle rêvait, je me demandai si c'était quelque chose d'agréable. Doucement, j'approchai d'elle le mouton pour chasser les cauchemars et filai dans la salle de bains.

J'ouvris le robinet dans ma douche propre, réglai la température et me déshabillai. Les cicatrices roses attirèrent mon regard dans le miroir. Une sur l'épaule, une en dessous de l'abdomen. Les deux allaient beaucoup mieux.

Mon corps guérissait de l'extérieur. C'était pour l'intérieur que je m'inquiétais.

Perdre la tête et tomber dans un cercle vicieux était le destin de notre famille. Comment fuir son ADN ?

La vapeur m'accueillit sous la douche. Je laissai l'eau chaude détendre mes muscles crispés. Les mains contre les carreaux froids, je baissai la tête sous le jet.

Lina.

Une image d'elle riant dans sa brassière de sport refit surface dans mon esprit, suivie par le reste de notre matinée ensemble. Ses yeux écarquillés et inquiets. Lina à quatre pattes alors que je la sortais du fossé. Son sourire sur le siège passager de ma voiture.

J'en eus aussitôt une érection.

Je ressentis le besoin d'elle et je me laissai aller à cette sensation parce qu'elle éloignait le vide. Et que j'avais craint de ne plus jamais l'éprouver.

Je n'avais plus eu d'érection depuis la fusillade. Et jusqu'à ce matin… avec elle.

Mon sexe se durcit sous l'effet de l'excitation.

Je ne m'étais pas penché sur le sujet. Après tout, il faut être bien taré pour se soucier de son pénis avant sa santé mentale. Je m'étais juste dit que ce que j'avais sous la ceinture était simplement fatigué.

Mais il suffisait que je voie Lina Solavita en legging à quatre pattes devant moi, et tous mes fantasmes revenaient au galop. Je pensais à ses hanches sous mes mains, la courbe de ses fesses quand je l'avais tirée vers moi. Le désir m'envahissait. Il me sortait des ténèbres et me jetait vers le feu. Vers elle.

Je ne pouvais pas m'en empêcher. Il m'en fallait plus.

Une main sur les carreaux de la douche, j'attrapai ma verge dure et gonflée avec l'autre main. Le contact fut à la fois un soulagement et une déception. J'aurais voulu que ce soit sa main, sa bouche. Mes doigts dans ses cheveux, la guidant alors qu'elle se mettrait à genoux.

Son envie de moi me rendrait puissant, fort, *vivant*. Me ferait me sentir de nouveau un humain.

J'éprouverais des scrupules ensuite de m'être laissé aller à mes fantasmes, c'est promis. Juste quelques caresses pour m'assurer que l'équipement fonctionnait toujours.

Imaginant ses lèvres pulpeuses s'ouvrir pour m'accueillir, je laissai l'eau couler sur ma tête. Je frottai avec plus d'énergie, vivant la scène à cent pour cent.

— Putain, lâchai-je en serrant le poing contre les carreaux.

C'était tellement agréable.

Je me voyais cette fois soulever son sweat pour la trouver sans soutien-gorge, ses tétons durcis par l'excitation.

Mes hanches s'avancèrent sans même que mon cerveau le leur ordonne.

— Encore une.

Juste une caresse et j'arrêterais.

Mais dans mes fantasmes, Lina n'était plus à quatre pattes. Elle me chevauchait, l'humidité de son intimité juste derrière une fine couche de soie. J'avais la bouche sur ses seins que je suçais et léchais langoureusement.

Ma main avait oublié la consigne d'une dernière caresse et s'activait vigoureusement. Mes hanches remuaient en cadence et je sus déjà que ça ne me suffirait pas. Mais ce désir sombre valait mieux que le vide.

Je m'imaginais écarter sa petite culotte en soie et, en l'attrapant par les hanches, m'introduire en elle.

— C'est trop bon, mon ange.

Je crus entendre son gémissement de plaisir quand je la pénétrai. Je frappai mon autre main contre le carrelage, une fois, deux fois.

Je ne pouvais plus m'arrêter désormais, mon poing au service de mon sexe.

Je lui embrassais l'autre téton tout en imprimant des mouvements de va-et-vient en elle. Et elle s'accrochait à moi, me suppliant de la faire jouir.

— *Nash.*

J'avais l'impression d'entendre mon nom dans sa bouche, alors que son sexe se resserrait sur le mien.

Je voyais ses yeux devenir fous de plaisir, je sentais le goût de ses seins sur ma langue et la pression de son vagin sur mon pénis.

— Mon ange.

Je frappai de nouveau le mur.

Elle jouirait profondément et longtemps. Un orgasme qui ne me laisserait d'autre choix que la suivre dans l'extase.

Mais au lieu de la libération que j'avais espérée, je trouvai autre chose.

Ma vision se brouilla, le son de la douche m'assourdit. Mon cœur se déchaîna dans ma poitrine, alors que la tension augmentait. Je lâchai mon sexe, haletant, luttant contre la vague de terreur qui m'étouffait.

Je m'écroulai dans la baignoire.

Toujours en érection. Toujours plein de désir. Toujours effrayé. Les mains posées sur la tête, je mis la tête sous le jet d'eau jusqu'à ce qu'il refroidisse.

– 6 –

En plein combat de coqs

Lina

La bibliothèque municipale de Knockemout était dans le même bâtiment Knox Morgan que le commissariat. Le nom de l'immeuble ne cessait de me réjouir.

Je pris une photo des lettres en or et l'envoyai à l'intéressé bougon.

La réponse ne se fit pas attendre. Il m'envoya un émoji doigt d'honneur.

En souriant, je rangeai mon portable et entrai.

Le bâtiment avait été construit grâce principalement à l'argent que Knox avait gagné au loto et qu'il avait voulu forcer son frère à accepter. Selon moi, Nash lui avait répondu magistralement « va te faire foutre » avec ce commissariat flambant neuf.

Apparemment, ça avait été la source de frictions entre les deux frères, renforcée par un entêtement héréditaire et une absence de communication.

Non pas que Knox m'ait accablée d'explications et d'aveux. Notre amitié était légère, dépourvue de tous les sujets graves qui auraient pu la plomber.

C'est la clé pour faire durer des relations.

Pas de problèmes à démêler, pas de bagage émotionnel.

Peu d'attentes, juste des moments de qualité.

Avec ces consignes à l'esprit, je n'allais surtout pas tourner la tête vers la vitre qui donnait sur le commissariat, quelques heures après que j'avais entendu le chef de la police se faire plaisir dans la douche derrière un mur plus fin que du papier.

Rien que d'y penser, je rougissais.

Je ne m'étais jamais brossé les dents aussi longtemps de ma vie.

Une chose était sûre, le chef Morgan était une bombe à retardement. Et cette Ange, j'espérais ne pas avoir à la détester.

Je me rendis dans la bibliothèque où il y avait plus de monde que ce à quoi je m'attendais. En pleine heure du conte, la section enfant avait l'énergie d'une école au moment du goûter. Les enfants comme les adultes écoutaient, captivés, Cherry Poppa et Martha Stewhot leur lire des histoires passionnantes.

Je restai à prêter l'oreille pendant un conte entier avant de me souvenir que j'étais en mission.

Je trouvai Sloane Walton, l'extraordinaire bibliothécaire, au premier étage qui discutait littérature avec le vieux et élégant Hinkel McCord.

Sloane ne ressemblait à aucune bibliothécaire que je connaissais. C'était une petite boule d'énergie avec des cheveux blond platine et des mèches lavande. Elle s'habillait comme une adolescente, roulait à bord d'une Jeep Wrangler et organisait une fois par mois la journée du Bouquin et de la Boisson. À ce que j'avais entendu dire, elle avait à elle seule – et grâce à quelques subventions – redressé la bibliothèque qui périclitait, pour la transformer en lieu de vie et de communauté.

Quelque chose en elle me rappelait les filles les plus populaires au lycée. Autrefois, j'étais membre de ce cercle exclusif.

— Tout ce que je dis, c'est qu'il faut donner sa chance à Octavia Butler. Et ensuite vous reviendrez avec des fleurs et de la tequila pour vous faire pardonner, parce que vous vous trompez complètement.

Hinkel secoua la tête.

— Je vais essayer. Mais quand je détesterai, il faudra m'offrir un pain aux tomates séchées.

Sloane tendit la main.

— Marché conclu. De la tequila de marque, pas le genre bon marché qu'on vole dans le bar de ses parents.

Hinkel lui prit la main et sourit.

— Marché conclu.

— Tu soudoies aussi tes clients avec des pâtisseries ?

Hinkel se tourna vers moi et retira son fedora en paille.

— Mam'zelle Lina, si vous me permettez, vous faites honte aux feuilles d'automne par votre beauté.

Je retirai un livre sur une étagère et m'éventai avec.

— Monsieur, on peut dire que vous savez comment faire tourner la tête à une femme, dis-je avec un accent du Sud.

Sloane croisa les bras, feignant l'agacement.

— Excusez-moi, monsieur McCord, je croyais que ce n'était qu'avec moi que vous flirtiez le dimanche matin.

Il désigna son costume rayé et son nœud papillon.

— Il y a assez de Hinkel pour tout le monde. Maintenant si vous voulez bien m'excuser, adorables jeunes femmes, je vais descendre me trouver d'autres jolis cœurs à séduire.

On suivit des yeux le centenaire qui descendit l'escalier, sa canne dans une main et un livre dans l'autre.

— Knockemout les rend charmants, remarquai-je.

— Tu m'étonnes, confirma Sloane, en me faisant signe de venir derrière elle.

On entra dans une spacieuse salle de conférences et Sloane se dirigea droit vers le tableau blanc pour effacer une série de pénis dessinés dessus.

— Les ados ?

Elle secoua la tête, faisant danser sa queue-de-cheval.

— Les urologues de la Virginie du Nord. Ils avaient leur congrès semestriel hier. Je préfère nettoyer les preuves avant la fin de l'heure du conte.

— Si je m'y attendais !

Sloane me sourit.

— Attends que les proctologues viennent en janvier, dit-elle, amusée.

Elle posa la brosse et commença à ranger les marqueurs par couleur.

— Qu'est-ce qui t'amène dans notre humble établissement ? demanda-t-elle.

Je me rendis utile et mis à la poubelle les documents concernant le membre viril.

— Je cherche des conseils pour de la lecture.

Et quelques informations.

— T'es au bon endroit. Qu'est-ce que tu aimes ? Les thrillers ? Les romans de voyage ? Les autobiographies ? La poésie ? Les policiers ? La fantaisie ? Le développement personnel ? Les romans érotiques assez chauds pour te faire rougir ?

Je repensai à Nash dans la douche, la veille. Les coups de poing sur le carrelage, le juron étranglé, j'en eus le tournis.

— Quelque chose avec des meurtres, décidai-je. Et aussi, est-ce que tu as une base de données du comté pour que je cherche des propriétés ?

— Tu veux rester pour de bon ici ?

— Non, dis-je rapidement. J'ai une amie qui habite à DC. Avec son mari, ils veulent quitter la ville et monter une affaire.

Mensonge à deux balles, mais Sloane était une bibliothécaire occupée et tout le monde par ici était excentrique. Elle n'allait pas perdre son temps à vérifier la cohérence de mon excuse.

— Quel genre d'affaire ?

Bon sang.

— Un garage ? Enfin je pense que c'est ce qu'ils m'ont dit.

Sloane remonta ses lunettes sur son nez.

— Je suis sûre que ton amie sait comment utiliser les sites d'agences immobilières.

— Elle… ils… savent oui. Mais si la propriété n'est pas à vendre… Ils ont pas mal d'argent et peuvent faire des offres qui ne se refusent pas.

Techniquement, cette partie n'était pas un mensonge. Ou pas exactement.

Elle me décocha un regard curieux. J'étais en général plus douée pour trouver des histoires. L'épisode de la douche avait vraiment dû me chambouler. Note personnelle : évite les hommes qui te rendent bête.

— Dans ce cas, tu pourrais trouver dans les bases de données du comté. Elles ont les indications GPS des propriétés et des estimations chiffrées. Je vais te donner les liens.

* * *

Vingt minutes plus tard, j'essayais de me faufiler entre les enfants de l'heure du conte, avec mes romans de meurtre, un livre sur comment contrer ses tendances autodestructrices, et des notes colorées avec les noms de trois bases de données de propriétés dans le comté.

J'arrivai dans le couloir quand une voix connue m'arrêta.

— Lina Solavita.

Je me figeai sur place et pivotai sur mes bottes à talons.

Un fantôme du passé me souriait depuis la porte du commissariat. Il s'était laissé pousser la moustache depuis la dernière fois que je l'avais vu, et pris cinq bons kilos, mais ça lui allait bien.

— Marshal Nolan Graham. Qu'est-ce que tu… ?

Je ne terminai pas ma question. Une seule affaire pouvait nécessiter la présence d'un marshal fédéral.

— Suis sur une affaire.

Il prit le livre sur le haut de ma pile et regarda la quatrième de couverture.

— Tu vas pas aimer.

— Un week-end il y a cinq ans au moins et tu penses connaître mes goûts littéraires ?

— Qu'est-ce que j'y peux ? Tu m'as marqué.

Nolan était un vrai emmerdeur. Mais il était bon dans son travail, pas misogyne pour un sou et si je me rappelais bien, c'était un excellent danseur.

— Désolée de ne pouvoir en dire autant. Jolie moustache, au fait, le taquinai-je.

Il passa son pouce et son index dessus.

— Tu voudras la voir de plus près tout à l'heure ?

— Toujours le même crétin.

— Ça s'appelle de l'assurance. Et elle me vient de mes années d'expérience à combler des femmes.

— T'es le pire, dis-je en souriant.

— Ouais, je sais. Qu'est-ce que tu fais ici ? C'est en rapport avec le vol de la *Mona Lisa* ?

— Je suis venue rendre visite à d'anciens amis. J'en profite pour lire.

Je brandis ma pile de livres.

Il plissa les yeux.

— Foutaises. Tu ne prends jamais de vacances. Tu t'occupes de quelle police d'assurance ici ?

— Je sais pas de quoi tu parles.

— Allez, divertis-moi un peu. Je suis pratiquement assis sur un chef de la police en attendant que les choses tournent mal.

— Tu penses que Duncan Hugo va venir finir le travail ? Tu as des renseignements là-dessus ?

— N'en avons-nous pas tous ?

Je levai les yeux au ciel.

— C'est une petite ville. Nous sommes tous très renseignés.

— Alors tu n'as pas besoin de rassembler les pièces du puzzle.

— Mais si. Hugo remplissait une liste pour impressionner son papa, mais il l'a perdue. Aux dernières nouvelles, il s'est enfui. Il n'a aucune raison de revenir terminer le boulot.

— À moins que notre amnésique de chef ne retrouve la mémoire et se souvienne de la fusillade. Tout ce qu'on a c'est la parole de son ex-petite amie, une jumelle maléfique et une sacrée chieuse. Et le témoignage d'une gamine de douze ans. Aucune pièce à conviction solide comme une voiture volée, une arme non enregistrée, des empreintes.

Duncan Hugo avait fait équipe avec Tina, la sœur jumelle de Naomi, pour voler, mentir et tricher dans tout l'État avant de commettre l'erreur de tirer sur Nash.

— Et la caméra de surveillance ?

Nolan haussa les épaules.

— C'est sombre. Le gars sur les images porte un sweat à capuche et des gants. On peut pas faire de portrait-robot avec ça. Un bon avocat peut nier sans problème que c'était lui.

— Mais pourquoi t'envoyer le baby-sitter ? Hugo, c'est de la petite racaille, non ?

— Mais les agents en ont après son papa.

Anthony Hugo était un gros bonnet du crime et ses territoires incluaient Washington DC et Baltimore. Alors que son fiston volait du matériel électronique, lui, jouissait d'une sale réputation dans le racket, la drogue et le proxénétisme.

— Je n'ai aucune marge pour t'en parler, dit-il en jouant avec la monnaie dans sa poche. Maintenant, crache le morceau. Tu es après quelle œuvre d'art ?

Nolan posa une main sur le mur derrière moi et se pencha vers moi comme s'il était le quarterback de l'équipe du lycée, et moi, une pom-pom girl.

— Allons, Lina. Et si on travaillait ensemble ?

Mais je n'étais pas une pom-pom girl. Et je ne travaillais pas en équipe.

— Désolée, marshal, je suis en vacances. Et comme le travail, je fais ça aussi toute seule.

Plus sûr ainsi.

Il secoua la tête.

— Les meilleures sont toujours farouchement célibataires.

Je penchai la tête pour l'examiner. Dans son costume cravate, il ressemblait à un vendeur de bibles.

— Tu ne t'es pas marié ?

Il montra sa main gauche.

— Ça n'a pas pris.

Sous la façade, je sentis une pointe de tristesse.

— Le boulot ?

Il haussa les épaules.

— Qu'est-ce que tu veux que je te dise, c'est pas fait pour tout le monde.

Je comprenais. Les voyages, les longues semaines d'obsession, l'excitation de la victoire quand une affaire se résolvait. Ce n'était pas facile à vivre de l'extérieur.

— Désolée que ça n'ait pas marché, dis-je avec un sourire compatissant.

— Oui, moi aussi. Tu pourrais me remonter le moral. Dîner ? Un verre ? J'ai entendu dire que le Honky Tonk vendait un bon scotch. On pourrait s'en boire quelques-uns en souvenir du bon vieux temps.

J'imaginais d'ici la réaction de Knox si j'entrais dans son bar avec un agent fédéral. Alors que son frère était fan de la loi et de l'ordre, Knox y était allergique.

— Hum.

Il fallait que je temporise pour me trouver une bonne excuse.

L'ouverture de la porte du commissariat me dispensa de trouver quelque chose à répondre. Et ensuite, la grimace sur le visage de Nash me coupa complètement la parole.

— Vous êtes perdu, marshal ? demanda-t-il.

Il maîtrisait sa colère à la perfection avec un accent du Sud un peu plus prononcé. Il portait son uniforme d'officier de police avec sa chemise et son pantalon gris, les deux lavés et repassés. Et incroyablement plus sexy que le costume de Nolan.

Foutue salle de bains ! Elle n'aurait pas pu être plus insonorisée ?

J'avais la gorge sèche et mon cerveau s'arrêta de fonctionner, les grognements de Nash sous la douche revenant en boucle dans ma tête.

Si le Nash maussade et blessé était sexy, ce chef de la police Morgan était le comble de la séduction.

Son regard s'arrêta sur moi et il me toisa.

Nolan garda sa main sur le mur au-dessus de ma tête, mais il bougea pour faire face à Nash.

— Je rattrapais le temps perdu avec une vieille amie, chef. Avez-vous déjà eu le plaisir de rencontrer l'enquêtrice Solavita ?

Je devais maintenant à Nolan un coup de pied entre les jambes.

— Enquêtrice ?

— Enquêtrice d'assurance, précisai-je rapidement avant d'envoyer un regard mauvais à Nolan. Le chef Morgan et moi, on se connaît.

En général, je résistais à la pression. Non, j'excellais sous la pression. J'étais patiente et rusée si nécessaire. Mais la sévérité du visage de Nash, comme s'il voulait m'envoyer dans la salle d'interrogatoire et me hurler dessus, me faisait perdre mes moyens.

— Pas aussi bien que toi et moi, plaisanta Nolan avec un rictus coquin.

— Sérieusement ? demandai-je. Remets-toi.

— Ange et moi, on est proches, lâcha Nash, ses yeux rivés sur moi.

Ange ? C'était moi l'ange de sa douche ? Je décidai de mettre cette information de côté pour plus tard.

— On partage un mur, dis-je, sans savoir pourquoi j'avais besoin de le préciser.

Mon passé avec Nolan ne concernait en rien Nash. Et mon présent avec Nash ne regardait pas Nolan.

— On a partagé un bain, hier, ajouta Nash.

Je n'en crus pas mes oreilles.

Les deux hommes me dévisagèrent. Je refermai la mâchoire que j'avais laissée pendre.

J'allais donner un coup de pied entre les jambes de Nolan et pousser Nash dans les escaliers.

— Elle a toujours adoré les gardiens de la paix, affirma Nolan, en se balançant sur les talons, comme s'il était au spectacle.

Je fulminais, mais avant que je puisse remettre à leur place les deux volcans de testostérone, la porte de la bibliothèque s'ouvrit. Nash se poussa pour la retenir.

— Madame, salua-t-il en direction de Cherry Poppa qui sortait.

— Charmeur.

Nolan s'inclina.

— Hum, que de beaux hommes par ici, lança la conteuse.

— Bon, on s'est bien amusés, dis-je aux deux imbéciles avant de suivre la vieille dame.

— Qu'est-ce que vous faites au milieu d'un combat de coqs ? demanda Cherry en agitant ses boucles blondes. Vous n'êtes pas une poule.

Ah, la sagesse des conteuses !

– 7 –

Le bon samaritain

Lina

J'étais encore assez furieuse quand je montai dans ma voiture pour me rendre au dîner de Knox et Naomi. Peut-être que certaines femmes se seraient pâmées de voir deux hommes se battre pour elles, mais c'était tout de suite moins sexy quand il ne s'agissait que de lutte pour leur juridiction et que je n'étais qu'un pion dans leur jeu.

J'appuyai sur la pédale et réveillai ma Charger. J'aimais les voitures rapides. Les routes ouvertes et le grondement du moteur me donnaient l'impression d'être libre.

Je restai à une vitesse de croisière légèrement au-dessus de la limitation, juste assez pour m'amuser un peu mais pas trop pour éviter d'avoir les flics à mes trousses.

De la musique enragée tonnait dans les enceintes et le vent m'ébouriffait les cheveux.

Déjà, je ralentis pour négocier le virage dans les bois. J'aurais voulu rouler encore des heures, à toute allure, en chantant à tue-tête pour que toutes mes frustrations s'envolent par la fenêtre.

Malheureusement, ça n'allait pas suffire à me calmer. Je m'engageai alors sur la route de terre.

Malgré ma colère, j'appréciais tout de même les couleurs d'automne qui embrasaient les bois. Les feuilles rouges, or et orange tombaient des arbres pour former un tapis sous mes roues. Mes sentiments concernant l'automne étaient complexes. Ce qui autrefois représentait un moment de réunion avec les amis ou le début de nouvelles aventures me faisait éprouver désormais le poids du manque.

— Bon sang, quelle humeur, ce soir, grommelai-je en direction de Carrie Underwood qui chantait dans mes oreilles.

Je baissai le volume pour laisser le chant du ruisseau envahir ma voiture.

La maison de Knox et Naomi apparut après encore un virage. Toute de bois et de verre, on aurait dit qu'elle faisait corps avec la forêt. Je me garai derrière le SUV de Naomi et sortis aussitôt pour ne pas rester assise à ruminer. Plus tôt on dînerait, plus tôt je pourrais ramener ma mauvaise humeur chez moi.

Je me dirigeai vers la longue allée qui serpentait entre des buissons et des fleurs jusqu'aux larges marches de la terrasse.

Un vélo était posé sur la pelouse et des coussins rayés égayaient des chaises à bascule. Des lierres en pot étaient accrochés aux poutres de la terrasse. Un trio de citrouilles vidées et sculptées attendait à côté de la porte d'entrée.

Celle de Knox devait être celle qui vomissait ses entrailles. Naomi avait celle avec le joli sourire, et celle de Waylay avait des sourcils effrayants taillés dans tous les sens.

Cet endroit respirait la famille de rêve. Ce qui était à la fois attendrissant et amusant pour moi qui avais toujours connu Knox.

De derrière la moustiquaire me parvint un cri suivi de glapissements et d'aboiements excités. Des chiens de toutes les tailles et de toutes les formes vinrent m'accueillir.

Je me penchai pour les saluer.

Les chiens de la grand-mère de Knox étaient une petite pit-bull borgne appelée Kitty et un beagle remuant appelé Randy. Les parents de Naomi, qui habitaient désormais dans l'ancienne maison de Knox sur la propriété, avaient leur chienne, Beeper, sauvée dans un refuge, et qui ressemblait à une brique ébouriffée sur pattes.

Waylon, le basset de Knox, posa son museau sur ma cuisse pour recevoir son lot d'attention.

— Waylon, reviens ici ! beugla Knox en poussant la moustiquaire.

Il avait un torchon sur l'épaule, une pince pour le barbecue dans une main et sur les lèvres quelque chose s'approchant d'un sourire.

— Je mets la table comme tu me l'as demandé ! répliqua une adolescente de douze ans depuis l'intérieur de la maison.

— Waylon, j'ai dit, pas Waylay ! répondit Knox.

— Ah, fallait le dire !

Je souris.

— Ça te va bien, la vie de famille, dis-je en me frayant un passage entre les chiens.

Il secoua la tête.

— J'ai passé une heure sur Internet à faire des recherches de maths, et une semaine à écouter des femmes parler d'arrangements floraux.

Un chœur de rire résonna dans la maison.

— Ce n'est jamais calme. Il y a toujours du monde partout.

Et il ne se plaignait pas : il était clairement plus heureux que je ne l'avais jamais vu.

— On dirait que tu en mérites une, dis-je en brandissant mon pack de bières.

— Viens boire dans la cour de derrière avant qu'on ait encore besoin de moi pour réparer un sèche-linge ou regarder une vidéo hilarante sur TikTok.

Il fourra la pince dans sa poche arrière, prit deux bières et les décapsula sur la rambarde de la terrasse. Il m'en tendit une.

— Dernière chance de te sauver, proposa-t-il.

— Oh, je ne vais sûrement pas rater le spectacle d'un Knox domestiqué !

— Domestiqué ?

— Je plaisante. Ça te va bien.

Il s'accouda à la rambarde.

— Qu'est-ce qui me va bien ?

Je désignai la porte d'entrée avec le goulot de ma bouteille.

— Ces deux dames là-dedans avaient besoin de toi. Tu t'es montré à la hauteur et maintenant vous êtes tous les trois tellement heureux que ça en est éblouissant.

— Tu penses qu'elles sont heureuses ?

Un autre éclat de rire retentit dans la maison. Les chiens couraient autour de la maison, leurs truffes sur le sol en quête d'une nouvelle aventure.

— Sûr et certain.

Il s'éclaircit la voix.

— Je voulais te demander un truc, et je veux pas que t'en fasses tout un plat.

— Tu piques ma curiosité...

— Je veux que tu sois mon témoin.

— Moi ? m'étonnai-je.

À part pour ma tante Shirley avec ma tante Janey – dans lequel, à huit ans, j'avais admirablement rempli mon rôle de fée pailletée –, je n'avais jamais assisté à un mariage. Je n'avais jamais été assez proche de quelqu'un pour qu'il m'invite.

— Naomi a demandé à Sloane, Stef, Fi et Way. Moi j'ai Nash, Luce et Jer. Enfin, dès que je le leur aurai demandé. Et toi.

Nash. Rien que la mention du nom de son frère et mes nerfs revenaient. Mais ils étaient calmés par la joie qui naissait dans mon cœur.

— Tu veux que je porte un smoking ?

— Tu peux même porter un sweat avec des taches de bière. Mais je suis sûr que Margo aura son mot à dire. Sois là, c'est tout.

C'était tellement attendrissant comment il l'appelait avec ce petit surnom qu'il lui avait trouvé, parce que la première fois qu'il l'avait vue, elle avait des marguerites dans les cheveux. Il but une gorgée de sa bière.

— Et ne me laisse pas tout foirer.

— Je serai honorée d'être ton garçon d'honneur.

— Naomi dit que j'ai le droit d'avoir des demoiselles d'honneur. Elle, elle a bien Stef comme garçon d'honneur.

On sourit dans la pénombre qui descendait sur les bois.

— Merci de me le demander. Même si tu ne m'as pas vraiment laissé le choix.

— Si tu dis aux gens ce que tu veux plutôt que le leur demander, tu as plus de chance de l'obtenir.

— Knox, le philosophe domestiqué.

— Tais-toi ou je te fais porter du taffetas couleur tangerine.

— Je n'arrive pas à croire que tu connaisses ces deux mots.

— Le mariage est dans trois semaines, j'apprends plein de mots.

— Trois *semaines* ?

— J'ai l'impression d'avoir attendu Naomi et Waylay toute ma vie. J'irais à la mairie dès ce soir si elles étaient d'accord.

— En tout cas, si je ne suis plus en ville à ce moment-là, je reviendrai, promis-je.

— Je te préviens, ça va se prendre dans les bras.

— Très peu pour moi, alors, dis-je en grimaçant.

L'affection physique était pour moi quelque part entre être mise en attente au téléphone et une extraction de dents. À une époque, mon corps avait appartenu aux médecins plus qu'à moi-même. Depuis, je préférais éviter tout contact, à moins d'en être à l'initiative. Ce qui rendait mes réactions avec celui qu'il valait mieux ne pas nommer encore plus déconcertantes.

— J'ai une solution, dit-il. Je mets « n'aime pas les câlins » derrière ton nom.

Je riais encore quand les phares d'une voiture m'éblouirent. Le pick-up Nissan bleu de Nash se gara à côté de ma voiture.

Je me sentis tout de suite nerveuse, craignant qu'il cherche à en savoir plus sur cette question d'enquêtrice des assurances. Je n'avais pas besoin qu'il en parle à tout le monde.

— Je ne savais pas qu'il venait, dis-je.

— T'as un problème avec mon frère ? demanda Knox en me regardant de travers.

— Eh bien oui. Pourquoi ? Ça te dérange que j'aie un problème avec lui ?

— Non, répondit-il, alors qu'il prenait un air amusé. Il est temps que quelqu'un d'autre que moi soit fâché contre lui. Mais laisse pas ça perturber le mariage, sinon ça va contrarier Naomi. Et personne n'a le droit de contrarier Naomi à part moi.

Les chiens se précipitèrent vers le véhicule.

Je croisai le regard glacial de Nash à travers le pare-brise. Il ne semblait pas ravi à l'idée de sortir de la voiture. *Tant mieux.*

— Je vais entrer voir si je peux aider, proposai-je.

Knox m'échangea la pince contre une troisième bière.

— Va voir le poulet sur le gril si Lou ne s'en occupe pas déjà, lança-t-il avant de se diriger vers son frère.

Va voir le poulet ? Mes connaissances sur la cuisson de la volaille se limitaient à ce que je voyais dans mon assiette au restaurant. J'entrai et suivis les bruits.

La maison était magnifique, robuste et rustique, mais avec des touches personnelles qui donnaient envie de s'asseoir, de mettre les pieds sous la table et de profiter du chaos.

Des photos de famille qui remontaient à des générations décoraient les murs et des tapis colorés adoucissaient le parquet en bois brut.

Je trouvai la majorité des gens dans la cuisine. Liza J, la grand-mère de Knox et Nash – et ancienne occupante de la maison qui avait à présent déménagé dans le cottage au bout de la propriété – supervisait Amanda, la mère de Naomi qui organisait un plateau de charcuterie.

Lou, le père de Naomi était, heureusement, déjà en train de s'occuper du poulet sur le gril avec sa pince à lui.

Naomi et son meilleur ami, le séduisant et très élégant Stefan Liao, se disputaient tandis qu'il débouchait une bouteille et qu'elle mélangeait un plat à l'odeur alléchante sur une plaque de cuisson.

— Dis-lui, Lina, m'apostropha Naomi comme si j'avais toujours été là.

— Dire quoi à qui ? demandai-je en trouvant une place dans le frigidaire pour les trois bières restantes et les deux litres de Fanta qui ruinent les dents.

— Dis à Stef qu'il doit inviter Jeremiah à sortir avec lui.

Jeremiah était l'associé de Knox au Whisky Clipper, le salon de coiffure de la ville sous mon appartement. Comme tous les hommes dans cette ville, il était lui aussi vraiment beau à pleurer.

— Witty joue les marieuses, parce qu'elle va bientôt se marier et elle ne veut pas se sentir seule, se lamenta Stef. Coincée en couple comme une débile.

Il portait un pull en cachemire et une veste en velours côtelé et semblait tout droit sorti d'un magazine de mode pour hommes.

— T'as pas envie de lui tenir compagnie ? demandai-je.

— Je ne vis même pas officiellement dans cette ville, protesta-t-il en remuant les mains, sans pour autant renverser une seule goutte du Shiraz. Comment je pourrais me mettre en couple comme un débile, ici ?

— Super. Deux dollars de plus dans le bocal à gros mots, se lamenta Waylay depuis la salle à manger.

— Tu les mets sur ma note, répondit Stef.

Le bocal à gros mots était un ancien bocal à cornichons géant sur le plan de travail de la cuisine. Il débordait toujours de billets grâce aux jurons répétés de Knox. L'argent servait à acheter des produits frais. Le seul moyen qu'avait trouvé Naomi pour que Waylay soigne son vocabulaire était par la menace des légumes verts.

— Sérieusement, insista Naomi. Tu passes plus de temps à Knockemout qu'à New York ou chez tes parents. Je sais que tu ne restes pas ici juste parce que tu adores les chiens.

Comme s'ils avaient entendu qu'on parlait d'eux, les quatre chiens accoururent dans la cuisine pour se ruer dans la salle à manger au moment où Waylay apparut dans l'embrasure de la porte. Elle s'écarta de leur passage, ce qui eut pour effet de les exciter encore plus.

— Dehors ! cria Amanda en ouvrant la porte de derrière.

Waylay vint piquer une tranche de pepperoni sur le plateau de charcuterie.

— La table est mise, annonça-t-elle.

Naomi plissa les yeux, prit un morceau de brocoli sur le plateau de légumes et le fourra dans la bouche de sa nièce.

Waylay se débattit valeureusement, mais sa tante eut le dernier mot avec un gros câlin.

— Pourquoi t'es obsédée par les légumes, tante Naomi ?

— Je suis obsédée par ta santé et ton bien-être, répliqua Naomi en lui ébouriffant les cheveux.

— T'es trop bizarre, lâcha Waylay, les yeux au ciel.

— C'est parce que je t'aime trop !

— Et si on recommençait à soûler tonton Stef pour qu'il sorte avec Jeremiah ? proposa Waylay.

— Bonne idée, acquiesça Naomi.

— Un garçon comme lui ne restera pas célibataire très longtemps, intervint Liza J pour mettre Stef en garde.

Et elle fila en douce une tranche de salami à Waylay.

— Il est très beau, confirma Amanda.

Tout le monde se tourna vers moi pour que je renchérisse.

— Extraordinairement séduisant. Mais seulement si tu es pour le couple et la monogamie.

— Ce qui n'est pas mon cas, insista Stef.

— Knox ne l'était pas non plus, fis-je remarquer. Mais regarde-le maintenant, il est vraiment heureux.

Naomi m'enlaça les épaules de son bras et je parvins à peine à ne pas sursauter en sentant ce contact inattendu. Sa bague de fiançailles brillait à son doigt.

— Tu vois ? Toi aussi, Stef, tu pourrais être vraiment heureux.

— J'en doute.

Je me dégageai du bras de Naomi pour m'approcher du plateau de viande.

Waylay avala une autre tranche de salami quand Naomi lui tourna le dos. Je crus entendre la voix de ma mère dans ma tête.

— *Tu évites toujours la viande transformée, n'est-ce pas Lina ?*

— *Tu penses que c'est une bonne idée de boire de l'alcool avec ta maladie ?*

Je pris une grande gorgée de bière par défi et vins choisir une tranche de saucisson italien.

— Quoi ? Je suis sexy et gay, alors c'est une évidence que je sorte avec le coiffeur sexy et bi ? Les gays et les bi doivent avoir plus de points communs que ça pour sortir ensemble, râla Stef.

— Je pensais que tu avais dit que c'était le gars le plus séduisant de la planète avec une voix capable de faire fondre la glace ? Et que tu déchirerais volontiers tes habits pour l'entendre réciter sa liste de course ! taquina Naomi.

— Et tu as aussi ajouté que sa petite entreprise était une chose qui t'intéressait parce que tu en avais assez de sortir avec des top models, ajouta Amanda.

— Et vous aimez tous les deux la mode, et l'écologie, non ? renchéris-je.

— Je vous déteste tous.

— Ne sors pas avec lui parce qu'il est bi, Stef. Sors avec lui parce qu'il est parfait pour toi, conclut Naomi.

Knox et Nash entrèrent, tous les deux légèrement énervés. Comme toujours après avoir échangé quelques mots. Nash semblait fatigué, aussi. Et terriblement sexy dans son jean et son tee-shirt…

Mince, j'avais oublié que je ne le trouvais plus séduisant.

Je me concentrai sur le fait qu'il avait tout fait pour m'humilier devant Nolan et me remis à être en colère contre lui.

Il tenait une bière dans une main, et sa Fossette tremblante dans l'autre. Elle portait un petit pull ridicule avec une citrouille cousue dessus. Ils semblaient tous les deux complètement dépités d'être ici.

— Bonsoir, salua-t-il en entrant, mais ses yeux bleus se posèrent sur moi.

Je lui décochai un regard mauvais auquel il répondit avec la même hargne.

Et soudain, ce fut de nouveau la pagaille quand toutes les femmes coururent vers Nash pour être la première à caresser Fossette. Knox les contourna, embrassa Naomi sur la joue et fila vers le plateau de charcuterie.

— Salut toi, j'adore ton petit pull, lança Naomi tout doucement.

— Qui est cette adorable petite chose ? demanda Amanda en caressant la tête de Fossette.

Sentant une nouvelle amie potentielle, les chiens se ruèrent vers la porte et gémirent pour qu'on les laisse entrer.

— C'est Fossette. Je l'ai trouvée dans un fossé d'évacuation hier en dehors de la ville. Qui veut la cajoler ? demanda-t-il, son regard furibond toujours rivé sur moi.

Je l'ignorai.

— Ça ressemblait pas à ça, lâcha Stef l'air de dire *je sais quelque chose que vous ne savez pas*.

Nash et moi tournâmes la tête en même temps vers lui.

Stef nous décocha un sourire de démon.

— Désolé mes chéris, faut que je détourne l'attention de moi, sinon, elles me lâcheront jamais.

— Qu'est-ce qu'ils avaient l'air de faire ? demanda Liza J.

— Vu la position compromettante…

— Et si tu nous réservais cette histoire pour plus tard ? intervint Naomi en jetant un petit coup d'œil en direction de Waylay.

— Vous faisiez quoi ? demanda tout de même Knox.

— Je pense que ton abstinence contrainte te fait halluciner, Stef. Tu devrais peut-être vraiment inviter Jer à sortir avec toi, suggérai-je.

— Je t'accorde ce point, lâcha-t-il.

Nash fit comme si cette conversation n'avait jamais existé et posa la petite chienne effrayée par terre. Elle tenta de se cacher derrière ses jambes, mais soudain m'aperçut.

Je lui fis un petit coucou et elle fit un pas hésitant vers moi. Je m'accroupis pour tapoter le sol devant moi.

Fossette contourna les jambes de Nash et se rua vers moi.

Je la soulevai et me soumis à ses léchouilles.

— Tu sens bien meilleur qu'hier, lui dis-je.

— Waouh ! Elle t'adore, commenta Naomi.

— Revenons à la position compromettante, demanda Amanda.

Stef remplit le verre vide que Liza J lui tendait.

— Je rentrais en ville tôt, hier matin, et qu'est-ce que j'ai vu sur le bord de la route ?

Knox posa ses deux mains sur les oreilles de Waylay.

— Un ours ? demanda Liza J.

— Mieux que ça. J'ai vu le chef de la police de Knockemout à genoux dans l'herbe en levrette derrière le c-u-l de Miss Solavita.

Nash semblait prêt à prendre ses jambes à son cou.

— Pardon ? demanda Knox.

— Sérieusement Stef, tu dis « levrette » tout haut, mais tu épelles cul ?

— Levrette n'est pas un gros mot, ça veut dire quoi, au fait ? demanda Waylay.

— Knox, elle a tout entendu ! gronda Naomi.

Il fit pivoter la jeune fille et l'enlaça dans ses bras.

— Je ne peux pas respirer, se lamenta-t-elle contre le torse de Knox.

— Mais si, sinon, on t'entendrait pas.

— Tu me casses le nez avec tous tes muscles !

Il la libéra et lui ébouriffa les cheveux.

— Waylay, et si tu allais voir comment grand-père s'en sort avec le poulet ? proposa Naomi.

— Tu te débarrasses juste de moi pour pouvoir parler de choses d'adultes dégoûtantes, comprit la gamine.

— Exact, répondit Stef. Maintenant sors d'ici pour qu'on en vienne aux choses dégoûtantes.

Knox posa une main sur la tête de Waylay et l'orienta vers la porte de derrière.

— Allons, minette, aucun de nous deux n'a besoin d'entendre ça.

Ils sortirent ensemble sur la terrasse et refermèrent derrière eux.

— Revenons-en à la levrette, insista Amanda.

Elle se hissa sur un tabouret de bar et se dandina, ravie d'avance.

— Je me suis arrêté, en bon samaritain que je suis, continua Stef.

— C'est comme ça qu'on appelle ça, maintenant, ironisa Nash.

— J'ai proposé d'aider, mais, les joues roses d'efforts, Lina m'a dit qu'ils s'en sortaient très bien à deux.

— Parce qu'on s'en sortait bien, précisai-je.

— Vous auriez pu être arrêtés pour ça, plaisanta Liza J.

Je balançai sur Stef une carotte qui atterrit sur son front.

— Aïe !

— On était tous les deux complètement habillés et on sortait un chien – cette chienne en l'occurrence – d'un conduit d'écoulement, imbécile, dis-je en brandissant Fossette façon *Roi Lion*.

— En parlant de ça, qui veut bien la garder le temps que je lui trouve une maison d'accueil ? demanda Nash.

— Je n'aurais jamais cru qu'une histoire de sauvetage de chien pourrait me décevoir, lâcha Amanda après quelques secondes de silence.

— Revenons-en à Stef qui joue les poules mouillées avec Jer, proposai-je.

Un morceau de chou-fleur ricocha sur ma joue.

Lou ouvrit la porte et le flot de chiens entra. Kitty, la pit-bull borgne de Liza J, s'assit sur mes pieds et leva la tête vers la chienne au pull à citrouille dans mes bras. Waylon avala le chou-fleur par terre, tandis que Beeper dansait autour des jambes de Lou.

— Le poulet est prêt, annonça-t-il. Qu'est-ce que j'ai raté ?

— Rien, répondit Nash entre ses dents.

– 8 –
Haricots verts et mensonges

Nash

Le dîner se révéla aussi chaotique que toujours dès que les Morgan étaient rassemblés, mais ce que j'avais trouvé plaisant autrefois me paraissait désormais juste épuisant.

Des conversations traversaient la grande table sur fond de musique country. Ça allait trop vite pour que je suive, quant à participer… De toute façon, je n'en avais pas l'énergie. J'avais passé toute la journée sous la supervision d'un marshal qui prenait un plaisir sadique à me rendre dingue.

J'étais exténué. Mais j'étais venu ici pour une raison : comprendre pourquoi Lina nous avait roulés dans la farine en nous disant faire un travail barbant dans les assurances. Elle nous avait menti, à ma famille et à moi, et j'avais bien l'intention de découvrir pourquoi.

J'avais emmené Fossette pour ne pas la laisser seule. Elle semblait aussi fatiguée que moi. Elle dormait en boule contre Kitty, sur un petit matelas dans un coin. Les autres chiens avaient été trop bruyants pour rester et avaient été renvoyés dehors.

On se passait la nourriture et les verres étaient régulièrement remplis, parfois sans qu'on le demande. Je m'en tenais à ma seule bière et mangeais juste assez pour ne pas attirer l'attention. Nous autres, les Morgan, n'étions pas doués pour parler sentiments, alors mon frère et ma grand-mère me laissaient tranquille. Mais Naomi et ses parents étaient du genre à repérer un problème et à faire de leur mieux pour le régler en en parlant dans tous les sens.

Quand j'étais sorti de l'hôpital, ils avaient nettoyé mon appartement, rempli mon frigidaire et lavé mon linge. Il était très clair que les Witt n'avaient pas juste adopté Knox et Waylay, mais moi aussi dans le lot.

Après une vie remplie du silence dysfonctionnel des Morgan, c'était assez déconcertant.

La moitié de la table éclata de rire à quelque chose que j'avais loupé. Ça me fit sursauter. Et Fossette aussi. Elle lâcha un aboiement d'inquiétude. Parfaitement calme, Kitty posa sa grosse tête sur le corps de la petite chienne qui se rendormit aussi vite.

Il y avait plus de vie dans cette vieille maison que dans mon enfance, plus que je ne pouvais en supporter. Je m'étais préparé à attendre que ça passe, comme j'avais appris à le faire, mais la présence de Lina à ma gauche faisait naître une boule de sentiments qui se logeait dans le vide de ma poitrine. La brûlure de l'attirance était encore palpable, avec à présent quelques scrupules pour mon comportement devant Nolan. Mais surtout, j'étais furieux.

Elle avait délibérément menti à tout le monde sur son travail. Et j'avais les mensonges et les menteurs en horreur.

Notre échange de ce matin me laissait avec une série de questions.

J'avais effectué quelques recherches entre la paperasse et un coup de main pour capturer des chevaux qui s'étaient enfuis des écuries de Bacon et avaient couvert Second Street de crottin. Mais ce n'était pas à la table du dîner que j'allais commencer l'interrogatoire. Alors je prenais mon mal en patience et tentais de limiter le nombre de fois où je regardais dans sa direction.

Elle portait un jean moulant et un gilet gris qui semblait plus doux qu'un nuage. Ça me donnait envie de le toucher et d'enfouir mon visage dedans. De…

Ça suffit, malade. Ressaisis-toi. Tu es déprimé et en colère, pas le genre de gars à se frotter sur un pull.

Je me secouai et tentai de me joindre à la discussion.

— Lou, comment va le golf ?

Sur ma droite, Amanda me donna un coup sous la table. Naomi s'étouffa avec son café.

Lou pointa sa fourchette vers moi.

— Laisse-moi te le dire, mon petit. Je ne vois pas comment le trou numéro neuf peut être un par trois !

— C'est reparti, murmura Amanda alors que son mari se lançait dans un récit de ses aventures sur le green.

Je tentai de ne pas faire attention à Lina pendant que Lou nous expliquait par A plus B pourquoi le trou numéro neuf avait été mal estimé.

Fossette ronflait de façon étrange et bruyante, comme elle l'avait fait dans la nuit, me réveillant à deux reprises. Le bout de sa queue remuait un peu comme si elle faisait de beaux rêves. Au moins, ça faisait un peu taire les autres bruits que j'avais dans la tête.

Les yeux de Naomi pétillèrent quand Knox lui glissa une main dans le dos et murmura à son oreille. Waylay attendit qu'ils soient occupés pour glisser deux haricots verts dans sa serviette. Elle me vit la regarder et fit comme si de rien n'était.

La nuit était tombée, cachant derrière la vitre les bois et le ruisseau. À l'intérieur, la lumière était tamisée avec des bougies qui vacillaient et nous plongeaient dans une atmosphère chaleureuse.

— Passe-moi le poulet, Nash, demanda Liza J de l'autre côté de la table.

Je pris le plateau et me tournai vers la gauche. Les doigts de Lina se glissèrent entre les miens et on passa tout près de la catastrophe.

Nos regards se croisèrent. Des éclairs de colère jaillissaient dans ses beaux yeux marron, sûrement à cause de notre rencontre du matin. Mais j'avais plus de raison qu'elle d'être furieux.

Elle s'était maquillée et avait arrangé ses cheveux différemment. Elle me fit penser à une petite fée espiègle et nerveuse. Elle avait des boucles d'oreilles qui se balançaient joliment sur ses lobes, et cliquetaient chaque fois qu'elle riait. Mais là, elle ne riait pas.

— J'attends, insista Liza J.

Je parvins à faire passer le plateau sans envoyer le poulet par terre. Mes doigts avaient été réchauffés par son contact et je serrai le poing sur mes genoux pour en garder la chaleur.

— T'as une tête affreuse, commenta Knox à mon intention.

— Knox ! le reprit Naomi, exaspérée.

— Quoi ? Si tu veux faire pousser une barbe, fais-le bien, ou prends rendez-vous dans mon salon. Dans un cas comme dans l'autre, décide-toi. Ne traverse pas notre ville avec des poils de cul sur le visage, ça fait une très mauvaise pub pour Whisky Clipper, se plaignit mon frère.

Waylay se prit la tête dans les mains et grommela quelque chose sur un bocal et des légumes.

Je passai une main sur ma mâchoire. J'avais encore oublié de me raser.

— Prends plus de haricots, Nash, proposa Amanda à ma droite, en ajoutant une cuillerée à ceux que je n'avais pas touchés.

Waylay m'adressa un regard compatissant à travers la table.

— Cette famille est obsédée par les légumes verts.

Cette gamine se faisait encore à l'idée de faire partie d'une famille après une enfance sous mauvaise influence.

— Waylay, tu ne voulais pas demander quelque chose à Knox et Nash ? interrogea Naomi.

Waylay baissa les yeux vers son assiette et prit un air agacé.

— C'est un truc idiot. Vous avez pas à le faire.

Elle fit tourner ses haricots dans son assiette avec sa fourchette et grimaça en mordant dans l'un d'eux.

— Ça va t'étonner, mais on aime les trucs idiots, dis-je.

— Il y a un défi sur TikTok où les pères laissent leur fille les maquiller. Et leur faire les ongles. Et certains se laissent faire une coupe aussi, commença-t-elle.

Knox et moi échangeâmes un regard d'effroi.

On le ferait.

On détesterait chaque seconde de ce défi, mais on le ferait si Waylay en avait envie.

— OK, et ? demanda Knox en déglutissant avec peine.

On aurait dit qu'il se faisait étrangler.

— Waylay Witt ! soupira Naomi.

Elle esquissa un sourire diabolique.

— Quoi ? Je leur présentais juste un truc bien pire pour qu'ils disent oui à ce que j'ai vraiment à leur demander.

Je me détendis, la menace du rouge à lèvres et des faux cils s'éloignant.

Knox se balança sur sa chaise, les yeux au ciel.

— Putain, qu'est-ce que je vais faire d'elle quand elle aura seize ans ?

— Oh, non ! se lamenta Waylay.

— Bocal ! cria Stef.

— Si tu pouvais arrêter de dire ce mot à chaque phrase, on pourrait peut-être enfin manger des frites plutôt que ces haricots de malheur ! le gronda Waylay.

Les boucles d'oreilles de Lina cliquetèrent sous son rire.

— Qu'est-ce que tu veux vraiment ? demandai-je.

— OK. Mon école organise un forum des métiers et je me disais que ça pourrait être bien si vous veniez tous les deux présenter vos professions. Vous pouvez refuser, ajouta-t-elle rapidement.

— Tu veux que moi et tonton Nash on vienne parler devant ta classe ? demanda Knox.

Je me frottai le front et essayai de repousser au fond de moi les « non, sûrement pas » qui montaient à la surface. Les relations avec la communauté représentaient une grande partie de mon travail, mais j'avais évité tous les événements depuis… avant.

— Ouais. Mais seulement si vous faites un bon métier, parce que la mère d'Ellison Frako est juge et elle va nous faire une simulation de procès. Alors pas la peine de venir parler formulaires et relevé bancaire.

Je souris. Les formulaires et les relevés de banque constituaient quatre-vingt-dix pour cent du travail de mon frère.

— Je me disais que tu pourrais faire quelque chose de cool, dit Waylay en s'adressant à moi. Comme tirer sur un des garçons exaspérants avec un Taser.

Lina éclata de rire et renversa un peu de sa bière. Sans un mot, je lui tendis une serviette.

Naomi m'adressa un regard suppliant.

Comme si je ne savais pas combien ça coûtait à Waylay de faire cette demande.

— Je ne pense pas sortir d'arme en classe, mais je peux trouver autre chose.

Un filet de sueur froide descendit le long de mon dos. Mais l'expression radieuse de Waylay en valait la peine.

— Vraiment ?

— Oui, vraiment. Mais je te préviens, mon travail est bien plus cool que celui de Knox.

— C'est ce qu'on verra, rétorqua Knox.

— Qu'est-ce que tu vas faire ? Rejouer le jour où t'as empoché la cagnotte du loto ? plaisantai-je.

Il me balança une peau de pomme de terre.

Je lui répondis avec des haricots verts.

— Les garçons ? gronda Amanda.

Waylay me décocha un de ses petits sourires que j'adorais. C'était déjà satisfaisant de faire sourire une gosse heureuse, mais le faire avec une enfant qui avait toutes les raisons de ne pas l'être, c'était comme gagner une médaille d'or.

— Mais sérieusement, qui voudrait garder Fossette ? demandai-je.

— Oh, mais Nash, ce ne serait pas juste pour cette mignonne petite chose ! Tu vois bien qu'elle est déjà attachée à toi ! commenta Amanda.

Après le café et le gâteau, on mit du Pasty Cline, un des chanteuses préférées de ma mère.

Knox commença la vaisselle et Naomi monta à l'étage pour aider Waylay avec ses devoirs. Lou et Amanda se proposèrent de ramener Liza J à son cottage. Fossette se lamenta à la porte d'entrée du départ de Kitty.

J'aurais voulu disparaître moi aussi, mais les bonnes manières m'obligeaient à au moins donner un coup de main. Je retournai dans la salle à manger et y trouvai Lina qui rassemblait les assiettes à dessert.

— Donne-les-moi et prends les couverts.

Elle posa la vaisselle sur la table plutôt que de me la donner.

— Vous aviez l'air de bien vous entendre, toi et le marshal Graham, ce matin.

Pas la chose à dire.

Les fourchettes et les couteaux tombèrent avec fracas sur le plateau vide.

— Sérieusement ? demanda-t-elle en se croisant les bras. Quel est ton problème avec Nolan ?

Mon problème c'est qu'il était Nolan pour elle et pas le marshal Graham.

— Mon problème, c'est que *ton pote Nolan* me suit comme mon ombre. Même ici, il m'a suivi. Il est sûrement garé dans l'allée.

Elle pianota ses doigts aux ongles manucurés sur les manches de son pull. La dureté sur la douceur.

— Ce n'est pas mon pote. Et tu aurais pu l'inviter à entrer.

Et quoi encore ?

Un bruit de casse retentit dans la cuisine, suivi d'une salve de jurons.

— Pourquoi ces putains d'assiettes sont si glissantes ? Où est-ce qu'on range le putain de balai ?

— Bocal fois deux ! cria Naomi depuis l'étage.

— Assieds-toi, demandai-je à Lina.

— Pardon ? répliqua-t-elle, les yeux plissés.

Je tirai une chaise.

— J'ai dit assis.

Obéissant, Waylon accourut dans la salle à manger, s'assit sur le tapis sous mes pieds et attendit que je lui donne quelque chose à manger. Fossette se joignit à lui, pleine d'espoir.

— Ça va bien la tête ?

Grommelant, je tirai de ma poche deux petits biscuits pour chien et les distribuai aux deux mendiants. Puis je tirai une autre chaise et m'assis.

— S'il te plaît, ajoutai-je en désignant le siège vide.

Elle prit tout son temps, mais s'exécuta.

— Ce n'est pas une salle d'interrogatoire, beau gosse. Et je ne suis pas une suspecte. Toute relation, passée ou présente, avec Nolan ne te regarde pas.

— Je vais te dire pourquoi tu as tort, Angelina. Tu vois, je ne crois pas aux coïncidences, surtout quand il y en a un paquet. Tu n'as jamais rendu visite à mon frère à Knockemout avant ça. Et tout à coup, tu décides de lui faire une petite surprise en te pointant ici. Peu probable, mais soit. Et tu apparais aussi juste après que je me sois fait tirer dessus et avant que Waylay et Naomi se fassent enlever. Encore une coïncidence ?

— Tu n'y crois pas, c'est ça ?

— Et maintenant, je découvre que tu connais le marshal qui est sur mon dos.

Lina entremêla ses doigts sur la table et se pencha en avant.

— Nolan et moi, on a passé quarante-huit heures à poil dans un motel à Memphis, il y a cinq ou six ans.

— C'était à l'époque où tu as récupéré cent cinquante mille dollars de bijoux volés pour tes employeurs à Pritzger, n'est-ce pas ? Et les gars chez qui tu les as retrouvés faisaient l'objet d'une enquête du FBI, c'est ça ?

— Où est-ce que tu as eu ces informations ?

— Ça a fait les gros titres. C'était un gros coup.

— Mon nom n'est apparu nulle part, dit-elle froidement.

— Si, dans le rapport de la police local.

OK, j'avais fait mes recherches aujourd'hui.

Elle laissa échapper un souffle d'agacement entre ses dents.

— Qu'est-ce que tu veux ? demanda-t-elle.

— Pourquoi est-ce que tu es ici ? Et je veux pas entendre que Knox te manquait trop, l'avertis-je quand elle ouvrit la bouche. Je veux la vérité.

Il me fallait la vérité.

— Je vais le dire lentement pour que tu comprennes tout dès la première fois. Ne te mêle pas de mes affaires. Et mes affaires qui incluent qui je suis, qui sont mes connaissances, ce que je fais pour gagner ma vie, et pourquoi je suis en ville, ne te regardent pas.

Je me penchai jusqu'à ce que nos genoux se touchent sous la table.

— Avec tout mon respect, Angelina ? C'est moi qui ai pris des balles dans le corps. Et si tu es là en rapport avec cette histoire, alors oui ça me regarde.

Son portable sonna et je vis « papa » s'afficher sur son écran.

Elle raccrocha immédiatement et repoussa son téléphone, tendue comme une corde de guitare.

— Parle. Maintenant.

Elle ouvrit la bouche, ses yeux marrons menaçants. L'espace d'un instant, je crus qu'elle allait me gifler et je nous imaginais tous les deux, confrontant nos colères.

Mais le combat silencieux fut interrompu par une sonnerie.

Lina posa la main sur sa montre, mais pas avant que je voie les chiffres à côté du cœur rouge clignotant.

— C'est une alerte cardiaque ? demandai-je.

Elle se leva assez violemment pour faire sursauter les deux chiens. Je me levai à mon tour.

— Ça, comme tout le reste, ne te regarde pas, chef.

Elle se dirigea vers la porte.

Elle faillit la passer, mais on avait tous les deux sous-estimé ma fureur. Je l'attrapai par le poignet et la fis revenir vers moi.

Elle se tourna. Je fis un pas. Et je me retrouvai pressé contre elle.

On respirait tous les deux bruyamment, nos poitrines se frôlant à chaque inspiration. Elle était grande, mais je l'étais suffisamment pour qu'elle doive lever la tête pour me regarder. La veine à la base de son cou pulsait furieusement.

Oui. C'était un murmure dans mon sang. Plus je m'approchais d'elle plus il devenait fort.

Avec un mouvement contrôlé, je baissai la main vers sa montre et soulevai son bras. Elle me regarda sans se dégager. Je lançai un coup d'œil à sa montre.

— C'est un rythme cardiaque plutôt élevé pour un simple dîner autour d'une table.

Elle tenta de retirer sa main, mais je la gardai dans la mienne.

— Je ne me suis pas contentée de bavarder de tout et de rien. J'étais en train d'envisager la possibilité de tordre le cou à un policier.

Sa deuxième main était contre ma chemise, mais elle ne me repoussait pas. Elle me retenait.

— Calmons-nous, tous les deux, dis-je doucement.

— Tu veux que je me calme ? Bon sang ! Pourquoi n'y avais-je pas pensé plus tôt ?

J'avais fait éclater le volcan et maintenant je contemplais de la lave incandescente. Et tout ce qui me passa par la tête, c'est que je voulais bondir dans cette chaleur.

— Dis-moi ce que c'est, ça ? insistai-je. Tu as besoin d'un médecin ?

— Oh bon sang, Nash. Si tu ne me lâches pas sur-le-champ, aucun jury ne me tiendra responsable de ce que je vais faire à tes testicules avec mon genou.

Cette menace combinée à sa façon de remuer contre moi me donna une nouvelle érection prodigieuse.

Putain.

Et soudain, on bougeait tous les deux.

Je l'avais coincée contre un mur, une main sur sa taille juste en dessous de son sein, l'autre à plat sur le mur au-dessus de sa tête. Pendant ce temps, ses mains agrippaient ma chemise et me retenaient contre elle.

Je suivais sa respiration, l'inspiration collant sa poitrine contre la mienne, et l'expiration m'envoyant un souffle d'air chaud au visage. Je m'agitai encore contre elle.

Il fallait que je recule. Non seulement c'était une mauvaise idée de m'investir avec une femme qui me mentait, mais en plus son sexe m'embrouillait les idées.

— Tu veux que je recule ?

— Oui.

Mais ses mains m'attiraient plus près encore.

— Tu veux que j'arrête de te toucher, mon ange ?

Je priai toutes les divinités que je connaissais sur cette terre et aussi quelques chanteurs, on ne sait jamais. Dolly Parton, s'il te plaît, fais qu'elle dise non.

Ses cils clignèrent et une lueur s'alluma dans ses beaux yeux.

— Non.

C'était un murmure. Une supplique silencieuse qui embrasa mes sens.

Nos regards se croisèrent et je remontai mon pouce jusqu'à son sein. Mon sexe pulsait contre ma braguette. Des flammes brûlaient dans tous mes muscles.

Lina lâcha un petit gémissement, et je jure que je faillis jouir dans l'instant. Je gardai ce son dans ma mémoire pour le convoquer quand j'en aurais besoin.

Elle pressa ses hanches contre les miennes et je rêvai de l'allonger au sol et de la déshabiller.

— Mais qu'est-ce que vous foutez, vous deux ? interrompit Knox.

Il tenait une bière dans une main et un balai dans l'autre. Il semblait vouloir casser les deux sur nos têtes.

— On a une conversation privée.

— C'est le moins qu'on puisse dire, grommela mon frère.

— J'allais partir, en fait, dit Lina, écarlate. Si tu veux encore m'interroger, chef, la prochaine fois, je viendrai avec mon avocat.

— Je te jure, Nash, si tu recules pas, je te casse cette bouteille sur la tête et je te fais nettoyer.

Être fiancé affectait la capacité de mon débile de frère à formuler des menaces cohérentes.

Pourtant, il ne valait mieux pas que je tente le diable. Je retirai ma main de la taille de Lina et tentai de reculer, mais elle m'agrippait toujours par la chemise.

— C'est à toi de me lâcher, ma belle, murmurai-je.

Elle baissa les yeux sur ses mains et lentement, ouvrit les poings.

— Tu peux conduire ? demandai-je.

— Elle n'a bu qu'une seule bière. Tu vas faire souffler mes invités dans un ballon ? intervint Knox.

— Je ne parlais pas de bière, dis-je, les dents serrées.

— Je vais bien. Merci Knox pour le dîner. À bientôt.

Elle se faufila entre le mur et moi pour se diriger vers la porte.

— C'était quoi ça ? demanda Knox en ponctuant tous les mots d'un coup avec son bâton dans mes côtes.

— Aïe !

— Non.

— Non, quoi ?

Avec le bout du balai, il désigna Lina qui venait de partir, puis moi.

— Ça, là. Ça n'est pas arrivé ?

J'ignorai son commentaire.

— Qu'est-ce que tu sais sur Lina ?

— Comment ça ? Je la connais depuis toujours.

— Tu sais quel est son boulot ?

— Elle travaille dans les assurances.

— Faux. C'est une enquêtrice pour les assurances Pritzger.

— Je vois pas la différence.

— C'est en gros une chasseuse de primes pour des biens privés.

— Et alors ?

— Alors, elle débarque en ville après que je me sois fait tirer dessus, elle ment sur son travail et elle connaît le marshal que j'ai sur le dos. Tu trouves pas que ce sont des coïncidences intéressantes ?

— Pourquoi tout le monde me raconte des conneries incompréhensibles ? demanda Knox.

— Pourquoi est-ce qu'elle porte une montre pour surveiller les battements de son cœur ?

— Comment est-ce que je le saurais, putain ? Tous les crétins qui courent pour le plaisir en ont une, non ? Ce qui m'inquiète plus, c'est pourquoi mon frère a coincé une ancienne petite amie à moi contre le mur.

— Ça te pose un problème ?

— Oui, et un gros.

— Développe.

— Sûrement pas. Toi et Lina c'est impossible, fin de l'histoire, je développe rien du tout.

— Ça marche, cette stratégie, avec Naomi et Waylay ?

Soudain fatigué, il s'assit.

— Pas pour l'instant, mais j'espère qu'un jour, elles me laisseront m'en tirer avec ça. Pose tes fesses.

Il m'indiqua la chaise que Lina venait de quitter. Dès que je m'assis, Fossette sauta sur mes mollets et je la montai sur mes genoux. Elle se blottit contre mon buste et soupira. Comme si, avec moi, elle se sentait en sécurité. Saleté de petite créature…

— Tu veux parler, d'accord. Alors tais-toi et écoute. Crois-moi quand je te dis que Lina est le genre d'amie que tu veux de ton côté. Pas seulement parce qu'elle devient féroce quand tu la contraries, mais parce que c'est quelqu'un de bien. Si elle te parle pas de son boulot et de sa montre, c'est qu'elle a une bonne raison. C'est peut-être parce que tu n'as pas encore gagné sa confiance. Ou peut-être parce que c'est pas tes affaires.

Mais quelque chose en moi savait que c'étaient mes affaires.

— Je sais.

— Tais-toi, j'ai dit. C'est une des meilleures personnes que je connaisse. Et toi aussi. Alors arrange la situation avec elle et fous-lui la paix. Je vais pas vous laisser jouer à des petits jeux tous les deux. Et arrête de la coincer contre des murs. Cette femme déteste qu'on la touche, j'arrive pas à croire qu'elle t'ait pas coupé les couilles en partant.

Lina détestait qu'on la touche. Première nouvelle.

— On sort demain soir. Toi, Luce et moi, continua mon frère.

Je secouai la tête.

— J'ai beaucoup de travail…

— On sort demain soir, répéta Knox. Honky Tonk, neuf heures. C'est ton jour de congé et si tu essaies d'annuler, Luce et moi, on débarque chez toi et on te traîne dehors. On doit parler.

– 9 –

Une voisine tue-l'amour

Nash

Je laissai mon ombre fédérale sur le parking, déposai Fossette chez moi et me dirigeai vers la porte voisine. Elle me dominait tel un mur de château fort. De la musique s'échappait de l'intérieur. Quelque chose de cadencé, quelque chose qui disait « attention : femme énervée ». J'hésitai un instant et finis par frapper.

La porte s'ouvrit immédiatement et je plissai les yeux en voyant Mme Tweedy sortir sur le palier. Elle tenait son verre de bourbon du soir et portait sa tenue habituelle : collants de sport sous une tunique et rouge à lèvres rose glacé. Ses cheveux blancs étaient en pagaille sur sa tête, ajoutant quelques centimètres à sa petite stature.

Je vérifiai le numéro de l'appartement, de peur m'être trompé de porte.

— Mais c'est notre gardien de la paix préféré, Monsieur Rectitude, dit-elle avec son accent du Sud.

La glace dans son verre cliqueta.

2B. Juste à côté de mon appartement. Je ne m'étais pas trompé, Mme Tweedy ouvrait la mauvaise porte.

— Lina est ici ?

— Non, je me suis introduite par effraction. Vous voulez me passer les menottes ?

Elle tendit les mains, poignets collés et poussa un rire coquin.

January Tweedy était tellement dévergondée à soixante-seize ans que je n'osais imaginer comment elle était adolescente.

Lina apparut sur le pas de la porte derrière elle. Je poussai un soupir de soulagement.

— Qu'est-ce que je peux pour toi, chef ? demanda-t-elle d'un ton glaçant. Tu as besoin que je te dise ce que je vais faire pour le déjeuner aujourd'hui ? Une liste de toutes les personnes à qui j'ai parlé depuis que je suis là ?

— Je suis sur la liste. On est BFFF, lança Mme Tweedy.

— BFFF ? répétai-je.

— *Best fucking friends forever*, expliqua-t-elle. Vous avez un problème avec Lina ? Alors vous avez un plus gros problème avec moi. Ah et aussi, j'ai besoin que vous me cherchiez ma montre dans la poubelle, je l'ai encore fait tomber.

Lina sourit, mais toute trace d'amusement s'effaça de son visage quand elle me vit la regarder.

— Mme Tweedy, si vous me laissez une minute parler avec Lina, je vous aide à récupérer votre montre.

— Et à accrocher mon nouveau rideau de douche.

— Encore un ? Qu'est-ce qui est arrivé à l'ancien ?

Elle prit une gorgée de bourbon.

— Ça veut dire non, ça, n'est-ce pas Lina ?

— Ce n'était pas un oui, c'est certain, confirma Lina.

— D'accord. La montre et le rideau de douche. Maintenant, laissez-nous.

Mme Tweedy me tapota la joue.

— Vous êtes un bon gars, Nash. Essayez de ne pas garder la tête dans le cul trop longtemps. Tôt ou tard, ça devient irréversible.

Elle s'adressa à Lina.

— On se voit à la gym demain matin. En forme !

— Ça m'a fait plaisir de vous rencontrer.

Elle changea d'air dès que la porte du couloir se referma.

— Si tu es venu ici finir ton interrogatoire…

— Non, Madame, dis-je en posant mon front sur le montant de la porte.

— Et pas de madame avec moi.

La porte de Mme Tweedy s'entrouvrit très légèrement.

— Je suis venu pour m'excuser, dis-je, ignorant les oreilles qui traînaient.

Lina croisa les bras.

— Tu va pas me rendre la tâche facile, hein ?

— Et pourquoi je le ferais ?

Je décidai d'insister. Je posai une main sur son épaule et la poussai gentiment à l'intérieur, avant de fermer la porte derrière moi.

— Mais entre donc, fais comme chez toi, dit-elle sèchement.

Elle ne faisait pas grand-chose pour rendre son intérieur accueillant.

Les seules affaires personnelles que je remarquai étaient une plante près de la fenêtre et un carton de dossiers.

Je la fis reculer de quelques pas et retirai ma main.

— Baisse la musique, s'il te plaît, ajoutai-je quand elle me lança des poignards avec ses yeux.

Elle me fit attendre si longtemps que je faillis le faire moi-même, mais elle finit par contourner la table pour prendre son portable. La musique ne fut bientôt plus qu'un doux ronron.

Il ne m'avait pas échappé qu'elle avait fait un détour pour remettre le couvercle sur son carton.

— Tu as déjà frôlé la mort ? demandai-je.

Elle se figea.

— À vrai dire, oui, répondit-elle sur un ton neutre.

— J'aimerais bien en savoir plus là-dessus, plus tard, l'avertis-je. Mais pour l'instant, j'imagine que tu sais mieux que quiconque ce que ça fait d'ouvrir les yeux quand tu pensais que c'était la fin.

Elle ne répondit pas, cligna simplement des yeux.

J'expirai bruyamment.

— Angel, j'ai failli me vider de mon sang sur le bord de la route. Je suis encore là, tu le vois, mais une partie n'a pas survécu. Si tu es ici à cause de ça, j'estime que j'ai le droit de le savoir.

Elle ferma les yeux, ses longs cils se posant sur sa peau bronzée.

Quand elle ouvrit les paupières, elle soutint mon regard.

— Je ne suis pas ici pour toi.

Ça semblait vrai.

— C'est tout ce que tu veux me dire ?

— On verra comment tu t'en sors avec les excuses. Et ça a intérêt à inclure « je suis désolé, je suis un connard d'avoir laissé le marshal penser qu'on avait baisé ensemble ».

— Je suis désolé pour l'interrogatoire. Je ne suis pas dans mon état normal et je fais du mieux que je peux dans une situation que je ne maîtrise pas. J'avais l'impression que tu me cachais quelque chose, surtout quand j'ai vu l'autre enfoiré te parler de manière très rapprochée ce matin. J'avais l'habitude de faire confiance à mon instinct, j'ai pas encore fait le deuil de ça.

— Pourquoi en faire le deuil ?

— Parce que j'ai foncé pile dans le piège.

Lina baissa les mains et lâcha un petit son désolé.

— Comment en vouloir au héros blessé maintenant ?

— J'espère que tu ne pourras pas, admis-je.

Elle poussa un soupir.

— Bon, je suis en effet en ville pour chercher quelque chose.

Elle dirigea un doigt vers moi quand j'ouvris la bouche.

— Je ne suis pas ici parce qu'on t'a tiré dessus. Je cherche quelque chose qu'on a volé à un de mes clients. J'ai quelques pistes dans cette direction. Nolan et moi, on s'est croisés il y a des années, sur deux affaires complètement différentes. Je ne savais pas qu'il était en ville et lui non plus.

— Tu comptes le recroiser pendant que tu es là ?

Je sentis l'air entre nous crisser.

— Et pourquoi ça devrait te regarder ?

— Je te le dirai si tu dis que tu acceptes mes excuses.

— D'accord. Excuses acceptées.

— T'es rapide.

— Arrête de gagner du temps.

— Je vais être honnête, commençai-je. Et ça risque de pas te plaire.

— Une seule manière de le savoir.

— J'adore te mettre en rogne. Je t'ai provoquée et c'est de ça que je suis le plus désolé.

— Pourquoi ? demanda-t-elle.

— Pourquoi je suis désolé ?

— Non. Malgré ton comportement de ce matin et de ce soir, tu n'es pas un idiot. Tu sais que je peux être une voisine horrible à provoquer. Alors pourquoi le faire ?

— Tu me fais ressentir des choses. Après des mois sans plus rien ressentir du tout, même la colère ou l'adrénaline, ça fait du bien.

La flamme dans ses yeux se consuma.

Je fis un pas lent vers elle.

— Chaque fois que je suis près de toi, que je t'entends rire ou que tu me regardes comme maintenant, ou que tu t'énerves, je ressens quelque chose.

— Quel genre de chose ?

Je fis un autre pas, réduisant à néant la distance entre nous.

— Je me sens bien.

Je posai une main sur son biceps. Elle ne se dégagea pas.

— Même si, pour être honnête, c'est surtout que je ne ressens plus le vide qui m'a envahi. Je veux bien me battre et trouver l'énergie de rester proche de toi. Mais pas si tu as un autre homme dans ton lit.

— Personne n'occupe cet espace pour l'instant, répliqua-t-elle après un petit temps de réflexion.

— Ça te dérange quand je te touche ?

— J'imagine que Knox a ouvert sa grande bouche ? dit-elle en levant les yeux au ciel.

— Il a évoqué ton problème.

— Et pourtant, tu as tes mains sur moi, remarqua-telle. Culotté de ta part.

— Mon frère était surpris que tu m'aies laissé m'approcher de si près. Et ça m'a fait me poser des questions.

— Quel genre de questions ?

— Si ce n'était pas parce que tu aimes que je te touche ?

J'étais assez proche pour l'embrasser. Ce serait si simple de se pencher. De sentir cette bouche délicate sous la mienne et de découvrir ses secrets. Ça me semblait si juste, si inévitable.

— D'accord, je joue. Et si j'aimais ça, oui ? demanda-t-elle, des taches d'or et de topaze dans ses yeux merveilleux.

— Et si tu me laissais m'approcher encore plus près ?

— À quel point ?

J'avançai encore, collant mon corps contre le sien. Tous mes nerfs s'embrasèrent, comme si j'étais une batterie morte et qu'elle était des câbles de démarrage.

— Aussi proche que tu me laisseras. Je n'en ai pas juste envie, Angelina. J'en ai besoin.

— Tu veux dire que tu as besoin de moi pour que je te soutienne ?

— Je veux dire que je veux être aussi proche que tu me laisseras. Plus je suis proche de toi, mieux je me sens. Comme maintenant, dis-je doucement. J'ai l'impression de pouvoir enfin respirer de nouveau.

Elle posa une main sur mon torse.

— Ça fait... beaucoup de pression.

— Je sais, concédai-je.

Ce n'était pas une proposition d'un coup d'un soir, c'était la recherche d'un ancrage. Quelque chose sur quoi m'appuyer dans la tempête.

— Les cartes sont sur la table.

— Pourquoi s'arrêter maintenant ?

— Tu aurais beaucoup de raisons de dire non. Et la plus importante est que je suis abîmé au point que je ne pourrai peut-être jamais me remettre.

— Personne n'est parfait, dit-elle en entrouvrant ses jolies lèvres.

Je remontai mes mains le long de ses bras et les redescendis pour sentir la douceur de son pull, la chaleur de son corps.

— Knox ne veut pas qu'on s'approche l'un de l'autre.

— Dommage pour lui. Je déteste qu'on me dise quoi faire, dit-elle en posant son autre main sur mon torse.

Elle appuya, insistante.

— Je déteste les surprises, je ne tolère pas les mensonges. Même les plus petits.

— Je ne supporte pas l'ennui et la routine. Certains diraient même que je provoque les drames.

— Jusqu'à cet été, j'étais plutôt décidé à trouver une femme et fonder un foyer, avouai-je.

Elle lâcha un rire nerveux.

— OK. Là tu me fais un peu peur. Et maintenant, tu veux quoi ?

— Me sentir vivant.

Son regard rencontra le mien et j'eus l'impression que le soleil me réchauffait jusqu'aux os.

— Et tu penses que je peux t'aider dans ce domaine ?

Mon cœur battait de toutes ses forces. Et le sang irrigua tout mon corps, jusqu'à mon sexe.

— Mon ange, tu l'as déjà fait.

Elle écarquilla les yeux et je me demandai si j'étais allé trop loin.

— Tu n'es pas mon genre, dit-elle après un silence.

— Je sais.

— Je n'ai pas l'intention de rester dans le coin.

— J'ai compris aussi.

— Tu viens de dire que tu cherchais une femme, Nash.

— C'était avant. Maintenant, j'essaie juste de traverser la journée.

Elle poussa un soupir que je sentis sur ma joue.

On s'approchait encore l'un de l'autre. Au milieu de son appartement pratiquement vide, on remplissait tout l'espace de notre chaleur. Ses seins frôlaient ma poitrine, ses pieds nus touchaient le bout de mes bottes. Mon souffle agitait ses cheveux.

— J'ai besoin de te demander autre chose, dis-je.

— Si c'est le nom de jeune fille de ma mère et les quatre derniers chiffres de mon numéro de sécu, je vais comprendre que c'est vraiment un super guet-apens.

Je passai une main sur sa mâchoire.

— Est-ce que tu aimes quand je te touche ?

— Pourquoi ? demanda-t-elle en frissonnant.

— Tu sais pourquoi. Mais je veux que tu le dises. Cartes sur table.

Son visage se radoucit.

— Ça ne me dérange pas quand c'est ta main qui me touche, beau gosse.

— Si ça change, tu devras me le dire.

Elle hésita avant de hocher la tête.

— OK ? insistai-je.

— OK.

Je lui pris une de ses mains de mon torse pour la poser sur son épaule. Elle était si chaude, si vivante et si douce contre moi. Je passai le poids de mon corps sur un pied, nous emportant dans la bascule.

— On ne peut pas ralentir la cadence avec les Struts, lança-t-elle en référence à la musique qui sortait de son portable.

— Exactement.

Elle laissa échapper un soupir tremblant. Je fis glisser un doigt sur son cou. Malgré son apparence calme, son pouls battait à tout rompre.

— Le fait que tu doives surveiller ton rythme cardiaque, c'est en rapport avec ton expérience de la mort ? demandai-je.

Elle s'interrompit dans notre danse, se mordit la lèvre, hésitante pour la première fois. Je ne me souvenais pas de l'avoir déjà vue comme ça.

— On a peut-être été assez honnêtes pour cette nuit.

Je n'étais pas de cet avis, mais j'étais patient. Je découvrirais chacun des secrets qu'elle cachait jusqu'à ce qu'elle se montre aussi nue devant moi que moi devant elle. Je calai sa tête sous mon menton et glissai les mains sous son pull pour sentir sa peau. Respirant son parfum, je la maintins contre moi et continuai de me dandiner.

J'avais de nouveau une érection. Une chose était sûre, Lina Solavita savait comment faire pour qu'un homme se sente en vie.

J'étais tellement absorbé par le fait de me remplir de tout le bon qu'elle avait à offrir que Lina réagit plus rapidement que moi aux coups sur la porte.

— Le rideau de douche va pas se suspendre tout seul, chef ! cria Mme Tweedy.

— Merde, grommelai-je.

— Tu ferais mieux d'y aller, dit Lina en me lâchant.

— En effet. Pense à ce que je t'ai dit.

— Je risque de ne penser à rien d'autre, confessa-t-elle avec un petit sourire.

Délicatement, je lui pris le visage dans les mains, mais au lieu de déposer un baiser sur ses lèvres qui s'entrouvraient pour m'accueillir, je lui embrassai le front.

— Merci pour cette danse, mon ange.

– 10 –

Suer avec les seniors

Lina

La salle de sport de Knockemout était à l'image de la ville : brut de décoffrage mais très intéressante. C'était un long bâtiment de plain-pied en métal avec un parking en gravier, qui, à sept heures du matin, se trouvait déjà bien rempli de motos, minivans et SUV de luxe.

J'avais passé une bonne partie de la nuit à me tourner et me retourner en pensant à la proposition de Nash. Je n'avais pas l'habitude d'avoir à ce point un homme dans la peau et dans la tête. J'espérais qu'une bonne séance de sport me soulagerait de cette obsession. Je ne voulais plus penser ni à combien il voulait se rapprocher ni à combien je voulais qu'il se rapproche.

J'étais tentée. *Très* tentée. L'ancienne moi se serait directement jetée dans cette aventure. Mais les vieux schémas avaient fait leur temps. Il fallait que j'évolue, que je fasse de meilleurs choix.

Et si je le laissais entrer dans mon lit, il voudrait se rapprocher encore. Je risquais alors qu'il découvre ce que j'avais intentionnellement omis de lui dire. Il le verrait certainement comme une déclaration de guerre. Et c'était précisément la raison pour laquelle je ne me laissais pas aller dans des relations.

Qu'est-ce que ça pouvait faire qu'il me fasse fondre comme du fromage à raclette ? Ce défi, je n'avais pas besoin de le relever, ce mystère, pas besoin de le percer. Le plus intelligent serait de l'éviter. Rester loin de lui, faire mon travail et partir.

À l'intérieur, c'était du rock qui tonnait plutôt que la pop que la plupart des salles préféraient. Pas de lits de bronzage ou de chaises de massage, juste des rangées de machines, des poids et des adhérents en nage.

— T'es nouvelle ? demanda la fille derrière le comptoir en tôle ondulée.

Elle avait un piercing dans le nez, un tatouage sur le cou et le corps d'une déesse du yoga.

— Oui, je suis venue m'entraîner avec Mme Tweedy et ses amis.

Elle me sourit.

— Amuse-toi bien. Et signe ça surtout.

Elle me tendit une décharge de responsabilité.

Me demandant ce qu'il y avait à appréhender dans une séance de fitness avec des septuagénaires, j'apposai mon nom en bas du papier.

— Essaye de ne pas te blesser, m'avertit-elle. Les vestiaires sont derrière toi. Tes partenaires sont déjà là.

Elle me montra le fond de la salle.

— Merci, dis-je en me rendant dans la direction indiquée.

Le centre de l'espace était occupé par quelques dizaines de machines de cardio : tapis de course, vélos elliptiques, rameurs… Dans une grande salle, un entraînement d'apparence militaire battait son plein. Quelqu'un vomissait dans une bassine et une personne était allongée au sol, une serviette sur le visage, tandis qu'un prof faisait pratiquer un nombre infini de burpees.

Le public était composé de fermiers en tenue de sport avec gadget au poignet et de motards couverts de tatouages vêtus de petits hauts déchirés et de bandanas. Sur les tapis couraient un blanc d'une vingtaine d'années habillé en Under Armour de la tête aux pieds et une noire avec des tresses argentées et un tee-shirt Harley usé. Lui avait le visage tordu par l'effort, elle, souriait.

Agatha et Blaze, un couple de motardes lesbiennes dans la quarantaine, qui fréquentaient le Honky Tonk de Knox, me saluèrent sur leurs vélos elliptiques.

— Lina !

Mme Tweedy m'appela depuis la zone des poids. La demi-douzaine de seniors en survêtements assortis me dévisagea.

— Bonjour, saluai-je.

— Les gars, c'est ma nouvelle voisine et meilleure amie, Lina, voici les gars.

— Bonjour Lina.

— Bonjour les gars.

Drôle de bande : ils devaient avoir entre soixante et quatre-vingts ans. En plus de leurs rides et de leurs cheveux blancs, ils avaient du muscle et des chaussures de sport dernier cri.

— Prête pour travailler ?

— Et comment !

Depuis mon arrivée en ville, j'avais surtout couru. Une petite séance de portée de poids avec eux me permettrait de reprendre en douceur la musculation.

— Ne commencez pas sans moi ! lança Stef dans son short de sport de grand couturier.

— Comme on se retrouve, lui lançai-je.

— Il était temps, Steffy, dit la dame à la droite de Mme Tweedy.

Ses cheveux noir corbeau étaient striés de mèches grises et sur son tee-shirt on pouvait lire MON ÉCHAUFFEMENT, C'EST TON ENTRAÎNEMENT.

— J'étais dans le parking, je me motivais, expliqua-t-il, avant de s'adresser à moi. T'es sûre que tu te sens de taille ?

— Je cours dix kilomètres par jour, je pense que je peux tenir.

* * *

— Oh mon Dieu. Je meurs. Continue sans moi, suppliai-je à Stef.

Il se baissa pour m'aider à me lever du tapis. Mes genoux défaillaient, je m'étais vidée de tout mon liquide. Mes muscles étaient trop faibles pour me maintenir debout. Par miracle, mon cœur n'était pas monté dans le rouge, mais le reste de mon corps n'avait pas supporté la séance.

— Reprends-toi. Si tu abandonnes maintenant, elles te le rappelleront jusqu'à ton dernier jour, murmura Stef.

De la transpiration coulait sur son menton. Ses cheveux toujours si soigneusement peignés s'érigeaient aléatoirement sur sa tête.

Je pris ma respiration.

— Je comprends pas comment un gars de soixante-dix ans peut y aller aussi fort sur la corde de combat. C'est sa moustache qui lui donne des superpouvoirs ?

Stef s'aspergea d'eau.

— Vernon était marine. Il s'ennuyait trop à la retraite, alors il a décidé de s'entraîner pour l'Iron Man. Ce n'est pas un être humain.

Appuyée contre le mur à côté de la fontaine, j'utilisai le bord de mon tee-shirt pour m'essuyer les yeux.

— Et Mme Bannerjee ? Elle vient de soulever quatre-vingt-dix kilos. *Huit fois de suite !*

— Aditi a commencé à soulever des poids vers cinquante ans, elle a trois décennies d'expérience.

— On s'y remet ! Vous vous reposerez quand vous serez morts ! hurla Mme Tweedy.

— J'en peux plus, gémis-je.

Stef posa ses mains sur mes épaules, mais je transpirais trop pour qu'il se retienne à moi. Il renonça et s'appuya sur le mur à côté de moi.

— Écoute-moi. On peut y arriver. On va y arriver. Et quand on aura terminé, on ira au Café Rev se prendre des grands latte et notre poids en pâtisseries.

— J'ai besoin de plus de motivation que ça.

— Merde.

Il se repoussa du mur et me fit face, l'air malade.

— Quoi ? Ils ont ajouté des séries de *wall balls* ? J'en ai reçu une sur le visage.

Les *wall balls* étaient des exercices de torture avec lesquels on faisait des squats explosifs en balançant la balle contre un mur au-dessus de la tête. C'était pire que les *burpees*, je détestais ça.

Stef se passa les deux mains dans les cheveux et avec une grimace il s'essuya les paumes sur son short.

— Je suis comment ?

— Comme si un bataillon de tritons sexy venait de t'attirer au fond des océans.

— Bon sang.

— Mais en très séduisant, à la Henry Golding, ajoutai-je.

— Je devrais peut-être retirer mon tee-shirt ?

— Tu m'expliques ce qui se passe ? demandai-je en lui prenant la bouteille des mains pour boire.

— Jeremiah vient d'entrer pour travailler ses biceps.

Sans arrêter de boire, je jetai un œil par-dessus l'épaule de Stef. Le beau coiffeur n'était pas difficile à repérer, devant le miroir… à côté de Nash Morgan.

Je bus de travers et faillis m'étouffer.

— Merde !

Je retirai mon bandeau, le trempai d'eau et le remis sur ma tête.

Stef me donna un coup de coude.

— Excuse-moi, tu peux pas l'avoir, il est à moi ! Si je trouve le courage de l'inviter à sortir avec moi.

— Ce n'est pas Jeremiah mon problème, imbécile. C'est Nash Morgan.

Un frétillement dans mon torse me fit baisser les yeux vers ma montre. Mon pouls était régulier. Le frétillement descendit dans le ventre. Ce n'était pas mon cœur qui me lâchait, c'était pire.

Stef tourna la tête pour le voir et revint vers moi, projetant des gouttelettes de transpiration dans tous les sens.

— T'as un crush ! chantonna-t-il.

— Tout d'abord, c'est dégoûtant, j'ai ta sueur dans les yeux. Et ensuite, c'est pas un crush. C'est… une alerte.

Le signal d'alerte résonna dans tout mon corps quand Nash me dévisagea au-dessus de sa barre chargée de poids. Son regard n'avait rien de sympathique. Il me dévorait.

Mes genoux me lâchèrent de nouveau, mais ça n'avait plus rien à voir avec de la fatigue musculaire.

— Sans vouloir te contrarier, t'es pas supposée être une dure à cuire ? demanda Stef.

Je détournai les yeux de l'irrésistible chef de la police.

— Hein ?

— Je le reconnais, ton beau gosse a l'air d'avoir envie de t'arracher tes vêtements et t'allonger sur un banc de musculation.

L'image me fit réagir instantanément.

— Mais je pensais que t'étais du genre à la jouer cool pour qu'ils rampent devant toi.

Devant Nash Morgan, j'en étais incapable. Je fondais de désir et cela me glaçait de peur.

— Je ne pensais pas que je dirais ça un jour, mais devant certains mecs, c'est impossible de la jouer cool, concédai-je.

— Vous allez continuer à parler toute la journée, ou vous finissez vos séries ? râla Mme Tweedy. Vous continuez comme ça et j'ajoute des séries de *wall balls* !

— Et maintenant, tout le monde a les yeux sur nous.

Y compris Jeremiah et Nash.

Je me redressai.

— On va le faire.

— Et on va le faire sexy.

— T'as raison, tu devrais retirer ton tee-shirt.

— Pareil pour toi, répliqua Stef. Ils seront peut-être tellement hypnotisés par mes pectoraux et tes seins qu'ils ne verront pas quand on aura un arrêt cardiaque.

— Non, ça on évite, suggérai-je.

— Je ne peux rien promettre.

— Allons-y, les enfants ! appela Vernon.

— Dernière série, c'est la meilleure ! cria Mme Tweedy.

— Viens, lâcha Stef entre ses dents. On se déshabille et on marche comme des princes.

* * *

— Bois.

Mes paupières s'ouvrirent et je me retrouvai à regarder dans les yeux bleus de Nash. Une bouteille d'eau s'agitait devant ma tête.

J'avais trop soif, j'étais trop à bout pour me vexer de son ton autoritaire.

Je parvins à m'asseoir. Nash était agenouillé à côté de moi, transpirant. Jeremiah était derrière lui, manifestement très amusé.

Je donnai un petit coup dans la jambe de Stef.

— Laisse-moi mourir seul, femme, dit-il, à plat ventre sur le matelas à côté du mien.

Je le frappai plus fort.

— On ne peut pas mourir devant *témoins*.

Il se souleva et tourna la tête vers notre public.

— Besoin d'un coup de main ? demanda Jeremiah à Stef.

Je rassemblai assez d'énergie pour sourire quand le bel officier releva mon partenaire d'entraînement.

— Je suis impressionné, lança Nash, alors que je buvais goulûment. Personne ne survit à sa première séance de muscu avec les seniors.

— Je ne dirais pas que j'ai survécu, répliquai-je.

— Tu as fini la dernière série, insista-t-il. C'est ce qui compte.

— Et j'ai failli vomir.

Son visage s'adoucit dans cette esquisse de sourire qui me bouleversait à chaque fois.

— Ça compte quand même.

— Ils sont surhumains. Tous.

— C'est vrai, confirma-t-il.

Je remarquai qu'on nous regardait.

— Qu'est-ce qui se passe pour qu'on attire autant les regards ?

— Petite ville. Ça fait longtemps qu'ils n'ont pas eu de ragots à se mettre sous la dent.

— À part le chef de la police qui se fait tirer dessus, deux enlèvements et un officier fédéral. Il est où d'ailleurs ?

D'un mouvement du pouce, il me montra Nolan derrière lui sur un vélo, l'air à la fois énervé et barbé.

— C'est toujours très vivant, Knockemout, dit Nash en me tendant la main.

Je la pris et le laissai me soulever.

Je sentais que mes muscles avaient travaillé, mais une autre sensation m'envahit à son contact.

— Si tu veux une réponse à ta proposition… commençai-je.

Mais il m'interrompit en secouant la tête.

— Je préfère que tu y réfléchisses plus qu'une nuit. C'est beaucoup demander. J'ai d'abord un autre service que j'aimerais que tu acceptes.

— Ah oui ?

— Tu pourrais garder Fossette pour moi ce soir ? Je ne l'ai encore jamais laissée seule plus de cinq minutes.

— Pas de problème.

— Je ne rentrerai pas tard, promit-il.

Je n'allais pas lui demander ce qu'il avait comme projet pour la soirée. Et *sûrement* pas si c'était un rendez-vous galant.

— Je vais boire un verre avec Knox et Lucian, dit-il comme s'il lisait dans mes pensées.

Quel cocktail de sex-appeal dans le même espace ! Toutes les femmes de la ville allaient tomber à la renverse.

— Oui, sans problème, répétai-je, espérant qu'il ne verrait pas mon soulagement.

Il pencha la tête vers moi d'une façon particulièrement intime et troublante. Mon pouls s'emballa.

Et la femme derrière nous sur le tapis trébucha. Elle m'adressa un petit haussement d'épaules gêné.

Nash Morgan était un danger pour les femmes.

— Merci. Je la déposerai un peu avant neuf heures.

Je me promis d'être douchée, maquillée et de ne pas dégouliner de sueur comme maintenant. Si j'arrivais à marcher d'ici là.

— OK.

Il consulta sa montre.

— Je dois y aller, j'ai promis à Liza J de nettoyer ses gouttières.

— Tiens, dis-je en lui tendant sa gourde.

— Garde-la. Je sais où tu habites.

— Merci.

— À plus tard, Angelina.

Je sentis sur ma peau la chair de poule.

— Nash ?

Il s'arrêta sur ses pas et se tourna.

Jetant un coup d'œil à nos spectateurs pas vraiment discrets, je m'approchai de lui avec la démarche la plus sexy possible.

— Combien tu veux de moi exactement ?

Des flammes s'allumèrent dans ses beaux yeux bleus.

— La réponse de gentleman serait autant que tu veux me donner.

— Et tu es un gentleman ?

— Avant je l'étais, dit-il en levant son menton. Bois encore de l'eau et n'oublie pas les étirements, sinon tu le regretteras demain.

Heureusement que j'étais déjà rouge pivoine à cause de la muscu.

Il me décocha un clin d'œil et une esquisse de sourire avant de se diriger vers les vestiaires. Je le suivis du regard, comme toutes les femmes présentes dans la salle, et quelques hommes aussi.

Nolan se leva et essuya son vélo. Il m'adressa un petit salut avant de suivre Nash.

Stef apparut à mes côtés.

— Toujours OK pour notre café-pâtisseries ? demanda-t-il, un sourire radieux sur le visage.

— Oh que oui ! Pourquoi tu as l'air si heureux ?

— Jeremiah m'a prêté sa serviette.

— Nash m'a donné son eau. Est-ce qu'on est aussi pitoyables que je le pense ?

— Pire.

Vernon me tapa l'épaule en route vers le tapis de course.

— Pas mal vous deux.

— Merci.

— Vous vous en êtes bien sortis, renchérit Aditi.

— Si vous avez le courage, demain, c'est poitrine et fessiers, proposa Mme Tweedy.

— Tu ne dis surtout pas oui, murmura Stef. Sinon je vais devoir revenir et là, j'ai besoin de trois jours pour récupérer.

Mon rire eut la force d'un sifflement à peine audible.

– 11 –

Paniquer n'aide jamais

Nash

Mes poings se serrèrent quand j'entendis la musique country qui s'échappait du Honky Tonk. J'avais marché autour du pâté de maisons, rassemblant mon courage pour y entrer. Il y avait des rires et de la vie de l'autre côté de la porte. J'étais supposé y participer alors que tout ce que je voulais, c'était rester chez moi dans le calme. Dans le noir.

La journée avait mieux commencé que les autres. J'étais allé dans la salle avec l'intention d'y voir Lina, la regarder bouger son magnifique corps et bouger le mien m'avaient stimulé. Mais pendant que j'aidais Liza J avec sa liste interminable de corvées, cette vague sombre de vide m'avait de nouveau envahi sans crier gare. Elle m'avait plombé et même les antidépresseurs que je m'étais souvenu de prendre n'y avaient rien fait.

J'avais commencé des douzaines de messages à Knox pour lui expliquer pourquoi je ne viendrais pas, mais je savais qu'il tiendrait parole et me chercherait chez moi si je ne descendais pas.

Ce serait plus facile de se pointer au rendez-vous et de faire semblant.

À l'étage, j'avais réussi à enchaîner une dizaine de mots tendus avant de déposer Fossette dans les bras de Lina. Ma nouvelle petite compagne me servirait d'excuse pour remonter dans l'heure.

Je pouvais bien tenir soixante minutes. Cinquante-six, vu que j'avais déjà quatre minutes de retard.

Me blindant, je poussai la porte et entrai dans le monde des vivants.

C'était un lundi soir, ce qui voulait dire moins de clients et de la musique de juke-box plutôt qu'un groupe de musiciens.

Par habitude, je scrutai le monde présent. Pour leur sortie en couples bimensuelle, Tallulah et Justice St. John occupaient une table avec Gael, le propriétaire du magasin d'animaux domestiques, et son mari Isaac. Sherry Fiasco, la sœur de Jeremiah et bras droit de Knox, enfilait un manteau derrière le bar, à côté de Silver, la barmaid aux cheveux blonds.

Mon frère regarda ostensiblement sa montre avant que j'aie le temps de faire deux pas à l'intérieur. Il portait son uniforme standard : jean, vieilles bottes de motard, barbe, et mine désabusée et exaspérée.

On aurait dit qu'il cherchait toujours la bagarre.

À côté de lui, vêtu d'un costume qui devait valoir plus que ma première voiture, Lucian affichait un air tout aussi dangereux, mais pas de la même façon.

Alors que Knox parlait avec ses poings, Lucian, lui, était plutôt du genre à détruire méthodiquement la vie de celui qui se mettait sur sa route.

Heureusement, avec moi, ils contrôlaient leurs pouvoirs.

Ils avaient entre eux un tabouret vide, ce qui signifiait que j'allais être l'objet de leur attention.

La porte s'ouvrit derrière moi, et mon ombre fédérale entra.

— Vous savez que ce serait vraiment plus facile pour moi si vous me disiez où vous allez et pour combien de temps.

— Et pour moi ce serait beaucoup plus facile si je vous avais pas en permanence sur le dos.

— Alors du moment qu'on est tous les deux mécontents... conclut-il en s'installant à une table de deux en face de la porte.

Knox se redressa.

Bon sang.

Cinquante-six minutes. Boire une bière. Discuter. Empêcher mon frère d'agresser un agent fédéral, et retourner me cacher.

Je me faufilai entre les tables, répondant aux gens qui me saluaient.

— Hello, les gars, dis-je en arrivant à leur hauteur.

Lucian me tendit la main et me serra dans ses bras.

— Content de te voir.

— Moi aussi, Luce.

Knox envoyait des regards assassins à Nolan Graham.

— Tu penses que je peux aller donner une raclée à ton ombre ? demanda-t-il par-dessus son verre de bière.

— J'apprécie, mais je n'ai pas envie d'aider à enterrer un corps ce soir.

L'attention de Knox revint vers moi.

— Tu as une sale gueule. Tu te rases avec un couteau à beurre ?

— Ça me fait plaisir de te voir aussi, connard, dis-je en m'asseyant entre les deux.

Je n'avais pas l'énergie de rester debout.

— Tu évites mes appels, commenta Lucian en s'asseyant à son tour et en me transperçant de son regard renversant.

— Je suis occupé, répliquai-je avant de commander un verre à Silver.

Elle m'adressa un clin d'œil.

— Ça arrive, chef.

Un des avantages à toujours habiter dans la ville où vous avez grandi, c'est qu'il n'est pas nécessaire de dire à la serveuse ce qu'on veut boire.

— J'espère que c'est pas avec ta nouvelle voisine que t'es occupé, déclara Knox en enjambant son tabouret et en me dévisageant.

— Si c'est pour ça qu'on est ici, je vais vous éviter de perdre votre temps en vous disant tout de suite que ce que je fais avec Lina ne vous regarde pas.

— T'es mon frère. C'est une amie. Donc ça me regarde.

— Te fatigue pas, il ne s'est rien passé… pour l'instant, ajoutai-je avec un rictus satisfait.

— Ouais ? Alors il vaut mieux que ça en reste là. Vous deux, vous êtes pas compatibles. C'est une aventurière qui a besoin d'adrénaline et toi tu as de l'urticaire si tu quittes le comté. Vous n'avez rien en commun.

— Regardez-moi qui parle. L'expert qui est fiancé depuis quoi ? Quelques semaines ? Avec une femme mille fois trop bien pour lui, si je peux me permettre. Merci, Silver, lançai-je quand elle fit glisser ma pinte sur le bar.

— Messieurs, je suggère qu'on remette à plus tard cette discussion, lança Lucian. On a d'autres sujets à traiter.

Plus vite ils cracheraient leur pilule, plus vite je pourrais rentrer chez moi.

Lucian posa son scotch sur le zinc et hocha la tête vers mon frère.

— Où en est l'enquête ? Lucian pense que les fédéraux se fichent de Duncan Hugo. Ce qui les intéresse c'est arrêter son connard de père.

Je préférais encore parler de Lina et moi…

— C'est une enquête en cours. Pas de commentaire.

— Ne me dis pas que tu ne mènes pas ta propre enquête de ton côté. Si le FBI en a après le papa, nous, on s'occupe du fiston. Le seul problème, c'est qu'il est tellement bien planqué que personne ne sait où le trouver.

— Notre théorie la plus probable, c'est que son gentil papa l'a aidé à quitter le pays, intervint Lucian.

Si Duncan Hugo avait quitté le pays, alors il ne risquait plus de venir finir le travail.

Le soulagement que je ressentis fut immédiatement remplacé par une vague de honte. En tant qu'officier de police, j'étais formé à rechercher la justice, en tant que Morgan, j'étais destiné à me battre. Et je ne faisais rien des deux, trop déprimé pour me mettre en action.

— Je serais prêt à parier ma société de courtage que ce débile n'a pas de cervelle, dit Knox. Mais selon Naomi et Waylay, il est plus malin qu'on ne le croit. Il a dit que quand il les avait enlevées…

Ses phalanges devinrent toutes blanches sur le bar.

Je compris soudain qu'Hugo ne m'avait pas juste pris quelque chose à moi, c'est à la famille entière qu'il devait des comptes. Et pourtant ça ne suffisait pas à me faire remonter à la surface.

Mon frère se racla la gorge, et avec Lucian, on fit mine de ne pas remarquer son trouble.

— Waylay a dit qu'il était rusé comme un renard, ajouta-t-il.

Je souris. Cette enfant ferait une super enquêtrice un jour, mais je doutais que ça ferait plaisir à Knox que sa fille entre dans la police.

— Il a plutôt intérêt à se faire bouffer par des moustiques en Amérique du Sud, ajouta Knox.

— Je ne vois aucun scénario où il serait préférable pour lui de rester ici. Il se la coule douce certainement loin d'ici.

— Mais sinon, tu dois rester sur tes gardes, déclara Lucian. Tu es compromettant pour lui. Tu es le seul qui peut l'identifier comme meurtrier.

— Comment vous le savez ? demandai-je.

Lucian leva les mains au ciel, innocemment.

— C'est pas de ma faute si les infos m'arrivent !

— Quel genre d'info ?

— Le genre qui résume ta vidéo de surveillance.

Je serrai la mâchoire.

— Il vaut mieux pour moi que la fuite ne vienne pas de chez nous.

— T'inquiète pas.

— Tu te rappelles quelque chose ou toujours pas ? interrogea Knox.

Je fixai du regard les bouteilles derrière le bar. Les gens s'y noyaient régulièrement pour faire taire la douleur, la peur, la gêne. Certains plus gravement que d'autres. Certains ne refaisaient jamais surface. Moi, j'étais déjà assez apathique comme ça. Et aucune quantité d'alcool ne pourrait remplir le puits de vide qui me rongeait. Une seule femme pouvait le combler.

— Non, répondis-je enfin.

Je voyais bien que Knox et Lucian communiquaient en silence.

— Tu as pensé à voir un… thérapeute ? proposa Knox.

Lucian et moi, on le regarda tous les deux, stupéfaits.

— Oh, allez vous faire foutre. C'était une suggestion de Naomi. Et je trouve que c'est une idée qui se défend… si t'es prêt à déverser tes tripes devant un étranger. C'est pas comme si papa nous avait donné les armes pour nous battre.

— J'ai vu une psy. C'était obligé par le département, rappelai-je.

« *Les traumatismes affectent la mémoire,* avait-elle dit. *Il arrive que les victimes ne retrouvent jamais aucun souvenir.* »

Traumatismes. Victimes. C'étaient des étiquettes que j'avais passé toute ma carrière à coller sur les autres. Ma propre étiquette « héros » avait été arrachée et remplacée par « victime ». Et je n'étais pas sûr de pouvoir le surmonter.

— Je vois un thérapeute, annonça Lucian.

— Vois ? s'étonna Knox. Au présent ?

— Ça m'arrive. J'étais beaucoup plus jeune et moins… intéressé par la loi quand j'ai commencé à fouiller dans les dossiers de ses patients.

Je regardai par-dessus mon épaule. Nolan souleva sa bouteille de bière pour trinquer.

— On pourrait ne plus parler de ça ou d'autres crimes hypothétiques, avec un agent fédéral à quelques pas de nous ? Vous pouvez pas tous les deux jouer les Scoubidou, en pleine enquête fédérale.

— Je suis vexé, annonça Lucian.

— Toi t'es vexé, moi je suis furieux, décida Knox.

Je pris ma bière, même si je n'en voulais pas.

— Qu'est-ce qu'il y a de vexant ?

— Que tu mettes en doute mes capacités.

En effet, Lucian était pratiquement aussi doué qu'un James Bond 007. Sauf qu'il était américain, qu'il préférait le bourbon au martini et qu'il travaillait dans le monde cruel du consulting politique, ce qui avait sûrement des points communs avec l'espionnage international.

Il ne parlait jamais précisément de ce que sa compagnie faisait pour ses clients, mais j'imaginais bien que tout n'était pas parfaitement légal.

— Je ne dis rien de tes capacités, mais je sais que de nous trois, t'es le seul à avoir passé du temps en prison.

C'était un coup bas, on le savait tous. Bon sang, je voulais me frapper d'avoir dit ça.

— Désolé, mec, dis-je en me frottant le poing entre les sourcils. Je démarre vite, ces jours-ci.

Ma patience avait dû fuir de mon corps en même temps que tout ce sang O négatif perdu sur le bord de la route. C'est pour ça que je ne voulais pas fréquenter du monde.

— T'inquiète, assura-t-il en levant une main.

— Non, vraiment, excuse-moi. Tu as toujours été là pour moi, Luce, et je me montre dégueulasse. Je suis désolé.

— Si vous vous enlacez maintenant, je pars, avertit Knox.

Pour le faire enrager, je pris Lucian dans les bras. Mon épaule se réveilla, mais ça me fit presque du bien.

Lucian me tapa sur le dos deux fois. Je savais qu'on cherchait juste à exaspérer mon frère, mais il y avait quelque chose d'apaisant dans la réaction de mon ancien ami. Sa capacité à pardonner immédiatement. Ce n'était rien à côté du brasier que Lina déclenchait en moi quand elle me touchait, mais tout de même, ça faisait du bien.

On se tourna vers Knox en souriant.

— Tu prends ta bière à emporter ? demandai-je.

— Va te faire foutre, grommela mon frère.

— Je suis désolé, Luce, répétai-je.

— Tu es pardonné. Tu as traversé une sacrée épreuve.

— C'est pour ça que tu traînes en ville un lundi soir plutôt que de gérer ton empire ?

Il esquissa un sourire.

— Sérieux, mec, si t'es en ville juste pour me surveiller, j'ai déjà le moustachu là-bas, dis-je en désignant Nolan. Ne reste pas ici à perdre tout ton argent.

— L'avantage quand tu diriges un empire démoniaque, c'est que tu as du personnel pour prendre le relais quand t'es occupé.

— Tu ne fais pas la route tous les jours, si ? demandai-je, conscient que la circulation de la Virginie du Nord était un enfer.

— Tu vas pas te mettre à pleurer, si ? L'empire a un hélicoptère. Luce se sert juste de toi comme excuse pour jouer avec son engin.

— N'atterris pas sur le toit de l'école. Je n'ai pas besoin d'avoir les parents d'élèves sur le dos en plus des agents et des marshals.

— Comment se passe l'organisation du mariage ? demanda Lucian pour changer de sujet.

— Vous arrivez à croire que Margo voulait des nappes blanches sur les tables ? On est à Knockemout, elles vont finir multicolores, les nappes. J'ai pas envie que la salle des fêtes ressemble à une scène de crime.

Mon frère avait de l'imagination.

— Alors, vous avez décidé quoi ? demanda Lucian.

— Bleu foncé, dit Knox fièrement.

— Joli, approuva Luce.

— Au fait, vous êtes tous les deux garçons d'honneur, lança mon frère avant de s'adresser à moi. Et toi tu peux être mon témoin.

* * *

J'avais réussi à tenir une heure et quart, ce qui me rendit très fier de moi. J'avais pris une deuxième bière, répondu comme il fallait à pratiquement toutes les questions et dit au revoir quand Naomi avait appelé Knox pour lui dire que Waylon s'était rué derrière la mouffette dont il s'était épris et s'était fait cracher dessus. Encore.

Quand je partis, je fis de mon mieux pour ne pas donner l'impression que je m'enfuyais.

Je m'arrêtai même à la table de Nolan qui enfilait son manteau.

— J'ai dix pas à faire jusqu'à ma porte. Je pense que je peux survivre.

— À vous de voir. Essayez de ne pas finir dans le fossé, troué de partout.

— Je ferai de mon mieux.

Je sortis dans la nuit glacée, la porte se refermant derrière moi sur la musique et la lumière. J'eus un mauvais pressentiment. Sous la lumière du lampadaire, à quelques pas de chez moi, je me sentais exposé, vulnérable, à cran. Il y avait quelque chose ou quelqu'un ici.

Était-ce lui ? Est-ce que Duncan Hugo était revenu finir le boulot ? Ou n'était-ce que mon imagination ?

Je scrutai la rue de haut en bas, cherchant la source de ce pressentiment.

Mes mains me picotèrent. Je fis craquer mes articulations.

— Putain. Pas maintenant, murmurai-je. Pas ici.

Il n'y avait aucun meurtrier caché dans le noir. Le seul problème était dans mon cerveau malade.

Le picotement se transforma en brûlure. Je refermai les poings, essayant de chasser la sensation. J'avais déjà réussi. Mais là j'étais allé trop loin.

Je me mis à transpirer, alors qu'à l'intérieur j'étais gelé.

— Allons, mec, ressaisis-toi ! dis-je en serrant les dents.

Mais l'étau autour de ma poitrine se resserrait. La respiration que j'avais retenue commençait à quitter mes poumons. Le son quitta mes oreilles, remplacé par les battements de mon cœur.

J'avais le souffle court.

Je ne pouvais plus arrêter ça. Je n'arrivais pas à me raisonner. De la sueur froide dégoulina dans mon dos.

— Putain !

Je serrai les poings. L'étau autour de ma poitrine m'empêchait de respirer, mon cœur tambourinait contre mes côtes. Je parvins à ouvrir la porte de l'immeuble avant de m'effondrer contre le mur et de glisser sur le carrelage froid.

— Abruti. Ce n'était pas réel, putain ! soufflai-je entre deux respirations.

La panique n'était jamais la solution. Elle ne pouvait pas servir en cas de danger. J'avais été entraîné à rester calme, à suivre les procédures, à opérer à l'instinct. Et pourtant, aucune procédure, aucune formation ne m'avait préparé à ce genre de crises.

Je brûlais et grelottais en même temps, la douleur me comprimait la poitrine et ma vision se brouillait en périphérie. Des points de lumière dansaient devant mes yeux.

Je me détestais. Je détestais cette faiblesse, ce manque de contrôle. Je détestais l'idée que ça ne se passait que dans ma tête, que ça pouvait arriver n'importe où. Je ne pouvais pas faire mon travail si j'étais recroquevillé en boule sur le sol. Je ne pouvais pas protéger la ville si je n'arrivais même pas à me protéger des monstres qui peuplaient mon cerveau.

– 12 –

Bienvenue dans la zone de danger

Lina

— C'est bien d'avoir fait caca dans l'herbe et pas sur le trottoir, lançai-je à Fossette qui retournait en courant vers l'immeuble.

Elle avait pris une certaine assurance.

C'était une nuit calme et froide à Knockemout. L'air était glacé.

Je poussai la grosse porte d'entrée et me figeai sur place.

— Nash ?

Je fis entrer Fossette, refermai derrière nous et me ruai sur lui.

Il était assis par terre au pied des marches, son dos contre le mur, les genoux pliés sur son torse, le bras autour, les poings serrés.

— Ça va ? Tu es blessé ?

Je passai les mains sur ses épaules, redescendis le long des bras. Il m'attrapa une main et la serra fort.

— Je reprends… juste… mon souffle.

Je ne le lâchai pas, mais avec ma main libre, je repoussai les cheveux de son front. Il transpirait et grelottait à la fois. Soit il venait d'attraper la grippe, soit il était en pleine crise de panique.

— Ça va ? demanda-t-il.

— Ça va. Et toi aussi ? insistai-je. Tu as assez d'air ?

Crispé, il hocha la tête.

En gémissant, Fossette passa la tête sous le bras de Nash pour s'asseoir sur ses jambes.

— On est sorties se promener. Je me disais que ça t'éviterait de le faire quand tu rentrerais. Elle a fait ses besoins et on a marché un peu dans la rue. Je trouve qu'elle boite moins. La vétérinaire a parlé de kiné. J'ai lu que l'acupuncture faisait du bien aux chiens.

Je bafouillais. Il m'avait terrorisée, *une fois de plus.*

— Détends-toi, Angel, dit-il, me lâchant progressivement la main. Ça va.

Avec son autre main, il caressa le dos de Fossette.

Je m'assis à côté de lui par terre. Mon épaule et mon bras se pressaient contre lui. Ses tremblements m'agitaient et me bouleversaient.

— Je me détendrai quand tu arrêteras de me faire peur, répondis-je en lui cognant l'épaule. Ça commence à aller mieux ?

Il hocha la tête doucement.

— Ouais.

— Alors montons à l'étage avant que tu t'écroules.

Je me levai, posai Fossette par terre et lui tendis la main.

Il la regarda, la tête penchée, son pouce frottant le point entre ses sourcils.

— Allons, tu sais aussi bien que moi que l'évanouissement est encore pire. Soit tu t'appuies sur moi, soit j'appelle ton frère.

— Méchante, dit-il avant d'obéir.

On dut déployer chacun des efforts, mais je parvins à le relever.

— Les gamins à l'école m'appelaient Cruella, parce que j'étais super autoritaire, avouai-je.

Je passai la tête sous son bras et lui entourai la taille.

— Les gamins, c'est eux les méchants, siffla-t-il.

On monta la première marche. Fossette se dandinait devant nous en agitant la queue. Nash tentait de ne pas peser trop lourd sur moi, mais il y avait un long escalier entre son appartement et nous.

— Ça a commencé avec les jumelles à l'école élémentaire, Darla et Marla. Jolies, populaires, habillées pareil.

— Elles me paraissent horribles, plaisanta Nash. Tu veux que je fasse des recherches sur elles ? Que je voie combien de fois elles ont été arrêtées ?

Je ris et je sentis qu'il transférait sur moi un peu plus de son poids.

J'avais des courbatures de ma séance de musculation du matin. Demain je ne pourrai sans doute même pas m'asseoir.

— Quelles sont les chances que tu oublies toute cette histoire ? demanda Nash, alors qu'on faisait une pause.

Fossette revint vers nous, renifla, angoissée, les chaussures de Nash, puis les miennes, avant de retourner sur le palier.

— Je me laisse soudoyer.

— Dis ton prix, lança-t-il en grimpant une nouvelle marche.

— Des bâtonnets de mozzarella.

— Ceux que tu peux éplucher ou ceux qui te bouchent les artères ?

Il semblait encore essoufflé, mais plus autant à court d'oxygène.

— Sans comparaison. Le fromage fondu.

— Je te promets de te fournir en mozzarella jusqu'à la fin de ta vie si tu ne parles à personne de ça.

— Contrairement à *certains*, je respecte la vie privée d'autrui, moi, dis-je alors qu'on arrivait à l'étage.

Fossette dansa devant nous, fière de notre victoire.

— Tu recommences, Cruella. Tu frappes un homme à terre.

Je nous dirigeai vers sa porte.

— Les clés, beau gosse.

Il ne parvint pas à cacher sa grimace quand il fouilla dans sa poche avec sa main gauche.

Blessures par balles et crise de panique, Nash Morgan était à ramasser à la petite cuillère. Ce qui n'enlevait rien à son capital séduction.

Je lui pris les clés pour ouvrir et Fossette entra dans l'appartement sombre.

Nash m'attira vers lui pour appuyer sur l'interrupteur.

— Waouh ! Quelqu'un s'est découvert une âme de fée du logis, commentai-je.

Ça sentait même le propre.

— Eh oui, répliqua-t-il entre ses dents.

— Allons, encore un peu de courage, lançai-je en l'amenant jusqu'au canapé.

Il s'y écroula, les yeux fermés. Il avait le visage pâle et de la sueur encore sur le front. Fossette s'assit à côté de lui et posa une patte sur sa cuisse.

— C'est l'heure du Lina Special, décidai-je en posant la laisse de la chienne sur la table basse.

— Je t'en supplie, dis-moi que c'est un code pour une position sexuelle, déclara-t-il sans ouvrir les yeux.

— Très drôle. Je reviens dans une minute.

— Ne pars pas.

Son humour disparut et ses yeux bleus m'implorèrent de rester.

— Je me sens mieux quand tu es près de moi.

Maintenant, c'est moi qui avais du mal à respirer. Je n'avais jamais été avec un homme qui avait besoin de moi. Un homme qui avait envie de moi ? Oui. Qui passait du bon temps avec moi ? Bien sûr. Mais qui avait besoin de moi ? C'était totalement nouveau.

— Je vais chez moi et je reviens dans moins d'une minute, promis-je.

Je faillis céder en le voyant serrer les dents, mais il finit par hocher la tête.

Je retournai dans le couloir, laissant sa porte ouverte, et entrai rapidement dans mon appartement. Je trouvai tout de suite ce que je cherchais. Quand je revins, Nash était dans la même position, le regard rivé sur la porte.

— Cinquante-sept secondes, annonça-t-il.

Je refermai la porte.

— Tu veux bien te détendre, oui ?

J'éteignis les lumières qui venaient du plafond et les remplaçai par la lampe à côté de lui. Puis je pris tout ce qu'il y avait sur la table basse pour le déposer sur le plan de travail dans la cuisine.

— Je suppose que ton portable est connecté à l'enceinte, là, dans le coin ?

— En effet. Dans ma poche.

Il portait toujours son blouson vert militaire.

— Penche-toi en avant.

Je l'aidai à retirer sa veste. En dessous, il portait un tee-shirt thermique du genre qui moule bien les muscles. Observation superflue étant donné les circonstances, mais même sur mon lit de mort, j'aurais pris le temps d'admirer sa plastique.

Je trouvai son portable et utilisai son visage pour le déverrouiller.

— Sérieux, tu as une playlist qui s'appelle *slow country* ? me plaignis-je en appuyant sur le bouton lecture.

— Ça te pose un problème ? demanda-t-il alors que la voix de George Strait sortait de l'enceinte.

— Comment t'es pas encore marié et avec plein d'enfants ?

Il se désigna avec la main droite.

— Chérie, t'as peut-être pas encore remarqué, mais je suis en morceaux.

Je m'assis sur la table basse devant lui.

— C'est temporaire. T'es le genre de gars à épouser son premier amour du lycée, comment ça se fait qu'une pom-pom girl ne t'ait pas épinglé ?

— J'avais envie de m'amuser. Et je me suis bien amusé. Ensuite, je suis tombé amoureux de mon boulot. J'étais trop investi pour donner à une femme l'attention qu'elle méritait.

— Tu aurais voulu que cette femme ce soit Naomi, devinai-je.

Et pourquoi pas ? Elle était belle, gentille, fidèle et douce. Elle n'avait aucune des aspérités qui me caractérisaient.

— Cinq secondes, à peu près. Très vite, il est devenu clair qu'elle en pinçait pour Knox.

— Chaussures, ordonnai-je.

Il baissa la tête comme si la tâche demandée excédait ses capacités.

Je posai un de ses pieds sur ma jambe et me mis à défaire ses lacets.

— Je sais que ça devrait être une expérience très humiliante, mais étrangement, je me sens excité, aussi.

Il reposa sa tête en arrière, les yeux fermés.

— T'es un charmeur, beau gosse, ça, c'est le moins qu'on puisse dire.

Je retirai son autre chaussure et me levai pour mettre un coussin à ma place sur la table basse.

— Pieds relevés.

— Autoritaire.

— Pieds relevés, s'il te plaît.

Je souris quand il s'exécuta.

— C'est bien.

Je lui tapotai la jambe et retournai dans la cuisine, Fossette sur les talons.

Je versai de l'eau bouillante dans une tasse avec le sachet de thé que j'avais rapporté, et ouvris le congélateur. J'y pris un sachet de brocoli.

Je rapportai la tasse et le sachet vers le canapé.

— Le thé, c'est une concoction hippie pour la détente. Ça a un goût d'herbe et de fleurs, mais ça fait son effet. Le brocoli, c'est pour ta poitrine.

— Pourquoi tu me fais ça ? demanda-t-il quand je posai le sachet.

Fossette n'appréciait sûrement pas les légumes surgelés car elle bondit vers son panier de jouets.

— Parce que j'ai vu sur les réseaux sociaux qu'une pression froide sur le sternum stimule le nerf vagal.

— Et tu veux stimuler mon nerf vagal ?

Je m'assis à l'autre bout du canapé.

— Il va dire à ton cerveau de calmer ton corps.

Il tourna la tête pour me regarder.

— Tu veux bien t'asseoir un peu plus près ?

Je ne trouvai pas spontanément une bonne excuse pour refuser car il me faisait craquer avec sa vulnérabilité hautement sexy. Alors j'approchai dans la zone dangereuse jusqu'à ce que nos épaules se touchent.

Il poussa un soupir de soulagement.

— Goûte le thé.

Il prit la tasse, renifla et la repoussa.

— Ça sent comme le parterre de fleurs de Liza J quand elle met de l'engrais.

— Bois. S'il te plaît.

— Ce que je ferais pas pour toi, grommela-t-il avant de prendre une gorgée. On dirait que je bois la semelle de quelqu'un qui a marché sur un pétale de rose. Pourquoi je peux pas avoir une bière ?

— Parce que, comme tu l'as peut-être déjà compris, l'alcool et les crises d'angoisse ne font pas bon ménage.

Scouic-scouic-scouic.

Fossette revint vers le canapé avec un jouet dans la bouche. Je le lui pris et le jetai à travers la pièce. Elle ne se fatigua pas à le rechercher et retourna vers son panier de jouets.

— Elle ne comprend pas encore le concept « va chercher ». Comment t'es une telle experte sur le sujet ? Des crises d'angoisse, je veux dire, pas des « va chercher » ?

— J'en faisais avant.

On resta un moment à regarder le poste de télé. Je savais qu'il voulait que je développe et réponde aux questions qu'il ne formulait pas. Mais les silences embarrassés ne me dérangeaient pas.

— On t'a déjà dit que tu parlais trop ? me taquina-t-il.

— D'où vient ton nom, Nash ? demandai-je en souriant.

— Tu es douée pour le silence *et* les changements de sujet, commenta-t-il.

Je fis glisser le sachet de brocoli sur son torse.

— Raconte.

— Maman était fan de musique country. De Patsy Cline à Garth Brooks. Mon père et elle ont passé leur lune de miel dans le Tennessee.

— Et c'est comme ça qu'ils ont appris l'existence de Knoxville et de Nashville.

— Bien vu. Maintenant, c'est mon tour d'avoir des réponses.

— Il se fait tard tu sais. Je devrais y aller.

Mais avant que mes muscles endoloris trouvent la force de se contracter pour me soulever, Nash m'attrapa la cuisse.

— Non, tu peux pas me laisser seul avec du brocoli qui fond sur moi et ce fichu thé. Tu te feras trop de souci pour pouvoir dormir.

— Tu es bien sûr de toi pour quelqu'un qui se prétend un déchet.

— Dis-moi comment tu connais tous les gestes à faire.

Je lui aurais bien balancé un trait d'esprit, mais pour une raison que je ne pouvais m'expliquer, je ne voulais pas le laisser avec le sentiment qu'il était le seul à nu.

Je poussai un soupir.

— On dirait le début d'une longue histoire.

— Longue et ennuyeuse. Tu peux encore me renvoyer chez moi, plaisantai-je.

Il posa le thé et, prudemment, m'entoura de son bras.

— C'est ton épaule blessée, lui rappelai-je alors que de son autre main, il prenait la mienne pour la poser sur son cœur à côté du sachet de brocoli congelé.

— Chérie, je sais. Tu me permets de la reposer.

Je ne savais pas quoi faire du fait que son bras sur moi me faisait du bien. Chaud et solide. Protecteur. En général, je n'étais pas adepte des câlins platoniques. Ce genre de contact n'est pas nécessaire. Pire, il ouvre aux hommes des perspectives.

Et me voilà, la tête sur le torse d'un homme qui voulait une femme et des enfants. Clairement, je n'avais rien appris.

Allons Madame je fais les mauvais choix, lève-toi et pars, m'avertis-je.

Mais je ne bougeai pas.

— C'est mieux comme ça, dit-il, sincère. Maintenant parle.

— La version courte, c'est que j'ai fait un arrêt cardiaque à un match de foot quand j'avais quinze ans et on a dû me ranimer.

Il se tut un moment.

— Oui, mon ange, je vais avoir besoin de la version longue avec commentaire du réalisateur.

— T'es ridicule.

— Angelina, insista-t-il avec une pointe d'autorité de policier.

— Bon, d'accord. C'étaient les phases finales du tournoi du district, une nuit froide d'automne pendant mon année de seconde. Le stade était plein à craquer, c'était la première fois que l'équipe était allée aussi loin. Il restait deux minutes à jouer et on était à 2-2, je venais d'intercepter une passe et je fonçais vers le but avec toute l'assurance et l'énergie d'une ado.

J'avais l'impression d'y être, de sentir le froid entrer dans mes poumons et la chaleur de mes muscles. D'entendre la foule tout près.

Le pouce de Nash caressa mon bras et ce contact me rassura.

— Et soudain, plus rien. C'est comme si, en un clin d'œil, je me retrouve sur un lit d'hôpital entourée d'inconnus. J'ai demandé si j'avais marqué, parce que c'est ce qui comptait pour moi. Je ne savais pas que mes parents attendaient à côté, pas sûrs que je me réveillerais. J'ignorais que tout un stade, y compris mes coéquipières, m'avaient vue m'écrouler à cause d'une crise cardiaque.

— Bon sang, ma chérie, murmura Nash, son menton posé sur le haut de mon crâne.

— Oui. Mon coach a tenté un massage cardiaque jusqu'à l'arrivée des secours sur le terrain. Mes parents étaient dans les gradins, papa est passé au-dessus de la clôture, les autres mamans ont fait un cercle autour de ma mère pour la protéger.

Des larmes me piquaient les yeux et je dus m'éclaircir la voix pour déloger la boule d'émotion qui montait dans ma gorge.

— J'ai été ranimée dans l'ambulance qui m'emmenait à l'hôpital. Mais l'information ne circulait pas aussi vite à l'époque, continuai-je doucement.

— Donc tout le monde pensait que tu étais morte sur le terrain, comprit Nash.

— Oui. C'était un match important, il y avait des caméras et la presse. J'ai regardé les images… plus tard. Je n'oublierai jamais le hurlement de ma mère quand le coach s'est agenouillé pour commencer le massage cardiaque. C'était… primal.

J'emporte un écho de ce cri partout où je vais. Avec l'image de mon père accroupi à côté de mon corps sans vie pendant que les ambulanciers tentent de me ranimer.

— C'est officiel, dit Nash en posant les lèvres sur mes cheveux. C'est toi qui remportes le concours de celui qui est passé le plus près de la mort.

— J'apprécie.

— Qu'est-ce qui a causé cet arrêt cardiaque ?

— C'est une autre longue histoire.

— Chérie, tu m'as ramassé dans les escaliers alors que j'étais en loques. On est loin d'avoir terminé.

Il se dévalorisait trop, mais ce n'était pas le moment d'en discuter. Son pouce glissait de nouveau le long de mon bras. La chaleur de sa poitrine contre ma joue, les battements réguliers de son cœur, m'apaisaient. Fossette se lassa de sa boîte de jouets et vint se blottir contre mes pieds.

— D'accord. Mais comme pour notre escapade de ce soir, on en reparle jamais. Ça marche ?

— Ça marche.

— Dylapsie valvulaire mitrale myxomateuse avec prolapsus et régurgitation valvulaire.

— Tu vas m'expliquer sinon je vais devoir chercher un dictionnaire.

— J'avais un défaut dans une des valves de mon cœur, dis-je en souriant. Les médecins ne savent pas d'où ça vient, mais peut-être des infections à streptocoques que j'ai eues enfant. En gros, la valve ne s'est pas bien fermée et donc le sang a pu repartir en arrière. C'est comme si quelque chose dans le système électrique court-circuitait.

— C'est toujours un problème ? C'est pour ça que tu contrôles les battements de ton cœur ?

— Ce n'est plus un problème, non. J'ai subi une opération. On a remplacé ma valve quand j'avais seize ans. Je vois toujours un cardiologue, on me surveille tout le temps. Mais il faut surtout que je fasse attention au stress. J'ai encore des palpitations, des contractions ventriculaires prématurées.

Sans réfléchir, je frottai les petites cicatrices sur ma poitrine.

— J'ai l'impression que mon cœur trébuche ou boite. Comme s'il n'était pas synchronisé et ne retrouvait pas le rythme. Ce n'est rien, juste une sensation désagréable, mais…

— Mais ça te rappelle ce qui s'est passé.

— Oui. Je stressais pour l'école et les garçons avec les chamboulements hormonaux de mon âge. Je tirais trop sur la corde, ne dormais pas assez, vivais de boissons gazeuses et de pizzas. Je n'ai parlé ni des palpitations ni de la fatigue à mes parents. Si je l'avais fait, je ne me serais peut-être pas écroulée devant un stade entier.

— Tu es restée combien de temps à l'hôpital ?

Il avait un don pour déterrer ce que j'aurais voulu cacher.

— Avec des allers et retours, environ dix-huit mois.

Je réprimai un haussement d'épaules.

À cette époque, le contact physique avait commencé à me déranger. Mon corps n'était plus à moi, il était devenu une expérience médicale.

— Beaucoup de tests. Beaucoup d'aiguilles. Beaucoup de machines.

Je tapotai la cuisse de Nash.

— Et c'est comme ça que je suis devenue experte en crises d'angoisse. J'en avais régulièrement. Ce qui est bien quand tu en as une à l'hôpital, c'est qu'il y a tout le personnel qualifié pour te prodiguer des conseils.

Nash ne réagit pas à ma tentative de plaisanterie. Il continuait à me caresser le bras.

— Tes parents t'appellent tous les jours, commenta-t-il.

— Tu remarques tout, n'est-ce pas ?

— Quand ça compte, oui.

Mon cœur accéléra, mais rien de pathologique. C'était le genre de battements dus à un beau mec blessé aux yeux mélancoliques.

— Je devrais y aller. Tu devrais te reposer.

— Ça fait beaucoup de « devrais ». Parle-moi de tes parents.

— Il n'y a pas grand-chose à en dire. Ils sont super. Des gens bien, gentils, présents, généreux, protecteurs.

Étouffants, ajoutai-je pour moi.

— Le genre de parents qui appellent leur fille une fois par jour, renchérit-il.

— J'ai tourné la page, mais pas mes parents. J'imagine que pour un parent, voir son enfant mourir devant ses yeux, ça change la vie. Alors ils se font du souci. Encore et toujours. C'est le genre de choses qu'on ne surmonte pas.

Ils ne s'étaient pas remis de cette expérience traumatisante, et moi, je ne m'étais pas remise de la prison suffocante dans laquelle ils m'avaient enfermée toute mon adolescence.

Parce qu'après avoir identifié le problème, l'avoir réglé, m'avoir remise sur pied, mes parents ne m'avaient plus autorisée à prendre de risques.

Et toujours pas maintenant. Alors je leur faisais croire que je m'occupais de la paperasse pour une assurance qui m'envoyait suivre plusieurs formations dans tout le pays. Ce genre de travestissement de la vérité me permettait de les tranquilliser et de vivre ma vie.

— Knox sait tout ça ? demanda Nash d'une voix grave.

— Non, pourquoi il saurait ? demandai-je, les sourcils froncés.

— Parce que vous êtes potes depuis une vingtaine d'années.

— Tu as déjà rencontré ton frère ? Knox n'est pas du genre à se confier. Et vu ton état, tu n'es pas un livre ouvert non plus, toi.

— C'est ça, les Morgan. Pourquoi mettre un projecteur sur ce que tu peux laisser dans le noir ?

— Je suis pour à cent pour cent. Que les choses restent simples. Mais tu pourrais tout de même travailler là-dessus avant de te trouver une femme.

— C'est bon à savoir.

Je me dégageai de son étreinte et me rassis.

— C'est l'heure des bons conseils, repris-je avec un petit sourire.

— Tu as invité Mme Tweedy ?

— Très drôle. C'est ta vie et ça ne me regarde pas, mais rends-toi un service. Au lieu de te fatiguer à le cacher à tout le monde, affronte. Les deux demandent beaucoup d'énergie, mais c'est seulement avec la deuxième option que t'arriveras à surmonter cette phase.

Il hocha la tête sans rien dire.

Je tapotai de nouveau sa cuisse.

— Je vais chez moi, et tu vas te coucher. Et je veux dire dans ton lit. Tu vas dormir dans ton lit, sous ta couverture. Pas sur le canapé avec la télé.

Je sentis le poids de son regard, la caresse chaude de ses attentes.

— Je le fais à une condition.

— Laquelle ? demandai-je.

— Tu restes avec moi cette nuit.

– 13 –

Partager un lit

Lina

Même moi qui adorais tenter le diable, je savais que c'était une très mauvaise idée. Je le savais comme je savais que les bâtonnets de mozzarella frits étaient mauvais pour moi.

— Nash, ce n'est pas une bonne idée.

— Écoute-moi, dit-il en me tenant fermement la main. Je suis trop fatigué pour faire quoi que ce soit ce soir.

— J'ai déjà entendu ça, rétorquai-je sèchement.

— D'accord. Je comprends. Alors comprends, toi, que quand tu es près de moi, tout va mieux. Plus tu es proche de moi, mieux je respire, moins je ressens qu'on me verse du jus de citron sur une plaie ouverte. Tu chasses le noir, le froid. Et tu me rappelles ce que ça fait de vouloir vivre.

— Bon sang, Nash ! Comment je peux dire non à ça ?

Son sourire fatigué, c'est moi qui le lui provoquais. Je le savais. Parce qu'il disait toujours la vérité, et à cet instant, c'est à moi qu'il la disait.

— Je suis tellement épuisé, Angel, je veux juste fermer les yeux à côté de toi. On se souciera des conséquences plus tard, OK ?

Il savait comment me parler, lui.

— D'accord. Mais personne ne dort nu. Pas de sexe, ni de tentative. Pas de câlin ou de cocooning. Et je ne te prépare pas le petit déjeuner. Pas parce que c'est un principe, mais parce que je ne sais pas cuisiner et que je finirais par t'empoisonner.

— Si tu restes, c'est moi qui le prépare.

Je me mordillai la lèvre inférieure en réfléchissant.

— Une autre chose.

— Je t'écoute.

— On n'en parle à personne. C'est entre nous.

Fossette se redressa à mes pieds. Nash se pencha pour lui caresser la tête et je vis des petits cœurs clignoter dans les yeux de la chienne.

— Entre nous trois, bien sûr.

— J'accepte les termes du contrat. Mais si tu veux qu'il soit proprement rédigé, il faut faire appel à ma notaire et elle n'est pas du genre à garder un secret.

— Tope là, dis-je en tendant ma main.

Son sourire se fit un peu plus grand.

— Tu tapes dans la main, toi, pour conclure des marchés ?

Moins intime que les poignées de main. Simple, décontracté et absolument pas sexy.

— Qu'est-ce que t'attends, beau gosse ?

Il tapa enfin dans ma main.

— C'est décidé. Tu files sous la douche et je vais me changer.

— Ne pars pas. S'il te plaît. Je te donnerai quelque chose pour dormir. Mais… ne pars pas.

L'espace d'un instant sa façade de charmeur se fissura et je vis l'homme en dessous.

Je soupirai. Je m'étais déjà brossé les dents et mis de la crème sur le visage, donc techniquement, je n'avais plus besoin de rien chez moi.

— Je suis désolé de te mettre dans cette position, Angelina. Je suppose que ce n'est pas juste. Et je veux que tu saches qu'en d'autres circonstances, j'essaierais aussi de te faire entrer dans mon lit. Mais je le ferais avec des fleurs, un dîner et un tout autre objectif.

— T'es toujours aussi honnête ?

— Pourquoi être autrement ? demanda-t-il en se relevant doucement.

L'épuisement se lisait dans l'inclinaison de ses épaules.

Je me levai avec lui et lui entourai la taille. Son bras pesa lourd sur mes épaules. Il était trop fatigué pour cacher le fait qu'il avait vraiment besoin de s'appuyer sur moi.

— Tu as donc parlé de ce qui t'arrivait à Liza J et à ton frère ? demandai-je en me dirigeant vers sa chambre, à contrecœur.

— Il y a une différence entre ne pas être honnête et garder des choses pour soi.

J'étais heureuse de l'entendre dire ça. Pour moi, bien sûr. Pas pour lui, parce qu'il aurait dû dire la vérité aux gens qui étaient les plus proches de lui. *Ma* situation était entièrement différente.

— Je ne suis pas là pour te dire ce que tu as à faire, tu es un grand garçon. Tu sais mieux que personne ce qu'il te faut.

Il s'arrêta devant la commode et ouvrit un tiroir rempli de tee-shirts pliés.

— Manches longues ou courtes ?

— Courtes.

À vrai dire, je préférais dormir nue. Mais je n'allais sûrement pas lui révéler cette information.

Nash me tendit un tee-shirt gris avec des inscriptions dessus.

— Merci.

J'avais mis ses vêtements deux fois en trois jours. J'avais flirté avec lui, je m'étais disputée avec lui. Je lui rendais service et le couvrais quand il avait besoin de moi. Maintenant j'allais entrer dans son lit avec lui. Les choses allaient vraiment très vite, même pour moi.

— Tu peux utiliser la salle de bains en premier.

— Merci, mon pote.

J'entrai dans la salle de bains et fermai entre nous. « Mon pote » ? Qu'est-ce que j'avais dans la tête ?

Je retirai mes vêtements pour enfiler son tee-shirt. Il m'arrivait à mi-cuisse, mais comme je ne portais pas de culotte, c'était tout de suite plus osé. Il faudrait juste que je ne remue pas trop dans le lit pour laisser le tee-shirt en place. Je ne dormirais sans doute pas, de toute façon. Je ne laissais pas les hommes passer la nuit chez moi, pas juste à cause de mon indépendance. J'avais le sommeil léger, ce qui voulait dire que le moindre bruit ou mouvement me réveillait.

Je rassemblai mes vêtements et entrai dans la chambre où je me figeai sur place. Nash était torse et pieds nus, le jean déboutonné.

— J'arrive dans cinq minutes.

Je hochai la tête, incapable de formuler des mots.

Sa chambre à coucher n'avait pas échappé à son grand coup de ménage. La couche de poussière avait disparu, tout comme les flacons de médicaments. Les rideaux étaient tirés sur les fenêtres et il avait ouvert son lit. Fossette était posée en boule au centre des oreillers.

Le bruit de l'eau retentit et j'hésitai à fouiller dans les dossiers sur sa table. Mais je me ravisai immédiatement. Ce serait déloyal d'utiliser sa faiblesse à mon avantage.

Je me mis donc au lit, du côté droit, et vérifiai mes messages du travail jusqu'à ce que la porte de la salle de bains s'ouvre.

Par tous les saints ! Ses cheveux mouillés semblaient plus noirs que d'habitude. Ses cicatrices sur l'épaule et le torse rappelaient ce qu'il avait traversé. Il ne portait qu'un boxer-short bleu foncé.

Il avait des cuisses et des mollets musclés. Une fine ligne de poils descendait jusqu'à la ceinture de son boxer.

La queue de Fossette remua de joie sur le lit. J'aurais bien exprimé moi aussi mon plaisir à le voir ainsi.

— C'est mon côté, dit-il en me montrant où j'étais allongée.

— Tu as un côté dans ton lit ?

— Pas toi ?

— Je dors seule.

Il leva les sourcils pour former une question et contourna le lit pour approcher de moi.

— Quoi ? demandai-je en haussant les épaules.

Nash me donna un coup de hanche pour que je lui libère son côté.

— Tu partages pas ton lit ? Jamais ?

— Je ne suis pas vierge, répondis-je en passant au-dessus de Fossette. Mais je ne reste pas dormir en général. J'aime dormir seule. Et comme je n'ai pas à partager, je dors au milieu du lit avec tous les oreillers. Tu dors toujours à droite ?

Il secoua la tête.

— Je dors le plus près de la porte.

Je m'allongeai.

— Tu restes un héros, même quand tu dors.

— Pourquoi tu dis ça ?

Ses yeux bleus cherchaient les miens alors qu'il remontait la couverture sur lui.

— Tu dors près de la porte pour que si quelqu'un entre par effraction, il doive te passer sur le corps avant d'atteindre Madame Beaugosse.

— Il n'y a pas de Madame Beaugosse.

— Pour l'instant. Mais je vois que tu as beaucoup pensé à elle.

Sa présence dans le lit tout près de moi me fit un drôle d'effet. Comme son visage fatigué quand il se tourna vers moi.

Fossette vint se blottir contre lui et posa la tête sur son épaule blessée. Je n'étais pas du genre sentimental, mais si ça avait été le cas, j'aurais fondu de les voir ainsi.

— Avant, peut-être, dit-il enfin. Mais maintenant, je ne peux plus penser qu'à m'endormir et me réveiller à côté de toi.

— Ne sois pas trop mignon, c'est un arrangement platonique, lui rappelai-je.

— Alors je ne te dirai pas combien j'aime te voir dans mon tee-shirt, et dans mon lit.

— Tais-toi et dors, Nash.

— Bonne nuit, mon ange.

— Bonne nuit, beau gosse.

Fossette laissa échapper un petit soupir.

Je souris et la caressai.

— Bonne nuit aussi à toi, Fossette.

Nash éteignit la lampe de chevet, plongeant la chambre dans le noir.

C'était encore pire. Maintenant, au lieu de le voir à moitié nu blotti contre une adorable petite chienne, mes sens étaient conscients de chacune de ses respirations, de chaque mouvement de son corps.

Dans l'obscurité, il me prit la main au-dessus de la couverture.

Ouais. Je ne dormirai pas cette nuit.

* * *

Je fus réveillée en sursaut d'un rêve érotique par quelque chose de chaud et dur.

Mes paupières s'ouvrirent instantanément. Je trouvai un grand bras musclé autour de ma taille, qui s'était glissé sous mon tee-shirt pour m'attraper un sein.

Nash.

J'étais sur le point de lui en coller une quand son corps se raidit contre le mien. La main se referma sur mon sein et je me rendis compte que je n'étais pas folle. Et que j'étais très excitée.

La tension quitta son corps aussi soudainement qu'elle était apparue et quand ses hanches tressaillirent de façon involontaire, mon excitation atteignit un pic.

Mon dos dans son intégralité était scotché au torse de Nash. Mes talons étaient posés contre ses tibias, mes cuisses collées aux siennes. La barrière que représentait le tee-shirt était remontée jusqu'à la taille, laissant mes fesses exposées. Totalement inutile. Et j'avais l'impression évidente que son visage était enfoui dans mes cheveux.

Et pour finir, son attribut masculin s'appuyait dans toute sa fierté contre mon derrière. Je vérifiai rapidement la situation et vis qu'elle était encore pire que je ne l'avais ressentie. Son sexe était entre mes cuisses.

Mon intimité était en feu et l'un d'entre nous était déjà très humide.

Où était passé son boxer ? Son pénis s'était peut-être simplement libéré ?

Il fallait que je bouge, mais plutôt en roulant ou en me faufilant ?

J'avais dit pas de sexe, pas de câlin. Il avait traversé une sale période et moi, j'étais en train de changer. Et c'était Nash qui avait brisé notre accord. Il était passé de mon côté du matelas et… merde.

Non, c'était moi qui étais de son côté. J'avais les deux bras serrés contre le sien. Il n'avait pas pu me tirer dans sa partie du lit tout de même, ça m'aurait réveillée et je lui aurais donné une tape dans le visage.

Oh bon sang.

M'étais-je glissée là ? Avais-je posé mes fesses contre le sexe de Nash en dormant ?

C'était très très chaud, là.

OK, il me fallait un plan. J'avais toujours des plans A, des plans B, des solutions de secours.

Il fallait juste que je contrôle mon désir dévorant pour lui et relève les hanches. Que je calme mon envie et me concentre sur un moyen de me tirer d'affaire de la façon la moins humiliante possible.

Mon Dieu.

J'étais trempée. Je ne savais pas ce qui était pire, que mon voisin sexy se rende compte que j'avais mouillé le lit ou qu'il nous découvre en position compromettante ?

Je pouvais dire que c'était Fossette.

Je réfléchissais à mes différentes options quand il poussa un grognement derrière moi.

J'aurais pu supporter l'excitation que provoquait en moi ce son s'il n'avait pas été accompagné d'un léger mouvement de ses hanches, qui déclencha une réaction en chaîne.

Son sexe frotta mon clitoris qui était déjà bien innervé, et en même temps sa main frôla mon téton durci.

Et ça me suffit.

Je jouis, étouffant mon cri de plaisir dans ma main. Mes hanches remuèrent involontairement tandis que l'orgasme traversa mon corps, contractant chacun de mes muscles.

Bravo à moi. Je me masturbais maintenant sur un homme endormi. Est-ce que je ne venais pas de l'agresser ?

— Hum, ça va, mon ange ? demanda Nash, ensommeillé, son visage dans mes cheveux, ses lèvres contre ma peau.

Super, il était réveillé maintenant.

— Oui, murmurai-je. Tout va bien. Tranquille.

Après l'orgasme, ajoutai-je pour moi-même.

Après un moment, il se raidit de nouveau contre moi et son érection me taquina de nouveau le clitoris.

J'étouffai comme je pus mon gémissement.

— Oh merde, je suis désolé, dit-il en reculant sous la couverture. Je ne voulais pas…

— Tu sais quoi ? Je décline l'invitation du petit déjeuner, dis-je sur le même ton que ma mère quand elle tentait de faire semblant que tout allait bien.

Je roulai deux fois vers mon côté du lit et tentai de m'asseoir.

Mais je ne réussis pas. Nash m'attrapa par le tee-shirt pour me retenir.

— Ça va ?

Mortifiée, j'attrapai le bord du matelas.

— Je vais très bien. Mais je dois vraiment partir.

— Mon ange, s'il te plaît, regarde-moi, supplia-t-il. Je suis désolé, je n'avais pas l'intention de te toucher comme ça.

Il me tourna sur le dos et me retint sur place avec sa main. Je vis le moment où il se rendit compte que son sexe s'était échappé. Son spectaculaire sexe.

— Bon sang !

Avec son autre main, il remit son érection sous la ceinture de son boxer.

J'avais les joues si rouges qu'on aurait pu frire des œufs dessus.

— De quoi tu t'excuses ? demandai-je, une main sur le visage.

— Je te promets que je n'en avais pas l'intention, m'assura-t-il si furieux contre lui que je ne pus le laisser se sentir responsable.

Il s'excusait, mais moi, j'étais plus occupée à vérifier que son érection refusait de se calmer.

Je posai alors ma main sur sa joue.

— Nash, c'est moi qui me suis retrouvée de ton côté. Tu as été un gentleman, promis. Je me suis réveillée il y a quelques minutes et c'est moi qui ne me suis pas immédiatement dégagée de tes bras.

Il se détendit légèrement.

— Tu es venue contre moi ? Dans ton sommeil ?

Si seulement… J'avais fait beaucoup plus que ça.

— Où est Fossette ? demandai-je pour changer de sujet.

— Dans son lit avec une de mes chaussettes, répondit-il sans regarder. Et si on revenait à toi… et à tes câlins dans mon lit. Je croyais que tu n'aimais pas ça ?

— Je n'aime pas ça ! J'essayais sans doute juste de retourner à ma place habituelle, au milieu du lit. On s'est retrouvés entremêlés, certainement. Je sais pas, ne cherchons pas, pas la peine d'en parler. Je suis embarrassée. Laisse-moi juste partir et oublions.

Il se tourna vers moi sans trop s'approcher et me caressa la joue.

— Tu es sûre ?

Comme il était chou au réveil. Ses cheveux en pagaille et sa barbe naissante lui donnaient un côté ténébreux. Il avait la marque de l'oreiller sous l'œil gauche. Et son regard ensommeillé était craquant.

— À part mon embarras de t'avoir sauté dessus en dormant, tout va bien, lui assurai-je.

— Tu as dormi ? demanda-t-il.

— Oui, et toi ?

— Moi aussi.

— Comment tu te sens ? interrogeai-je.

Ses lèvres étaient vraiment sexy.

— Vraiment très bien.

— Vraiment ?

— Oui, vraiment. Merci.

Avec un mouvement rapide, il déposa un baiser sur mon front et sortit du lit.

— L'omelette sera prête dans dix minutes, promit-il avant de se diriger vers la salle de bains. Oh, hé, mon ange ?

— Oui ?

— Si tu pars, je viens te la livrer en personne. Et je serai pas discret.

– 14 –
Vol de biscuits et de pommes pourries

Nash

Les voleurs étaient encore plus pitoyables que le butin de biscuits émiettés et de chips.

Assis sur les chaises en métal froides devant le bureau du responsable du magasin, les trois garçons de moins de quatorze ans, à différents stades de puberté, avaient l'air sur le point de vomir. Derrière eux, Nolan Graham traînait dans le rayon des biscuits.

Après l'accident de trois voitures sur l'autoroute, le « vol » de la tondeuse dans la quincaillerie qui était en fait dans la remise, et M. et Mme Wheeler qui avaient failli se faire duper au téléphone par quelqu'un qui se faisait passer pour leur petit-fils, ma journée était déjà bien remplie.

Heureusement que j'avais eu ma première nuit complète depuis des semaines.

Grâce à Lina.

J'étais généralement réveillé en sursaut par le crissement qui hantait mon cerveau. Et même si c'était arrivé ce matin encore, au moins, j'avais trouvé Lina dans mes bras. Elle m'avait recherché dans son sommeil. Ça – et ma réaction à son corps contre le mien – me faisait penser qu'après tout, j'étais peut-être encore en vie.

Je lui étais redevable. Cette femme occupait toutes mes pensées qui n'étaient pas déjà prises par le travail. Grâce à notre conversation et à mon sommeil réparateur, je me sentais plus confiant que depuis bien longtemps. Elle s'était juste légèrement ouverte à moi et ce que j'avais aperçu au-delà de son physique sexy me donnait envie d'en voir plus.

— Je suis désolé de vous déranger pour quelques jeunes délinquants, chef, mais je dois donner l'exemple, affirma Big Nicky.

Manager du supermarché de la ville depuis toujours, l'homme prenait son travail au sérieux.

— Je comprends le problème, Big Nicky. Tout ce que je dis, c'est qu'on peut trouver une solution autre qu'un dépôt de plainte. On fait tous des bêtises, surtout à cet âge.

Il poussa un soupir et regarda les gamins pardessus son épaule.

— C'est vrai, quand j'avais leur âge, je volais ses cigarettes à mon père et je séchais les cours pour aller pêcher.

— Et vous êtes sorti de l'adolescence sans casier judiciaire, lui fis-je remarquer.

Il hocha la tête, songeur.

— Ma mère m'a bien fait peur. J'imagine qu'on n'a pas tous cette chance.

Je savais ce que c'était. Je ressentais encore l'absence de ma mère, le ciment de notre famille, au plus profond de mon être.

— Toby et Kyle, leurs parents vont leur remonter les bretelles et les punir jusqu'à l'âge de passer leur permis de conduire, prédit-il. Mais Lonnie…

Lonnie.

Garder des secrets n'était pas le fort de Knockemout. C'est comme ça que je savais que Lonnie Potter était un grand dur dont la mère était partie deux ans plus tôt, l'abandonnant lui et ses deux sœurs. Son père travaillait de nuit, ce qui lui laissait peu de temps pour s'occuper de ses enfants. Je savais aussi que Lonnie s'était inscrit au cours de théâtre du lycée. D'abord pour avoir un endroit où se réfugier quand il n'y avait personne à la maison, mais aussi parce qu'il voulait s'inventer une autre vie. Il était bon, selon Waylay. Mais aucun membre de sa famille n'était venu le soir de la représentation.

— J'ai remarqué que la peinture s'écaille dehors, remarquai-je.

— C'est ce que m'a fait l'équipe de bras cassés de Lawlerville. Ils ont fait un boulot de merde avec de la peinture de mauvaise qualité, parce que c'est comme ça qu'ils travaillent. Désolé pour mon vocabulaire. Aucun d'eux ne vit ici, alors ils n'ont pas à regarder le désastre qu'ils ont fait à ma boutique.

— Mais un gosse motivé pourrait réparer ça pour le prix du matériel uniquement, dis-je en faisant un signe de la tête vers les trois coupables.

— Pas bête, chef, acquiesça Nicky en souriant. Rien de tel qu'un peu de travail physique pour vous empêcher de dévier.

Je coinçai mon pouce dans ma ceinture.

— Si cette solution vous convient, j'en parlerai à leurs parents. Je sens qu'ils y trouveront leur compte.

— Et moi aussi.

— Alors je vous en débarrasse et on en discutera avec les parents.

— Merci, chef.

Je rejoignis Grave qui dominait les garçons de toute sa hauteur, une expression sévère sur le visage.

— Bon, les gars, j'ai une offre pour vous qui vous évitera la punition à vie, et à moi, plein de paperasse…

* * *

Grave et moi, on sortit les enfants par l'arrière pour les faire monter discrètement dans notre SUV. Mieux valait ne pas alimenter le moulin à ragots. Fossette accueillit les fauteurs de troubles avec des jappements nerveux.

On discuta de la situation avec les parents de Toby puis avec ceux de Kyle, qui acceptèrent les travaux d'intérêt général et les excuses officielles plutôt qu'une punition à perpétuité.

— Mon père n'est pas à la maison, avertit Lonnie, le troisième membre du gang. Il a pris un autre service en plus du sien.

Fossette remua la queue sur les genoux de Grave.

— On va l'appeler à son travail, proposai-je.

Lonnie regarda par la vitre, l'air sombre.

— Il va me tuer…

Sa façade de dur à cuire se fissurait.

— Il sera en colère. Mais ça veut dire qu'il se fait du souci pour toi.

— J'ai merdé, lâcha-t-il. Pardon, j'ai déconné.

J'échangeai un regard avec Grave.

— Tu as déjà mis le feu à la remise de ton père avec des feux d'artifice que tu avais volés à ton voisin ivre mort ? demanda Grave.

— Non ! Pourquoi ? Quelqu'un vous a dit que j'ai fait ça ?

— Tu t'es déjà battu contre quatre gars dans la cour parce qu'ils avaient dit que ton frère était un connard, même s'ils avaient raison et que ton frère est vraiment un connard ?

— Non, j'ai que des sœurs.

— Ce qu'on essaie de te dire, mon gars, c'est qu'il nous arrive à tous de déconner, expliqua Grave.

Je croisai le regard de Lonnie dans le rétroviseur.

— Ce qui compte c'est comment on gère les choses après avoir déconné.

— Attendez, c'est vous qui avez fait tout ça ?

— Et plus, renchérit Grave.

— Mais on a appris qu'on doit payer les conséquences de ses actes.

Je repensais à Lucian et me demandais où il en serait si sa vie avait été plus facile au début. Ce qui est sûr, c'est qu'il n'aurait jamais fini derrière les barreaux à dix-sept ans si quelqu'un lui avait donné sa chance.

— Ça vaut pour la vie en général et les femmes et tout le reste.

— Tu devrais l'écrire, mon gars. Ce qu'il vient de dire, ça vaut de l'or, conclut Grave.

* * *

Après avoir déposé Lonnie chez lui et avoir passé un coup de fil à son père au travail, je m'arrêtai à la supérette pour nous acheter des boissons gazeuses. Je me garai sur le parking de l'école pour dissuader les automobilistes de faire des excès de vitesse et pour agacer Nolan qui me collait comme un chewing-gum sur la semelle dans sa Tahoe noire.

Grave retira sa casquette de policier et frotta son crâne chauve.

— T'as une minute ?

Ce n'était jamais un bon signe.

— Un problème ?

Il devait avoir une bonne raison pour ne pas m'avoir parlé au commissariat.

— Dilton.

Voilà la raison. Tate Dilton, un bleu quand j'étais arrivé à la tête de la police de Knockemout, remplaçant le chef Wylie Ogden dont les nombreuses années de service à l'ancienne n'avaient pas laissé le département indemne.

Dilton était ce que j'appelais dans la profession un décérébré. Il aimait l'adrénaline, les courses-poursuites, les confrontations. Il adorait se pavaner et faire preuve d'autorité. Ses arrestations étaient plus agressives que nécessaire, ses procès-verbaux dépendaient de si on savait ou non le caresser dans le sens du poil. Il passait également plus de temps dans la salle de sport et au bar qu'avec sa femme et ses enfants.

En gros, je ne l'aimais pas.

Je n'avais pas pu nettoyer tout le département quand j'avais été nommé chef, par conséquent je l'avais gardé et j'avais tenté de le former comme le flic qu'il nous fallait. Je l'avais mis en binôme avec un officier sérieux et solide, mais la formation, la surveillance et la discipline ne faisaient pas de miracle.

— Qu'est-ce qu'il a ? dis-je, ma cannette dans les mains.

— On a eu quelques problèmes avec lui quand t'étais à l'hôpital.

— Quel genre ?

— C'était un vrai chien fou quand t'étais en congé. Il a malmené Jeremy Trent pour ivresse publique après le match de football du lycée. Sans provocation de la part de Trent. Devant son fils – le défenseur de l'équipe – qui s'est opposé à Dilton avec la moitié de ses camarades. À juste titre. Les choses auraient vraiment mal tourné si Harvey et d'autres motards n'étaient pas intervenus.

Putain.

— Jeremy va bien ? Il a porté plainte ?

— Non, il n'a pas cherché à faire d'histoire, il a payé l'amende. Et il est resté avec des hématomes aux genoux comme souvenir. Il ne se souvenait de rien au réveil. Mais ça aurait été l'enfer si l'histoire était allée plus loin.

Jeremy Trent avait été le capitaine de l'équipe de base-ball et avait battu Dilton pour la place de meilleur joueur du lycée. Ils avaient eu pas mal de confrontations après ça. Jeremy était un gars aimable qui travaillait dans le réseau public des égouts et buvait trop le week-end. Il se pensait pote avec Dilton, mais pour Dilton, la rivalité n'avait jamais cessé.

Grave pinça les lèvres en regardant à travers le pare-brise.

— Quoi d'autre ?

— Il a exagéré avec la circulation routière. Un joli SUV Mercedes à peine au-dessus de la limite de vitesse. Il s'est fait doubler par un pick-up gonflé à bloc qui roulait à toute berzingue. Dilton a ignoré le pick-up et a arrêté la Mercedes. Le chauffeur était noir.

— Mon Dieu.

— J'ai tout de suite senti l'entourloupe. Du coup, j'en ai parlé à Bannerjee. Et j'ai bien fait. Il avait fait sortir le gars de la voiture et lui avait passé les menottes en hurlant sur sa femme qui filmait tout.

— Pourquoi j'en entends parler que maintenant ?

— Je t'ai dit, t'étais en congé. Et je t'en parle parce qu'hier soir on l'a entendu gueuler au bar Hellhound qu'il allait postuler pour chef comme tu ne pouvais pas faire le boulot.

Grave n'y allait pas de main morte.

— Je m'en occupe, dis-je en sortant la voiture du parking

J'effrayai Tausha Wood, la jeune fille de dix-sept ans, assise dans son pick-up, quand je fonçai vers la route.

— Maintenant ? demanda Grave.

— Maintenant.

* * *

Un jour plus tôt, je n'aurais pas eu l'énergie pour toutes ces merdes, mais je m'étais réveillé avec une Lina presque nue contre mon corps presque nu. C'était plus tonifiant que tous les médicaments que j'avais pris jusque-là.

Je dirigeais un petit commissariat solide qui servait une petite communauté solide. Quelques milliers de personnes qui partageaient un passé commun. Bien sûr, nous étions assez brutaux et prompts à régler un conflit avec nos poings, mais nous étions unis. Fidèles.

Ce qui ne voulait pas dire que nous n'avions jamais d'ennuis. C'était surtout notre proximité avec DC et Baltimore qui nous en attirait. Mais avoir des problèmes causés par un de mes officiers, ça dépassait les limites.

Nous étions des gens honnêtes qui consacrions notre vie à protéger nos concitoyens. Et après chaque nouveau heurt, avec chaque formation, nous nous améliorions.

De mille façons, une affaire pouvait tourner au vinaigre. De mille façons, nous pouvions prendre une mauvaise décision. Pas la peine d'y ajouter l'arrogance et les préjugés.

Alors on se formait, on s'exerçait, on discutait et on analysait.

Mais un département ne valait rien de mieux que son pire officier. Et Dilton était le nôtre.

— Le voilà, annonça Grave.

Tate Dilton ne prit pas la peine de frapper à la porte. Il entra comme s'il était chez lui. Il était relativement séduisant malgré ses cheveux qui commençaient à se dégarnir et sa bedaine. Sa moustache m'énervait, probablement parce qu'elle me rappelait celle de Nolan Graham, qui, assis à un poste de travail vide dans l'open space, remplissait un sudoku.

— Qu'est-ce que je peux faire pour toi, chef ? demanda Dilton en s'asseyant et en ignorant les autres occupants de la pièce.

Je refermai le dossier que j'étais en train de lire et le posai au-dessus de la pile.

— Ferme la porte.

Dilton prit un air excédé avant de se lever pour obéir.

— Assieds-toi, dis-je en indiquant la chaise qu'il venait de libérer.

Il s'écroula dessus et croisa les mains sur son ventre comme s'il était dans son salon, prêt à regarder un match.

— Officier Dilton, voici Laurie Farver, dis-je en lui présentant la femme devant la fenêtre qu'il n'avait pas encore saluée.

— Madame, lâcha-t-il avec un petit hochement de tête.

— Tu sais, Tate, quand j'étais gosse, mon voisin avait un chien qu'il gardait en laisse. De loin, le chien semblait gentil. Une boule de poils jaune. Gros, avec une queue touffue. Du moment qu'il était tenu en laisse, tout allait bien, mais dès qu'on le libérait, on ne pouvait plus lui faire confiance. C'était fini, il courait derrière les enfants, mordait les passants. Mon voisin n'a pas réparé le trou qu'il avait dans sa clôture, il n'était pas assez vigilant avec cette laisse. Un jour, le chien a attaqué deux gosses qui roulaient à vélo. On a dû faire piquer le chien. Et son propriétaire a été condamné.

Dilton mâchait un chewing-gum avec un sourire insolent.

— Sans vouloir te vexer, chef, je me fous de ton voisin et de son chien.

Sous mon bureau, Fossette poussa un gémissement.

— Je t'explique, Dilton. *C'est toi* le chien. Je serai toujours là pour m'assurer que la laisse est bien serrée. Le fin mot de l'histoire, c'est que si je peux pas te faire confiance sur le terrain, je peux pas te faire confiance tout court. Tes récentes réactions montrent que tu n'es pas prêt à servir et encore moins à protéger. Et si je ne peux pas compter sur toi pour faire ton boulot au mieux de tes capacités, alors on a un sérieux problème.

Dilton plissa les yeux et j'y vis une lueur de méchanceté.

— Tu peux peut-être pas le comprendre, parce que t'es à ton bureau, mais moi je suis sur le front et je fais face à des merdes tous les jours. Quelqu'un doit maintenir l'ordre ici.

Je me tus un instant. J'avais dérapé et voilà les conséquences. Dilton avait profité de la laisse que j'avais relâchée, ce qui voulait dire qu'il ne tenait plus qu'à moi de le remettre sur le droit chemin.

— Je suis content que tu abordes le sujet. Parlons-en justement, de toute cette merde que tu fais sur le terrain. Comme arrêter Jeremy Trent après un match de football, lui donner un coup de matraque à l'arrière des genoux et le menotter devant son fils et tout le stade. Ou laisser ton pote Titus s'en tirer avec un excès de vitesse, tout en verbalisant un ingénieur aérospatial noir et sa femme avocate des droits civiques dans une Mercedes. Tu as même fait sortir le conducteur de son véhicule, sous prétexte… attends, laisse-moi lire ton rapport…

Je lus le papier sous mes yeux.

— Qu'il ressemblait à un évadé de prison dont l'affiche est punaisée sur notre tableau depuis trois ans.

— J'avais la situation bien en main jusqu'à ce que tes hommes interviennent.

— Tu as menotté le chauffeur et tu l'as étalé par terre sur la route, dans son costume, pendant que sa femme filmait tout sur son portable, quand sont arrivés le sergent Hopper et l'officière Bannerjee. Selon leur rapport, ton haleine sentait l'alcool.

— C'est des conneries ! Hopper et cette salope en ont après moi. J'ai remarqué que le suspect roulait bien au-delà de la limite autorisée et je…

C'était comme si quelqu'un avait allumé une lumière à l'intérieur de moi. Fini la léthargie glacée, le vide sombre. Maintenant, c'était une colère noire qui m'habitait.

— Tu as merdé. Tu fais passer ton ego et tes préjugés avant ton boulot et tu nous a mis en danger. Tu as mis le département en danger. Et pire, tu as mis des vies en danger.

— C'est des conneries, grommela Dilton. C'est cette connasse d'avocate qui nous menace avec sa vidéo ?

— Officier Dilton, tu es suspendu et tu conserves ton salaire, mais juste parce que c'est la procédure. En attendant une enquête complète sur ta conduite. Je ne compterais pas trop longtemps sur ta paie, si j'étais toi.

— Tu peux pas faire ça, putain.

— Une enquête officielle est ouverte. On interrogera les témoins, les victimes, les suspects. Et si je découvre de l'abus de pouvoir, je te retire ton badge pour de bon.

— Ça se passerait pas comme ça si Wylie était encore là. Tu as volé sa place à un type bien…

— J'ai *gagné* cette place et j'ai travaillé assez dur pour m'assurer que des hommes comme toi n'abusent pas de leur pouvoir.

— Tu peux pas faire ça ! J'ai un syndicat derrière moi ! Tu peux pas me suspendre comme ça sans en référer à mon représentant.

— Mme Faver est ta représentante. Mais je ne suis pas sûre qu'elle sera ravie de te représenter après ce qu'elle a entendu. Maître Peters ? Madame la maire Swanson, vous êtes tous avec nous ? demandai-je.

— Oui, toujours, chef Morgan.

— Oui, tout entendu.

— Officier Dilton, Maître Peters est l'avocat de Knockemout. C'est lui qui représente la ville en cas de besoin. Maître Peters, est-ce que Knockemout doit couvrir autre chose, maintenant que l'officier Tate Dilton est suspendu ?

— Non, chef, vous avez tout couvert. Je vous contacterai, officier Dilton.

— Merci Eddie. Et vous madame la maire ? Quelque chose à ajouter ?

— J'aurais beaucoup d'insultes à ajouter, affirma-t-elle. Vous avez de la chance que j'ai mon petit-fils avec moi dans la voiture. Je suis impatiente d'entendre les résultats de l'enquête et si on découvre, comme le suggère le chef Morgan, un cas d'abus de pouvoir, je serai heureuse de vous renvoyer pour de bon.

— Merci madame. Message reçu.

Je jetai un regard noir à Dilton qui blêmissait.

— Je te retire ton badge et ton arme de service *maintenant*.

Il bondit de sa chaise, les poings serrés, les yeux furibonds.

— Tu veux t'en prendre à moi, vas-y. Mais ce ne sera pas sans conséquence, avertis-je. Et tu es déjà dans les embrouilles jusqu'au cou. Réfléchis bien.

— Ça ne tiendra pas, gronda-t-il en jetant son badge et son arme sur mon bureau, assez fort pour renverser ma plaque. On est supposés se serrer les coudes. Tu es supposé me soutenir, pas écouter des étrangers friqués et un ivrogne qui a brillé au lycée.

— Parle autant que tu veux de solidarité, mais le fond du problème, c'est que toi tu la joues solo. Tu es là pour le pouvoir que te donne l'insigne. Tu ne sais pas ce que ça veut dire se serrer les coudes. Tu n'es qu'un gosse pitoyable qui essaie de se sentir comme un homme. Et je ne vais pas lâcher l'affaire. Pas plus que les autres.

Je montrai les officiers derrière la vitre, même ceux qui auraient dû être de congé. Derrière Dilton, Grave poussa un grognement de satisfaction.

— Maintenant, sors de mon commissariat.

Dilton ouvrit la porte si fort qu'elle cogna contre le mur. Il sortit dans l'open space et fusilla du regard ses collègues.

— T'as un problème ? demanda-t-il à Tashi, se ruant droit vers elle.

J'avais quitté mon fauteuil et Grave était déjà sur le seuil de la porte, quand on vit Bannerjee lui sourire.

— Non, je n'en ai plus.

Bertle et Winslow arrivèrent derrière elle pour la soutenir.

Dilton leur brandit son majeur.

— Allez vous faire foutre !

Il regarda les autres policiers et répéta son insulte.

Et il sortit en trombe.

— T'as du cran, toi, Bannerjee, la complimenta Winslow en lui tapotant l'épaule.

Elle rayonnait comme si un prof venait de lui donner un bon point. Même moi, je ne pus cacher mon sourire.

— Bien, j'y vais, annonça la représentante syndicale platement.

— Bonne chance.

— Merci, dit-elle en levant les yeux au ciel.

— C'est bon de t'avoir de retour, chef, lança Grave avant de sortir à son tour de mon bureau.

Fossette grimpa sur mes jambes. Je me baissai pour la prendre dans les bras.

— Tout s'est bien passé, lui dis-je.

Heureuse de l'entendre, elle me lécha le visage avant de redescendre par terre.

Je redressai ma plaque et traçai du doigt les lettres de mon nom. Chef de la police Nash Morgan.

Je n'étais pas de retour, pas tout à fait. Mais je faisais enfin un pas dans la bonne direction.

Il était temps d'en faire un autre.

– 15 –

Satan en costume

Lina

Naomi : N'oubliez pas ! Mercredi, on fait des courses pour les robes des demoiselles d'honneur. Elles devront avoir toutes les qualités de l'automne : fraîches, amusantes et flatteuses.

Sloane : Lina, je pense qu'elle veut qu'on se déguise en citrouille.

Moi : Les citrouilles, c'est ni ma couleur ni mon gabarit.

* * *

Je fulminais de perdre ma matinée à faire en vain le tour de la liste que j'avais dressée de propriétés potentielles. Surtout quand j'avais l'impression d'avoir un compte à rebours au-dessus la tête. Il fallait que j'avance. Il me fallait une pause. Il fallait que j'arrête de penser à Nash Morgan.

Ça voulait dire effacer tous les souvenirs de sa proposition, de ses confessions et de son sexe dur et chaud. OK, ça c'était déjà pour de bon gravé dans ma mémoire. Mais le reste devait en sortir immédiatement.

Dans un restau à quarante minutes de Knockemout, j'essayais d'avaler une salade quand un géant d'un mètre quatre-vingt-quinze en costume élégant se glissa sur la banquette devant moi.

Lucian Rollins portait le danger comme un habit taillé pour lui.

— Lucian.

— Lina.

Ce timbre grave, ces yeux perçants, tout chez lui était vaguement menaçant… et par conséquent une bonne façon de me changer les idées de mon obsession du moment.

— Qu'est-ce qui t'amène là ?

Il tendit un bras sur le siège en vinyle derrière lui, prenant encore plus de place.

— Toi.

La joyeuse serveuse d'une vingtaine d'années qui m'avait apporté mon repas et avait discuté avec moi pendant cinq bonnes minutes de ma veste de motarde, arriva à notre table avec une cafetière qu'elle tenait dans une position précaire. Elle ouvrit des grands yeux et une grande bouche.

— Café ? proposa-t-elle.

— Oui. Merci, dit-il en lui tendant sa tasse.

Hypnotisée, elle écarquilla encore plus les yeux et je me demandai s'ils allaient sortir de leurs orbites. Au cas où, je reculai ma salade.

— Je peux avoir plus de vinaigrette, s'il vous plaît ? demandai-je quand elle réussit enfin à verser le café.

— Plus de lait, d'accord, murmura-t-elle avant de s'éloigner.

— Super, j'aurai jamais ma vinaigrette, maintenant.

Lucian esquissa un sourire glaçant.

— J'aurais préféré ne pas devoir avoir cette conversation.

— J'adore quand les hommes me suivent et démarrent avec une phrase pareille.

— Nash Morgan.

Je levai un sourcil sans rien dire.

— Il traverse une période difficile. Je détesterais voir quelqu'un en profiter.

— Moi ?

— N'importe qui.

— C'est bon à savoir.

J'enfournai une autre bouchée de salade, ce qui n'allait pas me faciliter la tâche dans cette discussion. Je mâchai soigneusement, les yeux toujours rivés dans ceux de Lucian qui ne bougeait pas un muscle.

Chacun attendait que l'autre cède en premier.

C'était le genre de situation sociale dans laquelle j'excellais. Du bavardage sur des trucs de filles ? Non. Mais me battre frontalement avec un type méfiant quand il y avait des informations cruciales à collecter ? C'étaient les jeux olympiques et je décrochais toujours une médaille d'or.

— Ahhhh, lâchai-je après une gorgée de thé glacé.

Ses lèvres remuèrent.

— Y a-t-il un sujet en particulier dont tu voudrais discuter, ou est-ce que tu enchaînes juste les menaces à la ronde, de table en table ?

— On sait tous les deux que tu as des motivations autres pour être ici. Je connais ton employeur et j'ai bien remarqué à quel moment tu t'es pointée en ville.

Je fis mine d'être choquée.

— C'est illégal dans cette ville de travailler dans les assurances ?

— Tu veux qu'on joue ?

— Écoute, mec. C'est toi qui as décidé de jouer au chat et à la souris et de me suivre en dehors de la ville, juste pour prouver que tu pouvais le faire. Je n'aime pas plus que toi qu'on joue avec moi, alors arrête ta traque ou tu vas me mettre en colère, dis-je avec un sourire méchant.

Lucian se pencha et croisa les doigts.

— D'accord. Je sais qui tu es, pour qui tu travailles et ce qui est arrivé au cours de ta dernière mission.

Je restai impassible, feignant l'ennui, même si la dernière partie de sa phrase m'avait intriguée et impressionnée.

— Malgré ta discrétion, tu t'es construit une solide réputation. Tu trouves des choses que personne d'autre ne trouve, tu es connue pour être courageuse, limite téméraire, une qualité appréciée par ton employeur. Tu n'es pas en ville pour rendre visite à ton vieux pote Knox, tu es là pour trouver quelque chose… ou quelqu'un.

Il laissa l'accusation planer entre nous. Je pris une autre bouchée de ma salade sèche.

— Pourquoi tu ne me parles de ça que maintenant ? Pourquoi pas quand je suis arrivée en ville ?

— Parce qu'il y a les dégâts causés par une balle et les dégâts causés par un cœur brisé.

— C'est du vécu ? demandai-je en le montrant avec ma fourchette.

Il ignora ma question.

— Non seulement tu arrives en ville peu de temps avant que Naomi et Waylay se fassent enlever, mais maintenant tu emménages juste à côté de Nash.

— Tu n'as pas l'air du genre d'homme qui passe du temps dans des motels infestés de cafards, alors je ne vais pas me justifier. Mais étant donné que tu as l'air d'avoir plus d'argent que le budget de certains États, tu devrais réfléchir à racheter ce motel pour l'arranger… ou peut-être le brûler.

— J'y réfléchirai, répliqua-t-il sèchement. Maintenant assure-moi que Nash ne sera pas encore plus blessé à cause de toi.

Ressentant un étrange instinct de protection pour l'homme en question, je posai ma fourchette.

— Pour info, je n'ai rien à voir avec la fusillade ou l'enlèvement. Si je suis à la recherche de quelque chose dans cette ville, ça ne te regarde pas. Et enfin, Nash est un grand garçon, il peut se défendre.

— C'est ce que tu as dit à Lewis Levy ?

J'étais officiellement révoltée. Je souris tout de même.

— Tu es comme un gamin qui me montre le beau dessin qu'il a fait à l'école et qui attend que je sois émerveillée. Si je l'accroche sur mon frigo, tu te casses ?

— Tôt ou tard, quelqu'un d'autre dans ton cercle se fera blesser et tu as intérêt à ce que ce ne soit pas Nash.

— Parce que tu feras quoi ? Lui fournir un garde du corps en plus du marshal ?

— S'il le faut, oui. Je sais que tu as passé la nuit chez lui.

— T'en fais pas, papa. Nous sommes tous les deux des adultes consentants. Il sera rentré avant le couvre-feu, je m'en assurerai.

Lucian frappa la paume de sa main sur la table, faisant vibrer la cuillère sur la soucoupe et renversant du café.

— Ne plaisante pas avec ça, dit-il, glaçant.

— Enfin ! Je me demandais où tu cachais l'humain sous ta façade. J'allais te menacer d'une grossesse accidentelle pour te voir craquer.

Il me prit ma serviette et essuya la table avant de me la rendre.

— Aucun sens de l'humour, Lucian.

— Aucun.

Je me penchai à mon tour sur la table.

— Voilà ce que je vois. Soit tu penses que je suis facile à manipuler, soit tu as peur d'avoir une conversation à cœur ouvert avec ton ami. Mais dans les deux cas, tu fais preuve d'un jugement déplorable, Lucian.

Il laissa échapper une sorte de grognement. Mais il savait que j'avais raison.

— Écoute, tu as raison de te faire du souci pour ton ami. Il cache ce qu'il traverse à tout le monde, y compris à toi. Pareil pour moi, parce qu'on se connaît à peine. Et ce qu'il m'a dit reste entre lui et moi, parce que contrairement à toi, je sais respecter la vie privée. Oui, j'ai passé la nuit chez lui. Non, on n'a pas couché ensemble. Je ne te le dis pas parce que je pense que ça te regarde. Ça ne te regarde pas.

— Alors pourquoi tu me le dis ?

— Parce que je sais ce que c'est d'avoir des gens qui s'inquiètent tellement pour toi qu'ils font des trucs débiles derrière ton dos.

Sa mâchoire se serra et je me demandai sur quelle plaie j'avais appuyé.

— Nash est un type bien, ce qui fait qu'il n'est pas mon genre. Mais ça ne veut pas dire que je ne ferai pas d'exception.

— Tu te défends vraiment très mal, lança-t-il.

— Je ne tente pas de me défendre. Je me fiche de ce que tu penses de moi. Tu penses que c'est moi le problème, mais c'est faux. C'est toi.

— Je n'essaie pas de profiter…

— Arrête avant de m'exaspérer. Si tu penses que je tente de profiter de ton ami ou qu'il me cache des choses, alors tu as deux choix.

— J'écoute…

— Soit tu fais confiance à ton pote, soit tu vas le voir et tu discutes avec lui. Au moins, aie la décence de le faire devant lui.

Encore un regard glaçant. Mais la chaleur de ma colère me protégeait.

— Tu ne pourrais pas comprendre notre amitié.

— Oh, mais si, contredis-je. Tu es doué pour collecter les informations ? Eh bien, moi je suis douée pour lire les gens. Vous avez grandi ensemble sans vraiment grandir jusqu'au bout. Knox a essayé de se protéger de l'amour pour ne plus avoir mal. Nash ne fait confiance à aucun de vous deux pour le soutenir, alors il ne vous parlera pas de ce qu'il vit. Et toi… on le garde pour une autre fois.

— Non, non, je t'en prie.

Je haussai les épaules.

— Comme tu veux. Tu es un consultant politique dans l'ombre, à l'origine de la chute de grands noms dans le monde financier, sans parler de l'ascension de bien d'autres. « Machiavélique » c'est ce qu'on dit en parlant de toi. Et tu aimes ça. Tu aimes que les gens te craignent. J'imagine que c'est parce que tu as ressenti la peur avant et ça t'a donné l'impression d'être impuissant. Maintenant, tu as le pouvoir de tirer toutes les ficelles que tu veux. Mais tu n'es toujours pas heureux.

Il plissa les yeux.

— Tu t'accordes une cigarette par jour, juste pour prouver que rien ne te domine. Tu es dévoué à tes amis et tu ferais tout pour eux. Et ça veut dire pas juste des trucs légaux. Mais est-ce que tu aimerais que Knox et Nash manigancent pour toi derrière ton dos ?

— C'est différent.

— Tu aimerais le croire, mais c'est pareil, protestai-je. Laisse-moi le dire en des termes que tu peux apprécier. Tout ce temps et cette énergie que tu viens de dépenser pour arranger les choses dans le dos de ton ami auraient pu se réduire en parlant dix minutes avec lui. Imagine combien de politiciens tu aurais pu ruiner ou combien d'immeubles tu aurais pu acheter si tu ne perdais pas ton temps à proférer de vagues menaces contre une femme innocente.

Son expression de marbre changea à peine, mais je repérai tout de même une lueur d'amusement dans son regard.

— Je n'utiliserais pas le terme « innocente » pour parler de toi. Et mes menaces étaient tout sauf vagues.

— Question de sémantique.

Il me regarda finir ma salade.

— Je suggère qu'on garde cette conversation entre nous, lâcha-t-il.

Garder des secrets. C'est ce que je faisais. Mais j'avais déjà été à la place de Nash, mes parents ne m'avaient pas fait confiance pour affronter les difficultés. Je détestais quand les gens parlaient de mon bien-être derrière mon dos comme si je n'étais pas assez forte pour décider de ma propre vie. J'étais sûre que Nash ressentirait la même chose.

— Lequel de nous deux essaies-tu de protéger, Luce ? Ça ne te dérange pas que je t'appelle Luce ?

— J'espère que tu n'es pas là pour faire du mal à mon ami, Lina. Parce que je détesterais avoir à détruire ta vie.

— Je suis impatiente de te voir essayer. Maintenant, va embêter quelqu'un d'autre.

– 16 –

Une paire de mercis

Nash

J'entourai la laisse de Fossette autour de mon poignet et attrapai un des deux bouquets que j'avais mis dans le porte-gobelet.

— Viens Fossette, un petit arrêt.

On sortit dans la rue juste au moment où Nolan se garait derrière moi. Je lui adressai un salut sarcastique auquel il répondit par un doigt d'honneur. Je commençais presque à l'apprécier.

Fossette marchait devant moi vers l'immeuble d'un étage en brique et vinyle. Des pots de fleurs égayaient les terrasses des deux appartements.

Je montai les trois marches vers la porte sur la gauche. Un chat gris et blanc était allongé sur le bord de la fenêtre. De la musique classique s'échappait de la maison. Je saluai le chat et sonnai.

Fossette était assise à mes pieds, sa queue battant avec enthousiasme. Ce n'était pas aussi énervant que je l'avais pensé de l'avoir avec moi au travail. Ses demandes régulières d'attention m'empêchaient de désespérer à cause des montagnes de paperasse. Et même si elle n'était pas encore assez en confiance pour laisser les autres officiers la caresser, elle faisait le tour de l'open space pour quémander leurs petits biscuits qu'ils avaient tous maintenant dans leurs poches.

Des pas résonnèrent de l'autre côté de la porte.

— J'arrive, lança une voix exaspérée. J'arrive. Une seconde.

La porte s'ouvrit et mon ange gardien apparut.

Xandra Rempalski avait d'épais cheveux bouclés, noirs avec des mèches violettes. Elle en nouait une partie dans un chignon et laissait le reste dégringoler sur ses épaules. Elle avait la peau noire, et des yeux marron qui passèrent de l'agacement, à la surprise, puis à la reconnaissance.

À la place de son pyjama d'hôpital, elle portait un tablier en jean avec des câbles enroulés et des outils dans les poches. Des boucles en anneaux reliés les uns aux autres pendaient à ses oreilles. Son collier fait de plusieurs chaînes formait un V entre ses clavicules. Ça m'évoqua une cotte de mailles.

— Bonjour, saluai-je, me sentant bête de ne pas être venu plus tôt.

— Bonjour à vous, répondit-elle, appuyée contre le montant de la porte.

Le chat passa paresseusement entre ses pieds nus. Fossette se cacha entre mes chaussures.

— Je ne sais pas si vous vous souvenez de moi…

— Chef Nash Morgan, quarante et un ans, deux balles dans l'épaule et le torse, O négatif.

— Apparemment si.

— Ce n'est pas tous les soirs qu'on trouve le chef de la police en sang sur le bord de la route, dit-elle en m'adressant un sourire radieux.

Fossette osa jeter un regard entre mes chaussures. Le gros matou siffla et s'assit sur le paillasson pour se lécher l'arrière-train.

— Ne vous offusquez pas, assura Xandra. Je vous présente Gertrude, elle a un sale caractère et aucune décence.

— C'est pour vous, dis-je en lui tendant le bouquet de tournesols. J'aurais dû venir plus tôt vous remercier. Mais les choses ont…

— C'est dur, compatit-elle en levant la tête du bouquet. Déjà que ça n'a pas été facile pour moi de vous voir dans cet état-là… Je suis sûre que le vivre est encore pire.

— Je devrais être immunisé, confessai-je en jetant un regard à Fossette de nouveau collée à mes jambes.

Xandra secoua la tête.

— Quand on est immunisé, il est temps de faire autre chose.

— Vous êtes depuis combien de temps aux urgences ?

— Depuis que j'ai reçu mon diplôme d'infirmière. Ça va faire huit ans. On ne s'ennuie pas.

— Vous vous êtes déjà demandé combien de temps vous pourriez tenir ?

— Je ne m'inquiète pas pour ce genre de choses. À chaque jour suffit sa peine. Du moment que le positif dépasse le négatif, je suis prête pour le lendemain. Ce sera jamais facile, mais c'est pas pour ça qu'on le fait. On le fait pour trouver du sens, ou quelque chose comme ça. Pour que ça compte. Pour un merci de quelqu'un qui a survécu. Ça fait du bien.

J'aurais dû ajouter une carte.

Ou quelque chose qui aurait duré plus longtemps que des fleurs.

Mais je n'avais que les mots. Alors je les lui donnai.

— Merci de m'avoir sauvé la vie, Xandra. Je ne pourrai jamais assez vous exprimer ma reconnaissance.

La lumière se refléta sur sa boucle d'oreille.

— Continuez juste à vivre et à vous rétablir. Un jour à la fois. Continuez à faire le bien autour de vous et à maintenir l'équilibre entre le pour et le contre.

J'espérais qu'avoir suspendu Dilton avait contribué à ça. Parce que, comme tout ce que je faisais, ça ne me paraissait pas suffisant.

— Je ferai de mon mieux.

— Vous savez, avoir quelque chose en plus du travail, ça aide. Quelque chose d'agréable. Moi, je sors avec des mecs pas bien pour moi et je crée des bijoux, expliqua-t-elle en me montrant son tablier.

Pour l'instant, je sentais que je n'avais rien d'autre. À part une chienne angoissée et deux trous qui ne guériraient jamais.

Une explosion retentit à côté, suivie d'une longue plainte. Je sursautai, ma main se dirigeant automatiquement vers mon arme de service.

— Non ! lança Xandra, avant de mettre les fleurs et le chat à l'intérieur et de me contourner.

— Rentrez, vous aussi, insistai-je en manquant de peu de trébucher sur Fossette alors que je m'apprêtais à descendre les trois marches.

Nolan courait vers nous. Il avait dégainé.

— Attendez ! C'est mon neveu. Il ne parle pas, expliqua Xandra en me suivant vers la porte voisine.

Les détails de sa déposition me revinrent. Elle était partie en retard au travail, parce qu'elle était restée aider sa sœur à calmer son neveu.

Je m'arrêtai et croisai le regard de Nolan. Je la laissai me dépasser sur les marches.

— Il est autiste, dit-elle en entrant chez sa sœur.

— Gardez le chien, dis-je en jetant la laisse à Nolan et en suivant Xandra à l'intérieur.

J'avais encore l'adrénaline qui fusait dans les veines. Au milieu du tapis du salon, un garçon recroquevillé sur le côté, les mains couvrant ses oreilles, gémissait d'une douleur invisible. À côté de lui gisaient les restes d'un château en briques.

— Les flics ? Quand même, Xan ? lança une femme agenouillée à distance raisonnable des coups de pied que donnait le garçon avec ses longues jambes.

— Très drôle, répliqua Xandra sèchement. Je vais fermer les stores.

— Est-ce que je peux faire quelque chose ? demandai-je prudemment.

— Pas encore, dit la sœur de Xandra assez fort pour couvrir les gémissements plaintifs de son fils. On a un rendez-vous chez le docteur dans une heure. Son casque charge.

Je restai dans la pièce, impuissant, tandis que les deux femmes s'affairaient pour rendre la pièce plus sombre et calme. Un protocole, compris-je.

Les gémissements diminuèrent bientôt et la mère glissa une sorte de cape sur les épaules du garçon.

Rapidement, il s'assit. Il était grand pour son âge, la peau noire et un petit duvet de puberté sur sa lèvre supérieure.

Il regarda le château cassé et laissa échapper une longue plainte.

— Je sais, mon grand, le consola sa mère en passant délicatement un bras autour de ses épaules. Tout va bien. On va le réparer.

— Amy, je te présente le chef de la police, Nash Morgan. Chef, voici ma sœur, Amy, et mon neveu, Alex.

— Chef, salua Amy en balançant Alex dans les bras.

— Bonjour. J'étais juste passé pour dire merci à Xandra...

— De vous avoir sauvé la vie ? termina-t-elle pour moi avec un petit sourire.

— Exact.

— Désolée pour ça, s'excusa-t-elle en acceptant le livre que lui tendait Xandra.

— Pas la peine de vous excuser.

— Et toi qui t'inquiétais de savoir comment se passerait ta première interaction avec la police, plaisanta Xandra.

Amy sourit, avant de déposer un baiser sur le front de son fils et de commencer à lire.

— Voilà une autre stratégie, m'expliqua Xandra. Rire même quand c'est pas drôle.

Sous le regard inquiet d'Alex, j'aidai à réparer les dégâts, brique par brique.

Une fois la pièce rangée et l'histoire terminée, je saluai Amy d'un hochement de la tête et suivis Xandra. Alex se leva et s'approcha lentement de nous. Grand, les épaules larges, il posa une main solide sur mon bras. Mais sur son visage s'affichait un sourire de petit garçon alors qu'il avait les yeux rivés sur mon torse.

— Il ne croit pas en l'espace vital, avertit Xandra, amusée.

Il passa un doigt sur mon badge d'un point à l'autre. Après avoir tracé deux fois l'étoile, il hocha la tête et me libéra.

— Enchanté de faire ta connaissance, Alex, dis-je doucement.

* * *

Les bras chargés, je tapai du pied deux fois dans la porte et attendis.

Elle s'ouvrit quelques secondes plus tard, et tout mon corps se réchauffa quand je vis Lina dans son legging mauve foncé. Son pull en polaire ivoire s'arrêtait juste au-dessus de la ceinture. Un large bandeau retenait ses cheveux en arrière. Elle était pieds nus.

— Bonsoir, saluai-je en entrant et en déposant un baiser sur sa joue.

Fossette me suivit et partit droit sur le canapé.

— Oui, bonsoir. C'est quoi, tout ça ? demanda-t-elle en refermant derrière moi.

Je déposai les sacs dans la cuisine sur le plan de travail.

— Le dîner.

— Ça ne ressemble pas au thaï que je m'apprêtais à commander.

— Pas juste belle. Intelligente avec ça.

Je sortis les fleurs sauvages d'un des sacs de courses.

— Un vase ?

Elle me montra les placards vides.

— Parce que tu penses vraiment que j'ai un vase ici ?

— On va se débrouiller.

J'ouvris toutes les portes jusqu'à ce que je trouve une affreuse carafe en plastique. Je la remplis d'eau et mis le bouquet à l'intérieur.

— Des fleurs sauvages. C'est ce qui te va le mieux, selon moi.

Et parce que le muguet me rappelait ma mère.

Lina me décocha un de ces regards de femme compliqués avant de céder et de plonger la tête dans les fleurs.

— C'est adorable, mais pas nécessaire.

Je remarquai qu'elle se tenait à bonne distance de moi. Mignon qu'elle pense pouvoir reconstruire ces murs qui s'étaient effondrés entre nous, la nuit dernière.

— Tu veux bien donner à Fossette un bol d'eau pendant que je commence à cuisiner ?

Elle hésita une seconde, ouvrit un placard et en sortit un bol d'un restau à emporter.

— Tu n'as vraiment pas à me préparer le dîner. J'étais sur le point de me commander à manger.

— J'ai eu une longue journée, dis-je pour faire la conversation, en sortant du même sac une bouteille de vin, un tire-bouchon et deux verres. Et grâce à toi, pour la première fois depuis longtemps, j'ai eu l'énergie de tout gérer.

J'ouvris la bouteille avec un *pop* et la mis de côté.

— J'ai entendu qu'il y avait eu un problème avec un de tes officiers, admit-elle avant de poser le bol d'eau sur le sol. Mme Tweedy m'a dit que tu as chopé un de tes gars en train de voler dans des pièces à conviction des faux billets dépensés dans un club de strip-tease.

— J'aurais préféré.

Fossette apparut sur le seuil de la porte, une brassière de sport dans la bouche.

— Allons, Fossette, arrête de manger le linge, la grondai-je en lui retirant la brassière de la gueule. J'imagine qu'elle est à toi.

Lina la reprit et la jeta sur le plan de travail, à côté du brocoli.

— Ensuite, Neecey m'a carrément taclée sur le trottoir en face de Dino, continua Lina en se perchant sur le plan de travail. Elle m'a dit que tu avais mis un coup de boule à ce bon à rien de Tate Dilton dans le rayon bonbons du supermarché.

— Je me fais vraiment du souci pour les capacités de compréhension des habitants de cette ville parfois.

Elle sourit.

— Neecey a aussi dit que vous vous étiez battu dans la pyramide de soupe en conserve et que le gérant a trouvé deux minestrone qui avaient roulé jusqu'aux réfrigérateurs.

— Si tu nous sers, je te raconte la vraie version, bien moins colorée.

— Ça marche.

Je lui racontai ma journée. Depuis le début. Ça faisait du bien. Partager la cuisine, parler. Lina semblait sincèrement intéressée. Elle resta assise sur le plan de travail à me regarder faire sauter dans une poêle poulet, poivrons et oignons. Fossette nous apporta toute une série de jouets et de vêtements.

Je dus me retenir une bonne douzaine de fois de m'installer entre les jambes de Lina, lui caresser les cuisses et embrasser ses lèvres rouges.

Le lien que je ressentais était réel, tangible et profond, mais j'ignorais ce qu'il en était pour elle. Et je n'avais pas l'intention de l'effrayer en lui montrant combien j'avais besoin d'elle.

— Pourquoi il y a un pantalon de pyjama dans ce sac ? C'est le nouveau dessert à la mode ? demanda-t-elle en me montrant le dernier sac.

— C'est à peu près ça.

— Nash, dit-elle en guise d'avertissement.

— Je sais que la nuit dernière, c'était supposé être une exception. Je sais que tu as eu pitié de moi, parce que j'étais un déchet humain.

J'éteignis le feu sous le poulet et posai le couvercle sur la poêle avant de me tourner vers elle.

— Je sais aussi que je n'ai pas dormi aussi bien depuis… toujours peut-être.

— On peut pas continuer à faire ça, dit-elle doucement.

Je m'essuyai les mains sur le torchon et fis ce que je brûlais de faire. Je me plaçai entre ses genoux et remontai les mains le long de ses cuisses pour les poser sur ses hanches.

Ses mains se posèrent sur mes épaules. Sans me repousser, et sans m'attirer non plus.

Une position intime. Et j'en voulus plus, mon sang bouillonnant dans mes veines.

— Écoute, je sais que ce n'est pas juste de te le demander, de te rendre responsable de mon bien-être. Mais je suis désespéré. J'ai besoin de toi, Angelina.

— Pourquoi est-ce que tu m'appelles Angelina ?

— C'est ton nom, répondis-je en lui pressant les hanches.

— Je sais. Mais personne ne m'appelle comme ça.

— C'est un joli nom pour une jolie femme compliquée.

— T'es un vrai charmeur, je te l'accorde. Des fleurs, un dîner, de la douceur. Mais combien de temps on va jouer à ce jeu ?

— Ce n'est pas un jeu pour moi. C'est la vie. Tu es la seule chose dans toute mon existence qui me donne l'espoir de remonter. Je n'y comprends rien. Et franchement, je n'ai pas besoin de comprendre. Tout ce que je sais c'est que je me sens mieux quand je te touche. Quand je me suis réveillé ce matin, je ne me sentais pas comme un fantôme ou comme une ombre. Je me sentais bien.

— Je me sentais… bien moi aussi, confessa-t-elle en évitant mon regard. Mais tu joues avec le feu. Tôt ou tard, tu vas t'attacher trop fort et je devrai détruire ton petit cœur fragile. Sans parler du fait qu'on s'est pratiquement réveillés l'un sur l'autre.

— C'est pour ça, le pyjama. Avec un cordon que tu peux attacher.

— Ce n'est pas le genre de drague à laquelle les films m'ont habituée. « Eh Lina, dors contre moi pour que je me sente de nouveau en vie », dit-elle avec une voix grave d'animateur télé.

Je la tirai vers moi.

— « Il n'y a rien que je veuille plus qu'entrer au lit avec toi sans faire l'amour », dis-je avec une voix à la Marilyn Monroe.

Elle poussa un soupir agacé.

— C'est exaspérant combien tu es chou.

Elle me pressa les épaules et posa son front contre le mien.

— J'essaie vraiment de prendre de meilleures décisions, mais tu ne rends pas la situation facile.

Je cédai à la tentation de lui embrasser le nez.

— Oh, tu es impossible ! se plaignit-elle.

— Qu'est-ce qu'elles avaient de mal tes anciennes décisions ?

Elle se mordit la lèvre.

— Est-ce que je dois te rappeler que j'ai été affreusement vulnérable devant toi, il y a moins de quarante-huit heures ? Je viens de passer vingt minutes à te raconter ma journée. À ton tour. Donnant-donnant. Parle, mon Ange.

— Je n'aime pas partager, dit-elle, le nez froncé. Surtout si c'est pour en ressortir avec une sale image de moi.

— Je le répète : position fœtale en bas des marches.

— Je conduisais une équipe pendant une opération. On a dû faire une sortie d'urgence par les toits, parce que notre voleur est entré dans la maison plus tôt que prévu. Je savais pas que mon coéquipier avait le vertige. J'ai sauté et atterri dans le canal. Quand j'ai regardé en arrière, il était toujours sur le toit, pétrifié. J'ai crié, il a paniqué et s'est retrouvé sur les fesses sur le capot d'une voiture.

— Aïe, lâchai-je, décidant que je n'avais pas besoin de savoir quel type de danger avait obligé une fuite par le toit.

— Il s'est cassé le coccyx, ce qui peut être considéré comme de la chance. Mais j'aurais dû prévoir. Au moins, je n'aurais pas dû lui faire courir de tels risques.

Ses doigts traçaient de petits cercles sur ma poitrine.

— Mais je reçois des récompenses quand je fais bien mon travail. Des bonus, un statut, l'excitation de la chasse. Être l'héroïne et rapporter le trophée. Dans ma compagnie, les stratégies agressives sont valorisées. J'ai obtenu un bonus et Lewis un arrêt de travail. Je me suis rendu compte que j'avais beau être douée, parfois ce n'est qu'une question de chance. Et je ne peux pas toujours compter dessus.

— L'argent en moins, je vois très bien de quoi tu parles.

Ça me rendait fou de n'être dans cette cuisine que grâce à la chance.

— C'est plus héroïque d'être une héroïne avec un bon gros chèque.

— Vraiment gros ?

Elle esquissa un sourire félin.

— Pourquoi ? Ça te pose un problème de gagner moins que ta partenaire de lit platonique ?

— Pas du tout, madame. Je me demande juste quelle est vraiment la différence.

— J'ai un compte dans une maison de courtage et une armoire remplie de vêtements de grands couturiers. La Charger, là dans le parking, je l'ai payée en liquide avec l'argent des bonus de l'année dernière.

Je sifflai.

— J'ai hâte de voir ce que tu vas m'apporter pour mon anniversaire.

— Si j'ai bonne mémoire, ton frère et toi vous êtes restés fâchés pendant des années parce qu'il t'a proposé de l'argent.

— C'est pas du tout ça, contredis-je en prenant mon verre. On était fâchés parce qu'il m'a forcé à accepter de l'argent, m'a dit quoi faire avec, et n'a pas apprécié ce que j'ai décidé d'en faire.

— Dans ce cas, je suis de ton côté.

— Je comptais bien t'y attirer.

— Qu'est-ce qu'il voulait que tu fasses de son argent, Knox ?

— Que je prenne ma retraite.

— Mais pourquoi ? demanda-t-elle, étonnée.

— Il déteste la profession que j'ai choisie. En grandissant, on a eu pas mal de confrontations avec les forces de l'ordre. Knox n'a jamais surmonté sa haine de l'autorité. Il s'est un peu adouci, mais il aime bien encore frôler la légalité. Comme ces pokers clandestins dont je ne suis pas censé avoir entendu parler.

— Et toi ? Pourquoi t'es-tu rangé ?

— Si tu demandes à mon frère, c'est pour envoyer se faire foutre notre enfance, et lui avec.

— Mais c'est pas ça ?

Je secouai la tête.

— Je me suis dit que plutôt que d'opérer en dehors du système, pourquoi pas essayer de le changer de l'intérieur. Nos embrouilles avec la loi, c'était pas grand-chose. Mais Lucian, il n'y a eu personne pour le servir ou le protéger. Il a été jeté à dix-sept ans dans une prison où il a passé une semaine et ça n'aurait jamais dû arriver. C'est ce qui m'a changé. Et c'était plus la peine d'enfreindre les lois ou de faire du grabuge. Il aurait simplement suffi qu'un flic bien fasse ce qu'il y avait à faire.

— Donc tu fais ton boulot pour tous les autres Lucian ?

Je haussai les épaules, un peu gêné.

— Et l'uniforme. Il paraît que le pantalon met mes fesses en valeur.

Lina sourit et je sentis des feux d'artifice exploser dans ma poitrine.

— Oh, Monsieur Rectitude, ce n'est pas qu'une rumeur, c'est officiel.

— Monsieur Rectitude ?

— Tu ne savais pas qu'on t'appelait comme ça ? taquina-t-elle.

— Dis-moi que c'est pas mon surnom.

Elle battit des cils.

— Mais Nash, je sais comme l'honnêteté est importante pour toi.

— Putain.

– 17 –

Confidences sur l'oreiller

Lina

— Donc tu viens de finir une mission qui impliquait de se jeter du toit d'une maison et maintenant tu es là ? demanda Nash.

On était au lit, les yeux rivés sur le plafond. Nash sur la gauche, plus près de la porte. Fossette ronflait dans le creux de son bras. J'avais mis un oreiller entre nous pour éviter de revivre la performance de la veille.

J'hésitai, surprise par mon envie de lui confier la vérité, de lui dire pourquoi on était après le même homme. Mais je me ravisai. J'avais déjà accepté le plan. Je ne pouvais pas perdre d'énergie à y revenir.

— J'avais besoin de prendre du recul pour réfléchir à tout ça. Il y a un nouveau poste qui s'ouvre. Plus de voyages, des missions plus longues. C'est le job de rêve, mais…

— Ta famille sait ce que tu fais ?

— Ils pensent que je dispense des formations dans tout le pays. Je préfère vivre ma vie sans supporter les jugements extérieurs. Surtout si ces jugements m'expliquent que je devrais trouver un boulot moins dangereux.

— Je comprends. Il y a quoi dans ton carton ?

— Nash, toute cette histoire de dormir ensemble ne marche que si tu te tais et qu'on dort.

— Je me posais des questions.

Je n'aimais pas où allait cette conversation. J'avais l'impression qu'il me forçait à mentir. Et j'étais de plus en plus gênée. Donc je fis ce que je savais le mieux faire pour esquiver, je redirigeai la discussion.

— J'ai croisé Lucian, aujourd'hui, dis-je en roulant sur le côté pour lui faire face dans le noir.

— Ici ?

Intéressant. Donc ce gars pénible et surprotecteur ne voulait vraiment pas que Nash sache qu'on avait parlé.

— Non. À Lawlerville, dans un restaurant routier.

— Lucian mangeait dans un routier ? T'es sûr que c'était pas un sosie ?

— Il a juste pris un café.

— Vous avez parlé de quoi ?

— Ne me dis pas que Monsieur Rectitude est jaloux ? taquinai-je en le chatouillant par-dessus l'oreiller.

Nash me prit la main et la porta à sa bouche.

— Et comment que oui !

Il me mordilla l'index.

— On a parlé de toi. Je pense qu'il se fait du souci.

Il ne parla pas tout de suite et je le sentis inquiet.

— Tu ne lui as rien dit, n'est-ce pas ?

— Bien sûr que non. Tu m'as demandé de ne rien dire. Je me suis dit qu'il doit bien y avoir une raison pour que tu parles de tes crises d'angoisse à une voisine inconnue plutôt qu'à ton frère ou ton meilleur ami.

— Tu n'es pas une inconnue, insista-t-il en plaçant ma main sur sa poitrine.

— On est des amis alors ? demandai-je.

Sa peau était chaude.

Il ne répondit pas tout de suite.

— Plus que ça j'ai l'impression, reconnut-il.

— En quoi plus ?

À mon tour de poser les questions embarrassantes.

— Disons que si j'étais plus en forme tu serais nue et il n'y aurait pas d'oreiller entre nous.

— Oh.

— Oh ? C'est tout ce que tu trouves à dire ?

— Pour l'instant.

* * *

Un réveil strident me sortit d'un rêve délicieux impliquant Nash, moi et une nudité qui nous menait quelque part.

Un long gémissement retentit sous moi et l'espace d'un instant je craignis d'avoir roulé sur la chienne.

Mais Fossette était beaucoup plus poilue et petite que là où j'avais la tête. Le réveil se tut et le grognement se transforma en bâillement. Une main chaude remonta sur ma jambe jusqu'à ma hanche. Pendant ce temps, l'intérieur de ma cuisse câlinait une méga érection.

— Tu te fous de moi ?

— Tu as franchi la barrière, Angel, répliqua Nash suffisant et ensommeillé.

J'étais allongée au-dessus de l'oreiller que j'avais mis entre nous, avec la tête et la main sur le large torse de Nash. Ma jambe en travers de ses hanches.

Bon sang, comme il était sexy !

— Au moins mon pantalon est resté à sa place, dit-il gaiement.

— Ce n'est pas drôle.

Je n'étais pas du genre câlin et aucun homme, surtout pas celui qui dépendait de moi pour le soutenir émotionnellement, n'allait changer ça.

— Oh, chérie, je suis d'accord. Il n'y a rien de drôle là où tu es assise.

Son érection gonfla sous moi, mettant mon vagin en feu malgré le short que je portais.

Je me débrouillai pour descendre de lui, mais les frottements ne firent que m'exciter davantage.

Les mains de Nash se posèrent sur mes hanches pour me ramener au-dessus de lui

— Du calme, mon ange.

Il avait une voix grave, et il ne semblait déjà plus aussi ensommeillé.

Je calai mes deux bras et mes deux jambes entre nous pour le tenir à distance. Je n'étais pas loin de jouir et à la moindre pression, je ne pourrais plus le cacher.

— Tu es magnifique le matin, dit-il en écartant une mèche de mon front. Je ne me suis jamais senti aussi bien au réveil.

Pour moi la veille avait été encore mieux, mais je n'allais pas partager cette information.

— Arrête d'être aussi craquant.

Ses yeux bleus m'attiraient à lui. Je ne me battais plus pour ma liberté, je planai au-dessus de lui, nos regards vissés l'un à l'autre, nos bouches trop scellées pour prendre les bonnes décisions.

Il remonta sa deuxième main. Ses doigts dessinèrent le contour de ma mâchoire et s'enfouirent dans mes cheveux.

— Je vais t'embrasser, Angelina.

Oh non. C'est ce que j'aurais dû dire ou « je pense que c'est une mauvaise idée et que nous devrions prendre le temps de réfléchir aux conséquences ». Au moins, j'aurais pu dire que j'allais me brosser les dents, et je me serais enfermée dans la salle de bains pour me calmer un peu.

— Oui, d'accord, dis-je plutôt.

Mais juste au moment où il se redressait et que je ne voyais plus que ses yeux bleus s'enflammer et ses lèvres s'écarter, on frappa à ma porte.

Fossette se leva en sursaut au pied du lit et aboya.

— Tu attends quelqu'un à six heures du matin ? demanda Nash, les sourcils froncés.

— Non. Tu penses pas que c'est Mme Tweedy qui essaie de me traîner à la salle de sport ?

Je pouvais très bien me cacher sous le lit.

On frappa de nouveau.

— Elle est petite, elle frappe plus bas sur la porte.

Une vague de soulagement m'emporta. Je n'avais aucune envie d'aller faire de la musculation.

— Reste là, ordonna Nash.

— C'est ça, oui ! Je suis chez moi.

— Ce sera une bonne surprise pour celui qui nous dérange de me trouver ici.

Il avait pris son ton de policier en service.

J'attrapai ma robe de chambre en soie et fonçai derrière lui.

— Nash ! Et si je ne voulais pas que celui qui nous dérange sache qu'on a encore passé la nuit ensemble ?

— Trop tard, retentit la voix grave de Lucian derrière la porte.

Nash ouvrit et son ami entra, manifestement réveillé depuis des heures, dans un autre de ses costumes sur-mesure.

— C'est une blague ! lançai-je.

— Tu dors en costume ? demanda Nash.

— Je ne dors pas.

Mon vagin détestait Lucian Rollins.

— Qu'est-ce que tu fais ici ? demandai-je.

— Je suis ton conseil. Viens Nash. On va prendre un petit déjeuner.

— Sans vouloir te vexer, Luce, j'étais occupé et j'aimerais mieux y retourner que de manger des œufs brouillés.

Lucian me décocha un regard qui aurait immolé une femme plus faible.

— Tu seras libre d'y retourner une fois que j'aurai eu mon mot à dire.

— J'ai besoin de café, grommelai-je en allant dans la cuisine.

— Je t'avais prévenue, lança Lucian dans mon dos.

— Ouais ? Et moi aussi je t'ai prévenu, dis-je en me tournant pour lui montrer mon majeur.

— Faut qu'on parle, ordonna Lucian à Nash. Habille-toi.

— Je m'occupe de Fossette, criai-je. Occupe-toi de ton emmerdeur de pote.

– 18 –

Œufs Bénédicte pour connards

Nash

Je n'étais pas d'humeur pour un petit déjeuner ou pour la musique pop qui s'échappait des enceintes. Pour la deuxième matinée de suite, je ne m'étais pas réveillé avec un bruit de froissement horrible dans la tête.

Je m'étais réveillé contre Lina et mon abruti d'ami avait tout gâché.

— Où est ton ombre fédérale ? demanda mon abruti d'ami.

— Sans doute encore au lit. Où je devrais être. Tu m'as interrompu.

— Tu devrais me remercier.

— Tu as perdu la tête, putain ? demandai-je quand le serveur approcha.

— Je peux vous donner encore une minute, dit celui-ci, hésitant.

— Du café. Noir, s'il vous plaît, dis-je en repoussant le menu sur la table.

— On prendra tous les deux les œufs Bénédicte au saumon fumé avec des yaourts aux fruits, commanda Lucian.

— Bien sûr, lança le serveur avant de déguerpir.

Lucian intimidait et impressionnait les gens d'une façon spectaculaire. Mais aujourd'hui, il me mettait surtout hors de moi.

Je passai une main sur mon visage.

— Qu'est-ce qui te prend ?

— Je suis ici pour te poser exactement la même question, dit-il en fronçant les sourcils vers son portable avant de le ranger.

— T'es une sorte de vampire qui reste éveillé toute la nuit pour empêcher ses potes de s'envoyer en l'air ?

— Tu as passé deux nuits dans un lit avec elle et…

— Comment tu sais que j'ai passé deux nuits dans un lit avec elle ? l'interrompis-je.

— Deux nuits au lit avec qui ? demanda mon frère en glissant sur la banquette à côté de moi, la mine rageuse comme s'il venait de sortir du lit.

— Qu'est-ce que tu fais ici ?

Il bâilla et demanda un café.

— Luce m'a appelé, il a dit que c'était important. Deux nuits dans un lit avec qui ?

— Je ne veux pas parler de ça. Et comment tu sais où et avec qui je dors ? demandai-je en m'adressant à Lucian.

— L'information me trouve.

— Je te jure, si Mme Tweedy écoute à ma porte avec son verre…

— Qu'est-ce qui se passe ici ? demanda mon frère.

Le serveur revint avec du café pour nous trois.

— Je vous sers quelque chose pour le déjeuner ? demanda-t-il à Knox.

— Peut-être une fois que j'aurai découvert qui mon frère emmène dans son lit.

— Bon sang, ça vous regarde pas qui j'emmène dans mon lit ! Ce que je veux savoir c'est pourquoi

Lucian se pointe devant la porte de Lina à six heures du matin et m'emmène prendre un putain de petit déjeuner !

— Tu étais chez Lina à six heures du matin ? interrogea Knox, furieux.

— Franchement, je n'aurais pas eu besoin d'être ici ce matin si ta camarade de lit m'avait mieux compris hier midi, lança Lucian, agacé.

J'hésitai à l'attraper par le col quand le serveur réapparut.

— Qu'est-ce qu'on fait ici ? Qu'est-ce que tu faisais hier au déjeuner avec Lina ? Et qu'est-ce que ça a à voir avec ton envie soudaine d'œufs Bénédicte ?

— Pourquoi est-ce que tu étais chez Lina à six heures du matin ? Pas parce que tu la sautes, j'espère, lâcha Knox.

Lucian prit son café.

— Alors elle ne t'a pas dit pourquoi on a déjeuné ensemble, hier ?

— Ça ne m'intéresse pas. Soit tu craches ta pilule, soit tu te barres.

— Si quelqu'un ne commence pas à répondre à mes questions, je vais commencer à distribuer les coups, s'énerva Knox.

— Il ne va pas bien, lança Lucian. Et ça dure depuis la fusillade.

— Sans blague, Sherlock. Un connard m'a troué le corps. Ça prend du temps pour s'en remettre.

— Comme si t'essayais.

Je sentis la colère monter. À côté de moi, mon frère se raidit.

— Je t'emmerde Luce. Bien sûr que j'essaie. Je vais chez le kiné, à la salle de sport, au travail.

Il secoua la tête.

— Physiquement, tu guéris. Mais dans la tête ? Tu n'es plus le même. Tu le caches, mais les fissures commencent à se voir.

— Je vais avoir besoin d'un truc plus fort que le café, si on doit discuter de ça, grommela Knox.

Je pris mon café et hésitai à le lui jeter au visage.

— Où est-ce que tu veux en venir, Luce ?

— Tu n'as pas besoin de distraction. Tu as besoin de boucler l'affaire. Tu as besoin de retrouver ta mémoire, tu as besoin de coincer Hugo, et tu as besoin de le mettre hors d'état de nuire.

— Ça ne changera rien à ce qui s'est déjà passé. Et en quoi retrouver la mémoire peut me permettre de remonter la pente ?

Ce trou de mémoire était-il la clé ? Si je me rappelais ce que ça fait d'affronter la mort, pourrais-je de nouveau vivre ? Était-ce pour ça que j'avais tant de mal ? Je mettais des criminels derrière les barreaux, mais ça n'effaçait pas ce qu'ils avaient déjà fait. Je pouvais les empêcher de recommencer, pas de faire ce qui avait déjà été fait.

J'avais dû élever la voix, parce que le couple à la table voisine se tourna vers nous.

— Je n'y crois pas que tu m'aies sorti du lit pour ça, se plaignit Knox.

— Pareil, renchéris-je.

— Ton frère était au lit avec Lina, annonça Lucian.

— Sérieux. Putain, j'y crois pas. Sérieux ?

— Commence pas, dis-je à Knox.

— Je t'avais dit de ne pas t'approcher d'elle.

— J'ai dit la même chose à Lina, déclara Lucian.

— Quoi ? Pourquoi ? demandai-je en même temps que Knox.

— On est dans la même équipe, Knox, rappela Luce.

— Tu l'as menacée ? interrogeai-je, ma voix plus grave et menaçante.

— Bien sûr.

— Qu'est-ce qui ne tourne pas rond chez toi ? Chez vous deux ? s'agaça Knox.

— Elle profite de toi, insista Lucian.

— Tu commences vraiment à me taper sur les nerfs, Luce, répliquai-je.

— Tant mieux, c'est déjà ça.

— Tu ne t'approches plus de Lina, lui dis-je. Tu ne peux pas aller menacer les gens en mon nom. Surtout pas elle.

— Je n'en reviens pas que tu couches avec Lina après que je t'ai dit de pas le faire, grommela Knox.

— Et tu peux pas enfouir ta tête dans le sable en espérant que les choses vont s'arranger toutes seules. Ton père a passé ses dernières années à s'abrutir pour ne plus vivre. Ce que tu fais n'est pas différent, affirma Lucian.

Un silence pesant nous enveloppa.

— Je suis déprimé. Ça vous va, bande de connards ? Ma vie n'a été qu'un grand trou noir depuis que je me suis réveillé sur un lit d'hôpital. Contents ?

C'était la première fois que je l'admettais à voix haute. Je m'en fichais.

— Est-ce que j'ai l'air heureux ? demanda Lucian.

En effet, il semblait plutôt malheureux.

— C'est quoi le rapport avec Lina, tout ça ? demanda mon frère, son visage dans ses mains.

— Je la soupçonne de ne pas être honnête. J'ai peur qu'elle profite de toi dans ton état. Elle est arrivée en ville la veille de l'enlèvement. Elle ne nous a pas dit ce qu'elle faisait vraiment comme boulot. Elle emménage à côté de toi et elle a couché avec le marshal désigné pour te suivre.

— Elle m'a aussi ramassé dans les escaliers, m'a porté jusqu'à mon appartement et m'a aidé à calmer une crise d'angoisse, il y a deux soirs. Je ne sais pas ce que c'est, mais plus je suis proche d'elle, mieux je vais. Plus c'est facile de me lever le matin et de me mettre en route. Alors même si j'apprécie que tu te fasses du souci pour moi, je te ferai remarquer qu'elle a été là pour moi comme aucune autre personne. Ni toi, ni Knox, ni personne.

Lina me donnait le sentiment que j'étais un homme, pas une coquille vide et fendue.

Lucian serra la mâchoire derrière sa barbe parfaitement taillée.

— Deux saumons fumés œufs Bénédicte, annonça le serveur.

— Merci, dis-je quand je compris que Lucian ne dirait rien.

— Puis-je vous apporter autre chose ? Encore du café ? Des serviettes en papier pour éponger le sang ? Non ? Très bien.

— Elle te ment, insista Lucian. Elle est ici pour toi.

— Fermez-la tous les deux maintenant, ordonna Knox. Lina fait partie des bonnes personnes.

— Toi non plus tu lui fais pas confiance avec ton frère, remarqua Lucian.

— Parce qu'il va avoir le cœur brisé, c'est tout, lâcha Knox, exaspéré. Pas parce qu'elle profite de lui ou je sais pas ce que tu es allé te faire comme idée dans ton esprit suspicieux. Elle ne va jamais s'installer ici et devenir l'épouse d'un flic pour s'occuper de ses marmots. Donc si tu t'entiches d'elle et qu'elle finit par te jeter, c'est moi qui devrai te ramasser à la petite cuillère.

J'étais un peu touché par ses mots, mais surtout furieux.

Mon frère et mon meilleur ami me pensaient trop faible pour surmonter ça.

— Va lui parler encore et je te le ferai regretter, dis-je en serrant ma tasse de café.

— Et je te dis la même chose, me dit Knox.

— C'est pas à toi de décider, lui rappelai-je.

— Je ne lui fais pas confiance, insista Lucian.

— Ah oui ? Moi, je ne faisais pas confiance à cette dentiste avec laquelle t'es sorti il y a trois ans.

— Et tu avais raison. Elle m'a volé ma montre et mon peignoir, reconnut mon ami.

— Lina ne s'intéresse pas à ma montre, et je n'ai pas de peignoir.

— Non, mais elle est intéressée par autre chose. Un menteur sent les mensonges.

— Arrête de lui chercher des histoires.

— Si tu te reprends, j'arrête de te surveiller.

Quand Lucian Rollins surveillait quelqu'un, ça voulait dire qu'il savait ce qu'on trouverait dans ses poubelles avant qu'elles arrivent sur le trottoir. Il savait ce que la personne aurait pour le dîner. Cet homme avait un don pour la collecte des informations et je ne devrais pas être surpris qu'il utilise ce don contre moi. Surtout s'il pensait que c'était pour mon bien.

— Je n'ai pas à entendre ça, dis-je.

— Oh que si ! insista-t-il. J'entends de plus en plus dire que Duncan Hugo ne s'est pas enfui du pays, la queue entre les jambes.

— Alors quoi ?

— Tu es un détail à régler, une menace directe pour lui. Tu ne pourras pas te cacher pour toujours dans les limbes de ta mémoire. Tu dois être opérationnel à cent pour cent. Parce que s'il s'en prend de nouveau à toi… il ne me restera que Knox comme ami.

— Très drôle.

— Je t'emmerde, lâcha Knox.

— T'es trop bon pour laisser ça t'anéantir. Tu dois te sortir de ces ténèbres et le buter si nécessaire. Et tu ne vas pas y arriver en cherchant de la distraction chez une femme à laquelle tu peux pas te fier.

— Il y a une solution simple, intervint Knox. Vous vous tenez tous les deux à l'écart de Lina.

— Allez-vous faire foutre, tous les deux.

– 19 –

Le kaki n'est pas sa couleur

Lina

— L'adorable Lina ! salua Justice depuis son comptoir au Café Rev quand j'entrai.

— C'est moi ! Ça ne vous dérange pas si mon amie à poils entre avec moi ? demandai-je en tenant dans les bras Fossette vêtue de son pull citrouille.

La chienne renifla le parfum de café dans l'air et remua d'excitation à l'idée d'une nouvelle journée qui commençait.

— Aucun problème, répondit Justice avec un grand sourire. Je vais préparer quelque chose de spécial pour mam'zelle Fossette.

Bien sûr, il connaissait déjà le nom de la chienne. Et il connaissait ma boisson favorite. J'allais dans le même café au coin de ma rue depuis deux ans, et ils se trompaient encore sur mon nom et ma commande.

— Tout va bien ? me demanda-t-il en haussant la voix pour couvrir le bruit des clients, alors que je le payais.

Je plissai les yeux. Ça, ça n'arrivait jamais dans le café au coin de ma rue.

— Oui, bien sûr. Très bien.

Gros mensonge.

Mais je n'allais pas expliquer à Justice que j'étais troublée de la façon dont j'agissais avec Nash Morgan. En totale contradiction avec mon caractère. Câline, confiante, d'un grand soutien émotionnel. Et je n'allais certainement pas lui dire que Lucian allait tout gâcher alors que je ne savais même pas si j'avais envie de ce « tout ».

Ils étaient amis depuis des années et si Lucian lui disait que j'étais à fuir, Nash l'écouterait.

J'aurais dû m'estimer heureuse, l'intervention de Lucian me tirait d'une situation que je ne savais pas gérer et me permettait de me concentrer sur la raison de ma présence ici. J'aurais dû sauter de joie. Au lieu de ça, je me sentais comme le jour où, à l'université, j'avais insisté pour faire les montagnes russes après quatre shots de tequila.

— Vous êtes sûre ? Parce que votre mine dit le contraire, insista Justice.

— Mon visage et moi allons bien, assurai-je. Je démêle juste des petites choses… dans ma tête.

Il attrapa une tasse, son doigt dans l'anse.

— Parfois le mieux qu'il y a à faire c'est se laisser distraire et laisser la réponse venir naturellement à nous.

Je glissai un billet de vingt dans la tasse à pourboires.

— Merci, Justice.

— Asseyez-vous. Je vous appelle quand c'est prêt.

Je m'installai à la première table libre. Justice avait raison, Nash n'était pas une opération à planifier et exécuter. C'était un adulte capable de prendre ses décisions tout seul. Mais il aurait dû pouvoir le faire avec toutes les informations. Si je lui disais toute la vérité et qu'il me pensait toujours néfaste, ce serait lui qui perdrait, pas moi.

Alors pourquoi j'avais l'impression que c'était moi ? Une petite voix me susurrait dans l'oreille. Je n'étais tout de même pas en train de tomber amoureuse ? Si ? Avant ce week-end, tout ce que j'avais fait avec lui, c'était boire dans un bar et soigner ses blessures. On avait à peine parlé. C'était une passade, rien de plus.

— Tu as l'air à un million de kilomètres d'ici, lança Naomi en apparaissant avec plusieurs tasses.

— Tu bois combien de café le matin ? demandai-je alors qu'elle s'asseyait à côté de moi.

— Deux sur les trois sont pour toi, dit-elle en déposant un latte et un gobelet de chantilly avec le nom de Fossette écrit dessus. Tu n'as pas entendu Justice t'appeler.

Fossette oublia d'être terrorisée et enfonça sa truffe dans la chantilly.

— Comment est-ce que tu as su que Knox était le bon ? demandai-je sans réfléchir à ma question.

Mais Naomi ne laissa paraître aucune surprise.

— Juste un sentiment. De la magie. Une impression de justesse, j'imagine. Ça n'avait aucune logique. Sur le papier, on ne pouvait pas imaginer moins harmonieux. Et pourtant être avec lui était si bon.

Mince, ça résumait ma situation.

— Mais il y a différentes couches. On peut tomber dingue amoureuse de quelqu'un sur la surface seulement. Tu trouves la personne attirante, excitante, ou, dans le cas de Knox, exaspérante. Et ça peut s'arrêter là. Mais plus tu creuses, plus tu apprends à connaître cette personne et plus tu tombes amoureuse. Ça peut arriver très rapidement aussi.

Je repensai à nos discussions sur l'oreiller, l'étrange intimité familière que nous avions construite en confiant à l'autre des détails de nos vies que personne d'autre ne connaissait. Je me demandai si je briserais tout ça en lui disant la vérité. Cette honnêteté entre nous avait-elle plutôt une force invisible ?

— Ou si tu es comme Knox et moi, il faut un burin pour passer au-delà de la couche « tu m'excites, baisons », ajouta Naomi.

— J'aime cette couche-là.

— Je te comprends, taquina Naomi.

— Et les couches en profondeur, elles sont à la hauteur ? demandai-je, moitié en plaisanterie.

Un sourire radieux fendit son visage.

— Oh, tu n'imagines même pas. C'est de mieux en mieux. Plus tu connais, tu aimes et tu respectes ton partenaire, plus on est vulnérables l'un pour l'autre, mieux tout devient. Et vraiment tout.

— Ça paraît… génial.

— Et ça l'est, confirma Naomi. Ai-je attendu assez de temps pour te demander qui te fait ressentir tout ça ?

— C'était hypothétique.

— Ah oui ? Parce que t'es pas assise là, avec le chien de Nash. Et Nash et toi vous n'avez pas failli mettre le feu à ma table avec les étincelles qui sortaient de vos yeux. Et Knox n'a pas fait toute une scène à propos de Nash qui te coince contre le mur.

— Apparemment, vous communiquez bien ensemble.

Elle me dévisagea pour que je cède, mais je résistai.

— Bon, d'accord. Mais sache que si tu as besoin de parler, hypothétiquement ou pas, je suis là. Et je suis dans ton camp.

— Merci, dis-je en caressant Fossette. J'apprécie.

— C'est à ça que servent les amis, répliqua-t-elle avant de consulter sa montre. Tu vas devoir m'excuser, il est temps que j'aille laisser Sloane me convaincre d'utiliser l'argent de la vente de ma maison pour le bien de la communauté, parce que mon futur mari ne veut absolument pas que je paie pour le mariage, la lune de miel ou les études de Waylay.

— Pourquoi ne pas l'économiser ?

— C'est déjà le cas, mais j'ai payé une partie de ma maison avec un héritage que j'ai reçu de ma grand-mère et je trouve qu'il est juste que je m'en serve pour quelque chose qui compte. Sloane me dit qu'elle a la cause parfaite.

Elle prit son gobelet XXL de café et se leva.

— N'oublie pas notre journée shopping pour les robes.

On se dit au revoir et je la suivis du regard alors qu'elle sortait dans la fraîcheur automnale.

Je baissai les yeux vers Fossette qui avait de la chantilly sur les moustaches.

— Je vais devoir dire la vérité à ton papa.

La chienne pencha la tête et me regarda, mal à l'aise.

— Tu peux me donner des conseils ?

Elle sortit sa langue rose pour lécher la crème sur sa truffe.

Si Lucian n'avait pas réussi à dégoûter Nash de moi en lui expliquant quelle femme vile et manipulatrice j'étais, peut-être qu'autour d'un déjeuner j'aurais pu lui avouer pourquoi j'étais là, et que j'avais flashé sur lui.

— Tu sais que même s'il est furieux contre moi, je t'aime toujours, dis-je à Fossette. Je peux te garder en otage et te proposer en rançon contre son pardon.

Fossette éternua de la crème sur la table. Je le pris pour un oui et dès que j'eus terminé d'essuyer la table, j'envoyai un message.

T'aurais le temps de déjeuner avec moi aujourd'hui ? Faut que je te dise quelque chose.

Je posai le portable et regardai l'écran, espérant voir apparaître trois points. Mais rien.

Il devait être occupé. Ou alors Lucian l'avait convaincu et me montrer honnête ne servirait plus à rien. Qu'est-ce que j'étais en train de faire ? Il fallait avant tout que je fasse mon travail et que je trouve un moyen d'arrêter de prendre des décisions dangereuses.

— Bon sang, grommelai-je.

Je repris mon téléphone.

Je viens de me rendre compte que je n'ai pas le temps pour le déjeuner. Oublie. J'ai quelques courses à faire, alors je dépose Fossette chez Mme Tweedy.

Voilà. Bien.

Mieux valait en finir tout de suite. Peu importe ce que Nash pensait de moi. Je ne resterais pas ici assez longtemps pour en assumer les conséquences.

— Salut beauté, lança Tallulah, la femme de Justice, un café et un sac de pâtisseries à la main. Je voulais juste te dire que si ta voiture canon a besoin que je lui change l'huile, confie-la-moi. J'adore les muscles made in USA.

— Je ne la confierais à personne d'autre.

Elle m'adressa un clin d'œil et partit.

Je me figeai, ma tasse dans les mains.

Tallulah savait quelle voiture je conduisais, je faisais partie d'un groupe WhatsApp de femmes sympas et amusantes qui voulaient me faire entrer dans leur cercle, le propriétaire du café local connaissait mon nom et mes préférences, j'avais des partenaires de sport seniors…

Je tournai la tête et reconnus une demi-douzaine de visages.

Je savais où aller pour trouver mes plats préférés et n'oubliais jamais d'éviter Fourth Street à l'heure de la sortie de l'école. J'étais invitée à un mariage, je gardais un chien, je m'étais réveillée deux matins de suite dans le lit de Nash.

Sans que je le remarque, Knockemout m'avait happée dans son centre de gravité. Et c'était à moi de décider si je voulais m'en libérer. De savoir s'il y avait à creuser sous les premières couches.

— Eh merde, dis-je en reprenant mon portable.

Encore moi. C'est bon pour le déjeuner, en fait. Si t'es dispo, bien sûr. J'espère te parler très vite.

— Oh, mon Dieu. J'espère te parler très vite ?

Je lâchai le portable et me pris le visage dans les mains.

— Qu'est-ce qui ne tourne pas rond chez moi ? Qu'est-ce que cet homme me fait ?

Fossette lâcha un petit gémissement. Je la regardai.

— Merci pour ce retour. Je vais te laisser chez Mme Tweedy et parler à quelqu'un d'horrible.

* * *

— Regardez-moi qui voilà, lança Tina Witt, affreusement suffisante dans son jogging kaki de prison.

La première fois que je l'avais rencontrée, j'avais été soufflée par sa ressemblance avec sa sœur. J'avais l'impression de rencontrer la jumelle démoniaque. Et son attitude ne me déçut pas, si ce n'est qu'elle n'avait rien d'une brillante criminelle.

— Tina, la saluai-je en m'asseyant devant elle sur la chaise pliante en métal.

J'étais déjà venue deux fois et étais ressortie bredouille. Soit Tina avait gardé une loyauté indéfectible vis-à-vis de Duncan Hugo, soit elle ne savait rien du tout. Vu tout ce qu'elle avait balancé aux agents fédéraux sur son ex, c'était sûrement qu'elle ne savait rien.

— Je vous l'ai dit à vous et à vos potes du FBI, je n'ai aucune idée d'où est Dunc.

J'essayai une nouvelle tactique.

— Je ne travaille pas pour les fédéraux.

Elle plissa les yeux.

— Vous m'avez dit…

— J'ai dit que j'étais enquêtrice.

— Et vous enquêtez sur quoi, si c'est pas de savoir où est passé cet enculé ?

— Je travaille pour une police d'assurance.

— Vous allez essayer de me vendre une assurance pour ma voiture ? Je suis en taule, mon cœur. Vous me voyez conduire ?

Pas difficile de savoir qui avait reçu tous les neurones entre les deux sœurs.

— Je ne vends pas des assurances, Tina. Je retrouve des biens assurés qui ont disparu.

— Hein ?

— Je suis comme une chasseuse de primes, mais au lieu de retrouver des gens, je retrouve des biens volés. Je pense que Duncan a volé un objet de valeur pour mon client, et je pense qu'il l'a volé en cherchant à dominer le monde du crime avec vous.

— Un objet de valeur ? Quelle valeur ?

Fidèle à elle-même, Tina ne se souciait pas des détails, juste de la finalité.

— En valeur marchande un demi-million, mais pour mon client, inestimable.

— Inestimable… sentimental genre. Comme un sac plein de dents d'enfants ? Des foutaises. J'ai jamais compris ce truc avec la petite souris.

Je ressentis une pointe de tristesse pour Waylay. Au moins mes parents à moi, c'est avec de l'amour qu'ils m'étouffaient. Un désintérêt actif aurait fait beaucoup plus de dégâts. Heureusement qu'elle avait Naomi et Knox. Et le reste de la famille. Waylay avait maintenant une armée de gens proches pour l'aimer.

— Inestimable genre Porsche convertible 356, datant de 1948, qui appartenait à sa famille depuis trois générations.

— Donc, non seulement cet enculé m'a laissée me dépêtrer seule de tout ce merdier, mais en plus il m'a caché de gros gains ?

— Apparemment.

— Fils de pute !

— On ne crie pas, Tina, avertit le garde.

— Je crierai si j'ai envie de crier, putain, Irving !

— Vous souvenez-vous si Duncan était avec vous ce week-end d'août ? demandai-je en lui montrant le calendrier sur mon portable.

La dernière fois que je le lui avais demandé, elle m'avait suggéré de vérifier avec sa secrétaire et m'avait dit d'aller me faire foutre.

— C'est à cette date que la voiture a été volée ?

Je hochai la tête.

— Ma mémoire s'est un peu rafraîchie depuis la dernière fois. Dunc et ses potes ont fait une virée ce week-end-là. Ils sont revenus avec six voitures. Pas de Porsche. Mais Dunc est revenu après tous les autres. Je m'en souviens parce que je l'ai engueulé sec. Ses débiles de potes avaient sifflé toutes mes bières, et après ça, t'as Dunc qui se pointe, tout fier de lui, comme ces gros volatiles avec la grande queue.

— Les dindes ?

Elle leva les yeux au ciel.

— Mais non. Avec les plumes bleues, dit-elle avant de renverser sa tête en arrière pour lâcher un hurlement.

Irving, le garde, ouvrit la porte.

— Encore un avertissement, Tina, et tu retournes dans ta cellule.

— Un paon ! compris-je.

— Ouais ! C'est ça. On disait quoi, déjà ?

Irving ferma la porte en poussant un soupir à fendre l'âme.

— Au retour de Duncan à la maison après avoir volé six voitures. Il est arrivé combien de temps après ?

Elle haussa les épaules.

— Assez longtemps pour que ces connards boivent toute une caisse de Natty Light. Une heure ou deux ?

Je réprimai un sourire victorieux. Je le savais. J'avais raison. Il avait planqué la voiture à une heure de son garage clandestin. Elle n'y était sûrement plus, mais j'étais sur une piste.

— Et vous n'avez jamais vu de Porsche dans le garage ?

Elle secoua la tête.

— Non, il roulait à bord de sa poubelle genre *Fast and Furious*.

— Duncan vous a déjà emmenée voir son père ?

— Anthony ? demanda-t-elle, moqueuse. Dunc et moi, on en était plus au stade de baiser dans les allées que de rencontrer les parents.

— Mais il parlait de lui, lançai-je.

— Ça oui, il arrêtait pas. Ce type était obsédé par l'avis de son paternel. Du moins, jusqu'à ce qu'il foire son coup.

Je me raidis en entendant de quelle façon légère elle parlait de la fusillade contre Nash. Je fis de mon mieux pour ne rien laisser paraître, mais à l'intérieur, mon cœur battait la chamade.

Certaines personnes ne comprennent pas que leurs actions entraînent des conséquences. D'autres s'en fichent simplement.

— Je savais même pas qu'il comptait buter ce Morgan. Je lui aurais dit de pas le faire, assura Tina en s'allumant une cigarette.

— Pourquoi ?

— D'abord parce que son pantalon d'uniforme lui moule trop bien le cul.

Tina Witt était peut-être un être humain horrible, elle n'en avait pas moins raison.

— Et parce que c'est un gars bien. Et pas juste bien à regarder. Il m'a jamais traitée comme son connard de frère et le reste des gens. Même quand il m'a arrêtée une fois, il a vraiment été délicat pour me faire entrer dans la voiture.

Son visage dur s'était radouci.

— C'est un type bien, et bien à regarder aussi, je vous le concède.

— Et je déteste pourtant les flics, alors il faut qu'il soit chaud celui-là, pour que je le fuie pas direct quand j'ai de la dinde planquée dans mon soutien-gorge au supermarché. Suis sûre qu'il a une énorme queue, dit-elle, songeuse.

Super. Maintenant j'avais dans la tête les incroyables érections matinales de Nash et le fait que je ne les verrais peut-être plus jamais.

— Revenons-en à Duncan.

Tina fit la moue.

— Oh, il avait une bite de taille tout ce qu'il y a de plus moyenne. Et il savait pas trop comment l'utiliser. Mou et rapide si vous voyez ce que je veux dire.

— Pensez-vous qu'Anthony Hugo puisse aider son fils à se cacher ?

— Vous plaisantez ? Après comment Dunc a merdé ?

— Les parents pardonnent à leurs enfants.

Il suffisait de voir les parents de Tina.

— Non, pas Anthony Hugo. Dunc est rentré à la maison furieux et apeuré. Il m'a dit qu'il avait essayé de buter un flic mais que ça s'était pas bien passé. J'étais avec lui quand deux des hommes de main d'Anthony sont venus chercher Dunc pour une petite conversation. Et j'étais là quand il est rentré en sang.

— Qu'est-ce qui s'est passé pendant cette petite conversation ?

— Oh vous savez ? Hurlements, humiliation, menaces. Anthony enrageait que Dunc ait attiré l'attention sur son business. Dunc a dit que son père l'avait traité de tous les noms et lui avait balancé une paire de gifles. Et pourtant depuis longtemps, Anthony s'embarrasse plus à tabasser lui-même ses victimes, il laisse le sale boulot à ses sbires. Il a fait une exception pour Dunc.

— Qu'est-ce que ça a fait à Duncan ?

Tina me regarda comme si j'étais idiote.

— Il a senti que leur relation avait fait un pas dans la mauvaise direction. Comment vous pensez qu'il se sentait ?

— Donc vous ne pensez pas que le père de Duncan l'aurait aidé à se cacher ? insistai-je.

— Je serais surprise d'apprendre que le vioque ne le cherche pas lui aussi pour se le faire avant les flics.

Nouveau, ça. J'enregistrai.

— Vraiment ?

— Sérieusement, Dunc est un imbécile. Bien trop impulsif. Mais son père, il fait sacrément peur, lui. Après la leçon qu'il a donnée à son fils, le vioque allait revenir pour faire le ménage, et j'entends par-là mettre quelques balles dans la tête de Dunc et la mienne.

— Qu'est-ce qui s'est passé alors ?

— Je vais vous dire, il y a rien de sexy chez un homme qui a pas reçu assez d'amour de son père. Je lui ai dit qu'il était temps qu'il aille de l'avant, qu'il se fasse sa propre réputation. Alors je l'ai convaincu qu'on se cache. Il a passé quelques coups de fil et on est allés dans l'entrepôt de Lawlerville pour commencer à faire un plan. On avait besoin d'argent rapidement. Dunc s'est dit que la meilleure façon, ce serait de vendre la copie de la liste. Beaucoup de gens entre ici et DC seraient intéressés par une liste de flics et de leurs indics.

— Alors vous avez enlevé votre fille et votre sœur.

Les mauvaises décisions de Tina faisaient passer les miennes pour de petites confusions dérisoires en comparaison. J'avais été sur place pour en voir le résultat désastreux. Plusieurs truands en sang, Knox par terre avec Naomi et Way, Nash appuyé héroïquement contre un mur, arme à la main, épaule en sang, épuisé et en rage. Mon cœur se serra.

— Il m'a embarquée dans un autre de ses merdiers. Ça aurait jamais dû être un enlèvement. Il devait juste leur faire un peu peur pour qu'elles crachent la liste. Ensuite, il devait les renvoyer chez elles. Mais non, il a fallu qu'il fasse les choses à sa façon. Dunc est idiot mais pas complètement stupide, il peut être sacrément rusé quand il veut, mais il est impulsif. Un instant, il organise un braquage, l'instant d'après, il joue sur sa playstation jusqu'à quatre heures du mat'.

— Alors, une fois que vous avez décidé de partir de votre côté, qui travaillait avec vous ? Il y avait des hommes dans l'entrepôt le soir de votre arrestation.

C'étaient les hommes d'Anthony ? Des membres de la famille ? Des amis ?

C'est à ça que servent les amis. Les mots de Naomi refirent surface dans ma tête. Personne n'était vraiment seul dans ce monde. Il y avait toujours quelqu'un vers qui se tourner quand on avait besoin d'aide.

— Ses associés, vous voulez dire ? Je connais le jargon des flics grâce aux séries télé au cas où le chef Morgan déciderait de me rendre une petite visite, dit-elle fièrement.

Je me demandai ce que penserait Nash s'il savait combien Tina Witt était éprise de lui. Et je me demandai aussi si ça voulait dire qu'il n'était jamais venu la voir en prison.

— Oui, ses associés.

— J'ai entendu dire que la plupart ont été ramassés par les poulets.

— Pas tous. Certains ont dû l'aider à s'échapper.

— Il avait quelques hommes de main qui travaillaient pour lui dans son garage clandestin. Et il y avait Face Tatouée et Brute à Barbichette. Ce gars pouvait avaler un steak de trente centimètres en moins de dix minutes. C'étaient les potes de lycée de Dunc avant qu'il décroche. Ils ont tous commencé à travailler pour le vioque en même temps, mais c'était à l'origine des amis de Dunc.

Je prenais des notes, espérant que tout cela me mènerait quelque part.

— Vous voyez quelqu'un d'autre ?

Elle sortit sa cigarette de la bouche.

— Il avait un gars que j'ai jamais rencontré. Téléphone Prépayé. Je pense pas qu'ils étaient potes. Ils se parlaient pas comme des amis en tout cas. Mais c'est lui que Dunc a appelé quand on a dû se barrer après qu'il a merdé avec le flic.

— Et il a aidé comment, Téléphone Prépayé ?

— J'en sais rien, répondit Tina en haussant les épaules. J'étais trop occupée à lui hurler dessus pour faire attention.

Je refermai mon carnet que je rangeai dans la poche de ma veste.

— Une autre question. Pourquoi Duncan s'en est pris au chef Morgan ?

— Peut-être parce que j'ai dit qu'il avait un beau cul. Et je lui ai dit aussi que le chef Morgan ne m'avait pas traitée comme les autres habitants de Knockemout. Il m'a jamais regardée comme si j'étais une moins que rien.

Elle tourna autour de son doigt une mèche de cheveux couleur paille. Elle s'était fait la même coupe que sa sœur pour l'enlèvement. À présent, des racines grises étaient visibles.

— Ou c'était peut-être à cause des deux étoiles à côté de son nom.

Je réprimai l'envie de lever les yeux au ciel.

— Dunc vous a dit à quoi correspondaient ces deux étoiles ?

— Je sais pas, faut lui demander.

— Merci pour votre temps, Tina, dis-je en me levant.

— C'est tout ce que j'ai, du temps, grâce à cet enculé. Quand vous l'aurez retrouvé, dites-lui que c'est grâce à moi.

* * *

Je sortis dans le soleil rayonnant d'automne, et comme toujours quand je quittais une prison, je ressentis le besoin d'une bonne douche.

Mais au moins, cette fois j'avais quelques pistes.

Je retins ma respiration en consultant mon portable. Pas de messages ni d'appels manqués de la part de Nash. En soupirant, j'appelai le bureau.

Zelda, ma chercheuse préférée, répondit à la deuxième sonnerie.

— Allô ?

— Hello, c'est moi. Je veux que tu trouves tout ce que tu peux sur les associés de Duncan Hugo. Concentre-toi sur ceux qu'il connaît depuis le plus longtemps. Surtout un avec un tatouage sur le visage et les baraques.

J'entendis le froissement d'un sachet de chips.

— Je m'y mets, dit Zelda en mâchant bruyamment dans mon oreille. Comment va la vie à Knockmup ? Tu as hâte de revenir dans une grande métropole ?

— Knockemout, corrigeai-je en me dirigeant vers mon véhicule.

— Comme tu veux. Eh, t'as entendu pour Lew ?

— Non quoi ?

Je m'arrêtai au milieu du parking.

— Il est de retour au bureau, demain.

— Il va bien ?

— Ça va. Il a dit qu'il lui fallait plus qu'un derrière cassé pour toucher le fond. Et surtout Daley lui a dit qu'il avait intérêt à revenir s'il voulait être payé.

J'attendis le soulagement, mais ce n'est que de la culpabilité que je ressentis.

– 20 –
Confessions de covoiturage
Nash

En arrivant au commissariat, j'étais encore furieux après l'embuscade du petit déjeuner. Je ne savais pas contre qui j'étais le plus en colère : Lucian pour se mêler de ce qui ne le regardait pas, Knox pour être un connard entêté ou Lina pour me cacher encore des choses alors que je m'étais montré complètement honnête avec elle.

Elle m'avait envoyé trois messages pour me parler.

Elle s'inquiétait sûrement de ce que Lucian m'avait dit. Pour le moment, j'étais d'humeur à la laisser s'inquiéter.

Ou peut-être que cette rage était tournée contre moi-même.

Ça n'avait même plus d'importance. Tout le monde me tapait sur les nerfs.

— Vous devez me dire où vous allez, Morgan.

Je me tournai vers un marshal aussi furieux que moi. Il avançait sur le trottoir vers la porte du commissariat.

Ce n'était pas le moment.

— Je suis déjà en colère contre deux connards qui m'ont tiré du lit ce matin. Si j'étais vous… je me presserais pas d'ajouter mon nom sur la liste.

— Écoutez, abruti. Je ne suis pas ravi de cette mission non plus. Vous croyez que j'aime rester à Ploucland pour protéger un gars ingrat d'un danger qui n'arrivera sans doute jamais ? rétorqua Nolan.

— Oh, je suis désolé d'entendre que vous vous ennuyez, Graham. Vous voulez un livre de coloriage et des crayons ? Je vous en achèterai en même temps que la carte de remerciement et les putains de ballons.

Nolan secoua la tête.

— Bon sang, mais quel connard vous êtes. Si je vous avais pas vu avec ces gosses hier et ce ripou dans votre bureau, je me serais dit que vous étiez une cause perdue.

— C'est peut-être le cas.

Pour lui confirmer son idée sur moi, je ne lui tins pas la porte.

Je répondis aux « bonjour chef » par un hochement de tête en allant droit vers mon bureau où je pourrais m'isoler du monde entier.

Personne n'arrêta Nolan quand il me suivit.

— Où est Fossette ? demanda Grave en tendant un paquet de croquettes pour chien.

Putain.

Lina avait la chienne. Je ne voulais peut-être pas de Fossette, mais je n'allais pas laisser Lina la garder.

— Chez une voisine.

L'officier Will Bertle m'arrêta juste devant ma porte. C'était le premier policier noir que j'avais monté en grade. Posé et imperturbable, il était apprécié dans la communauté et respecté dans le département.

— Tu as de la visite, chef. Il t'attend dans ton bureau.

— Merci Will, dis-je en tentant de ne rien laisser transparaître de mon exaspération.

Le monde ne semblait pas enclin à me lâcher aujourd'hui.

J'entrai dans mon bureau et me figeai net.

— Papa ?

— Nash, ça me fait plaisir de te voir.

Duke Morgan avait autrefois été l'homme le plus fort et le plus drôle que je connaissais. Mais les années avaient effacé cet homme.

Il n'y avait pas à creuser beaucoup derrière la façade d'habits propres et de barbe taillée pour comprendre ce qu'il était.

Il paraissait plus vieux que ses soixante-cinq ans. Sa peau était burinée et tannée après des années de négligence et d'exposition aux éléments. Il était trop fin, l'ombre de l'homme qui m'avait porté sur ses épaules pour m'envoyer sans effort dans le ruisseau. Ses yeux bleus, de la même teinte que les miens, étaient soulignés de poches si violettes qu'on aurait presque dit des hématomes.

Ses doigts suivaient nerveusement les coutures sur son pantalon. Déjà enfant, j'avais appris à reconnaître ce signe.

Malgré tous mes efforts pour le sauver, mon père était un SDF toxicomane. Cet échec était une blessure que je portais tous les jours dans mon âme.

J'étais tenté de tourner les talons et de sortir. Mais il fallait que j'affronte le mal. Ça faisait partie de qui j'étais.

Je défis ma ceinture et la suspendis avec ma veste sur le crochet derrière ma table de travail avant de m'asseoir. Les Morgan ne se serraient pas dans les bras et pour une bonne raison. Des années de déceptions et de traumatismes nous avaient rendus allergiques aux gestes d'affection. Je m'étais toujours promis que quand j'aurais ma propre famille, ce serait différent.

— Comment ça va ? demandai-je.

Duke se frotta entre les sourcils.

— Bien. C'est un peu pour ça que je suis là.

Je me préparai à sa demande et au non que j'allais devoir répondre. J'avais arrêté de lui donner de l'argent depuis longtemps. Je lui payais des vêtements propres, de quoi manger, des chambres d'hôtel, des médicaments, oui, mais j'avais appris très jeune où allait le liquide dès qu'il arrivait dans ses mains.

Ça ne me mettait plus en colère. J'avais arrêté de m'énerver depuis un moment. Mon père était comme il était, je n'y pouvais rien changer. Ni en obtenant de bonnes notes, ni en brillant sur un terrain de football, ni en décrochant mon diplôme avec les félicitations, et sûrement pas en lui donnant de l'argent.

— Je pars pendant un moment, dit-il en passant la main sur sa barbe.

— Tu as des ennuis ? demandai-je, les sourcils froncés.

J'avais déjà la main sur la souris, prêt à voir son nom sortir dans mes fichiers

Il secoua la tête.

— Non, non, pas du tout, fiston. Je commence une cure de désintoxication dans le Sud.

— Vraiment ?

— Oui.

Il se frotta les cuisses jusqu'aux genoux.

— Ça fait un moment que ça me trotte dans la tête. Je n'ai touché à rien depuis quelque temps et je me sens bien.

— Ça fait combien, ça, quelque temps ?

— Trois semaines, cinq jours et neuf heures.

— Tout seul ? m'étonnai-je.

— Oui, me suis dit que c'était le moment de changer.

— Bravo.

Je préférais ne pas crier victoire trop tôt. Mais je savais aussi la force que ça demandait à un toxicomane de prendre cette décision.

— Merci. En tout cas, ce n'est pas le même genre de centre que ceux où je suis déjà allé. On est suivi par un conseiller avec un traitement médical. J'aurai même le droit à une assistante sociale pour m'aider après. Ils ont des programmes de soutien quand on sort, des offres d'embauche.

— Ça me paraît très prometteur.

Je n'étais pas optimiste. Ni pour lui, ni pour ce centre de désintoxication. J'avais été trop déçu au cours des années. J'avais appris qu'attendre quelque chose de lui garantissait juste de nouvelles déceptions. Donc j'avais mis un point d'honneur à l'accepter comme il était et pas comme je voulais qu'il soit. Ni comme je l'avais connu.

Ça m'aidait dans mon travail aussi. Traiter les victimes et les suspects avec respect plutôt qu'en les jugeant. Bien qu'il soit une figure paternelle toxique, Duke Morgan avait fait de moi un meilleur policier. Et je lui en étais reconnaissant.

— Tu as besoin de quelque chose avant ton départ ?

Il secoua la tête lentement.

— Non, j'ai tout ce qu'il me faut. Même mon billet de bus, dit-il en tapotant la poche de sa veste. Je pars cet après-midi.

— J'espère que ce sera une bonne expérience, répliquai-je, sincère.

— J'en suis sûr.

Il fouilla dans la même poche et en sortit une carte de visite.

— C'est le numéro et l'adresse du centre. Les appels sont limités aux urgences dans les premiers temps, mais tu peux écrire… si tu veux.

Il posa la carte et la glissa sur mon bureau.

Je la pris, la regardai et la rangeai dans ma poche.

— Merci papa.

— Bon, je ferais mieux d'y aller, dit-il en se levant. Je voudrais aussi voir ton frère avant de partir.

— Je t'accompagne.

— Pas la peine. Je ne veux pas te faire honte devant tes collègues.

— Tu ne me fais pas honte, papa.

— Dans quelques mois, j'espère que ce sera vrai.

Je ne savais pas quoi faire de ça, alors je lui donnai une tape sur l'épaule.

— Tu guéris bien ?

— Ouais. Il me faudra plus de quelques balles pour m'achever, répliquai-je avec une assurance feinte.

— Certaines choses sont plus difficiles que d'autres à surmonter, insista-t-il, ses yeux bleus plongeant dans les miens.

— C'est vrai.

Des blessures par balles et des cœurs brisés.

— Je n'ai pas été un bon père pour ton frère et toi.

— Papa, pas la peine de revenir là-dessus. Je comprends pourquoi les choses ont pris cette tournure.

— Je regrette seulement de ne pas m'être accroché à la lumière et d'avoir seulement cherché à plonger plus loin dans les ténèbres. Un homme peut apprendre à vivre dans le noir, mais ce n'est pas une vie.

* * *

Je passai l'heure suivante à revoir des rapports, répondre à des demandes, fixer les budgets avec les mots de mon père dans la tête.

Peut-être que le noir représentait une existence vide et sans sens, mais c'est à la lumière qu'on peut se brûler. J'avais besoin de la part de Lina de quelque chose qu'elle ne semblait pas prête à me donner. Quelque chose d'aussi essentiel que l'oxygène : *la vérité*.

Bien sûr, elle avait été en partie honnête, avait partagé avec moi certains détails. Mais ce qu'elle disait était orienté pour me présenter la version qu'elle voulait. Elle avait laissé entendre que sa rencontre avec Lucian était fortuite. Elle ne m'avait pas dit que mon plus vieil ami l'avait traquée et l'avait menacée parce qu'elle passait du temps avec moi.

Qu'elle ait décidé de gérer seule me rendait aussi furieux que l'intervention déplacée et trop protectrice de Lucian.

Mais j'avais beau savoir que Lina ne me disait pas tout, je ressentais un élan que je n'arrivais pas à identifier et que j'aurais facilement pu prendre pour du besoin. Et l'équilibre ne serait retrouvé que lorsqu'elle aussi aurait besoin de moi.

Et ça, Lina Solavita ne savait pas faire.

Comment l'en blâmer ? Qui pouvait avoir besoin de moi dans l'état où j'étais ? J'étais un déchet.

Bon sang, je venais d'orthographier mon propre nom de travers sur un formulaire.

— Putain, grommelai-je en m'éloignant de mon bureau.

J'étais trop nerveux pour me cacher du monde. J'avais besoin de faire quelque chose qui me donnerait l'impression d'avancer.

Je pris ma veste et ma ceinture sur le crochet et sortis de mon bureau.

— Je m'en vais, annonçai-je dans l'open space. Je vous rapporte votre déjeuner de chez Dino si vous m'envoyez un message avec votre commande.

Un murmure enthousiaste survola les officiers, toujours ravis à l'idée de manger gratuitement.

Je m'arrêtai à côté de Nolan.

— Ça vous dit un petit tour de voiture ?

— Ça dépend, vous comptez m'abandonner sur le bord de la route ?

— Pas aujourd'hui, je pense. Je vais rendre une petite visite intime.

— Je prends mon manteau.

* * *

— C'est quoi ce changement d'humeur ? demanda Nolan quand je m'engageai sur l'autoroute.

— Je veux sauver l'environnement en faisant du covoiturage.

— Ou peut-être que vous voulez discuter avec Tina Witt et vous ne voulez pas que vos officiers aient de problèmes avec les fédéraux…

— Cette moustache vous donne l'air plus bête que vous n'êtes.

— Ma femme – ex-femme – adorait *Top Gun*, dit-il en passant un doigt sur sa moustache.

— Ce qu'on ferait pas pour les femmes.

— À propos…

— Vous mentionnez le nom de Lina et je vous abandonne sur le bord de la route.

— C'est noté. Je voulais parler de sa copine. La bibliothécaire blonde.

— Sloane ?

— Elle est célibataire ?

Je repensai à Lucian, ce matin, au petit déjeuner. Un sourire vengeur se dessina sur mon visage.

— Vous devriez l'inviter à sortir.

On roula en silence jusqu'à la sortie vers la prison.

— Ces gamins, hier, lança Nolan. Vous avez convaincu le gérant de ne pas porter plainte.

— Oui.

— Et vous avez viré ce connard d'officier.

— Où est-ce que vous voulez en venir, Graham ?

Il haussa les épaules.

— C'est juste pour dire que vous êtes pas nul à ce que vous faites. D'autres que vous auraient laissé les gosses se prendre une petite garde à vue et n'auraient rien fait pour museler leur officier.

— Ma ville a vu assez de ripoux comme ça. Ils méritent mieux.

— Ces blessures par balles vous donnent l'air plus bête que vous n'êtes.

* * *

Le centre correctionnel pour femmes de Bannion était une prison de taille moyenne typique, au milieu de nulle part, entourée de hautes clôtures surmontées de barbelés et surveillée par des miradors.

— Vous allez le raconter aux fédéraux ? demandai-je en me garant sur une place à côté de l'entrée.

— Tout dépend de comment ça se passe, répliqua Nolan en retirant sa ceinture de sécurité. J'entre avec vous.

— C'est moins problématique pour vous de ne pas savoir ce que je fais là-dedans.

— Je n'ai rien d'autre à faire que me demander combien de connards font la queue pour draguer ma femme, et attendre qu'une criminelle bas de gamme se paie votre tête. J'entre.

— Comme vous voulez.

— Vous avez déjà tiré quelque chose d'intéressant d'elle ?

— Je sais pas, c'est ma première visite.

— Je vois que Monsieur Rectitude ne plaisante pas avec les ordres.

— J'espérais que ce surnom ne prendrait pas.

— Faut pas y compter. Mais sérieusement, Idler vous dit que c'est aux grands de prendre les choses en main et vous obéissez ? Si j'étais vous, je mènerais ma propre enquête. C'est des locaux qu'on a ici, ils seront bien plus enclins à vous parler à vous plutôt qu'aux fédéraux.

— À propos, dis-je en désignant son costume de travail. Retirez la veste et la cravate.

Logan était en train de s'exécuter quand une brunette avec de longues jambes sortit de la prison.

— C'est une blague ?

— Eh bien, on dirait que l'enquêtrice Solavita recherche quelque chose, après tout, plaisanta mon passager. Quelles étaient les chances…

— Zéro sur un million, dis-je en la regardant dans mon rétroviseur.

Elle consulta son portable et monta dans sa voiture.

J'ouvris le dernier message de Lina.

— Vous n'allez pas la voir ?

— Non, répondis-je, mes pouces s'agitant sur l'écran.

On se retrouve chez Dino dans dix minutes ?

Mon portable sonna quelques secondes plus tard. Lina.

— Hello, saluai-je sur un ton que je tentais de garder neutre.

— Hello.

— Ça te va qu'on se retrouve chez Dino dans dix minutes ? demandai-je, conscient que ce ne serait pas possible.

Nolan se retenait de rire.

— J'ai encore des courses à faire. On peut dire une heure ?

Elle me mentait en direct. Mon sang bouillonnait.

— Je ne serai pas libre dans une heure, mentis-je. C'est quoi tes courses ?

— Oh tu sais, la routine. Des provisions pour la maison. La pharmacie.

Une visite à la prison pour femmes.

— Comment s'est passé ton petit déjeuner ce matin ? demanda-t-elle pour changer de sujet.

— Ça a été, mentis-je de nouveau. Fossette est avec Mme Tweedy ?

— Oui, elle digère sa chantilly sur le canapé de notre chère voisine.

Cette femme venait d'emmener ma chienne prendre du bon temps et maintenant elle me mentait. Lina Solavita me rendait dingue.

— Eh, dis-moi, si t'es pas encore passée à la pharmacie, tu peux me rapporter de l'ibuprofène ?

On en aurait tous les deux besoin.

— Bien sûr ! Pas de problème. Tout va bien ?

Elle semblait nerveuse. Tant mieux.

— Oui. Ça va. Je dois te laisser, j'ai des trucs de flics à faire. À plus tard.

Je raccrochai.

Trente secondes plus tard, la Charger rouge cerise quitta le parking dans un crissement de pneus.

Je descendis de ma voiture et claquai la portière plus fort que nécessaire.

Nolan sortit à son tour et me rattrapa à grandes foulées.

— Bien joué, mon ami.

En grommelant, j'appuyai sur le bouton de l'interphone.

Quand les lourdes portes s'ouvrirent, on entra dans un hall parfaitement propre. Les gardes nous firent passer par le détecteur de métaux et nous dirigèrent vers l'accueil derrière la vitre. J'étais déjà venu ici pour des auditions et des interrogatoires, mais cette fois, c'était personnel.

— Bonjour, messieurs. Qu'est-ce qui vous amène dans mon bel établissement ? demanda Minnie qui travaillait dans cette prison depuis aussi loin que remontaient mes souvenirs.

Cela faisait cinq ans qu'elle menaçait de prendre sa retraite, mais estimait que son mariage ne survivrait pas si elle arrêtait de travailler.

Et à vrai dire, la prison se porterait très mal sans elle. Elle était une figure maternelle pour les détenues, les visiteurs et les représentants de la loi.

Je lui montrai mon badge.

— Ça fait plaisir de vous revoir, Minnie. J'ai besoin de la liste des visites qu'a reçues Tina Witt.

— Elle est très populaire aujourd'hui. Attendez que je demande à ma cheffe.

– 21 –

C'est mal barré

Nash

Je frappai fort à la porte de Lina et attendis.

Au bout d'un moment, la porte s'entrouvrit à peine et quand Lina me vit, elle l'ouvrit un peu plus grand, un sourire aux lèvres.

— Eh ! J'étais dans mon bain.

Je la contournai pour entrer.

— Mais entre, lança-t-elle, déroutée.

Elle ne portait qu'une serviette et des tongs. Sa peau dégoulinait de l'eau de son bain. Je dus détourner les yeux, parce que je ne me faisais pas confiance. Je me sentais comme un volcan prêt à éclater. Trahison et besoin. Ces deux forces opposées se mélangeaient dans mon sang.

Je n'aurais pas dû venir alors que j'étais tellement remonté.

— Ton ibuprofène est sur le plan de travail, dit Lina d'une voix hésitante.

Son carton de dossiers attira mon regard. Il était ouvert et des papiers étaient empilés autour.

Je me dirigeai droit dessus.

— Nash. Attends…

Elle me rattrapa alors que j'ouvrais la première chemise. Elle me prit par derrière, mais je la repoussai. Mon estomac se crispa. J'avais l'impression d'avoir reçu un coup.

— Je vais tout t'expliquer, dit-elle doucement.

Je posai la chemise ouverte sur la table avec la photo de Duncan Hugo sur le devant.

— Parle. Maintenant.

— Nash…

— Tu peux commencer par m'expliquer pourquoi tu as rendu visite à Tina Witt à la prison aujourd'hui. Ou peut-être que tu peux me dire pourquoi tu as dans tes dossiers la photo du gars qui m'a tiré dessus. C'est toi qui décides.

Je voulais retrouver le froid, le noir. Mais elle déclenchait quelque chose chez moi, et à la place du vide auquel je m'étais habitué, je brûlais de l'intérieur.

Elle croisa les bras en signe de défi.

— Ça n'a rien à voir avec toi.

Ça commençait mal.

— Ne me mens pas, Angelina. Ça a tout à voir avec moi. Et je ne quitte pas cet appartement avant d'avoir eu une explication.

— C'est un interrogatoire, chef ? Ai-je besoin de mon avocat ?

Je la fusillai du regard.

— À toi de me le dire.

Je mourais d'envie de me battre. Il me fallait cette dispute plus que de l'oxygène.

Ses yeux lançaient des éclairs eux aussi.

Je cédai au besoin et lui entourai le coude de mes doigts. Détestant ce que le moindre contact avec elle faisait sur mon corps, je tirai une chaise et l'assis dessus.

— Assieds-toi. Parle.

Elle leva le menton.

— Si tu ne m'expliques pas pourquoi tu as rendu visite à Tina Witt en prison et pourquoi tu fais des recherches sur Duncan Hugo, alors je te jure que je t'amène au poste dans ta serviette de bain et que je te laisse croupir dans une cellule pour la nuit.

— Tu fais toute une histoire…

— Je te faisais confiance, Angelina. Je me suis ouvert à toi et toi tu as joué avec moi.

J'aperçus sa grimace avant qu'elle ne la cache par un regard indigné.

— Je n'ai pas joué. Je suis désolée que tu sois blessé. Ce n'était pas mon intention.

— Bon sang, t'es pire que Knox pour les excuses.

— Je fais juste mon travail. Ce n'est pas un crime.

Je frappai sur la table avec la paume de ma main.

— Pourquoi tu fais des recherches sur Hugo ? Réponds-moi !

Elle aurait dû être effrayée mais elle ne l'était pas. Elle semblait prête à me frapper.

— Qu'est-ce que tu recherches ? Pourquoi tu es ici ? Qu'est-ce qui t'a fait te rapprocher de moi ? Qui t'a envoyée dans mon lit pour que je te parle de mes crises d'angoisse et de mes pertes de mémoire ?

— Retire ça, lança-t-elle sur un ton calme.

— Ne me dis pas ce que je peux dire ou pas, Lina. J'ai eu une longue journée.

— J'allais t'en parler.

Je la contemplai de la tête aux pieds, m'efforçant de ne pas être troublé par sa poitrine qui se soulevait à chaque respiration.

— C'est comme ça que tu veux la jouer ?

— Je ne joue pas. C'est pour ça que je t'ai écrit aujourd'hui, imbécile.

— Ah oui, c'est pas parce que tu avais peur que Lucian me dise la vérité sur toi ?

— Il ne connaît pas la vérité. Et je me suis dit que c'était à moi de te l'avouer.

J'approchai d'elle la photo de Duncan Hugo.

— Parle. Maintenant.

Dans le silence qui suivit, je pouvais presque l'entendre calculer ses options.

— Tu l'auras voulu.

J'agis rapidement pour qu'elle ne me voie pas venir. Je me penchai, lui entourai la taille avec mon bras indemne et la hissai sur mon épaule. Ses tongs tombèrent de ses pieds.

— Nash !

— Je t'ai donné la possibilité de le faire ici, dis-je en me dirigeant vers la porte.

— Arrête ça, tout de suite ! hurla-t-elle.

Elle se débattait et je lui frappai les fesses. J'en eus aussitôt une érection, ce qui me rendit encore plus dingue. Mon sexe semblait se fiche de la trahison.

J'eus le temps d'arriver jusqu'à la porte avant d'entendre ce que je voulais.

— OK ! Bon sang. Tu as gagné, espèce de salopard.

— Comment va ton rythme cardiaque ?

J'évitai de peu le coup qu'elle voulut me mettre entre les jambes.

— Je te le jure, je vais te transformer en soprano, lâcha-t-elle, les dents serrées.

Je repartis vers la porte.

— Tu vas devoir faire la route sur la banquette arrière avec les menottes. J'espère que ta serviette tiendra. La rumeur va sûrement se répandre rapidement. Je te promets pas que ton visage ne couvrira pas la première page du journal local.

— OK ! Nom de Dieu ! dit-elle, arrêtant de s'agiter. Pose-moi juste et je te dirai tout.

— C'est tout ce que je demande, mon ange.

Je me baissai et la laissai glisser au sol.

Sa serviette tenait à peine. Il aurait suffi d'une respiration ou que je tire dessus et elle tombait. Le feu dans ses yeux ne fit rien pour calmer mon excitation.

— Va mettre ta robe de chambre, ordonnai-je en détournant les yeux.

Elle tourna les talons et fonça dans sa chambre.

— Si ça te prend plus de trente secondes, je viens te chercher.

Je la regardai juste au moment où elle m'adressait un doigt d'honneur.

Pendant les vingt-huit secondes que ça lui prit de se préparer, je m'imaginais entrant dans sa chambre pour lui retirer cette fichue serviette.

La robe de chambre n'était pas beaucoup mieux. Elle couvrait plus de peau mais laissait apparaître les pointes de ses seins.

Elle retourna à la table et s'assit.

Je m'installai à côté d'elle et m'emparai du dossier sur Hugo.

— Parle.

— Tu m'interroges en tant qu'agent de police ?

— Pas en ami, c'est certain. Combien de visites as-tu rendues à Tina Witt en prison ? J'ai sa liste de visiteurs alors ne me mens pas.

Elle soupira.

— Trois.

— Vous avez parlé de quoi ?

— J'essayais de découvrir où pouvait se cacher Duncan Hugo, dit-elle au mur de brique en face d'elle.

Je tirai une autre chemise de la pile et l'ouvris. Elle voulut me l'arracher mais je ne lui en laissai pas l'occasion.

— Tu n'as pas le droit sans mandat d'arrêt, m'avertit-elle.

Je levai un sourcil.

— Tu veux que je m'en procure un ? Parce que je peux. Ton vieux pote, le marshal Graham, pourra peut-être même m'aider. Il n'était pas plus heureux que moi de voir ton nom dans la liste des visiteurs. Et pourquoi on se retrouverait pas tous les trois au poste pour régler ce malentendu pendant que le juge prépare le mandat ?

— Bon sang, Nash !

— Pourquoi tu cherches Hugo ?

— Je ne le cherche pas, lui. Je cherche quelque chose qu'il pourrait avoir.

— J'écoute, dis-je en m'adossant à sa chaise.

Le regard qu'elle m'adressa aurait immolé quelqu'un de moins résistant.

— Je ne te le pardonnerai jamais.

— Pareil, mon cœur. Maintenant, parle.

De la vapeur lui sortait des oreilles.

— Tu sais déjà que ma compagnie d'assurance s'occupe de clients fortunés. Quand des objets assurés sont volés, on mène une enquête parallèle aux forces de l'ordre. Un de nos clients habite dans la banlieue de DC. Sa voiture a été volée quelques jours avant que tu te fasses tirer dessus. On m'a confié l'affaire et j'ai commencé à creuser.

— Une voiture. Tu privilégies une voiture, au risque de compromettre une enquête sur une tentative de meurtre.

— Tu ferais la même chose en tant que flic.

— Je fais mon métier pour protéger et servir. Toi, tu fais le tien pour éviter à ton entreprise de casquer et pour gagner un bonus.

— On peut pas tous être des héros, n'est-ce pas ?

Elle fulminait.

— Qu'est-ce qui te fait penser que c'est Hugo qui a pris la voiture ?

— Par élimination. Il y a eu plusieurs cas de vol dans un périmètre de quinze kilomètres autour de l'entrepôt d'Hugo. Six autres voitures ont été volées le même jour, deux dans le même quartier que mon client. Toutes ces voitures, ou des pièces détachées, ont été retrouvées dans l'entrepôt d'Hugo après qu'il a filé.

— Donc tu te pointes sur les lieux d'une prise d'otages, sans arme, avec une civile, tout ça pour une voiture ?

Elle était arrivée dans l'entrepôt avec Sloane. Je la vois encore entrer au ralenti. Elle s'était dirigée droit vers moi, et à l'instant où elle avait posé ses mains sur moi, j'ai su que je voulais les garder là.

Ce coup-là, je ne m'y étais pas attendu.

C'était officiel, mon instinct me faisait faux bond. J'avais été incapable de flairer les secrets de cette tentatrice au regard de braise.

— Tout d'abord, je ne savais pas que Duncan Hugo faisait dans le kidnapping en plus de ses garages clandestins. Mais j'ai déjà été dans des situations périlleuses avec ou sans les forces de l'ordre. Et si je n'étais pas montée dans la voiture de Sloane, elle serait venue seule et se serait sûrement mise en danger.

— Tu vas pas me dire que c'était une coïncidence que tu te retrouves en plein dans les voitures volées d'Hugo.

— Les vols se sont passés à moins d'une heure d'ici. Mon projet était de m'arrêter en ville saluer mon vieil ami. J'allais rester assez longtemps pour rattraper le temps perdu et le lendemain, tout s'est précipité avec l'enlèvement de Naomi et Way.

— Pourquoi je devrais te croire ?

— Je me fiche de ce que tu crois.

— Ouais, j'avais compris ça, chérie. Tu fais avec toutes tes sources ce que tu as fait avec moi pour obtenir des informations ?

— La subtilité ne te réussit pas, chef.

Je me penchai.

— Je te faisais confiance, Lina.

Elle croisa ses bras.

— Tu te comportes comme un amoureux trahi, alors que tout ce qu'on est...

— Quoi ? Qu'est-ce qu'on est, Angelina ? Tu veux dire voisins ? Connaissances ?

Je claquai la chemise sur la table.

— Tu connais tous mes secrets les plus cachés. Tu m'as laissé te les dire.

Elle leva les bras au ciel.

— Tu penses que quelqu'un d'autre que mes parents connaît mon histoire ? Tu es le seul à qui je me sois confiée, Nash.

— Ça veut dire que tu es prête à tout, et ça faisait de nous au mieux des amis.

— Faisait ?

— Je t'ai dit que je ne supporte pas le mensonge. Tout ce qu'on aurait pu avoir est mort à jamais.

Sa mâchoire tressaillit.

— Tu m'as menti délibérément.

— Je n'ai pas menti. Je n'ai juste pas mentionné une partie de la vérité.

— Tu t'es servie de ma vulnérabilité.

— Oh, s'il te plaît. Je promenais ta chienne quand je t'ai trouvé sur les marches. C'est pas moi qui te l'ai donnée, cette crise d'angoisse.

— Mais tu en as profité.

— Comment ? Est-ce que je t'ai soutiré des informations confidentielles ? Est-ce que je t'ai fait du chantage ?

— Peut-être pas, mais tu t'es assuré un accès à mon appartement. Et tu m'as interrogé sur ce qui s'est passé ce soir-là.

— Pour ton bien, imbécile ! Si tu veux bloquer tes souvenirs jusqu'à la fin de ta vie, c'est pas mon problème. Mais tu finiras souvent recroquevillé sur les marches si tu n'affrontes pas la situation.

Je secouai la tête.

— J'ai une tout autre impression. Je pense que la seule raison pour laquelle tu as fait semblant de t'intéresser à moi, c'est pour en tirer quelque chose. Une piste vers Hugo et cette fichue voiture.

Je pris une autre chemise et l'ouvris, mais mon regard ne la quittait pas.

— Je parie que tu as jeté un coup d'œil aux dossiers sur ma table, n'est-ce pas ?

Son visage se figea, mais j'y vis rapidement une lueur de culpabilité.

— Ouais. C'est pour ça que tu acceptais de rester dormir avec moi. Plus tu avais accès à moi, plus tu pouvais fureter dans mon appartement.

Lina lâcha un rire amer.

— Et moi qui pensais que c'était Knox le connard entre vous deux.

— C'est de famille, j'imagine. Reste loin de nous à l'avenir.

— Ça va être compliqué parce que Knox m'a demandé d'être sa témoin, rétorqua-t-elle.

— Je ne te fais pas confiance et je ne veux plus que tu t'approches de ma famille. Tu prends trop de risques et tu marcherais sur n'importe qui pour avoir ce que tu veux. Quelqu'un va finir par être blessé.

Elle blêmit, mais se ressaisit immédiatement.

— Mon frère est peut-être un connard, dis-je comme elle ne parlait plus. Et on ne s'entend pas toujours. Mais tu veux tester sa loyauté contre moi ? Parce que je n'hésiterai pas à faire en sorte que tu perdes tes vieux amis.

— Sors, lâcha-t-elle tout bas.

— Je n'en ai pas fini avec toi.

Elle frappa de la paume de la main sur la table.

— Sors d'ici, maintenant !

Je restai assis un moment à la dévisager.

— Si j'apprends que tu interroges ma famille pour avoir des informations ou que tu te mêles de l'enquête en cours, je n'hésiterai pas à te mettre en prison.

Elle ne dit rien et me jeta un regard de pierre jusqu'à ce que je me lève.

— Je suis sérieux, Lina.

— Rentre chez toi, Nash. Laisse-moi.

J'obéis, mais simplement parce que la regarder me faisait mal dans la poitrine. Comme si elle avait fait plus de dégâts que les deux balles d'Hugo.

Quand je rentrai, Fossette ne m'attendait pas. Cachée sous la table, elle me jeta un regard qui disait que tout était ma faute.

– 22 –

Confrontation au match de foot

Lina

Naomi : Réunion d'urgence du comité décisionnaire du mariage. Est-ce que tout le monde peut être au match de foot de Waylay demain matin ?

Stef : Pourquoi est-ce qu'elle ne fait pas un sport du soir ? Ces matinées du samedi ne s'accordent pas avec ma vie sociale du vendredi soir.

Naomi : Quelle vie sociale ? Tu n'as toujours pas invité Jer à sortir avec toi. *emoji poule mouillée*

Stef : Personne n'aime les mariées despotiques, Witty.

Sloane : Je peux si on cache du Bloody Mary dans nos thermos.

Moi : Désolée. Je ne peux pas.

Naomi : Lina, t'étais trop occupée pour déjeuner et tu n'es pas venue à l'essayage de robes cette semaine. Je suis navrée, mais je vais devoir en appeler à mon autorité suprême de mariée pour te forcer à venir… à moins que tu aies plus important à faire que discuter des détails de mon mariage. Gâteau traditionnel à étages ou buffet de pâtisseries. Alors dans ce cas, je peux comprendre et tu peux oublier mes demandes.

Stef : Excuse Witty, elle vient de remporter le premier prix de la béni-oui-oui.

Sloane : Je peux confirmer que Lina n'a pas d'autre projet, comme on est venues chercher ensemble notre plat à emporter chez Dino.

Naomi : C'est officiel, Lina nous évite.

Stef : Kidnappons-la pour découvrir pourquoi. Attendez, c'est trop tôt les plaisanteries sur les kidnappings ?

Moi : Oh, *ce* samedi. Je pensais un autre samedi. Qui d'autre vient ?

Sloane : Même question. J'en ai marre de tomber sur le beau ténébreux.

Stef : Elle parle de Costume Impec.

Naomi : Mes parents, Liza J et Knox. Pas d'autres membres de la famille ni amis.

Moi : Alors je pense que je peux. Mais seulement si c'était pas une blague, les Bloody Mary.

* * *

— Ces feuilles !

La voix de mon père surgit des haut-parleurs de mon SUV.

— J'ai jamais vu tant de couleurs. Tu devrais prendre un billet pour le week-end et venir voir par toi-même.

Je tournai dans le parking et roulai au pas entre les groupes de joueurs et leurs familles.

— L'automne bat son plein ici aussi. Tu n'imagineras jamais ce que je fais en ce moment.

— Tu remportes un prix au travail ? Non, attends. Tu prends des leçons de danse de salon ? Oh ! Je sais, tu manges des sushis tout en réservant des billets d'avion pour faire une surprise à ton vieux papa pour son anniversaire ?

— Bien tenté, mais non. Je vais au match de foot d'une gamine.

— Sérieusement ?

— Je parie que tu ne regrettes pas ces samedis matin glacés, plaisantai-je.

Une famille de cinq, couverts jusqu'aux dents, marchait vers le terrain.

Papa avait toujours aimé le foot. Il avait élu résidence dans un bar de sport près de chez nous pour regarder les équipes anglaises bien avant que David Beckham ne mette un de ses pieds en or en Amérique. C'est pour ça que je m'y étais initiée. On jouait pendant des heures dans la cour. Il connaissait le nom de toutes mes coéquipières et c'était le papa qui s'assurait que tout le monde rentrait bien à la maison après les matchs et les entraînements.

Après mon accident, nous avons tous été affectés à notre façon.

Maman me tournait autour, persuadée que j'étais à un battement de cœur de la mort.

Mon retour à la normale avait pris si longtemps que je n'avais plus ma place. Alors j'ai mis toute mon énergie dans mes études pour recommencer à zéro ailleurs.

Et je n'ai plus jamais vu mon père regarder un match de foot.

— Apparemment, les sorties sociales ici sont souvent faites autour des activités sportives des enfants. Mon ami Knox m'a invitée à son mariage et je suis venue discuter avec sa future femme de la question des gâteaux.

— Un mariage ? Mais tu vas rester combien de temps là-bas ?

— Je ne suis pas sûre. Le projet de travail sur lequel je suis s'éternise.

— Eh bien, si tu ne peux pas venir nous voir, on peut toujours venir, nous.

— Tout est possible, mais je vais peut-être rentrer bientôt. Je vous le dirai.

— Tu vas bien ? Tu ne me parais pas au mieux de ta forme.

— Je vais bien.

Je n'avais aucune envie de lui expliquer pourquoi j'avais passé les derniers jours entre la colère et la tristesse.

— Je dois y aller. Le match va commencer.

— D'accord, ma chérie. Oh, et une dernière chose. Ta mère me tue si je ne te le demande pas. Tout va bien côté cœur ?

— Oui, très bien, répondis-je, étouffant mon exaspération au fond de la boîte où je gardais ma colère et ma tristesse.

Juste quelques alarmes à cause d'un policier blessé et furieux.

— Je t'aime, papa.

— Je t'aime, Leens.

Je raccrochai et m'affalai sur mon siège. Je l'avais appelé pour que ce soit fait déjà. L'équilibre était ténu entre le besoin de les appeler tous les jours pour les rassurer, et la nécessité de vivre librement en adulte indépendante.

J'avais de la chance d'avoir des parents aussi aimants, mais c'était pesant.

De mauvaise grâce, je sortis de la voiture pour me diriger vers le terrain, scrutant les lieux en quête de celui que je préférerais ne plus jamais revoir.

J'avais réussi à éviter Nash depuis ses menaces. Mes collègues cherchaient les associés d'Hugo tout en surveillant toutes les ventes aux enchères de voitures de luxe. Je rayai toutes les propriétés de ma liste. J'avais même survécu à une nouvelle séance de musculation avec Mme Tweedy et discuté de deux autres enquêtes au travail.

Il fallait trouver une issue à cette affaire et rapidement, parce que sinon j'allais faire quelque chose que je n'avais encore jamais fait : renoncer.

Je trouvai Naomi et Sloane sur des chaises pliantes sous des couvertures.

— La voilà ! s'écria Naomi alors que je m'approchais.

Elle tenait un immense café dans une main et un thermos innocent dans l'autre.

— On t'a apporté une chaise.

— Et de l'alcool, ajouta Sloane en me tendant un petit thermos rouge.

— Merci. Où est Stef ?

— Il se procure et je cite, « tout le café du monde ». Il a eu un appel avec des investisseurs de Hong Kong pour je ne sais quoi, répondit Naomi.

— C'est quoi son métier ? demandai-je en surveillant la foule.

Le père de Naomi et Knox se tenaient à côté de Wraith, un motard effrayant, étonnamment le coach de l'équipe de Waylay. Les tatouages apparents chez lui dépassaient du col de sa veste en cuir. Sur la touche, les jambes écartées, il semblait prêt à en découdre avec un club de motards rival.

Knox ne m'avait même pas dit bonjour. Il se contenta de m'envoyer un sale regard avant de détourner la tête.

Merci Nash et sa grande gueule de débile.

— Personne ne sait vraiment. C'est comme Chandler dans *Friends*, répondit Naomi.

Sloane m'étudia sous son chapeau à pompon noir assorti à ses gants.

— Tu ressembles toujours à la badass d'un jeu vidéo sur le point d'ouvrir une porte avec un coup de botte, ou de faire la peau à un pauvre gars.

Hilare, Naomi cracha sa gorgée de café.

— Merci, dis-je en riant. C'était un compliment, n'est-ce pas ?

— Dis-lui pour la robe, demanda Sloane.

— On t'a mise en violet, lança Naomi. C'est canon.

— Tu vas te faire sauter à ce mariage, c'est certain, assura Sloane.

— Tu vas bien ? plaisantai-je.

Elle poussa un grognement et rejeta la tête en arrière. Je vis alors Lucian Rollins arriver derrière elle. Son manteau en cachemire flottait dans l'air comme la cape d'un vampire. Son regard n'était pas amical, surtout quand il croisa le mien.

— J'ai besoin de sexe, annonça Sloane, sans savoir que son plus grand ennemi pouvait l'entendre. Partout où je regarde, je vois du sexe en puissance. Naomi a cette aura orgasmique en permanence et toi tu es le genre de femme à entrer dans un bar pour ressortir dans les cinq minutes avec un mec sous le bras.

— Alors pourquoi tu couches pas avec lui ? demandai-je en désignant Lucian qui ressemblait à un top model en jean, pull et casquette de base-ball.

— Bon sang, Naomi ! Tu as dit qu'il ne venait pas ! gronda Sloane.

— Il ne m'a pas dit qu'il venait. Je ne sais pas du tout pourquoi il est ici.

— Il passe tellement de temps vers chez moi et en ville que je commence à me demander s'il a vraiment un travail, remarqua Sloane.

— Vers chez toi ? m'étonnai-je.

— À ce qu'on m'a raconté, Sloane et Lucian ont grandi l'un à côté de l'autre. Sloane a racheté sa maison à ses parents quand ils ont déménagé et Lucian a gardé celle de sa mère, expliqua Naomi.

— Dieu sait pourquoi, grommela Sloane.

— Peut-être qu'il veut coucher avec toi. Une sorte de fantasme sombre et sexy.

Je remarquai que Knox ne salua pas Lucian quand il le rejoignit. Il en voulait à tout le monde aujourd'hui, c'était contagieux.

— Je préférerais encore aller chez la gynéco et le dentiste en même temps, répliqua Sloane. Et j'ai un rancard, de toute façon.

— T'as un rancard ? cria Naomi assez fort pour que tous les hommes se retournent.

Lucian semblait sur le point de mettre le feu à toute la planète avec son regard noir.

— Merci, Naomi. Oui, j'ai un rancard.

— Un rancard ou un coup d'un soir ? interrogeai-je à un volume normal.

Les poings de Lucian se serrèrent et il explosa son gobelet de café.

Je souris quand il me fixa. *Oups*, dessinai-je sur mes lèvres.

— Concentrez-vous sur le terrain, dit Naomi en leur faisant des mouvements pour qu'ils se retournent, ce qui n'était pas facile avec ses boissons dans les deux mains. C'est plus intéressant.

Knox adressa à sa fiancée un clin d'œil coquin, avant de me décocher un regard froid et de regarder les équipes s'échauffer.

— Qu'est-ce qu'il a aujourd'hui, Knox ? demanda Sloane.

— Tu essaies juste de changer de sujet. Tu sors avec qui ?

Sloane regarda par-dessus ses deux épaules et nous fit signe de nous rapprocher au point que nos haleines de vodka se mélangèrent.

— Je vous donne un indice. Il a une moustache et un badge.

— Tu sors avec Nolan ? Nolan Graham ? Le marshal Nolan Graham ?

— Il est canon.

— C'est un type bien, ajoutai-je.

— Vous êtes sortis ensemble, tous les deux, n'est-ce pas ? Je dois savoir quelque chose avant de le laisser m'emporter au lit le troisième soir ? interrogea Sloane.

— On a eu une rencontre rapide, il y a plusieurs années. Il est vraiment gentil et il danse super bien.

— Ce sera peut-être mon partenaire au mariage.

Les hommes nous regardaient de nouveau. Méchamment. Lucian semblait ne pas pouvoir se décider entre qui il détestait plus, Sloane ou moi. L'expression de Knox était celle d'un gars perpétuellement grincheux.

— Bon, je comprends que Sloane et Lucian se détestent depuis des années, mais qu'est-ce qui se passe entre Knox et toi, Lina ? demanda Naomi en fronçant les sourcils vers son fiancé. Il ne t'a rien dit de vexant ou d'agressif, dis-moi ? Il est supposé s'améliorer dans ce domaine aussi.

Je baissai les yeux vers mon thermos.

— Autant que je sache, tout va bien.

— Oh, regardez, Nash arrive. Je pensais qu'il travaillait ce matin.

Je faillis tomber de ma chaise et renverser mon Bloody Mary.

— Merde, grommelai-je, et je me ratatinai quand il me vit.

Vêtu de son uniforme, il avait Fossette en laisse. Il semblait encore plus furieux que Knox et Lucian combinés. Nolan avançait à quelques pas derrière lui, son portable sur l'oreille.

— Mesdames, nous salua Nash.

Son regard se posa sur moi et je ne fis rien pour cacher la colère qu'il m'inspirait.

— Bonjour Nash, répondit Naomi.

— Salut chef, lança Sloane.

— Je pensais t'avoir dit de ne pas t'approcher de ma famille, lâcha Nash.

Mon Dieu, il allait faire ça en public.

— J'y réfléchirais à deux fois avant de commencer cette discussion, sauf si bien sûr tu veux qu'on sorte tous les vieux dossiers, répliquai-je, furieuse.

Tout le monde nous regardait comme si on venait de se transformer en feuilleton vivant.

— Je t'ai dit de lui foutre la paix. De pas être un salopard avec elle, intervint Knox.

— Je n'ai pas besoin que tu me défendes. Surtout quand tu ne daignes même pas me parler, lui rappelai-je.

— Ouais, va me falloir une explication très bientôt.

— Je suis content que tu aies retrouvé la raison, lança Lucian en direction de Nash.

— Va te faire foutre, Luce. Et toi aussi Knox.

Amanda, la mère de Naomi, approcha.

— Je sens le drame. Qu'est-ce qui se passe ?

— Tout le monde est fâché contre tout le monde, expliqua Sloane. Vous pouvez me dire de quoi il s'agit, s'il vous plaît, pour que je choisisse mon camp ? Spoiler : je suis pas dans celui de Lucian.

— Je n'ai pas l'énergie pour toi, aujourd'hui, Sloane, dit Lucian.

Naomi posa la main sur la jeune femme pour la retenir sur sa chaise.

— Écoutez, je ne peux supporter qu'un seul couple en colère.

Elle se tourna vers moi.

— Qu'est-ce qui se passe entre Nash et toi ? Et entre Knox et toi ? Et Lucian ? Et tout le monde, on dirait ?

Tous les yeux se rivèrent sur moi. Les femmes me regardaient, impatientes, les hommes me dévisageaient avec différents degrés de rogne sur le visage. Une des mamans des joueuses orienta son portable dans notre direction, sûrement pour enregistrer la confrontation.

C'est ce moment que choisit Stef pour se pointer avec une tasse de café de la taille d'un seau. Il s'arrêta net quand il sentit la tension.

— Qu'est-ce que j'ai raté ?

— Lina a menti à tout le monde, annonça Nash.

C'était le moment de balancer la sauce. Je savais bien faire ça. Je n'étais pas du genre à avoir une répartie cassante quand je me sentais agressée, je déballais en général tout.

Mais je n'étais pas à l'aise de révéler devant tout le monde le secret de Nash. Il avait beau se comporter en véritable connard, j'avais vu une vraie souffrance sous la surface et je ne pouvais pas, en toute conscience, briser sa confiance. À moins, bien sûr qu'il me pousse dans mes retranchements, et alors, il ne pourrait s'en prendre qu'à lui-même.

Naomi posa un de ses thermos et me serra le poignet.

— Si Lina ne s'est pas montrée entièrement honnête, je suis sûre qu'elle avait de bonnes raisons.

Typique de Naomi. Et elle était sincère, en plus. En tout cas, pour l'instant, avant qu'elle entende la vérité. Et c'était à moi de la révéler.

— Je suis là pour retrouver Duncan Hugo, dis-je.

Amanda ouvrit une bouche énorme. Knox jura. Lucian, bien sûr, resta imperturbable.

Sloane fut la première à s'en remettre.

— Mais pourquoi ? Qu'est-ce que tu fais, Lina ?

— C'est pour le travail. Je ne vends pas des assurances, je m'occupe de retrouver des objets volés. Hugo a volé quelque chose à un de mes clients, et je l'ai suivi ici sans me douter qu'il était impliqué dans d'autres affaires. Je suis venue à Knockemout pour la journée, pour voir Knox. Mais tout s'est emballé.

— Qu'est-ce qu'il a volé ? demanda Amanda. Je parie que c'étaient des bijoux. N'est-ce pas ?

— Une voiture, corrigeai-je.

— Quel type de voiture ? interrogea Knox.

— Une Porsche convertible 356 de 1948.

— Pas mal, commenta-t-il en sifflant.

— Elle nous a menti à tous, lâcha Nash, ses mots plus tranchants qu'un couteau. Elle a fait en sorte que tu la loges à côté de moi pour avoir accès à mes dossiers.

Je sentis l'adrénaline jaillir dans mes veines. Mon cœur se déchaîna. Je posai une main sur mon sternum et me forçai à garder la bouche fermée pour ne pas déverser le flot d'insultes qui formaient une boule dans ma gorge.

— C'est quoi cette putain de blague ? lâcha Knox.

Je m'armai de courage pour supporter de perdre mon plus ancien ami. Mais il regardait son frère.

— Elle a rien fait en sorte du tout ! Je suis passé à son motel pour l'emmener prendre le petit déjeuner avec nous et je l'ai trouvée en train de se battre avec un cafard de la taille d'une souris dans les cheveux. Je lui ai dit de faire ses bagages et elle a refusé. On s'est crié dessus pendant une demi-heure entourés d'une marée de cafards avant qu'elle accepte de déménager.

— Pause, lança Naomi à son futur mari. Knox, si ce n'est pas pour ça que tu es en colère contre Nash et Lina, qu'est-ce qui te prend ce matin ?

Knox passa délicatement une main dans ses cheveux, un geste en contradiction avec son air ronchon.

— Je suis furieux, parce qu'ils n'ont pas voulu m'écouter et n'ont pas suivi mes conseils.

Je pris trois gorgées de Bloody Mary et commençai à réfléchir à un moyen de déguerpir.

— Quels conseils ? demanda Stef, en s'installant sur une chaise, le plus près possible de l'action.

— Sérieusement ! lâcha Knox en nous montrant tour à tour Nash et moi.

— Mon cher, il va falloir développer un peu, intervint Amanda.

— Putain, mais c'est clair ! Ils vont pas ensemble ces deux-là. Cet abruti a une alliance tatouée sur le cul, dit-il en pointant son frère avant de me désigner, moi. Et elle, elle consomme les mecs pour les jeter après.

— C'est vrai pour Nash ? demanda Naomi dans un murmure.

— Non, c'était métaphorique. Mais moi, j'ai vraiment un soleil tatoué sur l'omoplate.

Nash plissa les yeux vers moi.

— Ils vont se mettre ensemble, et elle va partir. Il aura son petit cœur brisé et elle se sentira coupable. Et tous les deux vont avoir besoin de se confier à moi. Alors j'ai dit à Nash de pas s'approcher d'elle et je découvre qu'il a passé la nuit avec elle.

— Tout le monde baise sauf moi, se lamenta Sloane.

— Maintenant, ça devient intéressant, lança Amanda en tendant une main vers Stef.

— Et comment ! répliqua ce dernier.

— On ne baisait pas et ça ne risque pas d'arriver. T'aurais pu m'en parler, reprochai-je à Knox.

Il m'adressa une grimace comme si je venais de suggérer qu'il s'arrache les ongles des pieds pour les balancer comme des confettis.

— Bien sûr, Leens, ironisa-t-il. Comme ça on aurait pu avoir une discussion à cœur ouvert sur ce qu'on ressent et ce genre de conneries.

En effet, ce n'était pas son genre.

— J'arrive au mauvais moment ? demanda Nolan, une tasse de café de taille normale à la main.

— Oui, dis-je en chœur avec Nash.

— Salut beauté. On se voit ce soir, hein ? lança-t-il à Sloane avec un clin d'œil.

La bibliothécaire lui adressa un sourire coquin. Lucian grommela.

— Donc si Lina et Nash ne…

Naomi s'interrompit quand l'équipe de Waylay revint sur la touche.

— … profitent pas d'un moment entre adultes, ce qu'on va bientôt m'expliquer, pourquoi t'es encore furieux contre eux ?

— Parce qu'il fait comme si c'étaient pas mes affaires, et qu'elle n'a pas été honnête avec moi. Tu aurais pu me dire pourquoi t'étais là.

— J'aurais pu, admis-je. J'aurais sans doute dû. M'ouvrir, c'est pas mon fort, reconnus-je.

— C'est sûr que dans l'autre sens, ça te dérange pas, affirma Nash.

— Tu veux continuer, chef ? Ils ont pas encore assez creusé de ton côté ? avertis-je.

Il me fusilla des yeux.

— Qu'est-ce que ça voulait dire ? demanda tout bas Sloane.

— Attendez, s'écria Stef. On ne sait toujours pas pourquoi Costume Impec, je veux dire Lucian, se mêle de ces chamboulements immatures et émotionnels.

— À ton tour, Lucian, renchéris-je.

— T'es obligé, maintenant, confirma Naomi.

— Je savais qu'il y avait quelque chose qui collait pas avec l'histoire de Naomi. Et quand Knox m'a expliqué ses inquiétudes à son sujet, j'ai fait quelques recherches. Ensuite, je l'ai suivie et je l'ai menacée.

Il dit tout ça sur un ton presque amusé, comme s'il décrivait une partie de laser game.

— Incroyable, murmura Sloane.

— Lucian, ce n'est pas ainsi qu'on résout les problèmes, le gronda Amanda.

— Donc Lucian avait techniquement raison et tu lui en veux encore ? demanda Naomi.

Nash haussa les épaules, agacé.

Elle se tourna vers Knox.

— Et toi tu avais raison sur le fait que Nash serait blessé et vous êtes tous les deux fâchés pour ça.

— Le petit déjeuner n'a pas aidé, reconnut Knox.

Naomi ferma les yeux.

— C'est pour ça que tu étais tellement infect avec la fleuriste, hier ?

— La gypsophile, c'était débile, dis pas le contraire.

— Qu'est-ce qui s'est passé au petit déjeuner ? demanda Stef.

— J'ai invité Knox et Nash pour discuter en adultes responsables, expliqua Lucian.

— Tu t'es pointé sans prévenir à six heures du matin, corrigea Nash.

— Je t'en prie, répliqua Lucian.

— Attends, les interrompit Sloane. Toi, Lucian Rollins, tu as vraiment essayé de communiquer ?

Il lui adressa un regard glacé.

— Je le fais quand c'est important.

Elle se leva et le pompon sur son chapeau trembla.

— Tu es le pire du monde !

Sloane était en général plus incisive dans ses insultes.

Sentant qu'elle bouillonnait, je me levai à mon tour pour m'interposer entre les deux.

— Il a beaucoup d'avocats, la mis-je en garde. Et même si ce serait hyper satisfaisant de lui envoyer une belle gifle méritée, je veux pas qu'ils te ruinent.

Sloane grogna. Lucian montra ses crocs, mais sans sourire.

— Un petit coup de main, marshal ?

Nolan entoura la taille de Sloane de son bras et l'entraîna en arrière.

— Et si vous veniez par ici ? demanda-t-il sur le ton de la conversation.

Lucian poussa un grognement animal et percuta avec son torse ma main censée les séparer. Il parvint à me faire reculer d'un mètre avant que Nash n'intervienne.

— Lâche-la, cria-t-il au visage de Lucian.

— On va se faire renvoyer d'un match de foot de gamines, commentai-je.

— Et le sexe, c'était comment ? demanda Stef, avec un sourire coquin.

— Pour l'amour du ciel ! On n'a pas couché ensemble ! On s'est même pas embrassés, répliquai-je.

— Alors vous ne faisiez que dormir ensemble ? demanda Amanda. Comme des jeunots ? Des amis simplement ? Netflix et un câlin ?

— Sûrement pas des amis, dis-je en m'adressant à Nash. Et contrairement à certains, je respecte la vie privée des gens. Surtout s'il s'agit de confidences.

Je prenais le dessus. Ça faisait du bien. D'autant que la famille de Nash ferait tout pour lui soutirer la vérité, maintenant, je le savais. Encore plus satisfaisant.

Une salve de questions fusa directement dans sa direction.

— Vous avez vraiment juste dormi ensemble ? C'était quoi l'idée ?

— C'est parce que t'es déprimé ?

— T'es déprimé ? Pourquoi tu le disais pas ?

— Vous avez dormi nus ou en pyjama ?

— Excusez-moi, s'il vous plaît !

On se tourna tous pour voir Waylay sur la touche, les mains sur les hanches. Son équipe était réunie derrière elle, et elles tentaient de réprimer leurs gloussements.

— On essaie de jouer un match et vous dérangez tout le monde.

On s'excusa tous en même temps.

— Si je dois revenir, vous aurez des ennuis avec moi, lâcha Waylay en nous regardant tous les uns après les autres dans les yeux.

— Bon sang, elle peut faire peur, murmura Sloane quand Waylay et ses coéquipières retournèrent sur le terrain.

— Je dirai que c'est toi, dirent Naomi et Knox en même temps, avant de se sourire.

Mon cœur tressaillit de nouveau et je respirai fort pour qu'il retrouve son rythme normal. Ma vision se brouilla l'espace d'un instant.

Plus de caféine, ni de viande rouge, ni de stress à cause d'un homme, me promis-je. J'ouvrirai mon application de méditation et ferai du yoga après chaque jogging. Je ferai des exercices de respiration toutes les heures et me promènerai dans la nature. Je quitterai Knockemout et ne regarderai plus jamais en arrière.

Je ne me fis pas confiance pour des au revoir officiels, alors je tournai simplement les talons pour partir.

— Lina, appela Nash.

Pas Angelina. Pas Angel. Maintenant, c'était juste Lina.

Je l'ignorai. Plus vite j'oublierais l'existence de Nash Morgan, mieux ce serait.

J'accélérai le pas, mais sentis rapidement une main se refermer sur mon coude.

— Arrête Lina, ordonna Nash.

Je me dégageai.

— On n'a rien de plus à se dire et on n'a plus de raisons de se soucier l'un de l'autre.

— Ton cœur...

— Ça ne te regarde pas.

Une série de tressautements brouillèrent ma vision, mais je fis de mon mieux pour ne rien en laisser paraître.

— OK, j'interviens à contrecœur, déclara Nolan qui avait accouru vers nous.

— Barrez-vous, Graham, lança Nash.

Nolan retira ses lunettes.

— Mon boulot est de vous protéger, débile. Et vous êtes pas loin de vous faire gifler par une femme très en colère.

— Je te laisse pas prendre le volant si tu vas pas bien, me dit Nash, sans tenir compte du marshal entre nous.

— Je ne me suis jamais sentie aussi bien, mentis-je.

Il tenta de faire un pas vers moi, mais Nolan posa une main sur son torse.

Je me tournai pour me diriger vers le parking. J'étais à mi-chemin vers ma voiture quand je sentis un regard sur moi. Je repérai un gars avec une moustache et une casquette de police appuyé sur les gradins, les bras croisés, les yeux méchants.

– 23 –

La team Lina

Lina

J'essayai de fourrer le dernier de mes pulls dans ma valise qui débordait quand on frappa à ma porte. J'aurais ignoré ce dérangement, comme j'avais ignoré tous les autres depuis le match de foot de la veille, s'il n'avait pas été accompagné cette fois de trois messages.

Sloane : C'est nous, laisse-nous entrer.

Naomi : On est venues en paix.

Sloane : Dépêche-toi avant qu'on fasse assez de bruit pour alerter ton grincheux de voisin.

Je n'avais pas envie de compagnie, de chantage affectif ou d'une autre tournée d'excuses.

Naomi : Je dois ajouter que Knox m'a donné la clé donc on peut entrer même si tu n'ouvres pas. Ce serait mieux que tu prennes toi la décision.

Bon sang.

Je jetai le pull sur le lit.

— Salut, dirent-elles gaiement quand j'ouvris la porte.

— Salut.

— Merci, on fait comme chez nous, hein ? annonça Sloane en entrant.

— Si vous êtes venues pour vous disputer, je n'ai plus d'énergie.

J'avais passé la moitié de la nuit avec des légumes congelés sur le torse en écoutant des guides de méditation et en tentant de me détendre.

— On est venues te dire qu'on a choisi notre camp, expliqua Naomi.

Elle portait un jean moulant et un chemisier en soie émeraude. Ses cheveux étaient négligemment attachés au-dessus de sa tête et des mèches tombaient et entouraient son joli visage.

— Un camp pour quoi ?

— On a beaucoup réfléchi et on est dans la team Lina, déclara Sloane.

Elle aussi était joliment habillée pour un dimanche. Jean délavé, talons et maquillage autour des yeux.

— Je voulais coudre des tee-shirts pour l'équipe, mais Naomi a pensé qu'il vaudrait mieux se pointer et t'emmener dehors.

— Pour me tuer ?

— Pas d'homicide, promit Naomi en partant vers la chambre. Pourquoi t'as fait ta valise ?

— Parce que je peux pas porter tous mes vêtements à la main.

— T'as bien fait de pas attendre les tee-shirts, concéda Sloane en entrant dans la chambre.

Naomi se mit à fouiller dans la valise.

— C'est mignon. Et ce jean, là.

— Vous êtes venues me dévaliser ?

Je savais que Knockemout était un peu brut, mais quand même.

— Tu vas t'habiller et on sort entre filles plus Stef, cet après-midi. Et peut-être aussi la nuit. Ça dépendra de combien on a mangé de friture et bu d'alcool, expliqua Sloane en me tendant un jean avec un pull rouge à col plongeant.

— On cherche encore un nom, ajouta Naomi.

— Mais je n'ai pas été entièrement honnête avec vous. Je vous ai caché des choses, remarquai-je.

Peut-être qu'elles avaient oublié ma trahison.

— Les amis s'accordent entre eux le bénéfice du doute. Tu avais sûrement une bonne raison pour ne pas tout nous dire. Ou peut-être que tu n'as jamais eu des amies aussi géniales que Sloane et moi, continua Naomi en me jetant mon sac de maquillage. Et de toute façon, quel genre d'amies on serait si on te laissait quand tu as besoin de nous ?

— Vous n'êtes pas en colère contre moi ?

— On est inquiètes, corrigea Naomi.

— Et on veut plus de détails sur Nash et toi au lit, ajouta Sloane, coquine.

— Il est affreusement triste, assura Naomi en me montrant la salle de bains.

— Ça ne m'intéresse pas, rétorquai-je.

Il avait frappé à ma porte deux fois la veille, après le désastre au match de foot. La troisième fois, il avait promis de défoncer la porte si je ne confirmais pas au moins que j'allais bien.

Pour éviter le coût de la réparation, je lui avais envoyé un message : *Je vais bien, va te faire foutre avec tes instincts de macho toxique.*

— Dépêche-toi de te préparer. On peut pas boire toute la journée si on commence pas maintenant, dit Sloane en soulevant un autre pull. Eh, je peux te l'emprunter pour mon rancard avec Nolan ?

* * *

C'est comme ça que je me suis retrouvée au Hellhound, un bar à motards minable, un samedi après-midi avec la team Lina.

La musique était forte, le sol poisseux et les tables de billard toutes prises.

— Cet endroit me donne envie de tout récurer à grands seaux d'eau de Javel avant de m'asseoir, se lamenta Naomi alors qu'on se dirigeait vers le bar.

Stef grimaça et se retroussa les manches avant de poser les coudes sur le bois.

— Hello, beau mec.

Joel, le gentil barman, était grand, musclé, barbu et habillé des pieds à la tête en noir. Ses cheveux étaient tirés en queue-de-cheval pour dégager son visage bronzé.

— Bonjour mesdames, lança-t-il. Je vois que vous avez ramené un ami.

Naomi présenta Stef.

— Qu'est-ce que vous prendrez ? Shots ? Liqueur ? Cocktail ?

— Des shots, répondit Sloane.

— Du vin ? demanda Naomi.

— Bonne idée, du vin, acquiesça Stef.

Les yeux de Joel se posèrent sur moi.

— De l'eau.

— Hoooooouh, me huèrent ensemble Naomi et Sloane.

— Tu as un traumatisme crânien ? m'interrogea Stef en fronçant les sourcils.

— Je vais préparer vos boissons. Ne frappez personne pendant ce temps, lâcha Joel en s'adressant principalement à moi.

— Tu ne bois pas ? demanda Sloane.

— Si, de l'eau.

— Ce que veut dire Sloane, c'est pourquoi tu t'hydrates plutôt que d'être irresponsable et de demander une boisson d'adultes ? demanda Naomi.

— L'un d'entre nous doit conduire.

— L'une d'entre nous a un séduisant fiancé prêt à venir nous chercher quand on sera trop imbibés, promit Naomi.

— Knox ne t'a pas reproché de venir ici ? m'étonnai-je.

La première et seule fois où nous avions mis les pieds dans ce bar était le jour de mon arrivée en ville. Knox et Naomi étaient au beau milieu d'une rupture qu'aucun des deux ne voulait vraiment. J'avais emmené Naomi ici pendant son service au Honky Tonk.

Sloane nous avait rejointes et la journée avait failli se finir par une bagarre quand un des clients éméchés avait pensé avoir une chance avec nous.

— C'est pour ça que Stef est ici, expliqua Naomi.

— Il m'a fait promettre de lui envoyer des nouvelles toutes les trente minutes, dit Stef en brandissant son portable.

— Il est encore fâché contre moi ? m'enquis-je sur un ton que je voulais neutre.

— Il le sera s'il découvre que t'allais quitter la ville sans le dire à personne, avertit Naomi.

C'est pour ça que je n'avais pas d'amis. Les relations quelles qu'elles soient sont trop collantes. Tout le monde se permet de dire que vous avez tort et de vous expliquer comment rectifier le tir.

— Je ne quittais pas la ville, j'allais retourner dans le motel et *ensuite* quitter la ville.

— En tant qu'amie, je peux pas te laisser vivre parmi les cafards, alors qu'un joli appartement vide t'ouvre les bras, répliqua Naomi.

— Je préfère vivre avec les cafards qu'à côté de Nash qui se défoule sur ma porte.

Joel revint avec nos verres. Deux shots de je ne sais quoi pour Sloane, deux verres de vin remplis jusqu'au bord et un verre d'eau avec une tranche de citron.

— Merci Joel, dis-je quand il posa le verre devant moi.

— Ça va ? me demanda-t-il.

— Super.

— Aaaaaah ! lâcha Sloane après avoir englouti son premier shot. C'est illégal de mentir pendant une sortie entre meufs plus Stef.

— Exactement, confirma Naomi. Règle numéro un : pas de mensonge. On n'est pas ici pour faire comme si tout allait bien. On est ici pour être ici les uns pour les autres. J'ai dit trop de fois « ici ». On dirait même plus un mot. Ici, ici ?

— Ici, essaya Sloane en fronçant les sourcils.

— Elles ont déjà bu ? demanda Joel, une expression amusée sur son beau visage.

— Non, dis-je en secouant la tête.

Il eut la bonne idée de nous apporter deux autres verres d'eau avant de repartir derrière son bar.

— Ici, siffla Naomi.

— Oh, mon Dieu ! D'accord, je ne vais pas bien, admis-je.

— Il était temps. J'avais peur que tu simules encore longtemps, dit Sloane avant de descendre son deuxième shot.

— La première étape c'est de reconnaître que t'es à ramasser à la petite cuillère, exprima sagement Stef.

— Je ne vais pas bien. Je suis à ramasser à la petite cuillère. Même à ma famille, je n'ai jamais avoué quel métier je faisais parce qu'ils ne supportent pas que j'affronte le moindre danger. S'ils savaient les risques que je prends parfois, ils prendraient le premier avion et me forceraient à rentrer à la maison avec eux.

Mon petit public me dévisageait au-dessus de leurs verres.

— Et je bois de l'eau parce que j'ai un problème au cœur qui a failli me tuer quand j'avais quinze ans. J'ai raté tous les trucs sympas de l'adolescence parce que je passais mon temps à l'hôpital et que j'étais fichée comme la fille qui est morte devant un stade plein. C'est réglé maintenant, mais j'ai encore des crises de ESV, extrasystole ventriculaire, quand je suis stressée. Et en ce moment, je suis affreusement stressée. Chaque contraction cardiaque me rappelle ce que ça faisait de frôler la mort et de vivre sous une cloche avec une équipe médicale et des parents surprotecteurs. Je ne pouvais même pas leur reprocher de m'étouffer parce qu'ils m'ont vue mourir sous leurs yeux.

— Waouh ! lâcha Sloane.

— Plus d'alcool, Joel, demanda Naomi en levant son verre vide.

— Donc désolée si je ne raconte pas à tout le monde tous les détails de ma vie. J'ai passé assez de temps à être auscultée à la loupe par des gens qui me donnaient le sentiment que je ne serai jamais normale. Jusqu'à ce que j'arrive ici et que je rencontre Nash et ses blessures.

— Et alors ? demanda Naomi, pendue à mes lèvres.

— J'ai vu cette petite chose blessée…

— Tu parles de son pénis ? demanda Stef.

— Pas du tout.

— Arrête de l'interrompre, gronda Naomi. Tu as vu cette petite chose blessée et quoi ?

— Il m'a plu, avouai-je. Vraiment. Il m'a donné l'impression d'être spéciale, et pas à cause de mon problème au cœur. Il m'a donné l'impression qu'il avait besoin de moi. Personne n'a jamais eu besoin de moi. On m'a toujours protégée, infantilisée ou évitée. Imaginez, mes parents achètent des billets d'avion simplement pour assister à ma prochaine consultation chez le cardiologue et entendre que je vais bien.

De nouveaux verres apparurent devant Naomi et Sloane. Joel glissa un bol de cacahouètes vers moi.

— Fraîchement sorties du sac. Personne n'a mis ses sales doigts dedans, assura-t-il.

— Merci.

— Nash nous a confié, après un peu d'encouragements, qu'il a eu une crise d'angoisse et que tu l'as aidé.

— Je n'ai pas profité de lui, insistai-je.

— Ma chérie, on le sait. Personne ne pense ça. Même pas Nash. C'est un Morgan, ils disent des bêtises quand ils sont en colère. Mais je dois te le dire, ça fait du bien de le voir en colère, confia Naomi.

— Pourquoi ?

— Avant toi, il n'était plus jamais en colère ou heureux ou rien du tout. On aurait dit une photocopie de lui-même. Plat, sans vie. Et te voilà, et il a de nouveau assez de vigueur pour se mettre en colère.

— Je lui ai menti. Je vous ai menti à tous.

— Et maintenant, tu vas te rattraper, dit Naomi aussi simplement que ça.

— Ah oui ?

— Si tu veux que vous restiez amis, c'est encore possible, affirma Sloane.

Trois shots et elle penchait déjà sur la droite comme si elle était à bord d'un navire.

— Les amis sont faits pour se sentir mieux. On accepte le mauvais, on célèbre le bon et on se torture pas pour ses erreurs.

— Je suis désolée de ne pas avoir été honnête avec vous.

— Maintenant en tout cas, ça se comprend, déclara Sloane. Si je devais mentir à mes parents juste pour pouvoir vivre, ça deviendrait vite une habitude.

— Moi aussi, je comprends, compatit Naomi. J'ai menti à mes parents au début, quand je suis arrivée ici, parce que je voulais les protéger de mes embrouilles et de celles de Tina.

— Je connais, dis-je en tournant ma paille dans mon verre. Mais j'avais commencé à me demander « et si ? »

— Et si quoi ? demanda Stef.

— Et si ça marchait avec lui ? Et si je restais ici ? Et si c'étaient les signes que j'attendais pour quitter mon boulot et essayer autre chose ? Et si je pouvais vivre enfin une vie normale ?

Naomi et Sloane me fixaient avec de grands yeux humides.

— Ne commencez pas, dis-je.

— Oh, Lina, murmura Naomi.

— Je sais que tu n'aimes pas quand on te touche, et je respecte, lança Sloane. Mais sache que je te fais un gros câlin dans ma tête.

— OK, toi tu ne bois plus.

Elles continuèrent à me dévisager comme des personnages de bande dessinée.

— Fais-les arrêter, suppliai-je en direction de Stef.

— Il n'y a qu'un moyen pour ça.

Je levai les yeux au ciel.

— C'est bon, vous pouvez me faire un câlin.

— Yes ! s'exclama Sloane.

Elles m'enlacèrent de tous les côtés. Prise en sandwich entre une bibliothécaire soûle et une directrice des relations avec la communauté, je me sentis un peu mieux. Stef me tapota sur la tête.

— Tu mérites d'être heureuse et d'avoir une vie normale, assura Naomi en reculant.

— Je ne sais pas ce que je mérite. Nash a appuyé sur tous les boutons de honte et de culpabilité que j'ai en moi.

— Il n'y est pas allé avec des pincettes avec moi non plus, pendant un match de foot de Waylay, la saison passée.

— Heureusement la saison est presque terminée, plaisanta Stef.

— Tu sais pourquoi l'honnêteté est si importante pour lui, n'est-ce pas ? demanda Naomi.

Je haussai les épaules.

— L'honnêteté est importante pour tout le monde, non ?

— Le père de Knox et Nash est alcoolique et toxicomane. Duke a commencé à prendre de la drogue – principalement des opiacés – après la mort de leur mère. Knox dit que chaque jour avec son père était comme un mensonge. Il promettait qu'il allait être sobre ou qu'il n'allait plus y toucher. Il s'engageait à les chercher à l'école ou à leurs entraînements de sport et ne venait pas. Et ça s'est reproduit encore et encore. Un mensonge après l'autre.

— C'est horrible, admis-je.

J'ai vécu des moments difficiles avec mes parents pendant mon adolescence, mais rien à voir avec ce qu'avaient traversé Knox et Nash.

— Et pourtant, repris-je. Je vais peut-être vous faire grincer des dents, on n'est pas responsable de la façon dont on a été élevé, mais on est responsable de nos actions et de nos réactions quand on est adulte.

— C'est vrai, reconnut Naomi avant de boire une autre gorgée de vin.

— La séduisante jeune femme avec des jambes interminables a raison, renchérit Sloane. Tu mesures combien, d'ailleurs ? On vérifie ?

Je rapprochai d'elle son verre d'eau.

— Fais une pause sur les shots, peut-être.

— Suivons ton fil de pensée, intervint Stef. Tu as traversé une sale période pendant ton adolescence qui est déjà une sale période à cause de la puberté.

— Exact.

— Donc tu as grandi, tu es partie et tu es devenue farouchement indépendante. Et tu as choisi un métier dangereux. Pourquoi ?

— Pourquoi ? répétai-je. Pour prouver que j'étais forte, j'imagine. Que je ne suis pas la pauvre petite fille faible que tout le monde croit que je suis.

— T'es une badass, confirma Stef.

— Aux badass, dit Naomi en soulevant son verre presque vide.

— Attends pour trinquer, Witty, l'arrêta Stef. Je vais vous exploser le cerveau.

— Mon cerveau, lâcha Sloane, songeuse, son menton dans les mains.

— À qui tu veux prouver que tu es forte ?

— À tout le monde ? répondis-je en levant les épaules.

Stef désigna Sloane.

— Bruit de buzzer.

— Beuuuup.

La moitié du bar se tourna pour nous regarder.

— Tu n'es pas d'accord ?

— Voici ma révélation brillante. Si ta famille ne sait pas ce que tu fais dans la vie, ils ignorent que t'es une badass au travail. Et si tes collègues connaissent pas ton histoire, ils n'ont aucune idée de combien c'est vraiment impressionnant ce que tu as réalisé.

— Et alors ?

— Il ne reste que toi, à qui tu prouves quelque chose. Et si tu ne te rends pas compte de quelle femme incroyable tu es, c'est que tu n'as pas fait très attention.

— C'est un peu décevant, mais il n'a pas tort, confirma Naomi.

— J'ai pas fini, lâcha Stef. Je pense que tu ne fais pas que prouver que t'es une dure, tu fais tout pour effacer toute trace de vulnérabilité.

— Oooooooh ! Et Nash te fait te sentir vulnérable, devina Sloane, joyeusement.

— Donc tu sabotes toute chance d'intimité pour ne plus te sentir vulnérable, ajouta Naomi. Alors ça c'est brillant, en effet.

— Merci d'apprécier mon génie.

J'avais déjà été vulnérable. Sur ce terrain de foot, sur tous ces lits d'hôpitaux, dans ce bloc opératoire. Je ne pouvais pas me protéger ou me sauver, j'étais à la merci d'autres personnes, j'avais ma vie entre leurs mains.

Je secouai la tête.

— Attendez, la vulnérabilité c'est de la *faiblesse*. Pourquoi est-ce que je voudrais être de nouveau faible ? Soutenez-moi, Joel.

Le barman se tourna vers moi, alors qu'il faisait glisser sur le bar deux shots un client avec une crête rose.

— Être vulnérable ne veut pas dire être faible. Ça veut dire que tu te fais assez confiance pour supporter la douleur. En réalité, c'est la forme la plus pure de la force.

— Ça y est, mon cerveau ne fonctionne plus, affirma Sloane en se frottant les tempes.

— C'était Joel, lâcha le motard à la crête avant de s'essuyer les yeux avec une serviette.

J'avais passé toute ma vie d'adulte à prouver que j'étais invincible, compétente, indépendante. J'habitais seule, je travaillais seule, je prenais mes vacances seule. Ma seule façon de devenir plus indépendante était de me contenter de mon vibromasseur. Et maintenant, m'entendre dire que j'étais lâche ne me convenait pas trop.

— Écoutez, ça m'a bien plu le jeu de « analysons Lina ». Mais le fait est que chaque fois que j'ai une relation, qu'elle soit personnelle ou professionnelle, l'autre se retrouve blessé.

— Ça ne veut pas dire que tu ne peux pas en avoir. Ça veut juste dire que t'es pas très douée, expliqua Naomi, son verre toujours à la main.

— Merci beaucoup, répliquai-je, vexée.

Naomi me pointa de son index en sifflant son vin.

— Personne n'est doué au début. Personne n'a un talent naturel pour être dans une relation. Tout le monde doit apprendre comment faire pour être bon. Ça demande beaucoup de pratique, d'indulgence et de vulnérabilité.

— Merde, grommela Stef.

Il se leva et redressa les épaules.

— Si vous voulez bien m'excuser, mesdames, je dois passer un coup de fil. Vous pouvez les surveiller, Joel ?

Le barman acquiesça d'un geste de la main.

— Ce n'est pas juste que je ne suis pas douée pour les relations, dis-je pour revenir au sujet actuel. Je ne veux pas m'attacher. Je veux être libre de faire ce que je veux. De mener la vie qui me chante.

— L'un n'empêche pas l'autre.

— Boum ! s'exclama Sloane en frappant une main sur le bar.

Plus elle buvait, plus ses effets sonores devenaient bruyants.

— Je ne vais pas me trouver un homme qui voudra me suivre partout et supportera de passer du temps dans des motels pourris pendant que je cherche des objets volés. Et même si je trouvais, je ne voudrais pas de lui.

Naomi eut un hoquet.

— Sérieusement ? Toi aussi ? Vous aviez déjà commencé à boire avant de me chercher ?

— Je m'étais fait un sandwich pour le déjeuner mais Waylon l'a volé. J'ai le ventre vide, surtout.

— Éponge l'alcool, dis-je en lui passant le bol de cacahouètes.

Un grand motard avec un cache-œil et un bandana s'approcha.

— Non, dis-je quand il ouvrit la bouche.

— Vous savez même pas ce que j'allais dire, gémit-il.

— Non, on ne veut pas monter sur votre moto, dîner avec vous ou que vous nous disiez le surnom de votre sexe.

Sloane leva une main.

— Moi, je veux bien le connaître le petit nom que vous donnez à votre sexe.

Le motard gonfla le buste.

— C'est Long John l'argenté… parce qu'il est percé. Maintenant qui veut que je le lui présente personnellement ?

— Heureuse ? demandai-je à Sloane.

— Heureuse et dégoûtée.

— Partez d'ici à moins que vous vouliez participer à une séance de thérapie, dis-je au motard.

— Dégage, Spider.

— J'essaie de mettre un peu d'action et tout le monde se fâche, grommela Spider en quittant le bar.

— Attendez, je crois que j'avais quelque chose de très intelligent à dire, lança Naomi.

Elle se gratta l'arête du nez et finit les dernières gouttes de vin dans son verre.

— Ah ah !

— Ah ah ! répéta Sloane.

Naomi se tortilla sur son tabouret et s'éclaircit la voix.

— Comme je le disais, tu compares ce que tu fais maintenant avec ce que tu pourras faire dans l'avenir.

— C'est ce que tout le monde fait, non ?

— Il y a une différence subtile, dit-elle en insistant sur « subtile ». Mais je l'ai oubliée.

Sloane se pencha de l'autre côté de moi, ou plutôt s'écroula sur le bar.

— Ce que mon estimée collègue essaie de te dire, c'est que c'est pas parce que tu veux être libre de prendre tes propres décisions qu'il faut que tu sois seule.

Naomi claqua des doigts au visage de Sloane.

— Oui, c'est exactement ça ! C'est ce que j'avais oublié. Ce que tu fais ou possèdes n'est pas la même chose que ce que tu ressens. Par exemple, les gens disent « je veux un million de dollars », quand en fait ils veulent juste se sentir en sécurité.

— OK, ponctuai-je en attendant la suite.

— Tu veux sentir que tu as le pouvoir de prendre tes propres décisions. Ça ne veut pas dire que tu dois uniquement rechercher l'indépendance. Ou que tu ne dois pas trouver un super mec sexy pour coucher avec et manger au lit des plats à emporter. Ça veut dire que tu dois trouver un partenaire qui te permet d'être toi-même et s'assure que tes besoins sont satisfaits.

— Je suis contente que tu t'en sois souvenue, parce que c'est très intelligent et tu es très belle, lança Sloane à Naomi.

— Merci. Je te trouve intelligente et belle aussi.

— Oooh ! Câlin de groupe !

— Vous abusez, les filles, me plaignis-je alors qu'elles me prenaient toutes les deux dans les bras.

— On peut pas s'en empêcher. On est tellement fières de toi, déclara Naomi.

— Vous voulez que je les repousse ? demanda Joel.

— Qu'elles profitent de leur moment, dis-je en soupirant.

– 24 –

Tarte au pécan et coudes pointus

Lina

— Je veux pas rentrer chez moi, se lamenta Sloane alors que je l'emmenais vers ma voiture sur le parking.

— J'ai faim, fredonna Naomi.

— Où est-ce que tu vas comme ça ? demandai-je à Stef qui s'éloignait de nous.

Il prit un air coupable et nerveux.

— Je, euh… j'ai appelé Jeremiah pour lui proposer de dîner. Et il a dit oui. Donc… je pars dîner avec un coiffeur sexy.

— Je suis fière de toi, déclara Naomi en lui frappant la poitrine à chaque mot.

Il se frotta les pectoraux.

— Aïe !

— Tu nous envoies un message toutes les trente secondes. Non, mieux, tu fais un live de ton rancard ! proposa Sloane en sautillant sur ses pieds.

— Oh oui ! On va commenter et on va te dire si on trouve que ça se passe bien, se réjouit Naomi.

— Tu es sûre de pouvoir gérer les jumelles ivres ? demanda Stef.

— Non. Mais…

— Je vais faire comme si tu avais dit oui, dit-il en partant avec un sourire coquin.

— Amuse-toi et essaie de pas l'effrayer, dis-je dans son dos.

Stef était peut-être prêt à être écrasé comme une mouche, mais je n'étais toujours pas convaincue que la vulnérabilité soit la force ultime. J'aurais plutôt dit que c'était la façon ultime d'avoir son cœur broyé.

Sloane glissa son bras dans celui de Naomi et elles se laissèrent tomber.

— Oh mon Dieu, on a failli oublier de lui dire.

— Dire quoi à qui ? À moi ? demandai-je en les redressant.

Naomi ouvrit grand la bouche, laissant échapper une haleine de chardonnay.

— J'ai complètement oublié ! On a eu une idée : on sait à qui tu pourrais demander où Duncan Hugo aurait pu cacher une voiture.

— Vraiment ? À qui ?

— Grim, répondit Naomi.

— C'est qui ça, Grim ?

— Le leader d'un club de moto. Le boss. Peut-être même le premier ministre. En tout cas, il sait tout sur tout.

— Il savait où Naomi avait été kidnappée parce qu'il surveillait Duncan Hugo, ajouta Sloane.

— Et aussi, il est très sympa et m'a appris à jouer au poker, renchérit Naomi.

— Comment on contacte ce président de club premier ministre ?

— J'ai son numéro. Ou un numéro. Je l'ai jamais appelé, mais il me l'a donné, expliqua Naomi.

Les yeux de Sloane s'ouvrirent grand, au comble de l'inspiration.

— Les filles ! Je connais le meilleur endroit dans l'univers pour manger des tartes à la noix de pécan !

— J'adore les tartes, se réjouit Naomi.
— C'est dans le coin, au moins ?

* * *

Je retournai à notre table au moment où le serveur nous apporta trois tranches d'une tarte qui semblait en effet délicieuse.

— Tu as parlé avec le motard ? demanda Sloane.

— Non.

J'avais appelé le numéro que m'avait donné Naomi, mais après trois sonneries, un signal avait retenti. J'avais bredouillé quelques mots pour qu'il me rappelle, même pas sûre que j'étais sur la messagerie.

— Oh mon Dieu ! s'exclama Naomi. C'est la meilleure tarte au pécan que j'aie jamais mangée.

Je m'assis et pris ma fourchette au moment où mon portable sonna. Je regardai l'écran.

— Merde.

— C'est lui ? demandèrent mes amies à l'unisson.

— Non, répondis-je avant de me lever.

Je sortis dans la rue.

— Hello Lewis, comment ça va ?

— Super. Bien. Ça va. En fait, non, pas vraiment, répondit mon collègue.

Les scrupules se manifestèrent aussitôt sous la forme d'une migraine.

— J'ai entendu dire que tu étais revenu travailler.

— Il a bien fallu que je retourne au bureau. Et c'est bien le problème. J'ai un souci et j'ai besoin de ton aide…

Une autre raison pour laquelle je n'aimais pas les relations.

— Parle.

— Ouais, tu te souviens quand j'ai sauté du toit et que je me suis cassé le coccyx ?

— Bien sûr, dis-je en grimaçant.

Je ne m'en souvenais que trop bien.

— Et tu te souviens que tu m'as dit que si j'avais besoin de quoi que ce soit, je pouvais t'appeler ?

— Vaguement, dis-je entre mes dents.

Derrière moi, Naomi et Sloane étaient en grande conversation avec un couple de personnes âgées qui portaient des pulls assortis.

— C'est ton jour de chance, annonça Lewis.

— Qu'est-ce que tu veux ? demandai-je en soupirant.

— J'ai un défaut de comparution qui vient de nous être indiqué dans ton périmètre.

C'était comme ça qu'on appelait, dans le jargon des assurances, un défendeur qui ne se présentait pas devant la Cour, mettant en danger l'argent que ma compagnie avait avancé pour sa caution.

— Tu sais que je suis passée dans les biens pour une raison, lui rappelai-je.

J'avais travaillé longtemps comme agent de cautionnement, avant de changer pour enquêtrice d'assurance.

— Oui, mais tu es si douée. Et tu es sur place. Je peux pas envoyer quelqu'un avant demain.

— Je m'occupe de deux femmes ivres. Je peux pas les laisser seules, elles vont finir par se faire faire le même tatouage sur le visage.

— Emmène-les avec toi. Le type n'est pas dangereux, il est juste bête. Techniquement, il est très intelligent, ce qui le rend vraiment bête.

Je connaissais le genre.

— Montre à tes amies comment la grande Solavita traite ses affaires.

— C'est quoi sa caution ?

— Deux millions de dollars.

— Deux millions ? Mais qu'est-ce qu'il a fait ?

— Il est entré dans la base de données des véhicules motorisés de l'État, a forgé de fausses pièces d'identité et les a vendues en ligne.

Les geeks étaient moins difficiles à appréhender que les meurtriers ou les agresseurs. Il suffisait de leur piquer leur ordi et de s'en servir d'hameçon pour les attirer. Mais je ne voulais pas prendre de risques avec mes nouvelles amies très soûles.

— Je ne pense pas que ce soit une bonne idée, Lew.

— Écoute, je déteste jouer cette carte, mais tu as une dette envers moi. Je partage la paie avec toi.

— Je te déteste toi et ton arrière-train défoncé. Je le ferai demain.

— Non, ça doit être fait dans l'heure. Il est en train de quitter la ville et on pourra plus le retrouver. J'ai besoin qu'il soit en détention provisoire.

— Bon sang, Lew, dis-je en surveillant Naomi et Sloane. Tu es sûr qu'il n'est pas dangereux ?

— J'aurais envoyé ma grand-mère le chercher si elle était encore en vie.

— D'accord, mais après ça, on est quittes.

— Quitte kat, promit-il.

— Et fini les blagues sur comment je t'ai défoncé le cul, ajoutai-je.

— Je t'envoie l'adresse avec une photo. Merci, t'es la meilleure. Je raccroche maintenant, avant que tu changes d'avis. Au revoir !

Je retournai à l'intérieur, en jurant dans ma tête. La migraine était bien installée à présent.

— Eh, Lina Bo-bina ! Tu veux des frites ? demanda Sloane.

Je regardai la table. Les filles avaient mangé leurs tartes et la mienne et finissaient les frites du couple de personnes âgées.

Je fis signe à la serveuse.

— Je peux vous donner cent euros de pourboire pour baby-sitter ces deux-là, pendant que je fais une course ?

Elle dégagea de son visage ses mèches auburn.

— Désolée, mon cœur, je ne marche plus.

Elle désigna une pancarte sur le mur : LES IVROGNES SANS COMPAGNIE SERONT ARRÊTÉS.

Merde.

— Qu'est-ce qui va pas, Lina ? demanda Naomi. Tu as l'air triste.

— Ou constipée, ajouta Sloane. Tu as peut-être besoin de plus de fibres dans ton régime alimentaire.

— Je dois aller au travail pour une heure environ et je sais pas quoi faire de vous. Et si je vous amenais dans un hôtel et que vous y attendiez de cuver votre alcool tranquillement ?

Sloane leva son pouce, mais le retourna.

— C'est un non ?

— Tu as trouvé Duncan Hugo ? demanda-t-elle, ses lunettes de travers.

— Non. Je dois trouver un autre type pour un collègue.

— Laisse-nous t'aider ! Je suis super douée pour trouver des trucs. Hier, Knox a cherché le ketchup pendant dix minutes dans le frigo et je l'ai trouvé en moins d'une seconde ! annonça Naomi.

— Merci, mais je veux pas de votre aide. Je veux surtout pas vous avoir dans les pattes quand j'irai récupérer un fuyard. Vous pensez pouvoir faire semblant d'être sobres le temps que Knox vienne vous chercher ?

Elles échangèrent un regard, secouèrent la tête et gloussèrent.

— C'est un non ?

— On vient avec toi, déclara fermement Naomi.

— Non, sûrement pas, répliquai-je aussi fermement.

* * *

— Je vous avais dit de rester dans la voiture, grondai-je en poussant mon fugitif sur le trottoir.

J'avais mal au visage et à la hanche, je transpirais abondamment et mon pull préféré était abîmé.

— Désolée, lâcha Naomi, en tentant de prendre une mine navrée.

— On t'a aidée à l'attraper, rappela Sloane, avant que Naomi lui donne un petit coup de coude. Je voulais dire, pardon.

— J'aurais dû quitter la ville quand j'en ai eu l'occasion, grommelai-je en boitant.

— Aïe ! Ces attaches en plastique me serrent trop !

Melvin Murtaugh, alias le Faucheur de l'ombre, était un criminel non violent. Dès qu'il m'avait vu prendre mes liens, il s'était sauvé de la fête que son cousin avait organisée. Je l'avais suivi vers l'arrière de la maison, sur une terrasse branlante, et dans l'allée.

Le gosse portait des tennis et moi des bottes à talons, mais j'avais la forme et l'endurance, ce qui est bien plus important dans une course-poursuite avec un geek.

Il avait aussi fait l'énorme erreur de s'arrêter au bout de son allée, distrait par Naomi et Sloane qui étaient sorties de la voiture et claudiquaient sur le trottoir, ivres mortes.

Ça m'avait donné le temps de le tacler. Je manquais de pratique. Avant, je savais exactement comment réaliser un tacle pour atterrir sur ma victime et m'en servir de matelas. Cette fois, ma hanche et mon épaule avaient percuté directement l'asphalte tandis que mon visage entrait en contact avec le coude pointu de Melvin.

C'est pour ça que j'avais changé de poste. Les défauts de comparution étaient trop pénibles.

— Où sont mes lunettes ? Je vois rien sans mes lunettes.

— Vous auriez dû y penser quand je vous ai dit de pas vous enfuir, dis-je sur un ton de maman agacée par son ado qui n'a pas ramassé ses vêtements sales.

Je posai ma main dans le bas de son dos et nous ramenai tous à ma Charger. Heureusement, on n'était pas dans un quartier infesté de voleurs de voiture, parce que mes deux comparses avaient laissé les portières grandes ouvertes.

— Oups, lâcha Naomi. On a oublié de fermer, j'ai l'impression.

— C'était l'excitation de la chasse, expliqua Sloane.

— Vous ne deviez pas participer à cette chasse. Vous deviez attendre dans la voiture. Et vous, dis-je en m'adressant au pirate informatique, vous deviez être à votre rendez-vous au tribunal.

— Si je vais au tribunal, on me jettera en prison.

— Ben oui. C'est ce qui arrive quand on commet un délit.

— Ma mère va me tuer.

— C'était tellement impressionnant comment tu l'as taclé, intervint Sloane. Tu pourras m'apprendre à le faire ?

— Non, dis-je sèchement.

Je poussai Melvin sur la banquette arrière.

— Restez là.

Je me tournai vers mes amies, qui ne semblaient pas assez désolées à mon goût.

— C'est un travail dangereux. Vous n'êtes pas entraînées pour faire face à ces situations. Alors quand je vous dis de rester dans la voiture, *vous restez dans la voiture*.

— Les amis ne se laissent pas seuls face au danger, rétorqua Naomi, sérieusement. Quand Waylay et moi, on s'est fait enlever, Sloane et toi, vous êtes venues. Sloane et moi, on est aussi venues pour toi.

— La différence, c'est que je n'étais pas enlevée, Naomi. Je faisais mon boulot. Enfin, celui de Lewis. Mais j'ai été formée pour ça. J'ai de l'expérience dans ces situations. Contrairement à vous.

— Tu veux même pas savoir comment on l'a distrait ? demanda Sloane, boudeuse.

— On lui a jeté dessus un sac avec du caca de chien que j'avais trouvé sur le trottoir, se vanta Naomi.

Ça expliquait l'odeur. Il faudrait vraiment que je fasse nettoyer ma voiture en profondeur.

— Et j'ai hurlé et je lui ai montré mes seins, annonça Sloane, fièrement.

Si ça avait été deux autres civiles, j'aurais été impressionnée. Mais je ne pouvais penser qu'au fait que Naomi et Sloane s'étaient mises en danger volontairement pour moi. Et que je devais maintenant passer un coup de fil que je ne voulais vraiment pas passer.

— Je dois téléphoner à quelqu'un, dis-je en soupirant. Restez ici et gardez l'œil sur Melvin. Ne montez pas dans la voiture. Ne vous éloignez pas. Ne vous liez pas d'amitié avec un tueur en série qui traîne dans le quartier.

— Elle est fâchée parce qu'elle n'a pas eu de tarte au pécan, c'est tout, murmura Sloane à Naomi, pendant que je composais le numéro.

Knox décrocha à la première sonnerie.

— Qu'est-ce qui ne va pas ? Pourquoi Stef ne me tient pas au courant et pourquoi ma fiancée ne répond pas à mes messages ?

— Tout va bien. Stef a dû partir tôt et Naomi…

Je tournai la tête vers Naomi et Sloane qui se prenaient en photo.

— Elle te répond pas, parce qu'elle est trop occupée à choisir des filtres sur Snapchat.

— Pourquoi tu m'appelles ? On n'est pas fâchés tous les deux ?

— Je ne suis pas sûre. J'ai du mal à suivre.

— Bon, on n'a qu'à dire que c'est terminé, on n'est plus fâchés.

C'est pour ça que j'aimais avoir des amis hommes. C'était tellement plus simple.

— D'accord. J'ai besoin d'un service. Deux en fait. J'ai besoin que tu gardes ton sang-froid, et que tu viennes chercher deux femmes ivres.

— Et ta voiture, qu'est-ce qu'elle a ?

— Elle est occupée par un criminel ligoté en ce moment même.

— Putain.

* * *

— Si vous me laissez partir, je piraterai les finances publiques et vous n'aurez plus jamais à payer d'impôts de votre vie, proposa Melvin depuis le siège arrière.

— Ne parlez pas.

J'avais baissé les vitres pour l'odeur de caca de chien et le vent nous frappait de tous les côtés.

— Ce barbu tatoué, il semblait prêt à m'arracher les bras. J'ai cru qu'il allait casser la vitre pour m'étrangler.

Comme je l'avais prévu, Knox n'avait pas été ravi. Il était fâché contre moi d'avoir laissé Naomi et Sloane me convaincre de les emmener avec moi, mais aussi contre Naomi et Sloane pour s'être mises en danger délibérément et enfin contre Melvin pour m'avoir amochée.

Je ne m'étais pas encore examinée dans le miroir, mais à voir la tête de Knox, et à croire la douleur lancinante sous mon œil, ça ne devait pas être fameux.

— C'est son air habituel.

— Il m'a reproché votre œil au beurre noir ? Vous y croyez, vous ? Je ne vous ai pas touchée !

— Votre coude, si.

— C'est votre visage qui a frappé mon coude. Je vais sûrement avoir un bleu.

J'appuyai sur l'accélérateur, espérant que le vrombissement du moteur ferait taire mon passager. Plus vite je bouclerais ce gars, plus vite je me plongerais dans un baquet de glace.

— J'enverrai un docteur dans votre cellule, lui assurai-je.

— Vous m'emmenez où ?

— Au commissariat de Knockemout.

Ce n'était pas idéal, mais les défauts de comparution devaient être livrés à la police et celui de Knockemout était le plus proche. J'avais aussi pu les appeler pour les prévenir que j'arrivais… et m'assurer que Nash n'était pas de service ce soir.

La dernière chose qu'il me fallait, c'était croiser cet homme-là.

— On peut pas au moins écouter un peu de musique ? grommela Melvin.

— Vous pouvez.

J'allumai ma radio et pris la sortie pour Knockemout.

On n'était plus qu'à quelques kilomètres de la ville, quand des lumières rouges et bleues scintillèrent dans mon rétroviseur.

Je baissai les yeux vers le compteur de vitesse et grimaçai.

— Ah ah ! Cassée.

— La ferme, Melvin.

Je me rangeai sur le bas-côté, allumai mes feux de détresse et sortis mon permis en attendant l'officier.

Quand Nash Morgan projeta sa torche dans mon visage, je me dis que ce n'était pas ma soirée.

– 25 –

Amende pour excès de vitesse

Nash

— Sors de la voiture.

— Tu n'étais pas supposé être de service, ce soir, grommela-t-elle en agrippant son volant.

— Sors de la voiture Angelina, répétai-je entre mes dents.

— À l'aide, cette femme m'a kidnappé !

— La ferme, Melvin.

J'ouvris la portière.

— Ne me fais pas attendre, Angel.

Elle défit sa ceinture de sécurité et descendit de la voiture. Je savais que je ne pouvais pas me faire confiance si près d'elle. Mais c'était déjà la conclusion que j'avais tirée quand Grave m'avait appelé pour me raconter.

Je savais que ça finirait comme ça.

— Tu vas reculer, ou est-ce que tu as l'intention de me coller comme ça toute la nuit ? siffla-t-elle, s'assurant qu'elle ne me touchait pas.

Ça me rendait dingue.

Son jean était déchiré sur un genou. Elle avait de la saleté sur son pull et sa veste. Et j'étais sûr de l'avoir vue boiter en sortant de la voiture. Mais c'est son visage qui fit monter ma pression artérielle.

— C'est lui qui a fait ça ? demandai-je en lui attrapant le menton pour lui tourner la tête et avoir une meilleure vue de son œil.

Je bouillais. La colère menaçait d'exploser à tout moment.

Elle leva le bras et me prit le poignet qui lui tenait le visage. Mais je ne la lâchai pas.

— La seule chose dont il est coupable, en plus d'être entré dans les bases de données de l'État, c'est d'avoir des coudes pointus.

— Pourquoi tu amènes au poste un défaut de comparution ?

— Saute la partie où tu fais semblant que t'en as quelque chose à faire pour que je puisse repartir, OK ? J'ai eu une longue journée.

— Ne l'écoutez pas ! Je n'ai pas refusé de comparaître ! Je marchais tranquillement dans la rue quand elle m'a taclé et menacé.

— La ferme, Melvin.

Je la fis avancer vers le coffre de sa voiture pour l'examiner dans les phares de mon véhicule.

— T'es blessée ailleurs ?

L'hématome sur sa joue était affreux et gonflé. Je détestais la voir ainsi.

Elle dégagea mes mains.

— C'est ce qu'on fait maintenant dans la sécurité routière ?

L'avoir si près de moi court-circuitait mes neurones.

La colère qui grondait dans ma gorge voulait se libérer et inonder le monde. Je n'avais plus froid à présent. Je n'étais plus vide. J'étais un volcan prêt à jaillir.

— C'était un accident, dit Lina sur un ton calme, presque agacé.

Sa voix était un poison dans mes veines.

— Tu as dit que tu cherchais des biens volés, pas des gens.

— C'est vrai. Donc avant que tu me traites de nouveau de menteuse : un collègue m'a appelée pour que je lui rende service. Même si ça te regarde pas.

Elle n'arrêtait pas de dire des choses comme ça. Des choses techniquement vraies.

Mais même si j'étais en colère contre elle et que j'avais insisté pour qu'elle sorte de ma vie, il fallait que je sache qu'elle allait bien. J'avais besoin de savoir ce qui s'était passé. J'avais besoin de m'en mêler. C'était abusif, mais je ne pouvais pas m'en empêcher.

Ce qui lui arrivait me regardait encore. Et ce n'était que le début. J'acceptais la vérité, parce que je n'avais pas d'autre choix.

— Qui a appelé pour demander un service ? Qui t'a demandé de faire ça ?

— Bon sang, Nash, détends-toi. Aucune loi n'a été enfreinte et ta future belle-sœur et son amie vont bien. Elles ont juste trop bu. Knox est venu les chercher et les a ramenées chez elles.

— Je vois ça.

Que mon frère ait jugé raisonnable de la laisser seule dans une voiture avec un criminel était un autre sujet. Qui se réglerait sans doute avec les poings.

Putain.

Les émotions qu'elle éveillait en moi étaient dangereuses. Il n'existait plus, le gardien de la paix posé. Il n'existait plus, l'homme à la coquille vide. À sa place il y avait un dragon qui crachait le feu et voulait tout détruire.

Je me demandai si c'était ainsi que se sentait Knox parfois.

Je lui pris de nouveau le menton, tournant sa tête pour pouvoir examiner la blessure. La toucher, même comme ça, alluma quelque chose en moi.

— Il te faut de la glace.

— J'irais me la procurer plus vite si tu ne me retenais pas. Et arrête de me toucher.

Je poussai un soupir contrarié.

— Fais-le sortir de la voiture.

— Quoi ?

— Fais-le sortir de la voiture, répétai-je plus lentement.

— Oh non, pas question. J'amène ce crétin au poste et je prends un reçu. Ensuite, il sera à toi.

— Je ne veux pas que tu le transportes.

Une vague de possessivité emporta toute pensée rationnelle. Je la voulais à l'abri, tout près de moi.

— Je me fiche de ce que tu veux.

— Moi je m'en fiche pas assez pour deux. Fais sortir ce crétin de ta voiture.

— Non, dit-elle, les bras croisés.

— D'accord.

Je reculai pour faire le tour de sa voiture.

— Je le ferai moi-même.

Elle m'attrapa par le bras et je me délectai de ce contact.

— Tu fais un autre pas vers mon défaut de comparution et je…

— Tu *quoi* ? la défiai-je quand elle ne sut comment finir sa phrase.

Je voulais la repousser. J'étais pris entre colère et désir.

— Qu'est-ce que tu fais ? demanda-t-elle, en passant une main dans ses cheveux.

— Si je savais, mon cœur.

Mais je savais très bien. Elle pouvait me mentir, elle pouvait se mettre en danger, elle pouvait m'éviter ou me détester, je ne pourrais toujours pas la laisser seule. Je n'en avais pas fini avec elle.

Je me détestais d'avoir tellement envie d'elle.

— Je ne t'appartiens pas. Je n'ai pas enfreint de loi. La seule chose que je risquais, c'est de me faire mal à l'ego en arrêtant cet imbécile. Alors à moins que tu veuilles abuser de ton autorité, je te conseille de me laisser faire mon travail.

— Je n'ai pas envie de m'inquiéter pour toi, tu sais.

— Pauvre Nash. Tu es obligé de jouer le héros, c'est ça ?

Je la collai contre la voiture avec mes hanches. Ses pupilles se dilatèrent. Mais ses mains m'agrippèrent la chemise.

— Tu joues un jeu dangereux, mon ange.

— Selon moi, tu es le seul qui risque d'avoir mal.

Sur le bord de la route, je coinçais une femme en colère contre une voiture de course. Mon cœur battait la chamade. Elle n'était pas le choix de la sécurité, le choix intelligent. Mais pour une raison qui m'était inconnue, mon corps pensait que cette femme qui vivait en marge de la légalité était le bon choix.

Je lui entourai le visage de ma main et caressai sa mâchoire avec mon pouce. La lumière dans ses yeux se transforma, de la colère, elle passa à quelque chose de tout aussi dangereux. Je vibrais de désir. Je ne pouvais pas me faire confiance, si près d'elle.

Mais juste quand je trouvai la force de reculer, elle mordit mon pouce.

La douleur descendit jusqu'à mon entrejambe.

Je sentais les battements de son cœur contre ma poitrine.

On bougea au même moment. Je me baissai, juste au moment où elle se redressait.

Ça. Maintenant. Elle.

Mon sang en réclamait plus. Toutes les peurs que j'avais ressenties s'évaporaient. J'avais besoin de la faire mienne, de lui prouver qu'elle n'était qu'à moi. Glissant mes mains sous ses genoux, j'écartai ses jambes jusqu'à ce que mon érection se glisse entre ses cuisses. Même tout habillés, sentir son corps m'accueillir était presque trop bon.

— Il faut…

— Je n'ai pas envie d'avoir besoin de toi, mais je ne peux pas m'en empêcher, dis-je en enfouissant mon visage dans la volupté de son cou.

— Bon sang, Nash. Il faut que tu me laisses respirer là. Tu vas vraiment pas bien.

Je me figeai contre elle, mais ne reculai pas. Je ne pouvais pas. Le pouls sur sa nuque battait juste sous mes lèvres.

— Nash, s'il te plaît, recule et laisse-moi respirer.

Le « s'il te plaît » me fit obéir. Je lui aurais tout donné si elle me le demandait.

Avec un juron, je reculai, la laissant glisser au sol.

— Je ne vais pas jouer ton soutien émotionnel, et encore moins quand tu me détestes.

— Angel.

— On a déjà prouvé qu'on ne pouvait pas se faire confiance. Et encore moins quand on est proches l'un de l'autre.

— Je sais pas combien de temps encore je pourrai résister, avouai-je.

— Fais plus d'efforts.

— J'en fais. Je suis furieux contre toi. Tu as trahi ma confiance.

— Oh je t'en prie. J'ai été plus honnête avec toi qu'avec n'importe qui. Tu refuses juste de voir qu'il existe tout un monde au-delà du blanc et du noir.

— Comme je te l'ai dit, je suis furieux contre toi, et pourtant, tout ce que j'ai dans la tête, c'est l'envie de me mettre à genoux et d'enfouir ma tête entre...

Elle me mit une main sur la bouche.

— Ne finis pas cette phrase. On est dangereux l'un pour l'autre. Je n'arrive pas à garder mes idées claires quand tu me touches. On est la pire décision qu'on pourrait faire. Et si c'est moi qui le dis, crois-moi que ça veut dire quelque chose.

Mais pour une fois dans ma vie, je ne me préoccupais pas des conséquences. Je n'anticipais pas. Tout ce que je savais, c'est que j'avais envie d'elle. Même si elle m'avait menti, même si elle m'avait blessé, même si elle se disputait avec moi à propos de tous les sujets possibles.

J'avais envie d'Angelina Solavita.

— Excusez-moi ? Je sais que vous êtes en pleine dispute, mais j'ai vraiment besoin de pisser.

— La ferme, Melvin.

* * *

Je suivis la Charger rouge cerise jusqu'au poste, sans lui laisser un millimètre pour respirer. Quand on arriva, j'étais dehors, devant la portière de sa voiture avant même qu'elle ait coupé le contact.

— Recule, beau gosse, m'avertit Lina.

Mais je tirai déjà le criminel de la banquette arrière.

— Viens, salopard.

— Pourquoi des insultes ? demanda-t-il.

— Pourquoi les bleus sur son visage ? dis-je en le tournant vers Lina.

La voir blessée libérait quelque chose d'affreux chez moi. Quelque chose qui voulait faire fi de toutes les lois. Quelque chose qui voulait la garder près de moi pour que personne d'autre ne s'en approche.

— Je vous l'ai dit, c'est elle qui m'a taclé après que la brunette m'a frappé avec une crotte de chien et que la blonde m'a montré ses seins. C'est pas ma faute si elle s'est fait mal.

Je décochai un regard à Lina qui haussa les épaules.

— Naomi et Sloane, dit-elle en guise d'explication.

— Écoutez, j'ai vraiment faim, gémit Melvin. Je me suis enfui de chez mon cousin juste avant le dîner. Vous pensez que je peux commander des nuggets ou peut-être des frites ? Pour me déstresser, vous voyez.

Bon sang, est-ce que sa maman lui coupait encore la croûte de son pain ?

— Si tu présentes tes excuses à la dame pour l'avoir agressée, je te donne à manger.

— Je suis désolé que votre visage ait rencontré mon coude, Lina. Sincèrement. Ma mère me flanquerait une belle fessée si je faisais du mal à une femme.

— Excuses acceptées, dit Lina avant de se tourner vers moi. Maintenant donne-moi un récépissé.

— Allons-y, lançai-je en poussant Melvin devant moi.

— Bon sang, beauté, qu'est-ce qui vous est arrivé ? demanda Grave quand on entra dans l'open space.

— Coude pointu.

— Je les tiens de mon père. Toutes ses articulations sont osseuses et pointues, expliqua Melvin. Et donc pour les nuggets…

Je poussai Melvin vers Grave avant d'être tenté de lui mettre un de mes coudes dans l'œil.

— Rends-moi service, occupe-toi de lui, je m'occupe de la paperasse.

Lina semblait furieuse.

— Je dois passer un coup de fil, annonça-t-elle en partant dans le couloir.

— Elle boite on dirait, remarqua Grave, comme si je ne l'avais pas déjà remarqué.

Quand elle revint, en cachant du mieux qu'elle pouvait qu'elle boitait, j'avais rempli les formulaires.

— C'est pour Murtaugh, dis-je en lui passant un papier. Et ça, c'est pour toi.

Elle prit le deuxième formulaire et me décocha un regard noir.

— Une contravention ? Tu plaisantes ?

— Tu dépassais de loin la limite de vitesse, lui rappelai-je.

— Tu... tu...

— Tu as deux semaines pour la payer ou pour contester. À ta place, je paierais sans faire d'histoire. Vu que c'est moi qui t'ai arrêtée et que je peux bien prendre une journée pour assister à un procès.

Elle inspira profondément, mais comme ça n'eut pas l'air de la calmer, elle inspira encore. La fureur irradiait d'elle. Elle me montra du doigt, avant de repartir vers la porte.

— Tu es sûr que tu sais ce que tu fais, chef ?

— Aucune idée, Hopper.

* * *

Plutôt que de rentrer chez moi, où je savais que je ne laisserais pas Lina tranquille, je voulus évacuer ma mauvaise humeur en dehors de la ville. Mes pneus soulevèrent un nuage de fumée quand je m'engageai sur la route de terre. Les lumières étaient allumées dans la grande maison, alors je m'arrêtai et sortis de mon véhicule.

Je montai sur la terrasse et frappai à la porte, jusqu'à ce qu'elle s'ouvre.

— Bon Dieu. Qu'est-ce que…

Je ne donnai pas à mon frère la chance de finir sa phrase. Mon poing s'écrasa sur son visage.

— Ça va pas ! gronda-t-il.

Un coup ne me suffit pas. Je me sentis plus heureux qu'un cochon dans la gadoue quand il me percuta l'épaule. On atterrit en bas de la terrasse, sur un tas de feuilles mortes.

Je lui envoyai un coup de genou entre les jambes et me tournai pour monter sur lui.

Il me laissa lui décocher un autre coup au visage avant de répliquer. J'avais dans la bouche un goût de sang, de frustration et de folie.

— C'est quoi ton problème ? demanda-t-il alors que je lui fourrai le visage dans les feuilles.

— Tu l'as laissée seule avec un criminel.

— Imbécile, tu l'as regardé ? Lina l'aurait dévoré pour son petit déjeuner.

— Il lui a fait mal.

Je lui donnai un coup dans les côtes. Mon frère grogna et me fit rouler sous lui avec une prise compliquée.

Il m'attrapa par les cheveux pour me fourrer à son tour la tête dans les feuilles.

— C'est toi qui lui as fait mal, abruti.

Je balançai mon coude derrière moi et l'entendis entrer en contact avec sa mâchoire.

Knox grogna et cracha.

— Si quelqu'un devrait tabasser quelqu'un, c'est bien moi parce que tu lui as embrouillé les idées. C'est mon amie.

— Et je suis ton frère.

— Alors pourquoi on se bat ?

— Qu'est-ce que j'en sais ?

J'étais encore en rogne, impuissant, en manque d'elle, alors que je n'en avais plus aucun droit.

— Knoxy ? chantonna une Naomi encore soûle de quelque part dans la maison.

— Il est dehors et il se bat contre oncle Nash. Ils ont défoncé la rambarde de la terrasse, rapporta Waylay.

— Super. Maintenant, tu m'as mis dans le pétrin, se lamenta-t-il.

On se tourna tous les deux sur le dos. Les étoiles brillaient dans un ciel d'encre.

— Tu l'as laissée seule, répétai-je.

— Elle peut se débrouiller seule.

— Ce qui veut pas dire qu'elle doit le faire.

— Écoute, mec, qu'est-ce que tu veux que je te dise ? Elle avait besoin que j'emmène Margo et Sloane qui étaient soûles comme jamais. J'ai dû me farcir un duo de karaoké dans ma voiture pendant tout le trajet.

Lina avait fait appel à Knox. Je laissai cette évidence faire son chemin dans ma tête.

Quand elle avait eu des ennuis, elle avait appelé Knox et pas moi. Pour une bonne raison. Je n'étais pas assez débile pour ne pas le voir. Et j'étais là, allongé dans la terre, furieux d'avoir fait en sorte que ce soit à quelqu'un d'autre que Lina s'adresse quand elle avait besoin d'aide.

— Comment t'as tout foiré ? demanda Knox.

— Qu'est-ce qui te fait penser que j'ai tout foiré ?

— T'es ici à rouler dans les feuilles avec moi plutôt qu'avec elle. Qu'est-ce que t'as fait ?

— Qu'est-ce que tu penses que j'ai fait ? Je l'ai conduite au poste et je lui ai filé une contravention pour excès de vitesse.

Knox ne dit rien pendant un long moment.

— T'es plus doué que ça, normalement, avec les femmes.

— Je t'emmerde.

— Si tu veux mon conseil...

— Pourquoi je voudrais tes conseils ? Tu n'as pas réussi à dire à Naomi que tu l'aimais avant qu'elle se fasse enlever par sa sœur et ce connard.

— Je faisais le point, OK ?

— Ouais, moi aussi.

— Mon conseil, c'est répare la situation plus vite que ça, si tu veux avoir ta chance avec elle. Elle faisait ses valises aujourd'hui. Naomi m'a dit que Sloane et elle avaient dû vraiment insister pour qu'elle sorte avec elles.

— Ses valises ?

— Elle a dit qu'elle repartait vivre au motel avant qu'on vienne la remplacer sur le job. Ensuite elle allait rentrer chez elle.

Elle partait ?

Sûrement pas.

Lina n'allait nulle part. Pas avant qu'on règle ça. Pas avant que je comprenne pourquoi je l'avais dans la peau et dans le sang. Pas avant que je trouve un moyen soit de l'éloigner, soit de la garder tout près.

Mais ce n'étaient pas des choses que les Morgan confiaient à voix haute.

Je préférais rester en terrain connu.

— Donc maintenant ça te pose plus de problèmes si je sors avec ton amie ? Bon sang, mec, t'es une girouette.

— Va te faire voir. Selon Naomi, Lina en pince vraiment pour toi. Et apparemment t'as pas encore foutu ça en l'air. À moins que cette contravention ait été la goutte de trop. Et comme t'es là à faire le con pour elle, je me dis qu'il y a peut-être quelque chose à explorer.

Je retirai une feuille de mon visage.

— Lina en pince pour moi ? Qu'est-ce qu'elle a dit ?

— J'en sais rien, répliqua Knox, irrité. Margo et Sloane chantaient ça avec des accents british. Demande-leur une fois qu'elles seront sobres et fous-moi la paix.

On se tut l'espace d'un instant. Deux adultes qui regardent les étoiles, allongés dans un parterre de fleurs en ruines.

— Il paraît que Naomi a jeté de la merde de chien sur le gars que Lina poursuivait et que Sloane lui a montré ses seins.

Knox rit à côté de moi.

— Fini les sorties entre filles pour ces trois-là. La prochaine fois, ce sera avec un chaperon.

— On est d'accord.

On entendit le craquement de la moustiquaire, mais sans voir le seau d'eau froide qui se déversa droit sur nos visages.

On se redressa pour faire face à l'ennemi, mais on ne trouva que Naomi, Waylay et Waylon sur la terrasse qui nous regardaient.

— Plus de bagarre, lança Naomi, majestueuse.

Et elle eut un hoquet.

Waylay éclata de rire et braqua le tuyau sur nous.

– 26 –

Nash qui ?

Lina

Nash Morgan n'existait plus pour moi.

Je me répétais cette phrase comme une incantation alors que je terminais ma série de squats. Je pouvais me concentrer uniquement sur mon sport et pas sur le chef de la police dégoulinant de sueur qui n'avait pas arrêté de me mater depuis qu'il était entré dans la salle de gym.

L'attirance que je ressentais pour lui me stupéfiait en plus de m'exaspérer.

— Plus bas ce popotin, gronda Vernon, me ramenant à ma torture actuelle.

— Toi... même, répliquai-je à bout de souffle, m'apprêtant à exploiter les dernières molécules d'énergie dans mes jambes.

— Donne tout, Solavita, m'encouragea Nolan depuis le banc de musculation.

Nash et lui avaient manifestement trouvé un terrain d'entente et travaillaient ensemble désormais.

Je réussis à soulever mes deux majeurs de la barre et me hissai à la verticale.

Les exclamations de joie de mes partenaires d'âge mûr retentirent à mes oreilles alors que je rangeais la barre sur ses crochets et me pliais en deux pour respirer.

Malheureusement, j'oubliai de fermer les yeux et repérai derrière moi Monsieur qui n'existe plus en train de dévorer mes fesses du regard.

Knox, en nage et grincheux de sa séance de musculation, approcha de son frère. En remarquant ce que Nash reluquait, il lui donna un coup de coude dans le ventre.

Ils avaient tous les deux des traces de bagarre sur le visage, mais j'avais tellement fait une croix sur Nash, que je ne voulais même pas savoir comment ils se les étaient faites.

Enfin presque pas. Je voulais quand même savoir un peu.

Mais je ne leur demanderai pas. Avec Knox, on arrivait à maintenir notre fragile trêve, du moment qu'on ne parlait pas de Nash. Et Nash semblait avoir enfin reçu le message qu'il n'existait pas. Après trois jours à frapper à ma porte en vain et à m'appeler sans que je décroche, il avait arrêté.

C'était mieux ainsi. On ne pouvait pas se faire confiance quand on était proches l'un de l'autre.

Ce n'était pas de la lâcheté de ma part d'organiser mes allées et venues de façon à ne pas le croiser. Ni de marcher sur la pointe des pieds devant sa porte. Pour une fois, je prenais la bonne décision, raisonnable et responsable.

Je me redressai et pris une grande gorgée d'eau, faisant mine de ne rien ressentir du regard de Nash sur moi.

Tout comme je ne tenais aucun compte des vibrations qui montaient en moi de le savoir juste derrière mon mur.

Je tendais pourtant toujours l'oreille quand j'entendais sa douche couler.

Mais j'étais humaine, après tout.

Je m'étais engagée à mener une vie plus saine, et légèrement plus ennuyeuse, mais certainement meilleure pour ma santé mentale. J'avais arrêté la caféine et l'alcool, augmenté la quantité de légumes, et je méditais quatre fois par semaine. Je n'avais pratiquement plus eu d'extrasystoles. Et désormais, plus rien ne m'empêchait de me concentrer sur mon enquête.

J'avais laissé trois messages au numéro de Grim, mais attendais toujours une réponse.

Heureusement, mon équipe de chercheurs avait fait des avancées pour moi. Zelda, la petite génie de l'informatique, avait réussi à identifier les deux hommes de main de Duncan grâce à la description approximative de Tina. Face Tatouée était Stewie Crabb, un repris de justice récidiviste avec un couteau tatoué sous l'œil. Et Brute à Barbichette, Wendell Baker, un gros type blanc au crâne rasé et à la moustache tombante qui rejoignait un bouc. Il n'avait fait de la prison qu'une seule fois pour agression.

Les deux travaillaient pour Anthony Hugo depuis qu'ils étaient adolescents parce qu'ils étaient amis avec Duncan. Il manquait encore Téléphone Prépayé, mais j'en avais au moins déjà deux sur trois.

J'avais abandonné mes recherches de propriétés pour favoriser la surveillance. Malheureusement, garder un œil sur deux criminels qui se pensaient sûrement suivis par les fédéraux se résumait à attendre dans ma voiture, sur le parking d'un club de strip tease.

— Bien joué, me félicita Stef.

Son tee-shirt était trempé de sueur et ses cheveux noirs remontés en crête sur son crâne.

— Merci, dis-je entre deux gorgées d'eau. J'attends toujours que ça devienne plus facile, mais chaque fois ça me paraît aussi insurmontable.

Stef acquiesça par un grognement.

— Alors tu vas me dire comment s'est passé ton dîner dimanche soir, après que tu m'as abandonnée avec les sœurs torchées ?

Il ferma les yeux et s'arrosa avec sa bouteille d'eau, mais je le vis tout de même sourire.

— C'était… bien.

— Bien ?

— Sympa.

Son sourire s'élargit malgré ses efforts pour le contenir.

— Je n'ai pas passé un mauvais moment.

Je lui donnai un coup de coude.

— Il te plaît. Tu veux continuer à sortir avec lui.

— Fais pas ta gamine.

— Est-ce que la soirée s'est conclue avec un baiser ?

— Il a posé une main en bas de mon dos quand on marchait vers le restaurant.

— Waouh, c'est chaud.

— Tellement chaud, confirma Stef avant de boire une gorgée.

Son sourire ne s'effaçait pas.

— Tu vas le revoir ?

— Peut-être.

— Alors cette petite séance thérapeutique au bar a marché pour toi, on dirait.

Stef contempla le chef de la police.

— Je me suis dit que l'un de nous devait prendre les choses en main et faire le grand saut.

— Excuse-moi, *crétin*. Ce type m'a arrêtée, hurlé dessus comme si j'étais sa chose et m'a refilé une contravention alors que je faisais mon travail.

— Je parie que tu avais dépassé la limite de vitesse.

— C'est pas le problème.

Stef jeta un autre coup d'œil à Nash avant de me dévisager. Il sourit.

— Que tu le veuilles ou non, il y a quelque chose de volcanique entre vous. Et j'ai trop hâte de voir lequel de vous deux explosera en premier.

— Tu as eu un seul rancard. Tu n'as pas le droit de prendre avec moi ce ton suffisant du gars qui assure.

— Deux rancards. On a déjeuné ensemble hier. J'adorerais rester ici à te regarder faire semblant que tu ne meurs pas d'envie de baiser avec Nash Morgan, mais j'ai un rendez-vous avec Jer pour boire un café. Ne lutte pas trop longtemps, tu pourrais rater quelque chose de sensass.

— Va te faire voir, œil en cœur.

Il me laissa bouder sur place.

— Eh, BFFF ! m'appela Mme Tweedy, une serviette autour du cou. Ça va mieux ton visage.

— Merci, dis-je sèchement.

Mon œil au beurre noir devenait vaguement jaune. Dans quelques jours, je n'aurais plus besoin de le couvrir de poudre.

— Tu m'emmènes faire mes provisions aujourd'hui, annonça-t-elle.

— Ah oui ?

— Oui ! Sois prête à dix heures.

Elle retira sa serviette de ses épaules pour me frapper les fesses avec.

En me frottant la zone endolorie, je rassemblai mes affaires. Ça tombait bien que les méchants ne se lèvent pas avant midi.

— Lina, m'appela Nolan avec un petit mouvement de la tête pour que j'approche.

J'évitai Nash et rejoignis Nolan devant le miroir.

— Qu'est-ce qu'il y a ?

Nash passa derrière moi pour accrocher ses haltères et je sentis l'inconfort de sa proximité.

Nos regards se croisèrent dans le miroir et je détournai aussitôt la tête, refusant de voir ce que cachaient ses yeux bleus troublés.

— Tu veux prendre un verre ce soir, une fois que j'aurai mis le grand garçon au lit ? demanda-t-il en montrant Nash.

— Ça dépend.

— De quoi ?

— De si un verre c'est vraiment seulement un verre, vu que tu viens d'inviter mon amie à dîner.

— Je cherche pas à baiser avec toi, Solavita, dit-il en levant les yeux au ciel.

Un verre avec un ami mâle était le seul genre d'interaction sociale que je pouvais affronter. Ça signifiait qu'on ne parlerait pas de sentiments. Ni d'aucune tension sexuelle. Et que je n'aurais pas de copines soûles à baby-sitter.

— On se voit ce soir.

— C'est la fête ! plaisanta-t-il.

— Imbécile, répliquai-je affectueusement.

Et soudain, la température chuta de vingt degrés. Ce n'était pas un problème avec la clim. C'était à cause de la présence de Nash à côté de moi. On ne se regardait pas, on ne se touchait pas, mais mon cerveau lançait des alertes comme si je venais d'entrer dans l'enclos des gorilles.

— T'es là pour draguer, aujourd'hui ? demanda-t-il à Nolan.

— Écoute, mec, t'as pas à te fâcher comme ça parce que je t'ai battu aux pompes.

J'avais mieux à faire que d'écouter deux machos se disputer. Comme par exemple, emmener ma voisine septuagénaire body-buildeuse au supermarché.

— À plus tard, lançai-je à Nolan sans tenir compte de Nash.

Je partis vers la fontaine, où je sentis de nouveau Nash dans mon dos.

— Tu pourras pas m'ignorer pour toujours, dit-il en se plaçant devant moi.

Je me figeai pour ne pas lui rentrer dedans. Je ne pouvais pas me permettre les fantasmes qu'une collision avec son tee-shirt imbibé de sueur occasionnerait.

— Je n'en aurai pas besoin, répliquai-je. Une fois mon enquête terminée, on ne se reverra plus jamais.

— Et le mariage.

Merde, le mariage.

— Je ne peux parler que pour moi. Et je suis une adulte. Ce n'est pas parce que j'ai envie de te frapper chaque fois que je te vois que je ne peux pas me contenir pour un jour.

Il montra les crocs.

— Tu me pousses à bout.

— Et toi, tu m'exaspères.

On se regarda pendant trente bonnes secondes avant que je reprenne la parole.

— Qu'est-ce qui est arrivé à ton visage ?

— Il a rencontré mes poings. Plusieurs fois, expliqua Knox qui allait à la fontaine.

— Sérieusement ? Quand est-ce que vous allez grandir et arrêter ça ?

— Jamais, dirent-ils tous les deux.

J'ignorais lequel des deux entre Nash et moi s'était rapproché de l'autre, mais on était désormais presque collés. J'étais assez près pour passer ma main sur son torse dégoulinant, ce que j'aurais dû trouver dégoûtant, mais bien sûr, ce n'était pas le cas. Je commençais à me dire que je débloquais complètement.

— Il faut qu'on parle, lança Nash, son regard me brûlant la peau.

— Désolée, chef, je n'ai plus rien à dire. Faudra que tu trouves quelqu'un d'autre contre qui être furieux.

— Bon sang, Angelina !

Je l'entendis clairement grogner. Et une main sur le ventre, il me repoussa dans le studio vide et sombre. Une odeur de transpiration et de désinfectant planait dans l'air.

— Qu'est-ce que tu fais ? criai-je, alors qu'il refermait la porte derrière lui.

Il y avait des armes ici : des haltères de cinq livres et des balles d'exercice. On pouvait se jeter tout ça au visage.

— Arrête de m'ignorer, ordonna-t-il.

Je ne sais pas à quoi je m'étais attendu, mais certainement pas à ça. Je ne pourrais pas résister longtemps à prendre un haltère.

La colère brûlait sous ma peau.

— Je peux soit t'ignorer soit t'engueuler. Tu préfères quelle option ? Laisse-moi te dire, chef, que j'adorerais que tu choisisses la deuxième.

— Qu'est-ce que je suis censé faire, putain ? demanda-t-il. Tu as profité de moi, du fait que je te faisais confiance, tu m'as trahi et je devrais bien le prendre ?

Cette fois, ce fut moi qui réduisis la distance entre nous.

— Tu entends un peu ce que tu dis ? J'ai profité de toi ? Je t'ai trahi ? On se connaît à peine. Sûrement pas assez pour que je fasse l'un ou l'autre. Je suis navrée de le dire, mais tu n'es pas assez bête pour laisser quelqu'un que tu connais à peine profiter de toi. Tu avais tout ce passif que tu étais trop soulagé de me livrer. Et devine quoi ? Alors que je me suis montrée plus franche avec toi qu'avec n'importe qui dans toute ma vie, tu m'as fait le regretter aussitôt.

Je le repoussai en claquant ma main sur son torse couvert de sueur. Il ne recula pas d'un pouce. Mais sa main se referma sur mon poignet et il m'attira à lui.

C'était un mur de chaleur, de muscles et de colère. Ma propre fureur se mêla à la sienne et tout mon être fondit.

— Je déteste cette envie que j'ai encore d'être tout près de toi, dit-il d'une voix grave enragée.

Malgré son agressivité détestable, j'avais du mal à ne pas être troublée d'entendre ça.

— Et je déteste de m'être confiée à toi.

C'était la pure vérité. Je ne supportais pas d'avoir partagé avec lui un pan de ma vie. Maintenant il connaissait des détails que je n'avais dits à personne depuis un long moment. Et je détestais moi aussi cette envie qu'il me touche, malgré toute ma colère. C'était comme ma coloc à l'université qui était intolérante au lactose et avait une relation toxique avec son cheescake.

On était tous les deux haletants. On respirait le même air, la même fureur. La musique et la cacophonie de la salle de gym semblaient à des années-lumière.

Je voulais le frapper, l'embrasser, mordre sa lèvre jusqu'à ce qu'il perde le contrôle.

Il baissa la tête et s'arrêta tout près de ma bouche, son nez frôlant ma joue.

Ses mains agrippèrent mes biceps et glissèrent jusqu'à mes poignets. Encore cet élan de possession macho.

— Alors pourquoi c'est si bon de te toucher ? demanda-t-il d'une voix éraillée.

Je faillis fondre contre lui. Je faillis jeter tous mes principes à la poubelle pour lui sauter dessus. Je ne comprenais pas mieux que lui ce qui nous arrivait. Quelque chose de pourri dans mon ADN faisait que le contact de sa peau sonnait juste.

Mon cœur tambourinait dans ma poitrine. Se battre ou se sauver. Je choisis de me battre. Je voulais me laisser aller à la rage qui grondait en moi, je voulais voir ce qui se passait si on explosait ensemble.

Mais ce n'était plus qui j'avais envie d'être.

Mon corps avait beau réclamer l'homme que j'avais devant moi, ma tête me disait le contraire.

— Reste loin de moi, Nash, dis-je d'une voix glaciale.

— J'ai essayé.

Son aveu me fit l'effet d'une caresse interdite.

— Essaie plus fort.

Je me libérai les mains. Dans un élan de mépris qui me fit un bien fou, je le frappai avec mon épaule en passant vers la porte.

* * *

— Je n'ai pas pu m'empêcher de remarquer que Nash et toi avez partagé quelques nuits ensemble, remarqua Mme Tweedy en posant une bouteille de vin dans son caddie à côté du thon et des donuts pratiquement arrivés à leur date de péremption.

On peut en apprendre beaucoup sur une personne par sa liste de courses. Dans le cas de Mme Tweedy, ce qui ressortait c'était le chaos.

— Vous voyez beaucoup de choses par votre judas, répliquai-je.

Je bouillais encore de mon altercation avec Nash. Et même passer cinq minutes à farfouiller dans les réfrigérateurs ne m'avait pas refroidie.

— Ne fais pas l'innocente. Je suis déjà bien investie dans vos affaires. Dès que vous êtes à côté l'un de l'autre, on a l'impression que la pièce va exploser. D'une façon sexy.

Elle ajouta un pack de six bières.

— Oui, eh bien, on ne devrait pas s'approcher.

On ne pouvait pas rester l'un à côté de l'autre sans perdre le contrôle.

L'attirance que je ressentais pour Nash était comme un champ gravitationnel. Inévitable. Elle avait le pouvoir d'effacer toutes les bonnes raisons pour lesquelles je ferais mieux de l'éviter. La première étant qu'il était un connard autoritaire possessif et émotionnellement ravagé.

— Qu'est-ce qu'il y a à ne pas aimer chez lui ? Il a la tête sur les épaules, il tire comme un cow-boy, il sauve des chiens et il a un cul parfait dans son uniforme. Ma copine, Gladys, laisse tomber son sac chaque fois qu'elle le croise, juste pour qu'il se baisse.

— Il voit aussi tout en noir et blanc, pense avoir le droit de me dire ce que je dois faire et me malmène.

— Je sais que ce n'est pas politiquement correct, mais se faire un peu malmener peut parfois faire du bien, dit-elle avec un air coquin.

C'est vrai, je ne détestais pas non plus. Si quelqu'un d'autre que Nash m'avait entraînée dans ce studio de gym, il serait à l'hôpital en ce moment même. Mais je n'avais pas envie de penser à ça. Je pris plutôt un bocal de beurre de cacahouètes pour le mettre dans le caddie.

— Et il est tellement taciturne en ce moment. Comme s'il avait un nuage de tempête constamment dans la tête et qu'il manquait de soleil.

— Il peut trouver sa vitamine D ailleurs.

Et moi aussi, répliquai-je dans ma tête, fière de mes reparties intérieures.

— Deux personnes qui s'attirent aussi fort ne peuvent pas se tromper, m'assura Mme Tweedy. C'est la loi de la nature.

— Cette fois-ci, la nature a fait une erreur, dis-je en prenant une bouteille d'eau pétillante.

Mme Tweedy secoua la tête.

— Tu ne regardes pas la situation comme il faut. Parfois le corps reconnaît ce que la tête et le cœur sont trop bêtes pour voir. Ce qui se passe entre vous, c'est ça le vrai. Le corps ne ment pas. Hum. Je devrais peut-être même mettre ça sur un autocollant pour mon pare-chocs.

— Je préfère me fier à ma tête plutôt qu'à mon corps.

Surtout que mon corps semblait réglé sur le mode autodestruction. Je n'avais jamais été autant attirée par un homme aussi énervant.

C'était déstabilisant, frustrant et à la limite du sadomaso. Encore une preuve que je devais changer mes habitudes. C'était le message que m'envoyait l'univers et pas *Tiens, un mec sexy, déshabille-toi avec lui et tout finira par s'arranger*.

Mme Tweedy lâcha un rire gras.

— Si j'avais ton corps, j'écouterais tout ce qu'il a à me dire.

— Votre corps dépasse de loin le mien, je vous rappelle la séance de musculation qu'on vient de traverser.

Elle fit gonfler ses cheveux alors qu'on arrivait dans le rayon des céréales.

— Je suis pas mal pour mon âge.

Un homme poussait un chariot dans notre direction.

La trentaine, les cheveux courts et noirs, il était bien fichu.

— Ne faites pas ça, murmurai-je.

Trop tard. Mme Tweedy s'arrêta devant les céréales au chamallow et se hissa sur la pointe des pieds pour attraper un carton. J'aurais facilement pu l'atteindre.

— Excusez-moi, jeune homme, vous voulez bien me donner les céréales tout en haut ? demanda-t-elle en battant des cils.

Je fis mine de me passionner pour le manque de valeur nutritionnelle d'un autre type de céréales.

— Pas de problème, madame.

— C'est tellement gentil de votre part. Tu ne le trouves pas charmant, Lina ?

— Très, acquiesçai-je entre mes dents.

L'homme s'empara du carton et m'adressa un sourire entendu.

Il avait au moins trente centimètres de plus que Mme Tweedy. De près, on aurait dit un comptable qui va souvent à la gym. Son caddie prouvait qu'il prenait son alimentation très à cœur. Il avait du poulet rôti, tous les ingrédients pour des salades, des boissons protéinées et… un gros sachet de bonbons. Personne n'est parfait.

— Vous êtes marié ? demanda Mme Tweedy.

— Non, madame.

— Quelle coïncidence. Ma voisine, Lina, non plus, dit-elle en me poussant vers lui.

— C'est bon, madame Tweedy, laissons le grand jeune homme tranquille.

— Rabat-joie, grommela-t-elle.

— Désolée, dessinai-je sur mes lèvres en entraînant ma voisine dans l'allée avec son caddie.

— Ça m'arrive tout le temps, plaisanta-t-il.

— Ta libido a un problème, non ? demanda Mme Tweedy sans doute pas encore assez loin du comptable.

Je me rappelai alors mon réveil dans le lit de Nash avec son érection entre mes cuisses.

— C'est certain. Allez, venez. Je dois mettre ma tête dans le congélateur, maintenant.

– 27 –

Serpents

Nash

— Je vais mettre cette maison à feu et à sang ! hurla la maire Hilly Swanson pendant que je vidais son placard à manteaux de ses bottes et de son matériel de jardinage.

— Vous ne devriez pas dire ça devant des représentants de l'ordre, dis-je en secouant une botte de randonnée et en la jetant sur le côté.

Elle s'était perchée sur un tabouret dans son entrée et se tordait les mains.

L'officier Troy Winslow se tenait contre la porte, avec dans la main le fusil qu'on avait pris à la maire à notre arrivée. Il semblait prêt à déguerpir.

— Je devrais intenter un procès contre cette agente immobilière. Si elle avait parlé de « migration de serpents » pendant la vente, j'aurais refusé illico ! se plaignit Hilly.

Elle vivait dans cette maison depuis vingt ans et la police de Knockemout accomplissait ce rituel deux fois par an. Au printemps, les serpents sortaient des falaises calcaires pour passer l'été dans des marécages à côté du parc national. Et à l'automne, ils retournaient dans leurs falaises pour se protéger pendant le long hiver.

La maison de Hilly Swanson était en plein sur leur trajet migratoire. Et même si elle avait dépensé une petite fortune pour isoler sa maison, il y en avait toujours un ou deux qui se frayait un chemin à l'intérieur.

Je virai le meuble à chaussures désormais vide pour regarder derrière.

— C'est comme attendre que le diable sorte de sa boîte, non ? demanda Winslow. Vous savez qu'il va arriver, mais vous n'êtes jamais prêt.

Winslow n'était pas à l'aise avec les serpents. Il n'avait pas de problème pour chasser les ours, mais tout ce qui rampait, il ne s'en approchait pas.

Moi, d'un autre côté, j'avais grandi au bord du ruisseau dans les bois, ce qui m'avait donné une sacrée expérience en la matière.

— J'avais dit à Mickey de ne pas laisser la porte ouverte quand il déchargeait les provisions. Mais il a dit que j'étais folle. Et ensuite il est parti au golf et c'est moi qui dois supporter les conséquences. Si j'étais plus courageuse, et pas sur le point de me faire pipi dessus, je lui aurais mis ce serpent de son côté du lit pour lui apprendre une leçon.

Je tendis la main vers la ceinture dans le coin et me rendis compte qu'elle bougeait.

— Je t'ai !

— Oh mon Dieu ! Je vais tuer Mickey !

Je dirigeai le faisceau de ma torche sur le reptile et me dépêchai de l'attraper juste derrière la tête. Il était froid et lisse sous ma main.

— C'est presque un bébé, dis-je en enfouissant la bête dans la taie d'oreiller que j'avais toujours dans mon coffre pour ces occasions.

Je sortis du placard et me relevai.

Hilly se ratatina.

— Dieu, aie pitié !

Winslow semblait décidé à se sauver par la porte fermée.

— On en a fini, dis-je en brandissant la taie qui gigotait dans ma main.

— Merci, merci, merci ! chantonna Hilly.

Elle nous suivit sur la terrasse de devant, en se tordant toujours les mains.

— Vous avez une seconde pour parler d'un autre serpent ?

— Bien sûr. Tu veux bien installer notre nouvel ami dans la voiture, Winslow ?

Je lui tendis le baluchon pour l'embêter.

— Fais attention où tu mets les pieds, le sol est glissant à cette période de l'année, l'avertis-je.

Il déglutit, porta la taie à bout de bras et marcha sur la pointe des pieds vers mon SUV.

— Quelles sont les nouvelles pour Dilton ? demanda Hilly, reprenant son rôle de politicienne sévère, maintenant qu'on en avait fini avec son visiteur.

— L'enquête est en cours.

— C'est la phrase classique, se plaignit-elle.

— C'est sur son dossier.

— Alors dites-moi ce qu'il y a dedans pour que je prépare ce que je dois dire au conseil de la ville.

— Entre nous, pour l'instant on a enquêté sur les derniers mois, on a interrogé des victimes et des suspects.

— Et ?

— On a remarqué un schéma récurrent de ses arrestations quand il opère en solo depuis mon accident. Comme on était en sous-effectif, il en a profité. Il ne reviendra pas.

— Quelle est la responsabilité de la ville dans tout ça ? Comment on répare ?

Je m'attendais à sa première question et la respectais grandement pour la deuxième.

— On suit le règlement à la lettre pour qu'il ne s'en sorte pas sur un point technique. Mais voilà la partie que vous allez moins aimer…

— Je savais que ça arrivait.

— J'ai parlé aux Kennedy, le couple que Dilton a agressé sur le bord de la route. J'ai parlé au mari et à la femme, sans avocat.

— Et comment ça s'est passé ? demanda-t-elle en levant un sourcil.

— C'était une décision personnelle. Je vais vous dire ce que je leur ai dit. Dilton était sous ma responsabilité, c'est arrivé alors que j'étais en charge. Le mari a été plus compréhensif qu'il n'aurait dû l'être. La femme, moins, et on la comprend. Mais j'ai tout dit. Je me suis excusé et j'ai assumé l'entière responsabilité.

— Le procureur va adorer, s'agaça Hilly.

— Oui, je sais. Parfois dire pardon est plus important que se couvrir. Je pense que c'était la bonne chose à faire. Mme Kennedy m'a appelé hier pour me donner le contact d'un centre de formation qui travaille avec la police sur le désamorçage et la diversité. Cher, mais nécessaire, à mon avis. Et moins cher qu'un procès.

— On parle de combien ?

Je me tournai vers la voiture d'où Fossette sortait la tête côté conducteur.

— Disons que ce sera le seul officier qui pourra se permettre une formation dans l'unité canine avant un long moment.

Elle secoua la tête.

— Saleté. Il suffit d'un flic pourri.

— Je sais. C'est entièrement ma faute. Je n'aurais pas dû le garder en imaginant que je pourrais le changer.

Elle posa les mains sur les hanches et regarda vers la forêt.

— Maintenant vous savez ce que ça fait de tomber amoureuse de quelqu'un qui a du potentiel. Quatre-vingt-dix-neuf pour cent des fois, ce potentiel ne se réalise pas.

— Mickey a du potentiel ? taquinai-je.

— Il en avait, dit-elle, son sourire s'effaçant. Et je ne lui ai pas donné d'autre choix que de le réaliser.

— Ça me donne une idée…

— Dès qu'un agent de l'État commence comme ça, je sais que ça va me coûter de l'argent.

— Pas forcément. Puisqu'on investit dans l'éducation, qu'est-ce que vous diriez de faire appel à des assistantes sociales pour qu'elles nous forment ?

— Dans quel domaine ?

— Celui de la santé mentale. Vous connaissez Xandra Rempalski ?

Elle m'adressa un regard qui me mit en garde.

— L'infirmière qui a sauvé la vie de mon chef de la police ? Non, jamais entendu parler. Pas plus que je n'ai dans ma boîte à bijoux quatre colliers et trois paires de boucles d'oreilles conçus par elle.

— D'accord. Vous voyez, donc. Son neveu est autiste.

— Oui, je sais. J'ai rencontré Alex.

— C'est un grand noir qui ne parle pas, dis-je en me dandinant sur mes talons.

Hilly soupira.

— Je vois où vous voulez en venir. Les mamans avec des bébés noirs parlent beaucoup à leurs enfants de comment interagir avec la police.

— Et je veux m'assurer que les policiers sachent interagir avec ces enfants. Tous. Surtout ceux qui ne peuvent pas répondre. Je n'aime pas penser que certains de nos concitoyens ne se sentent pas en sécurité. C'est pour ça que je fais ce métier et j'ai encore beaucoup à apprendre.

— Comme nous tous, chef. Donc qu'est-ce que vous suggérez ?

— J'aimerais en parler avec Yolanda Suarez. C'est une assistante sociale expérimentée et elle me donnera des idées. Pour l'instant, je pense à une combinaison de formations et de réunions sur les questions de santé mentale avec une assistante sociale. D'autres départements dans des villes plus grandes organisent ce genre de rencontres et en voient déjà le résultat. On pourrait peut-être en parler avec Naomi Witt, vu que c'est la coordinatrice de notre communauté.

— Très bonne idée.

— Je pense aussi.

— Fixez déjà un rendez-vous entre Yolanda, vous et moi. Ensuite nous verrons.

— Merci. Maintenant, je ferais mieux de mettre votre nouveau coloc dans son habitat naturel.

Hilly frissonna.

— Chef, une fois que j'aurai mis à feu ma maison et assassiné mon mari, je vous donnerai une augmentation.

Je restai un moment sans voix. S'il y avait bien quelque chose qu'Hilly surveillait de près, c'étaient les finances de la ville.

— Je ne me sens pas à l'aise de l'accepter. Surtout vu ce qui s'est passé au cours des derniers mois.

Elle me tapota la joue.

— C'est justement pour ça que vous en obtenez une, fiston. Vous vous souciez de vos concitoyens, vous êtes responsable, et vous trouvez des solutions. Cette ville a de la chance de vous avoir. Je suis fière de l'homme que vous êtes devenu.

Je n'étais pas du genre à m'émouvoir de quelques compliments, mais grandir sans ma mère qui avait su en dispenser avec une telle générosité avait laissé un vide. Un vide profond que je commençais tout juste à reconnaître.

Ça faisait longtemps que je n'avais plus rendu fier quelqu'un que j'aimais.

Je nous surpris tous les deux en me baissant pour lui embrasser la joue.

— Merci, madame la maire.

Elle s'empourpra.

— Allez-y maintenant. Sortez ce fichu serpent de ma propriété et retournez travailler, nous avons des concitoyens à servir.

Je la saluai d'un geste de la main en me dirigeant vers la voiture.

— Assurez-vous que vous avez un bon alibi avant vos multiples crimes.

— Promis, chef.

– 28 –
La semaine du requin
Lina

J'étais en avance pour mon verre avec Nolan. Ce n'était pas un excès d'enthousiasme, mais juste un effort pour éviter Nash quand il rentrerait chez lui avec Fossette. Cela dit, après une journée assise dans ma voiture à suivre un criminel de bas étage entre sa gym, son buffet chinois et son club de strip-tease, j'étais contente à l'idée de parler boutique avec le marshal.

Le public était en majorité féminin au Honky Tonk et sur toutes les tables avait été placée une petite pancarte avec les mots « semaine du requin, attention ! ». Je souris. C'était bien le genre de Nolan de choisir juste le soir où le personnel du bar avait ses règles en même temps.

Consciente du danger, je pris une table pour deux et n'essayai pas de héler Max, la serveuse, qui était occupée à ajuster sa bouillotte sur son ventre, tout en dévorant un brownie.

Max prendrait ma commande quand elle serait prête et Silver, la barmaid, me servirait quand elle aurait fini de placer les électrodes sur les abdos du motard au bar.

C'était une addition à la semaine du requin. Une machine à électrodes qui simulait les douleurs des règles. Les résidents de Knockemout étaient prêts à affronter tous les défis et c'était assez divertissant de voir les motards et les fermiers faire la queue pour tester l'appareil.

Après peut-être cinq minutes, Max arriva à ma table et s'assit en face de moi. Elle avait du chocolat sur le menton.

— Lina.

— Max.

— Ton œil va mieux.

— Merci.

— J'ai entendu dire que tu as maîtrisé à toi toute seule deux voyous qui s'en étaient pris à Sloane et Naomi, tout en filmant le pilote d'une nouvelle série sur les chasseurs de prime.

Super comme les bruits circulaient dans cette ville.

— Rien d'aussi excitant.

— Tu prendras quoi ? Le Spécial de la semaine ? Le Bloody Mary à moitié prix ? Ou le nouveau cocktail de Silver appelé Mort de Sang ? Il a un goût de merde et te mettra KO au bout de deux gorgées.

— Je reste sur le bourbon.

Et je n'en prendrai pas plus de deux.

— Comme tu veux, dit Max en soupirant avant de se lever avec peine. Je reviens dès que mon comprimé aura agi.

Elle retourna vers le zinc et j'en profitai pour régler quelques mails de travail sur mon téléphone jusqu'à ce que j'entende un rire gras dans un coin de la salle.

J'avais passé beaucoup de temps dans les bars à observer les gens interagir et je savais quand ça allait tourner au vinaigre. Et là c'était clair que les quatre hommes hilares ne laissaient rien présager de bon. Devant eux s'accumulaient des pintes et des shots vides. Leur langage corporel était à la limite de l'agressif. On aurait dit une meute de loups prête à l'attaque.

Max arriva pour débarrasser. Un des hommes, le plus vieux avec une bedaine et une moustache blanche pas du tout aussi jolie que celle de Vernon, lui dit quelque chose qui lui déplut. De nouveau, ils éclatèrent de rire.

Max vida son plateau sur leur table et s'éloigna en leur adressant un doigt d'honneur.

Je reconnus un des plus jeunes. C'était l'homme qui m'avait matée quand j'avais quitté le match de foot de Waylay.

— Allons Maxi, sois pas si sensible. On te taquinait, hurla-t-il dans son dos.

Les quatre se rapprochèrent pour échanger une vanne qui les fit de nouveau mourir de rire.

— Calme ta joie, Tate, avertit Tallulah à la table à côté.

Elle était installée avec trois habituées qui ne semblaient pas plus amusées que moi par les frasques des quatre compères.

Donc c'était Tate Dilton, le ripou déshonoré et bon vieux plouc.

— C'est trop *dur* de me calmer quand t'es dans le coin, ma belle, répliqua un des potes de Dilton en montrant son entrejambe.

Nouvelle crise d'hilarité autour de leur table. La tension dans la salle monta d'un cran.

Je fixai Dilton de mon regard sévère et attendis. Ça ne prit pas longtemps. Quand ils sont encore sobres, les gens flairent rapidement le danger.

Il s'adressa à ses camarades qui se tournèrent tous vers moi. Je croisai mes chevilles.

Il se leva et vint dans ma direction, me décochant sa mine la plus intimidante. Il marchait avec l'assurance d'un gars qui avait connu de beaux jours au lycée, mais ne savait pas que son heure de gloire était passée.

Quand il arriva à ma table, il resta un moment à me reluquer.

— T'as un problème, beauté ? Si ça te démange quelque part, je peux gratter si tu veux.

Il avait une petite moustache qui se tordait chaque fois qu'il mâchait son chewing-gum.

— Je doute que vous puissiez faire quelque chose pour moi.

— T'es la pute de Morgan, c'est ça ?

Il portait une chemise de la police de Knockemout, ce qui m'irritait plus encore que l'insulte.

— Non. Et vous ? demandai-je doucement.

Ses yeux se plissèrent, disparaissant presque dans ses grosses joues roses. Il tira la chaise devant moi et la retourna pour s'asseoir en appuyant ses coudes sur le dossier.

— Je t'ai vu au match de foot. Vous vous disputiez. Tu diras à ton petit ami flic qu'on est nombreux à pas supporter la merde qu'il nous force à avaler. Dis-lui que s'il ne fait pas un peu attention, on va devoir le remettre à sa place.

— Avez-vous songé à émettre votre aversion à son égard à vos supérieurs ?

— Hein ?

— Ou peut-être la direction des ressources humaines pourrait s'en occuper. Laissez-moi deviner. Vous ne voyez pas pourquoi vous devez mettre un pantalon pour descendre au supermarché acheter votre bière bon marché ?

Il se pencha vers moi et m'étourdit de son haleine alcoolisée.

— T'en as des choses à dire, toi.

— Vous avez du mal à suivre avec tous ces mots de plus d'une syllabe ?

— Continue comme ça et tu vas sérieusement le regretter.

Son regard se posa sur mon œil.

— Apparemment, quelqu'un a déjà commencé à t'apprendre les bonnes manières.

— Et si vous rentriez chez vous, vos amis et vous, avant de faire quelque chose d'encore plus stupide que d'habitude ?

— Tu veux que je t'emmène au poste pour avoir ouvert ta jolie petite gueule devant un officier de police ?

Il fit résonner le *p* un rien trop fort et je me retins de lever les yeux au ciel.

— Le chef Morgan sait-il que vous vous baladez en ville habillé en policier ? Parce que je suis certaine que pour jouer les flics, vous avez besoin d'un badge. Et il paraît que le vôtre est au fond du tiroir de Nash.

Il bondit sur ses pieds et frappa ses grosses mains sur la table devant moi. Je ne bougeai pas d'un pouce quand il se pencha.

Fi, Max et Silver se dirigeaient vers nous, prêtes à faire la guerre. Mais je ne voulais pas qu'elles se mettent en danger, alors que moi, je n'allais plus rester longtemps en ville.

Je les arrêtai d'un geste de la main.

— Je m'en occupe, leur assurai-je en me levant lentement pour affronter la brute.

— Rentre chez toi, Tate, dit Fi en sortant sa sucette de la bouche pour prendre sa grosse voix de maman autoritaire.

Silver avait la mâchoire crispée, une main sur son ventre et l'autre serrée en un poing ferme. Max tenait son plateau sur l'épaule comme s'il s'agissait d'une batte de base-ball.

— Vous voulez me frapper, Dilton ? murmurai-je doucement.

Il montra les dents... et son chewing-gum.

Je lui adressai un petit sourire.

— Allez-y, je vous en prie. Et vous ne ressortirez pas d'ici indemne. Non seulement je compte ajouter « nez cassé » à votre description en plus de « bedonnant » et « dégarni », mais toutes les femmes de Knockemout surfent en pleine marée rouge et je suis sûre qu'une grande partie a une dent contre vous.

Il esquissa un petit rictus, l'effort déformant son visage déjà repoussant.

— Alors, allez-y, connard. Faites-vous plaisir mais une seule fois. Une fois qu'on en aura fini avec vous, il ne restera plus où accrocher un badge.

Il se redressa et serra les deux poings. Je le vis peser le pour et le contre dans son minuscule cerveau éméché. Mais avant qu'il puisse me rendre service en prenant la mauvaise décision, une grande main se posa sur son épaule.

— Il est temps de rentrer chez toi, mec.

Je levai la tête vers l'homme qui venait d'intervenir. Le géant du rayon céréales.

Dalton se tourna pour lui faire face.

— Pourquoi tu te mêlerais pas...

Il ne termina pas sa phrase, prenant conscience qu'il s'adressait à la pomme d'Adam de mon sauveur, plutôt qu'à son visage.

Je souris et quelques rires nerveux retentirent autour de nous.

— Tu veux finir ce que tu avais à dire ? demanda le géant.

— Va te faire foutre, gronda Dilton.

— Si j'étais vous, je ne me donnerais pas en spectacle. Ça la foutrait mal pour vous, déclara le gars du rayon céréales.

Dilton ouvrit la bouche mais fut interrompu par un de ses camarades.

— Viens, on va dans un autre bar. Avec moins de salopes.

Les femmes aux tables voisines le sifflèrent toutes.

Quelqu'un lança le reste de son panier de frites, atteignant le large buste de Dilton.

— C'est pas le moment, Tate, lança le plus vieux avec la moustache. Fais pas le con.

Il avait parlé sur un ton menaçant.

— Si tu ne sors pas d'ici, Wylie, j'appelle les flics, les vrais, déclara Fi.

— Déjà là.

Tout le bar se tourna vers le marshal Nolan Graham, qui avait sorti son badge et son arme.

— Un problème ?

— L'heure du départ a sonné, mon cœur, dis-je à un Dilton recouvert de ketchup.

— Et si on sortait ? proposa Nolan sur un ton aimable, malgré les glaçons qu'il avait à la place des yeux.

— On se reverra, promit Dilton alors que ses amis le prenaient chacun par un bras pour l'emmener dehors.

Le plus vieux, avec la moustache, s'arrêta devant moi, me toisa, ricana et suivit le reste du groupe, un rictus sur les lèvres.

Les femmes poussèrent des cris de victoire alors que les portes se refermaient.

Je sortis ma carte de crédit pour la brandir dans les airs.

— Fi, cette tournée est pour moi !

Les hurlements devinrent hystériques et quelqu'un lança « *Man! I Feel like a Woman!* » de Shania Twain dans le juke-box.

Je me tournai vers l'homme qui avait joué les chevaliers servants pour la deuxième fois de la journée.

— Le gars du rayon céréales, le saluai-je.

— L'amie célibataire de la vieille dame.

— Votre surnom est mieux.

— Je pourrais aussi vous appeler Ennui.

— Vous ne seriez pas le premier.

— Vous ne devriez pas irriter des gars comme lui, dit-il en montrant la porte.

Même le gars du rayon céréales avait une opinion sur mes choix de vie.

— Il a commencé.

— On dirait qu'il a un problème avec les flics du coin. Le chef de la police d'ici n'a pas été blessé il y a quelques semaines ?

— Si.

— Moi qui pensais que les petites villes étaient tranquilles, lança-t-il en secouant la tête.

— Si vous voulez de la tranquillité, Knockemout n'est pas le bon endroit.

— Apparemment. Ils ont trouvé le gars qui a tiré sur le flic ? Parce que celui qu'on vient de dégager semble prêt à mettre une ou deux balles dans la première cible qui passe.

— Le FBI mène l'enquête, mais ils n'ont arrêté personne pour l'instant. Je suis sûre que le coupable est parti depuis longtemps. En tout cas, il vaudrait mieux pour lui.

— J'ai entendu dire que le chef ne se souvient de rien. Ça doit faire bizarre.

Je n'avais pas vraiment envie de discuter de Nash avec qui que ce soit, surtout pas un inconnu, alors je me contentai de lever un sourcil.

Il sourit, gêné.

— Désolé. Les rumeurs ici circulent rapidement. Chez moi, je ne connaissais même pas les prénoms de mes voisins. Ici, tout le monde semble connaître votre numéro de sécu et le nom de jeune fille de votre arrière-grand-mère.

— Bienvenue à Knockemout. Je peux vous payer un verre pour vos prouesses ?

— Je dois y aller, refusa-t-il.

— Merci pour votre intervention. Même si j'avais la situation bien en main.

— Pas de problème. Mais faites peut-être plus attention la prochaine fois, c'est dommage de chercher les ennuis.

— Je suis sûre que ce débile a de plus gros problèmes à régler. Déjà, il va commencer par faire des cauchemars sur vous.

Son sourire revint.

— Partie remise pour le verre.

— Avec plaisir, dis-je alors qu'il s'éloignait déjà.

— C'est offert, lança Max en me servant le bourbon que j'avais commandé.

— Merci. Et merci de ne pas me dire que j'aurais dû me mêler de mes affaires.

Max rit.

— Voyons, tu es l'héroïne du Honky Tonk. Tate ignore sa chance, on lui aurait refait sa face. Et ensuite, Knox aurait été furieux de constater les dégâts. Et Monsieur Rectitude aurait été furieux d'avoir de la paperasse.

— Les frères Morgan peuvent nous dire merci, confirmai-je.

Nolan revint à l'intérieur, caressant sa moustache avec son index et son pouce. Il grimaçait.

— Qu'est-ce qui ne va pas ?

— Tu penses que je devrais la raser ?

Je réprimai un sourire.

— Tu devrais la garder, je pense. Réapproprie-toi ta moustache.

Il s'assit sur la chaise qu'avait libérée Dilton et appela Fi.

— Je ne ferais pas ça à ta place, avertis-je en montrant la pancarte Semaine du requin.

— C'est en été, ça, non ?

— Pas ce type de semaine du requin. Celle-là fait plus peur encore.

Fi arriva avec une nouvelle sucette dans la bouche. Elle me jeta ma carte de crédit sur la table et enfonça ses deux mains dans son dos.

— Bon Dieu, j'ai l'impression que mes reins veulent quitter mon corps. Pourquoi la nature est tellement dégueulasse ?

— Oh, cette semaine du requin-là, comprit Nolan.

— Ouais. Alors vaut mieux que ce que vous avez à dire vaille mon temps et mon déplacement.

— Je voulais juste vous conseiller respectueusement de conserver la vidéo-surveillance de ce soir.

— Et pourquoi ?

— Je ne sais pas ce qui se sait ou pas, hésita Nolan.

— Vous voulez parler de Nash qui a viré Tate parce que c'est un ripou et un connard ? demanda Fi.

— La rumeur circule vite par ici. Et parfois, c'est même la vérité, dis-je.

— Au cas où les choses prendraient de l'ampleur, ce serait bien de montrer que c'est une habitude chez lui.

— Ça ne m'étonnerait pas qu'il n'en reste pas là, grogna Fi. Son badge lui donnait la grosse tête. Maintenant qu'il ne l'a plus, Dieu sait ce qu'il serait prêt à faire pour avoir de l'importance.

— Gardez un œil ouvert, conseilla Nolan.

— D'accord. Maintenant si vous voulez bien m'excuser, je vais m'allonger à l'arrière de mon minivan pendant dix minutes. Je vous envoie Max pour prendre votre commande, marshal.

On la regarda s'éloigner en boitant.

— Je n'imagine pas traverser un truc pareil tous les mois, commenta Nolan en secouant la tête.

— Tu penses pas qu'on est comme ça avec nos boulots, n'est-ce pas ?

— Comme quoi ?

— Qu'on tire notre estime de nos objectifs dans la vie, de nos carrières ?

— Tu veux que je te mente. OK. Non, on n'est pas comme ça, Solavita.

— Sérieusement.

— Beauté, j'ai perdu mon mariage à cause de ce boulot que je n'aime même pas vraiment.

— Alors pourquoi tu démissionnes pas ?

— Pour faire quoi ?

— Je sais pas, reconquérir ta femme ?

— T'as raison. Parce que la seule chose qui est plus attirante qu'un type marié à son boulot, c'est un ex-mari chômeur qui implore une deuxième chance, dit-il sèchement. Non, certains d'entre nous sont juste destinés à vivre pour leur boulot.

— Tu penses vraiment pas qu'il y a mieux que ça ?

— Bien sûr que si, mais peut-être pas pour toi et moi. En tout cas pour moi, c'est certain. Tu te trompes si tu penses une seconde que je ne serais pas prêt à masser les pieds de ma femme et lui préparer son déjeuner tous les jours si elle me reprenait. Mais je l'ai trop tenue à distance, il y a des limites à combien tu peux rembarrer une personne.

— Est-ce que ça en vaut vraiment la peine ? Laisser quelqu'un entrer quand tu sais qu'il peut te faire tellement plus de mal de l'intérieur ? Sérieusement, à quoi bon prendre ce genre de risques ?

— Tu demandes pas à la bonne personne. Je sais pas à quoi ça ressemble de l'autre côté, mais je serais carrément prêt à prendre le risque de le découvrir si elle me laissait une autre chance.

Les mots de Nolan me donnèrent l'impression d'être lâche. Je n'avais aucun problème à affronter une brute ivre, mais l'idée de m'ouvrir à quelqu'un me faisait trembler.

— Alors, comment s'est passé le dîner avec Sloane ?

— Bien. C'est une fille extra. Intelligente, adorable. Un peu folle.

— Mais ? le devançai-je en lisant l'expression sur son visage.

— Mais ce serait trop romantique si je te disais que je ne me suis pas encore remis de mon divorce ?

— Oui, le taquinai-je. Si ça te fait te sentir mieux, notre bibliothécaire cherche juste à avoir du bon temps, elle n'est pas intéressée par une chaîne à son cou.

— Je n'aime pas tout déballer, mais après que je lui ai parlé de mon ex, elle m'a dit qu'elle voulait juste baiser après le troisième rendez-vous.

J'avalai mon bourbon de travers.

— Du moment que vous êtes tous les deux sur la même longueur d'onde.

— Pour vous, marshal, un Mort de Sang, annonça Max en posant un verre rempli d'une boisson rouge.

— En fait, je voulais…

Je lui donnai une tape sous la table et secouai la tête alors que les yeux de Max se plissaient de façon menaçante.

— Pardon ? demanda-t-elle sur un ton glaçant.

— Je voulais dire que c'est parfait. Merci beaucoup. Et voici vingt dollars pour vous, ajouta Nolan en lui refilant le billet rapidement.

Max hocha la tête, royale, et empocha l'argent.

— Je le savais.

Nolan prit une gorgée et grimaça.

— Non, mais ça a un goût de gueule de bois.

— Tu veux pas aussi essayer la machine à contractions ?

* * *

Plus tard cette nuit, j'étais recroquevillée sur mon canapé avec un des romans policiers empruntés à la bibliothèque, essayant de ne pas penser à ce qu'avait dit Nolan, quand j'entendis frapper à ma porte. Il était tard, plus de onze heures, le moment où le pire arrivait.

Je me levai et, en silence, me dirigeai vers la porte. Il fallait une clé pour entrer dans l'immeuble, mais dans mon boulot, on savait que même ce genre de sécurité ne dissuade pas un crétin à l'ego froissé de se venger.

Le souffle court, je regardai par le judas. Personne. En face, la porte de Mme Tweedy était fermée. J'hésitai à prendre ma batte de base-ball quand j'entendis un grattement en bas de la porte, accompagné d'un tintement familier.

Quand j'ouvris, je trouvai Fossette qui sautillait nerveusement. À côté d'elle, affaissé contre le mur, je vis Nash, torse nu, en nage et grelottant.

Ce gars savait susciter des émotions.

— Hello, lâcha-t-il à bout de souffle. Tu pourrais… garder Fossette… un moment.

Je ne dis rien et l'aidai à se redresser. Il n'y avait rien à dire. On s'était fait du mal, mais il venait me trouver quand il avait besoin d'aide. Et je n'étais pas assez méchante pour lui tourner le dos. Sans un mot, il passa un bras sur mes épaules et je glissai le mien autour de sa taille.

Un geste qui semblait désormais familier. Mais je n'étais pas censée avoir mes habitudes avec lui.

Des frissons le traversèrent alors qu'on entrait dans l'appartement, Fossette à nos pieds.

— Lit ou canapé ?

Sa peau était chaude et collante contre la mienne.

— Lit.

Je nous guidai vers ma chambre et, connaissant ses préférences, je l'allongeai du côté du lit le plus près de la porte. Fossette parvint à sauter sur le matelas et inspecta Nash de la tête à ses pieds nus.

— Je vais chercher de la glace.

Je n'avais pas de légumes surgelés au congélateur et je doutais que des plats à emporter même froids feraient l'affaire.

Nash m'attrapa le poignet.

— Non, reste.

Ses yeux bleus m'attiraient à lui. Ils n'avaient pas d'anciennes rancœurs. Il y avait juste une supplique silencieuse et j'étais impuissante face à elle.

— S'il te plaît.

— D'accord. Mais ça ne veut pas dire que je ne t'en veux plus.

— Pareil.

— Ne fais pas le malin.

Je tentai de contourner le lit mais il m'arrêta et me fit revenir sur mes pas. Il se mit en position mi-assise et passa son bras sous les miens pour m'attirer sur lui.

— Nash…

— J'ai juste besoin de t'avoir contre moi, murmura-t-il.

Quand il s'effondra dans les oreillers, il m'installa à côté de lui, ma cuisse sur ses hanches, ma tête contre sa poitrine, juste sous la cicatrice de son épaule.

Les battements de son cœur emplissant mes oreilles, je posai une main sur sa poitrine. Il frissonna et ses muscles perdirent un peu de leur tension.

Il poussa un soupir et m'enveloppa de ses deux bras, avant de presser son menton contre mes cheveux.

Fossette s'installa aux pieds de son maître, posa la tête sur ses chevilles et nous lança des regards inquiets.

Comme il ne me restait rien à faire, je respirai avec lui.

Quatre. Sept. Huit.

Quatre. Sept. Huit.

Encore et encore, jusqu'à ce qu'il se détende.

— Ça va mieux maintenant, murmura-t-il.

On resta là, l'un contre l'autre, attendant que le sommeil nous emporte.

– 29 –

Le forum des métiers

Nash

Je fus réveillé par la lumière de l'aube naissante et le froissement qui hantait toutes mes nuits. Ce matin-là, il fut accompagné par le délicat cliquetis de la porte qui se refermait.

Les draps à côté de moi étaient encore chauds. Lina m'avait ramené à la vie une fois de plus.

Elle avait été là pour moi quand j'en avais eu le plus besoin. Et elle avait décidé de quitter son propre lit pour que je me réveille seul.

Je passai les mains sur mon visage. Quelque chose devait céder entre nous, et cette chose, j'en avais la conviction, il faudrait que ce soit moi.

Un poids atterrit sur le matelas et une seconde plus tard, Fossette monta sur mon torse. Je grognai. Elle avait le bout du museau couvert de poussière, ce qui voulait dire que Lina l'avait nourrie.

— Salut, minette, dis-je en me frottant les yeux.

Elle se serra contre moi jusqu'à ce que je la caresse à contre-cœur.

— Ne me regarde pas comme ça, je vais bien.

Fossette ne semblait pas me croire.

Et pourtant ça allait. Bien sûr, j'avais une douleur en bas de la nuque et mes muscles semblaient avoir participé à un combat de boxe, mais j'avais dormi profondément et je me réveillais avec les idées claires.

Je la soulevai au-dessus de ma tête.

— Tu vois, tout va bien.

Sa petite queue vibra d'enthousiasme.

— Allons, commençons la journée.

La chienne me suivit dans la salle de bains où je trouvai une note scotchée sur le miroir.

Nash,

J'ai nourri et promené Fossette. Ne soyez plus là quand je rentrerai.

Lina

La note froide de Lina m'amusa jusqu'à ce que je retourne dans sa chambre et découvre sa valise ouverte par terre. Elle était vide, heureusement. Mais elle envisageait de partir. Pas question ! Lina Solavita n'irait nulle part. On avait des comptes à régler, une situation à arranger.

Si j'avais eu des doutes sur mes sentiments pour elle, la nuit que je venais de passer dans ses bras les avait effacés. Elle n'avait pas à me laisser entrer et encore moins à me laisser dormir dans son lit. Mais elle l'avait fait, parce que même si je l'avais mise en colère, elle s'inquiétait pour moi.

Et j'allais en profiter.

— Viens Fossette, on rentre chez nous. On doit réfléchir, dis-je en bâillant.

Je bâillais encore quand on sortit de chez Lina pour trouver Nolan sur le pas de ma porte, prêt à frapper.

— Je vous ai apporté du café, annonça-t-il en étudiant mon apparence.

Je ne portais qu'un pantalon de jogging et j'avais affreusement besoin d'une douche.

— J'aurais dû prendre la taille au-dessus, dit-il en montrant le gobelet.

Je pris le café et ouvris la porte.

— Courte nuit ? demanda-t-il en sirotant le sien.

— Pourquoi vous êtes là ? grognai-je.

— J'ai croisé votre future belle-sœur au Café Rev. Elle commandait un latte XXL. Elle m'a dit que Knox est dans tous ses états pour le forum des métiers. Ça le stresse manifestement de présenter sa profession à la classe de Waylay.

— Merde, c'est aujourd'hui ?

— Aujourd'hui…

Il marqua une pause pour consulter sa montre.

— … dans deux heures et vingt-sept minutes. Comme je dois vous filer, je me suis dit qu'on pourrait mettre au point une stratégie. Je peux pas permettre que les forces de l'ordre paraissent moins cool qu'un coiffeur gérant de bar qui a gagné au loto. Sans vouloir vous offenser.

— C'est mon frère. Mais vous ne m'avez pas offensé. Comment peut-il rendre de la paperasse passionnante ?

— Naomi n'a aucune idée de combien la rivalité entre mecs est solidement ancrée. Elle m'a confié tout son plan. Il va faire mélanger aux gamins des cocktails sans alcool pendant qu'il coupera les cheveux au principal adjoint.

— Bon sang, c'est malin.

— On peut faire mieux, assura Nolan.

* * *

— Appuie sur la sirène, Way, dis-je en agrippant le volant.

Elle esquissa un sourire mauvais et appuya sur le bouton. La sirène retentit, assourdissante.

— Personne n'est malade à l'arrière ? demandai-je à mes passagers.

— Non ! crièrent-ils tous en chœur.

— Alors, accrochez-vous.

Je tournai violemment le volant, faisant crisser les pneus autour du dernier cône. Et j'appuyai sur l'accélérateur.

— Allez ! Allez ! Allez ! cria Waylay.

Je passai la ligne d'arrivée quelques secondes avant Nolan.

Les enfants sur ma banquette arrière poussèrent des hurlements de victoire.

J'arrêtai la voiture et me retrouvai avec un immense sourire sur le visage.

On venait de surpasser de loin la démonstration de Knox.

— Waouh !!! C'était la meilleure présentation de tous les temps ! se réjouit Chloé, l'amie de Waylay, alors que j'ouvrais la portière.

Elle et deux autres élèves de sixième descendirent en papotant.

— Je vous aurais dépassé sur le dernier cône si le petit roux ne m'avait pas demandé de baisser mes vitres, annonça Nolan en me montrant un gamin avec des taches de rousseur.

— Soyez pas mauvais perdant en accusant Kaden, il fait du karting le week-end.

— Vous pensez qu'on a gagné ? demanda-t-il.

On inspecta la cour de récréation.

Les gamins étaient en ébullition, réclamant à mes officiers de les emmener pour la course suivante. Les professeurs avaient tous un grand sourire aux lèvres. Et Knox dirigeait vers moi son majeur.

— Carrément. Je dois dire que la course d'obstacles n'était pas une mauvaise idée.

— Votre jeu de piste sur un meurtre mystérieux non plus.

— Je ne m'attendais pas à ce que Waylay joue le jeu tellement à fond dans sa scène de mort.

— En parlant du loup…

Ma nièce avançait vers nous et s'arrêta devant moi.

— Oncle Nash ?

— Oui Way ?

— Merci.

Elle ne dit rien de plus, mais me serra la taille avant de partir rejoindre ses copines ravies.

Je me raclai la gorge, étonné par l'émotion qui montait en moi. Un câlin de Waylay valait ceux de Lina. Inattendu, durement gagné et plein de sens.

— Vous aimez toujours ce que vous faites, commenta Nolan.

— Oui, faut croire, admis-je.

— Accrochez-vous à ça, conseilla-t-il.

— Quoi ? Vous n'aimez pas passer vos journées à me baby-sitter ?

— Pas du tout.

— Vous devriez peut-être faire quelque chose à ce sujet.

— C'est de ça qu'on a discuté hier, Lina et moi.

— Vous étiez avec Lina, hier soir ?

Mais je ne pus pas l'interroger plus avant parce que le prof de Waylay vint nous interrompre.

— Félicitations, messieurs. Je dois bien dire que c'est de loin notre forum des métiers le plus mémorable, chef, annonça M. Michaels en me tendant la laisse de Fossette.

Il se trouvait que si ma chienne avait du mal en compagnie d'adultes, elle était parfaitement à l'aise avec les enfants. Plus ils étaient bruyants, plus elle était contente. Je ne l'avais jamais vue comme ça.

— C'était un plaisir.

— Je pense que vous venez d'inspirer la prochaine génération de policiers de Knockemout, ajouta-t-il en désignant les sixièmes en liesse.

M. Michael partit discuter avec un autre perdant du forum des métiers et Knox prit sa place.

— Ça te dérange pas de m'anéantir devant ma propre gosse, salopard.

— J'y peux rien si mon boulot est plus cool que le tien.

— Ton boulot, c'est de la paperasse à quatre-vingt-dix pour cent.

— C'est monsieur Inventaire et Bulletins de Salaire qui parle.

Mon frère rit et se tourna vers Nolan.

— Merci pour votre aide avec Dilton et ses potes, hier soir. Peut-être que vous êtes pas si nul en fin de compte.

— Lina a fait le plus gros du travail. Je suis venu à temps pour débarrasser.

— De quoi vous parlez ? demandai-je.

Nolan me regarda, intrigué.

— Vous êtes sorti de son appart ce matin, à moitié nu, les cheveux en pagaille et vous ne savez pas ?

— Parlez. Maintenant.

— T'as réparé les choses avec elle ? demanda Knox.

— Qu'est-ce qui s'est passé avec Dilton ? insistai-je.

— Lui et ses potes ont pris un peu trop d'assurance au Honky Tonk. Ils ont vexé Max, la serveuse, et vu le moment du mois, c'était pas une très bonne idée. Lina a attiré ensuite le regard de Dilton, expliqua Nolan.

Évidemment. Elle attirait tous les regards.

— Qu'est-ce qui s'est passé ?

Je pris mon portable. J'allais rattraper Dilton et lui botter le cul. Ensuite je passerais voir Lina et je lui crierai dessus pendant au moins une heure pour ne pas m'avoir dit qu'elle s'était retrouvée mêlée à mes problèmes.

— Du calme, Roméo. Fi a dit qu'elle l'avait laminé avec des mots. Et maintenant, c'est quoi cette histoire que t'es sorti de chez elle à moitié nu ? Elle ne m'a rien dit sur toi, ce matin, quand elle m'a emprunté mon pick-up, déclara Knox.

— Bon sang, pourquoi elle avait besoin de ton pick-up ?

— Lina tenait bon, continua Nolan. Mais un autre client, une espèce de géant, est intervenu parce qu'il pensait que Dilton était trop soûl pour faire les bons choix. Votre gérante a menacé d'appeler les flics et c'est à cet instant que je suis arrivé. Alors j'ai escorté la bande de connards dehors.

— Qu'est-ce qu'il lui a dit ?

— Je sais pas. Elle a juste dit que c'était un débile. Après ma petite discussion avec lui, je pense que c'était du machisme d'ivrogne. Eh, les gars, vous pensez que je devrais me raser la moustache ?

— Oui, affirma Knox. Elle me donne envie de vous assommer.

— Merde, c'était supposé être mon geste de liberté. Vous savez, on divorce, on se fait pousser des poils et on devient automatiquement quelqu'un d'autre.

— J'ai un salon de coiffure et un rasoir aiguisé. Vous n'avez qu'un mot à dire.

Je les laissai tous les deux parler poils et composai un numéro sur mon portable.

– 30 –

Surveillance avec une touche de drame

Lina

Une odeur de pizza entrait dans le pick-up de Knox par la vitre ouverte. Je poireautais sur un parking de centre commercial à Arlington. La rangée de maisons de l'autre côté de la rue avait connu des jours meilleurs.

J'attendais Wendell Baker, alias Brute à Barbichette. Gros, blanc et chauve, c'était un homme de main de la famille Hugo. Il portait trop de chaînes en or autour du cou et avait pratiquement toujours un cure-dents entre les lèvres. Selon les renseignements discutables de Tina, Baker recevait son argent d'Anthony Hugo, mais était très lié à Duncan.

Les autorités n'avaient pas pu le lier au kidnapping et à la fusillade, ce qui le laissait libre de vaquer. Et moi j'étais libre pour le suivre… avec un peu de chance jusqu'à la Porsche 356 convertible, modèle 1948.

Pour l'instant, malheureusement, il s'était levé à onze heures, était allé chercher un café à emporter chez Burritos et avait rendu visite à la petite amie de son frère en déboutonnant son pantalon sur la terrasse avant même qu'elle n'ouvre la porte.

Un gars classe.

Mon portable sonna.

— Sérieusement ? Quand est-ce que je suis devenue si populaire ?

J'avais déjà reçu un appel de ma mère au sujet du cadeau d'anniversaire de mon père, de Stef pour savoir si je comptais transpirer avec nos vieux cette semaine et de Sloane qui m'avait forcée à me porter volontaire pour un événement à la bibliothèque le lendemain soir. Sans parler du message de Naomi pour me prévenir qu'elle avait donné mon numéro à Fi en espérant que ça ne me dérangerait pas. Et ensuite du message groupé de Fi, Max et Silver pour me faire une restitution améliorée de ce qui s'était passé la veille au Honky Tonk avec Tate Dilton.

À ce qu'on racontait, j'avais cassé une bouteille sur sa tête, pour le pousser ensuite dans une marmite d'huile bouillante. Personne ne savait ce que la marmite d'huile bouillante faisait là, mais tout le monde était d'accord pour dire que ça avait été hilarant de le regarder sortir du bar comme un escargot humain.

Et à ce moment-là, j'ai vu qui m'appelait.

J'hésitai à le faire directement basculer sur la messagerie, mais ça aurait été lâche.

— Je vois que tu as réussi à sortir de mon appartement, lançai-je en guise de salut.

— Pourquoi est-ce que j'entends parler de toi et Dilton par un agent fédéral et par mon crétin de frère plutôt que par toi ?

— Tout d'abord, j'aimerais avoir la certitude que tu as quitté mon appartement. Deuxièmement, quand est-ce qu'on a eu le temps pour une conversation, hier soir ? Troisièmement, et c'est le plus important, alors fais bien attention, en quoi ça te regarde ?

— On a passé la nuit ensemble, Angelina, dit-il, sa voix se faisant caressante sur mon prénom et j'ignorai le frisson de délice que m'inspirait ce ton. T'avais tout le temps de me dire « eh, Nash, j'ai été accostée en public par le connard que tu as suspendu ».

Il m'imitait affreusement mal.

— Et alors quoi ? Tu aurais dit « ne t'en fais pas, petite jeune femme, je vais m'assurer que tu ne sois plus jamais seule pour que le grand méchant loup ne puisse plus te faire de mal ? ». Et je ne me souviens pas trop que tu étais en état de discuter hier quand tu as débarqué chez moi au beau milieu de ta crise d'angoisse.

— Dilton est mon problème, pas le tien. S'il te cherche, je dois le savoir.

— D'accord, acquiesçai-je, sincère.

Ça le fit taire un instant.

— Bon, ça marche, finit-il par conclure. Il paraît qu'il s'est approché de toi et que tu l'as balancé à travers la vitrine.

Une pointe d'amusement filtrait dans sa voix.

— Vraiment ? Parce que moi j'ai entendu dire que je l'avais balancé dans une marmite d'huile bouillante.

— Mais ce qui m'inquiète le plus c'est pourquoi il t'a abordée ?

— Il était soûl et bruyant, alors je l'ai fixé jusqu'à ce que nos regards se croisent.

— Dois-je te rappeler l'importance de la prudence ?

— Je n'essayais pas de m'attirer des ennuis ou de le provoquer, chef. Je voulais qu'il arrête de s'en prendre au personnel. Max aurait fini par le faire revenir sur une poêle à frire.

— Ça me plaît toujours pas, mais soit.

— Comme c'est généreux de ta part.

— Dis-moi ce qu'il t'a dit.

— Il a demandé si j'étais ta pute et ensuite m'a transmis un message pour toi. Il a dit qu'il était temps qu'on te remette à ta place. Et j'ai, bien sûr, insulté son intelligence.

— Bien sûr, lâcha Nash, sèchement.

— Ensuite, il s'est fait passer pour un flic qui pouvait m'emmener au poste si je ne me comportais pas mieux. J'ai peut-être laissé échapper que je savais qu'il n'avait plus son badge et je lui ai demandé ce que tu ferais si tu savais qu'il se balade dans la ville comme s'il était encore un policier en service. Il a ensuite insulté toutes les femmes de Knockemout et moi aussi, et quand les choses commençaient à devenir intéressantes, un gars et Nolan sont intervenus.

Silence à l'autre bout du fil.

— T'es encore là, beau gosse ?

— Ouais.

Impressionnant toute cette colère englobée dans un seul mot.

J'appuyai ma tête contre le siège.

— Ça va, Nash. Il n'allait pas en venir aux mains. Pas là-bas, pas avec moi. Il était soûl et débile, mais pas assez débile pour se battre avec une femme dans un lieu public devant témoins. Il savait que ce serait sa fin.

Silence.

— Nash ? Tu te frottes le front entre les sourcils, c'est ça ?

— Non, mentit-il, sur un ton un peu penaud.

— À toi de jouer. Tu devrais intervenir.

— Angelina ?

— Oui.

— Je suis sérieux. Dilton est mon problème. S'il tente de te contacter de nouveau, j'ai besoin de le savoir.

— Compris, dis-je doucement.

— Parfait.

— Comment tu vas ? Même si je m'en fiche, en vrai, ajoutai-je rapidement.

— Mieux. Solide. J'ai battu Knox lors du forum des métiers, au collège, se vanta-t-il.

— Littéralement ou métaphoriquement ? Parce que avec vous deux, on sait jamais.

— Un peu des deux. T'as bien dormi ?

J'avais dormi profondément. Comme chaque fois que je dormais avec Nash.

— Oui, dis-je, refusant d'en dévoiler plus.

— Qu'est-ce que dit le manuel de psycho sur une fille qui déteste être touchée par tout le monde, sauf par le gars qui la met le plus en rogne ?

— Qu'elle a des sérieux problèmes émotionnels à régler d'urgence.

Il rit doucement.

— Tu veux déjeuner avec moi, Angel ?

— Je ne peux pas, dis-je en soupirant.

— Tu ne peux pas ou tu ne veux pas ?

— Je ne suis pas en ville.

— T'es où ?

— À Arlington.

— Pourquoi ?

Je ne voulais pas donner l'impression de craquer, mais je n'avais rien à cacher.

— J'attends Wendell Baker, dis-je.

— Tu fais quoi ?

Fini le ton léger, il reprenait sa voix de flic.

— Arrête. Tu sais qui c'est et ce que je fais.

— Tu surveilles une petite brute employée par une organisation criminelle ?

Et voilà revenu mon voisin pénible et surprotecteur sans raison.

— Je te demande pas ta permission.

— Tant mieux, parce que je te l'aurais jamais donnée.

— Tu es exaspérant. Je ne veux pas jouer à ça avec toi.

— Convaincs-moi que c'est une bonne idée.

— Je n'ai pas à faire ça, c'est mon boulot.

— D'accord. J'arrive avec mon gyrophare allumé et ma sirène.

— Bon sang, Nash, je dirige des formations sur les techniques de filature. Je suis douée à ce que je fais. Et je n'ai pas à justifier mon boulot devant toi.

— C'est dangereux, contra-t-il.

— C'est toi qui t'es fait tirer dessus, t'as oublié ?

Un bruit retentit à l'autre bout du fil.

— Tu viens de grogner, là ?

— Merde, grommela-t-il. Je sais pas. Chaque jour avec toi est une nouvelle surprise.

Je décidai de le ménager un peu.

— Écoute, avec les fédéraux aux fesses, Anthony Duncan s'est mis au vert. Je suis deux de ses gars depuis des jours. Tout ce qu'ils font, c'est manger, baiser avec des idiotes qui méritent sûrement mieux, et aller à la gym. Et ils fréquentent aussi pas mal les clubs de strip-tease. Je ne veux pas les prendre la main dans le sac. Tout ce que je veux, c'est que l'un d'eux me mène à une planque. Si Duncan est parti, la voiture est peut-être toujours ici.

— J'arrive toujours pas à croire que tu fais tout ça pour une putain de voiture.

— Ce n'est pas n'importe quelle voiture ! C'est une Porsche 356 convertible, modèle 1948.

— OK, tout ça pour une vieille bagnole.

— Cette vieille bagnole vaut un demi-million de dollars. Et comme tout ce qu'on assure, sa valeur marchande est importante. La valeur sentimentale, c'est autre chose. Cette voiture fait partie de l'histoire de la famille. Les trois dernières générations se sont mariées au volant de cette Porsche, il y a un bocal avec les cendres de leur grand-père dans le coffre.

— Merde, d'accord. Bon sang. Je veux que tu me donnes des nouvelles toutes les demi-heures. Si t'as une minute de retard, je débarque et je flingue ta couverture.

— C'est hors de question. Tu fais comme si on était en couple, alors que ce n'est pas vrai du tout.

— Mon cœur, toi et moi, on sait tous les deux qu'il se passe quelque chose entre nous, même si tu as trop peur pour le reconnaître.

— Peur ? Tu crois que j'ai peur ?

— Je pense que tu trembles dans tes bottes à talons sexy.

Il n'avait pas tort, ce qui m'exaspérait.

— Oui, je tremble de rage. Merci de me faire regretter d'avoir décroché.

— Chaque demi-heure, je veux un message.

— Qu'est-ce que je tire de ce marché ?

— Je consulterai tous les dossiers récupérés dans l'entrepôt pour voir s'ils nous mènent à ta fichue voiture.

— Vraiment ?

— Oui vraiment. Je te donnerai tout ce que j'ai trouvé, ce soir au dîner.

On se retrouvait coincés dans une drôle de danse. Deux pas en avant, deux pas en arrière. On s'attirait, s'agaçait et on recommençait. Tôt ou tard, l'un de nous devrait décrocher.

— Ça ne me plaît pas que tu me penses incapable de faire mon travail.

— Angel, je sais que tu es douée pour ton boulot. Je sais que tu te débrouilles mieux que la plupart. Mais quelqu'un va finir par dépasser tes défenses. Et dans ta branche, les conséquences sont fatales.

Il parlait d'expérience.

— Je dois y aller.

— Toutes les demi-heures. Dîner, ce soir.

— D'accord. Mais tu as intérêt à apporter du matériel et à préparer un bon repas.

— Reste discrète. Ne fais rien pour attirer l'attention sur toi, me mit-il en garde.

* * *

— Ne fais rien pour attirer l'attention sur toi, dis-je tout haut, en imitant Nash.

J'étais toujours au même endroit, seulement une heure plus tard, plus barbée et inconfortable qu'avant. J'avais envoyé deux selfies avec un doigt d'honneur. Il avait répondu avec des photos de Fossette. Baker n'était toujours pas sorti et j'avais mal aux fesses.

Je commençais à me demander si la chasse n'était excitante qu'en comparaison avec les filatures ennuyeuses à pleurer. Est-ce que ça en valait vraiment la peine ?

Je réfléchis au nouveau poste qu'on me proposait. Plus de risques, plus de bonus, plus de sensations. Mais est-ce que je voulais vraiment consacrer le reste de ma carrière à chercher des sensations ? D'un autre côté, l'idée d'un boulot d'encadrement me donnait les jetons. Tous ces gens à diriger ? Bof.

Mais qu'est-ce que je pouvais faire d'autre ? Pour quoi est-ce que j'étais douée ?

Ces questions devraient attendre un autre jour, parce qu'un homme en cuir et jean avec un bouquet de fleurs du supermarché arriva sur la terrasse comme s'il était le maître des lieux.

Et ça devait être le cas, parce qu'il sortit une clé de sa poche pour ouvrir la porte.

Je me redressai et pris mes jumelles au moment où le frère de Wendell Baker entra chez lui.

— Oh merde, ça sent pas bon !

Les hurlements retentirent très peu de temps après.

OK, ce n'était pas terrible, mais du moment qu'ils en restaient aux mots…

Le frère sortit de la maison par la fenêtre fermée.

— Putain, grondai-je, et je pris mon portable.

À poil, Wendell Baker passa par la porte. Une femme vêtue d'un simple tee-shirt sortit derrière lui et se mit à crier. Le frère en jean et cuir se leva à temps pour prendre une droite dans la mâchoire.

— 911. Quelle est votre urgence ?

— Lina Solavita à l'appareil. Je suis enquêtrice pour les assurances Pritzger. Un type nu en agresse un autre sur le trottoir.

Je donnai l'adresse, et alors que la coordinatrice la répétait, la femme entoura le cou de Baker de son bras. Il se pencha en avant pour la déloger, ce qui malheureusement m'offrit un gros plan sur leurs deux arrière-trains.

— Maintenant, une femme agresse l'homme nu.

— J'ai deux unités dans la zone qui vont arriver, annonça la coordinatrice. Est-ce que la femme aussi est nue ?

— Elle porte juste un tee-shirt des Whitesnake, c'est tout.

— Hum, un bon groupe de rock.

Le frère se releva et cogna son épaule dans le ventre de Baker, le propulsant sur les marches en béton de la terrasse. Je repensai à la mâchoire de Nash et à l'œil au beurre noir de Knox et me demandais si tous les frères se battaient ainsi.

— Il y a des armes ? demanda la coordinatrice.

— Je n'en vois pas. Le gars tout nu n'en a pas en tout cas.

Les deux frères s'éloignèrent et la femme descendit du dos de Baker. Le gars en jean et cuir sortit de sa poche de derrière un couteau.

— Merde, grommelai-je. Si, maintenant, il y a un couteau.

À cet instant, deux enfants sortirent de la maison voisine et se retrouvèrent ébahis par la scène.

— Et deux gamins regardent.

— Mes officiers sont en route. Deux minutes.

Quelqu'un pouvait se faire trouer en deux minutes.

Le frère s'élança et fit un grand geste digne d'un amateur.

Les mots de Nash me revenaient en boucle à l'esprit. Mais soit j'agissais, soit je laissai ces deux idiots s'entretuer devant des enfants.

Je jetai mon portable sur le siège, ouvris ma portière et appuyai sur le klaxon.

Une fois leur attention captée, je me hissai sur le marchepied et criai :

— La police est en route.

Les deux frères me regardèrent.

— Sérieusement ? grommelai-je. Pourquoi les criminels sont-ils toujours si bêtes ?

J'appuyai de nouveau sur le klaxon quand ils traversèrent la rue, mais enfin, une sirène retentit.

Ils s'arrêtèrent au milieu de la route, se demandant s'ils avaient assez de temps pour me faire ma fête.

J'entendis des grincements de pneus derrière moi. Une fourgonnette blanche s'arrêta derrière le pick-up de Knox et la portière coulissa.

Un homme avec un masque de ski en descendit et m'attrapa par le poignet pour m'attirer à l'intérieur.

Les frères couraient vers nous, désormais.

— Montez, ordonna l'homme masqué en sortant de sa ceinture une arme.

Mais il ne me visait pas moi, il visait les deux frères.

— Hum. OK.

– 31 –

Beignet d'oignons ?

Lina

— Vous ne m'avez pas enlevée juste pour me tuer, si ? demandai-je aux occupants de la fourgonnette. Parce que vous auriez pu laisser les deux frères s'en charger.

La conductrice et le passager qui m'avait fait monter dans le véhicule échangèrent un regard à travers les trous de leurs masques.

— Personne ne va se faire tuer, assura la femme.

Les sirènes retentissaient désormais plus fort derrière nous.

— Accrochez-vous, suggéra le passager.

La conductrice fit alors une violente embardée à gauche qui me propulsa à terre.

— Aïe !

— Désolée.

Pour des ravisseurs, ils étaient très polis.

— Il paraît que vous avez essayé de rencontrer Grim, lança la conductrice.

— Ça pose un problème ? demandai-je en me calant contre la paroi de la fourgonnette qui négocia un virage à droite sans ménagement, traversant deux lignes, pour prendre une sortie.

— On est bons, lança le passager.

Ils retirèrent tous les deux leurs masques.

— Attendez, vous préférez pas les garder pour que je ne puisse pas vous identifier ? Ou est-ce que vous mentiez quand vous avez dit que personne ne se ferait tuer ?

La conductrice avait une épaisse crinière autour de la tête.

— Détendez-vous, dit-elle en regardant dans le rétroviseur. C'était pour les caméras de surveillance, pas pour vous.

Le passager, un grand gars tatoué avec le crâne rasé et une barbe blonde sortit son portable et composa un numéro.

— Ouais. Quinze minutes.

Il raccrocha, posa ses pieds sur le tableau de bord et alluma la radio.

Coldplay envahit le véhicule.

Ils ne m'emmenèrent pas dans un entrepôt abandonné ou un club de motards minable. Non, ils me conduisirent au Burger King.

La conductrice se gara et ils sortirent tous les deux de la voiture. Une seconde plus tard, la portière coulissa et le type me fit signe de descendre en faisant mine de s'incliner respectueusement.

Je les suivis à l'intérieur et fus prise d'une envie de beignets d'oignons.

On passa les comptoirs pour aller vers les toilettes.

À la dernière table attendait Grim en personne. Il était tatoué des mains jusqu'au cou. Le tee-shirt gris qu'il portait semblait collé à sa peau. Ses cheveux gris étaient peignés en arrière et il portait des lunettes de soleil bien qu'on soit à l'intérieur et que le ciel soit couvert dehors. Il mangeait une salade avec une fourchette en plastique.

Il me fit signe de m'asseoir en face de lui. D'un geste de la tête, il renvoya mes ravisseurs.

— Qu'est-ce que je peux faire pour vous, madame l'enquêtrice Solavita ?

— Tout d'abord, pourriez-vous me dire comment vous m'avez trouvée ?

Il prit un air amusé.

— Mes gars étaient tout au bout de la parade.

— Quelle parade ?

— On vous surveillait, vous et les fédéraux en train de surveiller le sbire d'Hugo. Faut que je me tienne au courant de ce qui se passe sur mon territoire.

— Où étaient les fédéraux ?

— Installés dans le magasin vide voisin.

— Et ils allaient laisser les frères Baker s'entre-tuer dans la rue ?

Il haussa ses énormes épaules.

— Je ne perds pas mon temps à comprendre comment fonctionne la loi. Je suis plus intéressé par votre intérêt dans la question.

— Je recherche quelque chose que Duncan Hugo a volé et a dû cacher dans les parages avant de quitter la ville.

— La Porsche.

— Vous êtes bien informé.

— Ça paie de savoir ce qui se passe dans ma cour.

— J'imagine que vous ne pouvez pas me dire où elle est ? hasardai-je.

Grim piqua une tomate avec sa fourchette et l'enfourna.

— Il ne l'a jamais cachée dans son garage clandestin et elle n'est pas arrivée dans l'entrepôt avant le kidnapping. Je sais pas ce qu'il en a fait.

Je poussai un soupir irrité.

— Eh bien, merci pour votre temps. Au fait, à l'avenir, un message suffit, pas besoin de m'enlever.

Il poussa le reste de sa salade sur la table. Après une seconde, un motard vint débarrasser.

— Ce ne serait pas aussi drôle, répliqua Grim. Et j'ai plus important que des infos sur une voiture.

— Quoi ?

— Des rumeurs, des ragots.

— Je n'ai pas balancé ce type dans de l'huile bouillante. C'est quoi le problème avec les rumeurs dans cette ville ?

Il sourit de nouveau.

— Je ne parle pas de ça. Je parle de Duncan Hugo qui est toujours dans le coin, et qui projette un gros coup.

— Hugo est toujours ici ? Mais ce serait…

— Stupide, termina Grim pour moi. Pas nécessairement. Pas si tout le monde, y compris son père, le croit à l'étranger. Pas si personne ne l'a plus revu depuis le désastre de l'entrepôt, parce qu'il est bien caché.

— Mais pourquoi rester ? Tout le monde, depuis le FBI jusqu'à son père le recherche.

— Si vous étiez lui, pourquoi resteriez-vous ?

Je réfléchis aux différents scénarios en me mâchonnant la lèvre.

— Soit parce que je suis débile et que je pense que ça va se tasser, soit…

— Soit, répéta Grim.

— Oh merde. Soit pour reprendre les rênes des affaires familiales. Si je peux me débarrasser de papa, je prends sa place sur le trône.

Grim hocha la tête.

— Vous êtes fûtée. Il n'a même pas besoin d'entrer en guerre, il peut juste attendre que les fédéraux fassent leur boulot. Il lui suffit de régler les derniers détails ici et là.

— Quels détails ? demandai-je, une boule dans la gorge.

— Nash Morgan.

Oh non ! Je consultai ma montre et grimaçai.

— Je peux vous emprunter votre portable ?

– 32 –

Un avertissement poli

Nash

J'avais envie de frapper dans quelque chose.

Je regardai sur ma droite. Knox portait encore les traces de notre dernière bagarre. Lucian était sur ma gauche, bras et jambes croisés. Dans toutes nos années d'amitié, je ne m'étais jamais battu avec lui. Et je ne l'avais jamais vu se battre. Je savais qu'il en était capable, j'avais vu le résultat, mais jamais je ne l'avais vu en action.

Depuis quelque temps, il préférait extérioriser sa fureur réprimée par d'autre moyens.

Mais moi, je n'avais qu'un seul moyen pour me défouler.

— Les voici, annonça Knox.

Le demi-cercle de motards devant nous s'écarta pour laisser entrer une moto sur le parking. Je reconnus aussitôt Grim, mais c'est sa passagère qui me fit serrer les poings.

La moto s'arrêta droit devant moi. Lina retira son bras de la taille de son conducteur et descendit gracieusement du véhicule.

À peine eut-elle retiré son casque que je l'attirai derrière moi.

— Nash.

— Ne commence pas, ordonnai-je.

Knox, Lucian et Nolan se rapprochèrent et ensemble, on forma un mur entre Grim et elle.

Les secondes défilèrent tandis que je le fixai de mon regard mauvais.

— Donne-moi une bonne raison pour laquelle je ne devrais pas t'arrêter maintenant ? demandai-je.

— D'abord parce que j'ai sauvé ta copine qui risquait de se faire botter le cul, commença Grim.

Le premier message qu'elle avait manqué, on avait foncé dans mon véhicule, Nolan et moi. On n'était pas encore sortis du parking que Grave m'informait de l'appel d'urgence à Arlington. J'étais sur la route au moment où Lina m'avait appelé depuis le portable de Grim.

Knox et Lucian se pointèrent au QG des motards environ cinq minutes après nous.

— Messieurs, je suis désolée d'interrompre votre compétition de regards très impressionnante, lança Lina. Mais je dois faire pipi et Grim a des infos qu'il veut bien partager.

— Entrons, proposa Grim. Tous sauf lui.

Les têtes se tournèrent vers Nolan.

— Un flic ça suffit largement déjà. Je n'ai pas besoin que vous rôdiez à deux sur mon territoire.

Nolan ne semblait pas ravi à cette idée.

— Tout va bien, lui assurai-je.

— Ne faites rien de stupide à l'intérieur.

Je hochai la tête.

— Alors les gars, on fait quoi en attendant ? demanda Nolan aux motards. On joue au Scrabble ? Une autre idée ?

Knox m'attrapa par le bras.

— Essaie de pas trop la jouer gardien de l'ordre, OK ? Il vaut mieux pas que tu te mettes Grim à dos.

— Et toi, essaies de pas la jouer connard, comme d'habitude, répliquai-je en me dégageant.

— Doucement, les deux, siffla Lina.

Je lui pris la main et l'attirai contre moi. Personne ne s'approchait d'elle.

Je dois reconnaître que l'intérieur me surprit. Ce n'était pas ce à quoi je m'attendais dans un QG de motards. À la place des murs imbibés de tabac et du sol poisseux de bière, le bâtiment de plain-pied ressemblait plus à un club ou une galerie d'art. Le sol était en béton, les murs alternaient entre blanc et gris foncé avec de larges tableaux chaotiques qui ajoutaient des touches de couleur.

Grim montra à Lina la direction des toilettes et je restai devant pendant que les autres entraient dans une sorte de salle de conférences.

Quand la porte des toilettes s'ouvrit, je me décollai du mur.

— Ça va ?

— Ça va. Promis. Grim et ses hommes de main sont plutôt sympas. Et avant que tu dises quoi que ce soit, rien de tout ça n'était ma faute.

Chaque fois que je la regardais, sa beauté me frappait comme un uppercut. Chaque fois que ses yeux se posaient sur les miens, un incendie s'allumait en moi. Je voulais la toucher, la coller contre le mur, faire glisser ma main le long de son corps. Mais si je faisais ça, je ne sais pas si j'aurais la force de m'arrêter. Alors je gardais les mains sur le côté.

— Nash ?

— Je sais.

Elle se figea avant de secouer la tête.

— Tu sais ? Tu sais quoi ?

— Que c'était pas ta faute, dis-je, les dents serrées.

— Je m'attendais pas à ça, à dire vrai.

— Ça veut pas dire que je suis content que tu te sois mise dans cette situation. Même si je t'avais prévenue. Et ça ne m'a pas plu de ne pas savoir ce qui t'était arrivé après ton appel au 911. Et tu peux imaginer combien j'étais ravi que tu te fasses tirer d'affaire par deux types masqués.

— Non, c'était une femme, la conductrice.

Mais je n'avais pas terminé.

— Et ça me pose un sacré problème de t'avoir vue sur la moto du plus grand criminel de la ville.

— Regarde le bon côté des choses, beau gosse. Tu te souviens de combien tu détestais ne rien ressentir ? Regarde toutes les émotions que cette matinée t'a inspirées.

Je me mis à frotter mon pouce entre mes sourcils.

— Je crois que je préférerais ne rien ressentir.

— C'est faux.

Son doux sourire disparut et ses yeux devinrent sérieux.

— Tu dois entendre ce que Grim a à dire. Je t'ai appelé pour une bonne raison.

Elle m'avait appelé, en effet. Et ça comptait.

— Je vais l'écouter, mais je ne garantis pas que je vais pas lui en mettre une ou que je vais pas lui passer les menottes.

— Le président d'un club de motards qui ouvre sa porte à un flic, ce n'est pas rien. Oublie les menottes, peut-être, suggéra-t-elle.

On trouva les autres assis autour d'une longue table en bois avec des bords bruts et des pieds en métal noir.

Grim était assis à sa tête avec deux sbires derrière lui, un petit blanc tatoué au torse puissant et une grande noire avec des ongles rouge sang.

Lina salua la femme, qui lui répondit gentiment.

Lucian et Knox étaient assis à la gauche de Grim. Je m'installai à sa droite et tirai la chaise à côté de moi pour Lina.

— Qu'on en finisse. J'adore pas avoir des flics chez moi, déclara Grim.

— Ce n'est pas non plus un pique-nique pour moi, répliqua Nash.

Knox leva les yeux au ciel et Lina me donna une tape sous la table.

Je lui pressai la cuisse.

— Ce que Nash veut dire, c'est qu'il apprécie que vous vouliez bien partager vos informations, lança Lina.

Grim grogna.

— Qu'est-ce que vous avez ? demandai-je plus poliment.

— Mon club s'est penché sur les opérations de Duncan Hugo depuis qu'il a rompu avec l'autorité paternelle. On tend l'oreille et on ouvre l'œil pour des espèces de petits tordus comme lui.

— Surtout après qu'il a décidé d'ouvrir son garage clandestin dans ton territoire, précisa Knox.

La police avait fait une descente dans le garage précédent d'Hugo. Il en avait monté un autre dans l'entrepôt où Way et Naomi avaient été kidnappées. C'était Grim qui avait prévenu Knox où il les retenait captives.

Ça plus le fait que Lina n'était pas blessée me dissuada de lui coller mon poing dans la figure.

— C'était un facteur, admit Grim. Notre intérêt a subsisté même après sa disparition. Et quand une enquêtrice des assurances a insisté pour parler d'Hugo, on s'est mis à écouter les rumeurs.

Je n'avais pas la patience pour cette introduction.

— Quelles rumeurs ?

Grim posa les coudes sur la table et croisa les doigts.

— Officiellement, on raconte que Duncan Hugo a quitté la ville tout de suite après la débâcle de l'entrepôt et qu'il s'est payé un aller simple pour Mexico.

— Et officieusement ? demanda Lucian, qui prenait la parole pour la première fois.

— Il n'est pas parti. Il se cache et prend le temps de réfléchir.

— Ce serait franchement débile de sa part, intervint Knox.

— Les agents le cherchent encore. J'ai un marshal aux trousses et Hugo décide de rester dans le coin ? demandai-je. Ça n'a pas de sens.

— Et pourtant si, s'il décide de reprendre l'entreprise familiale, rétorqua Grim.

Lucian et Knox échangèrent un regard.

La main de Lina trouva la mienne sur sa cuisse et la pressa.

— Vous parlez d'une guerre du crime organisé. On ne peut pas monter une armée sans ouvrir sa gueule. Personne ne reste si silencieux dans ce cas, affirmai-je.

— Pas nécessairement, contredit Lina.

Tous les regards se posèrent sur elle.

— Tout ce que Duncan a besoin de faire, c'est d'attendre que les fédéraux se tournent vers son père. Il n'a pas besoin d'une armée pour ça. Juste quelques loyaux soldats pour permettre la transition du pouvoir.

Putain.

— Les fédéraux sont au courant ? demandai-je.

— Selon mes sources, ils ont reçu des infos anonymes qui les aident à monter un dossier contre Anthony Duncan, lança Lucian.

Je ne voulais pas penser que Lucian avait des sources dans le FBI.

— Ces informations peuvent venir directement de Duncan, renchérit Lina.

— Putain, lâcha mon frère en passant une main dans sa barbe. Donc il file des infos sur les opérations de son père et quand il sera coffré, c'est lui qui prend sa place ?

— Ça ressemble à ça.

— Pourquoi les agents arrêteraient pas simplement ces deux connards ? interrogea Knox.

— Anthony Duncan dirige un empire du crime depuis des décennies. Son fils n'est rien en comparaison.

— Il a essayé de tuer mon frère ! aboya Knox.

— Les fédéraux passent des marchés tout le temps pour obtenir ce qu'ils veulent. Ils veulent Hugo senior depuis un sacré moment. Ils vont pas perdre leur temps avec un petit voleur de voiture, surtout s'il leur apporte des infos, expliqua Grim.

— Bon, et je fais quoi, moi, de tout ça ? demandai-je.

— Faites attention à vous. Si Duncan décide de prendre la tête de l'empire familial, il n'a que quelques détails à régler.

Lina se tendit.

— Quels détails ?

Mais je connaissais déjà la réponse.

— Vous, affirma Grim avant de s'adresser à mon frère. Et tes filles.

Knox grogna.

— Impossible de l'accuser de quoi que ce soit si les témoins ne peuvent plus parler, conclut Grim sur un ton inquiétant.

– 33 –

Livres ou bonbons

Lina

Moi : Comment va ma meilleure chercheuse du monde ?

Zelda : Laisse-moi tranquille, à moins que tu aies d'autres infos sur Téléphone Prépayé.

Moi : Toujours pas retrouvé ?

Zelda : Même mes superpouvoirs ont des limites. Sans dossiers sur Téléphone Prépayé ou un nom ou au moins une description physique, j'ai bien trop de bons à rien.

Moi : Définis bons à rien.

Zelda : J'ai une liste de mille deux cent dix-sept individus (dont huit cent cinquante-six hommes), affiliés à Hugo, par la famille, l'école, le sport, ou je ne sais quoi encore. Ça inclut tous les voisins à toutes les adresses que j'ai trouvées pour lui, les vendeurs d'alcool, les employés de son père (en prison ou en liberté), les facteurs, etc. À moins que t'aies un moyen de réduire les possibilités, on n'a rien.

Zelda : Tu pourrais peut-être mettre la main sur le rapport d'une scène du crime ? Quelque chose pourrait nous aider là-dedans.

Moi : Non. Nash est introuvable depuis hier et notre visite dans l'univers des motards. Et maintenant, je dois jouer les ados en herbe.

Zelda : J'ai tellement de questions…

* * *

L'événement annuel organisé par la bibliothèque, « Des bonbons ou des livres », était l'occasion pour les habitants de Knockemout de se réunir autour des thèmes d'Halloween pour boire et manger sans les menaces de mauvais sorts.

Chaque mois d'octobre, la rue devant la bibliothèque était fermée l'espace d'un soir pour faire place à un groupe de musique, une piste de danse, des food trucks et bien sûr, un bar ambulant. Et c'est la bibliothèque qui touchait les bénéfices.

Malheureusement pour moi, l'odeur du pop-corn à la citrouille et du cidre brut ne m'aidait pas à oublier combien j'étais exaspérée. Non seulement Nash n'était pas venu dîner la veille, mais il ne m'avait donné aucun des dossiers promis.

Il n'avait ni appelé ni écrit ni même frappé à ma porte pour demander de dormir dans mon lit. Ce que j'aurais refusé catégoriquement.

Selon les rumeurs, avec Knox, Lucian et Nolan, il s'était enfermé dans le repaire de Knox.

C'était un sacré changement pour Knox, parce que pour l'instant, il n'avait autorisé que Naomi à entrer dans son bureau.

Bien sûr, les rumeurs allaient également bon train sur ce qui se disait entre les quatre hommes. On parlait d'un corps à cacher, d'une partie de poker de vingt-quatre heures, et – ma théorie préférée – Knox avait énervé Naomi au sujet de l'arrangement floral et il redoutait sa colère.

Mais je pensais connaître la vérité. Les quatre hommes parlaient stratégies et ils m'avaient laissée en dehors de tout ça.

OK, je préférais faire les choses en solo. Et c'est vrai, je n'aimais pas faire partie d'une équipe. Mais j'étais déjà bien impliquée. J'étais la seule à mener une réelle enquête et ces quatre salopards de machos ne me conviaient pas à leurs discussions.

Je me rendis compte que je venais de chiffonner le papier dans ma main.

— Ah, voici le reçu. Désolé de l'avoir froissé. Merci pour la donation, dis-je en tendant le papier en boule à Stasia.

La styliste du Whisky Clipper venait de donner un méga sac de livres de poche à la bibliothèque.

— Ça va, Lina ? demanda-t-elle en rangeant le reçu dans son sac.

Bon sang, il fallait vraiment que je veille à garder un visage neutre.

— Ça va, assurai-je.

— Si tu t'en fais pour Knox et compagnie, c'est vraiment pas la peine. J'ai entendu dire qu'ils prennent des cours de danse de salon pour faire la surprise à Naomi.

— Tu sais ce que j'ai entendu, moi ? dis-je avant de regarder dans les deux sens.

— Quoi ? demanda Stasia en se penchant vers moi.

— J'ai entendu dire qu'ils faisaient une chorégraphie avec arrachage de pantalon.

— Oh mon Dieu. J'ai trop hâte de voir ça !

Quelques minutes plus tard, je fus relayée par Doris Bacon des écuries Bacon qui était venue déguisée en dresseuse de chevaux.

Mes services à la communauté valaient bien un vin chaud, décidai-je. Et une fois que je l'aurais savouré, j'irais frapper à la porte de Knox assez longtemps pour que ces quatre débiles m'ouvrent la porte.

Je venais d'être servie quand une jolie blonde vaguement familière s'arrêta devant moi.

— Lina ? Lina Solavita ? C'est Angie, du lycée.

Angie Levy, la deuxième meilleure buteuse de notre équipe et la raison pour laquelle j'avais fini par me faire appeler Lina, parce que deux Angie, ça portait à confusion. C'était une crack en biologie et elle conduisait la Ford Excursion d'occasion de son père pour emmener les filles manger des glaces. Elle vivait de Coca light et de crackers au beurre de cacahouètes.

Elle avait vieilli et embelli. Ses longs cheveux blonds étaient coupés en un petit carré. Elle portait un jean, un pull en cachemire et un gros diamant sur la main gauche.

— Angie ? Qu'est-ce que tu fais ici ?

— Mon mari et moi, on travaille à Washington DC. Et toi ?

— Je suis… de passage.

— Tu es sublime ! lança-t-elle en ouvrant les bras pour me faire une accolade.

— Merci, dis-je en reculant, mon verre de vin dans la main. Toi aussi.

— Non, sérieusement. Tu es splendide. À tomber par terre.

Ça venait de la fille qui avait arrêté de m'inviter à venir dormir chez elle.

— Merci, répétai-je.

Elle secoua la tête et sourit, faisant apparaître sa fossette que j'avais déjà oubliée.

— Je t'inonde de paroles, excuse-moi, c'est juste que j'ai si souvent pensé à toi depuis le lycée.

Je ne voyais vraiment pas pourquoi. Elle et le reste de l'équipe, le reste de mes amies, m'avaient tourné le dos.

Comme si c'était contagieux, les problèmes de valves cardiaques, comme si se lier à moi était mortel.

— Maman ! cria un garçon aux cheveux roux foncé et des taches de milk-shake sur la veste qui accourut vers nous. Maman !

Angie leva les yeux au ciel, mais affectueusement.

— Eh, tu te souviens de la conversation qu'on a eue hier sur les bonnes manières ? Et le jour d'avant ? Et le jour d'avant le jour d'avant ?

L'expression du garçon était la copie crachée de celle de sa mère. Il poussa un soupir avant de se tourner vers moi.

— Bonjour, moi c'est Austin. Excusez-moi de vous interrompre.

— Enchantée Austin, dis-je sans pouvoir réprimer un sourire.

— Cool, lâcha-t-il avant de s'adresser de nouveau à sa mère. Maintenant je peux te poser ma question essentielle ?

— Je t'écoute.

Il inspira profondément.

— Davy a dit que c'était impossible que je le batte au jeu de fléchettes sur les ballons. Ce qui est débile, parce que je suis bien meilleur que lui. Mais je n'ai pas si bien joué que ça à la première série, parce qu'il a triché et m'a chatouillé. C'est pas juste, je veux ma revanche !

— Donc tu as besoin de plus que les dix dollars que je t'avais donnés dans la voiture en te disant de bien faire attention, parce que je ne te donnerai pas un sou de plus, résuma Angie en m'adressant un regard amusé.

— Oui ! dit-il en hochant la tête, enthousiaste.

— Et si tu demandais à ton papa ?

— Il est en pleine partie de jeu de la taupe avec Brayden.

Angie ferma les yeux avant de lever la tête pour regarder le ciel.

— Était-ce trop demander que d'avoir un peu d'œstrogènes dans mon foyer ? interrogea-t-elle.

— Maman, insista le garçon.

— Tu as sorti la poubelle, hier ?

— Oui.

— Tu as fait tous tes devoirs pour lundi ?

— Oui.

— Tu es d'accord de retirer les mauvaises herbes de mes parterres de fleurs sans râler ni demander plus d'argent ?

Il hocha la tête vigoureusement.

— Je plierai même mon linge toute la semaine.

— Cinq dollars, marchanda Angie en sortant son portefeuille.

— Oui ! se réjouit Austin en serrant le poing.

Elle lui tendit le billet et recula sa main quand Austin tendit la sienne.

— Attends, quand Davy lance sa fléchette, crie « Hello Erika ».

— Pourquoi ? demanda le garçon en fronçant les sourcils.

— Parce que ton frère en pince pour elle, ça le déconcentrera.

Elle lui tendit de nouveau le billet.

Il le lui arracha de la main, son visage criblé de taches de rousseur s'illuminant.

— Merci maman, tu es la meilleure !

Je le regardai filer dans la foule, brandissant son billet au-dessus de sa tête.

— Désolée. Toute ma vie depuis dix ans n'est faite que d'interruptions, se justifia Angie. Trois garçons qui oublient tout des bonnes manières au réveil et tu dois recommencer leur éducation depuis le début. Bref, qu'est-ce que je disais ?

— Je devrais y aller, dis-je, cherchant à me sauver.

— Oh, je sais. Je disais que j'avais beaucoup pensé à toi.

Comme c'était embarrassant.

— Ah oui, ça.

— J'ai toujours regretté de ne pas avoir fait plus d'efforts pour briser ces murs après… tu sais quoi.

— Mon arrêt cardiaque devant la moitié de la ville ?

La fossette apparut de nouveau.

— Oui, ça. Mais malgré mon narcissisme adolescent, j'aurais dû essayer plus. Pour te forcer à me laisser être avec toi.

— Me forcer ? répétai-je, mes épaules se crispant. Écoute, c'était il y a très longtemps, et je suis passée à autre chose. Je ne vais pas en vouloir à un groupe de gamines de ne pas avoir voulu traîner avec la « morte ».

— Si j'avais été la mère de Wayne Schlocker, je l'aurais puni jusqu'à l'université.

Wayne était un garçon athlétique et populaire. Ça ne m'étonnait pas que ce soit lui qui ait inventé ce surnom.

— Tu sais que Cindy l'a frappé dans la cafétéria pour ça. Et que Regina a renversé sur lui toute une bouteille de ketchup. Toute l'équipe a commencé à l'appeler Wayne Shit Locker après ça.

— Sérieusement ?

— Bien sûr. On était tes amies et tu étais à l'hôpital. Ce qui s'est passé n'a jamais été une blague pour nous.

Je devais lui demander, j'avais besoin de réponses pour mon premier mystère jamais résolu.

— Alors pourquoi vous avez disparu ?

Angie pencha la tête et m'adressa un regard maternel.

— On n'a pas disparu. Pas au début, en tout cas. Tu ne t'en souviens pas ? On était là tous les jours pendant que tu te rétablissais. À l'hôpital. Et ensuite chez toi, à la maison.

Je me rappelais vaguement un groupe de filles en pleurs, et ensuite mortes de rire dans ma chambre d'hôpital et chez moi. Mais le flot avait diminué petit à petit jusqu'à ce que plus personne ne vienne.

— Tu sais quoi ? C'est pas important. C'est du passé.

— C'est ma faute. L'adolescente que j'étais attendait que l'adolescente que tu étais redevienne comme avant, reconnut Angie. Que tu redeviennes normale.

Mais la normalité était un luxe que je ne pouvais plus m'offrir des années après.

— Moi aussi, je l'attendais, admis-je.

— Et au lieu de ça, tu t'es enfermée. Et après mon fils, Austin, je le comprends. Mais à l'époque je ne l'ai pas compris et les filles non plus. Et parce qu'on n'a pas compris, on t'a laissée nous repousser.

Un autre souvenir refit surface. Angie et son amie Cindy allongées sur mon lit, feuilletant mes magazines, se demandant quel décolleté était permis à une soirée dansante. Moi, assise à la fenêtre, avec des bandes autour de la poitrine, consciente que non seulement je ne montrerais pas de décolleté mais qu'en plus je n'irais pas au bal.

Je devais alors voir un spécialiste.

Et personne ne m'avait invitée à danser de toute façon.

— Idiotes, c'est tout ce qui vous intéresse ? avais-je crié sur elles. Les rendez-vous galants et les soutiens-gorge avantageux ? Vous êtes tellement futiles.

Je grimaçai en y repensant.

Je m'étais sentie rejetée, sans assumer ma part de responsabilité dans cet abandon. J'avais chassé mes amies de ma vie.

— Qu'est-ce qu'il a eu Austin ? demandai-je.

— Leucémie. Il avait quatre ans. Il a sept ans maintenant, et il a encore des séances de chimio. Mais c'est un gamin incroyable, à part quand il est pénible avec les jumeaux. J'ai eu cette révélation pendant un goûter entre enfants qu'on avait organisé pour lui. Mon mari et moi, on a tenté de la jouer aussi normal que possible.

— Mes parents ont fait le contraire.

— Je m'en souviens. Ta pauvre mère passait la tête tous les quarts d'heure dans ta chambre. Je trouvais ça tellement étouffant à l'époque. Mais maintenant ?

Elle inspira profondément.

— Je ne sais pas comment elle a fait pour se retenir autant. On a cru qu'on allait le perdre. Et l'espace de quelques secondes, ta mère t'a vraiment perdue.

— Je suis contente que ton fils aille mieux, dis-je, gênée.

— Grâce à ses amis. Il jouait à faire des ricochets dans le ruisseau et quelque chose l'a agacé. Il s'est énervé, il les a traités de tous les noms, il leur a dit qu'il ne voulait plus jouer avec eux. Et tu sais quoi ?

— Ils ont commencé à se jeter des cailloux les uns sur les autres ?

Angie sourit et secoua la tête. Elle avait les yeux qui brillaient.

— Ces petits gars l'ont pris dans les bras.

Une larme coula sur sa joue, elle l'essuya rapidement.

— Ils lui ont dit que c'était normal qu'il se sente mal et qu'ils seraient quand même ses amis.

Mes yeux me brûlaient.

— Waouh.

— Je sais. Tu aurais pu deviner que des petits garçons avaient plus de maturité émotionnelle que des adolescentes ? Et pourtant.

Elle essuya une nouvelle larme.

— Ça a été un tournant pour Austin. Ça a tout changé. Après ça, il a arrêté de se battre contre son traitement. Ses crises de colère se sont espacées et sont devenues moins violentes. Et il a commencé à redevenir « normal ». Et j'ai alors compris combien on avait raté ce tournant pour toi. On n'a pas creusé. On n'a pas accepté le mauvais et on n'a pas été assez patientes pour attendre que le bon revienne. Et j'en suis vraiment navrée. Ce qui t'est arrivé n'était pas juste, pas plus que comment on l'a géré. Mais grâce à toi, j'ai pu être une meilleure maman pour mon fils quand il avait le plus besoin de moi.

Je ne pouvais plus cligner des yeux de peur de déverser les larmes chaudes qui les brûlaient. Ça aurait détruit mon eye-liner.

— Waouh, parvins-je simplement à répéter.

Angie sortit un mouchoir de son sac à main.

— Tiens, dit-elle en m'en offrant la moitié.

— Merci.

Je me tamponnai les yeux.

— Je ne m'attendais pas à avoir cette conversation ce soir, confessa-t-elle en reniflant.

— Moi non plus.

Je me mouchai et pris une gorgée de vin.

Un beau rouquin avec une casquette de base-ball s'approcha de nous.

— Eh, chérie, les garçons m'ont escroqué… oh mince.

Il regarda tour à tour Angie et moi.

— Besoin d'un câlin ou d'une bonne part de gâteau au chocolat pour réparer tout ça ?

Angie laissa échapper un petit rire.

— Gâteau au chocolat !

— Je t'apporte ça, promit-il en tendant ses deux index vers elle. Je t'aime. Tu es belle. Les garçons et moi, on a tellement de chance de t'avoir.

— Une grosse part, hein, lança-t-elle derrière lui avant de se tourner de nouveau vers moi. C'est mon mari. Il est plutôt génial.

— J'avais deviné.

— On peut se prendre dans les bras maintenant ?

J'hésitai pour finalement accepter.

J'ouvris mes bras et elle s'y lova. Étrange comme ça me semblait naturel d'enlacer une vieille amie que je pensais avoir perdue. Des dizaines de souvenirs d'une époque meilleure ressurgirent à la surface. Incroyable comment je les avais enfouis.

— Eh Lina ! Viens par ici. On a besoin de toi dans le stand photo, cria Sloane depuis le trottoir.

Elle était déguisée en Robin des bois et la longue plume de son chapeau en feutre vert était déjà cassée.

— Dépêche-toi avant que mes doigts soient complètement gelés, renchérit Naomi, en agitant un milk-shake alcoolisé vers moi.

Elle était habillée comme Elizabeth Bennet dans *Orgueil et préjugés* avec une robe Empire et un décolleté impressionnant.

— Ou avant que tous les gars débarquent, ajouta Sloane.

Comme pour illustrer ses propos, Harvey le motard accourut vers elle et se mit à danser.

Je ris et me dégageai.

— Je dois y aller.

— Oui, moi aussi. Qui sait ce que les jumeaux ont manigancé avec mon mari.

— Des jumeaux, ma pauvre, taquinai-je.

— Il y a pas pire. Fais jamais ça, plaisanta-t-elle. En tout cas, on habite à quarante-cinq minutes d'ici. Je peux te donner mon numéro et on pourrait se retrouver dans un endroit interdit aux enfants, non ?

— Avec plaisir.

— C'était super de te revoir. Je suis contente que tu aies trouvé de vraies amies, affirma Angie, un gentil sourire aux lèvres.

On échangea nos numéros et on prit congé l'une de l'autre.

J'acceptai la séance de photos dans le stand et goûtai le milk-shake de Naomi. Sloane me tendit les clichés qui nous firent mourir de rire.

De vraies amies. C'est ainsi que les avait appelées Angie. Naomi et Sloane m'avaient acceptée telle que j'étais, avec tous mes défauts.

Est-ce que j'allais continuer à tenir les gens à distance ? Ou était-il temps que j'arrête ?

— On devrait danser, annonça Sloane.

— Je sais pas si je peux, déclara Naomi. Ce corset m'empêche de respirer.

C'est vrai qu'elle l'avait sacrément bien serré.

Je ressentis un picotement entre les omoplates. Deux choses seulement me faisaient cet effet : les ennuis et Nash Morgan.

Je me tournai et aperçus Nash entouré de Knox, Nolan et Lucian. Ils avançaient comme un groupe de sentinelles impassibles malgré les réjouissances ambiantes. Plus ils approchaient, plus mon cœur battait vite.

Naomi se jeta au cou de Knox. Il ferma les yeux en lui embrassant le haut de la tête et en respirant ses cheveux. Sloane envoya un regard mauvais à Lucian avant d'agiter la main en direction de Nolan.

Pendant ce temps, je faisais mine de ne pas remarquer les yeux de Nash qui me transperçaient.

— Tu m'as manqué, lança Naomi alors que Knox la lâchait. Tout va bien ?

— On avait juste quelques affaires à régler. Je voulais pas t'inquiéter, Margo, répliqua Knox, presque tendrement.

— Tu ne cachais pas vraiment un corps, n'est-ce pas ? demanda-t-elle.

— Angelina, dit doucement Nash.

Il m'examina de la tête aux pieds.

— T'es déguisée en quoi ?

— Nancy Drew, l'ado détective, et tu es en retard.

Les mains sur les hanches, j'essayais de décider si je devais lui crier dessus ou l'ignorer, quand l'univers apporta la réponse. Le groupe de musiciens entonna les premières notes de son récital et soudain j'eus envie d'être à des années-lumière d'ici.

— On danse, dis-je en attrapant Sloane qui attrapa Naomi et on laissa les hommes sur place.

— Je connais pas les pas, protesta Naomi.

— C'est facile, promis-je, entraînant mes amies dans la ligne de danseurs. Et avec les seins que tu as, personne ne remarquera que tu as raté un pas. Suis le rythme.

On se glissa entre Justice et Tallulah à notre gauche, et Fi et son mari, à notre droite. Entourant Naomi, Sloane et moi, on se mit à danser.

À l'université, j'étais tombée amoureuse de la danse grâce au bar sur le campus. La musique country me rappelait encore ces années de liberté quand je pouvais être une fille en train de s'amuser et pas une patiente aux mains des médecins.

On était entourées de jean, de cuir et de déguisements d'Halloween. Les claquements des bottes résonnaient sur l'asphalte. Les couleurs se mélangèrent et j'en oubliais Duncan Hugo, Nash Morgan, mon travail et la suite des événements. Je me concentrai sur le rire de Naomi et la queue-de-cheval platine de Sloane.

Mais je ne pouvais bloquer la réalité bien longtemps. Surtout avec ces yeux bleus fixés sur moi.

Chaque fois que je virevoltais, mon regard tombait sur Nash et ses compagnons, jambes et bras croisés. Ça aurait dû être interdit de mettre autant de types sexy au même endroit.

Ils fronçaient tous les sourcils.

— Pourquoi nous dévisagent-ils tous aussi méchamment ? demandai-je en faisant claquer mes bottes.

— C'est le visage de bonne humeur de Knox, assura Naomi en partant dans la mauvaise direction avant de se corriger.

Sloane était parfaitement dans les temps avec le reste des danseurs.

— C'est le visage de connard de Lucian.

La chanson s'arrêta, mais juste au moment où les rangs se divisaient, un autre air débuta, et Justice m'attrapa et me fit tourbillonner. En riant, je fis un pas avec lui, jusqu'à ce que Tallulah revînt. Il se tourna vers elle, je m'éloignai et cette fois ce fut Blaze qui m'attrapa, la motarde de mon couple de lesbiennes favori.

Ensemble nous repartîmes pour un tour, chantant avec le reste de la foule. C'est à peine si j'entendis le cri indigné qui couvrit le chœur.

— Retire tes sales pattes de moi, abruti.

Blaze et moi, on se figea sur la piste et je repérai Sloane qui se débattait contre un des potes de Tate Dilton.

– 34 –

Inévitable

Lina

C'était un gros type dégoulinant de sueur qui avait bien trop bu. Il n'était pas le genre de gars à ouvrir un livre et avait dû arriver à cette fête par hasard.

Je me frayai un chemin dans la foule.

— Je t'ai dit de me lâcher, gronda Sloane quand j'arrivai à ses côtés.

— Où est-ce que tu te sauves comme ça ? demandait l'énergumène, avec un sourire qui révéla une dent en or.

Il tenta quelques pas de danse, mais ne parvint qu'à tordre le bras de Sloane et lui retirer les lunettes du nez.

— Ça suffit. Laisse-la tranquille, micro pénis, intervins-je en m'interposant entre les deux et en le faisant lâcher mon amie.

Son attention se posa sur moi.

— Viens me sentir, chérie, bafouilla-t-il en me prenant la main et en l'approchant de son entrejambe.

— Je ne ferais pas ça à ta place, à moins de pouvoir te permettre un long congé pour amputation de testicules, dis-je en me débattant.

— Ah ah ah, j'adore quand elles ont de l'humour, lança l'ivrogne en me tordant douloureusement le poignet et en écartant les jambes. T'es déguisée en qui, toi ?

Je serrai mon poing libre.

— À ton avis.

Et je lui décochai une droite, mais au lieu de sentir le contact de mes phalanges sur sa mâchoire, je me retrouvai libérée de son emprise par un bras puissant autour de ma taille.

— Eh ! hurlai-je.

— Tiens-la, retentit la voix sévère du chef Nash Morgan qui me passa à son frère.

— Laisse-moi ! dis-je en m'agitant dans les bras de Knox.

Dans ma rage, j'aperçus Lucian qui retenait Sloane de la même façon. Il jetait des regards noirs au gros type.

— Tu t'en occupes ? demanda Knox à Nash en me maintenant les bras contre le corps pour que je ne puisse pas retourner au combat. Les Morgan étaient têtus et forts.

— Je m'en occupe.

La voix d'acier de Nash me figea sur place. Je ne l'avais jamais entendu si furieux.

Blessé ? Oui.

Amusé ? C'était arrivé.

Charmant ? Absolument.

Bêtement obstiné ? Un millier de fois.

Mais aussi enragé, jamais de la vie.

J'avais sûrement un problème, parce que cette expression qu'il avait sur le visage m'excitait. Mais alors à un point.

Je tentai encore de me libérer, mais Knox était inflexible.

— Je voulais le frapper, gémis-je.

— Fais la queue, Leens, répliqua Knox.

Et en effet, une file d'attente s'était formée avec à sa tête, Nash, puis Nolan à côté de Lucian – qui tenait toujours Sloane – et Knox et moi au dernier rang.

— Vous êtes en état d'arrestation, déclara Nash.

— En état d'arrestation ? Ça aurait été beaucoup plus satisfaisant si je lui en avais collé une.

— Patience, lâcha Knox.

Sloane se débattait dans les bras de Lucian.

— Si tu me lâches pas tout de suite, je vais…

— Tu vas faire quoi ? l'interrompit Lucian. Me frapper la cheville et m'insulter ?

Elle grommela en guise de réponse.

— Passe Sloane à Graham, suggéra Knox.

— Non, riposta Lucian, sa voix plus froide que de la glace.

— Vous pouvez pas m'arrêter, j'ai rien fait, se plaignait le gros type.

Naomi apparut à côté de nous, un sachet de pop-corn à la main.

— Je pense que tu peux la lâcher, maintenant, Viking.

— Marguerite, ça ne m'étonne pas que tu penses ça. Mais c'est pas mon premier rodéo avec Lina La Teigne. Si je la laisse partir, elle va balancer son poing à la ronde.

— Oh, ça va ! C'est arrivé une fois seulement, dis-je en reprenant ma lutte.

— Deux, corrigea-t-il en m'emprisonnant dans ses bras. Tu as oublié le nez de cette enflure à Pittsburgh.

Je réussis à me dégager suffisamment pour lui planter mon coude dans le ventre. Malheureusement, ses abdos en béton firent plus de mal à mon coude que le contraire. Qu'est-ce qui se passait avec les hommes de cette ville et leurs muscles ?

— Aïe ! Bon sang ! C'est toi qui l'as jeté par la fenêtre.

— Calme-toi, Lina, gronda-t-il.

— Mon chéri, tu sais que ça ne marche pas sur les femmes, n'est-ce pas ? lui lança Naomi avant d'avaler une poignée de pop-corn.

— Knox, si tu ne me lâches pas, je vais commencer avec ton visage, l'avertis-je.

— Vous avez posé vos mains sur deux femmes qui vous ont clairement dit de ne pas les toucher, expliqua Nash au motard. Vous êtes en état d'arrestation.

— C'est quoi le problème ici ?

— Putain, grommela Knox, alors que Dilton venait se mêler à la scène.

— Maintenant, tu me lâches, sifflai-je.

— Je m'en occupe, assura Nolan en tournant la tête vers nous.

— Ça ne te regarde pas, Dilton, dit Nash d'une voix autoritaire.

Dilton ricana.

— Ça ressemble fort à un abus de pouvoir. Quelqu'un doit intervenir.

— Tu en connais un rayon dans l'abus de pouvoir, toi, répliqua Nash.

— Et voilà, grommela Knox.

Il me souleva et me passa à Harvey, le motard géant avec des bras aussi gros que ma tête.

— Tiens-la, s'il te plaît, lui dit-il.

— Pas de problème, Knox. Ça va, Lina ? demanda Harvey en m'enveloppant de ses immenses bras.

Je parvins à frapper Knox dans le dos, mais je le frôlai à peine, ce qui ne me calma pas.

Lucian déposa Sloane à côté de Naomi.

— Tu bouges d'ici et on aura des ennuis, avertit-il en dirigeant un doigt vers son visage.

— Va te faire voir, Lucifer.

Knox et Lucian approchèrent de Nash et Nolan.

— T'es le seul à avoir été mis au pas pour abus de pouvoir, cria quelqu'un dans la foule à Dilton.

— Ferme ta sale gueule ou je m'en charge, répondit Dilton.

Il était soûl, ce qui le rendait encore plus dangereux. Je remarquai le sergent Hopper et un autre officier qui s'étaient glissés derrière la première ligne de défense, prêts à intervenir si nécessaire. Comprenant que je n'arriverais pas à venger Sloane ou moi-même, je me fis toute molle dans les bras d'Harvey.

Il me lâcha et me tapota sur la tête, avant de se placer à côté d'Hopper.

Irritée, je me joignis à Naomi et Sloane. On ne voyait pas grand-chose derrière les habitants qui avaient pris le parti de Nash.

— Venez, dis-je en apercevant une table de pique-nique libre.

— Mais Lucian a dit à Sloane de ne pas bouger, déclara Naomi en soulevant le bas de sa robe.

— Lucian peut toujours parler, lança Sloane en me suivant.

On se hissa toutes les trois sur la table.

— Il aimerait faire plus que parler avec toi, c'est certain.

Elle ignora mon commentaire et plissa les yeux vers la foule.

— Je vois flou de toute façon.

— Tu vas récupérer tes lunettes quand Nash aura fini de les ennuyer à mourir.

Naomi secoua la tête.

— Il ne les ennuie pas. Tu vas voir, il leur fait baisser leur garde.

— Tate ? appela une jolie blonde en se tordant les mains.

— Retourne à la voiture, Melissa, gronda Dilton.

— Maman a appelé, Ricky a de la fièvre…

— Retourne à la putain de voiture !

La jeune fille repartit en courant.

— Vous êtes en état d'arrestation, Williams, lança Nash au type qui avait coincé Sloane. Vous avez le droit à un avocat.

Mais Nash ne prenait pas ses menottes et ne se mettait pas non plus en position de défense. De mon perchoir, je vis que Williams allait faire quelque chose de vraiment stupide. Il attendit que Nash finisse d'énoncer ses droits pour l'attaquer.

Je le vis au ralenti balancer son poing dans le visage de Nash. Un petit cri très féminin m'échappa quand je vis la tête du chef de la police partir en arrière avec la force du coup. Mais il ne chancela pas et ne fit pas un pas pour se défendre.

Je voulus descendre de la table, mais Naomi m'arrêta.

— Qu'est-ce qu'il fabrique ? demandai-je. Nash vient de laisser le gars le frapper.

— C'est toute l'idée, expliqua Naomi. S'il est frappé en premier, c'est de l'autodéfense et selon Lucian, c'est légalement moins grave.

— Et ça compte comme outrage à agent de police, ajouta Sloane.

— Eh ! Bronte Williams vient d'agresser un officier de police en résistant à une interpellation ! hurla Harvey, les deux mains autour de la bouche pour lui servir de haut-parleur.

— C'est ce que j'ai vu aussi, confirma une femme en flanelle.

— Moi aussi !

— Je me sens pas en sécurité face à la violence devant moi. Je vais devoir me défendre.

Un chœur de soutien s'éleva de la foule.

— Tu n'auras pas de deuxième chance. Maintenant, tu te tournes et tu mets tes mains derrière ton dos, lança Nash à Williams.

Williams et Dilton échangèrent un regard et frappèrent en même temps. Williams arma son bras pour toucher Nash mais trouva le poing du chef qui se dirigeait droit vers son visage. Il tomba directement à terre et perdit connaissance. Clair et net.

— Oui ! criai-je en levant mon bras en signe de victoire.

Dilton envoya une droite à Nolan. L'agent fédéral cracha et, en souriant, leva ses poings.

— Qu'est-ce qui se passe ? Le gros type a frappé Nash ? Et les deux autres, c'est qui ?

Naomi se chargea des commentaires alors que Nolan enchaîna deux coups sur Dilton pour le mettre à terre. Ce dernier atterrit sur les fesses et la foule éclata de rire.

Ce fut terminé rapidement.

— Joli, Nolan ! cria Sloane.

— La violence te donne envie de renoncer à ta règle des trois rancards ? taquina Naomi.

Aussitôt, Hopper et l'autre officier firent monter les deux crétins menottés à l'arrière de leur voiture. Williams était encore un peu dans les vapes et je ressentis une pointe de satisfaction quand Dilton poussa un petit grommellement de douleur au moment où son postérieur toucha le siège.

Lucian se baissa pour ramasser quelque chose dans la rue. Il l'étudia et le fourra dans sa poche. Il scruta la foule et s'arrêta sur nous.

— Oh oh, laissa échapper Naomi.

— Oh oh quoi ? demanda Sloane. Je ne vois rien.

— Lucian arrive vers nous, dis-je.

— Et il a l'air en colère, ajouta Naomi.

Sloane rit.

— S'il vous plaît, il fait toujours la même tête. Il a constamment des syndromes prémenstruels, ce gars-là.

— Euh non, je suis d'accord avec Naomi, là, contredis-je. On dirait qu'il veut assassiner quelqu'un et que ce quelqu'un…

— Je t'avais dit de pas bouger, gronda-t-il en direction de Sloane.

— Et moi je t'avais dis d'aller te faire foutre. On n'a pas tout ce qu'on veut dans la vie, répliqua-t-elle, heureuse de le dominer.

— Oh la la, lâcha Naomi en me tendant son sachet de pop-corn.

J'en pris une poignée.

Lucian leva les bras et descendit Sloane de la table. Elle glapit quand il la maintint en l'air pour la regarder dans les yeux, avant de la poser.

— J'adore quand un gars peut faire ça, dis-je.

— Sois plus prudente, grogna Lucian.

Il avait une tête de plus qu'elle et cette fois, c'est lui qui la dominait clairement.

Sloane, pourtant, ne se laissa pas intimider.

Du feu brûlait dans ses yeux.

— Ah oui, parce que c'est une provocation, quand je danse. C'est vrai que j'ai demandé à un connard ivre de foutre ses paluches sur moi.

Naomi mâchait bruyamment à côté de moi.

— Si tu veux plus que j'intervienne, arrête de te mettre en danger.

— Écoute-moi bien, Lucian. Je n'ai pas besoin de toi dans ma vie. Alors arrête de faire semblant de t'inquiéter pour moi. On sait tous les deux la vérité.

— Bon sang, lâchai-je en prenant encore du pop-corn. Ses yeux viennent de changer de couleur, là, non ? Ils sont encore plus menaçants.

— Carrément, acquiesça Naomi.

— On dirait qu'il veut la mordre, commentai-je.

Qu'ils ne meurent pas sur place, foudroyés par les étincelles qui jaillissaient d'eux, était un miracle.

— Je sais. Ça me tue qu'ils se soient pas encore arraché leurs vêtements pour baiser comme des dingues.

— Quand ils le feront, la Terre arrêtera de tourner, prédis-je.

Nash attira notre attention en frappant dans ses mains au milieu de ce qui avait été la piste de danse.

— Tout va bien, tout le monde, la fête continue. Restez pas là, comme ça.

Il fit un signe impatient aux musiciens qui entonnèrent le morceau suivant.

Knox apparut devant nous. Il tapota la main de Naomi et elle descendit sur son épaule.

— Allons-y, Marguerite.

Il posa une main sur ses fesses et l'emporta vers la piste de danse. Elle était hilare.

D'autres couples les rejoignirent. J'étais seule sur la table de pique-nique à me dire que je boirais bien un autre verre quand quelqu'un me tira par le poignet. Nash Morgan me regardait.

— Descends de là, ordonna-t-il.

Il avait un œil gonflé et une goutte de sang séché au coin des lèvres. Deux de ses phalanges saignaient. Il avait l'air si héroïque que j'aurais volontiers craqué… si le reste n'avait pas été si agaçant.

— Je suis bien où…

Il était rapide pour un gars qui se remettait encore de ses blessures par balles. Avant que je puisse réagir, il me souleva de la table pour me poser à terre devant lui.

— Je ne danse pas avec toi, dis-je, alors qu'il avait ses mains sur mes hanches.

— C'est le moins que tu pourrais faire après toute cette agitation, répliqua-t-il en s'approchant de moi.

Ses yeux bleus me transperçaient et je fondais à vue d'œil.

— Tu n'as pas l'air de vouloir danser avec moi, dis-je en lui entourant le cou de mes bras.

— J'ai l'air de vouloir quoi ?

— M'étrangler.

— Oh non, Angel. C'est plus grave que ça.

Pour une fois, je n'avais aucune envie de le provoquer. J'en avais vu assez, ressenti assez pour lui. J'étais au bord d'un précipice dans lequel je ne voulais pas tomber.

On se balança au rythme de la musique, sans jamais cesser de se regarder. Il m'attirait contre lui, tandis que je tentais de me dégager, chacun de nous appliquant plus de force.

— Comment va ton visage ?

— J'ai mal.

— Je me débrouillais, tu sais. J'aurais pu le frapper toute seule, affirmai-je en perdant la bataille et en le laissant m'attirer contre lui.

Encore une fois Nash Morgan s'était approché plus que je ne l'aurais voulu.

Du bout de son nez, il me frôla l'oreille.

— Je sais que tu aurais pu, ma belle. Mais j'étais en meilleure position pour lui causer du tort.

— Tu n'as jamais reçu une de mes droites pour parler comme ça.

On se balançait, l'un contre l'autre. J'avais posé les coudes sur ses épaules, mes mains entouraient sa nuque.

— Williams a une mâchoire en verre, tout le monde le sait. Il suffit d'un coup bien placé pour l'assommer. Le frapper après qu'il a agressé un officier avec déjà deux accusations similaires contre lui, et l'affaire est réglée.

Je me reculai pour regarder son visage.

— OK. Je suis un peu impressionnée, je le concède.

— Par quoi ?

— Par toi. J'étais furieuse. Je voulais le faire saigner. Mais toi, malgré ta colère, tu as réussi à réfléchir à la meilleure stratégie.

— J'avais de bonnes raisons pour le faire bien.

— Quoi ?

— Il t'avait touchée.

Il le dit tellement simplement, comme s'il ne ressentait pas une rage dévorante au plus profond de lui, comme si mon pauvre petit cœur ne venait pas de sortir de ma poitrine pour tomber à ses pieds.

Il t'avait touchée.

Et tout simplement, je me jetai dans le précipice.

Une petite Robin des bois approcha de nous.

— Eh Lina ? On manque de tickets de tombola et je ne vois rien. Tu sais où…

— Je vais les chercher, proposai-je en quittant les bras de Nash et en m'éloignant de son champ gravitationnel.

Sans attendre de réaction, je me précipitai vers la bibliothèque. À l'intérieur, une main sur la poitrine, je partis vers l'escalier. *J'aimais* mes murs. J'aimais être à l'abri derrière eux. Seulement Nash les détruisait tous et ça me terrifiait.

Je montai les marches au pas de course et trouvai le premier étage plongé dans le noir, mais je ne voulais pas allumer. Je ne voulais pas voir la vérité en face. Je ne pouvais pas tomber amoureuse de Nash. Je le connaissais à peine, nous avions eu plus de disputes que de conversations civilisées. Deux pas en avant, deux pas en arrière.

On n'avait même pas couché ensemble.

Je me rendais dans le bureau quand j'entendis des pas sur les marches derrière moi et je sus.

C'était inévitable.

On était inévitables.

Mais ça ne voulait pas dire que j'étais prête.

Aussi silencieusement que je le pus, je courus vers le bureau. Je trouvai le meuble où Sloane avait rangé les billets de tombola.

Il avançait rapidement et je devais prendre une décision, mais la panique m'en empêchait. Je partis dans la salle de repos des employés.

J'avais à peine fait deux pas que Nash me rattrapa. Ses deux puissantes mains se posèrent sur mes hanches.

Il colla mon dos contre son torse. La justesse du mouvement, des sensations me firent me demander pourquoi je résistais.

— Je vais te tourner lentement, Angel. Et quand je le ferai, tu arrêteras de t'enfuir et j'arrêterai de lutter contre.

Son souffle me caressait l'oreille.

— Tu comprends ?

Un frisson me parcourut le dos. Je le comprenais tellement.

Je hochai la tête et sans hésitation, il me tourna vers lui. Ses cuisses étaient solides contre les miennes. La seule séparation entre nous était le millimètre entre nos bouches.

Mon monde était rempli de Nash. Son odeur agréable, la chaleur et la dureté de son corps. Le champ magnétique de son attention.

— Tu vas ouvrir la bouche pour moi.

— Pardon ?

Je voulais me montrer supérieure, mais je ne parvins qu'à être haletante.

Il pencha la tête, se rapprochant encore.

— Et je vais t'embrasser.

— Tu ne peux pas t'attendre…

Mais il s'attendait parfaitement. Et j'ouvris la bouche dès que ses lèvres touchèrent les miennes.

Inévitable.

– 35 –

Poussé à bout

Nash

Je n'étais plus froid à l'intérieur, je ne le serais peut-être plus jamais. J'étais un brasier de colère, de frustration et de besoin.

Tout ce que je voulais, c'est elle qui en détenait la clé et j'avais attendu toute ma vie pour en ouvrir la putain de porte.

Je posai ma bouche sur la sienne. Chaude, humide, dure. Ce n'était pas un baiser, c'était un acte de désespoir. Ces douces lèvres qui me tentaient depuis des semaines étaient déjà écartées et je goûtai à ce petit gémissement sexy quand je la poussai contre le mur.

Je pillais et prenais.

Je la transperçai avec ma langue. Et quand elle se rendit, je sentis le pouvoir inonder mes veines.

Je réussis à retirer ma bouche l'espace d'une seconde.

— Je te fais mal ?

— Ne me traite pas comme si j'étais une petite chose fragile, répliqua-t-elle avant que ses dents s'enfoncent dans ma lèvre inférieure.

Mon sang se transforma en lave. Mon corps revenait à la vie avec un désir que je n'avais jamais ressenti. Je ne savais pas si je pourrais survivre à ça, mais je m'en fichais bien.

Au moins, cette fois, la survie était une question de choix.

On se dévorait, se respirait, et plongeait encore et encore sous la surface.

Mes mains montèrent de ses hanches à sa taille pour trouver enfin la terre promise.

Mon entrejambe se durcit douloureusement quand je touchai ses seins. Doux, accueillants. Je sentais ses tétons sous mes paumes.

Elle gémit faiblement. Sa voix, ses frissons, son corps, je devenais fou. Elle voulait mes mains sur elle. Les mains de personne d'autre. Je lui étais reconnaissant de ce pouvoir qu'elle me donnait.

Lina tira sur ma ceinture. Le frottement du cuir contre le métal me donna envie de plus, et me rappela ce que ce « plus » signifiait.

— Attends.

Je lui pris les mains qui étaient déjà sur ma braguette.

— Quoi ? demanda-t-elle.

— Il faut que ce soit bien. Je veux que tu te sentes bien.

— Tu n'as pas à t'en faire.

Je secouai la tête et essayai de sortir les mots.

— Je n'ai pas... depuis... Je ne sais pas si je peux... Et je veux vraiment que ce soit bon pour toi.

Son adorable visage se radoucit dans la pénombre. Ce ne fut pas de la pitié que j'y lus, mais de la compréhension. Elle m'entoura la joue de sa main.

— Beau gosse, crois-moi, tu as déjà tout fait pour que ce soit bon pour moi.

— Angelina, je suis sérieux.

— Moi aussi.

Elle m'adressa un regard intense et grimaça.

— Merde, tu vas me forcer à te le dire, hein ?

— Dire quoi ?

J'avais du mal à me concentrer avec sa main à quelques centimètres de mon sexe.

— Oh bon sang. Tu m'as déjà fait jouir, OK ?

Elle ferma les yeux et attendit. Comme je ne disais rien, elle ouvrit une paupière.

— Chérie, je pense que je m'en serais souvenu.

— Pas si tu dormais. La première fois qu'on a dormi ensemble ? Quand on s'est réveillés pratiquement l'un sur l'autre ?

Je la regardai dans les yeux.

— Bon sang, j'ai joui. Accidentellement. Mon tee-shirt était remonté et tu étais dur et au bon endroit. Il t'a suffi de bouger les hanches une fois et…

— Et quoi ?

— Et j'ai joui.

Putain.

Je n'eus pas besoin d'en entendre plus. Je plaçai mes mains sous ses bras et la soulevai. Elle rit nerveusement quand je la posai sur le comptoir et m'entoura la taille de ses longues jambes fines, croisant ses chevilles dans mon dos.

Je défis les boutons de son chemisier tandis qu'elle baissait enfin ma braguette.

Le monde s'arrêta quand ses doigts emprisonnèrent mon sexe gonflé.

— J'avais envie de ça depuis si longtemps, lâcha-t-elle en gémissant.

Et moi aussi. Toute ma vie.

Ma mâchoire se serra. J'avais le souffle court. Le mouvement de ses seins m'hypnotisait. Je voulais les goûter, les sucer. Je voulais oublier tout ce que j'étais et prendre tout ce qu'elle m'offrait.

Elle resserra sa poigne sur mon pénis et j'en eus la vision troublée. Le désir, le besoin, l'envie. Tout ça pulsait dans mon sexe. Quelque chose dans ma poitrine réclamait de sortir et je compris que j'avais retenu ma respiration.

Elle me transformait en bête assoiffée d'elle. Après tant de semaines à ne plus rien ressentir, ce déferlement d'émotions me fit peur. En même temps, j'avais envie d'y plonger. Mais il me fallait faire attention à elle.

— Nash, regarde-moi.

Ses yeux étaient remplis de désir. Ses lèvres étaient écartées et elle haletait.

— Je ne veux pas du gentil garçon poli, maintenant. Je veux tout ce que tu as en toi.

Et je voulais le lui donner. Je voulais m'ouvrir à elle et laisser la douleur, le froid s'échapper pour qu'elle me remplisse de feu et me remette d'aplomb.

— Ce ne sera pas joli, l'avertis-je en lui mordillant la nuque.

Ses cuisses se serrèrent contre moi.

— Je n'ai pas peur de te casser, beau gosse. Fais pareil avec moi.

Je baissai alors la tête jusqu'à son téton que je pris dans ma bouche, tout en remontant sa jupe avec les deux mains.

Bon sang, elle n'avait pas de collants mais des porte-jarretelles et des bas. Il n'y avait rien entre mes doigts et son intimité qu'une petite culotte en soie. Je lui suçai plus ardemment le sein pour la remercier.

Elle laissa échapper un gémissement qui m'excita tellement que je craignis de me lâcher. Ma première fois après si longtemps et j'allais finir avant d'avoir commencé.

Je lâchai son sein et reculai pour la regarder.

Elle portait un string blanc. L'innocence de ce sous-vêtement me rendit fou. Je passai les doigts, fasciné, sur le tissu humide.

— Oui, lâcha-t-elle, exerçant une pression avec ses talons pour m'attirer contre elle.

Mon sexe s'aligna avec la marque mouillée sur son string.

On frémit tous les deux. Il ne restait plus qu'une barrière de soie entre nous. Fou de désir, j'écartai le tissu pour que ses lèvres s'ouvrent, prête à m'accueillir. Je passai mes doigts entre elles.

Ses jambes eurent un spasme autour de moi, et sa tête partit en arrière.

Je baissai à nouveau la tête pour lécher son autre sein.

Je ne pouvais me lasser de la courbe de sa poitrine contre mes joues.

Mais nous étions dans un endroit public, n'importe qui pouvait arriver.

Il ne fallait pas traîner là.

Rien de tout ça ne comptait vraiment. Tout ce qui comptait, c'était entrer en elle jusqu'à ce que nous en perdions tous les deux la raison. Et je savais qu'une fois que je l'aurais pénétrée, tout prendrait du sens.

Je frottai doucement le bout de mon sexe contre ses lèvres ouvertes. De haut en bas.

— Mon Dieu, chanta-t-elle. Mon Dieu.

J'avançai les hanches et on resta un moment figés, émerveillés de me voir pénétrer en elle.

— Nash, j'ai besoin de toi, murmura Lina avant de m'attraper par les épaules et d'enfoncer ses ongles dans ma chair.

J'entrai encore et encore, terriblement excité.

— Ne jouis pas avant que je sois complètement à l'intérieur, ordonnai-je.

— Alors tu as intérêt à faire vite.

Elle n'eut pas besoin de me le demander deux fois. J'étais plus dur que je n'avais jamais été de toute ma vie. J'écartai plus encore sa culotte.

Je voulais aller doucement, prendre mon temps en elle, mais dès que je sentis son cœur battre contre moi, toutes mes bonnes intentions disparurent.

La tenant par la nuque, je m'enfonçai jusqu'au bout.

Nos cris résonnèrent, triomphants. Et assez fort pour qu'elle pose une main sur ma bouche. Nos regards se croisèrent. Et dans ses yeux, je vis mon avenir.

Elle me tenait si serré que je pouvais à peine voir, à peine respirer. C'était si bon, si délicieux. Plus jamais je ne voulais sortir.

— Merde ! La capote ! dis-je entre mes dents.

C'était la première fois que j'oubliais une protection. Les petits-fils de Liza J étaient bien élevés, on avait peut-être passé notre temps à contourner les règles, mais pour ce qui comptait vraiment, on était irréprochables.

Les muscles de Lina se refermèrent sur moi, m'emprisonnant de peur que je sorte.

— Tu penses que je t'aurais laissé faire si je n'étais pas sous pilule ? haleta-t-elle.

— T'es sûre ? Tu es bien ? Je te fais pas mal ?

Les pulsations dans mon sexe devenaient plus fortes. Si elle me disait de sortir, je ne pourrais plus me retenir.

Il y avait quelque chose de magique dans cette étreinte.

J'étais entouré de chaleur, un feu humide qui me retenait. J'avais enfin chaud, partout, c'était ce dont j'avais besoin. Revenir à la vie, être ranimé. Elle était l'étincelle qui allumait mes braises et me protégeait du froid et du noir, qui faisait fondre le brouillard glacé dans lequel je m'étais perdu.

Lina remuait autour de moi. Un rappel que j'étais en vie, que j'étais un homme.

— Nash, s'il te plaît. Plus.

Son murmure cassé était comme de la musique à mes oreilles. Tous mes sens s'allumèrent en même temps. La léthargie s'était dissipée comme si elle n'avait jamais existé.

Tout ça grâce à elle. J'étais proche de Lina comme je n'avais jamais été proche d'aucun être humain avant elle. Et pas seulement parce que j'étais en elle, mais parce qu'elle me réparait, rassemblait toutes les pièces cassées.

— Tiens-toi à moi.

C'était un ordre et une supplique.

À mon plus grand bonheur, elle s'accrocha à moi. Elle était l'ancre qui m'empêchait de sombrer dans les abysses. Mon nord, ma maison. Et je l'aimais pour tout ça, je n'avais plus le choix.

Pour nous tester, je reculai d'un centimètre, de deux, pour revenir plus loin encore.

Le paradis et l'enfer s'entremêlaient, transformant le plaisir en une torture délicieuse. Je n'y survivrais pas. Mais je savais déjà que je ne pourrais pas survivre sans elle.

Ses yeux marron débordaient de désir, mais j'y vis autre chose aussi. Du cran.

— Angel.

Elle secoua la tête, lisant dans mes pensées.

— Ne t'arrête surtout pas.

— Je te fais mal ?

— Tu me fais surtout peur, admit-elle, ses doigts s'enfonçant dans mes épaules. C'est trop… je n'ai jamais ressenti ça.

— Si ça te fait te sentir mieux, je meurs de peur moi aussi. J'ai peur de ne plus jamais pouvoir respirer sans toi à mes côtés.

J'avais besoin de quelqu'un qui n'avait pas besoin de moi. Quelqu'un qui n'avait pas l'intention de s'accrocher. Quelqu'un que j'étais sûr de perdre. Et pourtant je ne pouvais pas m'arrêter.

Elle remonta ses genoux sur mes hanches et je grognai.

Je voulais ralentir, je voulais contrôler. Mais je ne pouvais pas, pas avec mon sexe noyé pour la première fois dans l'humidité de Lina Solavita. J'imaginais qu'il me faudrait recommencer cinquante ou soixante fois avant de pouvoir ralentir.

Ses yeux étaient posés sur les miens, ses jambes interminables entouraient ma taille, ses doigts s'enfonçaient dans ma chair, et je remuais fort et vite. Je me délectais de la chaleur qu'elle m'apportait.

C'était trop. Mes muscles m'imploraient, la sueur coulait sur ma peau.

Il fallait que je la bouge, que je m'enfonce plus profondément. Alors je la soulevai du comptoir et la portai jusqu'à une table. Je me penchai sur elle et changeai d'angle.

Et je sentis que j'arrivais tout au bout. J'accélérai encore. La table cognait contre le mur.

Mais son regard ne quitta jamais le mien.

Un plaisir d'une intensité inégalée m'inonda et je savais que je ne m'en remettrais jamais, mais je m'en fichais. Tout ce qui comptait, c'était que Lina m'avait laissé entrer. Elle avait cédé. Elle s'était donnée. Elle me faisait confiance avec son corps.

La table continua à cogner contre le mur, à chacune de mes secousses.

Son sexe se resserra encore autour du mien et je me sentis puissant.

— Angelina.

Son nom était un grondement qui me brûla la gorge.

— Maintenant, Nash, maintenant !

D'instinct, je couvris sa bouche avec ma main et j'accélérai de plus belle.

— Putain, Angel.

Je nous fis en même temps basculer dans l'extase.

Son cri fut étouffé par ma main, mais je le sentis jusqu'au tréfonds de mon âme.

Lina ne jouit pas doucement. Tout son corps s'était refermé sur moi. Et je continuai à jouir avec elle, encore et encore.

Sans fin.

Je n'avais jamais ressenti ça, jamais je ne m'étais perdu dans une femme comme ça.

Angelina était mon miracle. Et j'étais prêt à arrêter de voir le monde en noir et blanc pour lui trouver des nuances de gris.

– 36 –

High five et orgasmes

Lina

— Bonjour, retentit la voix éraillée de Nash derrière moi.

J'ouvris les yeux et la nuit dernière me revint en mémoire en sons et images.

Cinq orgasmes.

— *Tu arrêteras de t'enfuir et j'arrêterai de lutter contre.*

Nash entre mes jambes, sa langue réalisant des prouesses.

— *J'ai besoin de toi.*

Inévitable.

Et les cinq orgasmes en boucle.

Pas juste des petits tremblements qui auraient été plus agréables avec un vibromasseur. Non, Nash Morgan venait de pulvériser les meilleures performances sexuelles de ma vie. Avec lui, c'était stratosphérique.

C'était comme si dès qu'il se lâchait, mon corps était programmé pour jouir.

Qu'est-ce que je pouvais faire de ça ?

Et en plus j'étais en train de tomber a…

Mon esprit ne voulait pas formuler le mot. Ça ne pouvait pas être réel. C'était un rêve, une folie.

Peut-être que toute la ville avait été prise dans un nuage hallucinogène ?

Un rire secoua son torse qui se pressait contre mon dos nu. Mon imbécile de corps fut aussitôt excité de la sensation.

— Je sens que tu flippes.

— Je ne flippe pas, mentis-je.

— Angel, ton corps est si tendu que je risque de le casser la prochaine fois, dit-il en traçant les contours de mon tatouage.

— Il n'y aura pas de prochaine fois, décidai-je, en essayant de m'éloigner jusqu'au bord du lit.

Les draps étaient froissés de notre marathon du sexe que nous avions poussé jusqu'à la déshydratation et à la supersaturation d'orgasmes.

Son bras se serra contre mon ventre et me ramena contre lui. Je réfléchissais à un moyen de me dégager quand il enfouit son visage dans mes cheveux et murmura :

— J'avais raison.

— À quel sujet ?

— C'est la meilleure façon de se réveiller, de loin.

Je me figeai.

Super. Après une nuit à avoir affronté Nash, le Dieu du Sexe, je devais affronter Nash, le Craquant. Je n'avais pas les armes pour me défendre contre aucun des deux, alors les deux ensemble…

— Tu ne peux pas me retenir ici, l'avertis-je en étirant ma jambe jusqu'à ce que mon pied trouve le bord du matelas. Quelqu'un finira par chercher l'un de nous deux et je devrai leur expliquer que tu m'as kidnappée.

Une lourde jambe poilue glissa sur la mienne. Il coinça ma cheville avec son talon et la ramena en arrière.

Une seconde plus tard, j'étais sur le dos et un Nash Morgan amusé me montait dessus. Ses hanches collèrent les miennes au matelas à l'aide de ce que je reconnus comme son impressionnante érection du matin.

Mon plan d'évasion s'effaça.

Il avait des yeux bleus ensommeillés et comblés, les cheveux ébouriffés. Et si son hématome de la veille ternissait sa beauté naturelle, il lui donnait un air encore plus sexy. Son expression satisfaite me donna brusquement terriblement envie de lui.

Sans réfléchir, je traçai du bout des doigts les muscles de son torse où ses poils blonds chatouillaient mes seins. J'adorais les torses poilus.

Ses deux cicatrices me rappelaient que cet homme était un héros. Il avait un si beau corps.

— Qu'est-ce qui tourne dans ta tête, à cet instant ? demanda-t-il.

— Comment va ton épaule ? Je n'ai pas fait attention hier soir.

— Mon épaule va bien. Je n'ai pas fait attention non plus avec toi.

Je souris malgré moi. Non, il ne m'avait pas ménagée comme si j'étais une fragile fleur qui risquait de se faire piétiner. Je ne m'étais pas sentie comme de la porcelaine entre ses mains. Et j'avais adoré ça.

— Ça ne m'a pas dérangée.

Nash descendit sur mon corps et déposa un baiser sur les trois marques de mes opérations chirurgicales autour de ma poitrine. Ça me fit chavirer de tendresse. Mes orteils se recroquevillèrent contre les poils de ses jambes.

— Dis-moi ce dont tu as besoin, dit-il avant de taquiner mon téton avec ses lèvres.

— Un café. Un immense petit déjeuner. De l'ibuprofène.

Il leva la tête et ses yeux bleus me regardèrent avec sérieux.

— Dis-moi ce dont tu as besoin pour te sentir en sécurité avec moi. Avec nous.

Si je ne l'avais pas déjà aimé, je serais tombée violemment amoureuse à cet instant-là. Personne ne m'avait jamais posé cette question avant. Je n'étais pas sûre d'avoir une réponse.

— Je… ne sais pas.

— Je vais te dire ce dont j'ai besoin.

— Quoi ?

Nash roula sur le côté et s'appuya sur un coude. Du bout des doigts, il dessina les contours de mes seins et descendit vers mon ventre. Son sexe dur et gonflé était posé sur ma hanche, me rendant dingue.

— J'ai besoin de savoir que tu n'as pas de problème avec ce qui s'est passé hier soir et tu veux que ça continue.

— Les deux sont vrais. Waouh, c'était facile, et maintenant, ce café…

— J'ai besoin de savoir que tu es là-dedans avec moi pendant aussi longtemps que ça durera, continua-t-il. Que tu es prête à reconnaître qu'il passe entre nous un courant puissant, bien plus fort qu'une simple alchimie.

— On a en tout cas vécu une expérience extrêmement chimique, hier soir, lui rappelai-je.

Il remonta ses doigts magiques dans mon cou, mes cheveux, qu'il dégagea de mon visage.

— J'ai besoin de plus de pièces de toi. Autant que tu veux bien m'en donner. Et j'ai besoin que tu me parles, honnêtement. Même si tu penses que je n'aimerai pas ce que tu as à dire.

Je bougeai, mal à l'aise.

— Nash, on ne sait pas où cette histoire va nous entraîner et ce que l'avenir nous réserve.

— Angel, je suis juste heureux d'être revenu dans le monde des vivants. Je suis plus partant pour profiter de l'instant présent que pour m'angoisser pour demain. Mais j'ai besoin qu'on soit sur la même longueur d'onde.

Ce n'était pas beaucoup demander.

Je passai un doigt sur sa cicatrice à l'épaule.

— On dirait que tu veux qu'on se mette en couple.

Son sourire me rappela un magnifique lever de soleil.

— Ma chérie, c'est déjà le cas, que tu le veuilles ou non.

— Je n'ai jamais été en couple.

— Et je n'ai jamais baisé dans une bibliothèque publique. Il y a une première fois à tout.

Je réfléchis à mes options et pour une fois la vérité me sembla la voie la plus directe pour obtenir ce que je voulais.

J'avais besoin que Nash comprenne dans quoi il s'embarquait. Qu'il reconnaisse les obstacles qui l'attendaient.

— Je vis seule et j'aime ça. Je déteste partager la télécommande. J'aime ne pas avoir à demander son avis à qui que ce soit avant de commander à dîner. Je n'ai pas envie d'avoir à ajuster le siège de ma voiture chaque fois que je prends le volant. L'idée de passer mes décisions par un filtre « nous » me donne la nausée. J'aime mes parents, mais leur besoin permanent de surveiller comment je vais me rend dingue et ça pourrait devenir ton problème si ça allait quelque part. J'adore dépenser mon argent en vêtements et sacs et chaussures sans avoir de comptes à rendre. Je me lève tôt et je travaille beaucoup. J'ai pas envie d'avoir à changer ça pour m'adapter à quelqu'un.

Nash attendit quelques minutes avant de réagir.

— OK. Je ne regarde pas la télé, à part quelques matchs de football. La télécommande est à toi le reste du temps. Ça ne me dérange pas de faire la cuisine, mais si tu me dis que tu veux des hamburgers à emporter, je te commanderai des hamburgers à emporter. Je promets de toujours remettre ton siège à sa place quand je conduirai. Ça me fera du bien d'avoir des parents inquiets sur le dos pour changer. Peu m'importe la manière dont tu dépenses ton argent, du moment que tu me laisses te gâter de temps en temps. Et pour ce qui est des horaires, c'est parfait, parce que je suis flic, Angel.

Il disait tout ce qu'il fallait et ça m'effrayait.

— Je voyage beaucoup pour le boulot, lui rappelai-je.

— Et il se peut que je passe le matin de Noël sur le lieu d'un accident. Et pour ce qui est de tes décisions, j'ai mon mot à dire pour ta sécurité. Et j'espère que tu auras ton mot à dire pour la mienne. Les décisions qui nous affectent tous les deux, on les prendra ensemble. Chérie, donne-nous une chance de trouver des solutions. Au moins, accepte pour l'instant. On rediscutera de tout ça dès que j'aurai mis Hugo derrière les barreaux.

Il voulait vraiment tout ça. Et je fus abasourdie de constater que moi aussi. Je me faisais vraiment à cette ville.

— Autre chose, dis-je.

— Je t'écoute.

— Je veux savoir de quoi vous avez discuté, Knox, Lucian, Nolan et toi après notre rencontre avec Grim.

Il n'hésita pas.

— On a élaboré un plan pour attraper Hugo.
— Quel genre de plan,
— Le genre où on se sert de moi comme appât.
— *Quoi ?*

Je me redressai sur les genoux, prête à me battre, quand Nash me rallongea sur le lit. Ses mains me plaquaient contre le matelas. Ses hanches se posèrent sur les miennes et son érection se logea à l'endroit parfait. Comme une clé dans une serrure.

On se figea tous les deux.

J'avais l'esprit d'humeur combative, mais le corps prêt pour un sixième orgasme.

Il me sourit.

— Je sais que ça va me faire passer pour un connard, mais ça ne me dérange pas que tu t'inquiètes pour moi.

Je tentai de me dégager mais ça ne servit qu'à entrer son sexe dans le mien de quelques centimètres.

— Nash, tu t'inquiétais pour moi quand je faisais de la filature, mais tu t'attends à ce que j'aie aucun problème quand tu veux servir d'appât à un gars qui a voulu te tuer ?

— J'aurais été déçu si tu n'avais pas réagi. Et je dois te rappeler que tu t'es fait kidnapper en pleine mission de surveillance.

— Si tu penses que je peux pas me disputer avec toi quand ton pénis est en moi, tu te trompes.

— Essayons autre chose, suggéra-t-il. Plutôt que de se disputer et de s'ignorer, réglons ça tout de suite.

Mes cuisses commençaient à trembler sous son poids. Je ne savais même plus si je tentais de l'empêcher de glisser davantage en moi ou si j'essayais de le retenir à l'intérieur.

— D'accord. Je t'écoute.

— Si Hugo renseigne le FBI sur son père pour étayer leur dossier contre lui, il y a des chances qu'ils se montrent plutôt sympas avec lui. Peut-être assez sympas pour lui offrir l'immunité. Mais je suis tout de même compromettant pour lui. Et Naomi et Waylay aussi. Pour l'instant, il attend juste que les fédéraux fassent leur boulot, mais tôt ou tard, il essaiera d'effacer les preuves.

— Et tu veux qu'il essaie plus tôt que tard ?

— Exact. Et je veux qu'il se concentre sur moi.

— Tu penses que s'il s'en prend à toi, le marché avec le FBI, s'il y en a bien un, ne tiendra plus.

— C'est l'idée.

J'écoutais, mais mon corps s'occupait de son côté. Je devenais de plus en plus mouillée et mon sexe se refermait sur celui de Nash.

Les paupières closes, il grogna.

— Angel, si tu veux qu'on continue à parler, il faut que tu arrêtes de m'en réclamer plus.

Pour me venger, je contractai mes muscles le plus fort possible.

— Comment tu vas lui forcer la main ?

Il serra les dents.

— Waouh, mon ange, je dirais n'importe quoi pour te sentir serrer mon sexe comme ça.

— Dis-moi.

— Je vais faire revenir mes souvenirs.

Je me figeai sous lui, comprenant petit à petit.

— Tu vas faire semblant.

— C'est le plan, dit-il en empoignant mon sein. On a fini de parler.

Je baissai mes mains dans son dos et enfonçai mes ongles dans ses fesses parfaites.

— Pas encore. Je veux les détails.

Sa mâchoire était serrée.

— On va faire courir le bruit que j'ai retrouvé la mémoire et qu'on a une piste qui va nous mener au suspect.

Mon pouls se déchaîna. Il pesait sur mes cuisses. Je ne pourrais pas tenir beaucoup plus longtemps. Surtout parce que je ne le voulais pas.

— Quelles précautions vas-tu prendre ?

— Angelina, je t'ai pénétrée trois fois hier soir, donc aucune.

Je le pinçai.

— Je voulais dire : qu'est-ce que tu vas faire pour que Duncan ne te tire pas une nouvelle fois dessus ?

Il transpirait, et du feu jaillissait de ses yeux.

— On travaille encore sur ce point.

— Je veux en faire partie.

— Quoi ?

Mes jambes tremblèrent et il entra encore d'un centimètre.

J'étais en feu, ma vision se brouillait. J'avais envie de lui. J'avais besoin de lui. Mais il fallait d'abord qu'il accepte.

— Je veux participer à votre plan.

— Pour trouver cette fichue voiture ou parce que tu t'inquiètes pour moi ?

— Les deux, admis-je.

— Ça me va. Je te tiendrai au courant de tout. Ça te va ?

— Ça me va, dis-je avant d'écarter les jambes.

Il s'enfonça en moi, me remplissant avec un grognement sourd.

J'avais délicieusement mal de la veille, mais ça ne m'empêchait pas de sentir le plaisir.

— Quand est-ce que tu vas me laisser être au-dessus ? demandai-je alors qu'il ressortait pour revenir à l'intérieur.

— Quand je serai sûr que tes seins qui se balancent devant mon visage ne me feront pas jouir sur-le-champ. Je manque de pratique.

Ça ne se voyait franchement pas.

— Tiens, un peu de pratique pour toi.

Je nous fis basculer sur le côté et il me laissa faire. Je finis par le chevaucher, mes genoux sur le drap, mes mains sur ses épaules.

Il fixait mes seins de son regard dévorant. Je sentis pulser son érection en moi et ses doigts m'agripper les hanches.

— Tu as intérêt à y aller doucement, lança-t-il.

Je me penchai, frôlant son torse avec mes tétons.

— Jamais de la vie, dis-je en lui mordillant la lèvre inférieure et en commençant à remuer.

— Putain de merde ! gronda-t-il en se cambrant.

Mais même avec moi au-dessus, il réussit à se contrôler. Ses mains sur mes hanches, il imprima le rythme. Il me soulevait et me baissait fort et vite. J'avais le cœur dans la gorge, tous mes muscles prêts pour l'orgasme qui arrivait.

J'attrapai la tête du lit et m'y accrochai de toutes mes forces tandis que Nash revenait sur l'endroit idéal encore et encore. Et je me sentis basculer.

— J'adore comme tu me serres, grommela-t-il contre mes seins. Je dois me battre pour entrer et sortir.

— Nash, gémis-je, implorante.

— Donne-le-moi, Angel. Donne-moi tout.

Son cou se tendit alors que je me laissai aller à l'extase.

Je ne pouvais plus respirer, plus rien voir. Mais je sentais tout.

Il fallait que je gagne. Que je l'emporte avec moi. Avec l'écho de mon orgasme toujours en moi, je repris le contrôle.

— Putain, Angelina.

De la sueur dégoulinait sur ma peau et la sienne. Ses yeux s'écarquillèrent quand je resserrai mes cuisses sur lui. Il savait ce que je faisais et il me laissait faire. J'accélérai encore le rythme, augmentai la profondeur. Et soudain, il s'assit et je le sentis se figer sous moi.

Je le sentis jouir. Fort, sans fin, inévitable. Parfait.

On s'écroula tous les deux, ma tête sur son épaule, ses doigts dans mes cheveux.

Ce n'était pas ce que j'avais recherché, ce n'était pas ce dont je croyais avoir besoin, mais le corps ne ment pas. Je ne pouvais pas me sentir aussi liée à un homme s'il n'y avait pas quelque chose d'essentiel, de fondamental qui se construisait.

— Que toutes nos disputes soient comme celle-là, plaisanta-t-il à bout de souffle.

— On ne pourra plus marcher avant une semaine, prédis-je.

— Merci, dit-il après un moment de silence.

— Pour quoi ? demandai-je en me redressant pour le regarder.

— D'avoir pris le risque avec moi. D'être avec moi, maintenant. On s'inquiétera pour l'avenir plus tard.

— Plus tard ? répétai-je en lui caressant le torse.

— On est d'accord sur tout ? demanda-t-il.

Il était toujours en moi.

— Oui, on est d'accord.

— Tope là.

– 37 –

Un trou dans le mur

Nash

J'arrivai dans le commissariat monté sur ressorts et avec des dizaines d'éclairs au chocolat. Fossette trottait à côté de moi, son nouveau jouet préféré – une chaussette de Lina – entre les dents.

J'avais mes souvenirs, moi aussi. Des marques de griffures sur le dos. Et un suçon à peu près caché sous mon col de chemise.

— Bonjour… chef ?

Le salut de Bertle sonnait plus comme une question.

— Bonjour, répondis-je.

Je glissai la boîte de pâtisseries sur le comptoir à côté de la machine à café.

Fossette commença à renifler partout dans l'open space, comme tous les matins.

— Tu as changé quelque chose à ton… visage ? demanda Tashi, avec un regard inquiet.

Je passai une main sur ma mâchoire lisse.

— Je me suis rasé. Pourquoi ?

— Tu as l'air différent.

— En bien ? Ou tu me conseilles de me laisser pousser la barbe pour cacher ma mocheté ?

Elle me regarda comme si je chevauchais une licorne précédée d'une parade de lutins.

— Je vais commencer à m'inquiéter, Bannerjee.

— Non, non, c'est bien, ajouta-t-elle rapidement.

Grave ne perdit pas de temps avant d'ouvrit la boîte d'éclairs.

— Comment ça s'est passé avec nos invités de la nuit ?

— Ils ont râlé et pesté, jusqu'à ce que la femme de Dilton se pointe et paie la caution. Tu portes plainte ?

— Si Dilton ne se calme pas, je le ferai.

Grave hocha la tête.

— On l'a chopé sur trois affaires et t'es revenu que depuis huit semaines. Les déclarations sont sur ton bureau. S'il se calme pas, il est encore plus bête qu'on ne le pense.

J'étais à la fois soulagé que nous n'ayons pas eu besoin de plus de preuves et énervé de lui avoir donné l'occasion d'abuser de son pouvoir. Dieu sait quels dommages il avait causés derrière ce badge. Mais ça s'arrêtait là.

Grave me regarda de plus près.

— Pourquoi tu as ton visage d'après une bonne nuit de baise ? C'est un suçon sur ton cou ?

— Ferme-la et mange ton éclair.

* * *

Je passai une heure à me charger de la paperasse, incluant le rapport sur l'incident de la nuit précédente et les trois déclarations par les victimes de Dilton. Son licenciement n'était plus qu'une formalité. Il ne porterait plus jamais un badge, j'y veillerais.

Je sifflai mon café, fis un petit passage dans l'open space et écrivis une lettre à mon père.

Quand je revins dans mon bureau, Fossette dormait profondément dans son petit lit sous ma table de travail. Je la pris en photo avec mon portable et ouvris les messages.

Rien de Lina. Je m'y étais attendu.

J'avais profité de son état d'extase et de sa garde baissée pour obtenir ce que je voulais. Un engagement, temporaire en tout cas. Maintenant que je l'avais tout entière, je ne la laisserais plus filer. Il fallait juste que je reste en état d'alerte jusqu'à ce qu'elle ne puisse plus me résister.

Je lui envoyai la photo, suivie d'un message.

Moi : Tu flippes toujours ? T'es toujours au lit, épuisée par tous ces orgasmes ?

Je retins ma respiration et inspirai quand trois petits points se mirent à onduler sur l'écran.

Lina : Qu'est-ce que tu m'as fait ? J'ai essayé de faire un jogging mais mes jambes ont refusé de m'obéir.

Je souris, mon ego tout de suite apaisé.

Moi : Hopper vient de me dire que j'avais mon visage d'après une bonne nuit de baise.

Lina : Justice a dit que j'étais rayonnante et Stef m'a demandé si je m'étais appliqué un masque facial.

Moi : J'espère que tu n'avais pas l'intention de garder le secret.

Lina : Parce que c'est possible dans cette ville ?

Moi : Non. C'est pour ça que je t'emmène dîner ce soir.

Si je demandais, ça lui donnerait trop de temps pour réfléchir. Plus elle ressentait, moins elle pensait, et c'était mieux ainsi.

Lina : Tu m'emmènes dîner ? Habillés et sans orgasme ?

Moi : Oui. À moins que tu veuilles nous faire arrêter dès le premier rendez-vous.

Lina : *soupir* L'excitation meurt rapidement avec toi. Et après ? Des jeux de société ?

Mon sexe épuisé se redressa derrière ma braguette. Douze heures plus tôt, je me demandais si je pourrais jamais le réutiliser et maintenant je devais m'inquiéter de le surexploiter.

Moi : J'ai bien quelques jeux que j'aimerais jouer avec toi.

Lina : Comme tu m'emmènes dîner plutôt que de coucher avec moi comme une bête, j'imagine que tu penses aux échecs ou aux charades.

Moi : Sois prête pour sept heures. Porte quelque chose qui me donnera envie de savoir quels sous-vêtements tu portes.

* * *

— Je le savais !

Attrapé. Sloane apparut dans l'encadrement de la porte de la bibliothèque, les bras croisés, un rictus de défi sur le visage. Elle portait une autre paire de lunettes, avec une monture en écaille bleu vif.

Fossette se cacha derrière moi, effrayée par la femme enjouée qui me bloquait la sortie.

— Tu savais quoi ? demandai-je.

J'examinai la peinture verte abîmée sur le mur. Juste à un endroit qui sautait aux yeux. Le coup de pinceau que j'étais en train de lui donner ne suffirait pas à le camoufler.

— Toi, chef Morgan, tu as niqué mon mur en niquant sur la table.

Je lui décochai un regard irrité.

— Bon sang, Sloane, parle moins fort, on est dans une bibliothèque !

Elle ferma la porte et reprit son air victorieux.

— Je savais qu'il se passait quelque chose entre vous deux la nuit dernière. Mon radar à sexe ne me trompe jamais !

— Lina… n'a rien dit ?

— Pas besoin, elle est sortie d'ici avec une mine fiévreuse. Même sans mes lunettes, je l'ai vu.

Je me concentrai sur la marque dans le mur pour qu'elle ne voie pas la fierté s'inscrire sur mon visage.

— Elle avait peut-être une indigestion alimentaire.

— Tu crois que je connais pas la différence entre une femme qui vient de jouir et une femme qui a envie de vomir ? Je sais ce que j'ai vu. Et ensuite, c'est toi qui es sorti d'ici en nage et affamé. Tu avais l'air sur le point de dévorer quelque chose… ou quelqu'un.

— Peut-être que j'avais attrapé le même virus.

— N'importe quoi.

— J'avais des affaires pressantes à gérer.

— Tu m'étonnes.

Je tournai la tête et passai un coup de pinceau sur le mur. Si j'ignorais Sloane, elle finirait peut-être par s'arrêter.

— Tu la bouleverses, déclara Sloane derrière mon dos.

— Quoi ? demandai-je, m'arrêtant de peindre pour la regarder.

— Lina. Tu la bouleverses. C'est pas facile avec une femme comme elle.

— Eh bien, c'est réciproque.

— Je vois ça, dit-elle un grand sourire dans la voix.

Espérant que la conversation était terminée, je me concentrai sur le mur.

— Je suis heureuse de te voir de retour, Nash.

Je lâchai le pinceau dans le pot.

— Qu'est-ce que ça veut dire, ça ?

— Tu le sais très bien. Je suis heureuse de te voir revenir parmi les vivants. Je m'inquiétais. Comme nous tous, je pense.

— Oui, je suppose qu'on se remet pas tous au même rythme. Qu'est-ce qui se passe entre Lucian et toi ?

J'avais changé exprès de sujet et passai le pinceau dans l'endroit le plus abîmé du mur.

— Tu veux parler de Nolan ? Qui est d'ailleurs en ce moment même assis dans mon bureau. Il mange tous mes bonbons.

— Non, je parle de Lucian. Nolan et toi, vous allez peut-être vous amuser un peu, mais ce n'est pas Lucian.

Elle ne répondit pas. Je levai les yeux et vis que désormais son visage ne trahissait plus aucune émotion.

— Je sais pas de quoi tu parles.

— Ne mens pas à un flic.

— C'est un interrogatoire officiel ? Je dois prendre un avocat ?

— Tu connais mon secret, dis-je en montrant le mur.

La tension quitta ses épaules et elle leva les yeux au ciel.

— C'est arrivé il y a très longtemps. L'eau a coulé sous les ponts.

Fossette me contourna pour renifler les chaussures de Sloane. La bibliothécaire se baissa pour lui donner sa main à sentir.

Je retournai à ma peinture.

— Tu sais ce dont je me souviens de l'époque ?

— Quoi ?

— Je me souviens de vos regards intenses à Luce et toi, dans les couloirs du lycée. Je me souviens de comment il a retiré à Jonah Bluth son casque de foot pour le lui coller au cul, parce que Jonah avait osé dire quelque chose sur ton corps, que je ne répéterai pas par respect pour toi.

— C'était sur mes seins, non ? C'est pas facile d'être précoce.

Je lui adressai un regard sérieux.

— Lucian a vraiment fait ça ? demanda-t-elle.

— Oui, dis-je en hochant la tête. Je me souviens aussi d'être rentré d'une soirée chaude avec Millie Washington et d'avoir aperçu quelqu'un qui ressemblait beaucoup à Lucian en haut d'un arbre devant la fenêtre de ta chambre.

Sloane était en seconde et Lucian, son voisin, en terminale. Ils étaient aussi opposés à l'époque que maintenant. Le voyou taciturne et la jolie intello. Et jamais aucun des deux n'avait plus adressé la parole à l'autre. Au plus un petit salut dans les couloirs du lycée.

Mais ce qui se passait à l'extérieur était une autre histoire. Une histoire qu'aucun des deux ne voulait partager.

Sloane se concentrait sur Fossette.

— Tu ne me l'avais jamais dit.

— Vous n'aviez pas l'air de vouloir qu'on vous en parle. Alors je me suis dit que ça ne regardait que vous.

Elle se racla la gorge. Le bruit envoya la chienne se cacher sous moi.

— Oui, comme je l'ai dit, ça fait très longtemps, dit-elle en se redressant.

— Ça fait pas plaisir quand les gens mettent le nez dans tes affaires, n'est-ce pas ?

Elle m'adressa un regard glacial et croisa les bras.

— Si je mets mon nez quelque part, c'est parce que je pense que quelqu'un n'agit pas comme il faut.

— Ah oui ? Ton animosité envers Luce ne me paraît pas très saine, si je puis me permettre. Je devrais peut-être m'en mêler. Pour vous aider tous les deux à trouver une solution.

Elle souffla par le nez comme un taureau devant un drapeau rouge. Le clou dans son nez trembla. Au bout de trente secondes, elle craqua.

— D'accord, je ne me mêle plus de tes affaires et tu restes en dehors des miennes.

— Disons plutôt, je respecte ta vie privée et tu respectes la mienne.

— De la sémantique, maintenant ?

— Ça peut te paraître comme ça, Sloaney Baliverney. Mais on est amis. Depuis des années. Depuis aussi loin que je m'en souvienne, nos vies sont intriquées. Alors peut-être que plutôt que de fouiner et mettre son nez là où il ne faut pas, on peut juste essayer d'être là l'un pour l'autre quand on en a besoin.

— Je n'ai besoin de rien, dit-elle, têtue.

— D'accord. Mais moi, je risque d'avoir besoin d'une amie si je n'arrive pas à convaincre Lina de me suivre dans cette aventure.

Elle ouvrit la bouche, mais je l'interrompis en levant la main.

— Je ne voudrai sans doute pas en parler si je la perds, mais j'aurai sûrement besoin d'une amie pour m'empêcher de sombrer encore une fois.

— Je serai là, promit-elle, son visage se radoucissant.

— Et je serai là pour toi quand tu auras besoin de moi, si l'occasion se présente.

— Merci de réparer mon mur, Nash.

— Merci d'être toi, Sloaney.

Je refermai le pot de peinture quand ma radio crépita.

— T'es dehors, chef ?

— Oui.

— Un cheval s'est encore enfui des écuries Bacon. J'ai eu plusieurs rapports sur un grand étalon noir qui galopait sur la Route 317.

— J'y vais.

* * *

— J'arrive pas à croire que tu l'as eu avec une carotte, dis-je, alors que Tashi Bannerjee donnait les rênes du beau Heathcliff à Doris Bacon, qui s'était manifestement fait mal en tombant parce qu'elle appuyait un pain de glace sur ses fesses.

On avait de l'herbe jusqu'à la taille dans les pâturages à l'est de la ferme du Chien Rouge, une propriété de vingt hectares qui était à l'abandon depuis un an ou deux pour cause de faillite.

Heathcliff, l'étalon, avait décidé qu'il ne voulait pas galoper dans le manège et s'était débarrassé de Doris avant de partir vers le sud.

Ce salopard avait défoncé la portière de mon SUV et essayé de me mordre l'épaule avant que Tashi le distraie avec une carotte et l'attrape par les rênes.

— Tu t'occupes des serpents, chef, moi, mon truc c'est les chevaux.

— Je me souviens de t'avoir vu monter un des parents de Heathcliff dans un restau autoroutier en terminale.

— Et regarde où ça m'a conduite.

Je gardai mes distances alors que Tashi et Doris conduisaient la bête sur la rampe de la fourgonnette.

Je tressaillis et me tournai. Deux biches sursautèrent et disparurent dans les bois. Il n'y avait rien ici. Juste des herbes hautes, des arbres et des clôtures défoncés, mais je ne pus me défaire de l'impression que quelqu'un nous regardait.

Doris ferma la portière de la fourgonnette. Le bruit des sabots sur le métal résonna.

— Arrête de crâner, grand fou.

— Il est peut-être temps de vendre Heathcliff à une ferme avec de plus hautes clôtures, suggérai-je.

Elle secoua la tête et partit s'installer derrière le volant.

— J'y penserai. Merci pour votre aide, chef et officier Bannarjee.

On lui fit des signes pour l'aider à manœuvrer jusqu'à la grille de la propriété pour s'engager sur la route.

L'étalon laissa échapper un hennissement strident.

— Il vient de te maudire, plaisanta Tashi, alors qu'on retournait à mon véhicule abîmé.

— Qu'il essaie.

Mon portable vibra dans ma poche, je l'en sortis.

Lina : Tu ne croiras jamais ce que racontent les ragots. Selon une source relativement fiable, tu as passé ton après-midi à courser un cheval dans ton SUV.

Moi : Ce n'était pas n'importe quel cheval. C'est Heathcliff le Terrible.

Je lui envoyai la photo du cheval en question et une autre de la portière de mon véhicule.

Lina : Tu as intérêt à pas sentir le cheval quand tu viendras me chercher ce soir pour le dîner.

Moi : Je vais tenter de prendre une douche d'ici là. Tu as choisi la robe avec laquelle tu vas me torturer ?

– 38 –

Premier rendez-vous

Nash

— C'est tellement cliché, lança Lina en ouvrant la porte.

— Un premier rendez-vous n'a rien de cliché.

Je fus soulagé d'avoir pu parler, parce que la tenue qu'elle avait choisie me coupa directement le souffle.

— Si, quand on a déjà couché ensemble, dit-elle avec une petite moue.

J'avais besoin d'une minute pour reprendre mes esprits.

Elle portait une robe noire courte, avec des manches longues, mais la jupe montrait tellement de jambes que je n'avais qu'une envie, la plaquer contre une surface et regarder la couleur de sa petite culotte. Ses talons aiguilles léopard clamaient « séductrice ». Elle s'était maquillée plus qu'à son habitude, ajoutant une touche de bronze sur ses paupières, ce qui rendait ses yeux encore plus grands et provocateurs.

Elle était magnifique, sûre d'elle et légèrement agacée que je l'emmène dîner plutôt qu'au lit.

J'étais l'homme le plus chanceux du monde.

— Tu t'es rasé, dit-elle comme je ne parlais pas.

Je passai la main sur ma mâchoire et souris.

— Je me suis dit que ça me rendrait plus doux.

Ses yeux pétillèrent malicieusement.

— Ça ne me dérange pas quand t'es dur, me rappela-t-elle.

— J'ai des griffures pour m'en souvenir, Angel, taquinai-je.

— Et si on sautait le dîner et qu'on testait directement ton doux visage ? suggéra-t-elle.

Mon sexe se redressa aussitôt comme une marionnette au bout de ses fils.

— Bien essayé, chérie, mais tu vas avoir la totale. L'expérience en bonne et due forme du premier rendez-vous.

— D'accord, mais la bienséance veut que je ne couche pas avec toi au premier rendez-vous.

— Depuis quand tu suis les règles, toi ?

— Seulement quand ça m'arrange.

Ce qui était exactement pourquoi je ne pouvais pas la jouer franc-jeu.

Je sortis de mon dos la petite boîte que je cachais.

— Je t'ai apporté quelque chose.

Elle contempla l'objet comme s'il s'agissait d'une bombe.

— Vas-y, ouvre. N'aie pas peur.

— Peur ? répéta-t-elle sur un ton de défi en me prenant la boîte des mains.

Son visage se radoucit l'espace d'une seconde quand elle souleva le couvercle. Et son masque revint rapidement à sa place. Elle me laissait entrer, mais centimètre par centimètre, et je ne devais pas perdre pied.

— Je ne suis pas supposée coucher avec toi après le premier rendez-vous et toi t'es carrément pas supposé m'offrir des bijoux.

J'étais passé chez Xandra lui parler de mon idée et donner à Alex un badge de shérif jouet.

Je regardai les boucles d'oreilles posées sur un nuage de coton. De délicates chaînes en or terminées par des soleils pointus.

— Je les ai vues et j'ai pensé à toi. Faites par la femme qui m'a sauvé la vie, pour être portées par la femme qui me rappelle que ça vaut la peine de vivre.

Le masque sur le visage de Lina tomba de nouveau et je ne vis sur ses traits que le plaisir.

— Comment pourrais-je refuser alors ?

— Ce ne sont que des boucles d'oreilles, pas une bague de fiançailles. Et une partie des gains va à une fondation locale pour l'autisme.

Elle prit une inspiration en me tendant la boîte.

— Pourquoi j'ai l'impression que tu joues avec moi ? demanda-t-elle en retirant ses boucles.

Elle en prit ensuite une dans la boîte et trouva en experte le trou dans son lobe. Elle fit pareil avec l'oreille gauche.

— Alors ? demanda-t-elle en secouant la tête.

— Magnifiques.

* * *

J'avais choisi un petit italien chic à Lawlerville, pas parce qu'ils faisaient le meilleur ciabatta de tout le comté, ni parce que je voulais garder notre relation secrète. Je voulais juste un petit dîner tranquille sans interruption. Si j'avais emmené Lina quelque part à Knockemout, la ville entière serait entrée en ébullition et si j'avais cuisiné pour elle chez moi, je n'aurais pas pu me retenir plus longtemps après les entrées pour lui retirer sa jolie robe.

Malheureusement, j'avais dû payer aussi un dîner à Nolan, parce qu'il ne voulait pas prendre sa soirée.

Au moins, il était au bar, assez loin de notre table pour faire comme s'il n'était pas là du tout. On nous avait attribué une banquette ronde dans un coin de la salle, ce qui voulait dire que plutôt que d'être face à face, on était assis côte à côte. Sous la nappe ma cuisse se collait à la sienne dans une position d'intimité bouleversante. Son pied venait s'accrocher à ma cheville.

— Ça te fait quoi que tous les hommes dans ce restaurant t'aient regardée entrer et t'asseoir ? demandai-je alors qu'elle trempait un bout de pain dans l'huile d'olive.

Elle leva les yeux, coquine.

— Si tu te demandes si je remarque l'attention qu'on me porte, la réponse est oui. Si tu me demandes si j'aime ça, Ça dépend. Ce soir, je n'ai pas détesté.

J'aimais qu'elle ne fasse pas semblant. Je commençais à comprendre son type d'honnêteté. Elle ne mentait pas, ne disait pas la vérité. Soit elle s'ouvrait, soit elle se fermait. Je commençais à voir la différence.

— Tu es tellement belle que parfois je n'arrive pas à te regarder en face, confiai-je.

Le bout de pain tomba de son assiette et atterrit sur la table du côté de l'huile.

— Bon sang, Nash, arrête de me prendre par surprise.

Je souris et pris une tranche de pain sans sentir de pincement dans mon épaule. Je ne l'avais pas non plus remarqué la veille. L'effet miraculeux que Lina avait sur moi ne s'arrêtait pas à ma santé mentale.

— J'ai pensé à autre chose dont j'ai besoin, annonça-t-elle.

— Je t'écoute.

— Je ne veux pas être sur la touche pendant que les gars et toi vous vous amusez. Je veux être dans l'équipe. Je veux aider à retrouver Hugo.

— Angel, tu auras ta voiture.

Ses yeux se plissèrent quand elle prit son verre et but une gorgée.

— Je sais que j'aurai la voiture. Ce dont je veux m'assurer, c'est que tu auras ton homme. Je n'ai pas envie que tu vives tous les jours en craignant qu'un certain matin, Duncan Hugo se réveille et décide qu'il doit maintenant éliminer les témoins.

Je ne dis rien. Surtout parce que j'avais peur de l'effrayer. Peut-être qu'elle ne se rendait pas compte de ce qu'elle disait, mais moi si. Elle voulait me savoir en sécurité. Et elle le voulait assez pour intégrer notre groupe, elle qui la jouait toujours solo.

Qu'elle le réalise ou pas, elle se souciait de moi et j'allais en profiter pour obtenir ce que je voulais.

— J'ai déjà promis de te tenir au courant, lui rappelai-je.

— Et maintenant je veux que tu promettes plus. J'ai organisé plus d'une douzaine d'opérations de restitution de biens, continua-t-elle. J'ai exécuté la moitié de ces opérations. Je suis une pro pour le travail en tandem avec les forces de l'ordre. Et je ne renonce jamais.

— Tu as fait ta valise.

Elle me transperça du regard.

— Quoi ? demandai-je.

— Je réfléchis.

— À quoi.

— À te dire la vérité ou pas.

— Ne perds pas ton énergie, Angel. Dis-moi toujours la vérité.

— D'accord, répliqua-t-elle avec un haussement d'épaules. J'ai fait ma valise parce que ça me faisait trop mal d'être si proche de toi alors que tu me détestais. J'allais retourner au motel, attendre qu'on envoie quelqu'un pour me remplacer et ensuite j'allais quitter la ville.

Savoir que j'avais été si proche de la perdre me fit l'effet d'un coup de poignard. Sans Naomi et Sloane, la nuit dernière ne se serait jamais produite. Et cette conversation ne serait pas possible. Je leur devais des fleurs.

— Je suis désolé, Angel. Je tombais rapidement et j'avais besoin d'une excuse pour freiner la chute. Je suis désolé de t'avoir donné l'impression que tu ne pouvais pas me faire confiance. Ça ne se reproduira plus.

Quand elle ouvrit ses grands yeux, son regard faillit me faire chavirer.

— Quand tu dis tomber… ? demanda-t-elle doucement.

— Follement amoureux, Angel. Je commence à regretter de t'avoir emmenée dîner plutôt que directement au lit.

Elle laissa échapper un petit rire léger et posa délicatement la tête sur mon bras.

— Mission accomplie. Maintenant dis-moi que tu m'utiliseras, Nash.

Mes doigts se resserrèrent sur le verre de vin. Je savais ce qu'elle voulait dire, mais le double sens était impossible à ignorer. Il était temps que je reprenne le contrôle.

— Tout d'abord, je veux entendre ces mots quand je serai en toi et je veux que tu sois sincère.

Ses lèvres s'écartèrent et son souffle s'accéléra.

— Ça me va.

— Ensuite, si tu veux participer, je veux que tu prennes toutes les précautions qu'il me semblera à moi nécessaires. C'est non négociable.

— Ça me va.

Je lui adressai un regard carnassier.

— Tu sais, la dernière fois qu'on a passé un accord, j'étais en toi.

— Et au lieu d'être nus dans un lit, on célèbre notre premier rendez-vous dans un restaurant. Je devrai me contenter d'une tape dans la main.

* * *

C'était un premier rendez-vous pour mettre fin à tous les premiers rendez-vous. Je le savais au plus profond de moi. Il y avait quelque chose chez Lina Solavita qui m'attirait, qui me captivait. Je voulais connaître tous ses secrets. Et je voulais qu'elle me les livre de bonne grâce. Pour toujours.

Ce n'était pas qu'une attirance physique, c'était plus.

On parlait, on riait, on flirtait, on goûtait dans l'assiette de l'autre. Plus le repas se prolongeait, plus on se rapprochait.

Quand le serveur vint nous présenter les desserts, ma main était sur sa cuisse, juste sous l'ourlet de sa robe. Mes doigts traçaient de petits cercles sur sa peau chaude.

Lina semblait fascinée par la description du pudding au bourbon, mais sous la table, elle ouvrait les jambes pour moi.

Elle m'invitait, me testait, m'appâtait.

Je voulais regarder sous la table. Et si je le faisais, je verrais enfin la couleur de sa culotte et connaîtrais un nouveau degré de torture. C'était le moment de la torturer aussi.

Elle ne pensait pas que je le ferais, mais si elle me tentait, je répondrais.

Alors que le serveur vantait les louanges de son cheesecake aux noisettes, je remontai les doigts jusqu'à la terre promise. Lina sursauta et tenta de refermer ses genoux, mais trop tard. J'avais trouvé ce que je cherchais. L'humidité sur la soie, que je n'avais pas encore vue mais que je pouvais sentir.

Ses cuisses tremblèrent autour de ma main.

— Qu'est-ce qui te paraît bon, Angel ? lui demandai-je.

Le regard qu'elle m'adressa était une délicieuse combinaison de choc et de désir.

— Quoi ?

— Le dessert, dis-je en appuyant deux doigts sur le tissu mouillé. Dis-moi ce que tu veux.

Elle cligna des yeux et secoua la tête. Le sourire qu'elle décocha au serveur n'avait rien de son expression ravageuse habituelle.

— Une part de cheesecake. À emporter.

— Et pour vous monsieur ?

J'utilisais mon index et mon majeur pour pincer les lèvres de son sexe à travers son string.

— L'addition.

Avec un hochement de tête, il disparut et Lina serra les poings sur la nappe.

— Ouvre tes jambes, ordonnai-je dans un murmure.

Elle n'hésita pas une seconde.

— Plus grand, je veux voir.

Elle obéit, glissant les fesses jusqu'au bord de la banquette, me laissant tout loisir pour me promener. Mon sexe, dur comme de la pierre, suppliait qu'on le libère.

Rouge. Son string était de la couleur des badass. Je glissai mon doigt sous l'élastique.

— Nash, murmura-t-elle, la voix tremblante.

J'adorais l'entendre prononcer mon nom dans ces moments-là.

— Tu pensais pouvoir jouer les vilaines dans un restaurant chic sans que je réagisse ?

— Aïe… oui.

Sous la table, elle avança les hanches, réclamant plus de pression.

Je voulais la renverser sur cette table et remonter sa robe jusqu'à sa taille.

Je caressai en petits cercles son clitoris.

— Si je t'emmène jusqu'au bout, ici et maintenant, promets-moi…

— Tout ce que tu voudras, m'interrompit-elle en se frottant contre ma main.

Bon sang, comme j'aimais l'entendre céder. Mon érection s'intensifia encore.

Je m'approchai pour sentir ses seins contre mon bras, mes lèvres sur son oreille.

— Promets-moi que tu me laisseras tout de même te pénétrer aussi profondément que je le peux, une fois à la maison.

— Oui, siffla-t-elle aussitôt.

Elle m'adressa un sourire coquin.

— Si tu me fais jouir avant que mon dessert arrive, je te promets de te rendre la faveur.

Défi relevé.

— Écarte autant que tu peux, Angel.

Elle coinça son genou sur ma cuisse et je glissai deux doigts en elle.

Son petit gémissement fit pulser mon sexe. Alors j'ajoutai un autre doigt.

— Bon sang, grogna-t-elle.

— Ne bouge pas, avertis-je en déposant un baiser innocent sur son épaule. Sinon tout le monde dans ce restaurant comprendra ce qui se passe sous la table.

Elle mordit sa lèvre et se figea.

— C'est mieux, dis-je avant de passer mon pouce sur son clitoris.

— Mon Dieu, gémit-elle.

Les frissons qui chatouillèrent mes doigts me dirent tout ce qu'il fallait savoir.

— T'es prête à jouir, n'est-ce pas, Angelina ?

— C'est ta faute. À cause de toi et de ton costume de gentil gars. À cause de ton date et de tes boucles d'oreilles.

Elle se balançait tout doucement sur mes doigts, ses cuisses s'efforçant de rester ouvertes. J'appuyai juste un peu plus fort avec mon pouce et ça suffit à la faire basculer.

Elle ferma les yeux et j'eus le plaisir de sentir tout en elle se resserrer. Lina s'alluma comme un feu d'artifice sur mes doigts, me donnant l'impression d'être un héros. Je continuai mon va-et-vient en elle, tout en la caressant avec le pouce. Ses jambes tremblèrent et elle se pencha sur moi en jouissant à plusieurs reprises.

Je mis ma deuxième main sur mon érection, espérant ne pas l'accompagner, même si je n'étais pas loin.

— Oh putain, lâcha Lina, mes doigts toujours en elle.

— Votre cheesecake et l'addition, lança le serveur.

* * *

— Qu'est-ce qui t'arrive ? T'es en colère ? demanda Lina, alors que je glissai derrière le volant.

On s'était éclipsés assez rapidement pour que Nolan, qui était aux toilettes, rate notre grande sortie.

— Carrément pas, contredis-je.

J'avais encore les doigts mouillés et ça ne m'aidait pas à tenir.

— Je ne faisais que te tenter, je n'imaginais pas que ça irait si loin. Mais beau gosse, tu me surprendras toujours.

— Mon sexe est en feu et on est beaucoup trop loin de la maison.

Mon érection pulsait jusqu'à mon cerveau. Comment allais-je tenir pendant les trente minutes du trajet ?

— Ohhhhh, lâcha-t-elle quand j'appuyai sur l'accélérateur.

La voiture s'envola sur la route en sortant du parking.

— On ne devrait pas attendre Nolan ?

Pour toute réponse, je grognai. Si je ne recevais pas bientôt le soulagement tant attendu, j'allais perdre la tête. Elle avait écarté les jambes si largement pour moi, elle avait joui si fort, dans un restaurant plein de monde. Maintenant j'avais la braguette tatouée sur mon sexe.

— Je pense que je peux t'aider pour ça, dit-elle en détachant sa ceinture de sécurité.

— Qu'est-ce que tu fais ? Remets ta ceinture, tout de suite.

— Mais si je la remets, je ne pourrai pas faire *ça*.

Elle tendit la main vers ma ceinture.

J'inspirai, mon pénis était plus dur et gonflé que du granite.

— Angelina, l'avertis-je.

Habilement, elle ouvrit rapidement ma ceinture et ma braguette.

— Tu ne vas pas respecter toutes les lois ce soir, d'accord ? taquina-t-elle.

— Retire ton soutien-gorge, dis-je en levant le pied de l'accélérateur.

— Je n'en porte pas.

Elle entoura mon sexe de sa main.

— Bon sang.

— Garde les yeux sur la route, beau gosse.

Ça allait être impossible. Surtout après avoir baissé son décolleté pour voir ses seins parfaits.

Avec un sourire coquin, elle baissa la tête vers mes jambes. À la seconde où ses lèvres emprisonnèrent mon érection, j'étais aux nues. Cette langue chaude, cette bouche tendre, la façon dont elle m'agrippait de sa main. Angelina Solavita allait me faire vivre une expérience divine.

Je grognai alors qu'elle utilisait sa main et sa bouche sur moi. Coincé par mon pantalon, ma ceinture de sécurité et le volant, je ne pouvais que me laisser faire. Le clair de lune nous ouvrait la voie, mais je le vis à peine.

Mon attention était toute concentrée sur sa bouche dévorante.

Je passai une main sur ses seins pour en sentir le délicat contact. Son gémissement me fit vibrer. Le dos de ma tête s'appuyait contre le siège, mon genou se posait contre la portière.

Elle imprimait le rythme parfait et je savais que je n'étais plus loin.

— Putain.

Je voulais bouger, mais je ne pouvais pas.

Sans crier gare, Lina quitta mon sexe et se releva, les lèvres humides et rouges.

— Sérieusement beau gosse ? Cinquante kilomètres heure sur une route à quatre-vingt-dix ?

Je l'attrapai sans ménagement par les cheveux pour qu'elle retourne là d'où elle venait.

— Continue, chérie.

À la seconde où ses lèvres revinrent sur mon pénis, je braquai à droite pour stationner sur le bord de la route. J'eus un peu de mal à manœuvrer autour d'elle, mais je réussis à nous immobiliser. Je tirai le frein à main. La poussière retombait encore autour de nous quand j'inclinai mon siège.

Mes deux mains se posèrent sur sa tête et j'imprimai le rythme. Elle s'avança, ses seins rebondissant sur le frein à main, sa bouche ne quittant pas mon sexe.

Ça montait.

Je voulais l'avertir mais je ne pouvais pas sortir les mots. Je ne pouvais même plus respirer, un peu comme dans les crises d'angoisse. Mais ce n'était pas ça, c'était quelque chose pour lequel j'étais prêt à renoncer à tout. Lina était quelqu'un pour qui j'étais prêt à renoncer à tout.

À cette pensée, j'éjaculai puissamment. Ça monta violemment dans mon sexe pour exploser dans sa bouche. J'empoignai ses cheveux et ne pus m'arrêter tant que je jouissais.

C'était interminable. Sa bouche me gardait captif.

— Angel, dis-je haletant, en m'écroulant sur mon siège.

Sa bouche resta en place, jusqu'à ce que je la soulève.

Ses cheveux étaient en bataille. Elle avait les yeux remplis de désir. Ses seins remuaient à chaque respiration qu'elle prenait. Sa bouche, cette merveille délicieuse, était rose, gonflée et humide.

Je n'avais rien vu de plus beau de toute ma vie.

La prenant sous les bras, je l'attirai sur mes genoux et posai sa tête sur ma poitrine. Elle se blottit contre moi, aussi haletante que moi.

— Bon sang, chérie, tu devrais faire enregistrer cette bouche comme arme de destruction.

Elle lâcha un petit rire.

— On est quittes. C'est pour m'avoir fait jouir dans un restaurant.

Je passai une main dans ses cheveux.

— Je sais pas pour toi, mais je dirais que c'était un premier rendez-vous assez réussi.

— Je ne dirais pas non à un deuxième.

Je lui pris un sein.

— On commandera à la maison.

À cet instant, je remarquai des lumières clignotantes dans mon rétroviseur.

— Merde.

– 39 –

Le gang au complet

Lina

— Tu as une mauvaise influence sur moi, se plaignit Nash en jouant avec ses clés.

— Au moins, ce n'était que Nolan, lui rappelai-je alors que j'attendais qu'il ouvre la porte de son appartement.

Le baby-sitter fédéral de Nash avait été furieux de revenir des toilettes et de ne plus nous trouver dans le restaurant. Il avait trouvé la situation un peu plus amusante quand il s'était approché de la portière conducteur. Il ne fallait pas être particulièrement intelligent pour imaginer ce que nous venions de faire.

Nash ouvrit la porte et me fit signe d'entrer en premier. Fossette vint nous accueillir, un chien policier en peluche entre les crocs.

— Il est nouveau, celui-là, remarquai-je en me baissant pour la caresser.

— Je l'ai vu sur Amazon, expliqua Nash en refermant et en laissant les clés dans la serrure.

— Ça t'arrive de pas avoir la trique ? demandai-je en voyant la bosse dans son pantalon.

Il avait un sourire diabolique en s'approchant de moi.

— Tu as le choix.

— Explique.

— Soit je me mets direct à genoux devant toi, soit je t'emmène au lit.

Ses mains s'étaient déjà glissées sous ma robe.

— Attends, attends, attends.

Il s'arrêta immédiatement.

— Qu'est-ce qui ne va pas ?

— J'aimerais énormément tester tes joues lisses sur ma peau, mais…

Je secouai la tête.

— Jamais je n'aurais cru que je dirais une chose pareille… on doit parler.

— Qu'est-ce qu'ils ont mis dans ce vin ? plaisanta Nash.

Je passai une main dans mes cheveux.

— Apparemment, j'ai été kidnappée par des extraterrestres et remplacée par un clone. Mais on a été trop occupés à jouir pour parler.

— De quoi ?

— Du plan pour faire tomber Hugo. J'étais sérieuse quand j'ai dit que je voulais en faire partie. Et malgré mon envie de coucher avec toi encore et encore, c'est important. Assez important pour que je ne te laisse plus me distraire avec ton pénis magique.

Il prit un air amusé.

— T'es unique, Angel.

— Ça suffit, Monsieur Rectitude, tu ne m'auras pas avec la flatterie. Appelle les troupes pendant que je sors Fossette pour sa balade.

— Maintenant ?

Je pris la laisse sur son crochet.

— Oui, maintenant, dis-je fermement.

* * *

Je revenais de ma promenade avec Fossette, tenaillée par un sentiment de culpabilité.

— Nash ? Avant que les autres arrivent, il faut que je te dise quelque chose.

Nash était en train d'accrocher la photo de Duncan Hugo sur le tableau blanc qu'il avait installé au milieu de la table.

— Qu'est-ce qui se passe ?

J'étais assez sûre d'avoir fait ce qu'il fallait, mais Nash risquait de ne pas être de mon avis.

— D'accord. Au lycée, après l'incident au stade de foot, je ne me suis plus vraiment intégrée. À part le travail, socialement, je n'ai pas trouvé ma place.

Il me regardait avec intensité.

— Je veux dire que c'est nouveau pour moi. Tout ce qui se passe entre nous. Avoir des amies comme Naomi et Sloane.

Les yeux de Nash se fermèrent doucement et se rouvrirent. Il se frotta entre les sourcils.

— Qu'est-ce que tu as fait, Angelina ?

— Écoute-moi jusqu'au bout, commençai-je.

Mais je fus interrompue par un coup à la porte. Fossette partit se cacher derrière Nash.

— Il est neuf heures, un soir de semaine, se plaignit Knox quand je lui ouvris la porte.

— T'as vraiment été domestiqué, toi, plaisantai-je.

Je refermais la porte, quand Lucian apparut.

— Comment tu as fait pour venir si vite ? demandai-je.

— Je travaillais de chez moi, aujourd'hui.

— Tu travailles chez toi en costume ?

— Jolies boucles d'oreilles, me complimenta-t-il.

— Pourquoi t'es sympa avec moi ? interrogeai-je, suspicieuse.

— À cause de ça, dit-il en montrant Nash qui offrait une bière à son frère en souriant. Gâche pas tout.

Il partit rejoindre ses amis et je refermai, rongée par les scrupules.

— Donc, les gars, avant qu'on commence, je devrais sans doute vous dire...

Je fus interrompue par un autre coup à la porte.

Lucian arrêta ses tentatives de caresses sur Fossette.

— C'est Graham ?

— On sait que vous êtes là ! lança la voix de Sloane depuis le couloir.

Nash avança vers la porte et moi.

— C'est ce que je voulais vous dire, dis-je en attrapant son bras.

Il regarda par le judas avant de me décocher un regard noir qui voulait dire « tu n'as pas fait ça ? ».

— J'ai fait ça, confessai-je.

— Elle a fait quoi ? demanda Knox en croisant les bras.

— Ça, répondit Nash en ouvrant la porte à Sloane, Naomi et Mme Tweedy.

— OK, petite précision, je n'ai pas écrit à Mme Tweedy.

Knox parut soucieux, Lucian, prêt à commettre un meurtre, et Nash... Il me dévisagea, les bras croisés.

— Marguerite, ma chérie, qu'est-ce que tu fais ici ? demanda Knox en s'approchant de Naomi.

Elle croisa les bras sur son joli pull violet.

— Lina nous a écrit.

Dans son pyjama à carreaux, Sloane posa les mains sur les hanches.

— Ne vous avisez pas de nous cacher ce que vous manigancez, les mecs.

— Je suis là, parce que par mon judas, j'ai cru voir qu'il y avait une fête, intervint Mme Tweedy, une bouteille de bourbon à la main.

Je grimaçai quand les regards des trois hommes se posèrent sur moi.

— Angelina, commença Nash.

— Écoutez-moi d'abord, demandai-je en levant la main. Ça nous concerne tous d'une manière ou d'une autre. À l'exception de madame Tweedy. Et Naomi et Sloane méritent de savoir ce qui se passe. Plus on est nombreux à y réfléchir, plus on a d'yeux et d'oreilles ouverts, plus on sera préparés.

Les hommes continuaient à me décocher des regards mauvais.

— Personne ne connaît cette ville et ce qui s'y passe mieux que Sloane. Et Naomi a sa place ici, parce qu'elle est une cible directe. On ne doit pas lui cacher ce qui se dit. Plus elle en sait, plus elle est en sécurité et plus elle peut protéger Waylay.

— Tu ne me laisses pas en dehors de tout ça. Si c'est en rapport avec ma sœur ou son ex, j'ai le droit de savoir, insista Naomi en direction de Knox.

— Tu n'as pas à t'en faire pour ça, Margo, lui assura-t-il en lui attrapant délicatement le bras. Je m'en occupe. Je m'occupe de toi et de Waylay. Tu dois me faire confiance pour gérer.

Le visage de Naomi se radoucit, mais redevint vite déterminé.

— Et toi, tu dois me faire confiance. Je ne suis pas une enfant. Je mérite qu'on m'explique ce qui se passe.

Sloane leva un pouce vers Naomi.

— Exactement.

— Ça ne te concerne pas. Quand est-ce que tu vas apprendre à te mêler de tes affaires ? gronda Lucian sur un ton tellement glacial que je frissonnai presque.

Au moins, il en avait contre quelqu'un d'autre que moi.

Sloane paraissait immunisée contre ses humeurs.

— La ferme, Satan. Si ça concerne ma ville et les gens que j'aime, alors ça me concerne. Mais je m'attendais pas à ce que tu comprennes.

Le duel de regards commença et je me demandai qui se fatiguerait en premier.

Nash avança et m'attrapa par le poignet.

— Excusez-nous une seconde, lâcha-t-il en m'attirant dans la chambre.

Il ferma la porte, me poussa dessus et m'encercla la tête avec ses deux mains.

— Explique-toi.

— Tu m'as l'air furieux. On devrait peut-être en parler plus tard.

— On va parler maintenant, Angel.

— Elles avaient le droit de savoir.

— Explique pourquoi tu leur as parlé à elles avant de me parler à moi.

— Honnêtement ?

— Allons-y, oui, pour changer, dit-il sèchement.

— Je ne suis pas sûre de ce qu'est l'échelle de loyauté dans cette situation. Naomi et Sloane sont mes premières vraies amies et je manque de pratique. Crois-moi je sais combien ça t'a blessé quand je t'ai caché des choses. J'ai moi-même ressenti ce que tu avais pu éprouver quand vous maniganciez sans moi. Et…

Il me cloua les hanches contre la porte avec ses hanches.

— Ils baisent là-dedans ? retentit la voix de Knox depuis le salon.

— Et quoi ? demanda Nash.

— Et elles ont leur mot à dire. Ça suffit d'agir en machos surprotecteurs. Je comprends que tu sois fâché et je suis désolée de pas t'en avoir parlé d'abord.

— J'apprécie et tu n'as pas tort, dit-il en dégageant les cheveux de mon front dans un geste tellement délicat que mes jambes flanchèrent.

— Je n'ai pas tort ?

Il sourit.

— Mais la prochaine fois, parle-m'en d'abord.

Il était si beau et si… bon. Pas étonnant que je sois tombée amoureuse de cet homme.

Je parvins à hocher la tête.

— Oui, j'ai compris.

Il m'entoura la joue avec sa main.

— Toi et moi, on est là-dedans ensemble. Nos décisions nous affectent l'un l'autre. On les prend ensemble. Compris ?

Je hochai la tête avec vigueur.

— Exactement, beau gosse !

— Bien, dit-il en me libérant de la porte.

Il me donna une fessée.

— Ça fera office de *high five*.

Je lui répondis en lui pinçant le nez.

— Elle l'a giflé ou c'est lui ? lança Sloane dans l'autre pièce.

— Maintenant, on y retourne et on y réfléchit. Ensemble, dit Nash fermement.

— OK.

Il s'arrêta.

— Tu as autre chose à me dire, avant qu'on y retourne ?

J'ouvris la bouche, juste au moment où on frappa de nouveau à la porte.

— C'est pas moi, cette fois, je te jure, assurai-je.

Il sourit et ouvrit la porte de la chambre.

Nolan entrait dans l'appartement et Knox refermait derrière lui. Le marshal scruta l'assemblée, le tableau blanc, et Mme Tweedy qui était en train de nous préparer des cocktails.

— Je vais détester, n'est-ce pas ?

— Pas autant que moi, répliqua Knox.

— Bonjour Nolan, minauda Sloane.

— Hello, beauté.

Lucian ne dit rien, mais il semblait sur le point d'exploser.

— Je vais chercher d'autres bières, dis-je en m'interposant exprès entre Lucian et Nolan.

L'agent du FBI ne semblait pas sensible à la tension dans l'air.

— Vous savez à peu près tout ce qu'il y a à savoir. C'est votre dernière chance de vous barrer avant que ça devienne chaud, expliqua Nash à Nolan alors que j'allais dans la cuisine. Avec nous ou pas ?

— Avec, dit-il sans hésitation.

— Nolan, ça pourrait te causer de sérieux problèmes, l'avertis-je en sortant un pack de six bières du réfrigérateur. Tes supérieurs ne vont pas apprécier ton implication.

Nolan ouvrit grand les bras.

— Je sais pas si vous avez remarqué, mais mon travail craint. Il m'a coûté mon mariage. Il ne me donne aucun espoir sur le monde en général. Et dormir dans un motel infesté de cafards m'a niqué le dos. J'ai déjà récupéré le formulaire de démission, j'attends juste d'être assez ivre ou d'en avoir plus que ras-le-bol pour l'envoyer. Et j'en ai marre de faire du baby-sitting.

Nash et moi échangeâmes un regard et il hocha la tête. Je lui tendis une bière.

— Bienvenue dans l'équipe.

— Je sais pas de quoi vous parlez les enfants, mais moi aussi je suis dans l'équipe, annonça Mme Tweedy.

Je haussai les épaules et Nash leva les yeux au ciel. On savait tous les deux qu'on ne pourrait pas la mettre à la porte.

— D'accord, lui lança Nash. Mais vous ne pourrez pas répéter tout ce que vous allez entendre ce soir. Vous n'en parlerez pas à vos copains de la gym, ni à vos potes du poker. À personne.

— Chuuuut, j'ai compris. Muette comme une carpe.

— Qu'on en finisse, grommela Knox avant de tirer une chaise pour Naomi.

On s'assit autour de la table avec nos verres de bourbon et de bière pour écouter Nash nous rappeler les évènements des derniers jours. Il exposa ensuite le plan que les hommes avaient élaboré.

— Je déteste, affirma Sloane quand il eut terminé.

Les yeux écarquillés, Naomi agrippait la main de Knox.

— Tu ne peux pas être sérieux, Nash. Tu ne peux pas vraiment vouloir servir d'appât. Il a failli te tuer la première fois.

— Et cette fois, je serai prêt à l'accueillir.

— On le sera tous, promis-je.

Naomi se tourna vers Knox.

— Mais si Nash est une cible, une preuve contre lui, alors Way l'est aussi.

— Et toi aussi, ajouta Lucian.

Knox l'attira contre lui.

— Regarde-moi, Margo. Personne ne va s'approcher de vous deux. Je te le promets. Il faudrait déjà qu'il me passe dessus et personne ne le fera.

— Il a tiré sur Nash, dit-elle, ses yeux s'emplissant de larmes.

— Ça non plus, il n'en aura plus l'occasion, jura Knox.

Il posa les yeux sur son frère et ils échangèrent un long regard.

Les yeux fermés, Naomi s'appuya sur le torse de Knox.

— J'arrive pas à croire que tout ça arrive à cause de ma sœur. J'ai l'impression que c'est ma faute, quelque part.

— Tu ne peux pas assumer la responsabilité des mauvaises décisions d'une autre adulte, affirma Nash.

Il se tourna vers moi.

— Tout ce que tu peux faire c'est essayer d'en prendre des bonnes.

— Je veux qu'on se mette d'accord sur une chose, lança Knox. Rien de tout ça ne se fait avant le mariage samedi. Rien ne vient gâcher le jour de Margo.

— C'est ton jour, aussi, Knox, lui rappela Naomi en se penchant vers lui.

— Et comment ! Et rien ni personne ne va nous le gâcher. C'est compris ?

Il regarda l'assemblée, s'assurant que tout le monde hochait bien la tête.

— On commence lundi, proposa Nash.

— OK. Alors parlons des préparatifs, suggérai-je.

Nash acquiesça.

— On fait partie d'une équipe, on a tous un boulot à faire. Sinon, pourquoi on serait ici ?

— Parce que Lina a ouvert sa grande bouche et qu'elle vous a entraînées là-dedans, répondit Knox.

— Lina t'a évité une semaine à dormir sur le canapé, parce que c'est ce qui te serait arrivé si tu m'avais caché ça. Alors tu devrais lui dire merci, commenta Naomi.

Knox me regarda et se gratta l'œil avec son majeur.

— Merci, Leens.

— Je t'en prie, rétorquai-je en levant mon verre, le majeur dressé.

— Revenons aux missions, intervint Nolan.

— Vas-y, demanda Nash.

— Je ne sais pas… je ne suis pas à l'aise, dis-je en plissant les yeux.

— Mais tu sais ce qui doit être fait, insista-t-il.

— D'accord, abdiquai-je. Nash, tu vas récupérer le dossier que la police de Lawlerville a commencé à monter avant que les fédéraux ne prennent le relais. Il y aura peut-être quelque chose là-dedans qui nous indiquera où Hugo est allé.

Il confirma d'un hochement de tête.

— Continue, demanda-t-il.

Je me tournai vers Nolan.

— Nolan, tu utilises ton charme et tes contacts pour voir quelles informations les fédéraux ont réunies contre Anthony Duncan. Qui est leur indic et comment ils obtiennent leurs renseignements.

— Je m'y colle, accepta-t-il en caressant sa moustache.

— Sloane ?

— Je t'écoute, dit-elle, un carnet et un stylo devant elle.

— On a besoin d'habitants de la ville sur le qui-vive pour le retour de Duncan Hugo et de ses acolytes. Plus on est avertis tôt, plus on aura du temps pour se préparer. Grim a déjà accepté de nous tenir au courant sur les hommes d'Hugo. Si l'un d'eux arrive dans notre direction, on le saura. Mais on a besoin de gens ici qui peuvent garder leurs yeux et leurs oreilles ouverts, et leurs bouches fermées.

— Ooooh ! Moi ! Moi, se porta volontaire Mme Tweedy, décollant de son siège en levant la main telle une élève studieuse dans une classe.

— OK, madame Tweedy est notre espionne officielle, confirma Sloane.

— Ce qui veut dire qu'on ne peut pas en parler à n'importe qui, rappela Knox à sa vieille locataire.

— Je sais quand je dois parler et quand je dois me taire, garantit-elle.

— Choisis des personnes de confiance. On n'a vraiment pas besoin que ça se transforme en bagarre collective, avertit Nash à l'adresse de Sloane.

— On pourrait peut-être raconter des craques à certaines commères pour qu'elles surveillent ce qui se passe sans vraiment savoir pourquoi, suggéra Mme Tweedy.

— Comment ça ? demandai-je.

— Prenez le Tatoué. Je peux parler de lui à Neecey de chez Dino en lui disant qu'un gars tatoué cherche à acheter des terrains pour faire pousser de la beuh.

— C'est pas une mauvaise idée, lancèrent Lucian et Sloane en même temps.

Ils s'échangèrent ensuite un regard mauvais.

— Knox, continuai-je.

Il avait un bras autour des épaules de Naomi pour la garder contre lui.

— Je t'écoute, boss.

— Sécurité rapprochée. Mets des caméras de sécurité chez toi et chez Nash. Lucian, tu peux trouver un moyen de traquer Naomi, Waylay et Nash au cas où ils seraient séparés de leurs portables ?

Les yeux de Nash revinrent sur moi.

— Attends une seconde. J'ai déjà un agent fédéral sur…

— Ne perds pas de temps à protester, l'arrêta Naomi. Si c'est une précaution que Waylay et moi devons prendre, tu dois la prendre aussi.

— J'ai accès à des technologies intéressantes qui pourraient aider, affirma Lucian.

— Super. Knox, tu vois ça avec Lucian.

— Et moi je fais quoi ? demanda Naomi. Et ne pense pas une seconde à me laisser sans mission.

Je me tournai vers Nash pour un soutien.

— Des cours d'autodéfense, dit-il. Waylay et toi vous allez vous inscrire à des cours particuliers chez le prof de jiu-jitsu de Fi.

Knox ouvrit la bouche, mais Nash ne le laissa pas parler.

— Hugo ne va pas s'approcher de vous, mais on ne prend aucun risque.

— Je suis impatiente de développer mon répertoire genoux-parties, se réjouit Naomi.

Sloane bâilla et consulta sa montre.

— OK, on a nos missions. On peut se dire au revoir.

Tous autour de la table acquiescèrent.

Mme Tweedy siffla bruyamment le reste de son bourbon.

— Viens, Margo, on va au lit, dit Knox.

La façon qu'il eut de la regarder et son visage à elle me firent comprendre que dormir était la dernière chose qu'ils aient envie de faire au lit.

Sloane rangea son carnet dans son sac.

— Je vais créer un groupe WhatsApp pour qu'on se tienne au courant.

— Bonne idée, confirma Nash avant de prendre à part Nolan dans la cuisine. Graham.

— Un mot, me demanda Lucian en apparaissant à côté de moi.

— Qu'est-ce qu'il y a ?

— Quelle est ma vraie mission ?

Je souris.

— Je ne voulais rien te demander devant le marshal, même si je sais qu'il est dans notre camp.

— Je me disais aussi.

— Tu peux utiliser ton réseau de l'ombre pour retrouver un homme sans nom et sans photo ?

Je décrivis à Lucian celui que Tina avait appelé Téléphone Prépayé.

— C'est le seul que je n'ai pas réussi à traquer et ça me fait dire que c'est lui qu'on a besoin de retrouver.

— Envoie-moi tout ce que tu as et j'organise une équipe pour travailler dessus.

— Bien. Oh, et qu'est-ce que tu penserais de garder un œil sur Sloane ? Le reste de notre équipe est soit formée pour gérer ce genre de situation, soit vit avec quelqu'un qui est formé. Sloane est seule, et puisque vous êtes voisins, quand tu es en ville, tu es le meilleur candidat.

Des flammes dansèrent dans les yeux de Lucian.

— Personne ne l'approchera, promit-il.

— Elle te le fera sûrement payer, avertis-je.

Une esquisse de sourire se forma sur son beau visage. Qui disparut aussi vite qu'il était apparu.

— Je ne vais pas me laisser envoyer paître facilement, cette fois.

Je mourais d'envie de savoir à quelle autre fois il faisait référence et comment une petite bonne femme comme Sloane avait envoyé paître Lucian « Lucifer » Rollins. Mais ce n'était pas le bon moment pour poser la question.

On se dit au revoir tandis que tout le monde à l'exception de Nolan sortait de l'appartement, une pointe d'anticipation et d'appréhension dans la tête.

Sloane s'arrêta sur le seuil de la porte.

— Toujours d'accord pour venir avec moi au mariage samedi ? demanda-t-elle en direction de Nolan qui s'appuyait sur l'îlot de la cuisine.

— Je ne raterais ça pour rien au monde, beauté.

— Viens me chercher à…

Lucian ferma la porte, interrompant Sloane au milieu de sa phrase.

— Ces deux-là vont imploser un jour. N'est-ce pas, Fossette ? demandai-je à la chienne qui dansait gaiement à mes pieds.

— Angel, il me faut ta clé, appela Nash.

— La porte n'est pas fermée, lui dis-je, en les rejoignant dans la cuisine.

— Parfait, apporte tes affaires et ta clé.

— Mes affaires ?

— Graham dort dans ton appart jusqu'à ce que tout soit terminé. Ça va nous aider de l'avoir plus près.

— Je vais pas mentir, je serais heureux d'avoir un vrai lit et plus de cafard dans ma douche.

— Tu dors sur le canapé, lui lançai-je.

— Non, tu lui laisses ton appart et tu viens chez moi.

— Tu veux que *j'emménage chez toi* ?

Ma voix monta d'une octave. Je me mis à transpirer.

— Sur ce, je pars récupérer ma valise, je reviens dès que j'en aurai chassé les rats, annonça Nolan en se dirigeant vers la porte.

— Vas-y, proteste, me défia Nash.

— Je ne peux pas venir vivre chez toi. C'est dingue. On arrive à peine à passer une journée sans se disputer et tu veux qu'on partage une salle de bains ? Ne me souris pas comme si c'était moi la folle !

Je percevais la pointe d'hystérie dans mes mots, mais je ne pouvais pas les reprendre.

Il souriait toujours, mais maintenant, il avançait vers moi.

Je levai les mains et reculai.

— C'est une chose de dormir avec toi après avoir fait l'amour, mais c'est autre chose d'apporter mes vêtements ici et… Tu as de la place, d'ailleurs, dans ton placard ? Je peux pas juste laisser toutes mes affaires dans ma valise, mes vêtements ont besoin de respirer.

J'ai besoin de respirer.

Nash m'attrapa par les hanches et m'attira contre lui. Je me calmai aussitôt, ce qui ne me plut pas.

— Respire, demanda-t-il.

J'avalai un peu d'air inutile.

— Tu es adorable quand tu flippes.

— Je ne flippe pas. Je… traite ta proposition insensée.

— Si ça te rassure, c'est juste temporaire, dit-il d'une voix bien trop apaisée.

Temporaire… Tout comme notre relation. Un jour après l'autre jusqu'à…

Nash me prit les mains pour les poser sur sa nuque et se mit à se balancer.

— Pourquoi tu n'arrêtes pas de danser avec moi ?

— Parce que j'aime être tout contre toi quand on a nos vêtements.

— Ça ne peut pas être la meilleure solution. Et si on y allait tous, dans ce motel ?

— Il ne plaisantait pas sur les rats.

— OK, très bien. On peut aller chez Naomi et Knox, ils ont des chambres.

— Tu penses pas que ça ferait jaser toute la ville ? Toute l'idée c'est de faire mine de rien, que tout paraisse normal de l'extérieur.

— Qu'est-ce qui est normal dans tout ça ? Et les gens vont rien dire peut-être s'ils apprennent que Nolan emménage chez moi ? Ils vont se dire que je couche avec vous deux. Ou qu'on forme un trio.

— Ou ils vont penser que ma protection fédérale se rapproche de moi pour mieux me protéger. Ou ils vont penser que toi et moi, ça devient sérieux et que Nolan voulait quitter ce maudit motel.

Bon sang, il avait pensé à tout, le fourbe.

J'étais impressionnée.

Et terrifiée.

— Je ne vais pas miraculeusement me mettre à faire à manger.

— C'est noté.

— Et tu as intérêt à ne pas utiliser tout le sol de la salle de bains comme panier à linge sale. J'ai vu la montagne que tu avais réussi à entasser le jour où on a baigné Fossette.

— Je sors le brocoli du congélateur ? plaisanta-t-il en frottant sa joue sur le haut de ma tête.

— Non. Peut-être.

– 40 –

Souriez pour la photo

Lina

— J'en reviens pas que tu m'aies convaincu, lança Nash alors qu'une maquilleuse professionnelle lui tamponnait le front avec de la poudre.

Impatient, il lui repoussa la main.

— On peut en finir, oui ? S'il vous plaît ?

Perchée sur le comptoir dans son bureau, je m'amusais de le voir si mal à l'aise devant les lumières du photographe.

Les quelques jours qui venaient de passer, c'est moi qui avais souffert de la gêne de venir emménager chez lui… temporairement, me rappelai-je. Mais pour l'instant, moi, mes vêtements, mon maquillage et même ma plante, avions élu domicile dans l'appartement de Nash.

Depuis les dernières quarante-huit heures, j'avais dormi dans le lit de Nash, je m'étais brossé les dents dans son lavabo, et je m'étais habillée dans sa chambre. Et j'avais mangé les petits déjeuners et les dîners qu'il m'avait préparés.

Faire caca chez lui dépassait mes limites. J'avais temporairement éliminé les fibres de mon régime alimentaire.

À vrai dire, en dehors de ma peur de partager ses toilettes, la situation avait été moins embarrassante que je m'y étais attendue. Sûrement parce qu'on passait tout notre temps nus, quand on ne complotait pas pour trouver un moyen de faire sortir Duncan Hugo de sa cachette.

La maquilleuse remballa ses affaires et sortit de la pièce. Je descendis alors du comptoir pour m'approcher de Nash. Dans son uniforme, avec sa mine renfrognée, je le trouvais plus séduisant que jamais.

— Dois-je te rappeler que c'était ton idée ? dis-je en passant les mains sur son large torse.

Il avait repris des kilos, principalement sous forme de muscles. Et j'avais remarqué qu'il grimaçait moins quand il se servait de son épaule blessée. Mon cœur m'avait laissée tranquille depuis quelque temps et je me demandais si le sexe intensif de cette qualité pouvait être le remède miracle.

— Mon idée était de répandre la rumeur que j'avais retrouvé la mémoire, pas de l'annoncer dans un magazine en ligne national avec une photo de moi, se plaignit-il.

— Pauvre chéri. Mais on doit s'assurer que le mot circulera loin s'il se planque dans un autre État.

— Comment Stef a fait pour organiser ça ? demanda-t-il en tirant nerveusement sur son col.

— Il a son agence de com. Naomi l'a appelé et il les a contactés.

— Rappelle-moi de lui faire tomber des poids sur les pieds la prochaine fois à la gym.

Je souris.

— Quoi ?

— J'aime bien quand tu es bourru, dis-je. C'est mignon.

— Je ne suis pas bourru et il n'y a rien de mignon !

— OK, t'es taciturne et c'est sexy.

— C'est mieux, concéda-t-il en serrant la mâchoire.

— Tu es inquiet ? demandai-je en me blottissant contre lui.

Nash glissa les mains dans les poches arrière de mon jean.

— Il est imprévisible. Même si je sers d'appât, il pourrait viser quelqu'un d'autre.

— Knox va garder un œil sur Naomi et Waylay jusqu'à ce qu'on l'attrape. C'est toi qui attirera l'attention de Duncan. Tu es sa plus grande menace. Il ne pourra pas résister à l'envie de terminer le boulot.

Les yeux fermés, je secouai la tête.

— Quoi ? demanda Nash.

— Je n'arrive pas à croire que je rassure mon amant-coloc en lui disant que le type qui a essayé de le tuer, va retenter sa chance. Rien n'est normal dans cette situation.

— Amant-coloc ?

— Partenaire de cul ? Petit ami ? Soutien sexuel ?

— Petit ami, décida Nash.

Il sourit quand je grimaçai.

— Pour une dure à cuire, tu flippes facilement.

— Je ne flippe pas, mentis-je.

— Tu penses que je ne le vois pas quand ma petite amie panique ?

— Arrête de jouer à ça. Je propose qu'on remette à plus tard les étiquettes, dis-je en me libérant de son emprise.

Il s'appuya sur son bureau, un sourire aux lèvres.

— Ça me plaît de savoir que je peux te déstabiliser.

— Ah oui ? Moi, je préfère quand tu trembles à cause d'un peu de maquillage et d'une photo pour un magazine national.

— Trop méchante.

— Tiens, prends une pastille à la menthe, proposai-je pour lui donner du courage en lui tendant un des bonbons que j'avais piqué dans le restaurant à notre premier rendez-vous.

— Je ne veux pas d'une pastille. Je veux…

Sa voix se fit traînante quand le papier du bonbon crissa dans sa main. Il fronça les sourcils, perdu dans ses pensées.

— Quoi ? demandai-je.

Il se ressaisit.

— Rien. Une image m'a traversé l'esprit.

— Sur le soir de la fusillade ?

— Peut-être. C'est parti.

— Si t'es sage, je t'emmènerai manger une glace, dis-je pour changer de sujet.

Il coinça les doigts dans les passants de mon jean et m'attira contre lui.

— Ton arme s'enfonce dans mon ventre.

— Et si à la place d'une séance de photo et d'une glace, je t'asseyais sur le bureau et écartais tes longues jambes sexy ? Puis que je m'agenouille et que j'embrasse l'intérieur de tes cuisses.

Un frisson de délice parcourut mon dos, alors qu'il glissait fermement la main sur mes fesses.

— Tu me supplierais de mettre fin à ton calvaire avec ma langue…

— OK ! Désolé pour le retard, je suis prêt, annonça le photographe sans remarquer mon trouble et le regard assassin de Nash.

— À remettre à plus tard.

— Qu'est-ce que je fais de mon érection, maintenant ? grommela-t-il dans mon oreille.

— Cache-la derrière ton arme, dis-je, amusée. Et ta torche, et ton Taser. Mais quoi que tu fasses, ne pense pas à moi qui hurle ton nom quand tu me lèches.

* * *

Nash souffrit pendant les douze minutes de la séance photo, la plupart du temps avec une érection à peine camouflée, avant de mettre un terme à son supplice. Il avait tenu six minutes de plus que je ne l'aurais cru.

Je changeai Fossette de position dans mes bras pour prendre mon portable.

Moi : Tu me dois vingt dollars. Nash vient d'abandonner.

Stef : Mince ! J'étais sûr qu'il tiendrait un quart d'heure.

Moi : Tu peux me faire un virement. Et merci d'avoir organisé ça alors que tu es occupé à New York. Je te le revaudrai.

Stef : Tu peux rembourser tes dettes en me donnant des infos sur Jeremiah.

Moi : Tu n'es pas en contact avec lui ?

Stef : Bien sûr que si. Je veux juste savoir s'il soulève des poids comme une âme en peine pendant que je suis loin.

— Eh, tu veux sortir d'ici ? demanda Nash en passant la tête par la porte de son bureau.

Il s'était nettoyé le visage et avait l'air d'un véritable héros. Fossette semblait du même avis vu comme elle remuait la queue.

— Où allons-nous ? interrogeai-je en posant la chienne par terre et en rangeant mon portable dans mon sac.

— Voir une fille, répondit-il mystérieux.

— Après toi, répliquai-je en lui faisant signe de passer devant pour pouvoir admirer son petit cul sexy dans son uniforme.

— Ils ont pris des photos de ta tête ou juste de ton arrière-train ? demanda Nolan, en enfilant sa veste avant de nous suivre.

— Va te faire voir, répliqua Nash.

C'était une magnifique journée d'automne pour un tour en voiture. On entra tous les trois – plus Fossette – dans son SUV, et Nash lança une playlist country. Je consultai notre groupe WhatsApp. Naomi et Sloane prenaient leurs missions au sérieux.

Sloane avait recruté tout un réseau d'espions pour retrouver Hugo et ses sbires.

Naomi et Waylay avaient leur première leçon de jiu-jitsu prévue pour le soir même. Knox et Lucian avaient commandé des tonnes d'équipement de sécurité qui seraient installé dans la semaine.

— Une petite balade dans les champs, chef, lança Nolan depuis la banquette arrière.

Devant nous, se profilait le pénitencier pour femmes.

— Il est temps que je l'interroge, déclara Nash en observant la prison à travers le pare-brise. Je dois savoir quelque chose avant qu'on entre ?

— Elle ne parlera pas si Nolan est dans la pièce, et elle en pince pour toi.

— Tina ? Elle en pince pour moi ?

On aurait dit que je venais de lui donner une gifle.

— C'est son cul, n'est-ce pas ? s'enquit Nolan.

— Le mien ou le sien ?

— Allons, chef, le taquinai-je. Tu sais bien que toutes les femmes de Knockemout adorent te voir quitter une pièce.

Les oreilles de Nash s'empourprèrent.

— On peut ne pas parler de mes fesses ?

— On peut, nous, mais je ne pense pas qu'on pourra faire taire toute une ville, Monsieur Rectitude, avertit Nolan.

En grommelant, Nash sortit de son véhicule et lui lança les clés.

— Restez là et divertissez Fossette. On revient.

— Essayez de ne pas vous faire poignarder, appela Nolan derrière nous.

Je me raidis quand Nash passa son bras autour de mes épaules.

— Qu'est-ce qui ne va pas ? demanda-t-il.

— On est au travail.

— Et alors ?

— Ce n'est pas professionnel de se câliner comme ça.

— Je pense qu'on va devoir revoir ta définition.

— Tu sais ce que je veux dire, dis-je, me détestant de jouer ainsi les rabat-joie.

Nash m'arrêta juste devant la porte.

— Tu as passé la matinée à te moquer de moi et à m'allumer. Et quand tu ne fais ni l'un ni l'autre, tu es enfermée dans tes pensées. Je suppose que tu paniques encore parce que tu dors chez moi.

— Je ne panique *pas*.

— Tu as remarqué que tu accentues les mots quand tu flippes ?

— C'est *faux*.

D'accord, il avait raison. Je n'étais jamais restée assez longtemps avec un homme pour qu'il repère mes signes distinctifs. C'était *agaçant*.

Super, maintenant, je le faisais même dans ma tête.

— Écoute, chérie, flippe autant que tu veux. Je serai encore là quand tu auras fini. Considère juste que tu passes quelques nuits avec moi. Tu n'es pas enfermée dans un donjon, tu n'es pas maintenue captive, tu as juste tes vêtements dans un autre placard. On s'occupera des vraies décisions plus tard.

Je hochai la tête de façon exagérée.

— OK. D'accord. OK.

— C'est bien. Maintenant aide-moi à ouvrir Tina comme une noix.

Je secouai la tête pour revenir à l'instant présent.

— Bien, laisse-moi réfléchir… Elle aime ton côté gentil, tu t'es toujours montré doux avec elle. Tu l'as jamais maltraitée, même quand tu l'as arrêtée.

— Alors pourquoi elle a laissé son petit ami me trouer ?

— Elle a dit qu'elle ne savait pas. Et je me demande si Hugo n'a pas décidé de commencer par toi, justement parce que ton petit cul plaît à Tina.

— Il est vraiment si beau ? demanda Nash en regardant par-dessus son épaule.

— Oh oui !

* * *

Tina entra dans la pièce avec son attitude habituelle, mais se figea net quand elle vit que Nash m'accompagnait. Rapidement, elle dégagea les cheveux de son visage et approcha de la table, les seins en avant.

Nash ne baissa pas les yeux sur le décolleté de son pyjama de prisonnière, mais sourit.

— Bonjour Tina.

— Chef.

La chaussure sans lacet de Tina percuta le pied de la chaise et elle trébucha, se rattrapant de justesse.

— Ça va ? demanda Nash.

— Putain, oui. Je veux dire oui, ça va.

La dure à cuire qui faisait des efforts pour ne pas tomber amoureuse du gentil gars. Je me fichais du parallèle.

— Nash aimerait vous poser quelques questions, dis-je.

Tina posa les yeux sur moi en s'asseyant. Elle sembla surprise comme si elle ne s'était pas aperçue que j'étais là.

— Oh, euh, oui, Lona.

— C'est Lina, dis-je en décochant à Nash un regard entendu.

Il se racla la gorge.

— Tina...

— Écoutez, je savais pas qu'il voulait vous abattre. En tout cas, avant. Et après, je l'ai engueulé. Il a dit qu'il l'avait fait pour que son père commence à le prendre au sérieux. Pourquoi les gens en ont quelque chose à foutre de ce que leurs parents pensent d'eux, j'ai jamais compris. Une perte de temps si vous voulez mon avis.

Elle qui avait des parents si charmants qui ne voulaient que son bonheur...

— J'apprécie, lança Nash.

— Comme je l'ai dit, j'y suis pour rien.

Nash se pencha et Tina fit de même.

— Savez-vous où il aurait pu aller s'il voulait se cacher sans aller trop loin ?

— Je lui ai dit à elle, j'ai jamais rencontré ce gars-là, mais chaque fois qu'il avait besoin d'une nouvelle planque, il appelait Téléphone Prépayé. Il nous trouvait un endroit où pieuter ou un garage pour cacher ses voitures volées.

— Comment le payait-il ? demanda Nash.

— En liquide. Dans une boîte pour livres qu'il envoyait par la poste.

— Ce que vous nous dites nous aide beaucoup, Tina, dit Nash avant d'écrire quelques mots sur son carnet qu'il rangea dans sa poche.

— Si vous avez des questions sur la nuit dans l'entrepôt, demandez à Waylay. Les gosses, ils ont une foutue mémoire, comme un piège. Ne leur dites jamais que vous les emmenez manger une glace sauf si c'est du sérieux, parce que vous n'entendrez plus parler que de ça pendant deux ans si vous changez d'avis.

Et de nouveau, je la pris en grippe.

Nash et moi, on se leva.

— Merci pour votre temps.

Tina parut paniquée et elle eut un petit regard coquin. Elle fit tomber le stylo de Nash de la table.

— Oups, pardon.

Nash pâlit et me regarda.

— T'es plus près, dis-je.

Je parvins à peine à réprimer un rire quand il se pencha pour le ramasser, veillant à garder son postérieur loin de Tina.

— Bonne journée à vous, lança-t-il dans sa direction en rangeant son stylo.

— À bientôt, Tina, dis-je en suivant Nash qui marchait de biais, dos contre le mur.

* * *

On trouva Nolan et Fossette assis au soleil sur une bande de gazon en train de jouer à s'arracher la peluche chien policier.

Nash s'accroupit pour caresser Fossette.

— L'homme de main non identifié d'Hugo est peut-être plus un gestionnaire ou un agent immobilier qu'un homme de main. Il se fait payer au black par la poste.

— C'est du joli.

— Je vais rétrécir mon champ de recherche aux associés liés aux biens immobiliers, dis-je.

— À vous, lança Nash en direction de Nolan.

— J'ai contacté un vieil ami au FBI. Non, je ne vous révélerai pas son nom. Mais il a des renseignements qu'il veut bien partager. Il dit que les infos anonymes arrivent par la poste, directement adressées à l'agente spéciale Idler. Ce sont des notes manuscrites sur les opérations d'Anthony Hugo. Rien d'énorme, mais pour l'instant tout a été avéré. L'indic pas si anonyme que ça a dit qu'il avait encore du matériel. Il l'envoie en échange d'une immunité.

— Ça coïncide avec les infos de Grim. Apparemment, Duncan Hugo veut travailler avec les fédéraux pour dégager son père et prendre la tête des entreprises familiales.

— Je devrais être inquiète pour la sécurité de notre pays, s'il y a autant de fuites au FBI ? demandai-je.

— Non, ça va, me rassura Nolan.

J'ouvris notre groupe WhatsApp pour informer tout le monde de nos progrès.

— Oh parfait. Knox et Lucian ont installé plus de caméras à l'extérieur et à l'intérieur. Demain Ils vont ajouter des détecteurs sur les fenêtres et les portes. Et Lucian a laissé aussi pour toi au commissariat un traceur qui ressemble à un préservatif.

— Je sais pas pour vous, mais moi, ça m'a donné faim tout ça, annonça Nash.

— Je dirais pas non à un sandwich à la dinde, répliqua Nolan.

— Eh Nolan, Tina a fait tomber un stylo juste pour voir le cul de Nash, plaisantai-je alors qu'on entrait dans la voiture.

– 41 –

Sagesse

Lina

Quatre-vingt-seize heures. Nash et moi, on avait officiellement survécu quatre jours dans le même appartement, surveillés en plus par toute une ville. La veille, je n'avais même pas recraché mon latte quand Justice m'avait demandé comment allait mon petit ami.

Le mariage était dans quatre jours et ma robe de demoiselle d'honneur était à couper le souffle. L'article sur Nash allait paraître le lundi suivant.

Si tout se passait comme on l'avait prévu, l'annonce de la mémoire retrouvée de Nash allait faire sortir Duncan Hugo de sa cachette, il tomberait dans notre piège et tout serait terminé.

Je ne savais pas exactement ce que signifiait ce « tout ».

L'« après » dont parlait Nash se profilait à l'horizon, et alors il faudrait prendre des décisions. Si on retrouvait la voiture en même temps que Duncan, mon travail serait terminé ici et je retournerais à Atlanta pour attendre ma mission suivante.

Ou…

Je ralentis mon jogging pour m'arrêter devant le parking du Honky Tonk.

Me pliant en deux, je tentai de reprendre mon souffle dans l'air froid du matin. De la vapeur se dessinait devant mon visage en sueur.

Tout allait si vite. On ressentait tous le compte à rebours qui s'était enclenché. Ça me rendait nerveuse, dans l'expectative.

— J'ai jamais compris pourquoi les gens courent par plaisir, lança une voix derrière moi.

Je me redressai et trouvai Knox avec son sac de gym sur l'épaule.

— Qu'est-ce que tu fais si tôt ? demandai-je, toujours haletante.

— J'ai déposé Waylay à l'école. Je suis venu chercher la recette d'hier et j'en profiterai pour aller faire un peu de gym après la banque.

— Tu pouvais pas dormir, c'est ça ?

— Pas fermé l'œil de la nuit.

— Le mariage ou Hugo ? demandai-je en retirant mon bandeau et en m'essuyant le visage avec le bord de mon tee-shirt.

— Qu'il aille se faire foutre, Hugo. Il finira derrière les barreaux ou dans une tombe.

— C'est le mariage alors ?

Il passa une main dans ses cheveux.

— Elle s'engage pour de bon. Officiellement. J'arrête pas d'attendre qu'elle retrouve la raison.

— T'as peur.

— Ta gueule. J'ai peur, je tremble dans mes bottes, je dois l'enfermer dans la maison avant qu'elle réalise qu'elle peut trouver mieux.

— Elle ne peut pas. Personne sur cette terre ne peut l'aimer plus que toi. Et je ne dis pas qu'elle ne le mérite pas, je dis juste que ton amour est inégalable.

— C'est vrai, dit-il d'une voix rauque.

— Et elle t'aime tout autant.

— N'est-ce pas ? demanda-t-il, sa lèvre inférieure tremblant légèrement.

Je hochai la tête.

Il jeta son sac de sport sur le siège arrière de son pick-up et je me penchai sur le garde-boue.

— Dis-moi que ça vaut la peine, demandai-je.

— Qu'est-ce qui vaut la peine ?

— De laisser entrer une personne dans sa vie. De la laisser s'approcher si près qu'elle peut te détruire si elle en a envie.

— Ça peut te paraître fleur bleue, mais ça vaut tout et plus encore.

J'en eus la chair de poule.

— Je ne plaisante pas. Ce que j'avais avant comparé à ce que j'ai maintenant, lâcha-t-il en secouant la tête. Incomparable.

— Comment ça ?

— Je sais pas comment l'expliquer. Je sais juste qu'il n'y a rien de courageux à vivre toute sa vie derrière des murs. Ça commence à aller vraiment mieux seulement quand ces foutus murs s'effondrent et que tu invites l'autre à entrer. Si tu meurs pas de peur, c'est que tu le fais pas comme il faut.

— Et si j'aime ces murs ? demandai-je en donnant une tape à un caillou du bout de ma basket.

— C'est faux.

— Je suis sûre que si.

Il secoua la tête.

— Si t'aimais tellement ces murs, tu flipperais pas autant maintenant.

Je levai les yeux au ciel.

— Alors, ça marche comment ? Je dois juste révéler mes plus vils secrets, livrer le plus affreux de moi et espérer que ça ne fera pas fuir tout le monde ?

— Ne sois pas idiote. Tu ne laisses pas tout le monde entrer, seulement ceux qui comptent. Ceux en qui tu as confiance. Cette histoire de vulnérabilité, ça se gagne, c'est comme le respect.

Je me demandais si c'était pour ça que je n'avais jamais su travailler en équipe. Je ne faisais confiance à personne pour m'épauler et je n'avais donné aucun signe à personne que j'étais fiable.

— Être avec Naomi a quadruplé le nombre de mots que tu dis dans une journée, toi, le taquinai-je.

— Être avec Naomi m'a fait prendre conscience de combien j'étais malheureux avant. Ce que je pensais vouloir m'empêchait en fait de vivre. Je repoussais les gens.

Je baissai les yeux et laissai ses paroles m'imprégner. Est-ce que je voulais continuer à vivre comme je l'avais toujours fait ? Ou étais-je prête à évoluer ? À arrêter de repousser les gens ?

— Je suis très fière de toi, Knox, dis-je dans un soupir.

— Ouais, ouais, grommela-t-il. Maintenant arrête de me demander ce qu'est une relation.

Je lui cognai l'épaule avec la mienne.

— Tu seras un père et un mari fantastique. Grincheux, qui dit beaucoup de gros mots, mais super.

Il grogna et je me dirigeai vers la porte.

— Lina ?

— Oui ? répondis-je en me retournant.

— Je ne l'ai jamais vu comme ça avec une autre femme. Il est à fond dans cette histoire et il espère que toi aussi.

Je voulais sourire et vomir à la fois. Je me penchai de nouveau en avant.

Knox sourit.

— Tu vois ? T'as les pétoches. Au moins, tu sais que c'est parce que t'es sur la bonne voie.

Je brandis mon majeur.

* * *

J'avais toute la journée pour réfléchir. Au milieu de l'après-midi, j'en avais tellement assez de mes pensées que j'allai au supermarché m'acheter de quoi préparer des sandwichs.

Ça ne comptait pas comme de la cuisine, me rassurai-je.

De retour chez Nash, j'arrosai ma plante, vérifiai que j'étais à jour avec mon travail, et après une petite recherche sur Internet, mis le bacon dans le four et parvins à ne pas le calciner.

J'assemblai deux tranches de pain comme si c'était une œuvre d'art et m'assis en regardant l'heure. Nash n'allait pas rentrer avant au moins une heure, j'avais mal calculé le timing.

Je sortis alors mon portable pour appeler ma mère.

— Quelle bonne surprise ! salua-t-elle en apparaissant sur l'écran.

La joie sur son visage parce que pour une fois c'était moi qui appelais me fit l'effet d'un milliard de petites épines de culpabilité sur ma peau.

Je posai le portable contre la boîte de biscuits pour chien que Nash rangeait sur son plan de travail.

— Qu'est-ce qui ne va pas ? Tu as l'air... attends, tu as l'air heureuse.

— C'est le cas.

— Tu rayonnes. Ou c'est le filtre ?

— Pas de filtre. En fait... je sors avec quelqu'un.

Ma mère ne bougea pas un muscle.

— Maman ? T'es toujours là ? Je pense que ça a coupé...

Elle se pencha vers la caméra.

— Non, je suis là. Je ne veux juste pas t'effrayer avec des mouvements brusques.

— Donc, je suis avec un gars. Il est…

Comment expliquer Nash Morgan ?

— Spécial. Je pense. Enfin, oui, il l'est et il me plaît beaucoup. Vraiment beaucoup. Mais on vient de se rencontrer et ma vie est à Atlanta. Et j'ai un travail qui exige beaucoup de voyages. Et j'ai l'impression de perdre la tête parce que je me dis qu'il mérite peut-être que je change complètement mon mode de vie pour lui.

J'attendis un moment. Ma mère avait la bouche ouverte.

— Maman ?

Elle se mit à cligner des yeux rapidement.

— Je suis désolée, mon cœur. J'enregistre petit à petit les informations. Tu m'as vraiment appelée pour me parler de ta vie amoureuse ?

— Je n'ai pas parlé d'amour. C'est toi qui as dit le mot, dis-je, sentant la panique monter.

— Pardon. Ce gars qui te plaît.

— Il me plaît vraiment beaucoup, maman. Il est si… bon. Et vrai. Et il me connaît, même si j'ai tout fait pour me protéger. Et malgré tout ce qu'il sait sur moi, je lui plais quand même.

— Ça paraît sérieux.

— Ça pourrait l'être. Mais je sais pas si je sais faire. Et s'il apprenait à me connaître assez bien pour décider que je suis trop ou pas assez ? Et si je ne lui faisais pas assez confiance et qu'il finissait par s'en lasser ? Comment je gagnerais ma vie si je quittais mon boulot pour m'installer ici avec lui ? Il n'y a pas assez de place dans ses placards.

— Prends le risque.

— Quoi ? demandai-je, certaine d'avoir mal entendu.

— Lina, la seule manière de savoir si c'est le bon, c'est si tu le traites comme si c'était le bon. Il peut soit remporter le titre, soit le perdre. Ça dépendra de lui, mais c'est à toi de lui permettre de te mériter.

— Je suis perdue. Tu as toujours été contre la prise de risques, non ?

— Ma chérie, j'étais dans un état pas possible pendant des années après ce qui t'est arrivé.

— Sans blague, maman.

— Je m'en voulais, j'en voulais à ton père, au pédiatre, au football, au stress du lycée. Alors j'ai tout fait pour te protéger de tout. Et je pense que te mettre dans une bulle a été plus préjudiciable pour toi que ta maladie cardiaque.

— Tu ne m'as pas abîmée, maman.

Je n'étais pas devenue une froussarde. Mon boulot était vraiment dangereux.

— Depuis, tu perçois toutes les relations comme des prisons potentielles.

Maintenant, je comprenais.

— Si ce gars te plaît vraiment, alors donne-lui sa chance. Et si ça implique d'aller vivre à Knockmeurtre...

— Knockemout, corrigeai-je.

— Qu'est-ce qui se passe ? On le regarde ce jeu ou quoi ? aboya mon père.

— Lina a un petit ami, Hector.

— Oh super. Dis-le à tout le monde maintenant, dis-je sèchement.

Mon père apparut à l'écran.

— Salut ma grande. C'est quoi cette histoire de petit ami ?

— Salut, papa.

— Où es-tu ? Ce n'est pas ta cuisine, lança-t-il en se penchant sur le portable, bloquant tout le reste.

— Oh, je... euh...

J'entendis la clé dans la serrure.

— Je dois y aller.

Trop tard. La porte s'ouvrit derrière moi, et Nash, toujours aussi splendide dans son uniforme, entra avec Fossette dans son pull orange.

Je me tournai pour le regarder.

— Salut, mon ange, dit-il chaleureusement. Quoi ? Tu as cuisiné ?

— Euh...

Je pivotai et vis le visage ravi de mes parents.

— Mon Dieu.

* * *

— Ça s'est bien passé, je pense, dit Nash en mordant dans son sandwich.

Je posai la tête sur le plan de travail et grognai.

— T'étais obligé d'être aussi charmant ?

— Mon ange, c'est dans mon ADN. Hyper naturel chez moi.

— T'avais vraiment besoin de leur donner ton numéro de téléphone ? Ils m'appellent tous les jours !

— Je n'ai rien trouvé de plus poli à faire. Quel mal à ça ?

Je m'assis et me couvris le visage des deux mains.

— Tu ne comprends pas, ils vont prendre le premier vol et débarquer.

— Je suis impatient de les rencontrer.

— Tu sais pas ce que tu racontes, tu délires. J'ai pas dû cuire assez le bacon et des amibes de porc te dévorent le cerveau.

— S'ils comptent dans ta vie, ils comptent dans la mienne. S'ils débarquent, on fera avec. Toi, moi et les amibes.

— Tu ne sais pas dans quoi tu t'engages, l'avertis-je.

— Et si on s'en préoccupait plus tard ? proposa-t-il, ses yeux bleus pétillant d'amusement.

— Parce qu'il faut s'en préoccuper *maintenant*.

— Ça y est, tu accentues.

Je plissai les yeux.

— Ne me pousse pas à te gifler avec du bacon pas assez cuit.

Nash avait fini son sandwich. Il mordit dans le mien.

— Tu sais, quelque chose m'a frappé quand tu as dit à tes parents que tu n'étais qu'en visite chez moi.

— Les amibes de porc ?

— Très drôle. Non, je pensais à l'honnêteté.

— D'accord. Je voulais te le dire, j'ai utilisé ta brosse à dents pour brosser Fossette, plaisantai-je.

— Ça explique pourquoi j'y ai trouvé des poils de chien. Maintenant c'est mon tour : arrête de mentir à tes parents.

Je me raidis sur mon tabouret.

— Facile à dire. Et je n'ai pas l'énergie de t'expliquer pourquoi.

— Non, c'est pas possible, ça, ma chérie. Je ne te laisse pas me repousser, là-dessus. Note mes paroles. Tu dois faire assez confiance à tes parents pour leur dire la vérité.

Je levai les yeux au ciel.

— Oh, c'est sûr, je vais dire à ma mère « tu sais maman, je t'ai menti toutes ces années. Oui, je suis en fait une chasseuse de primes, ce qui veut dire que je mène des enquêtes dangereuses et que je campe dans des motels minables. Je suis très doué pour ça, et l'excitation du danger me fait me sentir en vie après tant d'années à avoir été étouffée. Et aussi, je n'ai pas arrêté la viande rouge, comme je vous l'avais dit. Oh qu'est-ce qui se passe, maman ? Tu viens d'avoir une crise cardiaque tellement t'es dévastée ? Et l'ulcère de papa s'est réveillé et il a une hémorragie interne ? Cool ».

Il me sourit.

— Mon ange.

Je donnai une tape à mon voleur de sandwich.

— Va-t'en. Je suis fâchée.

— Tu me repousses et je m'accroche, prévint-il.

— J'ai changé d'avis, décidai-je. J'aime maintenir tout le monde à distance.

— C'est faux. Et je comprends que ce que je te suggère fait peur. Mais Angel, tu dois suffisamment faire confiance à tes parents pour supporter leur réaction.

— Je suis allée trop loin.

— Écoute, je ne dis pas que ce sera facile, et je ne dis pas qu'ils auront la bonne réaction. Mais tu dois leur faire confiance.

— Tu veux que je leur avoue tous mes mensonges ?

— Bien sûr que non. Tes parents n'ont sûrement pas envie de savoir que tu as filé en douce de chez eux ou que tu as bu de l'alcool avant l'âge. Commence par maintenant. Parle-leur de ton travail. Parle-leur de nous.

— Je leur parlais de *nous*. C'est pour *ça* que je les ai appelés.

Il resta où il était, mon sandwich devant la bouche, ses yeux noyés dans les miens.

— Quoi ? demandai-je.

— Tu leur as parlé de moi ?

— Et alors ?

Il posa le sandwich et sauta sur moi.

Je lâchai un petit cri et Fossette aboya gaiement.

— Alors, ça mérite une récompense, dit-il en me soulevant.

– 42 –

Pépites de chocolat

Lina

— Quand tu as parlé de glace, je pensais que tu voulais dire un rendez-vous galant, taquinai-je, alors qu'il ouvrait le coffre de son SUV sur le parking de Knockemout Cold, le meilleur glacier de la ville.

J'avais passé la journée à étudier les rapports sur la scène de la fusillade de Nash et de l'enlèvement dans l'entrepôt. J'avais aussi répondu aux questions de la police d'Arlington sur la bagarre des deux frères. Et j'avais regardé les images de la fusillade pour trouver des indices.

Le premier visionnage, j'étais en larmes, et au troisième j'étais si mal que je lui avais sauté dessus dès qu'il était rentré à la maison.

— Alors, tu prends goût aux rendez-vous galants, je vois, dit-il en posant Fossette à l'arrière du véhicule avec sa petite coupe de glace à la vanille. Tu peux le voir comme un double rancard plus un.

Je lui rendis son cône.

— Difficile de faire la troisième mi-temps avec un public.

Je m'assurai qu'il me regardait pour lécher avidement ma glace au caramel beurre salé.

— J'aurais dû te prendre un pot.

Je m'assis dans le coffre avec un petit sourire. Il se planta entre mes jambes et m'embrassa. Sa bouche avait un goût de chocolat.

— Dégueu. Vous êtes aussi graves que Knox et tante Naomi, se plaignit Waylay.

Accompagnée par Sloane et Nolan qui en étaient à leur deuxième rancard, elle avait un cône géant dans la main.

— T'as pris combien de boules ? demanda Nash.

— Trois.

— Naomi va nous assassiner, murmurai-je.

— Tu vas avoir des ennuis, confirma Sloane en rejoignant son véhicule avec Nolan.

Waylay s'assit dans le coffre à côté de moi.

— OK. Vous êtes venus me chercher à mon entraînement de foot et vous m'avez acheté une glace avant le dîner, je suis pas dupe. Qu'est-ce que vous voulez ? Votre ordi a un virus ? Parce que mes tarifs ont augmenté.

Elle lécha avec enthousiasme sa glace aux pépites de chocolat.

— On voudrait te parler de la nuit où ta mère et Duncan Hugo t'ont enlevée, lança Nash.

— C'est parce qu'il est toujours en liberté et que vous voulez l'attraper ?

— Exact.

J'aimais qu'il ne tourne pas autour du pot. Il faisait assez confiance à Waylay pour savoir qu'elle allait supporter la vérité, même si elle n'était pas belle à voir. Mes parents m'avaient caché tant de choses, parce qu'ils avaient peur que je ne sois pas assez forte pour les supporter. Mais chaque fois que j'avais su la vérité, j'avais eu l'impression d'être trahie.

Je détestais ça... et pourtant je leur faisais la même chose. Je ne leur faisais pas assez confiance et je leur mentais pour les protéger.

Ce qui voulait dire que Nash avait raison. Encore.

— Bon sang, grommelai-je.

Nash et Waylay me regardèrent tous les deux, inquiets.

— Rien. Je réfléchissais...

Je venais d'avoir une révélation, plutôt.

— On a parlé à ta tante et à Knox et ils sont d'accord qu'on te pose quelques questions ce soir, continua Nash. Si ça te va, bien sûr.

Waylay haussa les épaules et chassa une goutte de glace sur son cône avec la langue.

— Ben oui, pourquoi pas ?

— Tu te souviens de quoi ?

Elle m'adressa un regard intrigué.

— Ben, de tout. On se fait pas kidnapper par sa mère et son petit ami tous les jours. C'est gravé dans ma tête.

— Concentrons-nous sur le moment où tu étais seule avec Duncan dans l'entrepôt, demanda Nash. Qu'est-ce qu'il a fait ou dit avant que ta mère revienne avec ta tante ?

— Il m'a donné de la pizza dégueulasse. Elle était en même temps brûlée et froide. Et quand on a essayé de passer par la fenêtre avec Waylon, il nous a attachés sur une chaise.

Les épaules de Nash se crispèrent légèrement. Je lui frottai le dos.

— Qu'est-ce qu'il a fait pendant que tu étais attachée ? demandai-je.

— Il a surtout joué à des jeux vidéos. Il a beaucoup mangé. De la merde essentiellement : de la pizza et des bonbons. Je pense qu'il mange par nervosité. Tante Naomi n'en reviendrait pas de ce qu'il ingurgite.

— Est-ce qu'il a parlé au téléphone pendant que tu étais là ? demanda Nash.

Waylay plissa le nez.

— Je pense pas. Il hurlait en jouant à *Donjons & Dragons*.

Elle nous regarda à tour de rôle, avant d'ajouter.

— C'est un jeu où on tire sur des gens avec des flèches et où on explose des trucs.

— Est-ce que quelqu'un est entré dans la salle pendant que tu y étais ?

— Quelques… comment on appelle les méchants qui travaillent pour le méchant ?

— Ses hommes de main ? dis-je.

— Oui. Quelques hommes de main sont entrés. Chaque fois, Duncan devait reprendre à zéro. Il s'est fâché et leur a dit d'arrêter de l'interrompre.

Waylay nous raconta tout ce dont elle se souvenait de cette nuit-là, y compris comment Naomi avait sauté pour la sauver et comment Knox les avait compressés comme des « crêpes » avant que Nash les sauve.

— Ma mère a des goûts affreux pour les mecs.

Elle termina son récit avec un sourire sardonique.

— Pas comme toi et tante Naomi.

— Oh, on est… commençai-je en regardant Nash. Aide-moi.

— Oui, Knox et moi, on est assez sensass. Enfin, surtout moi. Knox, ça va. Si t'aimes les grincheux qui boudent toute la journée, dit Nash en donnant un petit coup de coude à Waylay.

C'était merveilleux de le voir avec elle. Il était gentil avec les enfants. Et pourquoi cette idée m'avait-elle traversé l'esprit ? « Gentil avec les enfants » n'avait jamais été un critère de sélection chez moi.

— Merci encore pour le forum des métiers. Ne le dis pas à Knox, parce qu'il va vraiment bouder, mais toi et moustache, vous avez carrément gagné.

— Oui ! Je le savais !

Nolan qui écoutait se redressa du garde-boue de son SUV et célébra sa victoire en levant un bras.

— Tu as de la glace dans la moustache, lançai-je.

* * *

Sloane : Question. Est-ce que suivre Nash et Lina à leur interrogatoire de Waylay compte comme deuxième date entre Nolan et moi ? Je demande à une amie qui ne couche qu'au troisième rancard.

Naomi : Absolument. T'es à un rancard à Sexville !

Moi : Quand est-ce que tu le revois ?

Sloane : Pas avant de me faire épiler, de m'appliquer une épaisse couche d'autobronzant, de changer mes draps et d'acheter des sous-vêtements.

Naomi : Comment ça, acheter des sous-vêtements ? Tu veux dire des sous-vêtements sexy ?

Moi : Mon Dieu. Est-ce que notre bibliothécaire préférée est en commando ?

Sloane : J'en ai trop dit.

* * *

Quand on revint chez Nash, je remis de l'eau dans la gamelle de Fossette et lui donnai un petit en-cas pour la nuit. Ensuite je partis dans la chambre enfiler un déshabillé en soie qui montrait plus qu'il ne cachait.

Je trouvai Nash dans la salle à manger, avec une photo de l'intérieur de l'entrepôt.

— Qu'est-ce que tu fais ? demandai-je en m'approchant de lui.

— Quelque chose qu'a dit Waylay m'a fait réfléchir. Bon sang ! lâcha-t-il en voyant ma tenue.

— Réfléchir à quoi ?

— Tes seins, dit-il en secouant la tête. Non, je réfléchissais pas à ça. Je veux dire, j'y pense tout le temps, en vrai. Mais pas sexuellement. C'est plus de la vénération.

Je lui pris la photo de la main pour l'examiner.

— C'est une console de jeu.

Nash ne dit rien et je m'aperçus qu'il regardait toujours ma poitrine. Je plaçai la photo devant.

— Concentre-toi, beau gosse. Parle-moi.

— La console de jeu d'Hugo, dit-il doucement en sortant de sa rêverie.

— Elle a été mitraillée. Tu penses qu'on peut en tirer quelque chose ?

— On n'en a pas besoin.

Je compris.

— Parce qu'il ne hurlait pas sur la télé. Il hurlait sur d'autres joueurs.

— Il jouait en ligne, dit Nash avec un petit sourire.

— Bravo détective, taquinai-je. C'est excellent, vraiment. On peut tracer avec qui, n'est-ce pas ?

Nash sortit son portable et composa un numéro.

— Hello. J'ai besoin d'un service.

Il écouta et leva les yeux au ciel.

— Tu devrais pas réserver ça pour la nuit de noces.

Nouvelle pause et Nash m'adressa un clin d'œil.

— Alors remets ton pantalon et va demander à Way quel était l'identifiant d'Hugo à *Donjons & Dragons*.

Il attendit un instant.

— Oui, trois boules de glace. C'est ma faute.

Nash m'attira contre lui, et il embrassa chacun de mes doigts en attendant le retour de son frère.

— Oui, je suis là. Elle s'en souvient ?

Il posa son regard dans le mien. Je me demandai si j'avais déjà vu des yeux aussi bleus.

— Oui. C'est noté. Merci… Non. Tu peux enlever ton pantalon. Je vais pas tarder, moi aussi.

— Elle s'en souvient, n'est-ce pas ? demandai-je alors qu'il raccrochait.

— Eh oui. BiteAmère85.

— Dégueu.

Nash ouvrit sa messagerie.

— S'il utilise toujours le même identifiant, l'équipe de Lucian pourra retrouver son adresse IP.

— T'es vraiment sexy en détective, tu sais ?

— Et toi t'es incroyablement sexy quand tu enquêtes en lingerie fine.

Il posa son portable sur le plan de travail et avança vers moi, le regard déterminé.

Je levai les mains et reculai.

— Minute, on vient de trouver une piste. On devrait pas attendre d'avoir la réponse de Lucian ?

— Qui dit qu'on doit attendre habillés ? demanda Nash qui continuait à avancer.

Je tirai une chaise et la mis entre nous.

— Mais on a du travail, lui rappelai-je.

— Et il y aura toujours du travail une fois que je t'aurais retiré cette tenue, dit-il, coquin.

Avec un petit cri, je tournai les talons pour m'enfuir, mais il fut plus rapide. Et je me régalai quand il me jeta sur son épaule pour m'emmener dans la chambre.

* * *

Les coups à la porte nous réveillèrent tous les deux. Après avoir sombré dans un coma post-sexe, j'étais montée sur Nash, ce qui était assez embarrassant. Mais on n'avait pas le temps de s'y attarder.

Nash réagit plus rapidement que moi. Il enfila un caleçon et partit vers la porte pendant que je chassais encore le sommeil de mes yeux, espérant que je n'avais pas bavé sur son torse.

Je réussis à le suivre, évitant de justesse de marcher sur une Fossette angoissée qui grognait et tremblait à la fois.

— Il est trois heures du matin. Ça a intérêt à être grave, dit Nash en ouvrant.

Nolan, vêtu d'un pantalon de pyjama, de ses tennis et de rien d'autre, entra.

— Je pense que c'était pour toi, dit-il en brandissant un sac de congélation avec une grosse pierre et un papier à l'intérieur.

— Moi ?

Nash lui prit le sac des mains et lut la note.

Lâche l'affaire, salope.

— Où est-ce que vous avez trouvé ça ? demanda Nash.

— Avec des bris de verre sur le sol de la salle à manger, rapporta Nolan.

— Quoi ? lâchai-je, les yeux plissés.

Il leva les yeux au ciel, impatient que je comprenne de quoi il s'agissait.

— On a jeté ça par ta fenêtre il y a deux minutes.

Nash fonça pieds nus dans l'escalier.

— Bon sang, grommelai-je.

— Jolie robe de chambre, complimenta Nolan, en baissant les yeux vers mes seins avant de suivre Nash.

Je retournai en courant dans la salle de bains, enfilai une brassière de sport puis le sweatshirt de Nash sur ma robe de chambre, glissai mes pieds dans mes tennis et partis les rejoindre dehors.

L'air de la nuit était humide et froid. Les lampadaires baignaient les rues silencieuses d'une lumière jaune voilée par la brume. Je repérai des marques de pneus devant le bâtiment.

— Retourne à l'intérieur, gronda Nash quand j'arrivai à leur hauteur.

— C'était pour moi…

— Ce qui fait de toi la cible. Alors reste pas dans cette rue ! Pars *maintenant*, aboya-t-il.

— Qui accentue, là ? grommelai-je en obéissant.

Agacée, j'attendis en grelottant dans le hall d'entrée, alors que Nash et Nolan faisaient le tour du pâté de maisons.

— Alors ? demandai-je quand ils revinrent enfin.

— Ils sont partis, répondit Nash d'une voix tendue alors qu'il montait les marches.

— Le chef n'a pas l'air d'aimer voir sa petite amie menacée, commenta Nolan en le suivant.

— Je ne suis pas sa petite amie. Je suis… peu importe.

— Vous habitez ensemble et j'ai vu ce que tu portes la nuit. Dans certaines parties du pays, on vous considère même comme mari et femme.

On arrivait en haut de l'escalier, quand Mme Tweedy sortit sur le palier.

— On dirait que les éléphants d'un cirque viennent de s'échapper. C'est quoi tous ces bruits de pas ? Vous m'avez réveillée !

Elle portait une robe de chambre et tenait un martini à la main.

— Vous dormiez avec un verre ?

— J'étais en pause.

– 43 –

Mauvaise journée, mauvais conseil

Nash

Après l'incident de la pierre et l'arrivée de Grave pour prendre nos dépositions, j'étais resté éveillé, à regarder le plafond et écouter la respiration régulière de Lina à côté de moi. Mais au lieu de me sentir rassuré par sa présence, je me sentais nerveux et anxieux.

Quelqu'un l'avait menacée.

Et s'il lui arrivait quelque chose... Et si je ne parvenais pas à la protéger...

J'avais réussi à sombrer dans un sommeil agité, peuplé de trottoirs sombres, de froissements menaçants et de fusillades.

Quand je me réveillai en sursaut, le cœur battant et avec un mal de tête lancinant, je renonçai à dormir et sortis du lit.

Je pris mon premier café debout devant le tableau blanc dans la salle à manger en tentant de repousser l'angoisse qui menaçait de m'étrangler.

Soit Tate Dilton avait décidé de ne pas faire profil bas, soit l'affaire Duncan Hugo se répercutait sur Lina. Dans les deux cas, je n'avais pas l'intention d'attendre de voir ce qui allait se passer.

Je sortis mon portable pour consulter mes messages.

Moi : Retrouve-moi au commissariat. ASAP.

Knox : Bon sang, tu dors jamais ? Lucian aura besoin d'au moins une heure pour enfiler son costume et monter à bord de l'hélicoptère qui le conduira ici.

Lucian : Je suis déjà habillé et j'ai déjà animé deux conférences dans l'arrière-salle du Café Rev ce matin.

Knox : Va te faire voir.

Lucian : Flemmard.

* * *

J'arrivai avant eux au commissariat et je saluai l'équipe de nuit.

J'avais quitté mon appartement sans dire au revoir à Lina pour me prouver que je n'avais pas besoin d'elle pour commencer ma journée.

J'avais la tête dans le pâté et l'estomac acide de tout le café que j'avais ingurgité. Une nervosité incontrôlable coulait dans mes veines comme des milliers d'araignées.

Pour me distraire en attendant Knox et Lucian, j'ouvris mon courrier, assis à mon bureau. Je ne remarquai qu'en ouvrant une des enveloppes qu'elle contenait une lettre de mon père.

Voir sa signature en bas de la page suffit à redoubler mon anxiété.

Combien de fois avais-je attendu quelque chose de lui ? Combien de fois avais-je eu besoin de lui ? Combien de fois m'avait-il laissé tomber parce que son addiction était plus forte que son amour pour moi ? Duke Morgan avait besoin de cachets pour traverser une journée. Pour survivre, pour s'engourdir et ne plus se laisser atteindre par le monde et ses réalités.

Malgré la fraîcheur du matin, je me mis à transpirer.

Est-ce que c'était ce que je faisais ?

Je me frottai la bouche et fixai du regard l'écriture de mon père.

Elle ressemblait trait pour trait à la mienne, même après tout ce temps. On faisait nos « e » avec le même angle. On avait les mêmes yeux, les mêmes « e ». Et quoi encore ?

Mon cœur s'emballa. À présent, ce n'était plus la peur qui allait m'étouffer, mais la colère.

Contre moi-même de suivre ses traces.

J'aurais dû savoir que m'appuyer sur une béquille, juste pour tenir toute la journée, était le début de la fin.

Et n'était-ce pas ce que je faisais avec Lina ? N'étais-je pas en train de l'utiliser ? Pour repousser la douleur et la peur ? Ce n'est pas nécessairement de drogues ou d'alcool à quoi on a recours pour s'engourdir. Ça peut être n'importe quoi, n'importe qui, juste pour survivre, se réveiller et recommencer l'horrible cycle.

— Tout va bien ? demanda Lucian alors que je rangeais la lettre de mon père dans mon tiroir du haut, sans l'avoir lue.

— Non, pas vraiment. Mais j'attends que Knox soit là pour expliquer.

— Il est là, putain, lança Knox en bâillant.

— Quelqu'un a balancé ça par la fenêtre de Lina cette nuit.

Je posai le sac avec la pierre et la note sur mon bureau.

— Ces caméras de sécurité extérieures sont une priorité, lâcha mon frère une fois mon récit de la nuit terminé.

— Et Lina devrait avoir son propre traceur, suggéra Lucian.

— Elle va adorer, plaisanta Knox.

— Bon, tu peux le lui apporter alors, dis-je.

— Pourquoi pas toi ? rétorqua Knox. C'est toi qui couches avec elle. Ou, comme dirait Waylay, qui lui fais les yeux en cœur.

— Je suis occupé aujourd'hui. Apporte-le-lui et hurle-lui dessus jusqu'à ce qu'elle accepte de le mettre.

Knox plissa les yeux.

— Tu t'es levé du pied gauche, mon poussin ?

— J'ai pas le temps pour ça. Veille à ce que ce soit fait.

Heureusement, Knox n'était pas très combatif le matin. Il se contenta de quitter mon bureau en jurant.

Lucian, lui, ne bougea pas.

— T'as pas de l'urticaire, déjà, toi ? demandai-je.

Il n'aimait pas particulièrement les flics et les commissariats.

— T'es particulièrement de mauvaise humeur aujourd'hui. Qu'est-ce qui ne va pas ?

— À part un jet de pierre par la fenêtre à trois heures du matin ?

Lucian me regarda froidement. Je décidai de le faire attendre et me concentrai sur mes mails. Notre tête à tête dura trois messages et demi.

— Tu nous penses condamnés à répéter les erreurs de nos pères ? demandai-je enfin.

— Oui.

— Tu veux pas y réfléchir une minute avant de répondre ?

Il croisa les bras, agacé.

— J'y réfléchis déjà depuis des années. C'est impossible d'échapper à ses gènes. On est issus d'hommes imparfaits, ces imperfections ne disparaissent pas comme par magie d'une génération à l'autre.

De la pluie battait contre la fenêtre, m'interdisant d'oublier que je me sentais misérable.

— Alors à quoi bon tout ça ?

— Comment le saurais-je ?

Il tapota machinalement sa poche de veste où il gardait son unique cigarette de la journée.

— Mon seul espoir est que si je continue à me lever tous les matins, un jour ça prendra sens.

— Tu sais, je me sentais déjà assez mal avant de te voir, toi et ton nuage de morosité.

— Désolé, dit-il en grimaçant. J'ai pas beaucoup dormi la nuit dernière.

— Tu n'as pas à déménager toute ta vie à Knockemout pour nous.

La maison de ses parents était hantée de fantômes qu'il aurait préféré oublier.

— Je reste où je veux et je travaille où je veux.

— Je ne suis pas le seul à m'être levé du pied gauche.

À cet instant, la porte de mon bureau s'ouvrit grand.

— Pourquoi je vous trouve ici, plutôt que dans votre appartement ? Je vous jure, Morgan, vous êtes le pire du monde à baby-sitter, déclara un Nolan ébouriffé en butant dans ma corbeille pour plus d'effet. C'est deux pas en avant, trente-sept mille en arrière avec vous, et je suis largement sous-payé pour supporter cette merde.

— Alors démissionnez, répliquai-je, désolé qu'il se plaigne ainsi devant tout le monde.

— Si je démissionne, vous finirez criblé de trous. Et ensuite, je devrai vivre avec cette culpabilité ? Super plan.

— J'ai peut-être un boulot pour vous, annonça Lucian.

Il le fixait de son regard étrange qui mettait tout le monde mal à l'aise.

— Oh, vraiment ? demanda Nolan, toujours furibond.

— Vraiment.

— Quel est le piège ?

— « Piège » est un trop vilain mot. Parlons plutôt d'addendum.

Nolan ne parut pas impressionné.

— Arrêtez de sortir avec Sloane et le boulot est à vous.

— Vous plaisantez, lâcha Nolan.

— OK, sérieusement ? Tu la détestes mais tu veux pas qu'elle sorte avec un autre homme ? Même toi, tu dois te rendre compte combien c'est barge.

— J'ai jamais prétendu être sain d'esprit, dit Lucian de sa voix effrayante.

— Alors pourquoi j'écoute tes conseils, bon sang ?

— Comment le saurais-je ?

— Que des connards, grommela Nolan en sortant de mon bureau.

* * *

Lina : Hello, tout va bien ? Je me suis réveillée et tu étais parti. Non pas que tu doives justifier tous tes mouvements, bien sûr.

* * *

La pluie rendait les routes glissantes et les routes glissantes provoquaient des accidents. Le premier appel ne fut pas si grave. Un petit accrochage par une mère angoissée en route vers le pédiatre avec son bébé.

Bannerjee parvint à calmer la maman et le bébé pendant que la dépanneuse arrivait. Pendant ce temps, je m'occupai de la circulation, tentant de ne pas réfléchir à la femme que j'avais laissée dans mon lit.

On n'avait pas encore séché après le premier accident qu'on reçut déjà le deuxième appel.

Les secouristes apprennent à entrer dans un mode opératoire pour que les traumatismes qu'ils rencontrent ne les hantent pas. Ça marche. En général. Mais étant donné mon humeur, les circonstances, la cruelle coïncidence... Je savais que je sombrais avant même que les choses empirent.

Il faisait nuit quand je montai les marches vers mon appartement, et j'étais complètement gelé. Mon épaule et ma tête se disputaient à qui avait le plus mal.

Je voulais juste une douche chaude pour rester sous l'eau jusqu'à ce que mon âme s'apaise. Et ensuite je voulais me jeter dans mon lit et me noyer dans le vide pour oublier la douleur que je n'avais su éviter à personne.

Un mari avec ses deux petits garçons priait aux urgences pour qu'on sauve sa femme.

J'étais arrivé après l'accident. Normal. Une catastrophe se produisait et on appelait les flics. J'avais aidé les pompiers et les ambulanciers à l'extraire de sa prison de métal, j'avais tenu un poncho sur son corps inerte pendant qu'ils l'allongeaient sur une civière et je m'étais senti impuissant.

J'étais censé sauver les gens, mais je n'avais même pas réussi à me sauver. C'était par chance que j'étais encore de ce monde. Une pure coïncidence que Xandra soit passée par là au bon moment.

Je déverrouillai ma porte, les doigts gelés, pressé de retrouver le noir, le calme.

Au lieu de ça, je fus accueilli par de la lumière, de la chaleur et l'odeur d'un plat sur les plaques de cuisson.

De la musique country s'échappait des enceintes. Les souvenirs de ma mère qui nous faisait danser, Knox, mon père ou moi dans la cuisine m'assaillirent et ma poitrine se serra.

Jayla Morgan était la lumière et le rire de notre petite famille.

Quand elle n'était pas rentrée à la maison, ce jour-là, une partie de moi était morte. On n'avait plus jamais été pareils.

Fossette trotta vers moi, une peluche de serpent dans la gueule.

— Hello ! me salua gaiement Lina dans la cuisine. Avant que tu paniques, c'est pas moi qui ai fait à manger. Madame Tweedy a fait plusieurs rations de chili et j'ai trouvé dans le congélateur un pain que j'ai réussi à faire chauffer. Je me suis dit que c'était le jour idéal pour ça.

Elle portait un legging et un haut blanc à manches longues qui s'arrêtait à la taille et s'ouvrait avec des lacets dans le dos. Sa peau était moite et ses cheveux noirs et courts étaient en bataille, donnant plus d'éclat encore aux boucles d'oreilles que je lui avais offertes.

À cet instant, je ressentis une telle nostalgie que mes jambes flanchèrent.

À cet instant, je compris mon père.

À cet instant, j'étais mon père.

— Tu aimes le nouveau joujou de Fossette ? La maire l'a déposé. Elle a dit que tu comprendrais la plaisanterie, continua-t-elle.

J'avais envie de retirer mes chaussures et mes vêtements trempés pour me mettre sous la douche chaude et me sentir de nouveau humain. Mais j'étais figé sur place. Parce que je ne méritais pas d'avoir chaud. Pas avant de la laisser repartir.

— Nash ? Tu vas bien ?

Sa voix me sembla lointaine, comme si elle flottait vers moi par-dessus la musique country et l'odeur du chili.

Quelque chose s'éleva en moi. Quelque chose de noir et déterminé. Je ne pouvais pas faire ça.

Si je restais, si je la gardais et continuais à m'appuyer sur elle, je ne vaudrais pas mieux que mon père.

Et si je l'aimais trop, je la perdrais.

— Je pense que tu devrais y aller, dis-je sur un ton faible et tremblant, comme mon père quand il avait besoin d'une dose.

La louche tomba de sa main.

— Tu penses que je devrais faire quoi ? demanda-t-elle, répondant à mon vide glacé par son feu.

Était-ce pour ça qu'on se disputait ? Pour que je la provoque et que je lui vole son feu ? Essayais-je de trouver de nouvelles façons de l'utiliser ?

— Ça ne marche pas, insistai-je. Je pense que tu devrais y aller.

Ses yeux couleur whisky m'examinèrent de la tête au pied comme pour voir si j'étais blessé. Mais la blessure était trop enfouie pour qu'elle la voie. La blessure n'avait jamais cicatrisé.

Elle ramassa la louche et la jeta dans l'évier avant de croiser les bras.

— Qu'est-ce qui ne va pas ? demanda-t-elle.

Je secouai la tête.

— Rien. Juste... j'ai besoin que tu partes.

— Tu as eu une autre crise d'angoisse ?

Elle avançait vers moi, et je savais que si elle me touchait, ce serait la fin. Je me blottirais en elle et prendrais ce dont j'avais besoin.

— Je n'ai pas eu de putain de crise d'angoisse, OK ? explosai-je.

Elle tressaillit mais continua à avancer.

— Qu'est-ce qui s'est passé ? Tu vas bien ?

— Je ne veux plus de toi ici, c'est tout. Je peux pas être plus clair. J'en ai ma claque. Tu avais raison. C'était une putain de mauvaise idée, on se connaît à peine.

Elle s'arrêta net et son regard faillit me faire faire marche arrière. Le choc, la douleur. C'est moi qui les y avais mis, mais c'était mieux ainsi. Mieux que de l'entraîner dans ma chute, mieux que de la laisser me quitter.

— Tu es sérieux, on dirait ? murmura-t-elle.

Fossette grogna en se débarrassant de son serpent en peluche. Je donnai un coup de pied au jouet.

— Pas maintenant, Fossette, dis-je doucement. Tu allais me quitter de toute façon. Autant que ce soit maintenant.

Elle leva le menton et prit une inspiration tremblante.

— OK.

— OK, c'est tout ?

Pourquoi ne pouvais-je pas en rester là ? J'obtenais ce que je voulais, Lina allait partir. Elle serait en sécurité de tout ce dont je ne pouvais la protéger. Et je pouvais retourner à l'enfer que j'avais devant moi. Pourtant, je la retenais, essayant de lui faire assumer la responsabilité de ma spectaculaire nullité.

Elle ne dit rien, ne répondit pas. Elle me contourna simplement.

Je la suivis dans la chambre et la regardai sortir sa valise de mon armoire.

— Je suis désolé que ça se finisse ainsi. Tu es probablement soulagée.

Sa mâchoire était crispée et les creux sous ses pommettes encore plus saillants. Elle ne dit pourtant toujours rien en ouvrant sa valise qu'elle posa sur mon lit.

Fossette sauta sur la banquette au pied du lit, puis sur le matelas où elle renifla la valise.

— Tu devrais la prendre aussi. Je peux pas m'occuper d'elle en ce moment, dis-je en montrant la chienne.

Les deux paires d'yeux se posèrent sur moi et me firent me sentir comme le pire des connards.

Lina posa ses mains sur ses hanches.

— OK, tu as failli m'avoir. J'y croyais jusqu'à ça.

— Jusqu'à quoi ?

— Tu l'aimes, imbécile, affirma-t-elle en me montrant Fossette.

— C'est faux.

Lina ouvrit le tiroir du chevet et en sortit une pile de papiers.

— Tu lui as acheté une banquette pour qu'elle puisse sauter sur le lit. Tu as un panier rempli de jouets pour qu'elle s'amuse. Tu l'habilles avec des pulls pour qu'elle ait chaud. Tu l'aimes.

— Ce n'est pas de l'amour, je m'occupe d'elle et j'en ai marre. Je n'ai pas l'énergie de prendre soin de qui que ce soit.

Y compris de moi, ajoutai-je dans ma tête.

— N'importe quoi.

— Tu ne comprends pas ?

Ma voix se cassa comme un coup de fouet.

— Je ne peux pas prendre soin d'elle, je ne peux pas te protéger, je n'ai même pas pu me protéger, moi.

Elle jeta les papiers sur le lit et pleine d'aplomb, elle fit un pas vers moi.

— Là tu me jettes, mais je m'accroche, OK ?

— Je veux pas que tu t'accroches.

Les mots brûlaient comme de l'acide dans ma bouche.

— Qui n'as-tu pas protégé, Nash ? demanda-t-elle doucement.

Fossette se recroquevilla dans la valise et se cacha le museau avec sa queue.

— Tu as oublié la pierre qu'on a jetée par ta fenêtre, la nuit dernière ?

— Personne n'a été blessé.

— Je peux pas dire la même chose pour la femme en réanimation. Son mari et ses enfants se demandent ce qu'ils vont faire sans elle.

Lina fit un autre pas vers moi. Elle était trop proche. Je dus serrer les poings pour ne pas l'attirer contre moi.

— Ça te rappelle ta mère ? demanda-t-elle doucement.

— Évidemment. C'est arrivé sur la même route à deux cents mètres d'écart.

— Chéri, murmura-t-elle, s'approchant encore prudemment comme si j'étais un cheval déchaîné.

— Fais pas ça.

— Tu ne peux pas arriver à temps pour sauver tout le monde.

— Je ne peux sauver personne. Il faut vraiment que tu partes, Lina, s'il te plaît.

Elle avait les yeux humides et quand elle hocha la tête, ses boucles d'oreilles scintillèrent dans la lumière.

— OK. Tu es épuisé. Tu as passé une journée affreuse. Je vais te donner un peu d'espace, je vais rester à côté avec Nolan, cette nuit. On parlera demain, après une bonne nuit de sommeil.

— D'accord, acceptai-je d'une voix rauque.

Je lui aurais promis n'importe quoi, juste pour qu'elle parte avant que je craque et que je la touche.

Je restai où j'étais, enraciné sur place alors qu'elle emportait quelques affaires et roulait sa valise derrière elle. Je l'entendis aller dans la cuisine et éteindre le feu. Et la porte se referma.

Elle était partie.

J'étais seul.

Mais ce ne fut pas le soulagement qui vint me cueillir, plutôt une vague de panique.

Elle était partie.

J'avais fait partir la femme dont j'avais besoin, la femme que j'aimais.

Je quittai la chambre, la vue du lit que nous avions partagé me rendant malade. Je *l'aimais*. Je le savais depuis un moment. Peut-être depuis le moment où je l'avais trouvée dans ma cage d'escalier. J'avais eu envie d'elle, besoin d'elle. Et maintenant, je la chassais.

Mais c'était pour le mieux, n'est-ce pas ? Elle méritait plus que d'être le pilier émotionnel de quelqu'un. Elle méritait quelque chose de vrai, de bon. Et je ne pouvais pas le lui offrir. Pas comme ça.

Fossette s'assit devant la porte et gémit, pitoyable.

Les mains sur la tête, je repartis vers ma chambre, alors que l'étau se resserrait dans ma poitrine. Je remarquai les papiers que Lina avait laissés et les soulevai. Ils venaient de l'association de sauvetage des bêtes. C'était un formulaire d'adoption. Un Post-it dessus avec l'écriture de Lina disait « elle est à toi. Fais en sorte que ça devienne officiel ».

Je sentis comme un coup de poing dans mon ventre. Je jetai les papiers d'où ils venaient et retournai dans le salon. La plante sur la fenêtre attira mon attention. La plante de Lina. Quand elle avait emménagé, ce n'étaient que des feuilles, mais maintenant, elle donnait de jolies fleurs blanches en forme de clochettes.

Du muguet.

La fleur préférée de ma mère.

— Putain.

– 44 –

L'eau des yeux

Lina

Je poussai les portes de l'immeuble vers la nuit pluvieuse que Main Street avait à offrir. Des gouttes frappaient ma tête, trempaient ma chemise, mais je m'en fichais. J'étais furieuse, blessée, triste et perdue. Et j'avais faim. C'est pour ça qu'on voit toujours des femmes manger des glaces directement dans le pot quand elles ont le cœur brisé ?

Sentir le froid piquant de chaque goutte de pluie valait mieux que de sentir mon stupide cœur se déchirer.

Voilà ce que j'obtenais en acceptant d'être vulnérable. Je m'étais fourrée là-dedans. Je m'étais ouverte, et j'avais été pulvérisée. C'était exactement ce que j'avais prédit. J'en voulais à Naomi. Les futures mariées sûres d'elles, on ne pouvait pas leur faire confiance. Tout comme les séduisants voisins héroïques avec des fesses renversantes et des cicatrices.

Je le savais. Et pourtant, j'en étais là sous une pluie battante après avoir préparé la popote.

Nash souffrait et ça me dévastait d'une façon que je n'aurais jamais cru possible. Mais je ne pouvais pas le soulager. Je ne pouvais pas rouvrir ses anciennes blessures et les forcer à cicatriser.

Je ne pouvais que faire une balade sous la pluie pour que mes stupides larmes se mêlent aux stupides gouttes.

Un sanglot déchirant se coinça dans ma gorge.

S'il n'arrivait pas à changer d'avis, s'il ne sortait pas de sa conception de la vie en noir et blanc et ne me rencontrait pas dans le gris, j'allais le perdre à jamais. Cette possibilité me terrifiait, ce qui était débile : on se connaissait à peine et je pleurais pour un homme qui m'avait jetée dehors.

Ou est-ce qu'on se connaissait mieux que quiconque ? me souffla une petite voix intérieure.

— Je *déteste* éprouver des sentiments, grommelai-je dans la rue vide.

Tout le monde était à l'abri, au chaud, en train de manger. Et une fois de plus, j'étais mise de côté.

Je me mis à marcher, les bras croisés, le dos courbé. J'avais à peine dépassé la vitrine du Whisky Clipper quand j'entendis une voix depuis l'immeuble.

— Angelina.

Oh non, merci, je n'allais pas laisser l'homme qui m'avait mise dans cet état me voir en larmes. J'étais trop vulnérable à cet instant, je n'y survivrais pas.

Je m'essuyai le visage avec ma manche et partis en courant.

Il n'allait pas me suivre. Il venait de me larguer, il n'allait pas…

Des pas rapides résonnèrent derrière moi.

J'accélérai, mes pieds pataugeant dans les flaques. Je remerciai la providence que ce soit une nuit triste et sombre, personne n'assistait à mon humiliation.

Il était fatigué, il avait froid et il sombrait. D'une minute à l'autre, il déciderait que je ne valais pas la peine qu'il se fatigue.

Mon cœur s'emballait dans ma poitrine à mesure que je mettais plus de force dans mes jambes. Je n'avais jamais couru aussi vite. Je pouvais le distancer, le semer. Si j'arrivais au coin de la rue, je le verrais renoncer à moi. À nous.

Une main agrippa ma chemise et m'attira en arrière. Des bras forts se refermèrent sur moi, s'accrochèrent à moi.

— Arrête, lâcha Nash en enfouissant la tête dans ma nuque. S'il te plaît, arrête.

Je fus prise de panique.

— Laisse-moi !

— J'ai essayé. Je n'y arrive pas.

Je me figeai dans ses bras alors que plus de larmes encore se déversaient sur mes joues.

— Je suis... perdue.

— Je suis un crétin. Un imbécile. Un crétin imbécile qui ne te mérite pas, Angel.

Je tentai de me dégager, mais il me tenait serrée. Il me coupait la respiration.

— Si tu cherches à te disputer, tu vas être déçu.

— Toute la journée, j'ai pensé à ce qu'il se passerait s'il t'arrivait quelque chose.

— Rien ne m'est arrivé, rien ne va m'arriver, murmurai-je, haletante.

Combien de conversations avais-je eues avec mes parents sur le même sujet ? Et je finissais toujours par faire des promesses impossibles à tenir.

— Lucian dit qu'on est condamnés à répéter les erreurs de nos pères.

Je me débattis et il me laissa enfin me tourner dans ses bras. Je regrettai aussitôt de l'avoir regardé dans les yeux, parce que j'y vis tant de souffrance, tant de tristesse, que j'eus mal pour lui.

— Tu as demandé des conseils à Lucian ? Ce gars est tout sauf la bonne personne pour ça. Tu peux aller lui demander des tuyaux boursiers ou de supprimer quelqu'un, mais sûrement pas des conseils sur les femmes.

Nash sourit sous la pluie battante.

— Je le répète, je suis un crétin débile. J'avais besoin de quelqu'un pour confirmer mes peurs les plus noires.

— Alors t'as sonné à la bonne porte.

— Ma mère m'avait demandé de venir avec elle faire des courses, ce jour-là. Je n'avais pas envie. J'étais trop occupé à faire ce que font les gosses. Jouer. J'aurais pu être avec elle, mais non. Et elle est morte seule dans la voiture. J'aurais pu l'aider si j'avais été avec elle. Peut-être même que j'aurais pu éviter l'accident. Mais je n'étais pas là.

Mon cœur se déchira pour lui quand sa voix se cassa.

— Après ça, j'ai été présent tous les jours de la vie et pourtant je n'ai pas réussi à sauver mon père.

Des larmes me brûlèrent les joues. En les voyant, Nash posa une main dans ma nuque et m'attira contre sa poitrine. Je l'enveloppai de mes bras et serrai fort.

— On l'a perdu, lui aussi, continua-t-il. Malgré mes bonnes notes à l'école, mes efforts en sport, rien n'était assez bien pour qu'il nous choisisse. Je pensais qu'en devenant flic, ça arrangerait tout, je pourrais enfin protéger ceux qui en ont besoin.

— C'est ce que tu fais, tous les jours, Nash, murmurai-je contre sa chemise trempée.

Son badge était gelé contre ma joue.

Il lâcha un rire amer.

— Qui est-ce que je protège ? Je n'ai même pas pu me sauver moi-même. Sans ce phénoménal coup de chance, je ne serais plus en vie.

J'entourai son visage de mes mains.

— Quand tu es au plus bas, tu sors quand même de ton lit pour protéger les habitants de ta ville. C'est ce que font les héros, idiot. Ce que tu fais est purement héroïque.

Les yeux fermés, il baissa la tête vers la mienne.

Des larmes continuaient à se déverser sur mes joues, chaudes dans la pluie glacée.

— Je suis tellement fière de toi, Nash. Tu affrontes tes démons tous les jours pour être présent pour tes concitoyens. À toi tout seul, tu as rendu ta ville plus sûre. Même Tina te respecte pour ça.

— Pas ma famille.

J'avais mal au cœur pour lui.

— Mon chéri, ton frère et ta grand-mère ne savent tout simplement pas communiquer. Knox ne comprend peut-être pas pourquoi tu fais ça, mais il est hyper fier de toi. Tout comme tu es fier de lui d'avoir donné son argent pour les gens que tu protèges. Mais tu ne le lui diras jamais. Et c'est toi qui te dresses entre tes concitoyens et le danger. C'est toi qui es toujours là pour restaurer l'ordre. Tu es en première ligne pour t'assurer que ça ne se reproduira plus.

Il s'écroula contre moi, alors que la pluie nous bombardait.

— Elle me manque, murmura-t-il. Je pense que peut-être, elle, elle aurait été fière.

Je m'accrochai à lui comme s'il risquait de tomber d'une falaise.

— Elle est fière de toi.

Il prit une inspiration tremblante, sa poitrine se soulevant contre la mienne.

— Ils dansaient dans la cuisine. Mes parents. Ils étaient heureux. Il l'aimait tellement. Et quand elle est partie, il ne nous a pas aimé suffisamment. Il a choisi l'alcool et les médocs encore et encore. Il avait besoin d'eux.

— Et ça craint, mais ce n'est pas à cause de toi. Ce n'est pas à cause de ce que tu as fait ou pas fait.

— Je te veux autant. J'ai besoin de toi autant.

— Tu n'es pas ton père, beau gosse. Et je ne suis pas une mauvaise habitude dont tu dois décrocher. On est différents de ceux qui nous ont faits. Tu t'es tourné vers moi pour te souvenir de ce qui était bon, pour te donner une raison de te battre malgré la douleur.

— Bon sang, mais pourquoi je suis allé parler à Lucian, moi ?

Mon rire sonna comme un hoquet.

— C'est en rapport avec le crétin imbécile, je crois.

Il se mit à se balancer avec moi sous l'averse, alors que les lampadaires éclairaient les ruisseaux de pluie dans les caniveaux.

— Tu sais que c'est dingue, n'est-ce pas ? Ce qui devrait nous faire flipper plutôt que ton passif, c'est qu'on ne se connaît que depuis quelques semaines, lui rappelai-je.

Nash posa la tête sur le haut de mon crâne.

— Ça ne veut pas dire que ce n'est pas réel. Mes parents se sont rencontrés, sont tombés amoureux et se sont fiancés en trois mois.

— Ils étaient heureux ? Avant ?

Sa main descendit dans mon dos, me pressant contre lui.

— Oui, on était tous heureux. Avant de se marier, mon père s'est fait tatouer 2205 sur son bras. Le vingt-deux mai, jour de leur anniversaire. Il savait même avant la cérémonie que ce serait le plus beau jour de sa vie.

— Waouh !

— Quand nous étions enfants, on célébrait toujours leur anniversaire de mariage comme si c'était une fête nationale. Tu sais, le 2205 est même mon PIN. Je ne l'ai jamais changé. C'était mon seul moyen de m'accrocher au bon vieux temps.

— Peut-être...

L'émotion m'interrompit. Je m'éclaircis la voix et recommençai.

— Peut-être que le bon vieux temps est encore à venir.

— Si je n'ai pas tout gâché...

— Nash...

— Non, écoute-moi, Angel. Je suis tellement désolé. Je t'ai laissée franchir cette porte, mais je ne te laisserai plus jamais t'éloigner de moi. S'il te plaît, ne fais plus un pas loin de moi. S'il te plaît, sois patiente avec moi.

— Nash, je n'essayais pas de partir. Je voulais juste te donner un peu d'espace.

— Tu as couru.

— Je voulais nous donner à tous les deux beaucoup d'espace rapidement, corrigeai-je.

— Tu as froid, remarqua-t-il alors que je grelottais. Viens à la maison.

Je sentis qu'il passait de pauvre âme blessée à héros qui prend les choses en main.

— D'accord.

— Merci mon Dieu, murmura-t-il. J'avais peur de devoir jouer les Knox et te jeter sur mon épaule.

— T'as pas intérêt !

* * *

Il m'amena droit dans la douche. Après nous avoir soigneusement déshabillés lui et moi, il me guida sous le jet chaud. Il me suivit et on resta un moment sans bouger, mon dos contre son buste, pour que l'eau nous débarrasse de nos frissons glacés.

Ses mains descendaient délicatement depuis mes cheveux jusqu'à mes épaules et le reste de mon corps. Rassurant, apaisant.

Je me sentais à vif, vulnérable. Et quand je sentis son érection sur mes fesses, une autre chaleur m'envahit. Je voulus me tourner et le toucher, le faire se sentir aussi bien qu'il me faisait me sentir, mais je compris qu'il avait besoin de donner. Alors je m'abandonnai à ses caresses.

Il m'embrassait tout le corps de haut en bas et de bas en haut. Et quand il me tourna face à lui, je le trouvai à genoux devant moi.

Ses mains calleuses me collèrent contre le carrelage.

Il me contempla avec ses yeux sérieux en glissant une main de ma cheville jusqu'à ma cuisse. Nos regards se croisèrent avec une telle intimité que j'en tremblai. Passant une main derrière mon genou, il souleva ma jambe pour la poser sur son épaule, m'ouvrant à lui.

Ma tête s'appuya sur le mur.

De la vapeur s'élevait autour de nous, mais je le remarquai à peine, parce qu'avec ses doigts, il écartait les lèvres de mon sexe.

— Quelle beauté, ta chatte, Angel, dit-il, sa voix à peine audible sous l'eau.

Qui aurait cru que ce policier si respectueux de la loi savait parler comme ça ?

Ce fut la dernière idée cohérente que j'eus avant que sa langue vienne tracer tout ce que ses doigts avaient mis à nu. Je faillis perdre l'équilibre d'extase. Tous les muscles de mon corps se contractèrent vers le plaisir que je ressentais entre les jambes.

Il me rendait dingue avec sa bouche si tendre et aimante, et en même temps conquérante et déterminée. Quand la jambe qui me soutenait trembla de nouveau, il la posa également derrière son épaule, me plaquant contre le mur.

Il lâcha un gémissement profond en me dévorant.

Mes cuisses tremblaient alors que sa langue alternait entre pénétration et longues caresses sur mon clitoris. Il était magique. *On* était magiques. Et je sus à l'intérieur de moi que quelque chose d'aussi bon ne pouvait pas être mauvais.

— Nash, murmurai-je, alors que je chavirais.

Il grogna contre mon sexe, comme si entendre son nom prononcé par ma bouche était trop pour lui. Je me cambrai contre lui et ma respiration s'arrêta quand il glissa ses doigts en moi. Sa langue se concentrait sur le besoin qui grandissait.

Et je jouis. Mes muscles emprisonnèrent ses doigts alors qu'il léchait et suçait pour m'accompagner dans mon orgasme.

Sans honte, je m'agitai sur son visage, me délectant de sa façon de faire monter encore et encore le plaisir en moi. J'en sentais encore les échos quand il se libéra et me tourna face au mur.

Il me tenait captive, ses paumes sur le carrelage. Son érection était chaude et dure contre mon dos.

Son envie me fit me sentir à la fois toute puissante et impuissante.

Il baissa la tête et je sentis ses lèvres suivre les contours de mon tatouage.

— J'ai besoin de toi, murmura-t-il avant de mordiller ma peau.

J'en avais besoin moi aussi.

— Dépêche-toi, le pressai-je. S'il te plaît.

Il ne me fit pas attendre. Ses grandes mains sensuelles glissèrent jusqu'à mes hanches, les orientant au bon angle. Il guida son pénis entre mes fesses. Je me tendis quand il passa le bout de son sexe sur mon anus, me sentant entièrement à sa merci. Il lâcha un grognement guttural en descendant son pénis pour qu'il glisse dans mon sexe.

Je le sentais pulser en moi, et une nouvelle vague d'envie m'emporta.

— Je deviens dingue quand je te prends comme ça, murmura-t-il, un sein dans sa main.

J'appuyai ma tête contre son épaule. Il n'était pas le seul à devenir dingue.

Mes cuisses tremblaient, mes paumes s'aplatirent contre le mur. Mes hanches se pressaient toutes seules contre lui, le suppliant de m'en donner plus comme si je ne venais pas de jouir un instant plus tôt

Sa main me caressait le sein fermement.

— Je ne peux pas te laisser partir, Angel.

— Et pourquoi me laisserais-tu partir ?

Mes genoux se percutaient maintenant. D'excitation, de désir, du poids de son corps sur le mien.

— Je te dis juste que ce n'est pas une option. Tu viendras habiter ici ou j'emménagerai quelque part avec toi, on trouvera peut-être une maison pour tout recommencer. Mais je ne peux pas te laisser partir.

— Nash, murmurai-je alors qu'une larme chaude coulait le long de ma joue.

— Tu m'as redonné la vie. Tu m'as rappelé à la lumière. Tu m'as laissé t'avoir, te prendre. Dis que tu es à moi.

Il bougeait en moi.

— Oui, parvins-je à articuler.

Je m'inquiéterais plus tard des conséquences de ce que je promettais. J'avais besoin de ça, de *lui*, maintenant.

— Merci mon Dieu, dit-il en me dévorant l'épaule.

Le changement de son poids me fit me cambrer davantage.

— Nash, gémis-je.

Il m'agrippa la nuque, et sortit son érection pour replonger en moi et ressortir à nouveau, le bout de son sexe frôlant mon clitoris.

Il avait besoin de ça. Et j'avais besoin de le lui donner.

— Je n'arrive jamais à décider de quel côté je préfère te prendre, en continuant son mouvement de va-et-vient. J'adore te voir jouir. Voir tes seins quand je bouge en toi. Mais je t'aime aussi comme ça, de dos, quand tu te livres entièrement à moi.

Je t'aime comme ça.

Je ne peux pas te laisser partir.

Ses mots tournaient en boucle dans ma tête comme un mantra. Un mantra que je n'avais pas le droit de me répéter. Il n'avait pas le sens que je lui donnais. Et soudain, j'arrêtai de réfléchir quand il trouva juste le bon angle.

Nos cris résonnèrent sur le carrelage.

J'étais si pleine de lui. Il m'entoura le ventre d'un bras et son autre main s'enfouit dans mes cheveux. Et il recommença à bouger.

De l'eau chaude coulait sur moi, mais c'était la chaleur de Nash qui m'embrasait de l'intérieur. Il continua à remuer jusqu'à nous faire basculer tous les deux dans un tourbillon infini d'extase.

– 45 –

Un parachute parfait

Nash

Je me réveillai contre un corps chaud de femme.

— Debout, beau gosse, c'est l'heure de s'amuser un peu, murmura Lina à mon oreille.

Mon sexe et moi, on lui accorda toute notre attention.

Elle m'embrassa fougueusement, tirant sur ma lèvre inférieure.

— Désolé, beau gosse, pas le temps pour ce genre d'amusement, ce matin. Il faut se lever.

Je guidai sa main sous la couette vers mon érection.

— Je suis debout.

Son rire était chaud contre ma gorge.

— Après, promit-elle. Viens, sors ton joli petit cul de ce lit.

Elle fila avant que je puisse l'attraper.

— Je ne connais rien de plus agréable que rester au lit avec toi, avertis-je en me frottant les yeux.

Un pantalon de sport atterrit sur mon visage.

— On verra. Habille-toi, on a un rendez-vous.

* * *

— Jamais de la vie, Lina.

Elle sourit derrière le volant et ne dit rien en avançant sa voiture sur l'allée jusqu'à la pancarte « Saut d'avion et parachutisme ».

L'allée menait à une petite piste d'atterrissage entre deux champs de maïs au sud de la frontière entre la Virginie et le Maryland. Contrairement à la veille, le soleil brillait fièrement dans un ciel sans nuages au-dessus des arbres aux feuillages orange et or.

Lina se gara contre le hangar rouge estampillé d'un logo blanc et bleu.

Toujours souriante, elle baissa ses lunettes de soleil pour me regarder. Avec ses lèvres rouges, on aurait dit une tentatrice, une sirène me guidant jusqu'à ma perte.

— Les avions sont faits pour atterrir, insista-t-elle.

— Oui, mais nous on sera pas dedans quand ça se produira.

Elle coupa le moteur et retira sa ceinture de sécurité.

Je refusai de bouger. Rien ne me ferait sortir de cette voiture et approcher d'un parachute.

— Il est irresponsable de sauter d'un véhicule en marche. Surtout s'il est à plusieurs mètres au-dessus du sol.

Lina recula son siège.

Avant que je puisse comprendre ce qu'elle faisait, elle était sur mes genoux.

— Jamais je ne te forcerai à faire quelque chose que tu veux pas, Nash.

— Super. Alors allons prendre un petit déjeuner et après on achètera du mastic pour réparer le carreau cassé dans la douche.

Elle secoua la tête, toujours avec un grand sourire de sirène.

— Je vais monter, moi. Et j'aimerais beaucoup que tu viennes.

Et merde.

— Tu ne te jettes pas d'un putain d'avion !

Une sueur froide coula sous mes bras.

Elle monta mes lunettes au-dessus de ma tête et prit mon visage entre ses mains.

— Nash, je l'ai fait plus d'une centaine de fois. C'est mon passe-temps favori et j'ai envie de le partager avec toi.

Putain de merde.

Comment dire non à ça ?

— Allez viens, beau gosse. Viens t'amuser avec moi.

Je lui avais fait vivre un enfer la veille et c'était ma punition. Mort écrasé au sol.

Moins d'une minute plus tard, je la suivais – de mauvaise grâce – à travers les immenses portes du garage sur le côté du bâtiment. Elle m'attrapa la main d'une façon qui me faisait bien comprendre qu'elle n'accepterait aucun refus.

— On n'a pas besoin de permis pour ça, ou de papiers compliqués qui prennent des semaines à être validés ?

Elle me regarda par-dessus son épaule, un rictus coquin sur les lèvres.

— Pas pour un saut en tandem.

— C'est quoi ça, un saut en tandem ?

Mon dos se transformait en un toboggan de transpiration.

— Les débutants sautent attachés à des pros, expliqua Lina en me montrant un poster géant à côté de la porte.

Un gars trop bête pour avoir peur souriait à pleines dents. Il était accroché à un autre homme derrière lui.

— Pas moyen que je meure avec un gars sur le dos.

— Bien sûr que non, tu sautes avec moi.

Je me figeai net et stoppai Lina dans sa marche vers le comptoir. Elle rebondit sur mon torse.

— J'ai mon brevet.

Ben voyons.

— Nash, dit-elle avec un petit rire dans la voix.

— Angel.

— Dis-moi ce que tu ressens maintenant.

De la panique. Un sentiment de folie.

— Regarde la vidéo de préparation et décide, OK ?

Une vidéo de préparation. Si elle était assez longue, je pouvais espérer l'arrivée d'une tempête. Ou un nuage de sauterelles. Ou une avarie matérielle découverte pendant qu'on serait encore en sécurité sur la terre ferme. *Oh, deux pneus à plat et un trou dans l'hélice. Pas de chance, on va prendre le petit déjeuner.*

— S'il te plaît ?

Bon Dieu.

J'avais deux options. Rester au sol et attendre en paniquant que Lina revienne, ou signer mon arrêt de mort, défier la gravité dans une petite boîte de conserve et en sortir avec elle. *Pour* elle.

J'avais une légère nausée et je transpirais à grosses gouttes. Mais ces yeux marron qui me transperçaient… Ses mains froides sur ma poitrine…

Elle voulait ça de moi. Et j'avais le pouvoir de le lui donner.

— D'accord. Mais si on s'écrase à terre et qu'on creuse un cratère en tandem dans un champ de maïs, je ne te le pardonnerai jamais.

Elle poussa un petit cri et se jeta dans mes bras. Elle me fit perdre l'équilibre, mais je parvins à la soulever dans les airs.

Sa bouche se posa sur le coin de mon visage et elle m'embrassa bruyamment.

— Tu ne vas pas le regretter, je te le promets.

* * *

J'étais prêt à regretter tout ce qui s'était produit aujourd'hui à commencer par avoir décidé de sortir de mon lit ce matin, quand un gars en short ouvrit la porte de l'avion.

— C'est maintenant, lança Lina dans mon oreille.

On était assis sur un banc boulonné au sol. J'étais attaché à elle par une série de sangles en Nylon qui ne semblaient pas assez solides pour tenir Fossette, alors un homme adulte…

Toutes les cellules de mon corps me hurlaient de rester assis sur ce banc. Mais au lieu de ça, je me suis bêtement levé et ai marché en crabe vers le trou dans l'avion. C'était de loin la chose la plus débile que j'avais jamais faite pour une femme.

— T'es sûre ? demandai-je en hurlant pour couvrir le bruit du moteur et du vent.

— Affirmatif, beau gosse, dit-elle avec un sourire dans la voix.

On se balança dans l'ouverture, chacun une main sur la poignée dans la cabine et je commis l'erreur de regarder en bas.

Mes phalanges blêmirent sur la poignée.

— Lâche, fais-moi confiance, Nash.

Alors j'obéis. Un doigt à la fois. J'espérais que Knox n'écrirait pas un truc trop idiot sur ma pierre tombale.

Et soudain, Lina nous fit pencher sur la droite et on tomba dans le vide.

Je fermai les yeux, attendant la crise de panique, mais c'était trop tard pour les regrets. Le vent sur mon visage, la chute dans mon estomac comme des montagnes russes sans fin.

— Ouvre les yeux, beau gosse.

Comment elle savait ? Encore sa magie.

— Je ne veux pas me voir mourir.

Je sentis son rire contre moi et son amusement me fit ouvrir prudemment une paupière puis l'autre.

Mon cœur ralentit dans ma poitrine.

On était suspendus au-dessus du sol. L'automne s'étendait sous nos yeux dans un tapis de rouge, d'orange et d'or. Des rubans de rivières, des réseaux de routes, des pentes douces de montagnes formaient un patchwork de nature et de civilisation à des centaines de mètres sous nous.

Je n'eus plus l'impression qu'on se précipitait vers notre mort. Je me sentais suspendu dans le temps, comme un dieu surveillant le monde qu'il avait créé. Au-dessus de lui. Détaché.

La perspective d'un oiseau. Le tableau en grand. Il n'y avait rien entre le monde entier et moi, et c'était à couper le souffle.

Le monde n'était pas sombre et terrifiant. La beauté se déclinait partout autour de nous.

— Alors ? demanda Lina à mon oreille, ses mains serrant mes bras.

Je lui répondis de la seule façon que je pus.

— Putain de merde.

Et j'éclatai d'un rire aussitôt emporté par le vent.

— Je savais que tu aimerais.

J'entourai ses mains avec les miennes sur les sangles.

— C'est incroyable. Tu es incroyable !

Lina poussa un cri de joie.

Je la suivis, me délectant de la sensation de liberté.

— Prêt pour le meilleur ?

— C'est quoi ?

La chute libre s'arrêta alors brusquement et on remonta dans les airs. Une seconde, on volait sur le ventre, et l'instant d'après, on était suspendus telles des marionnettes quand le parachute rouge s'ouvrit au-dessus de nous.

Le souffle assourdissant du vent dans mes oreilles se transforma instantanément en un silence parfait.

On était si loin de ce qui semblait important sur la terre. Ici, nous étions libérés des futilités du quotidien. Il n'y avait que le silence, la paix et la beauté.

Des émotions que je pensais ne plus jamais éprouver remontèrent en moi, créant une boule dans ma gorge, piquant mes yeux derrière mes lunettes de protection.

— Je voulais que tu voies ça. Que tu le ressentes.

J'aurais pu le rater. J'aurais pu mourir cette nuit-là. J'aurais pu choisir de renoncer à elle, à nous. J'aurais pu dire non à ce saut. Mais au lieu de ça, tout avait conduit à ce moment. À Lina Solavita.

J'étais stupéfait.

— C'est… Je n'arrive pas à croire que je dis ça, mais je suis content qu'on n'ait pas couché ensemble ce matin.

Son rire résonna comme de la musique.

— Tu veux connaître un secret ?

— Tu en as d'autres encore ?

— Je ne fais pas ça pour l'excitation du saut, mais pour cet instant. Tout prend sens. Tout est toujours calme et beau. Et je m'en souviens même après que mes pieds ont touché le sol.

Je comprenais, maintenant. Vraiment.

Je l'aimais. Je ne l'utilisais pas comme une béquille pour affronter le monde. Elle me permettait d'y retourner, une expérience à la fois.

Mon cœur appartenait à cette femme et j'allais lui acheter la plus grosse bague que je trouverais.

– 46 –

La faute des bonbons pénis

Lina

— Et tu ne lui as pas donné un coup de pied entre les jambes ? demanda Sloane.

Assise en tailleur sur le sol du salon de Naomi, elle fourrait des pochettes de graines dans des mini sacs en toile de jute.

Afin d'être une meilleure amie, plus vulnérable, je récapitulais les hauts et les bas de mon histoire avec Nash pour Naomi, Sloane, Liza J et Amanda, pendant le pire des enterrements de vie de jeune fille de l'Histoire.

La répétition et le dîner étaient terminés. Dans moins de vingt-quatre heures, Naomi serait Mme Knox Morgan et Nash et moi, avec un peu de chance, on ferait l'amour dans un placard pendant la réception.

Mais pour le moment, on mettait la touche finale aux petits cadeaux pour les invités et on regardait la mariée paniquer sur les dernières réponses à son invitation. Fossette et les autres chiens couraient dehors comme des fous avec Waylay.

— Je n'ai pas pu, avouai-je. Il avait déjà trop mal et j'avais mal pour lui. C'était affreux. Pourquoi les gens se mettent en couple, ça me dépasse. Sans vouloir te vexer, dis-je à Naomi.

— Je suis pas vexée, dit-elle en souriant. C'était pareil avec Knox. Je savais qu'il luttait avec quelque chose que je ne pouvais pas réparer. Même pas avec un coup de pied entre les jambes.

— Qu'est-ce que tu as fait ? demandai-je en fermant un des sacs en toile de jute avec un ruban couleur rouille.

J'étais arrivée en ville juste après leur rupture et ne connaissais rien des détails.

— Il a mis un terme à notre relation de façon si abrupte que j'en ai eu le tournis. Je savais déjà que je l'aimais, mais il avait des choses à régler entre lui et lui-même. Je ne pouvais pas le forcer. Et je ne pouvais pas non plus attendre qu'il revienne à la raison.

Elle baissa les yeux sur sa bague de fiançailles et sourit.

— Heureusement, il l'a fait avant que ce soit trop tard.

Sloane souffla sur ses lunettes pour les essuyer.

— Je crois pas que j'aie ce gène en moi.

— Quel gène ? demandai-je.

— Je sais pas, répondit-elle en haussant les épaules. La capacité à prendre un coup dans le ventre sans répliquer. Je ne peux pas pardonner le mal que quelqu'un me fait, simplement parce qu'il ou elle a un passif. Surtout s'il vient de me fracasser le crâne avec.

— Un jour, avec la bonne personne, tu pourras, assura Amanda.

— Ouais. J'ai du mal à y croire, rétorqua Sloane.

— Mes garçons sont aussi têtus que le jour est long, intervint Liza J. Knox a toujours essayé d'éviter les problèmes, tandis que Nash fonçait dedans pour les réparer. Il a toujours voulu rétablir la justice, même quand il n'y pouvait strictement rien.

Elle regarda tour à tour Naomi et moi.

— Vous avez toutes les deux fait du bien à mes petits-fils. Même plus qu'ils ne le méritent, peut-être. Et je parle en femme qui supporte tout d'eux, même leurs défauts.

— Je réfléchis à quitter mon boulot.

Tous les yeux se tournèrent vers moi.

— Vraiment ? demanda Naomi, pleine d'espoir.

— Tu te fais pas plein d'argent dans les assurances ? interrogea Sloane, perplexe.

— Oui, je gagne très bien ma vie, mais…

Je ne finis pas ma phrase.

Nash avait profité d'un moment de faiblesse pré-orgasmique pour me faire avouer que je voulais que notre relation aille plus loin. Mais étais-je vraiment prête à quitter mon job et mon mode de vie indépendant pour m'installer ?

Je repensai à Nash dans la pluie, qui s'agrippait à moi.

La chute libre, avant que le parachute s'ouvre.

Le cliquetis des pas de Fossette sur le sol quand elle se baladait avec une peluche dans la gueule.

Les yeux les plus bleus du monde.

Ce grand cœur.

Je poussai un soupir. Oui, ça devenait vraiment une possibilité.

— Ça veut dire que tu vas emménager officiellement ici ? demanda Naomi.

Je fus dispensée de répondre grâce à l'interruption de Waylay qui entra dans le salon avec ses bottes et une Fossette grelotante dans les bras.

— Les chiens sont entrés dans le ruisseau et Fossette a essayé de les suivre. Elle avait l'air de bien s'y plaire jusqu'à ce que le courant l'emporte.

— Courageuse petite, dis-je en prenant la chienne dans les bras et en la cajolant.

Malgré ses frissons mouillés, elle agitait la queue gaiement.

— Merci de l'avoir sortie de l'eau.

— Pas de problème, répliqua Waylay en haussant les épaules. Qu'est-ce que vous faites ?

— On finalise le plan des tables et les petits cadeaux pour les invités et on choisit entre les trois arrangements que Knox a validés.

Naomi lui montra les photos sur le tableau qu'elle avait préparé.

— Qu'est-ce que tu penses de nappes en jean avec des pétales de marguerites ?

— C'est ça un enterrement de vie de jeune fille ? demanda Waylay avec dédain. Je savais que Jenny Cavalleri mentait quand elle m'a dit que sa tante s'était fait arrêter à Nashville pendant le sien.

— Non, non, c'est vrai, assura Sloane. Elle a bu un peu trop, fait de l'exhibitionnisme dans un bar et a été arrêtée alors qu'elle faisait pipi dans un caniveau.

— Alors vous vous trompez, ici, commenta Waylay.

— Ce n'est pas vraiment un enterrement de vie de jeune fille, expliqua Naomi. Knox et moi, on n'en voulait pas.

— Mais les gars sont sortis, remarqua Waylay.

— Juste pour boire quelques verres et grignoter.

— Cette enfant a raison, annonça Liza J en frappant une main contre sa cuisse. C'est nul !

— Mais le plan de table ! insista Naomi.

Amanda colla les derniers Post-it sur les sièges vides.

— Voilà ! Tout le monde est assis.

Naomi se mordilla la lèvre inférieure.

— Mais tu n'as même pas lu les noms ! Et si quelqu'un a besoin de s'asseoir plus près des toilettes ? Et si tu t'entends pas avec ton voisin direct ? On peut pas prendre d'importantes décisions comme celle-là à l'aveugle.

— En vrai, si, dis-je en lui serrant la main.

— Et les tables elles-mêmes ?

— Naomi, le plus important, ce sont les marguerites, dis-je.

Elle se mordit la lèvre en regardant la photo un long moment et ses yeux finirent par s'éclairer.

— C'est vrai, n'est-ce pas ?

— Parfois, c'est pas nécessaire de peser tous les pour et les contre. Parfois la bonne réponse est celle qui te paraît la meilleure.

Je ne savais pas si je disais ça pour elle ou pour moi.

— Va pour les marguerites, lança-t-elle, satisfaite.

La mère de Naomi tapa dans ses mains.

— Maintenant, les filles, il nous faut du vin, des en-cas, des masques faciaux et une ou deux comédies romantiques.

— Je m'occupe des en-cas et du vin, proposai-je.

— Si tu achètes de quoi manger, je viens avec toi, annonça Waylay.

— Si vous prenez du vin, je viens avec vous ! lança Liza J.

— Équipe courses prête, dis-je.

— Parfait, lança Amanda. Sloane, tu m'aides à transformer le salon en dortoir. On a besoin de tous les oreillers et les couvertures qui n'appartiennent pas aux chiens.

— Et moi, je fais quoi ? demanda Naomi.

— Bois un grand verre de vin et revois ta liste d'affaires pour le voyage de noces, dis-je en lui jetant le petit carnet rose qui s'appelait Lune de miel.

* * *

— Je ne pense pas que Grover vende des bonbons pénis, Liza J, dis-je en attrapant un caddie à l'entrée du supermarché repeint à neuf.

Il était tard, quelques minutes avant la fermeture et le parking était presque vide.

— Eh, je pensais que vous veniez pour les en-cas ! se plaignit Waylay.

— Les bonbons en forme de pénis sont des en-cas, insista la grand-mère de Nash.

— Eh, au moins je n'ai pas parlé de brocolis, dis-je à la gamine.

— Tante Naomi m'a fait manger des betteraves hier au dîner, se plaignit Waylay en haussant les épaules. Des betteraves !

— Il n'y aura pas de betteraves ce soir, promis-je, en me dirigeant vers le rayon des sucreries. Sers-toi.

Le visage de Waylay s'éclaira et elle se mit à balancer des sachets de bonbons dans le chariot.

— On va prendre des biscuits apéritifs pour grand-mère et Sloane aime les bonbons piquants.

— Je vais demander où ils rangent leurs pénis, proposa Liza J en s'éloignant.

— Oooh ! Ils sont bons ceux-là. Tu connais ? demanda-t-elle en me tendant des disques aux couleurs pétantes emballés individuellement.

— Pâtes de fruits colorées, lis-je.

Je n'en avais jamais mangé, mais ils me disaient vaguement quelque chose.

— Ouais, ce kidnapping n'a pas eu que des mauvais côtés. C'étaient les bonbons favoris d'Hugo. Il a dû finir la moitié d'un sachet avant l'arrivée de ma mère avec tante Naomi. Il y avait des papiers d'emballage partout. Il m'en a proposé. Le jaune, c'est celui que j'ai préféré.

Tout me revint en tête. Je savais où j'avais vu ces bonbons avant et qui les avait achetés.

Je sortis mon portable.

— Qu'est-ce qui ne va pas ? Pourquoi tu paniques ? Tu vas pas appeler tante Naomi pour lui demander combien on peut en acheter ?

Je secouai la tête et appelai Nash.

— Non, j'appelle ton oncle pour lui dire que tu viens d'identifier notre homme de main.

— J'ai fait ça ?

Le portable de Nash sonnait.

— Allons, vite. Merde, lâchai-je quand je tombai sur la messagerie. Nash, c'est moi. Téléphone Prépayé est le gars du rayon céréales. Madame Tweedy était avec moi quand je l'ai rencontré au supermarché. Il achetait les bonbons préférés de Duncan Hugo. Il y avait des emballages de ces pâtes de fruits partout dans l'entrepôt sur la photo de la scène du crime. Je l'ai revu au Honky Tonk, le soir où Tate Dilton a fait une scène. Je sais que ça ne fait pas lourd, mais je le sens. Rappelle-moi !

— Waouh ! lâcha Waylay quand je raccrochai. Ça faisait beaucoup de mots très vite. On aurait dit ma copine Chloé.

Je posai mes mains sur ses épaules.

— Minette, je te paie un carton de friandises.

— Cool ! C'est qui le gars du rayon céréales ?

— J'espère que vous ne parliez pas de moi ? résonna une voix grave derrière moi qui me fit l'effet d'un électrochoc.

Je serrai fort les épaules de la fillette.

— Waylay, va trouver Liza J et sortez d'ici, dis-je le plus calmement possible.

— Mais...

— S'il te plaît, maintenant.

Et je me tournai, avec un sourire feint.

Il était vêtu d'un pantalon de jogging et d'un tee-shirt à manches longues. Son chariot était encore rempli de nourriture saine et de protéines. Il ne manquait que les bonbons.

— Comme on se retrouve, dis-je d'un air faussement effarouché. Je viens de raconter à mon amie que j'avais rencontré un gars sexy au rayon des céréales.

— Ah oui ? Parce que j'ai plutôt l'impression que vous avez compris quelque chose que vous n'auriez pas dû.

Ah merde. Alors on allait la jouer comme ça ? OK.

— Je ne vois pas de quoi vous voulez parler. Maintenant si vous voulez bien m'excuser, je dois aller décevoir le dentiste d'une gamine de douze ans.

Une grosse main atterrit sur mon biceps.

— Le dentiste devra patienter, Lina Solavita.

Mon cœur tenta de s'échapper par ma gorge.

— Je n'adore pas qu'on me touche sans mon consentement, avertis-je.

— Et mon ami n'adore pas que vous suiviez ses hommes et que vous en ayez fait arrêter un.

— Eh, c'est pas moi qui ai décidé que c'était une bonne idée de baiser avec la femme de mon frère. C'est avec lui que vous devriez avoir cette conversation, peut-être.

— Je l'aurais bien fait, mais il est en prison parce que vous avez appelé les flics.

— Pour ma défense, de l'avoir vu se trimballer à poil, ça n'a pas aidé.

— Allons-y, grogna-t-il.

Sa main sur mon bras me coupait la circulation sanguine.

— Je vais vous donner une chance de retirer vos sales mains de moi et de partir. Une chance avant que je vous botte le cul et que mon copain, le chef de la police, finisse le boulot. Vous êtes réglo. En tout cas, partiellement. Si vous m'entraînez dehors, c'est terminé, vous devenez un criminel.

— Seulement si je me fais attraper. Vous avez causé trop de problèmes et il est temps d'en assumer les conséquences. Rien de personnel, ce sont les affaires.

— Laisse-la tranquille, géant ! cria Waylay, au bout de l'allée, avant de balancer une boîte de conserve sur mon ravisseur.

Elle le toucha en plein front. J'en profitai pour lui mettre mon genou entre les jambes. Il lâcha mon bras pour s'attraper les parties intimes dans une main et le front dans l'autre.

— Putain, lâcha-t-il.

— Sauve-toi, Way !

Je ne regardai pas si elle m'avait obéi et décochai une droite dans la mâchoire du géant. Une vive douleur saisit mes phalanges.

— Bon sang, vous avez le visage en béton ?

— Vous allez payer pour ça, chérie.

Il n'avait pas encore regagné son équilibre, alors je plantai les deux mains sur sa poitrine et poussai de toutes mes forces. Il recula et trébucha dans la tour des cannettes de Coca light. Un client avec des boîtes de céréales dans les deux mains, hurla et jeta les deux boîtes dans son caddie avant de prendre la fuite.

Liza J apparut de nulle part sur un des véhicules du magasin. Elle le frappa dans le dos à toute allure. Il retomba vers moi et je pus enfoncer mon talon dans sa cuisse.

Il poussa un cri de douleur.

— Prends ça, fils de pute ! gronda Liza J.

Big Nicky, le propriétaire, arriva avec un balai comme si c'était une lance.

— Laissez ces dames tranquilles, monsieur !

— Putain, grommela le méchant.

Il sortit de la ceinture de son pantalon un pistolet.

Je levai les mains.

— Tout doux, le grand gaillard. Parlons, déjà.

Apparemment, il avait assez parlé comme ça. Parce qu'en visant le plafond, il tira deux coups de feu.

Le silence envahit le supermarché pendant une seconde avant que des cris résonnent, suivis par des pas affolés et le bip de la porte d'entrée.

— Allons-y, ordonna le gars du rayon céréales.

Il s'empara du sac de pâtes de fruits et m'attrapa par le bras.

— Euh, lâcha Big Nicky, son balai toujours dans la main, mais il n'en menait plus aussi large après les coups de feu.

— Tout va bien, il ne m'arrivera rien. Allez vous assurer que tout le monde est sorti.

Le géant m'attira vers la porte de devant. On boitait tous les deux, lui à cause du coup que je lui avais infligé à la cuisse et moi parce que mon talon s'était cassé sur sa cuisse en béton.

J'évaluai la situation. Être kidnappée était une mauvaise chose en soi, mais je verrais enfin la cachette de Duncan Hugo. J'avais dans les poches mon portable et le traceur ridicule en forme de préservatif. J'avais laissé un message à Nash et j'avais raté un appel de ma mère pendant le dîner de répétition.

Les secours arriveraient bientôt.

On sortit sur le parking, son pistolet sur ma nuque.

— C'est une toute petite arme, commentai-je.

— C'est plus facile à transporter et à garder caché. Les plus gros canons m'entrent dans les fesses.

— Problèmes de méchants, plaisantai-je.

– 47 –

Sans pantalon

Nash

Cher Nash,

Ça me fait bizarre de t'écrire une lettre, mais les choses entre nous sont bizarres depuis un bon bout de temps. Pourquoi s'arrêter maintenant ?

Ici tout va plutôt bien. On nous sert trois repas par jour, ce qui veut dire que je prends du poids. Et j'ai une chambre seul pour la première fois depuis vingt ans.

Le thérapeute de groupe a l'air d'avoir douze ans, mais il a de l'aplomb et il est diplômé d'une université de médecine.

C'est lui qui m'a suggéré d'écrire des lettres à ma famille et aux gens que j'ai le plus laissé tomber au cours des dernières années. C'est toi et ton frère qui obtenez la palme, veinards que vous êtes. C'est un exercice qui consiste à demander pardon et à assumer la responsabilité de ce que j'ai fait. Tu sais, sortir les mots, les coucher sur du papier. On n'est pas obligé de les envoyer. Je les enverrai probablement pas.

Et comme je ne l'enverrai pas, je voudrais me montrer honnête pour une fois.

Je ne sais pas si je peux me débarrasser de cette habitude, ou addiction ou maladie. Je ne sais pas si je pourrais survivre dans ce monde sans quelque chose qui anesthésie la douleur de l'existence. Même après toutes ces années, je ne sais toujours pas comment « être » dans ce monde sans ta mère.

Mais je suis toujours là. Et toi aussi. Et je pense que je vous dois, à toi et à ton frère, d'essayer vraiment. Peut-être qu'il y a autre chose que la douleur, de l'autre côté. Peut-être que je peux le trouver. Que j'y arrive ou pas, je veux que tu saches que ce qui ne va pas en moi, ça n'a jamais été à toi de le réparer. Tout comme ce n'était pas à ta mère de me maintenir en vie quand elle était là.

On est tous responsables de nos embrouilles. Et on est tous responsables de faire tout ce qu'il faut pour aller mieux. Je commence tout juste à comprendre que la vie n'est peut-être pas quelque chose à traverser sans le moins d'ennuis possibles. Peut-être qu'il faut en passer par là. Le bon, le mauvais et tout ce qu'il y a entre les deux.

J'espère que tu vas bien. Même si ça n'a pas à te faire quoi que ce soit que je m'en soucie. Je suis fier de l'homme que tu es devenu. Je m'inquiétais que ton frère et toi suiviez l'exemple catastrophique que j'ai donné. Se cacher de la lumière. Mais tu n'es pas comme ça, tu agis pour la justice chaque jour et les gens te respectent. Je te respecte pour ça.

Continue à être courageux.

Ouais. Je ne l'enverrai pas. Je ressemble au Dr Phil Machin que ta mère adorait regarder à la télé.

Je t'aime

Ton papa.

* * *

— Ça va être chaud, annonça Stef depuis son tabouret de bar.

— Je préférerais être à la maison avec Margo et Way, grommela mon frère.

— Tu ne te maries pas sans un enterrement de vie de garçon, répliqua Lucian. Même si tu m'as interdit d'engager des strip-teaseuses ou d'organiser un flash mob.

— Ou un flash mob de strip-teaseuses, ajouta Nolan.

On buvait des bières et du bourbon au Honky Tonk dans le pire enterrement de vie de garçon de tous les temps. J'avais dû une fois arrêter la moitié d'une congrégation presbytérienne quand la fête d'Henry Veedle était partie en vrille.

Lou, le futur beau-père de Knox, prit la parole.

— De mon temps, on avait pas besoin d'enterrement de vie de garçon ou de sculptures en glace ou de brunch de fiançailles. On se présentait à l'église un samedi, on se disait oui et quelqu'un apportait des sandwiches jambon salade, et ensuite on rentrait chez soi. Qu'est-ce qu'il est arrivé de ça ?

— Les femmes ? lança Lucian sèchement.

On leva tous nos verres.

J'avais eu une longue journée et retourner à la maison retrouver Lina me semblait bien mieux que ça. Dans la matinée, j'avais enfin réussi à renvoyer Dilton en mettant toutes les barres sur les t et les points sur les i. Ça avait été horrible, comme prévu, mais je n'avais pas eu le temps de célébrer ma victoire à cause d'un camion qui avait perdu son chargement de sauce Alfredo sur la Route 317.

J'avais passé l'après-midi à aider à laver les dégâts et j'avais à peine eu le temps de me doucher avant d'arriver un tout petit peu en retard au dîner de répétition. J'avais ensuite entraîné Lina dans la salle à manger de mon frère pour l'embrasser, mais déjà c'était l'heure d'aller boire un verre.

Je voulais passer du temps avec elle. Je voulais avoir une routine avec elle. Je voulais me racheter du désastre que j'avais réussi à rattraper de justesse, mais le mariage était le lendemain. Je ne savais toujours pas qui avait jeté la pierre par la fenêtre de Lina. Et le compte à rebours était enclenché avant la sortie de l'article sur ma mémoire retrouvée.

L'après était presque là. La seule chose qui existait entre nous et l'après, c'était Duncan Hugo. Je l'arrêterais. Je le mettrais derrière les barreaux. Et je ferais tout ce que je pourrais pour convaincre Lina qu'on avait un avenir ensemble.

Je réfléchis à la lettre de mon père que j'avais lue après le licenciement de Dilton.

— Papa t'a envoyé une lettre ? demanda Knox.

— Ouais. Et à toi ?

— Ouais.

— Cette ouverture de la communication entre les membres d'une famille est vraiment touchante, plaisanta Stef en faisant mine de sécher une larme sur sa joue.

— Il vient peut-être demain.

— Vraiment ? demandai-je, stupéfait.

— Oui.

— Et ça te va ?

On avait tous les deux géré à notre manière notre relation avec notre père. Knox lui coupait les cheveux tous les quelques mois et lui donnait de l'argent. Je prenais de ses nouvelles et lui procurais des denrées essentielles qu'il ne pouvait échanger contre de l'alcool ou de la drogue.

Knox haussa les épaules.

— Il n'est jamais venu à rien, avant.

Silver apparut avec une nouvelle tournée. Elle fronça le nez.

— Quelqu'un d'autre sent l'ail et le fromage ?

— Ça doit être moi, dis-je.

Ils s'approchèrent tous pour me renifler.

— J'ai soudain envie de manger italien, lança Lucian.

— C'est de la sauce Alfredo. Toute une cargaison s'est renversée sur l'autoroute.

— Désolé pour mon retard, lança Jeremiah en passant une main dans ses boucles noires. Pourquoi on renifle Nash ?

— Il sent la sauce Alfredo, répondit Stef.

Jeremiah embrassa ce dernier sur la joue et ils se sourirent timidement.

— Waouh ! C'est arrivé quand ? demanda Knox en les montrant tous les deux.

— Pourquoi ? Tu vas les emmerder eux aussi ? demandai-je.

— Possible, répondit Knox en haussant les épaules.

— Tu veux pas que tout le monde soit heureux ? demanda Stef, taquin.

— Je me fous que vous soyez heureux. Je veux juste pas avoir à m'occuper de vous si vous êtes malheureux. Regardez-moi ce crétin, il regarde Lina avec des alliances dans les yeux et elle va le piétiner avec ses talons hauts en prenant la porte.

— Je pourrais prendre la porte avec elle. À condition qu'elle ne me tienne pas rigueur de ma bêtise.

Un silence assourdissant nous enveloppa.

— Quoi ? demanda Jeremiah qui fut le premier à s'en remettre.

Je pris une gorgée de bière.

— J'ai merdé après une sale journée.

— Merdé comment ? demanda Knox.

— J'ai essayé de casser avec elle, avouai-je.

— Imbécile, lança Nolan.

— Ouais, c'est un putain d'imbécile, renchérit Knox.

Lucian se contenta de fermer les yeux et de secouer la tête.

— Approche intéressante, lança Jeremiah.

— Je croyais que c'était lui le plus con dans la famille, dit Silver en servant un verre à Jeremiah et en montrant Knox d'un geste de la tête.

— Dois-je te rappeler qui signe tes chèques ?

— Apparemment le crétin numéro un sur deux.

— Mais tu dévorais Lina après le dîner de répétition, commenta Stef.

— Elle ne m'a pas laissé la repousser. Elle s'est accrochée. Et ensuite, elle m'a fait sauter depuis un avion.

— Bon sang, mais pourquoi sauter d'un avion en état de marche ? demanda Knox, sidéré.

— Parce que quand la femme que tu vas épouser te demande de faire quelque chose, tu le fais.

Lucian se frottait les tempes.

— Tu la connais à peine, commenta-t-il.

— Je la connais, moi, intervint Nolan. Elle est trop bien pour toi.

— Je suis d'accord avec moustache, lança mon frère.

— Lina est une crème. Tu as l'intention d'avoir encore des sales journées ? s'enquit Lou.

— Non, monsieur, assurai-je.

Il hocha la tête.

— Bien. De mon temps, les sales journées étaient légion et c'est pas pour ça qu'on se défoulait sur nos femmes. On buvait juste trop, on s'endormait devant la télé et on se réveillait en essayant de moins foirer la journée suivante.

— Que Dieu bénisse l'Amérique, lança Stef dans son verre.

— C'est la bonne, dis-je à personne en particulier.

— Tu n'en sais rien, contredit Lucian. Je reconnais qu'elle est bien ficelée, mais une belle plastique a joué des tours à des hommes plus sages que nous.

— Ne parle pas de ma future femme, à moins d'accepter d'en assumer les conséquences, Rollins, avertis-je. Et de toute façon, c'est Knox qui se marie, pourquoi c'est pas contre lui qu'on parle ?

— C'est vrai ça, s'étonna Knox.

— Parce que Naomi est la perfection même et que tu es l'homme le plus chanceux du monde de l'avoir trouvée, expliqua Stef.

— Et comment ! confirma Lou.

Lucian leva les yeux au ciel.

— Ce n'est pas Lina le problème, c'est toi.

— Qu'est-ce qui ne va pas chez lui ? demanda Knox, en pleine loyauté fraternelle.

— Il broie du noir. Quand un homme broie du noir comme lui, il ne peut pas se faire confiance, alors faire confiance à quelqu'un qu'il connaît à peine… On se fie à la mauvaise personne et on ne revient jamais de ces trahisons.

— Sans vouloir te vexer, Luce, on dirait que tu appliques ton passé de merde au joyeux présent de notre ami, intervint Jeremiah.

— Écoutez-moi notre coiffeur sexy. C'est un philosophe, lança Stef.

— Tu ne connais rien de mon passé, répliqua Lucian, taciturne.

— On devrait peut-être changer de sujet avant qu'on revive le même enterrement de vie de garçon que celui d'Henry Veedle, suggérai-je.

— Elle s'est vraiment accrochée ? demanda Knox.

— Oui. Et dès que je l'aurais préparée à l'idée de s'engager pour toujours avec moi, il me faudra le numéro de ton bijoutier.

— Bon Dieu, lâcha Lucian en commandant un autre bourbon.

— Et pourquoi t'es pas déjà en train de la préparer ? demanda Jeremiah.

— Hormis le fait que vous vous connaissez à peine et que tu traverses une période de fragilité émotionnelle ? demanda Lucian en direction de son bourbon.

— J'ai merdé, il y a moins de quarante-huit heures. J'ai besoin d'un geste fort pour qu'elle puisse de nouveau croire en moi. En nous.

— T'es sérieux ? demanda Stef.

— Assez sérieux pour que Bannerjee me montre comment utiliser Pinterest pour dessiner ma propre bague de fiançailles.

Lucian passa une main sur son visage, horrifié, mais ne dit rien.

— Vraiment sérieux, on dirait, commenta Lou.

— Qu'est-ce que tu appelles un grand geste ? demanda Jeremiah.

— Des fleurs ? suggéra Knox.

— C'est l'opposé de grand, ricana Stef. C'est tout petit. Ton intervention dans l'entrepôt de Duncan Hugo, ça, c'était un grand geste.

— Carrément épique, reconnut mon frère.

— La croisière de trois semaines que j'ai organisée pour Amanda et moi, c'était un grand geste, souffla Lou.

— C'est bien, ça, confirma Nolan. Emmenez-la en vacances. Ma femme adorait quand on partait rien que nous deux.

— Elle n'a pas demandé le divorce ? rappela Lucian.

— Alors, de un, je vous emmerde. De deux, elle ne l'aurait pas fait si je l'avais emmenée plus souvent en voyage plutôt que de travailler comme un acharné.

— C'est bien, mais j'ai besoin de quelque chose que je pourrais faire maintenant. Même avant qu'on arrange cette histoire avec Hugo.

— Remplace l'huile dans sa voiture, proposa Jeremiah.

— Trop petit, dis-je.

— Fais venir sa famille pour lui faire une surprise.

— Ça va trop loin.

— Achète-lui un de ces sacs à main qui coûtent une fortune, suggéra Knox.

— Tout le monde n'a pas de l'argent du loto à dépenser.

— Tu en aurais eu si t'avais pas dépensé tout ce que je t'ai donné pour construire un putain de commissariat, crétin.

— Je retiens.

— Et si tu te faisais tatouer son nom sur le cul, lança Lucian sèchement.

Knox et moi, on échangea un regard.

— C'est vrai que c'est une tradition de famille, avoua mon frère.

* * *

Et c'est ainsi que je me retrouvai sans pantalon dans la cabine de tatouage du Spark Plug Tattoo. Knox était à côté de moi, torse nu, pour se faire tatouer la date de son mariage sur la poitrine.

— Vous savez que je plaisantais, n'est-ce pas ? grommela Lucian, en rogne.

— J'avais bien capté le sarcasme. Mais c'était une sacrée bonne idée.

— Tu vas te sentir comme de la merde quand elle t'aura quitté et que tu auras une marque permanente sur ton cul.

Mais même le pessimisme de Lucian ne pouvait pas ternir ma bonne humeur.

Nolan feuilletait un magazine de design avec Lou à l'accueil, pendant que Stef et Jeremiah ouvraient un nouveau pack de bières pour tout le monde.

— J'ai attendu des années pour mettre les mains sur ces fesses, se réjouit la tatoueuse.

Elle s'appelait Sally. Peinte de la nuque jusqu'aux genoux, elle avait été championne d'équitation à vingt ans.

— T'es pas la seule dans cette ville, commenta Stef.

— Soyez délicate avec moi, c'est ma première fois.

Elle avait à peine commencé que j'entendis le cliquetis d'un appareil photo et je me tournai furieux vers Nolan.

— Quoi ? C'est pour avoir des souvenirs de la soirée !

— Vous devriez peut-être remplacer la moustache par un tatouage, suggéra Knox.

— Vous pensez ?

Je l'entendis presque caresser sa moustache comme un animal de compagnie.

— Vous pourriez vous mettre un truc cool. Comme un loup. Ou pourquoi pas une machette ? suggéra Lou.

— Je vous fais un prix de groupe si vous en voulez un, proposa Sally.

Je me concentrais sur le raffut que faisaient les aiguilles quand Stef hurla :

— Bon sang ! Et merde !

— Quoi ? demandai-je.

— Arrêtez de serrer !

Je fis de mon mieux pour détendre mes fesses.

— Tu sais l'article qui devait paraître lundi ? demanda Stef en fixant toujours son téléphone d'un regard paniqué.

— Quel article ? demandèrent à l'unisson Jeremiah et Lou.

Je me figeai.

— Quoi ?

Stef tourna son téléphone pour que je puisse voir l'écran. J'étais dans mon bureau à côté du drapeau des États-Unis, le regard furieux sous le gros titre « Le grand retour du héros d'une petite ville ».

— Il est sorti plus tôt, dit-il. Apparemment, ils ont perdu l'histoire d'aujourd'hui et ont décidé de publier la tienne à la place, il y a deux heures.

— Donne-moi mon portable. Maintenant ! criai-je. Sal, faudrait que je revienne finir ça plus tard.

— Bien reçu, chef. Ça me va très bien de revoir ces œuvres d'art.

J'attendis impatient qu'elle passe un coton sur son travail en cours.

— Bon sang. Déjà cinquante mille likes, commenta Stef avant de me regarder. Tu es le petit chouchou de l'Amérique profonde.

Mon téléphone sonnait quand Lucian le sortit de ma poche de pantalon.

C'était l'agente spéciale Idler.

— Ce n'est pas ce que j'avais en tête quand je vous ai demandé de faire profil bas.

— Je ne sais pas de quoi vous parlez, Idler, dis-je en me levant.

Nolan fit signe qu'il n'était pas là.

— « Le chef de la police se rétablit de ses blessures par balles et de sa perte de mémoire pour se débarrasser d'un ripou », lut-elle à voix haute. Je me rappelle distinctement vous avoir demandé d'être mise au courant quand vous retrouveriez la mémoire. Et où est votre protection ?

Je passai une jambe dans mon pantalon.

— Vous savez ce dont je ne me souviens pas ? Auriez-vous omis de me dire que vous vouliez passer un marché avec le criminel qui a tenté de me tuer et qui a enlevé ma nièce et ma belle-sœur ?

— Quel marché ? se défendit-elle.

— Le FBI a plus de fuites que le *Titanic*. Vous êtes prêts à fermer les yeux sur un homicide volontaire et un kidnapping pour pêcher un gros poisson. Eh bien, permettez-moi de vous apprendre, Idler, que je ne mettrai en danger ni les membres de ma famille ni moi-même parce que vous n'arrivez pas à monter un dossier à l'ancienne.

— Maintenant, vous m'écoutez, Morgan. Vous faites quoi que ce soit pour compromettre cette affaire et je m'assure que vous finissez derrière les barreaux.

Je remontai ma braguette.

— Bonne chance. Je suis le chouchou des Américains maintenant.

Je raccrochai avant qu'elle puisse ajouter autre chose et composai le numéro de Lina. Je tombai directement sur la messagerie.

Knox était sur son portable, sûrement pour parler à Naomi.

— Elle ne répond pas, lança-t-il, la voix rauque.

— J'appelle Mandy, proposa Lou.

Lucian regardait son portable.

— Selon les traceurs, Naomi est à la maison. Waylay et Lina sont sur le parking du supermarché.

J'avais un appel manqué de Lina et un message.

J'appuyai sur le bouton Lecture et me dirigeai vers la porte, avec le reste de la fête derrière moi.

La voix de Lina retentit dans le combiné.

— *Nash, c'est moi. Téléphone Prépayé est le gars du rayon céréales. Madame Tweedy était avec moi quand je l'ai rencontré au supermarché. Il achetait les bonbons préférés de Duncan Hugo. Il y avait des emballages de ces pâtes de fruits partout dans l'entrepôt sur la photo de la scène du crime. Je l'ai revu au Honky Tonk le soir où Tate Dilton a fait une scène. Je sais que ça ne fait pas lourd, mais je le sens. Rappelle-moi !*

Des étuis de pâtes de fruits.

Et comme si quelqu'un avait claqué des doigts, je fus transporté sur le bord de la route, cette soirée chaude d'août.

Pan.

Pan.

Deux coups de feu résonnèrent dans mes oreilles et une sensation étrange de piqûre envahit mon épaule et mon torse. Et je tombais… ou c'était le sol qui venait à ma rencontre.

J'étais étendu sur l'asphalte quand la porte du chauffeur s'ouvrit. Quelque chose de fin et transparent vola sur le sol, scintillant dans les phares de mon SUV. Et disparut. Et j'entendis le froissement d'un papier de bonbon écrasé par un pied.

— *J'attendais ça depuis un long moment, lança l'homme dans son sweat-shirt à capuche.*

Il sourit, sa moustache frétillant.

Un putain de papier de bonbon. C'est ce qui hantait mes rêves depuis des semaines. Pas Duncan Hugo. Un papier de bonbon et le doigt de Tate Dilton sur la gâchette.

— Rappelle-la, insista Knox, me sortant de mes pensées.

— Qu'est-ce que tu penses que je fais ? demandai-je en composant le numéro.

— Faites-moi un point ! Maintenant ! aboyait Lucian dans le téléphone.

— Quelqu'un va me dire ce qui se passe ? demanda Lou.

Le téléphone de Lina sonnait.

— Allons, réponds mon ange, murmurai-je.

Quelque chose n'allait pas et j'avais besoin d'entendre sa voix.

La sonnerie s'arrêta, mais à la place de la messagerie quelqu'un répondit.

— Nash ?

Ce n'était pas Lina. C'était Liza J.

— Il l'a kidnappée Nash, il l'a.

– 48 –
Erreur de kidnapping
Lina

Mon boulot m'avait souvent entraînée dans des situations assez intéressantes, mais là, c'était une première. Le gars du rayon céréales ne m'avait pas seulement ligoté les mains derrière le dos, il avait aussi jeté sur le parking du supermarché mon téléphone, ma montre et mon manteau – avec le traceur de Lucian.

Ensuite, il m'avait balancée dans le coffre d'une vieille berline.

Impossible pour l'équipe de Lucian de suivre mon signal. Je fermai les yeux très fort et pensai à Nash. Il remuerait ciel et terre pour me trouver. Tout comme Knox et Nolan. Même Lucian les aiderait, et s'ils ne parvenaient pas à me retrouver, ma mère y arriverait.

Je devais juste garder mes esprits et trouver un moyen de me sauver. Ce connard avait kidnappé la mauvaise personne !

Une fois les auto-encouragements terminés, je passai les premières minutes dans le coffre à essayer de trouver le bouton d'ouverture et découvris rapidement qu'il avait été désactivé.

— Bon sang, grommelai-je.

La voiture vira à droite violemment. Je me cognai la tête et roulai sur le dos, le lien en plastique sur mes poignets me déchirant la peau.

— Aïe, apprends à conduire, connard ! criai-je en donnant un coup dans le coffre.

Je l'entendais parler à quelqu'un mais le bruit de la circulation couvrait sa voix et je ne distinguais aucun mot.

— Plan B, décidai-je.

Je pouvais casser un feu arrière pour signaler aux autres automobilistes derrière lui qu'il y avait un otage enfermé dans le coffre.

La route changea. À la place de l'asphalte lisse, j'entendis du gravier sous les pneus et sentis des cahots. Pas bon. Soit Duncan Hugo se cachait plus près que nous l'avions pensé, soit le gars du rayon céréales avait envie de me faire visiter une jolie tombe fraîchement creusée.

J'essayai de trouver mes repères dans cet espace confiné sans me tordre le cou, quand la voiture s'arrêta brusquement.

Je tournai sur le ventre. Vraiment pas bon.

Le coffre s'ouvrit et avant que je puisse me mettre en position d'attaque, je fus sortie sans ménagement.

— Où vous avez appris à conduire ? Sur un stand d'autotamponneuses ? râlai-je en me dégageant de son emprise.

— Arrête de te plaindre et avance, dit-il en me poussant.

On était sur une allée de gravier envahie par les mauvaises herbes. Devant nous se dressait une sorte de vieille grange entourée de végétation. Et derrière, j'aperçus les contours d'une clôture en bois.

— On est toujours à Knockemout ? demandai-je en réprimant un frisson.

Je n'avais pas mon manteau et la peur me donnait encore plus froid.

L'homme de main ne prit pas la peine de me répondre. Il me poussa une nouvelle fois.

— Si vous me laissez partir maintenant, vous ne ferez sans doute pas de prison, dis-je en boitillant dans l'ombre de la grange.

— Je suis trop engagé, ma poule. Il y avait des témoins, je ne peux plus faire marche arrière.

Dans l'obscurité de la nuit, mon ravisseur ne ressemblait plus à un beau comptable musclé. Il avait l'air d'un homme qui aimait faire pleurer les bébés.

— On dirait que vous m'en voulez.

— Je t'avais avertie dans le bar. C'est pas bon de chercher les ennuis.

— Je m'en souviens.

Il ouvrit la grosse porte de la grange et comme je n'avais nulle part d'autre où aller, je m'y faufilai.

Je me tournai pour contempler l'intérieur, mais mon talon cassé et le sol irrégulier m'empêchaient de me mettre à courir. J'avais l'impression d'être dans un de ces cauchemars où on veut courir mais on a oublié comment faire.

Une grosse main se posa sur mon épaule et je fus attirée en arrière.

— T'es vraiment une emmerdeuse, tu sais ? dit-il en me balançant sur son épaule.

— On me le dit souvent. Alors vous travaillez dans l'immobilier ?

— La ferme.

Il me souleva jusqu'à la porte et me balança à l'intérieur.

Il faisait nuit noire et j'étais gelée.

— Vous savez, dans l'immobilier, on finit pas en prison. Alors que quand on kidnappe des gens dans des supermarchés…

Et je me levai.

— Plus les risques sont grands, plus grosse sera la récompense, se moqua-t-il.

C'était une des devises officieuses des assurances Pritzger.

J'entendis un crépitement et une lumière éclaira l'espace. L'intérieur était plutôt chic pour une grange. Le sol était en béton et les murs en bois étaient plus luxueux que chez moi à Atlanta. Et il y avait l'électricité. C'était bien. Peut-être qu'il y aurait aussi un téléphone quelque part.

Sur le mur en face de moi, une pancarte indiquait la Ferme du Chien Rouge.

Je me rappelai. C'était là que Nash avait arrêté l'étalon qui s'était enfui. Hugo avait-il été tellement proche tout ce temps ?

Je n'étais qu'à quelques minutes de la ville. En d'autres circonstances, j'aurais pu y retourner en courant, mais j'aurais eu besoin d'autres chaussures et je n'aurais pas pu pas rester sur la route.

Pas idéal, mais possible. Je calculai mes autres options.

Il y avait trois portes qui menaient dans différentes directions et un escalier vers un loft plongé dans le noir. Sûrement pas le bon chemin pour se sauver.

L'homme posa une main sur mon épaule pour me guider vers une des portes en bois.

— Allons-y, ordonna-t-il en l'ouvrant.

Elle donnait sur un escalier en bois qui descendait.

— Sérieux ? Une cave ? Tellement cliché.

C'était en fait un trait de génie. Trouver une propriété abandonnée en bordure de la ville que personne ne remarquerait. Mon ravisseur n'était peut-être pas un total abruti.

— Avance.

Je pris mon temps sur les quinze marches.

Il fallait que je garde mon sang-froid et que je gagne du temps. Plus je le retenais avec moi, plus Nash aurait de temps pour me retrouver.

Le gars du rayon céréales me guida sur la gauche au pied de l'escalier, vers une nouvelle porte.

Là, assis, ses pieds boueux sur un joli bureau en chêne, Tate Dilton leva la tête vers moi.

Merde.

— Voyez-moi ça. La salope aux longues jambes…

Je m'étais préparée pour voir un baron du crime junior, pas un ripou limogé.

Dilton posa son portable sur la table en mâchant son chewing-gum.

— Qu'est-ce qui se passe, poulette ? C'est pas qui tu attendais ?

— Attends, que je comprenne. C'est vous le cerveau dans cette histoire ? m'enquis-je en me demandant si ce serait vraiment difficile de l'éloigner de son portable.

— En personne, répondit-il.

Mon kidnappeur se racla la gorge derrière moi.

Le regard de Dilton se posa sur lui.

— T'as quelque chose à dire, Nikos ?

Nikos, le kidnappeur du supermarché.

— Où est-il ?

— T'as pas à le savoir, fiston.

OK, les méchants ne s'entendaient pas. C'était soit excellent pour moi, soit très très mauvais. Dans tous les cas, il me fallait un plan.

Il y avait un écran qui semblait vieux sur le comptoir derrière le bureau. Malheureusement, il n'y avait pas de téléphone ni d'ordinateur ni d'arme bien placée.

Sur l'autre mur, un canapé était placé devant un écran de télé.

— Vous êtes beaucoup plus menaçants quand vous faites mine de pouvoir lire dans les pensées l'un de l'autre. Vous avez déjà vu un film de James Bond ? demandai-je

— Va le chercher, demanda Nikos en m'ignorant.

— Va te faire foutre, rétorqua Dilton. C'est moi qui donne les ordres. Va le chercher.

— Vous ne pouvez pas me garder ici, dis-je en attirant leur attention à tous les deux.

Gaiement, Dilton mâchonna son chewing-gum.

— Je peux faire ce que je veux de toi et de ta grande gueule de salope.

— Charmant. Pourquoi est-ce que je suis ici ? Est-ce que c'est ce que vous faites à toutes les femmes qui vous disent de grandir et de vous comporter comme un homme ? Ça expliquerait pourquoi vous avez besoin d'un lieu aussi grand.

— T'es là parce que toi et tes putains d'amis m'ont assez fait chier.

À en croire la tête de Nikos, il ne mentait pas.

— Attendez, vous m'avez fait kidnapper parce que vous vous êtes fait virer pour être un raciste misogyne ? Vous êtes ce genre de victime perpétuelle qui reproche aux autres d'être devenue la merde humaine qu'elle est ?

— Je t'avais dit qu'une pierre par la fenêtre, ça l'arrêterait pas, grommela Nikos.

— Tu es là parce que tu as ouvert ta sale gueule au mauvais moment au mauvais endroit, gronda Dilton. Le plan était de buter les deux autres putes avant. La gosse de Tina et sa Sainte-nitouche de jumelle. Mais tu t'affichais plus, à chercher des noises.

Je jetai un regard à Nikos. Il avait vu Waylay avec moi. Il aurait facilement pu nous emmener toutes les deux. Enfin pas si facilement que ça : j'avais un autre talon et lui une autre jambe. Mais il avait renoncé à enlever une enfant. Ce n'était sans doute pas le pire des méchants dans cette pièce.

Nikos évita mon regard et je décidai qu'il serait plus sage pour nous deux de ne rien dire.

— Donc on va commencer par toi et on s'occupera ensuite des trois autres problèmes, continua Dilton.

Il me pointa du doigt comme s'il avait un pistolet et qu'il appuyait sur la gâchette.

— On n'a pas besoin de discuter du plan avec elle.

— Pourquoi pas ? s'agaça Dilton. Elle ne s'en sortira de toute façon pas en vie.

Il me regarda avec une lueur d'excitation.

— Eh connard, comment tu vas la motiver à attirer son petit ami flic ici, vu que tu viens de lui dire que tu allais de toute façon la tuer ? demanda Nikos. Bon Dieu, tu sais comment ça marche la motivation ?

— Vous travaillez vraiment pour lui ? demandai-je à Nikos en montrant Dilton d'un geste de la tête. Je serais restée dans l'immobilier à votre place.

— Je ne travaille pas pour lui, contredit Nikos.

— On verra ça plus tard. Et pour toi, dit-il en s'adressant à moi, je ne suis pas le genre d'homme à qui on cherche des andouilles. Ton petit ami aurait dû le savoir.

— Des embrouilles, abruti, corrigea Nikos. Les andouilles, ce sont des débiles comme toi.

— Va te faire foutre, connard.

Dilton retira ses bottes du bureau qu'il contourna de façon théâtrale. Il s'appuya dessus, ses jambes tendues vers moi.

— Et maintenant ? Qu'est-ce que vous allez faire de moi ?

Il se pencha en avant, menaçant, jusqu'à ce que je puisse sentir son haleine de bière. Un gros doigt passa dans le col de ma chemise pour m'attirer à lui.

— Tout ce que je veux.

La rage grondait en moi. Je tremblais.

Coup de boule, genou dans les parties, casser le lien à mes poignets et m'enfuir.

— Eh bien, voyez-vous ça…

On se tourna tous vers un Duncan Hugo fraîchement douché. Il portait un tee-shirt noir et un pistolet dans la ceinture de son jean. Ses cheveux, à l'origine roux vif, étaient désormais teints en marron foncé. Mais les taches de rousseur, les tatouages et tout le reste de ce que j'avais retenu d'après les clichés étaient bien là.

— Votre homme ici a déjà utilisé cette réplique de méchant, l'informai-je.

Je remarquai les yeux d'Hugo qui se plissèrent quand il vit le ripou assis sur son bureau, et la boue sèche qu'il y avait laissée. Il entra dans la pièce et attrapa au vol le sachet de bonbons que Nikos lui envoyait.

— Retire ton cul de mon bureau, Dilton.

Ce dernier prit son temps pour obéir.

— Tu me causes de sacrées migraines depuis quelque temps, me dit Hugo en s'asseyant à son fauteuil.

— Moi ? demandai-je, innocemment.

Mes poignets me faisaient mal à force d'être liés dans mon dos. Il fallait que je file, mais pas moyen de me sauver avec ces trois énergumènes dans la pièce.

— Non seulement tu suis mes hommes, mais en plus tu en as fait arrêter un. On n'a pas besoin de ce genre d'attention. Mais tu n'as pas compris l'avertissement.

— Comme je l'ai dit à votre pote dans le rayon des bonbons, l'arrestation, ce n'était pas ma faute. Votre gars a essayé d'assassiner son frère en plein jour. Et tout nu.

— De la bonne main d'œuvre est difficile à trouver, reconnut Hugo en haussant les épaules.

— Et lui, je sais pas combien vous le payez, mais vous devriez demander à être remboursé, dis-je en pointant Dilton.

Je vis l'arrière d'une main s'approcher de ma joue et percuter mon visage si fort qu'il partit en arrière. J'avais la mâchoire en feu mais je me retins de lâcher un son.

J'ajoutai du fond de teint à ma liste de courses et imaginai ce que Nash allait faire au visage de Dilton.

— Il est temps que tu apprennes les bonnes manières, gronda-t-il, les yeux furieux et la lèvre retournée sous sa moustache.

— Tu te sens plus viril, maintenant ? lâchai-je, les dents serrées.

— Ça suffit, siffla Hugo.

Il ouvrit l'emballage d'une pâte de fruits pour la mettre dans sa bouche.

— On a du travail. Nikos, assure-toi qu'on est prêts pour l'arrivée de notre ami, le chef Morgan.

Avec un hochement de tête discret, Nikos sortit.

Je n'avais plus que deux méchants contre moi, ce qui faisait encore beaucoup.

— On fait le ménage, annonça Hugo à Dilton.

— Je sais, putain.

— Prépare-toi. Une fois que t'es en position, appelle-moi et attends mon signal. Tu n'as pas le droit à l'erreur, cette fois.

— Au moins, moi j'ai eu le cran d'appuyer sur la gâchette.

— Tu as tout fait foirer, voilà ce que t'as fait. Tu as de la chance d'avoir une deuxième chance.

— Il faudra un jour que t'appuies sur la gâchette, toi aussi, l'avertit Dilton.

— Mais moi quand je le ferai, je m'assurerai que j'ai terminé le boulot, lâcha Hugo, sinistre.

Ils échangèrent un regard mauvais, avant que Dilton finisse par détourner les yeux. Il m'adressa un dernier rictus lubrique avant de quitter la pièce.

— Une pâte de fruits ? proposa Hugo en ouvrant un nouveau bonbon.

— C'était Dilton n'est-ce pas ? demandai-je doucement.

— Quoi Dilton ?

— Que vous avez embauché pour tuer Nash.

L'image sur la vidéo de sécurité était mauvaise et l'assassin portait une capuche et des gants. Mais Tate Dilton et Duncan Hugo avaient la même carrure et la même taille.

— Les chefs délèguent, confirma Hugo avec un haussement d'épaules. Et c'est bien mon ambition.

— La bonne main d'œuvre est difficile à trouver, répétai-je.

— J'ai volé la voiture, je lui ai donné le pistolet et je lui ai dit quand et où le faire. Il était supposé attirer ton petit ami de flic plus loin de la ville et lui faire son affaire dans un endroit calme.

— Au lieu de ça, il lui a tiré dessus à bout portant sur l'autoroute.

— Je vais pas pouvoir l'aider maintenant. Il lui reste un tir pour se rattraper et s'il le rate, c'est terminé pour lui.

Il ouvrit une autre pâte de fruits.

Il mangeait compulsivement, comme me l'avait décrit Waylay.

— Vous comptez m'utiliser pour attirer Nash ici. Et ensuite ?

Il me regarda sans rien dire. Pas besoin.

Je secouai la tête, envahie d'une vague de nausée.

— Naomi se marie demain et Waylay n'est qu'une enfant. Vous n'avez pas à faire ça.

Il haussa les épaules.

— Écoute, ça n'a rien de personnel. La rancœur que Dilton a contre ton petit ami en revanche est très personnelle. Apparemment, il n'aime pas sa façon de faire son métier. Il l'aurait abattu gratuitement, je pense. Mais les autres ? Ce n'est pas personnel. Ce sont juste des dégâts collatéraux.

Naomi, Waylay, Liza J, Amanda… Même si Hugo parvenait à attirer Nash ici, les autres seraient tous à la maison. En ligne de mire.

La panique grossissait dans ma gorge.

— Tout ça pour faire quoi ? Pousser votre père dehors et prendre la tête des affaires familiales ? Pourquoi ne pas monter votre propre entreprise ? Construire quelque chose vous-même ?

Il frappa le bureau avec son poing.

— Parce que je vais reprendre tout ce que mon père me doit et je vais le voir croupir derrière les barreaux et m'en délecter. Je veux qu'il voit ce dont est capable « sa chochotte de fils », « son gâchis d'ADN ». Qu'il voit que c'est lui qui lui a tout pris.

— Vous ne pouvez pas vous fier à Dilton. Il est sanguin et il pense que c'est lui qui devrait prendre les commandes. Il a commencé à se disputer avec un bar rempli de femmes et Nikos a dû l'arrêter. Vous devez vous passer de lui.

Hugo se leva de son fauteuil.

— Je dois surtout te demander de t'asseoir et de la fermer.

Je me retins de vomir.

— Pourquoi Nash ? Pourquoi son nom était-il sur la liste ? Il n'avait rien à voir avec les affaires de votre père.

— Peut-être qu'il a contrarié la mauvaise personne.

— C'est-à-dire votre père ou la personne qui a rédigé la liste ?

— Tu le sauras jamais.

Il traversa la pièce vers le canapé abîmé devant la télé et prit un casque qu'il passa autour de son cou.

— Mets-toi à l'aise.

La télé baigna l'endroit d'une lumière verte nucléaire.

Je m'appuyai sur le bureau, les genoux tremblants, l'estomac serré.

Je devais agir maintenant. Il fallait que je trouve un moyen de prévenir Nash avant que Dilton ne parte. Avant qu'il n'approche de Naomi et Waylay.

— Joyeux vendredi. Qu'on détruise quelques putains de cow-boys.

Je plissai les yeux vers l'écran. Il jouait en ligne… ce qui voulait dire qu'il parlait à d'autres joueurs.

Mon cœur tambourinait dans ma poitrine. Il mit le casque sur ses oreilles, mais il ne fallait toujours pas que je fasse de bruit. Je n'aurais qu'une seule chance pour réussir.

J'inspirai et regardai l'écran.

— Sur ta gauche. Non ! Ta gauche, crétin. T'as pas appris ça en maternelle ?

Sur l'écran, des personnages se battaient avec un ogre et un dragon cracheur de feu. C'était l'occasion ou jamais. Il ne fallait pas que je la loupe.

Je levai les mains le plus haut possible dans mon dos et me penchai en avant.

Avec l'adrénaline fusant dans mes veines, je tirai sur mes poignets le plus rapidement possible. Le lien en plastique se rompit, libérant mes mains.

— Arrête de faire n'importe quoi, Brecklin, et vise son putain de pied, dit Hugo alors que je fonçais vers lui par derrière.

– 49 –

Un compte à régler

Nash

Vingt-sept minutes.

C'était le temps qui s'était écoulé depuis qu'un homme avait balancé Lina dans le coffre de sa voiture.

Grave recherchait la plaque d'immatriculation que Waylay avait retenue.

Knox conduisit Waylay et Liza J à la maison où Naomi les attendait.

Et je roulais dans la rue de Tate Dilton, alors qu'une fine pluie commençait à tomber. Je braquai la voiture et me garai au bout de son allée en béton. Un bateau rouge flambant neuf était posé sur une remorque devant son garage.

Je ne pris pas la peine de fermer ma portière et fonçai vers la maison baignée des lumières rouge et bleu de ma voiture.

La porte d'entrée s'ouvrit avant que je dépasse les bottes de foin et les citrouilles sur la terrasse. Derrière moi, des pneus crissèrent sur la route quand un autre véhicule s'arrêta à son tour.

Melissa Dilton, la jolie femme blonde de Tate, se planta sur le seuil de la porte, tenant serré dans sa main le col de sa robe de chambre bleue.

Elle avait les joues trempées de larmes et une lèvre gonflée.

Putain.

— Où est-il, Missy ?

Elle secoua la tête, ses yeux s'humidifiant aussitôt.

— Je n'en sais rien, mais je te jure que je te le dirais si je le savais.

Je voulais la pousser et fouiller la maison, mais je savais qu'elle ne mentait pas.

Nolan et Lucian gravirent les marches de la terrasse derrière moi.

— Il est parti depuis quand ? demandai-je sans tenir compte d'eux.

— Quelques heures. Il a fait un sac comme s'il partait pour longtemps. Je… je l'ai vu prendre une liasse de billets dans le faux plafond de la chambre de Sophia.

— Qu'est-ce que tu fais, Morgan ? demanda Nolan doucement.

— Où était-il la nuit où on m'a tiré dessus ?

Melissa déglutit et deux larmes coulèrent sur ses joues.

— Au travail, à ce qu'il a dit.

— C'est faux. Il s'est fait porter pâle ce jour-là.

J'avais vérifié avant de venir.

— Il a dit qu'il travaillait. Il n'est pas rentré à la maison avant tard et je… j'ai vu qu'il avait bu. Je lui ai posé des questions sur toi. Mes parents m'avaient parlé de la fusillade. Je lui ai demandé si tu allais t'en tirer…

Elle baissa les yeux, honteuse.

— Il m'a frappé, murmura-t-elle.

J'entendis Lucian jurer derrière moi.

— Tout va bien, Melissa. Tu n'es pas mêlée à ça. Mais il faut que je retrouve Tate.

Elle me regarda en pleurant.

— J'ignore où il est. Je suis désolée, Nash.

— Ce n'est pas ta faute. Rien de tout ça n'est ta faute. Mais j'ai besoin que tu prennes les enfants et que vous alliez chez tes parents, cette nuit. Et restes-y jusqu'à ce que ce soit sûr pour vous de revenir à la maison. Compris ?

Elle hésita avant de hocher la tête.

— Va réveiller les enfants. Dis-leur qu'ils vont dormir chez leurs grands-parents. Lucian vous conduira. Je vais mettre des officiers devant leur maison.

— Tout est fini n'est-ce pas ?

— Bientôt.

Elle redressa les épaules et hocha la tête. Pour la première fois, je vis une étincelle de détermination dans ses yeux verts.

— Bonne chance, Nash.

Je me tournai et levai un pouce par-dessus mon épaule. Lucian suivit Melissa à l'intérieur.

— Vous voulez me dire ce qui se passe ? demanda Nolan en me suivant en bas de la terrasse.

— Ce n'est pas Hugo qui a tiré. C'est Dilton, expliquai-je en passant derrière le volant de mon SUV. Aïe, putain !

J'avais oublié mon tatouage.

Nolan contourna le capot au pas de course et s'installa sur le siège passager.

— Qu'est-ce que ça veut dire ?

— Soit que Dilton a décidé de me buter tout seul, soit qu'il est de mèche avec Hugo. Dans les deux cas, il ne s'en sortira pas.

Je fis marche arrière, avant d'opérer un demi-tour, les phares coupant l'épaisse couche de brouillard.

— On va où, maintenant ?

— Au poste.

* * *

— On se coordonne avec la police de l'État et on met des barrages ici, ici et ici, lança Bannerjee, en montrant la carte alors qu'on entrait dans le commissariat.

Les officiers de garde étaient déjà là.

— Toutes les unités sont prévenues qu'elles doivent ouvrir un œil pour Lina Solavita, le suspect et la Ford Fusion sombre 2020.

Lina était quelque part dans la nature, le froid et la nuit. Et je n'allais pas me reposer avant de la trouver.

J'ouvris le dossier sur le bureau de Grave et sortis le premier papier avant d'aller vers le tableau. Tashi s'écarta quand je plaçai la photo de Tate Dilton à côté de celle de Lina.

Des murmures s'élevèrent de mes officiers.

— Gardez tous un œil ouvert pour Tate Dilton, ancien policier. Il est recherché pour tentative d'homicide volontaire sur un agent de la loi, violence conjugale et agression. Tous ceux qui ont des informations sur lui doivent venir me parler.

Je n'attendis pas les questions. Je partis directement vers l'armurerie, Nolan sur les talons.

— Quel est le plan ? demanda-t-il quand je lui tendis un pistolet.

— On frappe à la porte de chacun des copains de Dilton jusqu'à ce que quelqu'un crache le morceau. On le retrouve. On retrouve Lina.

— Et Hugo ?

Je secouai la tête et jetai deux magazines et quelques boîtes de munitions dans un sac en toile.

— Je ne sais pas s'il est mêlé à ça ou si tout vient de Dilton, mais j'ai le sentiment qu'ils sont là-dedans ensemble.

Calmement, Nolan chargea son arme et jeta une autre boîte de munitions dans le sac.

— Tu penses qu'elle leur a déjà fait regretter leur geste ? demanda-t-il.

Mes lèvres tremblèrent quand je jetai deux boîtes de munitions de plus dans le sac.

— C'est plus que certain.

— L'amputation des testicules sera à la mode dans cet État après ce soir, prédit-il.

Je fermai le sac et le regardai.

— Vous n'êtes pas obligé de venir.

— Et quoi encore ?

— Je ne vais pas suivre le protocole. Je ferai tout ce qu'il faut pour la sortir de là.

— Je vous suis.

On traversa l'open space et alors qu'on s'apprêtait à ouvrir la porte, Wylie Ogden apparut, vêtu d'un vieux pantalon de pluie du département.

— Nash, je veux dire chef, salua-t-il.

Il semblait plus vieux que je l'avais jamais vu. Il avait le visage tendu et pâle.

— Je viens de parler à Melissa et elle m'a dit ce qui se passait, affirma-t-il avant de secouer la tête. Je ne savais pas. Je n'en avais aucune idée. Nous étions amis, mais… on ne connaît jamais vraiment personne. Ce n'est pas bien. Ce qu'il t'a fait à toi. Et à sa femme.

— En effet, dis-je, impassible.

— Je suis venu en renfort, lança-t-il. Pour arranger les choses.

— Va voir Bannarjee, elle te dira quoi faire.

Je le contournai pour partir vers le parking.

J'ouvris le coffre de mon SUV et alors que Nolan lançait les sacs à l'intérieur, je chargeai un autre pistolet et accrochai deux chargeurs sur ma ceinture.

Mon portable sonna.

Lucian.

— Des problèmes pour conduire Melissa et les enfants chez les grands-parents ?

— Non, ils sont en sécurité. Une voiture de patrouille est déjà dans l'allée. Mais je voulais que tu saches, BiteAmère85 vient de se connecter à *Donjons & Dragons*. Mon équipe trace l'adresse IP. Ils ont rétréci le périmètre à huit kilomètres autour d'ici.

Si Duncan était proche, ce n'était pas une coïncidence.

Je rangeai mon Glock dans mon holster.

— Dis-moi quand tu le trouves.

— Si on le trouve de cette façon, ça ne tiendra pas devant un juge, me prévint Lucian.

— Je m'en fous. Je ne monte pas une affaire, je règle des comptes. Trouve-le, ordonnai-je.

– 50 –

Brecklin est la pire

Lina

Ma première tentative de strangulation ne s'était pas passée comme je l'aurais voulu, mais j'avais réussi à voler son casque, à causer quelques dommages à sa trachée et à sortir de la pièce avant qu'il ait pu me tirer dessus. Ce n'était donc pas un échec total.

Je l'entendis hurler quand je m'engageai dans l'escalier et espérai qu'il appelait Nikos et Dilton. Si les trois étaient occupés à me chercher, ils ne pourraient pas aller perpétrer une série de meurtres.

J'arrivai dans le hall où j'étais entrée avec Nikos et regardai autour de moi. J'aurais pu me ruer sur la porte mais avant de m'enfuir, le plus important pour moi était de trouver un moyen de contacter Nash. J'ouvris la porte d'entrée pour leur faire croire que je m'étais enfuie et choisis une porte au hasard. Elle conduisait sur un long couloir noir.

À tâtons, je me guidai droit devant moi, quand j'entendis un son.

Une voix lointaine qui venait… de ma main.

Bon sang.

Le casque de gamer de Duncan était toujours connecté au wifi.

Je le passai sur ma tête, et ouvris la porte la plus proche du bureau au sous-sol. Si je restais cachée et connectée, je pourrais appeler des secours.

— Hello, vous m'entendez ? murmurai-je dans le micro.

— C'était quoi cette respiration haletante ? Quelqu'un a ramené un pervers sexuel dans la quête ? demanda une voix d'enfant.

La porte par laquelle je venais d'entrer s'ouvrit avec un fracas.

— Merde.

Mes mains trouvèrent une autre porte en bois, juste au moment où la lumière du couloir s'alluma.

J'aperçus un Hugo furieux courir vers moi et je donnai un coup de coude à la porte qui céda.

Heureusement, elle avait un verrou à l'intérieur. Ça ne l'arrêterait pas longtemps, mais ça le ralentirait. Je le fermai juste avant de voir la poignée tourner.

— Plus tu me feras te courir après, plus je laisserai Dilton te faire du mal, menaça-t-il de l'autre côté de la porte.

Je m'éloignai de la porte et parlai tout près du micro.

— Hello ? Il y a quelqu'un ? dis-je aussi fort que j'osai.

Le sol était différent ici, on aurait dit des briques. Des fenêtres en hauteur longeaient les deux murs opposés, et des douzaines de box pour chevaux occupaient l'espace, séparés par une large allée.

— Tu peux arrêter de faire n'importe quoi, BiteAmère, et nous aider à tuer ces ogres ? Ou je vais de nouveau devoir utiliser sur toi mon sort d'étourdissement.

C'était la voix d'une enfant exaspérante.

— Je m'appelle Lina Solavita et je suis retenue captive par Tate Dilton et Duncan Hugo à la Ferme du Chien Rouge à Knockemout, en Virginie, murmurai-je dans le micro en longeant l'aile entre les box.

La poignée de la porte remua derrière moi et il y eut un coup violent.

Je courus vers le fond de la salle et percutai de plein fouet un muret en bois.

— Oh, putain.

— C'est vrai ? demanda l'ado prépubère.

— C'est BiteAmère qui se fout de nous, Brecklin, lança un autre môme.

— Écoute, Brecklin, est-ce que tes parents savent que tu joues en ligne avec un criminel ? dis-je en me relevant.

Un autre coup vint depuis l'autre bout de la salle, accompagné par le bruit du bois qui se fend. C'était Hugo qui mettait tout son poids dans la porte.

Il arrivait et je n'avais pas le temps de trouver une issue. Ma seule option était de me cacher aussi longtemps que je le pouvais.

— Mytho.

— Oh mon Dieu, je vous jure sur Justien Bieber ou Billie Eilish ou tout ce que vous écoutez que je dis la vérité. J'ai besoin que vous appeliez la police, maintenant.

Nouveau gros coup sur la porte.

Un grand bruit dans le casque me fit sursauter.

— C'était quoi ? murmurai-je.

— Calmez-vous, madame. EspritRose vient de se joindre à notre quête, annonça Brecklin.

— Je me calmerai quand vous aurez appelé la police.

— Lina ?

La voix familière faillit me faire pleurer.

— Waylay ?

— Où es-tu ?

— Tout près. Tu es en sécurité ? Naomi est avec toi ? Qu'est-ce que tu fiches ici ?

— Après qu'oncle Nash a appelé pour me demander le nom d'utilisateur de Duncan Hugo, je me suis dit que ce serait utile que je le trouve par le jeu.

— Waylay, ma belle petite génie ! Je suis très très fière de toi, mais tu es dans un sacré pétrin.

— Oui, j'imagine.

— Écoute-moi, tu dois appeler ton oncle Nash et lui dire que Duncan Hugo envoie Tate Dilton chez toi pour…

Comment pouvais-je expliquer à une fillette de douze ans que quelqu'un était en route pour la tuer ?

— Pour nous enlever tante Naomi et moi ?

— Waouh ! réagit un des enfants.

Cette fois quand Hugo frappa la porte, des brisures de bois tombèrent par terre.

— Merde, oui. Écoute, j'essaie de les distraire, mais Nash ne peut pas venir ici parce qu'ils lui tendent un piège. Il doit aller chez toi et s'assurer que tu es en sécurité.

— Où es-tu ?

— Peu importe. Dis-lui juste que je l'aime.

— Elle est à la Ferme du Chien Rouge ! lança Brecklin.

— Tais-toi, Brecklin !

Deux coups de feu résonnèrent.

— Cachée ou pas, j'arrive ! hurla Hugo quand la porte s'ouvrit.

Je choisis un box au hasard et fermai la partie basse de la porte derrière moi, sans un bruit.

— Écoute, je dois te laisser, Duncan arrive. Tate Dilton est avec lui, murmurai-je, m'enfonçant plus loin dans le box pour me faufiler derrière un tas de tubes en plastique. Dis à Nash que je l'aime.

— Qu... ?

— Cou... pe...

Ah non. Le signal Wi-Fi faiblissait. Je rampai à quatre pattes vers la porte du box.

— T'es supposée prévenir quand tu t'éloignes du clavier...

— Je n'ai pas de clavier, Brecklin !

Mais seul le silence me répondit.

Super, j'avais gâché mes derniers mots à crier sur une enfant. Elle le méritait.

— Tu pourras pas te cacher pour toujours, lança la voix d'Hugo.

Je m'aplatis contre le mur. Il était froid et lisse comme du carrelage.

Les souvenirs de mes vacances au camp d'équitation refirent surface. J'étais dans le box de nettoyage, dédié à la toilette des chevaux.

Alors que les pas d'Hugo retentissaient sur la brique, mes doigts trouvèrent ce qu'ils cherchaient. On lavait les chevaux avec un tuyau, mais certaines écuries étaient équipées d'un karcher pour nettoyer le box lui-même.

Un grand fracas m'effraya. C'était le bruit du bois et du métal qui entraient en collision avec la pierre. Je fouillai pour trouver le tuyau et mon coude percuta le robinet. Une vive douleur irradia mon bras.

Le faisceau d'une torche éclaira l'obscurité.

— Pas ici, chantonnait Hugo.

Un autre fracas, plus près cette fois.

Il ouvrait toutes les portes, les unes après les autres.

Mon cœur menaçait de s'échapper de ma poitrine.

Je m'accroupis, essayant de me calmer. Je devais rester en vie, rester cachée. Dans cet ordre.

En silence, je lançai le casque vers la porte du box, dans l'espoir qu'il se reconnecterait avec le réseau. Je n'avais pas envie de traumatiser un groupe d'enfants avec ma mort, sauf Brecklin qui semblait horrible, mais avec un peu de chance, quelqu'un serait assez malin pour enregistrer l'audio afin que Duncan ne s'en sorte pas.

Je posai la main sur le robinet et retins ma respiration. La porte du box à côté du mien cogna sur le mur et je profitai du bruit pour tirer le tuyau.

Pourvu qu'il y ait de l'eau, pourvu qu'il y ait de l'eau !

Il était assez près pour que j'entende sa respiration.

Maintenant ou jamais. Il fallait que je calcule parfaitement bien ou je n'aurais jamais l'occasion de dire à Nash en face que je l'aimais.

La porte de ma cachette s'ouvrit grand. Je n'hésitai pas. Alors que la torche s'orientait vers moi, je saisis le karcher et ouvris le robinet.

Un coup de feu retentit.

– 51 –

Quand est-ce que tu l'as poignardé avec une fourche ?

Nash

Un pick-up familier entra sur le parking du commissariat, envoyant de l'eau partout et nous aveuglant de ses phares. Knox en descendit et claqua la portière. Il avança vers moi, la mâchoire crispée.

— Qu'est-ce que tu fais ? Tu dois rester avec Naomi et Way, dis-je.

— Je suis avec toi, répliqua-t-il en secouant la tête.

— J'apprécie, mais tu dois les protéger, Hugo pourrait décider d'en finir avec elles, aujourd'hui.

Knox croisa les bras.

— Lou a deux pistolets, Liza J a dépoussiéré le fusil de grand-père, Stef prépare des cocktails et distribue du spray antiagression, Jeremiah et Waylay font le tour de la maison avec nos anciennes battes de base-ball.

— Tu te maries demain.

— Pas sans toi et Lina. Appelle Naomi si tu ne me crois pas. Ce mariage n'aura lieu qu'avec nous tous.

— Chef, lança Grave en sortant sur le parking, la Ford Fusion appartient à Mark Nikos. Ce gars loue des propriétés commerciales entre ici et DC. Il a une adresse locale depuis cet été. On lui a envoyé deux voitures de patrouille.

— Merci Grave.

Il n'y serait sûrement pas et Lina non plus. C'était une perte de temps.

Je me retournai vers mon frère.

— C'est l'occasion pour toi de faire quelque chose de bien. Pas le moment de jouer les grands frères.

Il m'agrippa l'épaule valide.

— Tu m'as soutenu la dernière fois, tu ne vas nulle part sans moi.

— On ira en prison ensemble, apparemment, lâcha Nolan.

— Bon sang, grommelai-je.

Je sortis mon portable.

— Quoi ? répondit Lucian.

— J'ai besoin que tu ailles chez Knox pour t'assurer que tout le monde va bien.

— J'ai une équipe de sécurité en route.

— Génial. Et j'ai aussi besoin que tu y sois, parce que mon débile de frère est sur le parking à côté de moi.

Lucian jura et j'entendis le clic de son Zippo.

— J'y serai dans cinq minutes.

Un bip retentit sur mon portable. Je regardai l'écran. *Naomi.*

— Je dois y aller. J'ai un autre appel.

Je raccrochai.

— Naomi, j'ai pas de nouvelles, mais on fait tout ce qu'on…

— Oncle Nash ? Je sais où est Lina.

* * *

— Je vois un pick-up de plouc avec une cheminée et une Ford Fusion couleur or garées devant la grange, rapporta Nolan.

Sur le ventre, il observait avec ses jumelles.

Grâce à Waylay, on était passés par les bois, derrière la maison et la grange. La pluie avait apporté avec elle un épais brouillard pareil à une couverture. La propriété semblait tout droit sortie d'un conte fantastique.

— Dilton et la voiture qui a pris Lina, dis-je, tentant de ne rien ressentir.

J'échangeai un regard avec Knox. Pour le meilleur ou pour le pire, les hommes qu'on cherchait étaient ici. Et aucun d'eux n'aurait une nouvelle occasion de faire du mal à un être cher.

— Un mouvement, signala Nolan.

On se figea et on regarda à travers la pluie.

— Grand type. Il vient de sortir par une porte sur le côté. Pistolet dans la main, il a l'air de chercher quelqu'un.

— Nous ? demanda Knox.

Nous étions à deux cents mètres, mais mes oreilles perçurent un léger bruit. Comme quelqu'un qui criait. On regarda l'homme se ruer à l'intérieur.

— Lina, répondis-je.

Nolan sourit. Même la bouche de Knox s'incurva.

— Je parie qu'elle leur donne du fil à retordre.

— Dis à Lucian que Dilton est ici, demandai-je à mon frère. Je vais appeler les renforts.

J'étais sur le point d'appeler Grave quand j'entendis un coup de feu.

Mon cœur s'arrêta de battre. Mon cerveau se vida. Il ne me resta plus que l'instinct. Je me mis à courir dans les herbes hautes.

Knox et Nolan me suivaient, mais je n'allais pas les attendre. Pas avec Lina à l'intérieur.

Je franchis facilement la distance jusqu'à la grange, sautai par-dessus la clôture et me souvins d'exploser la porte avec mon épaule indemne.

Elle s'ouvrit facilement et je m'arrêtai assez longtemps pour vérifier que la voie était libre avant de continuer. Deux portes étaient ouvertes, l'une donnait vers le sous-sol et l'autre vers un long couloir.

Lina n'aurait pas eu la bêtise de se laisser piéger dans une cave, sans issue de secours, alors je m'engageai dans le couloir au pas de course. J'eus un mauvais pressentiment et me baissai juste au moment où une porte sur ma droite s'ouvrit et un immense poing me visait.

Je me ruai avec mon épaule blessée sur Mark Nikos, l'homme qui avait enlevé ma femme dans un supermarché pour la balancer dans un coffre, et je le frappai dans les côtes, le repoussant dans l'embrasure de la porte.

— Je le tiens. Vas-y, lança mon frère.

Je ne pris même pas le temps de regarder en arrière. Si Knox disait qu'il le tenait, c'est qu'il le tenait.

Je continuai à longer le couloir jusqu'à une porte détruite.

À tâtons, je cherchai un interrupteur et en trouvai toute une série. J'appuyai sur tous et allumai l'écurie. Sur la gauche, tous les box étaient ouverts.

Je jetai un regard rapide dans chacun en descendant la rangée. Elle était ici, tout près, c'était obligé, je le sentais.

— C'est quoi ? demanda Nolan en me rattrapant.

On regarda tous les deux un liquide se déverser sur les briques dans l'avant-dernier box. Au milieu, on trouva une douille.

L'espace d'une seconde, mon cœur s'arrêta. Et j'entendis un écoulement et baissai la tête vers un tuyau d'où coulait encore de l'eau.

— Des empreintes de pas, remarqua Nolan.

On les suivit jusqu'au mur. Au milieu des empreintes, on remarqua une fourche dont les piques étaient tachées de rouge. Elles étaient rouillées et des gouttes coulaient sur le sol.

— Je te parie cent dollars que Lina l'a embroché avec cette fourche, prédit Nolan.

— Je ne parie pas.

Chez moi, la peur prenait le pas sur la fierté, mais je savais que Lina pouvait se débrouiller seule.

On suivit la piste du sang et de l'eau jusqu'à l'extrémité de la salle. Une haute clôture en bois avec une grille ouvrait sur un autre espace sombre.

La lumière des écuries se déversait là et je vis sur le sol une épaisse couche de sciure.

— Je pense que c'est le manège, lança Nolan. Il doit y avoir un interrupteur par-là…

Un bruit retentit dans le noir. Une sorte de gémissement, suivi d'un grognement. Je me fichais de ne pas voir. Je savais qu'elle était là, et je la trouverais.

— Tu m'as poignardé avec une fourche ! gronda une voix d'homme.

— Tu le méritais, débile, répliqua Lina d'un ton cinglant.

Elle allait bien. En tout cas assez bien pour jurer.

— Angelina.

Ma voix trancha l'obscurité telle une lame.

— Nash ! Pars d'ici. Aïe ! Salopard…

J'approchais d'elle. Les sons de bagarre devenaient plus forts. Je contournai un gros objet sombre : un véhicule sous une bâche. Il y en avait encore plusieurs entre elle et moi. On aurait dit une course d'obstacles.

J'étais presque sur eux. Je la sentais près de moi. Et mon estomac se serra quand j'entendis un poing sur de la chair. Mais le cri qui suivit n'était pas d'elle.

Les lumières éclairèrent soudain le manège. J'étais à dix mètres d'elle. Hugo était à genoux. Du sang coulait de sa jambe et de son nez.

— Espèce de salope, siffla-t-il, et il leva la main qui tenait l'arme.

Je ne réfléchis pas, ne calculai pas. J'agis.

— Nash !

Le hurlement de Lina se répercuta dans ma tête.

La tête d'Hugo se tourna au ralenti, suivie par son bras. Mais trop tard pour lui. Je le touchai avec la force d'un train en marche, entraîné par le pistolet que j'avais dans les mains. Son arme tira et on roula tous les deux dans la sciure. Je le plaquai au sol et cognai mon poing dans son visage une fois, deux fois, trois fois.

— OK, beau gosse, résonna la voix de Lina à côté de moi. Je pense que tu l'as eu.

Mais ça ne me suffisait pas. Rien ne suffirait tant que je ne l'aurais pas achevé. J'armai mon bras pour frapper encore, mais Lina attrapa mon poing.

— Morgan !

L'avertissement de Nolan nous permit de tourner la tête à temps pour voir Tate Dilton qui nous visait à bout portant.

Dilton se tourna vers Nolan et les deux hommes tirèrent pratiquement en même temps.

Nolan tomba à genoux, Lina poussa un hurlement horrifié, alors que je l'entraînais derrière un grand tracteur bleu.

Je la poussai contre le pneu et tirai deux coups pour attirer l'attention de Dilton. Lina s'agrippa à moi et me fit baisser la tête. Son contact me ramena dans mon corps.

Mon souffle venait par à-coups, j'avais le dos dégoulinant de sueur. Mon poing me lançait, mon cœur tambourinait dans ma poitrine.

— Nash, est-ce que tu peux voir Nolan ? demanda-t-elle en se pressant contre moi.

Je scrutai le manège et secouai la tête.

— Il doit s'être caché.

Je l'auscultai.

— Tu saignes, chérie.

Elle leva le bras gauche sur lequel pendait un morceau de sa manche. Le tissu était taché de sang.

— J'ai frappé Hugo au visage avec la force de l'eau du karcher et j'ai fait un Nash Morgan quand il a tiré.

Je déchirai sa manche pour l'attacher autour de son biceps.

— C'est quoi un Nash Morgan ?

Elle me sourit et jamais je n'avais aimé quelqu'un autant que je l'aimais à cet instant.

— J'ai fait ce que tu as fait quand tu as approché de sa voiture. Tu as vu l'arme et tu as pivoté sur toi-même. La balle m'a à peine frôlée. C'est rien du tout, mais ça pique.

— Bon sang, Angel !

— C'est une égratignure.

— Quand est-ce que tu l'as poignardé avec la fourche ?

— Après qu'il m'a tiré dessus.

— Il a voulu te tuer, dis-je en voyant rouge. Je crois que je vais le tuer, décidai-je.

— Si tu tires sur Hugo, moi je me fais Dilton. C'est lui qui t'a tiré dessus.

— Je sais.

Je jetai un coup d'œil derrière la roue du tracteur et vis Dilton disparaître derrière une montagne de sacs en plastique. Nolan n'était nulle part.

— Tu sais ? s'étonna-t-elle.

— J'ai retrouvé la mémoire en entendant ton message.

— Attends. Mais qu'est-ce que tu fais ici ? Tu es censé protéger Naomi et Waylay.

— Lucian et son équipe privée de sécurité s'en charge.

— Vous allez parler toute la journée ou vous allez enfin sortir pour que je vous abatte ? demanda Dilton.

Une balle frappa le corps en métal du tracteur.

Je fis se baisser encore Lina et montrai le véhicule sous la bâche. Il était plus bas et plus petit.

— Pars, ordonnai-je.

— Non, dit-elle en secouant la tête vigoureusement.

— Va-t'en d'ici, Angel.

— Je ne t'abandonne pas, dit-elle en me faisant perdre l'équilibre.

Je grimaçai en tombant sur le pneu.

— Qu'est-ce qui ne va pas ? demanda-t-elle. Si ce gars a touché ton parfait petit cul, je le tue.

— Je ne suis pas touché. Je t'expliquerai plus tard.

Une balle siffla au-dessus de nos têtes, faisant bruisser la bâche.

J'aperçus une lueur bleue en ripostant à l'aveugle.

— Je ne t'abandonne pas, répéta-t-elle.

— Mon ange.

— Quoi ?

Je lui pris le menton et lui tournai la tête.

— J'ai trouvé ta Porsche.

Sa bouche s'ouvrit et un petit cri en sortit.

— Tu pars avec la voiture et je m'occupe de finir ici.

Elle regarda la voiture, puis tourna de nouveau la tête vers moi.

— Bon sang, je peux pas faire ça. Je ne pars pas sans toi.

— Tu m'aimes ?

— Pardon ?

— Tu m'aimes ? répétai-je.

— Oh ? Parce que toi tu m'aimes pas, peut-être ?

— Je t'aime, si tu savais combien. Tellement qu'on va pas attendre.

— Quoi ?

— On se marie.

— On nous tire dessus et tu me fais ta demande en mariage ?

Un autre coup de feu résonna. Je me baissai et tirai dans la direction de Dilton.

— Ça te pose un problème ? demandai-je en glissant un nouveau chargeur dans mon arme.

— Typique de toi. Tu attends d'être au milieu d'une situation tendue pour me forcer à faire ce que tu veux. Il y a des milliers de décisions que nous devrions passer en revue. Où est-ce qu'on habitera ? Quel boulot est le plus important ? Qui sort la poubelle ?

— Et toutes ces décisions commencent avec la première et la plus importante. Veux-tu m'épouser, Angel ?

— Euh, oui, d'accord. Mais quand l'adrénaline retombera et que tu réaliseras que tu t'es engagé pour toujours, tant pis pour toi, je ne veux pas t'entendre te plaindre.

Mon cœur fit un bond et je lui souris.

— Je vais t'embrasser comme jamais, après.

— Et comment ! confirma-t-elle.

J'entendis un bruit sourd et poussai Lina au sol. Au même moment, Duncan Hugo atterrit dans la sciure à nos pieds. Knox apparut depuis l'avant du tracteur, une pelle dans la main. Il avait une coupure sur le front et les phalanges en sang.

— Maintenant on est à égalité, dit-il.

— Dunc ! T'es où ? cria Dilton.

Knox s'agenouilla près de Lina.

— Nolan saigne méchamment. Je l'ai caché sous un chariot de foin, mais il faut le sortir d'ici rapidement.

Je regardai tour à tour mon frère et ma future femme.

— Sortez-le de là, je me charge de Dilton.

— Nash, non, dit Lina en m'attrapant par le bras.

— Chérie, je serai juste derrière vous, promis-je. J'ai toutes les raisons du monde de vouloir vivre.

— Et une bague à acheter.

— Tu lui as sérieusement fait ta demande le jour de mon putain de mariage ? interrogea Knox.

Lina frappa mon frère dans la poitrine et il grimaça.

— Aïe !

— Bon sang, qu'est-ce qui vous arrive à tous les deux ?

— Tu ne lui as pas dit ? demanda Knox.

— J'étais un peu occupé. Prends-la et Nolan, et sortez d'ici, il faut que je termine ça.

Knox hocha la tête et prit l'arme d'Hugo.

— On se voit dehors.

— Nash, je ne peux pas te laisser ici, dit Lina, sa voix se cassant.

— Angel, c'est mon combat, c'est à moi d'y mettre fin. Et je compte sur toi pour sortir mon frère et mon ami en une pièce. Fais-moi confiance pour faire mon boulot, comme je te fais confiance.

Elle passa les mains sur mon visage et jura entre ses lèvres.

— D'accord, mais ne t'avise pas de te faire tirer dessus.

— Promis.

Knox la prit par le bras et l'attira derrière lui.

Les yeux marron de Lina se posèrent sur les miens.

— Je t'aime.

— Je t'aime aussi, maintenant sortez d'ici pour que je puisse être le héros.

— Je viens m'installer ici, confia Lina à Knox alors qu'ils partaient en rampant pratiquement.

— Super. Qu'est-ce qui est arrivé à ton bras ?

— Le gars que tu as frappé avec la pelle m'a tiré dessus.

— Tu plaisantes ?

J'attendis que Lina ait retiré la bâche et que Knox ait transporté un Nolan livide sur le siège passager.

Mon frère me salua et courut vers la porte de la grange.

Nolan brandit vers moi son majeur alors que Lina se glissait derrière le volant de la Porsche. Je lui répondis sans conviction.

— On se voit tout à l'heure, dessina-t-elle sur ses lèvres.

Je lui soufflai un baiser volant alors que le moteur de la Porsche s'éveillait.

Dilton sortit de sa cachette pour viser Lina. Je tirai une seconde à peine avant qu'il n'appuie sur la gâchette. Il disparut derrière les sacs en se prenant le bras.

Il tirait plutôt bien, mais j'étais meilleur et je connaissais ses faiblesses.

— Nikos ? T'es où, putain ? hurla Dilton.

Lina appuya sur l'accélérateur et la voiture fonça droit vers la porte. Le « whoooohooo » victorieux de ma future femme me transporta en soulevant un nuage de poussière dont je me servis comme couverture.

Toujours courbé, je quittai la sécurité du tracteur pour approcher de Dilton. Il fallait que je le regarde dans les yeux.

Je me cachai derrière un autre tracteur et jetai un coup d'œil par en dessous.

Dilton suait et mâchait nerveusement son chewing-gum. Il était à genoux, appuyé sur un sac de foin. Ses bras, l'un d'eux en sang, étaient tendus sur le sac. Dans sa main il tenait son revolver Smith et Wesson.

Je le tenais.

Je le visai et tirai, propulsant du foin dans toutes les directions.

Il répliqua dans la direction du tracteur.

— Dilton.

Il tourna sur les genoux, alors que je me tenais debout.

Je regardai droit dans les yeux l'homme qui avait essayé de me tuer et je sus qu'il n'aurait pas de deuxième occasion.

— Tu sais que je vais te tuer maintenant, dit-il sans s'arrêter de mâcher.

— Je sais que tu as essayé une fois.

— Alors tu as vraiment retrouvé la mémoire ? demanda-t-il en se levant.

— Ce que je ne comprends pas, c'est pourquoi.

— Pourquoi ? répéta-t-il. T'as volé son boulot à un vrai pro et t'as transformé tout le département en chochottes. J'aurais dû être nommé chef. J'ai fait plus pour cette ville que toi.

— Alors pourquoi attendre toutes ces années avant de me tuer ?

Je fis un autre pas.

Il transpirait à grosses gouttes.

— J'en sais rien. Reste où tu es, menaça-t-il en levant son arme avec ses deux mains.

Le long canon trahit son tremblement.

— Peut-être que tu n'y avais pas pensé avant que Duncan Hugo se pointe et te mette des idées dans la tête.

— Et pourquoi ce serait pas le contraire ?

— Parce que tu n'as jamais réfléchi par toi-même. Je sais que rien de tout ça ne vient de toi.

La lèvre de Dilton se tordit et sa moustache se souleva.

— Qu'est-ce que t'en sais ?

— Alors éclaire-moi.

Il visait bas, le poids du canon faisant baisser son arme.

— Merde. Tu veux que je confesse tout avant de te refroidir ?

— Pourquoi pas ? Dis-moi combien tu es malin avant d'appuyer sur la gâchette.

— Je te le dirai pendant que tu te vides de ton sang, parce que je peux rester te regarder crever, cette fois.

J'étais prêt pour ça. Je vis son doigt appuyer au ralenti sur la gâchette. Il y eut un clic suivi de l'expression hébétée de Dilton qui se rendait compte qu'il avait tiré sa dernière balle.

Ce crétin ne comptait jamais jusqu'à six.

Une seconde plus tard, trois taches rouges grandirent sur le torse de Dilton. L'écho des trois coups de feu résonnèrent dans la salle immense et dans ma tête.

Le visage de Dilton se couvrit de sueur, alors qu'il me regardait avant de baisser les yeux sur les trous dans sa poitrine. Ses lèvres bougèrent mais aucun son n'en sortit. Le rouge se répandait encore quand il s'écroula, le visage dans la sciure.

Derrière lui, un Wylie Ogden blême tenait encore son arme dans ses mains.

— Il allait te tuer, dit Wylie tout bas.

— Il n'avait plus de balles, contredis-je.

Je ne savais pas s'il m'avait entendu, parce qu'il regardait Dilton comme s'il avait peur que l'homme se relève.

Je me rappelai alors qu'en vingt ans de carrière, Wylie n'avait jamais dû dégainer son pistolet.

— Baisse ton arme, Wylie. C'est terminé.

Je m'approchai de lui doucement.

— Il allait le faire, assura-t-il.

Les sirènes sur la route retentirent, de plus en plus fortes.

— C'est terminé, répétai-je.

— C'est terminé, murmura-t-il.

Il me laissa lui prendre son arme des mains et tomba à genoux dans la mare de sang près du corps de Dilton.

* * *

L'aube se levait à peine quand je sortis de la grange. La longue nuit noire était terminée, une nouvelle journée commençait.

Toute la propriété grouillait de policiers, d'agents fédéraux et d'autres secours.

Je fus surpris de voir mon frère avancer vers moi. Il avait des bandages sur le front et les mains.

Épaule contre épaule, on resta un instant sans rien dire.

— Tu t'es bien débrouillé là-dedans, me complimenta-t-il enfin.

— Quoi ?

— Tu m'as entendu. T'es plutôt bon à ce que tu fais. Quand t'as pas le protocole qui te coupe les jambes.

C'était le plus beau compliment qu'il me faisait depuis mon match de football en terminale quand il m'avait dit que j'étais pas si nul que ça sur le terrain.

— Merci, et merci de m'avoir couvert.

Il m'adressa un rictus à la Knox Morgan.

— Quand est-ce que ces débiles vont finir par comprendre qu'on s'en prend pas aux frères Morgan ?

— Eh ! Bon jour de mariage à toi.

— Ce sera le meilleur jour de ma vie.

Comme par enchantement, Naomi apparut.

— Knox !

Elle se frayait un chemin avec Waylay entre les policiers.

— Ne sois pas en retard, lança Knox en me tapant dans le dos.

Et il courut les retrouver. Je le vis soulever dans les airs les deux femmes les plus importantes de sa vie.

— Apparemment vous ne connaissez pas le sens de l'expression « faire profil bas », me gronda l'agente spéciale Idler.

Des feuilles mortes crissaient sous ses pieds quand elle avança vers moi, laissant Nolan avec les ambulanciers.

Il était sur une civière, un bandage imbibé de sang sur le torse, son portable à l'oreille. Il me vit le regarder et montra son téléphone.

— « Ma femme », lus-je sur ses lèvres. Il avait l'air incroyablement heureux.

— Il va s'en tirer ? demandai-je.

— Il est hors de danger, répondit-elle. Les organes vitaux n'ont pas été touchés. Mais vous savez ce qu'il vient de faire ? Il a démissionné.

— Sérieusement ?

— Je ne sais pas pourquoi il me le dit, vu que je ne suis pas sa cheffe. Mais apparemment il a été recruté dans le privé, dit-elle en adressant un regard mauvais là où Lucian se tenait, les bras croisés, entouré d'agents fédéraux.

— Vous n'avez pas l'air trop désolée d'avoir à me virer, commentai-je.

— Peut-être parce que parfois il faut prendre de vrais risques pour réussir, dit-elle en regardant mon frère embrasser sa future femme. Et aussi parce que Duncan Hugo en savait moins sur les affaires de son père que n'importe quel employé. Ou peut-être parce que votre ami Lucian a accepté de mettre ses ressources à notre disposition pour attraper Anthony Hugo une fois pour toutes. Vous comprendrez que je suis un peu trop occupée pour penser à licencier le chef de la police d'une petite ville.

— Bas les pattes de mon chef, agente spéciale, lança la maire Swanson.

Ça aurait été plus menaçant si elle n'avait pas été vêtue d'un pyjama citrouille, avec un thermos Snoopy de café à la main.

— On discutait simplement, madame la maire, assura Idler.

— Que ça reste amical. Je détesterais que les soixante-douze mille personnes qui ont aimé l'article sur notre héros local apprennent que le FBI l'a limogé.

Elle me tendit un exemplaire. Je le pris et regrettai aussitôt en voyant les premiers commentaires.

Il peut me protéger quand il veut.

Je commettrais bien un petit délit en Virginie du Nord.

— Bon sang, grommelai-je.

— Si vous pensez que le FBI a le temps et l'argent pour faire face aux retombées de cette actualité, allez-y, mais je vous préviens…

— Madame la maire, le chef Morgan ne perd pas son travail. En tout cas, pas à cause de moi.

L'ambulance de Nolan partit et soudain j'eus le bonheur de poser les yeux sur la femme que j'aimais.

Angelina Solavita.

Elle était appuyée contre sa Porsche bleu marine, ses longues jambes devant elle, les mains dans les poches. Son visage était contusionné, ses vêtements tachés de boue, et elle se tenait là, dans des bottes de pompier qu'on lui avait prêtées.

Elle avait l'air d'une sacrée dure à cuire. Ma dure à cuire.

Elle m'aperçut et me sourit.

Je quittai la maire et l'agente fédérale sans les voir.

— Pas trop tôt qu'il se soit repris, dit la maire à Idler derrière moi.

Lina se repoussa de la voiture et se jeta dans mes bras.

Je la rattrapai et la soulevai. Elle m'entoura la taille de ses jambes.

— Hello, beau go…

Je ne la laissai pas terminer sa phrase. Je l'embrassai comme si c'était la première fois. Comme si c'était la dernière. Comme si c'était la seule.

Elle se détendit dans mes bras. La sentir, la goûter… c'était trop. Jamais je ne me lasserais.

Je reculai la tête.

— On est après.

— Oui, et tu m'achètes toujours une bague.

— Tu n'as pas changé d'avis ?

— Je te l'ai dit, t'es coincé avec moi. J'ai rédigé ma lettre de démission par téléphone en attendant que tu bottes les fesses de Dilton.

— Comment va ton bras ?

— Tout va bien, dit-elle en levant les yeux au ciel. Je n'ai même pas besoin de points.

— J'ai dit que vous aviez besoin de quelques points de suture, contredit un secouriste depuis la porte de son véhicule.

Lina haussa les épaules.

— Pareil.

— Je t'aime, Angel.

— Je t'aime aussi, beau gosse, répliqua-t-elle, son visage s'adoucissant.

— Tu veux m'épouser ?

Il y avait tellement d'amour dans ses yeux que j'en oubliai comment respirer.

— Oui, murmura-t-elle.

— Parfait.

Je me penchai pour l'embrasser, mais grimaçai quand elle posa le pied sur ma fesse.

— T'es sûr qu'on t'a pas tiré sur ta fesse parfaite ?

— Oui, sûr.

— Qu'est-ce qui s'est passé alors ?

— Je te montrerai plus tard. Et si tu me ramenais d'abord à la maison ?

Elle poussa un petit cri et desserra les jambes de ma taille.

— Je pensais que tu demanderais jamais.

Mon portable vibra.

Quand je le consultai, je souris et le tournai vers Lina.

— Pourquoi ma mère t'appelle, toi ?

— Tu as dû louper quelques-uns de ses appels.

— Je me disais qu'on pourrait leur raconter ensemble ce qui vient de se passer, dit-elle en me regardant d'un air coupable.

— Trouillarde.

Je lui pris les clés des mains et lui passai le portable.

— Je conduis, tu parles.

— Parfait, mais j'espère que tu es préparé pour la visite de beaux-parents qui n'ont aucune limite ni le sens de la vie privée.

— Je les attends avec impatience, mon ange.

Épilogue

Nash

C'était un vrai miracle qu'on soit encore tous sur pied et dans cet état. Tate Dilton était mort, Duncan Hugo en état d'arrestation, je n'avais pas perdu mon boulot et tous ceux que j'aimais étaient en sécurité. Certains un peu plus amochés, mais tous en vie et c'était ce qui comptait le plus.

La propriété de mon frère était décorée pour l'occasion avec l'aide de Mère Nature. Le soleil brillait, le ciel était bleu, les feuilles mortes pleuvaient sur les invités tandis que le ruisseau gargouillait entre les rochers, ajoutant une mélodie familière à la guitare.

Les rangées de bancs menaient à la tonnelle en bois que Knox et Lou avaient construit tous les deux.

Mon frère faisait face à l'allée bordée de citrouilles. Il semblait sur le point de vomir dans son costume cravate. Il avait une entaille sur le front, un œil au beurre noir et plusieurs pansements aux mains. J'avais, moi aussi, des hématomes tout frais et mon épaule me faisait de nouveau atrocement mal.

Sous la tonnelle, prêt à officier, Justice St John avait troqué sa salopette habituelle pour un costume gris.

Lucian, avec un petit rictus, et Jeremiah, vinrent prendre leur place à côté de moi. Ensemble, on se tenait derrière mon frère.

La mère de Naomi, toute belle en or, m'adressa un sourire enthousiaste depuis le premier rang. De l'autre côté de l'allée, Liza J sortit une flasque de son cardigan marron et prit une gorgée. À côté d'elle, je fus surpris de voir notre père. Il avait l'air… en forme. Présent. Il portait un costume et une cravate qu'il essayait toujours de nouer. À côté de lui, se tenait un homme que je ne reconnus pas.

Je n'eus pas le temps de chercher qui il était, parce que la musique changea et elle arriva.

Lina apparut au bout de l'allée dans une robe rouge qui la couvrait comme le pinceau enchanté d'un artiste. Elle avait un coquard pas tout à fait dissimulé par le maquillage, des lèvres rouges, un bandage sur le bras et un halo de fleurs dans les cheveux.

Je n'avais jamais vu autant de beauté de toute ma vie.

Ma gorge se serra quand elle avança dans ma direction. Et j'étais incroyablement impatient de la voir descendre l'allée vers moi.

Je voulais aller vers elle, la toucher, demander à Justice qu'il officialise notre relation. Mais il y aurait le temps pour ça. *Après*. On avait tout notre temps.

Elle avait posé les yeux sur moi et son petite sourire coquin réchauffa toutes les parties de mon âme.

Elle était à moi.

Elle se tourna vers Knox.

— Félicitations, Knox, murmura-t-elle.

Il tendit les bras pour l'enlacer et je vis qu'il avait du mal à déglutir.

L'assemblée l'applaudit quand il parvint à articuler une réponse.

— Merci Leens.

Elle se recula et ajouta pour la foule :

— Ils sont tous les deux si beaux !

Et elle vint se planter devant moi.

— T'es pas mal non plus, beau gosse.

Elle avait du muguet dans les cheveux. Pour la première fois depuis longtemps, je sentis la présence de mes deux parents.

Je la choquai et choquai le reste des invités en l'attirant contre moi pour déposer un baiser fougueux sur ses lèvres. Des murmures et des rires s'élevèrent de la foule.

— Je reviens bientôt vers toi, mon ange, promis-je.

Son sourire illumina ses yeux, et elle passa à Lucian et Jeremiah pour leur taper dans la main. Lucian lui fit de la place entre nous deux et je sentis qu'elle glissait sa main dans mon dos.

Fi fut la suivante dans l'allée, vêtue d'une robe or moulante. Ses épais cheveux bouclés tombaient sur ses épaules, domptés par les fleurs. Elle adressa à Knox un baiser volant avant de se planter de l'autre côté de la tonnelle. Stef et Sloane la suivirent dans la procession. Dans son costume, Stef adressa un clin d'œil coquin à Jeremiah, avant de s'ébahir en voyant Knox.

Sloane, dans une robe couleur rouille avec plein de volants s'avança vers nous, telle une fée de la forêt. Ses cheveux blonds étaient attachés en haut de sa tête derrière une couronne de fleurs. Elle garda son regard droit devant elle, jusqu'à ce qu'elle arrive devant nous.

Elle décocha à Knox un sourire humide, rempli d'amour et d'espoir. J'entendis Lucian inspirer profondément derrière moi et je me demandai si la voir ainsi avait transpercé son armure.

Et ensuite, vint Waylay. Cette belle jeune fille courageuse était plus heureuse que jamais alors qu'elle descendait l'allée dans sa robe en tulle jaune. Elle était peignée comme une princesse avec des marguerites dans ses boucles.

Devant moi, les épaules de Knox tressaillirent d'émotion. Quand Waylay arriva à son niveau, il la souleva dans ses bras. Elle l'enlaça vigoureusement. Deux larmes coulèrent sur les joues de la fillette et elle cacha son visage dans l'épaule de Knox.

Après tout ce qu'elle avait traversé, c'était la première fois que je la voyais pleurer.

Amanda eut un hoquet et se mit à distribuer les mouchoirs comme s'il s'agissait de bonbons.

— Je t'aime, petite, murmura Knox, la voix cassée.

Il la reposa et elle essuya ses larmes.

— Oui, moi aussi, je pense, genre.

Fi renifla bruyamment, tandis que Sloane fixait les arbres en s'efforçant de ne pas cligner des yeux.

— Ta tante et toi, vous êtes les meilleures choses qui me soient arrivées dans la vie, lança Knox en relevant le menton de la fillette pour qu'elle le regarde dans les yeux.

L'espace d'une seconde, je pensai qu'elle allait éclater en sanglots, mais elle se ressaisit et étouffa la vague d'émotions qui menaçait de l'emporter. Elle allait faire une belle Morgan.

— N'en faites pas trop hein, parce que sinon, ça va prendre du temps, et moi, je veux du gâteau.

— Compris, acquiesça Knox.

Elle commença à s'éloigner de lui, mais dans un élan de tendresse, revint vers lui pour lui entourer la taille de ses deux bras.

Et je pense l'avoir entendue dire :

— Merci de m'aimer.

Lucian, Jeremiah et moi, on se racla la gorge à tour de rôle dans une tentative inutile de réprimer nos émotions.

— Merde, renifla Lina derrière moi.

Je sortis un mouchoir de ma poche et le lui tendis. Ses yeux brillaient des larmes qu'elle n'avait pas versées.

— Merci, dessina-t-elle sur ses lèvres.

Ma future femme pleurait aux mariages. Lina Solavita était pleine de surprises.

Quand Waylay lâcha enfin Knox pour rejoindre sa place, mon frère leva les yeux pour reprendre le contrôle. Notre père se leva de son siège. Il hésita, deux fois, et s'avança enfin jusqu'à la tonnelle pour glisser quelque chose dans la main de Knox avant de retourner s'asseoir.

C'était un mouchoir. Pour une fois, Duke Morgan avait répondu présent quand on avait besoin de lui.

Knox le remercia d'un hochement de tête.

Pour détendre l'atmosphère, Waylon, vêtu d'un smoking, descendit l'aile en courant pour apporter les alliances.

Quand le chien s'assit à mes pieds grâce aux petits biscuits que j'avais toujours avec moi, la musique changea de nouveau. Alors que le guitariste jouait les premières notes de *Free Fallin* de Tom Petty, l'assemblée se leva.

Un murmure d'émerveillement traversa la foule quand Naomi apparut en dentelle blanche, au bras de son père.

Knox l'aperçut et tomba à genoux, le mouchoir toujours à la main.

À partir de maintenant, personne n'arrivait plus à se retenir.

Même Liza J dut se moucher entre deux gorgées de sa flasque. Quand Knox arracha Naomi au bras de Lou, quand il l'attira contre lui comme si elle était la chose la plus précieuse du monde, je dus me détourner pour essuyer une larme.

Lina agita les mains devant ses yeux, comme si le vent allait l'aider à arrêter de pleurer.

Lucian avait les yeux rouges d'émotion, mais il ne regardait pas les mariés, il regardait Sloane qui pleurait ouvertement.

— Tu te retiens, toi, hein, Marguerite, ordonna Knox à sa future femme.

Naomi sourit à travers ses larmes de joie.

— Trop tard, Viking. Je t'aime tellement !

Les muscles dans la mâchoire et le cou de Knox se contractèrent.

— Tu es tout ce que j'ai toujours voulu sans jamais pensé le mériter.

Aux sanglots de Naomi répondirent ceux de Lina et de Sloane. Je ne pouvais plus me retenir, je pris Lina contre moi. Les fleurs délicates dans ses cheveux chatouillèrent ma joue comme une caresse.

Naomi regarda Justice qui, lui non plus, ne retenait plus son émotion.

— J'ai toujours su que c'était toi qui allais me marier, Justice.

* * *

Une fois les vœux échangés, les larmes séchées et les boissons servies, il ne restait plus qu'à profiter de la journée.

Waylay, à côté de la petite cascade, avec une énorme part de gâteau, discutait avec ses amies de l'équipe de foot. Les chiens jouaient à leurs pieds.

Lina était de nouveau au stand de photo avec Sloane et Fi. La photographe attendait toujours Naomi et Knox qu'on n'avait plus revu depuis au moins vingt minutes. Personne n'avait le cœur de lui dire que les mariés s'envoyaient sûrement en l'air quelque part.

— Envie d'inviter une vieille dame à danser ? demanda Liza J en apparaissant à côté de moi, quand les musiciens entonnèrent une mélodie country.

C'était l'une des chansons préférées de maman et par conséquent, une des miennes également.

— C'est un honneur pour moi, dis-je en lui offrant mon bras.

On trouva une place sur la piste de danse, entourés d'amis et de famille. Je connaissais tous les visages et j'appréciais le miracle de cette journée. Et le privilège de ne pas seulement faire partie de cette ville, mais de la servir aussi.

— Je vais le dire comme je le pense, annonça ma grand-mère. Je réfléchissais pendant que tous les autres pleuraient comme des bébés. Si les choses s'étaient passées sans toi, il n'y aurait pas eu de mariage aujourd'hui. Si ce Dilton avait mieux visé, on n'aurait pas tous assisté à cette cérémonie. C'est grâce à toi que Knox a réussi à conquérir cette femme qui est trop bien pour lui. Tu as appris à Knox à être courageux, à franchir le pas. Et je suis vraiment fière de vous deux.

J'étais si étonné que j'en perdis un pas. Les Morgan n'exprimaient pas leurs sentiments, surtout pas aux autres Morgan.

— Waouh, Liza J.

— Tais-toi, j'ai pas encore terminé. Ce n'était pas ton rôle de sauver ta mère. Personne n'aurait pu changer ce qui s'est passé. Elle a vécu aussi follement qu'elle a pu dans le peu de temps qui lui a été accordé. On a eu de la chance d'avoir ces années avec elle. Et j'ai de la chance d'avoir les petits-fils qu'elle m'a donnés. Je ne sais pas si tu le sais, mais quand elle était petite fille, ta mère voulait être policière. La vraie vie a fini par la rattraper, mais je suis plus que sûre que Jayla te regarde d'où elle est servir et protéger tes concitoyens.

Pour la deuxième fois, ma vision se brouilla.

— Je peux vous interrompre ? demanda Wraith dans son cuir de motard.

— Oui, on avait fini, assura ma grand-mère en attrapant le bras qu'il lui tendait.

Elle s'éloigna en dansant avec le motard avant que je puisse prononcer un autre mot.

— Tu as l'air d'avoir besoin d'un verre, annonça Lina en s'approchant de moi.

— Et si on dansait, plutôt ? proposai-je en l'attirant dans mes bras. Tu as l'air heureuse, commentai-je en nous guidant vers un coin tranquille de la piste de danse.

— Il faudrait être un monstre sans cœur pour ne pas être heureux aujourd'hui, répliqua-t-elle en se balançant au rythme de la musique. Je viens de parler à l'ex-femme de Nolan au téléphone.

— Oh, vraiment ?

Je la fis virevolter et la rattrapai dans mes bras.

Elle rit.

— Elle est à l'hôpital avec lui. Il va bien. Et je pense qu'il y a de l'espoir pour qu'ils se remettent ensemble. Surtout depuis qu'il lui a dit qu'il va travailler dans le privé.

— Lucian lui a offert un job. J'ignore encore si c'était juste pour qu'il ne sorte pas avec Sloane.

Lina inspira profondément.

— Il m'en a offert un à moi aussi.

— Maintenant ?

— Avec son équipe de recherche. Il me paie plus cher. Pas de travail de terrain, les seuls trajets seront entre là où j'habiterai et DC une ou deux fois par semaine.

— Ça a l'air parfait.

Elle avait les yeux qui pétillaient.

— Naomi et Sloane aussi m'ont demandé si je voulais les aider avec leur nouveau projet.

— Vraiment ? Qu'est-ce que tu vas décider ?

— Je vais d'abord prendre le temps de réfléchir. J'ai un petit ami que j'aimerais mieux connaître avant de m'engager dans un nouveau boulot.

— Un fiancé, corrigeai-je.

— Pas de regrets ? demanda-t-elle.

Je secouai la tête.

— Si tu as l'intention de rester dans le coin, on ferait mieux de commencer à chercher une maison.

Lina pâlit et marcha sur mon pied. Je lui souris et espérai ne jamais perdre le pouvoir de la bouleverser.

— Ta garde-robe ne tiendra jamais dans mon armoire. Il faudrait trouver un endroit qui peut contenir tous ces jolis sacs et chaussures.

Elle plissa les yeux.

— Tu sais, si on achète une maison ensemble, le mariage sera une jolie partie de plaisir.

— Je sais.

— Et après avoir vu Knox et Waylay… un enfant ne serait peut-être pas la pire idée du monde.

— Carrément pas, acquiesçai-je.

Elle leva les yeux au ciel.

— Comment est-ce que tu peux être aussi sûr de toi ? C'est de ton avenir qu'on discute ! Une maison, le mariage, des bébés…

— Angel, du moment que tu es avec moi, rien de tout ça ne m'effraie.

Elle secoua la tête et regarda le plafond de verdure au-dessus de nos têtes.

— Moi, je meurs de peur. Et si tu changeais d'avis ?

Je la fis basculer en avant, savourant comment elle s'accrochait à moi.

— Trop tard.

— Non, c'est faux. C'est même le meilleur moment pour toi de changer d'avis avant qu'on fasse quelque chose de permanent.

Je nous redressai tous les deux et entourai son visage de mes deux mains.

— Laisse-moi te montrer à quel point c'est permanent.

— Je te suis.

Je l'entraînai loin de la fête quand quelqu'un appela mon nom.

— Bon sang, grommelai-je.

Je me tournai. C'était mon père, accompagné de l'homme qui était assis à côté de lui pendant la cérémonie.

— Je voulais juste te dire au revoir, dit mon père en se dandinant d'un pied sur l'autre.

Il avait sa veste sur le bras et ses manches retroussées. Le 2205 était toujours visible sur sa peau, mais un peu moins vif.

— Je te présente Clark, au fait. C'est mon parrain, lança mon père.

Surpris, je tendis la main.

— Enchanté.

— Moi aussi. Votre père fait de gros progrès.

— Heureux de l'entendre.

Mon père regarda dans la direction de Lina derrière moi.

— Papa, voici Lina, c'est ma fiancée.

J'étais impatient de pouvoir changer le terme. *Ma femme.*

— J'avais compris pendant la cérémonie, taquina mon père. Félicitations à tous les deux.

— Enchanté, monsieur Morgan. Vos fils sont une sacrée réussite, dit Lina en lui serrant la main.

Elle baissa les yeux sur le tatouage et son regard se radoucit.

— Appelez-moi Duke. Et je ne peux pas accepter les compliments sur mes fils. Tout le crédit revient à Jayla.

Je n'avais plus entendu mon père utiliser le prénom de ma mère depuis des années. Il y avait peut-être vraiment de l'espoir.

— Une partie vous revient sûrement, insista Lina.

Il lui adressa un long regard reconnaissant.

— Allez, il est temps que je me sauve. Je ne suis pas vraiment prêt à affronter tout un bar.

— C'était bon de te voir, papa.

— Pour moi aussi, c'était bon, Nash. Enchanté de vous avoir rencontrée, Lina.

Il allait tourner les talons, mais s'interrompit.

— Je suis très fier de toi, mon fils. Vraiment fier. Je sais que ça ne représente rien, mais je suis sûr que ta mère l'aurait été autant que moi.

Incapable de trouver les mots, je me contentai d'un hochement de tête.

On les regarda partir.

— Ça va ? demanda Lina en me frottant le dos.

— Oui, ça va. Viens.

Je la conduisis dans la maison, à l'étage. Des exclamations de joie nous parvinrent de dehors. Knox et Naomi étaient sûrement retournés auprès de leurs invités.

— Où est-ce que tu m'emmènes ? demanda Lina.

— Je voudrais te montrer quelque chose, répondis-je en ouvrant une porte et en la poussant à l'intérieur.

— Oh mon Dieu, c'est ta chambre ?

Elle regardait le petit lit sous la couette à carreaux, l'étagère qui croulait sous les trophées.

— Ça l'était. J'ai dit à Naomi qu'elle pouvait la redécorer, mais elle n'a pas encore dû avoir le temps.

Je fermai la porte à clé.

— Tu veux qu'on fasse l'amour au mariage de ton frère ? demanda-t-elle d'un air faussement pudique. Eh bien, beau gosse, je suis impressionnée.

Je défis ma ceinture et elle s'humidifia les lèvres. Son petit bout de langue rose, ses lèvres entrouvertes suffirent à me donner une érection.

— J'ai beaucoup réfléchi récemment.

— Quand est-ce que tu as eu le temps de réfléchir ? On a passé les dernières heures à éviter les coups de feu, taquina-t-elle.

— Tous les moments éveillés depuis que je t'ai trouvée dans ma cage d'escalier.

— Ça fait beaucoup de réflexion en effet.

— Tu es une femme compliquée. Il faut se casser les méninges pour trouver comment te convaincre de passer le reste de ta vie avec moi.

Je fis glisser mon pantalon jusqu'à mes cuisses.

Ses yeux se posèrent sur mon sexe qui réagit directement en durcissant encore.

Je passai les pouces dans la ceinture de mon boxer short.

— Si tu penses que ta bite, aussi magnifique qu'elle soit, peut suffire à me convaincre de passer ma vie avec toi, retourne à tes réflexions.

Elle écartait déjà les jambes au bord du matelas. Je mourais d'envie de relever toute cette soie au-dessus de sa taille pour la prendre. Pour lui montrer combien j'avais besoin d'elle. Pour lui rappeler combien elle avait envie de moi.

Mais d'abord, j'avais autre chose à faire.

Je me tournai.

— Je pourrais être prête à accepter ton cul comme…

Elle s'interrompit quand je baissai mon boxer.

— Nash ! s'écria-t-elle.

Je regardai par-dessus mon épaule pour voir sa réaction.

— Bon sang, c'était stupide, j'aurais dû le mettre ailleurs. Pour pouvoir te voir.

Qu'est-ce que j'avais eu dans la tête ? Une femme comme Lina méritait une demande en mariage dans un safari avec des feux d'artifice et des lions. Pas…

— Des ailes d'ange, murmura-t-elle, en passant un doigt sur l'encre fraîche.

Je grimaçai.

— Pauvre bébé, me taquina-t-elle.

Et je sentis ses lèvres sur ma fesse.

Mon pénis se dressa.

— Je n'en reviens pas, tu t'es fait tatouer pour moi. Sur les fesses. Tu te rends compte que ça officialise notre relation, ton cul est à moi. Toutes les femmes de la ville vont être en deuil, parce que tu peux être sûr que je vais le leur dire. En fait, il me faut mon portable. Je veux prendre une photo.

— Angel…

— Quoi ?

— Il n'est pas terminé.

— Je vois.

— Quelqu'un a éprouvé le besoin de se faire kidnapper pendant qu'on me piquait.

— Qu'est-ce qui manque ?

— Notre premier rendez-vous. Le jour le plus heureux de ma vie.

Elle se tut si longtemps que je me tournai pour lui faire face, le pantalon toujours autour des cuisses.

— Knox s'est fait tatouer la date d'aujourd'hui sur la poitrine. C'est une tradition familiale.

Ses beaux yeux marron étaient humides maintenant. Ses lèvres rouges tremblaient.

— Fais ta vie avec moi, Angelina. Tu peux avoir aussi peur que tu veux, parce que moi je n'ai pas l'ombre d'un doute, je serai assez fort pour nous deux.

Elle hocha la tête et une larme coula sur sa joue. Je m'accroupis devant elle et la séchai avec mon pouce. Je m'approchai ensuite pour l'embrasser.

Mais elle m'arrêta.

— J'aurai quand même une bague, n'est-ce pas ?

De la joie et de l'espièglerie pétillaient dans ses yeux.

Je souris.

— J'ai déjà pris rendez-vous chez le bijoutier.

Elle se pencha jusqu'à ce que nos bouches soient à quelques millimètres.

— Alors j'ai intérêt à prendre *mon* rendez-vous.

— Ton rendez-vous pour quoi ?

— Mon tatouage de Nash. Je pensais qu'un badge de policier par exemple…

Je me redressai et la collai contre le matelas.

— Je t'aime, mon ange.

— Je t'aime, Monsieur Rectitude, murmura-t-elle en me caressant le visage.

On frappa à la porte violemment et je me revis adolescent.

— Lina ! Tu es là ? appela une voix.

Lina se rassit aussitôt.

— C'est ma mère, siffla-t-elle.

— Merde.

Je me relevai et tentai de me rhabiller.

— Lina ? Tu es là ? Knock, en bas, nous a dit que tu étais sûrement là-haut.

— Papa ? lâcha-t-elle, sidérée.

— Ils font peut-être l'amour, suggéra sa mère depuis le couloir.

— Pourquoi tu dis des bêtises pareilles, Bonnie ? demanda mon père.

— Qu'est-ce que mes parents font ici ? demanda Lina en lissant sa robe.

— J'avais oublié de te le dire. Je les ai un peu invités… après leur avoir demandé leur permission pour t'épouser… après que je t'avais déjà fait ma demande.

Elle posa les mains sur mon torse et regarda dans mes yeux.

— Prépare-toi à être étouffé pour le reste de tes jours.

Je n'attendais que ça.

Épilogue bonus

Quelques années plus tard

Lina

— Peau de banane ! annonça Stef joyeusement.

— Va te faire foutre, gronda Knox en prenant une nouvelle lettre sur le plateau dans notre salle de jeux.

Oui, moi, Lina Solavita, j'avais une salle de jeux. J'avais aussi toute une partie de ma garde-robe consacrée à de la lingerie fine.

Mon ravissant mari m'adressa un regard, comme s'il pouvait lire dans mes pensées, et piocha lui aussi une lettre. Assise sur ses genoux, Fossette profitait de l'ambiance.

— Comment tu fais pour être si bon à ce jeu ? demanda Lucian.

C'était la première fois qu'il jouait à Bananagrams et il s'y adonnait plus sérieusement que Sloane qui avait abandonné. Elle avait posé les pieds sur ses jambes et lisait un article sur son iPad.

La lumière de la tablette éclairait la petite cicatrice sur sa mâchoire. Une marque de bravoure. Une marque qui nous rappelait à tous combien notre petite bibliothécaire était courageuse.

Lucian jouait à une main pour masser les pieds de sa femme sous la table.

— Il triche, lança Jeremiah en adressant un clin d'œil à Stef.

— T'es jaloux, monsieur mots de trois lettres.

— Quelqu'un veut autre chose ? proposai-je en commençant à débarrasser les verres vides.

— Assieds-toi, Angel, ordonna Nash.

Il m'attrapa la main et approcha mon poignet de ses lèvres.

— Je m'en occupe.

— Je me sens mieux quand je bouge.

Je me penchai malgré la douleur en bas de mon ventre pour effleurer sa bouche de la mienne.

— Ça va ? demanda-t-il doucement.

Sa main descendit sur mon dos et mes fesses. Avec assurance, il trouva l'emplacement de mon tatouage et le pressa avec affection.

J'étais énorme et mal dans mon corps, mon dos était douloureux, mes pieds étaient gonflés. Depuis plusieurs heures, je ressentais les prémices des contractions que j'allais devoir supporter.

— Je vais bien, promis-je.

— Peau de banane, connards ! s'écria triomphalement Knox.

Les autres autour de la table grognèrent.

— Une soirée jeu, grommelai-je, en décochant un clin d'œil à Nash avant d'emporter les bouteilles de bière vides dans la cuisine.

Waylon, le basset, leva la tête pour vérifier si je ne lui apportais pas de friandises et se rendormit aussitôt sur le carrelage.

C'était devenu ma vie.

Bien sûr, on avait aussi fait bâtir cette belle maison sur le domaine de Liza J, juste de l'autre côté du ruisseau, en face de Knox et Naomi. J'avais un boulot passionnant, un chien spécial, un homme que j'aimais plus de jour en jour. Mes parents et moi, on avait trouvé un terrain d'entente. Ils appelaient toujours. *Beaucoup*. Mais je ne leur mentais plus sur ma vie et ils avaient appris à faire avec. Je les soupçonnais surtout d'aller mieux depuis qu'ils avaient passé à Nash le flambeau de l'inquiétude et désormais comptaient sur lui pour me protéger. Mais c'était déjà une avancée.

Et pour couronner le tout, notre plus grande aventure allait commencer.

Je jetai les bouteilles vides dans la poubelle à verre. Naomi arriva derrière moi et m'entoura la taille de son bras.

— Le lave-vaisselle tourne et les restes sont dans le réfrigérateur.

— Merci. Je te promets que lorsque je ne pèserai plus trois cent cinquante kilos ni la forme d'un ballon de volley, je ferai pareil pour toi.

— Tu te sens bien ? demanda-t-elle.

Je hochai la tête avant de grimacer. Mon ventre de femme enceinte me semblait peser plus bas que d'ordinaire. Mon dos protestait chaque fois que je m'asseyais, que je me levais ou que je me couchais. Pour la première fois depuis mes vingt ans, j'étais mal dans mon corps.

Mais je ne voulais pas me plaindre devant mon amie. Pas quand Knox et elle essayaient d'avoir un bébé depuis des années.

— Je vais bien, assurai-je.

Naomi m'adressa un regard entendu.

— Menteuse, dit-elle affectueusement.

— Vraiment. Je vais bien.

À cet instant, une autre de ces douleurs déchirantes me traversa.

Nash me regarda comme s'il l'avait sentie lui aussi. Il m'avait suivi des yeux comme un faucon depuis que la ligne rose était apparue sur le test, plusieurs mois plus tôt. Je lui répondis avec un petit sourire.

Naomi ramassa un torchon et le tordit, un petit sourire se dessinant sur ses lèvres.

— Quoi ?

— Je voulais juste que tu saches que je vais tellement les aimer tes bébés. Je suis tellement heureuse pour Nash et toi que j'en ai parfois le souffle coupé.

Sa voix tremblait.

— Je ne veux jamais que tu penses que parce que je suis triste pour Knox et moi, ça me rend moins heureuse pour Nash et toi.

J'arrêtai de m'affairer pour la regarder.

— Je sais bien. Et je te jure que j'aurais aimé que ce soient tes bébés ou que tu sois aussi un ballon de volley de trois cent cinquante kilos avec moi.

Elle émit un petit rire.

— Moi aussi, dit-elle avec une pointe de tristesse. J'ai l'impression d'être un peu égoïste.

— Il n'y a rien de mal à vouloir apporter plus d'amour dans ton foyer. Ce n'est pas de l'égoïsme.

Je la lâchai quand une autre douleur me foudroya. Je poussai une petite expiration.

— Knox et moi, on a parlé, annonça Naomi en s'asseyant sur un des tabourets de bar que j'avais eu tant de mal à choisir.

Apparemment je n'étais pas juste une diva pour la mode et le maquillage, mais pour l'ameublement aussi.

— Et on a pris une décision.

— Laquelle ?

Je tentai de garder une voix neutre malgré la contraction qui me torturait et refusait de passer.

— On va arrêter les traitements, les FIV, tout ça.

— Oh, Naomi…

Elle secoua la tête, et derrière les larmes dans ses yeux, je vis quelque chose de magnifique. Du bonheur et de l'espoir.

— On va adopter.

Je lui pris les mains. La grossesse m'avait libérée et fait accepter les contacts physiques. C'était sûrement dû au fait que je partageais mon corps avec, non pas un, mais deux petits êtres humains.

— C'est un long processus, mais ça nous paraît la chose à faire. Comme si les pièces du puzzle s'étaient mises en place. Je suis tellement heureuse.

Je l'enlaçai aussi étroitement que mon ventre me le permettait.

— C'est magnifique, Naomi. Je suis si heureuse pour toi. Knox, Waylay et toi vous allez trouver le reste de votre famille, promis-je.

— Je le sens dans mon cœur. Juste comme je sais que tu n'es pas la sœur que j'aie eu à la naissance, mais la sœur que j'ai choisie, Lina, murmura-t-elle.

Des larmes brouillèrent ma vision et je la serrai plus fort.

— Ça se fait pas de faire pleurer une femme enceinte.

Naomi rit entre deux sanglots.

— Je suis honorée de t'avoir comme sœur, murmurai-je.

— C'était un coup ? demanda Naomi en posant la main sur mon ventre.

— Oui, l'un d'eux veut suivre Waylay sur le terrain de foot.

La contraction suivante me surprit au point que je dus lâcher la main de Naomi pour me plier en deux.

— Nash ! appela Naomi, alarmée.

J'entendis un fracas dans la salle de jeux et mon mari se précipita à mes côtés.

— Ça va Angel ? demanda-t-il en passant les mains sur mes bras.

— Ça va, lâchai-je alors que le reste de nos amis et de notre famille se pressait dans la cuisine.

— Elle a commencé le travail, affirma Naomi.

— C'est trop tôt, remarqua Jeremiah.

— C'est toujours comme ça pour des jumeaux, répliqua Sloane avant de poser une main fraîche sur mon épaule.

Lucian la suivait. Malgré tout le temps qui avait passé, malgré mes douleurs insupportables, je trouvais toujours hyper touchant sa façon d'être toujours à côté d'elle.

— Qu'est-ce qu'on fait ? demanda Knox. Vous voulez des serviettes, de l'eau bouillante ?

— Stef, va chercher le sac dans notre chambre à coucher, demanda Nash. Naomi, appelle tes parents. Jeremiah, prends mes clés sur le crochet et démarre la Tahoe.

— Pas la Tahoe, dis-je en secouant la tête.

— Quoi ? demanda Nash en se penchant vers moi.

— Ma voiture. Une dernière fois, rien que nous deux, dis-je les dents serrées.

Il se pencha et me regarda dans les yeux.

— Bon sang, je t'aime, mon ange. Même si t'es sacrément têtue.

— Je t'aime aussi. Maintenant s'il te plaît, emmène-moi avant que je commence à hurler et pleurer devant tout le monde.

* * *

— Je ne suis pas prête. Je ne peux pas. *Deux ? Deux bébés ?* Qu'est-ce qu'on avait dans la tête ? demandai-je en attrapant le bras de Nash avec mes deux mains.

Le lit d'hôpital suffit à me faire complètement paniquer. Sans parler du fait que deux êtres humains allaient passer par mon vagin.

— Je suis vraiment désolé, ma chérie. Je te le ferai plus jamais, promit mon mari avec ferveur. Donnez-lui une autre péridurale ou des antidouleurs ou des calmants ! Tout ce qu'il faut pour que ça s'arrête !

Je reposai la tête sur l'oreiller et fermai les yeux. La main fraîche de Nash se posa sur mon front. Je sentis ses lèvres contre mon oreille.

— Je suis juste là, Angel, je suis avec toi. Tu peux y arriver. C'est à toi de faire le plus gros du boulot, et crois-moi, j'en suis désolé. Je ferais tout pour te retirer cette douleur, tout. Mais je te jure, tu n'auras plus jamais rien à faire seule après ça, d'accord ?

J'ouvris les paupières.

— D'accord.

— Préparez-vous, il va falloir pousser, annonça la sage-femme.

— Tu peux y arriver, chérie. Tu m'as rendu à la vie, tu peux donner la vie à deux êtres humains de plus. Parce que tu es magique.

J'attrapai sa main et la serrai de toutes mes forces. Ses yeux bleus s'allumèrent.

— J'ai besoin de toi, Nash.

— Il était temps.

Je secouai la tête.

— J'ai toujours eu besoin de toi.

— Je suis là. Que l'aventure commence.

— J'ai hâte d'être après, dis-je, les dents serrées.

* * *

Le petit visage ratatiné sous le bonnet bleu ne ressemblait ni à Nash ni à moi. On aurait dit un vieillard grincheux avec des doigts minuscules. Je posai la tête contre l'épaule de Nash. Allongé dans le lit à côté de moi, il tenait dans ses bras notre fille et notre fils, et profitait des premières minutes où nous étions une famille de quatre personnes.

Nash contemplait notre fille avec une adoration mêlée de sidération. Je sentis mon cœur s'ouvrir en deux pour accueillir cette nouvelle brassée d'amour.

Mon mari héroïque les portait tous les deux pour moi. Il avait tenu bon jusqu'à ce que les jumeaux soient auscultés, emmaillotés et qu'on lui dise que j'allais bien. Après ça, il était tombé dans les pommes.

— Ça arrive tout le temps, avait dit l'infirmière en le réveillant avec des sels et des pansements.

Je parvins à prendre un selfie avec Nash étendu par terre. La plupart de nos meilleurs moments s'accompagnaient de sang et de blessures.

— Il y a environ vingt personnes dans la salle d'attente avec plus de ballons que pour le carnaval, annonça l'infirmière.

— Il faudrait les laisser entrer avant qu'ils se fassent mettre dehors, dis-je.

J'avais la sensation que mon corps avait été coupé en deux et recousu et j'aurais donné mon bras gauche pour un peu de blush et de mascara. Mais il y avait une joie spéciale à partager des moments imparfaits. Une force inspirante m'envahissait quand je laissais les gens que j'aimais me voir comme j'étais au plus bas.

On avait une chance incroyable.

Ces minuscules bébés parfaits seraient aimés et chéris par toute la famille étendue, malgré leurs imperfections.

Nash secoua la tête.

— Je voudrais encore profiter de quelques minutes seulement tous les quatre.

— D'accord, acceptai-je, consciente qu'il le disait pour mon bien.

Toujours tellement protecteur.

Je passai un doigt sur la joue rose de notre fille.

— Je me disais qu'on pourrait l'appeler Jayla en mémoire de ta mère.

Nash me regarda, des larmes dans ses beaux yeux bleus. Il hocha la tête en silence et parvint enfin à articuler.

— J'aimerais beaucoup.

— Oui ?

— Oui.

Il baissa les yeux vers notre fils.

— Que dirais-tu de Memphis ?

— Memphis Morgan, dis-je doucement.

Notre fils se tortilla, je souris.

— Ça lui plaît, je pense.

— Tu es belle, tu sais ?

Je levai la tête et vis que Nash me regardait avec des yeux amoureux. J'étais en vrac et mon mari un sale menteur.

— S'il te plaît, lâchai-je.

— Je suis content que tu sois restée voir l'après.

— Même après *ça* ? demandai-je en montrant d'un signe de tête les deux bouts de chou dont nous étions désormais responsables.

— Je n'aurais voulu être avec personne sur cette terre plus qu'avec toi.

Sa voix était chargée d'émotion.

Je soupirai et posai la tête sur son épaule.

— Pareil pour moi.

On prit notre temps. Notre moment ensemble.

* * *

Ma mère fut la première à passer la tête par la porte. Je me demandai combien de gens elle avait dû piétiner pour avoir cet honneur. Je la regardai enlacer chaleureusement Nash et le balancer d'un côté et de l'autre.

— Je suis si fière de toi, dit-elle en le libérant pour lui prendre le visage entre les mains.

Nash lui adressa un sourire ravi et l'attira de nouveau dans ses bras.

L'amour de mes parents était tout de suite moins étouffant quand il était divisé entre Nash et moi. Et maintenant on était quatre.

Mon père se tenait sur le pas de la porte, timide, avec un bouquet de fleurs. Même depuis mon lit, je repérai le muguet. La fleur préférée de Jayla. On en avait planté tout un parterre devant la maison. Et chaque fois qu'il fleurissait, je chuchotais « merci » à la femme qui avait apporté l'amour dans ma vie.

— Il te ressemble, dit ma mère alors que je lui tendais son petit-fils.

— Regardez-moi ce petit ange, dit mon père en échangeant le bouquet de fleurs et un cigare contre sa petite-fille.

On frappa à la porte et tous les autres envahirent la pièce. Knox et Waylay entrèrent avec une Naomi en larmes entre eux.

— Oh, mon Dieu, ils sont si parfaits ! lança-t-elle en agitant les mains devant ses yeux. Vous avez quatre casseroles dans votre réfrigérateur, la chambre des bébés est nettoyée du sol au plafond et Fossette est avec Duke qui garde tous les chiens jusqu'à ce qu'on rentre, et après, il viendra vous rendre visite. Maintenant, donnez-moi un de ces bébés, s'il vous plaît.

Lucian entourait Sloane d'un bras protecteur et portait un sac Prada de cadeaux dans sa main libre.

— Le sac de change, dessina Sloane sur ses lèvres.

Stef et Jeremiah arrivèrent avec le plus grand ours en peluche que j'aie jamais vu et Liza J.

— Bravo, ma chérie ! me félicita la grand-mère de Nash en regardant son arrière-petite-fille.

— Elle s'appelle Jayla, annonça Nash.

Lisa J ne put que hocher la tête pendant un long moment.

— C'est un joli prénom, finit-elle par lâcher, et elle se moucha dans un bandana.

Mon mari revint s'allonger dans le lit à côté de moi. Je glissai ma tête sous son menton et soupirai d'aise pendant qu'il jouait avec les bagues à mon doigt. Ma bague de fiançailles était ornée d'un diamant magnifique et l'anneau appartenait à sa mère.

— Je ne sais pas comment j'ai réussi à avoir tant de chance, murmura-t-il au-dessus de mon crâne.

Je levai la tête vers lui.

— Peut-être parce que tu as quelques anges qui veillent sur toi.

Son visage se radoucit. Une tendresse infinie se dégageait de ses yeux.

— Tu dois avoir raison.

Il m'embrassa sur les lèvres et le front.

— Tu sais, c'est une bonne chose que tu aies un tel cul rond et parfait. On va devoir y ajouter une autre date.

Note aux lectrices et lecteurs

Chère lectrice, cher lecteur,

Plus j'écris des romances, plus je suis convaincue que l'amour est ce qu'il y a de plus courageux au monde.

Je ne parle pas juste de tomber amoureux du voisin policier sexy. Je parle des amis qui vous apportent du vin les bons comme les mauvais jours, le neveu qui ne parle pas encore mais vous fait fondre avec son sourire sans dents, le frère ou la sœur qui parvient toujours à vous faire rire, le voisin qui vous surprend avec des légumes frais de son jardin, le soupir satisfait d'un chien, les regards entendus devenus le langage des couples de longue date.

Et parfois c'est le héros de la petite ville qui vous donne envie de tout risquer.

La leçon la plus importante que Lina et Nash m'ont apprise est que le meilleur type d'amour est celui que vous êtes assez courageux pour offrir gratuitement, même en sachant que la personne peut vous faire du mal, vous décevoir, vous briser le cœur. L'aimer exactement comme elle est est le plus grand cadeau que vous puissiez faire.

Maintenant, si vous voulez bien m'excuser, je vais prendre M. Lucy dans les bras et lui demander de m'emmener manger des tacos.

Bisous

Lucy

PS : le livre de Lucian ? *essuyage de sueur sur le front* *mise de l'ordinateur dans le congélateur pour éviter la surchauffe*.

Remerciements

Kristy Rempalski pour sa générosité et son soutien à Lift 4 Autism et pour m'avoir inspirée dans la construction du personnage de Xandra.

Carol et Cora pour leur visite depuis le Connecticut jusqu'à Enola en Pennsylvanie.

Kari March Designs pour sa couverture magique.

Korrie's Korner pour ton retour incroyable et la diversité de tes services éditoriaux.

Kennedy Ryan pour toujours être un puits de talent et pour m'avoir toujours mise sur la voie.

Tous les lecteurs et les lectrices de ma page Facebook qui m'ont suggéré le nom de la chienne, et la traductrice Anath Riveline pour avoir trouvé un équivalent français, Fossette.

Mon complice, Tim, qui a fêté son cinquantième anniversaire cette année. Comme un bon scotch, tu t'améliores avec les années, chéri !

Joyce et Tammy pour soutenir Nash, malgré le temps qu'il m'a fallu pour l'écrire.

La team Lucy pour avoir gardé la maison quand j'ai de nouveau disparu à Knockemout.

L'équipe à Bloom Books et Hodder pour avoir fait connaître cette série à un public plus large.

Flavia à Bookcase Literary Agency pour m'avoir accompagnée à travers cette année de chaos.

Toutes les lectrices et lecteurs qui s'essaient à un de mes livres et ne le détestent pas.

Enfin, mes amies autrices et mes amis auteurs qui ont suivi mon marathon, m'ont dit d'arrêter de me plaindre, m'ont remonté le moral. Les gars, vous transformez un boulot solitaire en une magnifique communauté originale à laquelle je suis fière d'appartenir !

14111

Composition
NORD COMPO

Achevé d'imprimer à Barcelone
par CPI Black Print
le 5 mai 2024

Dépôt légal mai 2024
EAN 9782290393291
OTP L21EPLN003553- 600870

ÉDITIONS J'AI LU
82, rue Saint-Lazare, 75009 Paris

Diffusion France et étranger : Flammarion